Título original: Dios contra nosotros.
© 2017, Manuel García Sánchez
ISBN: 9781521489543

1

A Stanislav Petrov.

Dios contra nosotros

(Gott gegen uns)

«A mi hijo. Desde que tus ojos se cerraron, los míos no han cesado de llorar».
Placa escrita en una de las paredes del fuerte Vaux, Verdún, Francia.

«Nunca se miente tanto como antes de las elecciones, durante la guerra y después de la cacería».
Otto von Bismarck
Gott mit uns (Dios con nosotros) Lema nacional prusiano y del Imperio Alemán.

Personajes

Adelino Kauffmann, trombón en la banda de Faustaugen.
Albrecht, soldado en Lille.
Alexander Weiss, hermano mayor de los trillizos Weiss.
Alfons Leonhardt, teniente.
Andreas von Schipper, de sangre noble, esposo de Doris.
Andreas Vorgrimler capitán.
André Vanhoof, veterinario belga.
Anne Lubse, abadesa de Herkenrode.
Arne Kleinman, soldado, apodado el Futbolista.
Balthasar Holstein, alcalde de Faustaugen.
Bachmann, doctor en Gutenweizen.
Bárbara Ehrlich, hermana de Jan, Dana y Dittmar Erhlich.
Barend Uñas Negras, reservista de Faustaugen.
Bastian Breitner, policía militar con los dientes de oro.
Bertha Zweig, comadrona de Faustaugen, madre de Geert.
Charlotte, cocinera de la abadía de Herkenrode.
Christian Müller, soldado de Faustaugen al cual le gusta dibujar.
Clara, monja de Herkenrode.
Clara Kleiber, viuda hermosa de la cual estaba enamorado Roth Neisser.
Claudia Bartram, hermana de Gilbert.
Clemens Weiss, soldado, uno de los trillizos Weiss.
Dana Ehrlich, hermana de Bárbara, Jan y Dittmar Ehrlich.
Dieter Berlepsch, sargento.
Dieter Lustig, soldado.
Dietrich von Kittel, coronel.
Dittmar Ehrlich, hermano de Jan, Dana y Bárbara Erhlich.
Dorothea, monja de Herkenrode.
Doris von Schipper, hermana de Fremont Kast.
Edouard Kindlmüller, soldado francés de origen alemán.
Eike Schnitzler, teniente.
Egbert Fuchs, ametralladora.
Egmont Krumm, violín en la banda de Faustaugen.
Ephraim Adesman, comerciante judío de Faustaugen.

4

Erhard Hurb, abogado de Fremont Kast.

Erich Krakauer, panadero.

Erika Lenz, hermana menor de Otta.

Ernest von Hausser, capitán.

Esther Weiss, madre de los trillizos y Alexander Weiss.

Floy Anna Amsel, enfermera, cuidadora de Bertha Zweig.

Frankz Eduard Kast, hermano mayor de Fremont.

Frankz Kast, dueño de la Kast Gesellschaft.

Frankz Król, zapatero, padre de los gemelos Paul y Ulrich.

Ferdinand Bartram, soldado.

Fremont Kast, maestro hijo de Frankz Kast dueño de la Kast Gesellschaft.

Friedrich Schmidt, tabernero, apodado el Tuerto. Veterano de la guerra franco-prusiana.

Gabriel Krakauer, soldado, hijo de Theodor.

Galiana Lenz, madre de Otta.

Geert Zweig, soldado de intendencia, hijo de la comadrona.

Gerda Kast, esposa de Frankz Kast.

Gerard Lehner, soldado.

Gerhard Oppenheim, soldado.

Gilbert Bartram, soldado.

Gotthold Weiss, soldado, uno de los trillizos Weiss.

Gottlieb Reber, soldado, apodado Malaspulgas.

Götz Müller, capitán.

Günter Bartram, soldado, hijo del policía.

Günter Schumacher, administrador de la Kast Gesellschaft.

Hackett Biermann, soldado reservista.

Hahn Krakauer, soldado, hijo del panadero primo de Roth Neisser.

Hallie, monja de Herkenrode.

Hans Bartram, soldado.

Hans Weiss, soldado, uno de los trillizos Weiss.

Hasso Jentsch, soldado de Sättigenreifen.

Heiner Schnitzler, soldado de Sättigenreifen.

Heller Rümpler, alférez.

Helmuth Degener, antiguo carbonero blanco, furtivo y carbonero.

Holtzmann, viejo que tocaba el acordeón en la banda de Faustaugen.

Horst Mann, capitán.

Ilse Vanhoof.

Imre Bartram, policía de Faustaugen Ingmar Rosenbaum,

cabo.

Ingrid, cartera.

Ingrid Vanhoof antes Newport, panadera en Gante, madre de Louise.

Jacoba, monja de Herkenrode.

Jacob Adesman, soldado.

Jan Ehrlich, soldado, hermano de Dana, Bárbara y Dittmar.

Johann Böll, picapedrero de Sättigenreifen.

John Mockford, comerciante de Faustaugen.

Joseph, conocido como el padre Joseph, sacerdote católico de Faustaugen.

Jürgen Debest, integrante de la banda de Faustaugen.

Jürgen Gloeckner, niño de Faustaugen, fallecido en la infancia.

Kasch Kleiber, reservista de Faustaugen.

Kiefer Haider, alférez.

Louise Vanhoof, niña belga hija de André Vanhoof.

Luitger Zondervan, pastor protestante.

Lukas, chico con síndrome de Down.

Luhmann, maestro en la escuela de Faustaugen, fallecido de un infarto.

Manfred Zumpt, Alférez.

Matthias Biermann, soldado de Faustaugen.

Marcus Breuer, soldado de Faustaugen.

Marcus Niemand, policía en Bremen.

Marcus Tausch, soldado.

María Bär, viuda de Faustaugen.

María Krumm, tía de Otta Lenz.

María Lenz, hermana de Otta Lenz.

Martha Król, madre de Paul y Ulrich.

Meyer los hermanos, reservistas de Faustaugen.

Morten el Danés, soldado.

Paul Król, soldado, uno de los gemelos Król, enamorado de Otta Lenz.

Penrod Gloeckner, reservista.

Philip Kümmert, brigada.

Olivia Krumm, prima de Otta.

Otta Lenz, hija de Galiana e hijastra de Vincent, enamorada de Paul.

Otto Fellner, soldado de Faustaugen, casado con Veronika.

Ralph Kauffman, vecino de Faustaugen, tío de Wernher Graf.

Ralph Rohmer, sargento.

Sebastian Jager, soldado.

Raquel Vanhoof, esposa del veterinario belga André Vanhoof.

Ritter Amsel, reservista de Faustaugen.

Rosenstock, cabo.

Rosenzweig, teniente.

Roth Neisser, soldado y aprendiz de panadero.

Rüdiger Augenthaler, soldado apodado Gangrena.

Rudolf Goldschmidt, soldado de Hanover.

Rudolf Sinmuelas, vecino de Faustaugen.

Stein Król, reservista de Faustaugen.

Steffen Benzing, comandante.

Theodor Krakauer, guarda forestal, casado con Franziska Krakauer.

Thomas, ordenanza.

Thorsten Leuenberger, soldado de Gutenweizen.

Till von Schipper, hijo de Doris Kast y Andreas von Schipper.

Topo, viejo trabajador de la Piqueta de Elsa.

Toni Lerer, soldado de Sättigenreifen

Ulrich Król, uno de los gemelos Król, enamorado de Virginia Vanhoof.

Unna, tabernera, apodada la Exuberante.

Ute Holstein, cartera, hija del alcalde de Faustaugen.

Veronika Fellner, viuda de la cual está enamorada Roth Neisser.

Vincent Lenz, ganadero, padrastro de Otta Lenz.

Virginia Vanhoof, estudiante belga de veterinaria.

Volker Furtwängler, soldado de Faustaugen.

Wernher Graf, soldado, en el momento de comenzó la Gran Guerra se encontraba en Camerún.

Zelig Weiss, reservista de Faustaugen.

La vieja Europa se quitó el frac y se puso el uniforme de los grandes desfiles. Aquellos muchachos entusiastas lo primero que perdieron, sin sospecharlo, fueron los buenos años. Ni siquiera lo intuían cuando tuvieron que vestirse con ropa de campaña. Se encontraban en los albores de una larga y despiadada contienda que cambiaría la faz del continente y del mundo para siempre.

Avanzaban los soldados alemanes fritos como patatas dentro del uniforme gris por los campos de Bélgica. Aún creían en una rápida victoria. Contradiciendo cualquier lógica continuaban marchando aquellos ensangrentados caballos a pulmón, con sudor y espuma, cargando la Gran Bertha, Dicke Bertha, un cañón inmenso que escupía ochocientos veinte kilos de destrucción a más de doce kilómetros y con los que el Imperio Alemán pretendía hacer migas las pocas pero tenaces defensas de Bélgica. Geert Zweig tiraba de los animales, quería creer que su esfuerzo servía para aliviar la carga de las bestias. Geert era hijo de otra Bertha, Bertha la comadrona, natural de un pueblo llamado Faustaugen, en el Pequeño Ducado de Grünensteinen. Desde muy joven siempre sirvió para estibar. Decía el maestro Luhmann, que aunque voluntarioso y disciplinado el chaval no serviría para otra cosa en la vida que no fuese para cargar pesos. Su corpachón le hacía destacar sobre todos y sólo le exigía un poco más de comida. Por eso, mientras tiraba de la Guerra pensaba en el rico rancho que le esperaba cuando llegase. Nunca se planteó pensar que hacía allí, la gente hablaba de Honor y Patriotismo sin que él pudiese comprender ni por asomo qué querían decir esos términos. Solo creía que llegada una edad tenía que cumplir un compromiso con su país y eso es lo que hacía. Y se le daba bien, porque ya fuese cargando balas de paja o grano para los animales o asistiendo a los artilleros, proporcionando munición para los cañones, o llevando cualquier bulto a los improvisados almacenes de campaña no tenía rival. Los demás le llamaban el lelo, se burlaban de él con ironía para que no los pillase. Los fusileros en especial, eran bastante crueles, soportaban mucha tensión y venían a pagarla con el pobre Geert. Sin embargo, una vez lanzó a un infante varios metros y muchos se dieron cuenta que a veces, muy de tarde en tarde atrapaba una indirecta.

Hacía mucho calor, tanto que el calzado comenzaba a calentar los pies y a formar hirvientes ampollas. A lo lejos se oían los disparos, se intuía la guerra más allá. Fue entonces cuando Geert comenzó a sentir en realidad donde estaba. Había una cosa llamada miedo que espantaba a los caballos y que minaba su determinación. Sabía muy bien que allá lejos había gente muriendo. No se podían ver desde aquella pequeña colina, pero un estruendo de cañones y fusiles anunciaba la proximidad de los combates.

—¡Detente, simplón! – le gritó un cabo –. ¿Es aquí, señor? – preguntó dirigiéndose a un oficial.

– Sí – dijo un teniente.

Con prisa y casi sin ningún cuidado comenzaron a liberar a los caballos de su peso. Extenuados agradecían el descanso, algunos parecían desequilibrados y tambaleantes se recuperaban gracias a la sujeción que les proporcionaba Geert. Existía entre éstos y el muchacho una camaradería insólita entre bestias y humanos. Con rapidez los artilleros comenzaron a posicionar el inmenso cañón, llegaban los operadores de teléfono que llevaban un carrete con el que extendían la línea a la vez que dos hombres la iban enterrando para que no fuese vista por el enemigo, llegaban también varios oficiales y, hechas las pertinentes llamadas para localizar la posición, consensuaron, poco a poco, con mapas y matemáticas una inclinación para la maquinaria. Otros carros llegaban cargados de la pesada munición y, por eso, relevaron a Geert del cuidado de los animales para ayudar a colocar el proyectil. Se alejaron de la Gran Bertha trescientos metros, dejándola sola como para eximirse de lo que aquella máquina iba a hacer. Se palpaba cierto nerviosismo y una galopante curiosidad por ver funcionar al monstruo. Entonces, tras una espera eterna, un capitán, como quien bota un barco, la activó eléctricamente. Retumbó el suelo. Geert se tuvo que tapar los oídos. Los "cabeza de pólvora", los artilleros, se abrazaron eufóricos cuando el oficial observó con unos binoculares los estragos de la detonación. El orgullo del Imperio comenzaba a poblar el ánimo de todos. Geert que había oído el estruendo que hizo la bala al caer, tembló de miedo y pensó que allá a lo lejos, con toda seguridad, habría gente como ellos que habían dejado esperando a los suyos. Le vino a la mente aquella primera vez que vio una máquina de escribir, se le antojaba que los artilugios que hacía el hombre eran como seres vivos y así aquel trasto simulaba a una enorme araña

9

prisionera que tejía un incomprensible texto en una hoja en blanco, por ello, supo al instante que aquel monstruo surgido del empeño del hombre por construir cosas cada vez más grandes y complejas, era algo más que un simple instrumento y que por tanto tenía una especie de vida, fría e indolente. Aquel cañón era un engendro capaz de hacer daño sin haberlo pensado, igual que un niño insensible que da una patada a un puñado de setas o como un general indolente que entrega una compañía entera para ganar una simple batalla.

Cuando a los gemelos Król les llegó la noticia del reclutamiento para la guerra la recibieron con desigual ánimo. Ulrich veía una oportunidad para, por fin, salir del pueblo, Paul en cambio sintió una puñalada en su estómago, por nada del mundo quería separarse de su novia Otta, la hija del lechero. Nunca en el mundo hubo dos gemelos tan parecidos por fuera y, sin embargo, tan distintos por dentro. Decía su madre que ambos simulaban la imagen de los dos arroyos que precedían la entrada y salida de Faustaugen: el Trommelbach y el Feuerbach. Ulrich era trabajador y serio, algo seco, pero con don de gentes. Paul, por el contrario era holgazán y simpático; aprovechaba cualquier descuido de su padre para escabullirse del taller de zapatería, a Lana Ravine donde vivía Otta o largarse al bar de Friedrich el Tuerto. Siempre se podía beber una cerveza y disfrutar de la conversación del viejo Friedrich quien le contaba sus aventuras en Francia durante la guerra franco–prusiana, a veces se repetía y las más de las veces exageraba e incluso inventaba. Paul pensaba que tenía una vida para disfrutarla y no para estar todo el día trabajando, encerrado como un pájaro en su jaula. Paul solía desaparecer, a veces durante días. Su padre, Frankz el zapatero, solía regañarle hasta que desaparecía su enfado que podía durarle hasta mediodía, además lo amenazaba una y otra vez con echarlo de casa. Sus zapatos exclusivos se fabricaban con piel de las ovejas y vacas de Faustaugen, contaba para ello con el mejor curtidor de piel de todo Grünensteinen. Pero aquel día Frankz no iba a llamarle la atención, ni siquiera le iba a exigir que cortase algunos patrones, todos en el pueblo estaban excitados, no obstante, él, al igual que Martha, su esposa, tenía un pellizco en el estómago. Ulrich y Paul era todo lo que tenían, su casa, su negocio, sus ahorros, no eran más que humo. Se sentían patriotas y leales al Káiser, no obstante, no veían el porqué de esta guerra. Sabían muy bien que Francia se la tenía jurada a Alemania por lo de Alsacia y Lorena, Gran Bretaña estaba celosa de la flota alemana y veía peligrar su dominio de los mares. Pero aquello no lo habían comenzado ni los galos ni los anglosajones. Era algo tan incomprensible que nadie podía explicar: tras el magnicidio del archiduque Francisco Fernando, heredero al trono austrohúngaro, por parte del nacionalista serbio Gavrilo Princip el canciller alemán permitió al Imperio Austrohúngaro amenazar a Serbia y pedirle condiciones inaceptables para cualquier estado soberano, Serbia era aliada de Rusia, Rusia de Francia y los dos de Gran Bretaña, entre los tres formaban la Entente. En oposición el Imperio Alemán, el Austrohungaro e Italia formaban la Triple Alianza. El Imperio Ruso tenía un ejército muy numeroso al que no podía movilizar con facilidad debido a las pésimas condiciones del transporte y de las viejas estructuras del poder. Alemania temiendo ser atacada por dos frentes movilizó a su ejército y puso en marcha el Plan Schlieffen con el que pretendía ganar a Francia en solo seis semanas, para ello tenía que cruzar Bélgica. Pero los belgas no lo permitieron por las buenas. Al invadir Bélgica Gran Bretaña entró en la contienda. El Imperio Británico recelaba de Alemania y su armada, Kaiserliche Marine. Y así echaba a andar el conflicto sin que nadie comprendiese el motivo exacto y a dónde se pretendía llegar.

La moral del pueblo estaba muy alta, todos confiaban en la victoria. La gente tenía la oportunidad de participar en una guerra gloriosa, algo que contar a sus hijos y nietos. Había una gran euforia que hacía desaparecer las tensiones sociales. Por primera vez en mucho tiempo todos los sectores de la sociedad abrazaban una misma causa.

El viejo Nockfort, hijo de un inglés, decidió quitar de su tienda de ultramarinos su bandera británica, la Unión Jack, y sustituirla por una tricolor del Imperio Alemán. John Nockfort siempre hablaba de su Gran Bretaña querida, pero ahora se cuidaba de hacerlo. Si acaso alguna vez conseguían tirarle de la lengua, siempre se mostraba conciliador.

–Imposible señora Weiss, nuestro káiser es de la familia Hanover, ¿cómo van a declararse la guerra entre parientes? Primo del Zar y del rey de gran Bretaña. Si Francia quiere guerra que vaya ella sola o con los rusos, pero los británicos, por Dios, señora Weiss, no lo creo yo. Todo esto no es más que un malentendido, algo que habrán de resolver los diplomáticos en muy poco tiempo, ya verá. ¡Guerra! No lo creo yo.

Y lo decía a sabiendas de que la guerra ya había comenzado porque todo lo que no fuera Alemán sonaba a enemigo, incluido su apellido.

Martha Król fue a su tienda a comprar bacalao de Groenlandia, porque aquella noche iban a cenar algo especial. Tal y como se estaban presentando los acontecimientos quizá fuese una de las pocas veces que podrían disfrutar de las comidas juntos. La mujer miraba a la gente los veía con esa extraña euforia y le parecía mentira que nadie pensase en las posibles consecuencias de toda esta locura.

En el otro lado del pueblo Marcus Breuer, un ganadero que criaba ovejas, se había alistado el primero quizá porque sabía muy bien que la cita sería ineludible. Marcus era un tipo callado y con muy buen corazón, solía colaborar con los vecinos en cualquier cosa que le pidiesen. Sin embargo, desde la muerte de su padre se había vuelto huraño y no solía hablar con nadie. Le encantaba mirar a sus ovejas mientras pastaban, solía sentir la paz y disfrutarla mientras cortaba un poco de queso. En realidad, como cualquiera, no sabía muy bien qué era eso de la guerra, salvo que moría gente y que había gloria para los vencedores, por lo que se preguntaba cómo sería todo aquello. Trataba de imaginar los campos llenos de cadáveres y no los veía. Ralph Kauffman, "Cejas Pobladas", le había dicho que la contienda acabaría pronto, que con las nuevas armas nadie podría aguantar tanto. Lo sabía muy bien porque tenía un sobrino trabajando en una fábrica de armamento en Essen. Ralph quería que todo se solucionara rápido ya que su sobrino Wernher Graf estaba haciendo el servicio militar en Camerún.

–El Kaiser sabe lo que hace, pronto acabará todo y sabrán qué clase de pueblo somos. De todos modos está todo pensado para que no se alargue. Nuestra prosperidad depende de ello, hijo.

Marcus quería creer que Ralph tenía razón, en este mundo todo se reducía a dinero, todo se podía acomodar a lo que costasen las cosas. Si una tropa se comía a sus ovejas ya no habría de dónde tirar y tendrían que rendirse, pues así con todo. Algún día la guerra se acabaría de puro agotamiento. Razonaba el muchacho.

Roth Neisser, moreno de amplia nariz, temía ir a la guerra, pero como todos los jóvenes se había alistado voluntario. Desde hacía años estaba enamorado de una joven que acababa de casarse. El mundo se acabó para él el día que oyó desde la puerta de la iglesia el canon de Pachebel, gracias a la orquesta que con esa pieza, por ensayada, sonaba insuperable. Al menos con tan pocos y precarios instrumentos. Fue una boda a la que había que no había sido invitado y a la que jamás hubiera asistido, Veronika Biermann pasó a llamarse Veronika Fellner. Su corazón anhelaba encontrarse lejos, muy lejos.

Para Jan Ehrlich, rubio y de ojos verdes, la cosa era más simple, había que aplastar al enemigo sin mostrar piedad. Ya le habían ganado una vez y ahora los franceses se habían preparado para tomarse la revancha. Alemania le había permitido levantarse y ahora se había convertido en un problema. Había que acabar con Francia de una vez por todas, hacerlos huir, quitarles todo el territorio posible hasta que fueran lo suficientemente insignificantes como para no volver a ser capaces de concebir de nuevo semejante desafío. Además, se sentía muy alemán, sabía que bajo la dirección de los militares prusianos no podía sino marchar hacia la victoria. Se veía desfilando por los campos de Francia tomando posesión del territorio, ensanchando las fronteras, conduciendo al Imperio a una nueva etapa de prosperidad. Por eso, acudió a alistarse y en su corazón no había más sitio que para la euforia. Se fue al bar del Tuerto para celebrarlo, era un día de júbilo en el que bien podía excusarse del trabajo, la actual empresa se le antojaba mucho más importante. Allí se encontró también a Gerhard Oppenheim, a Volker Furtwängler y a Roth Neisser, que venían a lo mismo. En aquellos días todos eran amigos. Unna, la exuberante, esposa del Tuerto les despachaba cervezas al tiempo que reía alguna ocurrencia del señor Mockford, más allá se veía nervioso a Helmuth Degener rascándose las pulgas y, cómo no, Friedrich Schmidt, el Tuerto. Además de Paul Król, con el que al parecer iba la conversación.

–Digo que tenías que alistarte como todo buen alemán – aconsejó Friedrich.

–¿Para qué? Alemania ya tiene patriotas de sobra, además van a tardar tan poco en conseguir la victoria…

–No digas eso hijo –dijo Unna dándole vueltas a su vaso de grappa–, cualquiera que te oiga pensará que eres un traidor.

–¿Y qué Unna? Es muy fácil decir que se aliste este o el otro, ¿por qué no van los viejos?

–¡Mírame muchacho! Yo perdí el ojo por este país y mira hasta donde hemos llegado. La prosperidad depende de esta guerra. Vuestro futuro, no el mío. Yo ya soy viejo.

–Sí, claro.

–Pues yo he oído que tu hermano se ha alistado –intervino el señor Mockford.

–Mi hermano es un tonto y usted… debería estar en su tienda.

–Ya la atiende mi hermana. ¿Qué pensará tu suegro de ti,

muchacho?

—Me da igual lo que piense el lechero, de todos modos no le caigo bien y de todos modos tampoco es el padre de Otta. Y además, es muy fácil para el lechero decir cualquier cosa, solo tiene hijas. Y vacas grandes y apestosas.

—De todos modos, tienes que pensar que esos malditos franchutes son nuestros enemigos, hay que darles un escarmiento —intervino Helmuth Degener—, ¡mierda!, tienen que aprender de una vez...

—¿Los franchutes? Ah, vamos Helmuth, no conozco de nada a los franchutes, ni tú tampoco. Los franchutes no me han hecho nada, no veo por qué tendría que matarlos. De hecho... ni siquiera sé si son reales, nunca he visto a ninguno, por mí podrían ser una leyenda como Frau Gode. Además ¿Alguien sabía algo del archiduque Francisco Fernando de Austria antes de su asesinato? ¿A alguien de aquí le importa algo el Imperio Austrohungaro? ¿Alguien sabe dónde queda Sarajevo? Yo no desde luego.

—¡Yo sí! —dijo John Mockford.

—Está bromeando, no le hagas caso John, es un bromista — sentenció Unna dando un sorbo a su grappa y limpiándose la boca con el puño de su camisa—. ¡Cómo es este Paul!

—Seguro que ya se ha alistado —sentenció Friedrich.

—Seguro que no —intervino Jan Ehrlich—, no es como su hermano, este es un cobarde, pobre hermana...

Todos comprendieron lo que quería decir con "pobre hermana" ya que según muchos en el pueblo Jan y Otta eran hermanastros y el joven no perdía la oportunidad de restregárselo a Paul. Era cómo decir que él no merecía a una Ehrlich. La rivalidad de Paul y Jan venía de lejos. Sin duda, de haber sido Ulrich nada de esto hubiera sucedido, Ulrich parecía superior a los demás, tenía más fuerza, inteligencia, capacidad de trabajo y no era tan bocazas. Pero Ulrich estaba en su sitio, trabajando, hasta llegada la noche y siempre al lado de su padre. No dejaría de hacer o reparar zapatos por ir a tomar una cerveza. Cuando llegó la noticia del alistamiento fue el primero que lo hizo, sin pensárselo, después se fue a la taberna del Tuerto se tomó un anís y regresó al taller. Estaba contento, satisfecho porque había hecho aquello que se esperaba de él, nunca decepcionaba. Las muchachas del pueblo suspiraban porque se les acercara. Sin embargo, el muchacho parecía reservarse para alguien especial, todas lo intuían.

–¿Cobarde? ¿Y a quién le importa? Sí lo soy qué más te da, no te serviría de compañero de armas. Todavía recuerdo a alguien corriendo cuando abrió la caja y encontró la serpiente. No te preocupes Jan, no vas a tener que hacer la guerra a las serpientes, solo a franceses con rifles y tal vez a rusos. ¡Bueno! Creo que es hora de irme, se acabó el espectáculo, otro día prometo hacer algún truco con cartas. Por cierto, Friedrich, después te pagaré. Creo que me he dejado el dinero en casa, tendré que robarle a mi padre unas monedas.

Se despidió de todos y se fue a casa de Otta, para ello tenía que cruzar todo Faustaugen. El pueblo no era muy grande, apenas setecientos habitantes, en la zona se criaba abundante ganado del que se comercializaba la carne y por encima de todo se aprovechaba la piel, en especial la de oveja. El cuero se empleaba para hacer zapatos y cinturones, pero la mayoría se vendía nada más curtir. Antaño las tierras pertenecían al duque, pero el título nobiliario era todo lo que le quedaba a la decrépita casa. Las deudas de juego hicieron que se tuviese que vender parte del ducado. Por suerte para sus habitantes, todos los descendientes nacían con el mismo mal: el vicio, iban a dilapidar su dinero al casino de Baden–Baden. Aunque, hubo años aciagos en los que la dejadez de los gobernantes hizo que el hambre campara con vesania, desde aquellos períodos y gracias al reparto de tierras se podía vivir con cierta holgura. Se podía decir que desde los tiempos de la Liga Hanseática el pueblo no disfrutaba de una prosperidad como la de ahora. Sabían muy bien que todo ello se debía a la paz conseguida por el Káiser, años de paz eso es todo lo que se necesitaba y una Alemania unida. Faustaugen como buen pueblo alemán era trabajador y obediente. Nada podía faltarles.

Paul prefería que fuesen otros los que trabajasen, veía en su futuro algo parecido a lo que hacía el señor Ephraim Adesman, comprar y vender, era un simple intermediario que ponía en contacto a fabricantes con vendedores. Esa sería su meta, convertirse en un hombre de negocios, además se ganaba más que con el trabajo duro y no tenía que estar siempre encerrado en el taller, lo único que necesitaba era un poco de dinero, alguien que se dignase a prestárselo. Otra salida podía ser el circo, aunque eso solo se lo contaba a Otta y a su amigo Gilbert porque otros podían tomarlo por loco. Por desgracia aún era muy joven y necesitaba demostrar a todos que era responsable como para labrarse un porvenir lejos de casa. Muchas veces hablando con Otta, le prometía el Imperio entero y viajes por África. Otta no le creía, lo amaba por ese punto de locura que tenía, ese desparpajo que hacía que la gente lo quisiese o lo odiase sin término medio.

Otta Lenz, la hijastra del lechero y mayor de tres hermanas. Contaban todos en el pueblo que su padrastro consiguió casarse con Galiana Krumm porque le dio el apellido a su hija. Vincent Lenz tenía una granja de vacas suizas a las afueras del pueblo, cada mañana recorría Faustaugen con su carro lleno de cántaras de leche, iba de casa en casa vendiendo. Con ello mantenía a su familia, y aún le quedaba dinero para su afición favorita: la caza mayor. Vincent no tragaba a Paul, le consideraba un holgazán sediento de cerveza, como buen padre era exigente con los pretendientes de sus hijas y a Paul lo acribillaba a indirectas. Por suerte, Paul no le tomaba en consideración o bien no respondía a la altura de la maldad de los comentarios que desplegaba. Sabía muy bien que lo que le iba a decir vendría relacionado con la guerra, de hecho quería que Paul se alistara, por nada del mundo toleraría ver a su hija con un cobarde. Cruzando el pueblo se encontró con Bertha Zweig, la matrona, todos sabían que su hijo estaba ya en la guerra y por tanto la felicitaban, Erich Krakauer, el panadero, incluso no le cobró el pan un par de días. Geert nunca sirvió para nada que no fuesen trabajos de fuerza y ahora era todo un héroe. Estaba trabajando desde hacía dos años en Hanover, allí se encontraba haciendo el servicio militar, por tanto salió con su división y ahora se encontraría en Bélgica. El plan que había trazado el Alto Mando, el Plan Schlieffen, estaba dando resultado, la guerra se acabaría pronto. Por lo que Paul no tendría nada que temer, en realidad nadie preveía que el conflicto se fuese extender, en el colectivo existía una euforia inexplicable que hacía que la gente se alistase casi sin pensar, dando por hecho que el resultado de la guerra traería continuidad a su joven país y más prestigio internacional. La guerra estaba vista con cierto romanticismo. Sentimiento que Paul, al contrario que sus paisanos, no veía nada claro.

Paul llegó a la granja de los Lenz, el Lana Ravine, allí se las tuvo que ver con los gansos que cada vez que veían llegar a un desconocido no dudaban en alargar sus cuellos en señal de desafío. El joven disfrutaba haciéndoles cara, espantándolos y echándolos a volar con gran escándalo. Pelusa, la perra, comenzó a ladrar aunque con una leve caricia de Paul, cambió la hostilidad por la simpatía. Galiana Lenz fue la primera que se asomó a la puerta, y tras verle llamó a Otta, la suegra no revelaba especial simpatía por su yerno, era una mujer callada, las malas lenguas decían que Vincent le ponía la mano encima cada vez que bebía, pero sus hijas sabían que no era así. Cierto era que el lechero vivía mortificado por sus celos, solía dar voces, quejarse por su suerte, no obstante jamás se volvía violento.

–Buenos días señora Lenz.

–Buenos días, dicen que todos se han alistado y que tú aún no lo has hecho.

–Pues, verá, fui con mi hermano a la Comandancia del distrito... pero...

–¿Y tú te las das de hombre? –intervino Vincent que venía del granero.

–No, señor, supongo, aún soy joven... incluso para morir.

–Muchacho, a la guerra se va para honrar a la familia, a la patria y por qué no, a la mujer que se ama.

–Sí, señor. Lo tendré en cuenta.

Otta apareció en la puerta con la mirada baja, estaba avergonzada por la reprimenda que le estaban dando a su novio. Por un lado quería que fuese a la guerra y que les callase la boca a todos, por otro, no quería de ningún modo. Su padre solía decir que siendo tan iguales los dos hermanos por qué no había elegido al más normalito en vez de al bicho raro. Con un gesto Otta pidió permiso a Vincent para pasear con su novio, cosa a la que al pobre hombre no podía negarse, eso sí, siempre visibles. Por ello, solían ir a un asiento de piedra situado a unos cincuenta metros de la entrada al rancho, justo en medio del camino custodiado por manzanos. Aquel sillón fue picado tal vez siglos atrás por un picapedrero, en él había una inscripción en latín casi borrada que nadie acertaba a saber muy bien qué quería decir.

Otta y Paul se conocían desde pequeños. Su historia de amor comenzó a principios del verano, justo en la fiesta de la esquila. Las mujeres se ponían los sombreros con pompones, bollenhut, a la manera de la Selva Negra, solo que en vez de llevar catorce bolas llevaban trece; Jesucristo y los apóstoles, decía el padre Josef como si todo tuviese algo que ver con la religión. Las solteras llevaban bolas rojas; las casadas, negras. En el festejo los jóvenes compiten por ser los más veloces o por comer más gachas con avena o por esquilar más rápido. Aquella temporada ganó la carrera Christian Müller, como años atrás lo hiciera durante más de diez años su padre. La comilona de gachas de avena se la llevó Ferdinand Bartram. Y el campeonato de esquila recayó en un polaco que llevaba tres años consecutivos siendo el mejor. Paul no participó, era un zapatero, por lo que ni siquiera sabía esquilar ovejas. Sin embargo, tenía un talento especial para hacer malabarismos con tres pequeños martillos y hacer que los más pequeños abrieran las bocas de sorpresa. Así fue como la pequeña Erika, hermana de Otta, se despistó y tuvieron que buscarla. Cuando Otta agarró de la mano a Erika, Paul se detuvo.

–¡No!, ahora no te la puedes llevar estoy a punto de hacer lo mejor de mi número, así que si quieres puedes verlo, pero no te la puedes llevar.

–¿Cómo que no?

–Sería una gran falta de respeto, y yo haría que todos estos jóvenes congregados aquí te suplicaran en voz alta, cosa que no querrías, ¿verdad?

De mala manera Otta accedió a quedarse a ver el número al completo y para su sorpresa lo disfrutó, porque Paul iba añadiendo tenazas y una lezna puntiaguda. Además daba giros o hacía alguna payasada como quien va perdiendo el número. Así cuando terminó los niños y algún mayor aplaudían entusiasmados, en especial Lukas que tenía síndrome de Down. Otta se giró, pero antes dejó un rastro con la mirada a Paul. El joven lo entendió todo y decidió seguirlas.

–Mi nombre es Paul, soy zapatero…

–Todos conocen al hijo holgazán de Frankz el zapatero.

–¿Sí? Pues anda dime que también sabías que sé hacer malabares o que también sé trepar… ocultarme…

–¿Ocultarte? Sí, del trabajo.

–El caso, señorita, es que hace tiempo que me he fijado en ti…

–Ahora me tuteas… no, la respuesta es no.

Otta estaba acostumbrada a las miradas de los hombres, de hecho había sido pretendida por Hahn Krakauer, Otto Fellner, Clemens Weiss e incluso Gilbert Bartram quizá el mejor amigo de Paul.

– ¿Y si me subo al tejado del granero de Rudolf Sinmuelas y camino con las manos?

–Estás loco si lo haces. Yo no te lo he pedido.

La pequeña Erika sonreía, estaba encantada con la

conversación y deseosa de ver aquel número, sabía muy bien que Paul podía hacerlo.

–Si lo hago, ¿nos volveríamos a ver?

–Esas cosas no son así, no sé de nadie que corteje a la gente subiéndose a los tejados y caminando con las manos.

–Pues yo sí. ¿Ves cómo no sabes nada de mí? El caso, señorita, es que me apetece subir al tejado y reclamar tu amor desde allí.

–Sí, sí, sí –decía Erika.

–Te prohíbo que lo hagas, lo único que conseguirás es hacer el payaso.

–¿El payaso? Me encanta.

Y subió, para vergüenza de su gente y delicia de los niños que ya le conocían. La feria de la esquila se paralizó para verle, la banda dejó de tocar y el alcalde, Balthasar Holstein, llamó al policía Imre Bartram para que lo hiciese bajar. Y aquel fue el escandaloso comienzo de aquella relación. Ahora todo aquello parecía que hubiese sucedido hacía años, porque la inminencia de la guerra lo cambiaba todo. Para Otta no era más que un trámite por el que debía pasar su amado ya que era una exigencia social, como bautizarse o como hacer la comunión, o quizá aún más importante. Se vivía tal clima de euforia que ir al ejército se veía como una cosa hecha, los jóvenes tenían el sagrado deber de defender a su país y a su káiser. Causa bendecida por la religión ya fuese por un Jesucristo católico, como en Faustaugen; o protestante como en Gutenweizen, el pueblo vecino. Pero si le decía que fuese, era para lavar su nombre, o para que sus futuros hijos no tuviesen que llevar la vergüenza de tener un padre nombrado como cobarde. Por otra parte, existía la probabilidad de no volverle a ver y que jamás tuviesen un hijo ni una vida. Por lo que no quería aconsejar a su novio ya que sentía que podía perderlo por decirle lo que tenía que hacer. Aquel día Paul traía la cara de despedida, ella lo intuía, por primera vez en su vida lo encontraba triste. Algo desde dentro le decía que no podía ser nada bueno, había estado por el pueblo mofándose de todos y diciendo no iría a la guerra hasta que no se lo llevasen a rastras. Hablaron de lo precioso que estaba el campo y la abundancia de pastos para el ganado. Las crías de este año se veían fuertes y todo parecía indicar que habría buena carne, incluso había varias ocas incubando, el otro día apareció una con doce polluelos. Crecía la naturaleza tan ajena a los problemas de la sociedad que parecía mentira que todo formase parte del mismo mundo. Entonces Paul cambió de tema.

–¿Qué pasaría si me fuese a la guerra?

Otta se calló y le observaba, no tenía respuesta.

–¿Qué pasaría si me fuese a la guerra? –repitió.

–Que... que te seguiría queriendo del mismo modo. Lo prometo.

–¿Prometes que me esperarás?

–Mil años te esperaré.

–Pues siendo así, quiero que sepas que te echaré mucho de menos, porque me alisté cuando lo hizo mi hermano.

Otta sonriendo acercó sus labios al muchacho quien los recibió con alivio, ya que por dentro tenía una gran desazón, en el fondo sospechaba que la guerra era algo más que cosechar gloria. La contienda, por breve que fuese, podría acabar transformándolos, como una manzana que tiene buen aspecto y se está pudriendo en su interior.

El problema de ser tan grande es que tienes más probabilidades de que te alcance un proyectil. Así se lo habían inculcado los bromistas, así lo temía Geert. No obstante, Geert siempre estaba en segunda línea, hacía falta un tipo fuerte que alimentase a los caballos, porque los animales se habían convertido en indispensables para la movilidad de la tropa y ahora que se iban alejando de Alemania y se adentraban en Francia el problema de la logística cada vez era más acuciante. Desde la destrucción de los fuertes de Lieja y Namur los alemanes avanzaban sin apenas resistencia, sin embargo, pronto vinieron a encontrarse con el Quinto Ejército Francés de Lanrezac. Para el Segundo de Bulow no fueron rivales, aquellas gorras rojas se mostraban como un blanco fácil para los tiradores alemanes, el plan de ataque iba marchando según lo previsto, eso daban a entender los mandos. Lo cierto, es que se iba retrasando. Por un lado la resistencia belga era más enconada de lo que se podía prever en un principio, por otro fallaba la logística. El plan que tejió el general Schliffen antes de morir se deshilachaba. Era imposible mover munición para la tropa así como comida, y también alimento para nada menos que seiscientos mil caballos, para lo cual se hubiesen necesitado muchos camiones y trenes, tantos que se antojaba una quimera. Otro problema eran las comunicaciones, tan precarias que el primer ejército y el segundo perdían el contacto. Además, el centro de mando quedaba lejos. No obstante, la pesada maquinaria del ejército alemán, Deutsches Heer, avanzaba hacia Paris con pies de hierro. Se podían ver hileras interminables de hombres con sus cascos terminados en punta, pickelhaube, y su número de regimiento escrito en rojo sobre ellos. Parecía que nada les podía detener, que no podía existir ningún dique de acero capaz de contener la densa lava de sangre alemana.

Desde donde estaba Geert oyó como habían liquidado a los paisanos que estaban haciendo el servicio militar el día que llegó la guerra. Temía que de un momento a otro lo mandasen a primera línea del frente, bastante tenía con ver cadáveres y casi pisotearlos, estaba seguro de no poder resistir en vanguardia, de hecho más de una vez se había echado cuerpo a tierra al notar algún proyectil que venía quemando el aire disparado desde la lejanía. Los "cabeza de pólvora" apenas temían a los cañones enemigos, más bien estaban algo temerosos de los francotiradores que a veces sorprendían desde retaguardia para desesperación de los mandos.

–Otro maldito traidor belga, ¿es que no han comprendido que esto no va con ellos?

Se hacía necesario acabar con los focos de resistencia que iban asomando que, como si fuesen avisperos ocultos, aparecían haciendo daño.

A Geert también le daba miedo de los resistentes, hacía apenas una semana un compañero murió de un tiro en la espalda y costó medio día dar con el tirador, lo cual hizo retrasar mucho el envío de comida para los caballos que tiraban de los cañones. El mismo Geert tuvo que participar en la búsqueda y el flanqueo. Cuando lo acorralaron se dio a la muerte casi con locura, no era más que un muchacho que quizá estuviese pasando las vacaciones estivales en el momento del ataque alemán. Los belgas en su mayoría huían de la guerra, temían las represalias por presentar resistencia y la gente cogía lo que podía para huir hacia el norte, lejos de las explosiones. Había tanta prisa que aquí y allá veían los bultos con ropa abandonada por los civiles en su huida. Algo que al grandullón le daba mucha pena y hacía recordar, no sabía por qué, a su madre y a su difunta abuela. Aquellas ropas inocentes dejadas con premura tenían mucho de trágico, hablaban de sus dueños asustados, escondidos o peor: muertos.

Los camaradas de Geert se habían inmunizado contra el dolor ajeno y parecía que solo sintieran el suyo. Comenzaba a aparecer la fatiga y sus secuelas, aquella misma mañana había visto a varios soldados con los pies sangrantes y ulcerados. Aún así todos comprendían al ver correr espantados a los franceses que la guerra solo podía estar a punto de acabarse. Cundía cierto optimismo, no obstante, Geert pudo ser testigo de una conversación en la que el general Otto von Emmich se lamentaba de no capturar cañones del enemigo y ni siquiera prisioneros. El muchacho no lo comprendía, sin embargo, aquella desazón le contagiaba el ánimo, ya que él tampoco era persona muy entusiasta.

Aún así, los alemanes marchaban rápido, tanto que en poco tiempo llegaron a las estribaciones de Paris, ya había quien decía que desmontarían la Torre Eiffel y la iban a transformar en más cañones. Lo cierto es aquello nunca sucedió. Geert ya no daba abasto con la logística. Estaba tan agotado que casi se podía quedar dormido de pie. El Segundo Ejército al que pertenecía había perdido el contacto con el primero y era imposible lanzar una ofensiva contra la capital, no dejaban de aparecer defensores como si un soplo de viento los trajese de todos los puntos cardinales de Francia. Sin que lo supieran las tropas viajaban en taxis parisinos al frente. Además habían llegado los británicos y como una cuña se había clavado en su flanco derecho. Según sospechaba el general von Bullow ambos ejércitos se separaban y el tan laureado Plan Schlieffen se corrompía del todo, por lo que hubo que retroceder y andar lo desandado. Al replegarse se podían defender mejor y con esa excusa renunciaban al asalto final de Paris. Geert creía que lo hacían para ahorrarle trabajo y no tener que ir tan lejos por los suministros además de no quedar expuestos a los francotiradores rezagados que como las abejas con el panal expoliado atacaban a todo lo que se movía.

A principios de septiembre, el ejército se había instalado cerca de Ypres. Los estrategas se habían preocupado de tomar las posiciones más favorables, casi siempre dominando los sitios más altos. Nadie hablaba de fracaso aunque se sospechaba, la imbatibilidad alemana se había quedado en entredicho gracias a los contraataques de la Entente en el río Marne. Para Geert aquello no era más que un alivio, incapaz de ver más allá del alcance de su entendimiento el hecho de tener una base fija para poder llevar suministros le propinaba un poco de resuello. Además estaban consolidando sus posiciones y acabando con los molestos e intermitentes focos de resistencia.

Los soldados de intendencia se instalaron en una granja, allí tenían un pajar en donde dormir calientes y además, cuadras suficientes para dar descanso a los caballos. Allí conoció por primera vez al veterinario André Vanhoof, un belga al que obligaron a colaborar con el ejército alemán, llevaba un brazalete rojo que dejaba claro su estatus como prisionero. A Geert verle trabajar le resultaba refrescante, ya que era el único que se preocupaba por los animales. Una vez le vio encararse con un sargento porque obligaba a una yegua que no podía más. André era un hombre inteligente que enseguida captó la nobleza del muchacho y lo demandó. Sabía que amaba a las bestias y comprendía que su naturaleza era ajena a la de los hombres por lo que era, si cabe, aún más injusta la guerra para ellos. Al principio no se entendían ya que ni uno sabía francés, ni el otro alemán, pero con el paso de los días del veterinario iba cogiendo el idioma. Y se iba explicando, trataba de hacer comprender a Geert que tenía que ir dándoles descanso a los caballos, alternarlos sin que los mandos lo notaran, ya que la indolencia de éstos no tenía fin y no se preocupaban si caían extenuados. Geert siempre se preocupaba de conseguir algo de comestibles para el veterinario, al cual el ejército pagaba con vales de comida. Pero a veces, tenían dificultades para canjear los recibos. André que en un principio midió a todos los alemanes con la misma vara, se dio cuenta de que los que entraron por la fuerza en su casa, llevando la violencia y el miedo, eran diferentes de estos otros con los cuales tenía que tratar a diario y cuya presencia no resultaba desagradable, a medida que iba tomando conocimiento de sus personalidades sabía cómo tenía que actuar con cada uno. Sin duda con Geert se llevaba mejor que con el resto.

–Geert, tienes que saber que los animales a diferencia de las personas nos valoran por lo que somos, no por lo que tenemos, ¿me comprendes? Si les acaricias sabrán quien eres, si les pegas tampoco lo olvidarán, ¿me comprendes?

Geert sonreía, siempre lo supo, tenía que ver a las bestias con los mismos ojos que André. Por ello, en adelante se acercaría a los caballos acariciándole la cara. Comenzó a preguntarse en aquellos días por la vida de aquel hombre, la cual se le presentaba como un misterio. ¿Tendría mujer? ¿Hijos? ¿Madre? Fue entonces cuando sintió añoranza por su casa, por su pueblo, su realidad. Faustaugen quedaba a un millón de kilómetros y su madre, su anciana y viuda madre, a la misma distancia. Nadie como ella para hacerle la carpaccio y las patatas al horno. Bertha Zweig era hermana de Unna la Exhuberante, ambas hijas de un inmigrante italiano. Pero Bertha era más dulce, perdió pronto a su marido en un naufragio, ya que Klaus era marino. Y desde entonces todo su amor lo invirtió en su hijo. Aquel chaval era grande como el bueno de Klaus, además también tenía un corazón inmenso. Bertha no dejaba de pensar un minuto en Geert, sin embargo, había estado contemplando su nueva realidad, tan absorto que apenas si se acordaba a la hora de comer o cuando se echaba sobre cualquier jergón. Jamás llegó a plantearse qué sería de su madre sin él. Aún tenían algo ahorrado, y el huerto les daba para mantenerse, no obstante, la pobre envejecía por días e iba perdiendo visión, en cualquier momento no podría ni ocuparse de la casa. Tenía que escribirle, aunque no sabía, porque jamás llegó a aprender. El maestro Luhmann lo intentó, todo sin embargo, siempre fue un chaval muy despistado. Ahora se lamentaba, porque quería contarle a su madre todo aquello que veía, quería que supiese que estaba bien y que la guerra le permitía vivir, que no era poco.

Quizá su experiencia más dolorosa la vivió en su vida civil cuando tuvo que descargar un tren con sacos de azufre, cuando se quemó la espalda, porque con el sudor y el polvo se formó un ácido que le quemó la piel. Aquello sí fue doloroso, esto de ahora comparado con aquello de entonces era al menos soportable. Era lo que quería decirle, aunque en realidad sentía una tristeza que iba más allá de todo padecer. Pero eso no deseaba que lo supiese su Bertha.

En los días siguientes buscó alguien que le escribiese las cartas y encontró a varios, aunque nadie lo quería hacer gratis, quizá por crueldad. El que menos le cobraba le pedía treinta peniques, él los daba de muy buen grado. Lo hubiese hecho el doctor Vanhoof, pero apenas sabía alemán. Geert admiraba a André, era su modelo a seguir, le respetaba incluso más que a los mandos, por ello, cada vez que alguien se atrevía a hablar mal al veterinario se encontraba con el grandullón haciéndole sombra intimidándole.

Durante la noche Geert había estado toda la noche descargando un tren de munición y ahora regresaba a las primeras líneas con los camiones llenos. Durante todo el trayecto intentó dar una cabezada a pesar de los piojos que atacaban por legiones. Estaba muy cansado y le dolía la cabeza, aunque sobre todo tenía que comer algo. Hans el cocinero, le dio a elegir entre café con leche y galletas o carne de ternera en lata, corned beef. Geert escogió esto último y después, abusando, un poco de lo primero. Cuando dio cuenta de todo se marchó en busca del jergón, no obstante, por el camino quiso dar un último vistazo a sus animales. Notó que alguien se había preocupado de llenarles los pesebres de pasto, en seguida supo que había sido André, por lo que le buscó y fue a dar con él justo detrás de los establos. El miedo y la sorpresa se dibujaron en el rostro de André, Geert lo había pillado leyendo algo en un pequeño rollo de papel. El veterinario, pillado, intentó disimular con una sonrisa.

La madrugada traía niebla, se presentía al enemigo cercano, casi se le podía oler. El cabo Rudolf Goldschmidt era un tipo duro y valiente, no había duda. Durante las batallas que tuvo que librar en el Marne lo había demostrado con creces avanzando con temeridad y exponiéndose al acero enemigo. Además, nunca le tembló la mano cuando tuvo que aplicar las represalias tanto a enemigos como a su propio grupo o a la población civil. Los mandos le conocían bien y tenían en alta estima su valor, sin embargo, los oficiales se cuidaban de darle un ascenso, más de una vez le aconsejaron que diese un curso de sargento, que en el futuro debería alejarse de la guerra un rato para venir más preparado. Y todo esto porque Rudolf era imprudente, solo quería avanzar creyendo que la valentía serviría de escudo y que llegados a un encuentro cara a cara con el enemigo tenían las de ganar, ni los franceses ni los británicos disponían de hombres tan aguerridos como los alemanes, al menos así lo creía Rudolf, por lo que el titubeo tan solo servía para alargar el conflicto. Esto era lo que en verdad importaba, toda esa rudeza que demostraba Rudolf no era más que una máscara, en su interior había mucho sufrimiento. Al principio creía que la guerra era cosa de caballeros, pero poco a poco se fue dando cuenta de que había miles de matices que alejaban al hombre del honor y lo ponía a la altura de las alimañas. La guerra no tenía porque ser justa. El conflicto había dejado caer el telón que ocultaba las bambalinas enseñando su versión más macabra y no fue casualidad que un día sin saber cómo se encontró mirando la cara de una niña belga, estaría así mucho tiempo, aún no sabe cuánto, solo había un rostro, el resto del cuerpo había desaparecido. Hasta entonces habían existido los proyectiles del enemigo, esos asesinos viles, carentes de respeto que lanzaban para alejarlos. Los suyos por el contrario, no existían, era algo que no se quiere pensar. Las arrojaban sí, aunque no preveían el daño que podía hacer. La carne picada del enemigo le era indiferente en esa desesperada carrera de matar o que te maten. Pero el hecho de ver a una niña inocente le había destrozado, y si antes le había urgido acabar lo antes posible la maldita Gran Guerra ahora la necesidad se volvía acuciante. Sabía muy bien que el frente se había estancado, sin embargo, aún confiaba en los mandos que habían trasladado más allá de sus fronteras el problema, al menos sus pueblos y sus ciudades no sufrían el hostigamiento del fuego. Aquella niña bien podía haber sido alemana, lloró un poco por ella, quizá no tuviese ya nadie que le llorase. La guerra no tenía que ser justa, tan solo guerra.

Rudolf era un tipo fuerte, no muy alto, de pelo castaño, lucía un bigote espeso y a veces una perilla breve, su rostro ceñudo parecía mostrar a un tipo carente de todo humor. Era de Hanover, allí trabajaba en la construcción. Sus padres murieron en un incendio justo cuando él tenía cinco años. Desde entonces fue recogido en un orfanato, estudió hasta los doce años y fue adoptado por una familia que se dedicaba a vender sombreros. La sombrerería Goldschmidt no era el mejor de los negocios y, por ello, mandaban al chiquillo a trabajar a una carpintería propiedad del cuñado. Pasaba el tiempo y el chico apenas avanzaba, quizá porque su tío celoso de su saber no le mostraba los secretos de su arte, su salario era ínfimo por lo que su padre adoptivo le reprendía con dureza. Entonces vio la oportunidad de encontrar un nuevo trabajo, nada menos que de peón en la construcción en donde al menos doblaba su paga, para regocijo de sus progenitores. Tuvo que vivir un tiempo en Berlín ya que el maestro albañil era un berlinés vicioso que conoció porque hacía los encargos a su tío. Encontró Rudolf una motivación extra porque por primera vez le gustaba lo que hacía y tal vez porque encontró cierta libertad. Fue aprendiendo rápido y a pesar de su juventud pronto comenzó a manejarse casi como los expertos. No obstante, Rudolf no era del todo feliz ya que cada vez que veía a los de su edad marchar al instituto se le partía el alma. Había un misterio en los libros que le había sido negado por completo solo por ser huérfano. Sentía que de no haber tenido tanta mala fortuna hubiera podido estudiar y, por ello, una vez regresado a Hanover y para disgusto de sus padres, comenzó a tomar clases particulares de escritura y matemáticas. Allí conoció a Mihaela, una chica rusa cuyo padre murió en el llamado Domingo Sangriento de San Petersburgo. Por este motivo su familia comenzó a peregrinar hacia Alemania en un lento goteo, la última fue ella hacía apenas tres años. Su tío Piotr había prosperado gracias a los contactos con el partido comunista alemán, que le habían conseguido un trabajo en un periódico. Piotr era simpatizante de los bolcheviques por la fuerza, ya que una vez probado el sistema capitalista occidental, la verdad, se podía vivir bien. Por ello, tiraba de sus parientes y nunca abandonó a la familia de su hermano, por lo que trajo a su gente en la medida de sus posibilidades y siempre, siempre, después de concertar un trabajo. Mihaela, era menuda y débil, siempre sonriente y tenía mucho talento para los bordados, fue así como pudo encontrar trabajo en una fábrica de sábanas en donde confeccionaba los adornos. En realidad no le hacía falta apenas saber el idioma porque comprendía cada vericueto de la profesión y el encargado tenía la paciencia necesaria como para hacerse entender. Pero Mihaela era de naturaleza curiosa y cada día intentaba aprender un conjunto de palabras, quería comunicarse con la gente, aunque sobre todo necesitaba leer y para eso tenía que saber el idioma escrito. Por lo que pasado un tiempo, una vez situada, decidió permitirse tomar unas clases particulares de escritura.

La academia Hölderlin estaba situada en el barrio de Mitte, en una segunda planta, sobre una taberna llamada Picagallo, en donde servían pasteles de todo tipo de carne. La escuela aparecía apenas anunciada por un cartelito y cada tarde se concentraban allí paisanos que huían del analfabetismo e inmigrantes hambrientos de integración. Había una chica que a veces tenía ataques de tos para desagrado del maestro, era imposible no verla. Jamás había sentido Rudolf algo parecido, se le antojó tan hermosa que el mundo se volvió invisible. El día se volvía ancho hasta que llegaba la hora de regresar a la academia y si resultaba que Mihaela no había acudido los interrogantes se multiplicaban en la noche. Por ello, un día reunió valor y se presentó. Fue extraño que la muchacha no le diese largas sino que tomó su mano y respondió con amabilidad. Hacía tiempo que Mihaela no tenía contacto humano, su tos espantaba hasta a sus familiares y estaba a punto de perder su empleo. Rudolf temió por unos segundos que fuese una meretriz, pero sus ojos tímidos le comunicaron otra cosa. El amor surgió, espontaneo como las flores que inundan los trigales. Lo sabían porque no podían faltar a su cita en la escuela ni a su paseo cuando iba a acompañarla a su casa. Rudolf nunca tuvo noción de haber sido feliz como en aquellos momentos, no que él recordara.

Ahora con su fusil en la mano Rudolf consideraba aquel tiempo "la otra vida", acaso la vida real o donde viviría cuando muriese. Porque ahora, en este denso amanecer, tenía que desatar el mismísimo infierno entre aquellos cultivos que se extendían a orillas del Aisne, sin embargo, la niebla lo inundaba todo y había que tener los nervios muy templados para no delatar la posición con cualquier movimiento. Suerte que estaba cubiertos por los matorrales, aquello era lo único que podía tranquilizarles. Un simple ataque de tos y podían ser víctimas. Cada soldado se encaramaba a su fusil, un Mauser 98, en contraste con los mandos que portaban una pistola semiautomática, la Luger de nueve milímetros, símbolo de su estatus. El sudor y la niebla hacían que hubiese que secarse la humedad de la cara porque era casi imposible estarse quieto del todo. Se podía escupir la tensión, por lo que Rudolf prefería pensar en otra cosa, recordaba a Mihaela y casi podía ver su cara en el denso aire como si la naturaleza conspirase para dibujar su silueta en la claridad de lo oscuro. Se sorprendió encontrarse llorando y no quería que le viesen; tenía una reputación de tipo duro que conservar. Su mente le traicionaba y aunque quería seguir allí concentrado en lo que quiera que fuese lo que se le viniese, su pensamiento viajaba en el pasado. Era capaz de recordar cada uno de los pocos paseos que hizo con Mihaela al anochecer por Hanover, solía pensar en el tiempo, en lo rápido que pasaba junto a ella. Le hablaba de su país y de lo injusto que era que solo lo disfrutaran unos pocos aristócratas, la Madre Rusia se estaba quedando anticuada y su población no dejaba de sufrir. Mihaela acompañaba su indignación con los gestos de su cara como si el hecho de pensarlo le supusiera una tortura física. Lo cierto, es que sentía el asesinato de su padre con gran indignación. No obstante, Rudolf apenas la entendía, disfrutaba de sus palabras e incluso sonreía con ellas cuando le contaba alguna historia triste, pero su rostro estaba tan iluminado que era imposible estar a su lado y sentirse ensombrecido por la pena. Todos los días que pasó a su lado cayeron con la ligereza de las hojas en otoño. Mihaela era frágil como los pétalos de la amapola y pronto enfermó. Supo Rudolf que su felicidad era efímera, dejó de trabajar para pasar con ella todo el tiempo posible. Sus padres discutían con él, pero ya no escuchaba a nadie. Cuando Mihaela ingresó en el hospital supo que no saldría de allí con vida.

—A los hospitales se va a morir —le dijeron.

Entonces pensó que quería casarse con ella antes de que la tuberculosis se la arrebatara. Cuando se lo propuso a Mihaela se echó a reír, estaba muy débil, tanto que le pareció una locura el hecho de poder moverse, aunque la idea le resultó tan dulce que lloró de alegría. Le tomó una mano y de aquel modo sellaron su compromiso. Su alma volaba y Rudolf algún día tendría que ir a buscarla.

Ese día podía haber llegado después de maldecir mil veces a Dios. Rudolf se secó la cara por enésima vez, los rayos del sol estaban disipando la niebla, descubriendo un batallón de británicos avanzando hacia su posición. Como una novia a la que le quitan el velo, en una boda de sangre.

Cuando se marcharon los reservistas: Hackett Biermann, Kasch Kleiber, los hermanos Meyer y Penrod Gloeckner, Ritter Amsel, su primo Stein Król, Zelig Weiss y Barend Uñas Negras todo el pueblo salió a despedirlos. Había flores, aplausos, alguna lágrima, se cantó el himno nacional y hasta la Oda a la Alegría de Beethoven que salía con torpeza y mucha voluntad de la banda de música. Embriagados de euforia, sombreros al aire, hubo quien miró a otro lado y vio una bandada de grajos poblando el campanario de la iglesia. Helmuth Degener interpretó este signo como un mal augurio y así lo dijo en voz alta. Alguien le tiró una boñiga de mierda de caballo y todos rieron.

–¡Tres golpes y una campana que cae! dijo casi hipnotizado sin que nadie le oyese.

En la taberna del Tuerto todos los días se escuchaba música gracias a un gramófono. El soldado Christian Müller había dejado dibujada una caricatura del Káiser defecando sobre el presidente francés Raymond Poincaré, el primer ministro británico Herbert Asquith y el zar de Rusia Nicolás II. A todos les parecía muy graciosa incluso al alcalde Balthasar Holstein, aunque dada su dignidad terminó censurando la viñeta por considerarla obscena y ordenó retirarla. Dado que no era Balthasar muy asiduo a la taberna y el policía Imre Bartram no tenía prisa por cumplir la orden el dibujo de Christian siguió en su sitio.

La vida continuaba como siempre. Los que habían sido llamados para la milicia, landsturm, patrullaban los caminos y carreteras en busca de sospechosos. Servían de apoyo a la intendencia del frente y daban seguridad en la retaguardia. Un día murió el miliciano Hans Studenberg cuando el camión con el que transportaba heno a los caballos del frente, se precipitó por una pendiente. Fue un accidente desgraciado que hizo que la iglesia se llenase de velas. A partir de ahí comenzaron a llegar cartas y telegramas de defunciones. Los jóvenes de reemplazo iban cayendo como moscas en Bélgica. El párroco iba de casa en casa consolando a las familias, de tal modo que a veces la gente no quería ni verlo asomar no fuera ser que se adelantase a los despachos. Fue muy duro cuando el cartero tuvo que visitar varias casas, todos los reservistas habían muerto en un solo día.

Friedrich el Tuerto desde entonces ponía la marcha fúnebre

de Chopin en su bar como homenaje a los caídos. El alcalde enfadado por los acontecimientos regresó a la taberna y exigió que se quitase de una vez el dibujo que humillaba la figura del Káiser y de paso que quitase la música de Chopin ya que era un autor francés.

—¡Qué, Francés! Todo el mundo sabe que Chopin es alemán —replicó Friedrich.

—Se conoce que usted no entiende nada de música, para su información Chopin es tan francés como el vino de Burdeos, el Champan o el Oporto.

Fremont Kast, el joven maestro, que se encontraba bebiendo una cerveza por poco escupe el trago.

—Vamos, señor alcalde, no sea usted aguafiestas es en homenaje al muchacho —suplicó Unna.

—¡Ja! Aguafiestas, cree usted Unna que estamos de celebraciones con la que está cayendo. Tal vez, si Italia, aliada como es, comenzase a atacar a Francia por el sur todo sería más breve —dijo ironizando.

Unna se echó un trago de grappa y sonrió.

—Señor Holstein, ¿quiere usted quitar ese dibujo? Sea pues, ¿le parece obsceno? Algún día comentaremos aquí lo que es obsceno y no. Ya sabe… hay gustos que merecen estiércol ¿no le parece? Y yo los conozco todos.

El alcalde palideció y se marchó sin despedirse, su rostro parecía haber recibido un par de bofetones. En su huida se tropezó con Otta Lenz, a quien no vio. Otta traía huevos que le habían encargado. Al entrar su mirada se cruzó con la de Fremont el apuesto y joven maestro. Fremont no solo era guapo e inteligente, también era rico según las habladurías. Otta notaba como la desnudaba con la mirada, nunca habían cruzado una palabra, pero ya intuía muy bien que sería cuestión de días y aunque Fremont sabía muy bien que tenía novio también conocía las circunstancias en las que se encontraba. La guerra era una oportunidad, estaba mal pensar de aquel modo, pero el amor no respeta ética. Y Fremont estaba muy enamorado.

André Vanhoof miraba con desasosiego a Geert, una palabra suya e iría directo a un pelotón de fusilamiento. Lo peor que te podía suceder era que te culparan de espionaje, primero te torturaban para que soltaras todo lo que sabías y después al tribunal militar. Por suerte, Geert le admiraba tanto que estaba desconcertado. Su deber era denunciarlo, pero si lo hacía sabía lo que harían con él. Por un lado André no le debía nada a Alemania ni al Káiser; por otro, corrían riesgo sus propias vidas ya que cualquier información podría propiciar un certero ataque aliado. La mirada de Vanhoof se iba tornando cada vez más confiada, parecía que con el paso de los días la posibilidad se iba disipando y con ello hacía cómplice al muchacho, al que por otra parte tenía en estima. El veterinario había comenzado a sentir por aquellos invasores una especie de simpatía, no parecían tan bárbaros como se hablaba, cuando conversaban con él le trataban con el respeto debido. Si exceptuamos, claro está, algún episodio puntual en el que se partía la cara por las bestias. También era sabido que en los primeros días de la guerra las tropas imperiales tuvieron que dar duro escarmiento y asesinar a inocentes, pero disipada la desconfianza inicial ahora se podía mover con cierta libertad. Sin olvidar nunca que quedaba lejos de casa.

Geert no podía retener dentro un secreto, así le había cogido confianza al veterinario, pero aquello no era amistad. La amistad no guarda secretos, tal vez si le hubiese dicho a quién iban enviadas aquellas palomas quizá no hubiese tenido que delatarle, aunque, de momento, no había contado nada. Era como si nunca hubiese sucedido. Por ello, tuvo que ir a hablar con el capitán Götz Müller, sabía que no debía molestarle con conjeturas aunque también reconocía que aquel hombre era quien tenía el suficiente talento como para desentrañar si el doctor Vanhoof era un espía. Dejarle el secreto a un cabo o un sargento sería como confiar una lechuga a un burro.

Müller era un hombre de acción, no era extraño verle participar de cualquier estiba y echarse un cigarro con los camaradas. Si no había ningún otro superior cerca, permitía que el soldado le tutease mandando a tomar por saco el protocolo militar. Aún así se daba a respetar por su gran inteligencia, siempre proponía la solución a cualquier problema, y éstos diluviaban a diario. Cuando Geert le contó lo que había visto le miró inquisitivo al principio para ir cambiando a sonriente.

–Has hecho bien. Tendré que dar parte porque no soy quién para vigilarle.

–Pero herr capitán, él está bajo tu custodia.

–Ya, ya, pero este es un asunto de Inteligencia. Bastante tenemos nosotros, ¿no crees? Vamos, no te preocupes, no le ocurrirá nada malo, si es inocente…

Fue un decirlo y llegar varios camiones. Con un silbido el capitán llamó a un puñado de soldados y todos se subieron. Era algo habitual, ir a la estación descargar el tren y llenar los camiones para después dejar repletas las bodegas, los polvorines o los pajares con forraje para las bestias. Aquellas maniobras interminables agotaban, de un día para otro se vaciaban los almacenes como si allí en vez de haber soldados y caballos tuviesen plagas de toda clase de bichos.

Era el capitán Götz Müller un tipo más bien alto, de pelo castaño que solía cortar de vez en cuando al cero debido a las entradas prematuras. De facciones amables y de buen trato, además de ser humilde quizá en exceso. Había estudiado ingeniería por lo que esperaba ser zapador, quiso la suerte, o un despacho perdido, que acabase en intendencia donde se encontraba cómodo. A veces, el capitán Müller le escribía alguna carta para la madre de Geert, pero lo hacía en contadas ocasiones ya que, dado su carácter generoso, también hacía favores a otros mandos redactando esquelas de condolencias a los familiares de los caídos. Mientras tanto Geert pensaba en lo que tenía que decirle a Bertha. A veces le contaba que la guerra estaba muy lejos y que cada vez que tenía ocasión de verla lo hacía de lejos, que ni siquiera había visto ningún muerto y que una cosa que tenía de bueno era que hacía amigos de todos los rincones de Alemania. Así Edwin era un Bávaro de la reserva, que era capaz de beber un barril de cerveza aunque jamás tomaba nada si no había un camarada que le acompañase. Que al cabo Florian le encantaban los caballos y le estaba enseñando a montar, era de Westfalia y decía que en el futuro esperaba viajar a España para ver las caballerías españolas ya que las consideraba las mejores del mundo. El turingio Friedbert que venía Erfurt y tenía vocación de sacerdote. Siempre hablaba de episodios de la biblia y le buscaba alguna analogía con la realidad actual. Geert, si el cuerpo se lo pedía, alguna que otra noche se dejaba ver por la cantina donde los muchachos bebían hasta acabar cantando. Y lo que era comida nunca le faltó, en definitiva la guerra era mejor que descargar sacos de azufre. De este modo Geert creía que podía tranquilizar a su madre, estaba muy mayor para preocuparla, sabía muy bien que cualquier contratiempo podía acabar por envejecerla del todo. Quizá, por ello, siempre que podía le mandaba una carta ya que Floy la Inmensa se las leía. Floy quería ser la nueva matrona y, por eso, tenía una amistad mitad sincera mitad interesada con Bertha.

Geert en más de una ocasión pensó que un día u otro su suerte se acabaría por lo que tenía que dejar una última voluntad a alguien de confianza y este no podía ser otro que el mismísimo capitán Müller. No sabía cómo comenzar la conversación, por lo que se presentó en su modesto despacho que consistía en una mesa, una silla y un catre en una sencilla habitación, con una botella de vino francés que había adquirido mediante el trueque.

–¿Herr capitán? –preguntó el soldado sin hacer el saludo de rigor.

–¿Es que hay alguien más aquí?

–No.

–¿Y bien? –preguntó Müller abandonando un parte que había terminado a mano.

–Pues que yo quería pedirle un favor.

–Ahora no me tuteas, no saludas al entrar… esto tiene que ser algo grande.

–Cuando usted, cuando se muere un soldado usted le escribe a su familia y le comunica su muerte.

–Así es, esa es mi tarea.

–Quisiera que no lo hiciese conmigo.

–No lo haré, no creo que mueras, no en esta guerra.

–Pero y si lo hago herr capitán.

–No, te ordeno no morir.

–No me comprende, si muero y mi madre se entera se morirá también. Ella solo me tiene a mí y yo a ella. Necesito que me prometa que no le comunicará mi muerte.

–¡Calla loco, trae mala suerte hablar de eso! ¿Qué me pides? Soldado, estás loco. No puedo hacer eso. Los soldados… mueren, las madres lloran, esta es la vida.

–¡Lo sé! ¡Pero sé que lo harás! ¡Prométemelo!

–¡Fuera, fuera de aquí! ¿Quién crees que eres para pedirme algo así? ¡Márchate soldado, creo que te he dado demasiada confianza! En adelante me hablarás como le hablas a los demás oficiales –dijo enfadado.

El capitán Götz Müller no podía violar de aquella manera el reglamento, no podía ocultar una baja, ni ocultar un muerto y sobre todo no podía engañar a una madre. Demasiadas responsabilidades, demasiados días largos. Y aún quedaba lo del veterinario cuyo secreto podía mandarlo al paredón. Las normas son las normas, desdeñarlas es como quitar una carta de abajo a un castillo de naipes.

Tras apenas dos meses de instrucción el Segundo Regimiento de Fusileros del Pequeño Ducado de Grünensteinen bajo las órdenes del capitán Ernest von Hausser fue destinado a Ypres. Los jóvenes voluntarios de Faustaugen estaban deseosos de entrar en combate. Aunque no todos, ni Paul Król, ni Marcus Breuer, ni Hahn Krakauer el hijo del panadero y su primo Roth Neisser. El primero detestaba la guerra por lo que suponía la ruptura con su gente y su vida, el segundo porque tenía mucho miedo, el tercero no aceptaba recibir órdenes y tener que estar siempre atareado, el cuarto porque ni siquiera la guerra había podido borrar su desengaño amoroso. Sentían un cosquilleo que les despertaba por las noches, un miedo natural que no trataban de disimular. Sus rostros les delataban, no obstante, a veces tenían que demostrar a los demás que también estaban ansiosos por matar a franceses y británicos, para vengar así a la mayor parte de los soldados de Faustaugen. A los reservistas que habían sido acribillados cuando iban en apoyo de la caballería en una aldea llamada Nery, y también a los que se encontraban en el servicio militar cuando comenzó la contienda que habían ido cayendo por los campos de Bélgica como el grano de un saco agujereado. Además, en la mente del resto de la tropa estaba los miles jóvenes estudiantes alemanes que cayeron en Langemarck en lo que fue llamada "la matanza de los inocentes", perpetrada por británicos veteranos de la Guerra de los Boers. Los británicos habían clavado una cuña en el frente y había que darles castigo, eso es lo que decían todos, de hecho era la frase más repetida: "Darles escarmiento". Sin embargo, también había un rumor sobre la capacidad de abrir fuego que tenía el enemigo. Sus fusiles parecían ametralladoras.

Ernest von Hausser no temía al enemigo, de hecho estaba dispuesto a salir con sus hombres y demostrarlo en el campo de batalla. Le habían asignado a los voluntarios del Pequeño Ducado de Grünensteinen, al que conocía de visitar en contadas ocasiones. A pesar de ser un noble se pacotilla se consideraba un "junker" prusiano, de hecho conocía al dedillo la rígida disciplina militar. Sabía muy bien que la gente del Pequeño Ducado de Grünensteinen tenía fama de aguerridos y así se lo demostraron en el pasado a las tropas napoleónicas. No obstante, para el alto mando no tenían la misma consideración, es más, se suponía una zona demasiado rural, muy poco desarrollada y con poca tecnología, comparable a los pueblos si no rusos, al menos austrohúngaros. Contaba entre sus suboficiales con un alférez llamado Kiefer Haider, que era un hombre débil de carácter que, sin embargo, al capitán le daba la sensación contraria ya que siempre se mostraba muy aguerrido. También había un viejo sargento sediento de acción, Ralph Rohmer, con un gran bigote que solía arengar a la tropa con vivas al Káiser y a Alemania.

Cuando llegaron a Bélgica el frente se encontraba estancado, por lo que cualquier movimiento se saldaba con miles de muertos. El ambiente era pésimo, apestaba a muertos, había mucho polvo y un calor insoportable. Los veteranos miraban a los recién llegados con una mezcla de ironía y sorna. El respeto en el frente había que ganárselo. Y el rancho.

Además de la tropa de Faustaugen también habían llegado jóvenes de otros pueblos del Pequeño Ducado de Grünensteinen, como los de Gutenweizen que solían competir con Faustaugen. En Gutenweizen eran agricultores, tenían un dicho que solían decir con ironía: "Para cagadas las de Faustaugen" se referían al olor de las heces del ganado, de este modo se referían a sus vecinos de manera despectiva. Mientras que los de Faustaugen solían repetir: "Para cosechas las de Gutenwiezen", con las que querían referirse a sus exageraciones y por extensión a sus mentiras. Con el tiempo, se acostumbraron a decir: " Cosechas…" , sobreentendiendo el resto de la frase, lo que con los años vino a significar algo muy distinto, bastaba con decir: "¿Cosechas?" , que equivalía a ¿Me entiendes? Todas estas particularidades venían a sacar de quicio al alférez Kiefer Haider, quien venía a reafirmarse en la creencia de que tenía una compañía de paletos.

Una mañana el capitán Von Hausser se colocó al frente de su compañía y comenzó a arengarles.

−¡Soldados del Pequeño Ducado de Grünensteinen, tenéis una deuda con la Historia! −breve pausa− ¡Y hoy viene a cobrársela! Vamos a acabar con los británicos de un manotazo como si fuesen moscas −breve pausa−. Les vamos a mostrar que los soldados del Káiser no tienen miedo, algo que ellos ni siquiera sospechan. Delante de nosotros tenemos a los británicos, que nada nos haga retroceder, al final de la batalla quiero ver vuestras bayonetas manchadas de sangre. Hoy tomaremos Ypres, eso es un hecho.

Durante la mañana comenzaron a aparecer camiones con

soldados, se notaba que había preparada una gran ofensiva de castigo. La caminata hacia la primera línea del frente se hacía más bien larga, estaban todos deseosos por entrar en combate quizá para acabar con el hormigueo en los estómagos. Atrás de las suaves colinas se oían los rumores propios de la batalla, todo indicaba que el ataque era enconado. Los gemelos Król sentían el miedo como quien saborea algo picante, una débil punzada que dolía por dentro y que les hacía sentir excitados. A su lado los cuatro hermanos Weiss gastaban bromas a Jan Ehrlich, de sus conversaciones nerviosas se filtraba la intranquilidad. Paul notó que aquellos sentimientos le eran conocidos a todos, tal vez también al impasible sargento Ralph Rohmer, el cual querría tapar su expresión con aquel enorme bigote. En cambio el alférez Kiefer no hacía más que darse ánimos diciendo que iba a matar más británicos que nadie y que haría llorar a las madres inglesas como nunca otro ser lo hubiese hecho nunca. Los soldados le reían la ocurrencia, pero no Paul el cual reconocía a los brabucones en las fanfarronadas.

Las explosiones se oían cada vez más cerca, de hecho no veían el campo de batalla gracias a varios bosquecillos que les tapaban la visión. A su derecha sobre una colina varios artilleros con los ojos de la cara trataban de colocar cañones, del grupo se desprendió uno que fue hasta donde se encontraba la tropa de Faustaugen.

–¿Quién es el oficial al mando? –preguntó un coronel.

–¡Yo, alférez Kiefer Haider, a sus órdenes!

–Necesito una veintena de hombres para situar la artillería sobre la colina y dar apoyo a la infantería.

–¡A sus órdenes, herr coronel! –y dirigiéndose a Ralph–, ¡sargento Rohmer! Coja veinte hombres y váyase con el coronel.

–Sí, herr alférez, como ordene.

Ralph escogió a tres hermanos Weiss, a Jan Ehrlich, a Paul y a Ulrich, a Marcus Breuer, a Gerhard Oppenheim, a Volker Furtwängler, a Roth Neisser, a Hahn Krakauer, a Christian Müller, a Hans Bartram y a su primo Ferdinand Bartram, a un chaval de Múnich llamado Garin, y a cuatro jóvenes de Gutenwiezen. Siguieron al oficial y en seguida se pusieron a ayudar a los caballos a tirar de los cañones. Notaron como los artilleros hedían, llevaban mucho tiempo en movimiento, su carrera era más desesperada que la de ninguno ya que en todo momento tenían que cargar con las enormes máquinas de guerra y su pesado alimento. Sin embargo, el olor de los cañones les recordaba a todos al sabor metálico de la sangre. Había una cierta precipitación por echar a andar a aquellas criaturas de hierro, pero para ello resultaba necesario llevarlas a su emplazamiento, solo allí funcionarían como era debido. Aquel cerro era el ojo de la cerradura donde debían insertar las llaves, aunque estaba muy empinado.

–Las situamos en aquel otro, pero resultó que no teníamos ángulo... esto ha dejado agotados a los caballos –dijo un artillero.

Ulrich leyó una inscripción que alguien había escrito en el cañón. Parecía el lema de aquella compañía, pues una vez situado el primero todos a una rugieron la frase: ¡Nunca nos rendiremos. Nuestro honor es la victoria o la muerte!

Había un punto de entusiasmo, un orgullo hondo que quería decir: "Tranquilizaos, ya hemos llegado nosotros". El esfuerzo era extenuante y los jóvenes solo podían imaginarse lo que llevaban pasado los artilleros en aquellos primeros meses de guerra. Hacia el mediodía acabaron y el coronel les dio permiso para retirarse y regresar a su compañía.

El sargento les impuso un caminar ligero, había que encontrar al alférez Kiefer antes de que hiciese alguna tontería. Llegaron a uno de los bosquecillos desde donde ya se oía el sonido de los fusiles, había un intercambio de fuego. Los soldados alemanes se encontraban parapetados intentando responder al enemigo situado a menos de quinientos metros. En medio de ambos bandos se hallaba una alameda con sus ramas en ruinas y sus troncos astillados reflejaban la desgracia de estar justo en medio de las luchas de los hombres. Ralph Rohmer, se presentó ante un oficial y pidió información sobre su tropa, entonces todos les vieron patalear y maldecir. Como temía el alférez había cometido una locura y había tratado de alcanzar la alameda por su cuenta. Había hecho avanzar a todos sus hombres, creía que si conseguía parapetarse detrás de los árboles crearía una punta de lanza para el ataque imperial alemán. Sin embargo, se había equivocado y les habían visto caer antes de alcanzar siquiera su objetivo. No obstante, al menos cinco hombres habían conseguido refugiarse, de hecho había uno que no paraba de gritar y cada vez que había un pequeño alto en los disparos se podía oír quejarse pidiendo un camillero. Los muchachos de Faustaugen estaban a punto de echarse a llorar, pues todos habían perdido a alguien, a los hermanos Weiss hubo que detenerlos entre varios camaradas ya que uno de los trillizos, Hans, había sido uno de los que se habían marchado con el alférez. El teniente al mando de aquel sector ordenó calma y pidió a los Weiss que se retirasen. Se habían encontrado de bruces con la Guerra. Entonces Paul lo oyó con nitidez en la lejanía.

–¡Camillero, camillero!

Era Gilbert Bartram, su amigo, Gilbert, el que tenía tres cañas de pescar, el que robaba caramelos al señor Mockford y los compartía con él, el de los petardos a las boñigas de las vacas, la serpiente en la caja de Jan, el pez en la pila bautismal de la iglesia. Cientos de veces había sido su compañero de castigo en las clases del maestro Luhmann. Pedía ayuda y su voz martilleaba dentro de su cabeza. También sus primos Hans y Ferdinand, les respondían y les mandaban ánimo, pero los superiores les mandaron callar, su suerte estaba echada. Con unos anteojos se podía ver a Gilbert que se encontraba sentado con los pies extendidos y la espalda apoyada en un tronco. Entonces comenzó el fuego de artillería alemán y el frente británico comenzó a recibir un duro castigo. Al fuego de los cañones les acompañaban los miles de disparos de los alemanes. En ese instante Paul lo vio claro, saltó el parapeto y corrió en dirección de la alameda, lo suyo era pura irracionalidad. Ulrich cuando lo vio se quedo petrificado, era incapaz de hacer nada que no fuese quedarse paralizado, mirando aquella carrera de su hermano hacia el cementerio. Paul sintió por primera vez la furia y el miedo, ambos mezclados a partes iguales, hacer justo lo que no quería; avanzar hacia la muerte. Tal y como iba corriendo iba descubriendo los cadáveres de algunos compañeros, a uno lo había visto aquella misma mañana riendo un chiste de Ferdinand Bartram, a otro cuyos ojos miraban al cielo había hablado con él la noche anterior, también vio a Gerhard Lehner a quien siempre le hizo mucha gracia el casco puntiagudo del ejército alemán. De pronto sintió el silbido de las balas buscándole. Quizá la infantería británica estaba teniendo serios problemas con la artillería imperial, aunque algunos todavía se atrevían a asomar sus cabezas y buscar un blanco. Por eso, Paul tuvo que hacer la carrera en zigzag hasta llegar donde su amigo el cual estaba blanco de desesperación, miedo y dolor.

–¡Paul, tú, Paul vamos a casa, vámonos de aquí!

Gilbert tenía destrozado un pie, tan solo se podía distinguir trozos de hueso y carne entre girones de ropa. Un proyectil se lo había hecho polvo y tuvo que reptar hasta el abrigo que le ofrecía el árbol. En aquellos instantes estaba conmocionado, podía verle e incluso oírle, pero sus reacciones eran lentas.

–Agárrate a mí, que nos vamos –sin embargo Gilbert no tenía fuerzas por lo que Paul se lo echó sobre los hombros y emprendió la carrera de regreso.

Oyó como los disparos hacían saltar astillas, era como una lluvia de granizo, de pronto pudo sentir como una había acertado en su amigo, el cual se quejó. Levantó la cabeza y observó como los suyos recrudecían el fuego ofreciéndole toda la cobertura posible. Paul en su huida solo oía el martilleo compulsivo de las ametralladoras, como si cientos de zapateros se afanaran en acabar pronto la tarea en un frenético último día de trabajo.

Palada a palada habían cavado trincheras, la contienda, de momento, se había declarado en tablas. Unos frente a otros, prevenidos por el invierno que se avecinaba, el alto mando había decidido dotarlos de comodidades. La zanja era como una gran serpiente que zigzagueaba en una línea que iba desde el Mar del Norte hasta la frontera suiza con Francia. Paralelo a esta corrían otras comunicadas entre sí por medio de corredores y estos a su vez llegaban a la retaguardia. El recién ascendido a cabo Rudolf Goldschmidt engañándose a sí mismo dijo no tener miedo, desde hacía mucho pensaba que morir era lo mejor que le podía pasar y, por ello, se había convertido en un temerario, cuando su teniente diese la orden sería uno de los primeros en salir. La mañana lo merecía. Su batallón había recibido la orden de atacar, aún faltaba una hora y ya se palpaba el miedo. Había llovido el día antes y la tierra estaba pegajosa como si reclamara ya la carne que le debía ser entregada. En la tierra de nadie una alondra apostada en un trozo de madera cantaba ajena al drama que iba a ocurrir en breve, parecía mofarse con su canto de la sinrazón humana. El oficial la vio desde el periscopio y sintió deseos de hacerla su primera víctima. La artillería comenzó a granizar sobre el enemigo, pensaba dejarlos aturdidos antes de que ellos se lanzaran. Rudolf olió las noticias que le traía el viento, todo se volvía espeso, el aire se había preñado del dulzón olor a pólvora y ese otro tan desagradable de la descomposición. Pronto muchos de los que allí estaban se habrían convertido en muertos sin tumba, irrecuperables en tierra de nadie, pasto de alimañas y hierbajos. El cabo encendió su pipa de tabaco y lo notó, el humo disfrazaba el tufo y le daba cierta tregua al miedo. A su lado un muchacho estaba tan asustado que casi chillaba, más allá a otro le castañeteaban los dientes.

—¡Por Alemania! ¡Por el Káiser! —arengaba el teniente.

—¡Hurra, hurra! —gritaban todos.

Rudolf se asomó por el peldaño del centinela para poder ver más allá de las alambradas y los caballos de Frisia, sonrió, era una sonrisa nerviosa, casi demoníaca. Sentía que podían conseguirlo, llegar hasta la trinchera contraria y tomarla al asalto, tal y como sucedía en las novelas de piratas y corsarios que leía en los pocos ratos de descanso que le daban. Era tan fácil en los libros, lanzarse a cara o cruz, sin pensar. Si moría ¿qué le podía pasar? Morir no era nada, un descanso merecido, una llegada a meta. O, mejor, la inmortalidad junto a Mihaela. Tal vez, jamás había estado tan cerca de los seres a los que más había amado en su vida, sus padres, su esposa. Sí, lo iba a hacer, mataría o moriría como el que no tiene ya nada que perder. Porque ya no tenía hogar ni nadie que le esperase en su Hanover que le viera nacer. Un muchacho vomitó, otro se orinaba encima mientras uno más allá reía y lloraba. Todos tan asustados que parecía que fuesen a su propio funeral.

–¡Calad bayonetas! ¡Hoy los "schangels" probarán el acero alemán! ¡Por el Káiser, por Alemania!

–¡Hurra, hurra!

El teniente se situó en la escalera, sacó su Luger y se colocó el silbato, lo hizo sonar. Los zapadores habían abierto brechas entre las alambradas, había que encontrar los pasillos y colarse.

–¡A por ellos!

Entonces salieron todos en un solo grito, la artillería alemana enmudeció y comenzaron los cañones de 75 milímetros franceses. El cabo Goldschmidt se quedó de los últimos para arrastrar a los rezagados. Había un muchacho que se echó al suelo y era imposible moverlo siquiera, el pánico lo volvió inexpresivo. Más allá otro se echó las manos a los oídos y comenzó a llorar, Rudolf lo detuvo y le obligó a subir la escalera, en todo momento el cabo iba detrás suya para que no se volviera.

–¡Avanza sin pensar!

El muchacho lagrimeaba, pero corría hacia adelante. Apenas podía ver a sus camaradas caídos, resguardándose en algún embudo hecho por las granadas. Los franceses desesperados lanzaban proyectiles de artillería combinado con el contundente fuego de ametralladoras. Allá habían caído varios intentando pasar por el camino que la cizalla había abierto en la alambrada enemiga. Justo a unos metros un soldado caía agujereado por los shrapnels que le habían dado de lleno, otros habían caído fulminados por una onda expansiva. Al cabo le resultó muy desagradable el sonido que producía el cuerpo al recibir los impactos. El muchacho seguía corriendo, no prestaba atención a su corazón que le pedía parar, ni a su mente que le suplicaba tirarse al suelo. De pronto apareció el primer francés en su camino, parecía un temerario que saltaba de la trinchera para enfrentarse a lo que fuese. Rudolf que aún estaba detrás de él, le disparó a quemarropa devolviéndolo a la trinchera. El cabo se había percatado de que un granadero se había encargado de la picadora de carne que era la ametralladora y ahora el batallón avanzaba con mortal decisión. Invadían a tiros la trinchera enemiga, reventaban las troneras y caían como una lapidación, tanto que los franceses corrían en retirada hacia la segunda línea. Aún así todavía había quien vendía caro su pellejo y plantaba cara al alemán. Rudolf obligaba al joven soldado a avanzar a puñetazos en su espalda, penetraron en la trinchera por un cráter que casi la había dejado al ras. Ahora el chaval no se cortaba a la hora de disparar, aunque era lento y torpe a la hora de mover el cerrojo y siempre tenía que acudir el cabo en su rescate. Se le echó encima un francés, el miedo y la torpeza impidieron que pudiera acertar con la bayoneta. Por suerte, Rudolf con su sangre fría se le anticipó y lo dejó ensartado por el hombro.

—¡A qué esperas remátalo! —gritó ya que el hombre no dejaba de moverse intentando zafarse y lanzar un contraataque.

El joven soldado le disparó a quemarropa y la bala salió por la espalda.

—¡No le mires a los ojos! ¡Vamos muévete!

De repente irrumpió en sentido contrario el teniente, parecía asustado y es que a su espalda aparecieron al menos tres perseguidores a los que Rudolf disparó sin suerte. El oficial se giró e hizo blanco con su revólver en la pierna de uno.

—¡Recluta, dispara! ¡Vamos imbécil!

El joven recluta, accionó el cerrojo, disparó y volvió a fallar, justo en el momento en que se disponían a hacerlo ellos. Entonces se oyó una detonación y los tres franceses desaparecieron, mientras, ellos rodaban por el suelo como guiñapos. De repente no se podía saber ni donde se estaba, era como si te despiertan de improviso en la madrugada. Un soldado apareció de en medio de una nube y les ayudó a levantarse para volver a largarse. Rudolf sabía que le había dicho algo, aunque no lo oyó con claridad, no obstante, intuía muy bien que tenían que marcharse. El recluta se encontraba perdido, pero miraba a su cabo y le seguía, de igual modo actuaba el oficial que se hallaba sobrepasado. No habían iniciado su carrera cuando se dieron de bruces con un francés desarmado. Rudolf le encañonó.

–¡S'il vous plaît ne tirez pas! ¡Yo familia! ¡Yo hijos! –gritó desesperado.

–¡Vamos, tú te vienes con nosotros! –le dijo Rudolf.

La pequeña comitiva salió de la trinchera en medio de un fuego de artillería, los franceses habían decidido limpiar la zona a zapatazos, ellos no eran sino cucarachas que huían en busca de un hueco. Lo único bueno que tenía la situación era que al menos nadie les disparaba desde su espalda. El francés se cayó al suelo, rodó y se resistió a volver a ponerse en pie. Rudolf le agarraba del uniforme, tiraba de él le pateaba, le llevaba a rastras hasta su trinchera. Una vez allí se lo llevó por los corredores, el hombre tembloroso levantó sus manos, se le podía oír sollozar de miedo. Un alemán intentó atacarle, pero Rudolf le censuró con la mirada, al tiempo que tranquilizó a su prisionero.

–¡Franchute, tranquilízate, si te comportas para ti habrá acabado la guerra!

La artillería francesa enrabietada alargó su línea de tiro y se ensañaba ahora con los alemanes en su guarida. Destrozando tablones, salpicando metralla, calentando la tierra y dando tiempo a los suyos para preparar un contragolpe que sin duda no llevaría a ningún sitio. Las reglas de la guerra de posiciones.

En el suelo quedaba tendido el recluta que no pudo ponerse en pie. Su mente se encontraba lejos de allí, en la distancia y en el tiempo. Recordaba cuando su madre dio a luz a su hermana, recordaba los gritos y lamentos, aquellos sonidos le asustaron tanto que creía que no podía haber más dolor en el mundo. Un rato después entró en la habitación y la vio sonriente y con una niña tan pequeña que parecía que se fuese a romper de solo mirarla. No se podía creer que hubiese cambiado tanto sufrimiento por una criatura tan hermosa. Aquello le hizo pensar que quizá si los Señores de la Guerra tuviesen que parir niños no sería tan fácil entrar en conflicto. Porque pocas cosas son tan dolorosas, tan verdaderas y tan distintas como un disparo certero o como las lágrimas de una madre.

Cuando llegaron las noticias de las primeras victorias alemanas sobre todo la de Tannenberg, en donde los hombres del Káiser derrotaron a los rusos aniquilando casi a su Segundo Ejército, en el pueblo creyeron que la guerra estaba tocando a su fin. Aunque lo que más perturbó al pequeño pueblo fueron los primeros muertos en el frente, la nueva realidad del luto aparecía como la cosecha quemada. Se extendía un sordo temor que hacía que las madres llorasen a escondidas y a los padres se les endureciese la piel como si fuese papel de lija. Cuando veían acercarse al cartero tenían sentimientos contrapuestos, por un lado, esperaban la llegada de noticias desde el frente, letras de sus seres queridos; por otro, temían que aquellas palabras las escribiese un oficial mostrando sus condolencias. Sin embargo, había alguien a quien todo aquello podía venir bien. Las aves de rapiña sobrevolaban Faustaugen. El joven Fremont, joven maestro que vino para sustituir al viejo Luhmann, alimentaba expectativas; quería enamorar a Otta Lenz.

Fremont Kast, no era del Pequeño Ducado, venía de Bremen y se decía que era de una familia con un imperio económico. En un principio los Kast se dedicaron a la importación y exportación. Para después dedicarse a la fábrica de armamento y pertrechos para los soldados. En la actualidad la Kast Gesellschaft era la empresa con más empleados y pujanza de todo Bremen.

Fremont no pudo alistarse debido a que cojeaba, cuando era un niño padeció la polio y, por ello, resultó inútil para el ejército. Lucía una perilla que le daba aspecto de intelectual y a las jóvenes les resultaba atractivo. Además de inteligente era muy simpático y siempre sonreía. Todos en el pueblo le estimaban, a algunos les daba un poco de pena verle tan joven y cojeando, a otros les atraía su dinero. Sobre todo a las madres con hijas casaderas que veían al muchacho como un buen partido. Se supo que su familia era de las más acaudaladas de Bremen. Su amor por la enseñanza le mantenía trabajando como maestro. Además mantenía una contienda con su familia por la que mostraba desinterés por el negocio familiar. Lo que no esperaba era enamorarse de Otta. Erika y María, hermanas de Otta, eran alumnas de Fremont de ese modo la muchacha pudo verlo como a un hombre respetable. Poco a poco, se fue acercando a la granja del lechero con la excusa de hablar con los padres y contarles lo inteligente que era su pequeña y el prometedor futuro que le esperaba si cursaba estudios superiores. No obstante, a nadie engañaba. Las miradas que dedicaba a Otta lo decían todo, por lo que en el hogar de los Lenz se ilusionaron con la idea.

Madre y padre estaban de acuerdo, Fremont era lo mejor que le podía pasar a su hija. Otta no quería ni oír hablar del tema. Su corazón y su palabra estaban empeñados a un joven zapatero fracasado.

Vincent y Galiana prepararon una emboscada a Otta invitando a cenar al maestro. Para ello sacaron todas sus galas e incluso sacrificaron un ganso y lo cocinaron al horno, con setas y patatas como en navidad. Erika y María irradiaban felicidad, no habría motivo para una cena así si no era para celebrar algo extraordinario. María no dejaba de mirar al joven maestro, lo veía guapo, aún así le parecía un ser inalcanzable destinado a otras metas. Había un muro de respeto que se interponía entre ellos, cosa que no sucedía con Günter Bartram. Porque María ya era una adolescente despertando al mundo y sonreía ante los estímulos de la naturaleza. Otta era un muro. Inexpresiva y fría, no era ella misma. Aún tenía retenida en su mente la carta que le había llegado de Paul y la saboreaba, como quien se relame el labio recordando algo dulce.

Fremont se había presentado con sus mejores galas, un traje gris y una gorra, además había llegado en carro e hizo sonar una bocina con lo que hizo reír a las jóvenes. Traía un pomposo ramo de flores para Galiana y sacó un pequeño bulto de papel para el lechero, al abrirlo descubrió un reloj con cadena, un detalle carísimo con el que terminó de comprar al hombre e incluso hipotecó las simpatías de la familia durante mucho tiempo.

–No puedo aceptarlo, es carísimo.

–Ah, señor Lenz, todos en el pueblo saben que el dinero no es problema para un Kast de Bremen. No se preocupe, acéptelo, en su bolsillo lucirá más que en el de algún aburrido hombre de negocios. La clase obrera también necesita… sus caprichos de vez en cuando.

–Desde luego que sí, gracias –dijo con entusiasmo.

También trajo unos bombones para Galiana. A Otta no le traía nada, quizá porque consideraba que su sola compañía ya era suficiente regalo, o bien porque formaba parte de su estrategia. Pasaron a dentro y el maestro se quitó su gorra, María se ocupó de ella sin dejar de sonreírle. Galiana hizo un gesto a Otta para que le ayudase a sacar el ganso del horno y traer el vino y el pan. En unos minutos estaban en la mesa, comiendo y hablando. Como no podía ser de otro modo la guerra se hallaba en la conversación.

–Ya debería de haber terminad –dijo Vincent–, no logro entender cómo dura tanto si hay tantas armas modernas. Me aseguró Ralph Kauffman que su sobrino trabaja en una fábrica, Krupp, que con ese armamento no habría campaña que durase dos meses.

–Bueno, será así porque los demás también están preparados, además tenga usted en cuenta que no es lo mismo luchar contra un país que contra tres –expuso el joven maestro.

–Pero tenemos aliados…

–Sí, es cierto señor Lenz, pero lamentablemente no están a la altura de Alemania, si así fuese no estaríamos atrapados entre el martillo y el yunque.

–Pronto estarán todos aquí –sentenció Galiana–, con la ayuna del Señor.

–Rezo todas las noches porque así sea –añadió Otta–. Y por los caídos.

–Que así sea, pero aún así no se podrá evitar que muchos se queden en el campo de batalla.

–Pues espero que no sean muchos, porque de otro modo Alemania perdería a sus jóvenes más valerosos –ironizó Otta.

–¡Otta! –dijo Galiana enfadada.

Si había molestado a Fremont con el comentario este no había dejado que su rostro lo delatase.

–Yo, lamentablemente, no he podido ir. Mi pierna me lo ha impedido, no obstante, mi familia se encuentra involucrada en la guerra, hemos cedido un tren con suministros al servicio de nuestro Káiser.

–¡Oh, qué generosos!

–Eso, eso es tan necesario como las municiones –dijo Vincent.

–Bobadas, los que están arriesgando sus vidas son ellos, ellos, dan todo por su país. Solo por haber nacido en este territorio, de haber nacido en otro sitio estarían a salvo, viviendo con tranquilidad sus vidas –dijo Otta, con indignación.

–Tienes razón Otta, son sus vidas las que están en juego, pero si esas vidas no reciben comida también morirán, una tropa necesita comer porque la misma excitación del combate les da hambre. Una tropa mal nutrida es pasto para el fuego del enemigo– sentenció Fremont.

–¿De qué sirve alimentarlos para que mueran?

–¡Ya basta! –ordenó Galiana y, como si no hubiese pasado nada, se dirigió al maestro –¿Quiere usted más setas?

–Sí, gracias, están deliciosas.

–Las cogemos en el bosquecillo que hay más allá de la loma, son pinos y con las primeras lluvias y antes de las nevadas crecen bien grandes, mis vacas se encargan de... ya sabe... estamos comiendo –dijo Vincent con cierto orgullo–. El bosquecillo es de mi propiedad, no es del duque, allí hay una pequeña y vieja cabaña desvencijada, le llaman la cabaña del Hacha, nadie sabe porqué, y a su lado hay un abrevadero natural en donde doy de beber a los animales cuando voy por allí, es precioso aquel lugar. Me lo estuvieron comprando... por la madera, ya sabe, pero no concibo aquel lugar sin sus árboles.

–Un lugar precioso, imagino.

–Desde luego que sí, ¿verdad María?

–Sí, madre.

La cena continuó sin incidentes, al final los hombres se quedaron fumando mientras las mujeres retiraban la mesa y las niñas se fueron a acostarse. Fue entonces cuando Galiana reprendió a su hija.

–Estás loca, ¿cómo hablas así a nuestro invitado?

–Perdona, madre.

–No eres consciente de lo que supone esta oportunidad para ti. No queremos nada para nosotros, solo un buen futuro para ti, ¿no lo entiendes? Fremont es un buen partido, un hombre elegante, educado y bien parecido. Mira... yo a tu padre, al principio no lo quería, el amor llegó con el tiempo. Ahora eres joven y demasiado impulsiva, como yo a tu edad. Pero tú no cometerás errores como yo, harás lo que tienes que hacer, tendrás una buena boda y unos hijos hermosos. ¿Comprendido?

–Sí, madre... pero no.

–Eso, ya lo veremos –dijo tajante.

Entre la madre y la hija se había abierto una pequeña brecha. Un desacuerdo, tal y como una espina, que con su pequeño y molesto dolor escapa de las uñas y trata de ocultase profundo, abandonando la piel, adentrándose en la carne.

La guerra se estancó y como todo lo que se empantana se comenzó a corromper y a llenarse de podredumbre. La realidad de las trincheras era tan terrible como la idea de pasar la navidad en medio de la nieve. El motivo de que el frente se detuviera no era otro que el equilibrio de fuerzas debido a la aparición de nuevas armas facilitaban la defensa frente al ataque. Ambos bandos se agazaparon para acechar desde la tierra como si fuesen escolopendras o escorpiones. Aquella acerada y espinosa frontera permanecería sin apenas cambios hasta el final de la guerra.

Los hombres de Faustaugen habían caído en el desaliento, la perspectiva de una pronta victoria se extinguía. Desde la ofensiva fallida del alférez Kiefer Haider los soldados habían aprendido a guardarse las espaldas y a mantenerse vivos todo el tiempo que pudiesen no exponiéndose lo más mínimo al fuego enemigo. Había una excepción: Jan Ehrlich, el cual se presentaba siempre voluntario en las escaramuzas nocturnas. Su propósito no era otro que el de quedar por encima de Paul. Quería ser el soldado más admirado y querido de la tropa, aunque no salía nunca muy bien parado. Muchos en la compañía le odiaban, le consideraban demasiado egocéntrico y estúpido.

–Está enamorado de sí mismo –diría Marcus Breuer.

Paul era el soldado más respetado de la compañía, su carrera en busca de Gilbert le había hecho famoso y un ejemplo de cómo ha de comportarse un buen soldado. A su pesar. Paul no soportaba nada de aquella vida, odiaba las guardias, los sueños cortos en los abrigos, las explosiones de las granadas, la lluvia fría cayendo sobre él, el barro pegajoso desgajándose despacio, los muertos, la nocturna reparación de las alambradas, los trabajos de pala, el rancho, que, por otro lado, devoraba con ansia. Ulrich era distinto en todo, siempre alerta, veía en aquella vida una prueba a la que su Dios tenía a bien someterlo. Por ello, se entregaba con entereza a las disciplinas de la vida en la guerra, cavaba con energía, construyendo abrigos y galerías, estas últimas podían tener hasta nueve metros por debajo de la altura del suelo de la trinchera. Si le tocaba hacer alguna guardia, aunque fuese en un puesto avanzado nunca se venía abajo, siempre estaba alerta y si había disparos aguantaba el tipo hasta el último momento. También le tocó una vez hacer una correría nocturna, en esa ocasión le dieron caza a dos franceses que se encontraban en la misma situación. Entonces pudo comprobar cómo Jan estaba desarrollando un sentido de la crueldad que, gracias a Dios, él nunca compartiría. Jan Ehrlich apuñaló a un moribundo al tiempo que le robaba, mientras el resto del grupo corría en busca del refugio de la trinchera. Si Ulrich lo pudo ver fue debido a que su sentido de la responsabilidad le impedía abandonar a un compañero.

En aquellos días el capitán Ernest von Hausser mandó llamar a Paul para felicitarle, Paul que en principio no sabía nada temía que lo mandase a alguna escaramuza nocturna, o que le arrestasen por su desidia. Pero, para su sorpresa no fue así.

–Soldado Król –dijo el capitán el cual sujetaba una taza con humeante café.

–Herr capitán.

–Verá, hacía ticmpo que quería verle, le he propuesto para cabo y quiero solicitar para usted una Cruz de Hierro. Su hazaña es curiosa, sí señor, correr como un condenado para salvar a un camarada sin reparar en su propia vida. Representa lo mejor de los valores prusianos, valores que llevaron a la definitiva unificación de Alemania. Estoy convencido de que es usted un hombre excepcional, si todos tuviesen su arrojo a estas horas estaríamos en París celebrando la victoria del Káiser. La bandera tricolor ondearía sobre la torre Eiffel.

«¿Cuánto me darán por una Cruz de Hierro?».

–Muchas gracias mi capitán, sin embargo, yo no me considero digno de tales méritos –dijo Paul fijándose en un paquete de puritos que asomaba por uno de los bolsillos del capitán.

–No sea modesto –dijo esbozando una leve sonrisa.

–No lo soy, herr capitán, con todo respeto yo la verdad no quiero ser cabo y la verdad no me veo como ejemplo a seguir…

–¡Pero qué me está diciendo!

–No se moleste herr capitán, el caso es que he descubierto que quiero ser camillero.

–¿Camillero? Pero… jejeje, es usted un bromista, no hay duda –el capitán se quedó mirando silencioso. Tal vez tenía razón y aquel muchacho servía, ante todo para recuperar heridos–. Está bien, veré lo que puedo hacer. Búsquese un compañero… su hermano, ¿no? Tiene un hermano gemelo ¿verdad?

–Perdone mi capitán, mi hermano es más belicoso. Ha

nacido para esto, tal vez debería ser él quien fuese cabo, se le da muy bien esto. No creo que le guste llevar una angarilla y recoger gente.

–Me sorprende, siempre creí que los gemelos... eran... idénticos.

–Por fuera, herr capitán, por fuera. Por dentro somos otra cosa. Jamás se le ocurra comparar a dos gemelos porque se lo tomarán a mal.

–Curioso, sí señor, curioso. Muy bien, te puedes marchar.

–A sus órdenes, herr capitán.

Antes de desaparecer el capitán le arengó.

–¡Y no tema hijo, en este aciago día solo nos puede esperar victoria y gloria!

–No puedo estar más de acuerdo mi capitán, victoria o gloria. A sus órdenes.

Después de aquella rápida charla Paul tenía que buscarse un compañero. Llovía y cundía el pesar entre los soldados, algunos ni se les podía hablar. Algunos de ellos tenían que colocar maderos para asegurar la zanja. Estaba nevando y soplaba un ligero viento que acentuaba la sensación de frío. El alférez Heller Rümpler, nombró a varios soldados que tenían que acompañar a los zapadores aquella noche para reparar la alambrada y los caballos de Frisia, era un trabajo meticuloso que se hacía con la laboriosidad y el sigilo de los gusanos de seda. Si te descubría el enemigo te daba caza, por ello, había que mantenerse a cubierto y buscar un refugio cada vez que disparaban una acusadora bengala. Entre los que iban les tocó a Volker Furtwängler y a Roth Neisser, quienes maldijeron en silencio. Paul para consolarlos los invitó a un purito del capitán.

Por suerte, el día siguiente llegó el relevo y marcharon a la retaguardia hacia un pueblo que aún se mantenía en pie de milagro varios quilómetros más allá, las casas aparecían maltrechas e incluso la torre de la iglesia había ardido y estaba como suspendida por hilos invisibles. Había un persistente olor a madera quemada y vino, quizá porque las granadas habrían reventado alguna bodega casera. A la aldea le había crecido, como si fuese un tumor, un cuartel. Allí podían hacer instrucción y descansar del desgaste que propiciaba la tensión de la primera línea. Los soldados de su compañía se establecieron en un pequeño colegio, estaban estrechos, pero al menos no cogerían tantos bichos como en los pajares. Entonces la tropa estaba contenta el estado de ánimo subía en proporción a la distancia que estuvieran del frente. Además la comida siempre estaba más caliente. El cocinero se plantó con su cocina portátil, traía sopa de verduras y todos se amontonaban pese a sus protestas.

–¡Ea, o hacéis una fila o no hay rancho!

No obstante, los soldados no hacían caso, reían y silbaban como si viesen algo obsceno, tenían hambre y el ansia de los animales. Gerhard Oppenheim odiaba el puerro en la sopa, sin embargo, se lo tragaba sin apenas masticarlo quemándose la lengua y el paladar. Marcus Breuer se reía, prefería la comida templada por lo que soplaba alargando sus anchos labios. Marcus era un hombre tranquilo y trabajador, su especialidad era pasar desapercibido, solía acordarse de su ganado y se preguntaba dónde estarían, y si le echarían de menos. El ganado conoce a sus cuidadores, él lo sabía y les recordaba, sería un iluso si creía que todo iba a ser igual que antes. Su tranquila vida se acabaría al ritmo que sacrificase su cabaña. Sentía tanta desilusión que la sopa lloró en sus adentros.

Fue después del almuerzo cuando Paul dejó caer que le hacía falta un compañero, para la angarilla. Casi todos negaban, Ulrich, le miró con cara de enfado. Para él no era más que otra de sus locuras, lo normal era ser uno más de la tropa. Además tenía la obligación subterránea y moral de cuidarle, como si pudiese parar las balas, las granadas, las minas, los shrapnel que vinieran a su encuentro. Paul era más realista, no buscaba otro propósito que salvarse, sabía muy bien que no podía hacer nada por Ulrich, salvo si le veía caído, recogerlo. No había nada que un soldado pudiese hacer para salvar su vida en una carga, excepto parapetarse en un cráter, casi siempre cada asalto se saldaba con un fracaso estrepitoso. No obstante, el alto mando se empeñaba en ordenar aquellas embestidas despreciando las vidas de sus hombres quienes se lanzaban al asalto con la convicción de un condenado. El oficial, pistola en mano, hacía sonar un silbato y todos en un solo grito avanzaban hacia una muerte casi segura. Los sanitarios no quedaban a salvo del fuego aunque no eran objetivo principal por la sencilla razón de que no llevaban armas. Mientras Paul pensaba en salvarse a toda costa y buscaba una ubicación que le permitiese sobrevivir, mientras que Ulrich aún creía que podían romper el frente e inundar la trinchera opuesta con un torrente de valentía y contundencia.

–Si no te importa y tu hermano no pone objeción, yo iré

contigo –dijo Marcus.

–¿Objeción? Allá él, siempre a contracorriente –respondió a la alusión Ulrich con mal humor.

–¿A contracorriente? Más bien parece que quiera remontar el río –dijo Volker en su defensa.

–Siempre supe que este Paul es un cobarde –dijo Jan Ehrlich riéndose y mirando a todos.

–Pues no, lo único que quiero es hacer negocio como tú Jan. Robar a los muertos y, por qué no, a los vivos.

Paul sonrió, se puso enfrente de Jan y le dio un abrazo con el cual le colocó el tabaco del capitán en un bolsillo. Jan lo apartó de mala manera. Después el joven Król miró a Marcus afirmando que contaba con él. Se marcharon a descansar ya que según supieron por la tarde tenían que cavar unas letrinas. Por el camino los hermanos se quedaron discutiendo y un cabo les mandó bajar la voz. Ulrich le reprochaba que no le hubiera consultado nada, Paul se remitía a que siempre tenía que llevarle la contraria y que hiciese el favor de, al menos, dejarle en paz y respetarle:

–… no soy como tú, no valgo para dispararle a nadie. No me sale de adentro. Tú crees te que puedes salir de esta guerra victorioso, yo me contento con salir vivo y a ser posible entero.

–¿Pero demostraste tu valentía? Te vi correr para salvar a Gilbert… No te entiendo, estoy seguro de que no eres ningún cobarde.

–¿Yo? Si por un momento me hubiese parado a pensar lo que estaba haciendo –se detuvo y soltó un suspiro de hartazgo–, seguro que hubiese corrido en la dirección contraria.

–Entonces es cierto eso que le has dicho a Jan. Quieres expoliar…

–Sí, exacto. Eso es lo que voy a hacer… –concedió desesperado.

Ambos enmudecieron, sabían que la decisión de Paul podía separarlos por primera vez en su vida y tal vez, para siempre. Paul sabía muy bien que tenía que retirarse de su hermano porque un día otro Ulrich cometería una temeridad en la que podían morir los dos; Ulrich siempre fue demasiado protector y en estos tiempos era peligroso. En aquel instante se oyó un sonido de crujidos y ladrillos partiéndose, se oían voces y lamentos, sin embargo la polvareda impedía ver quién había quedado sepultado y que la torre de la iglesia se había venido abajo, como la abatida ceniza de un cigarro.

Gilbert Bartram podía contarlo y estaba en casa, la guerra para él había terminado aunque hubiese tenido que pagar un pie y hubiese estado a punto de morir. No recordaba nada, sus camaradas se lo habían contado todo: la carrera de Paul, los tres balazos encontrados en su espalda y su lucha por sobrevivir. Después de ser recogido por su amigo lo trasladaron en una angarilla al hospital de sangre en donde un médico le sacó las balas y los trozos de tela, por el pie no pudo hacer nada salvo amputar la carne muerta, por lo que le quedó un muñón a la altura del tobillo derecho. Después fue trasladado a un hospital militar en Alemania para regresar a su pueblo en donde fue recibido como un héroe. Muchos miraban la pierna y se apiadaban del joven, pero las heridas más grandes las traía dentro, no sentía agradecimiento alguno hacia Paul, más bien un rencor hondo ya que consideraba que su sitio debió estar junto a sus camaradas. No podía ser que hubiese sido el único en sobrevivir, casi una sección entera había perecido en segundos. Sentía vergüenza de seguir con vida. Recordaba la misa que ofició el párroco en honor a los voluntarios, las flores en el pecho y el canto del coro. Después de miles de travesuras infantiles sentía que al fin estaba haciendo lo correcto. Su mala fama quedaría disipada con sus hazañas en el frente. Aún así imaginaba lo que la gente podía pensar de él y no le gustaba. Por ello, los primeros días los pasó encerrado en su casa. Según el doctor Bachmann tenía que airearse la herida, caminar con las muletas y hacer un muñón para colocarle una prótesis. De ese modo su madre lo sacó del jergón. Poco a poco iba desarrollando una honda amargura, un poso de resentimiento hacia todo. Alguna vez pensó que la culpa no era de Paul, sino de su alférez, y quizá ni siquiera de él, sino de aquella cosa llamada guerra. Del mismo modo desechaba la idea; de todos modos la gloria era para Paul, la vergüenza y la cojera para él. Se había convertido en un héroe a su costa.

La gente le invitaba y quería saber hasta el último detalle, muchos reían incrédulos al saber la loca carrera de Paul, no se lo podían creer, ya que el joven zapatero tenía fama de vago, de cobarde, de irrespetuoso, de todo lo opuesto a los valores de la marcialidad. Gilbert siempre alegó que no recordaba nada y era verdad; su cerebro le había escondido el suceso.

Los Bartram lo agradecieron mucho. Claudia Bartram, su madre incluso llevó flores a Martha Krol. El sentimiento fue aún más fuerte ya que sabía que los demás habían fallecido. Entre los que se encontraba Gerhard Lehner, un muchacho que había logrado matricularse en la universidad de ingeniería. Sus padres no podían entender como tantos años dedicados al estudio, el esfuerzo por un futuro, lo mejor de la juventud alemana se viese truncado por unos gramos de acero. Ya nunca habría navidad para ellos, era como si el mundo se tapase bajo el velo de una pesada niebla y nunca volviese a salir el sol.

–Ningún dolor como este –decía ella–, ¿para esto pare una madre?

No obstante, el mundo continuaba con su ajetreo. El ejército le había encargado a Frankz Król una cantidad considerable de botas para sus oficiales, por lo que tuvo que contratar a mujeres. Aquello no era más que un reflejo de lo que estaba sucediendo en todo el país, las mujeres tomaban el motor de la economía. Ocupaban el sitio de los hombres demostrando que las sufragistas británicas tenían razón y que, por tanto, al estar capacitadas para hacer lo mismo que cualquier hombre merecían su derecho a votar.

Frankz contrató a Otta Lenz, a su tía María Krumm y a otra muchacha llamada Floy Amsel o Floy la Inmensa como todos en el pueblo la conocían. Al principio, como es normal, costaba mucho el aprendizaje, aunque con voluntad lograron sacar producción. Aún así, no conseguían llegar ni a la mitad del pedido. El zapatero tenía que ir incorporando poco a poco al personal ya que no daba abasto a trabajar y a supervisar. Él que solo sabía fabricar zapatos sin tener si quiera que hablar. Lo cierto es que el encargo suponía un acicate y un alivio para los pensamientos que le angustiaban: el saber que tenía a sus hijos expuestos a la muerte. Martha también sufría, llevaba con orgullo la hazaña de su hijo Paul, quién lo iba a pensar, su Paul. Aún así lloraba y mantenía dos velas encendidas, solía mirar la hebra de fino humo y quería creer que era como si fuese un cordón umbilical místico por el que se mantenía unida a sus dos vástagos y por el que discurrían sus rezos.

–Señor, llévame a mí antes que a ellos. Cuídales y permite que regresen pronto.

Aquella plegaria se repetía a lo largo de los hogares, los pueblos y los países. La Gran Guerra ya no tenía gracia, la navidad traía una carga de nostalgia y de llanto silencioso. Y aunque la gente confiaba en que su país ganase, todos sabían que siempre había algo que se había perdido para siempre. El mismo Faustaugen ya no era como antes, el miedo habitaba en cada habitante, un sentimiento tan real como el frío.

Pero la guerra también abre expectativas y descubría nuevos caminos que antes se hallaban vedados. Así el maestro Fremont Kast seguía en su tarea de acoso a Otta. Si el invierno no lo impedía cada tarde iba a visitarla. Vincent, quién tan celoso había sido con Paul, ahora dejaba intimidad a fin de que la pareja pudiese conocerse lo más posible. Otta hacía como la que escuchaba, casi a diario recibía cartas de Paul, le hablaba de su actividad en las batallas, y de lo alejado que estaba del tranquilo Faustaugen. Sin embargo, no podía hablar de todo ya que las cartas recibían la purga de la censura. Otta también callaba, aguantaba al pesado de Fremont, a sus padres y por si fuera poco, las indirectas de sus suegros. Era doloroso oír como todos le pedían algo, amor, obediencia, lealtad. El anestésico eran las palabras de Paul, cada vez que recibía sus cartas con sus dejes y sus muletillas, parecía estar escuchándole. No tardó mucho Fremont en comprender que aquellas letras eran un hilo que ataba la relación y que a la vez le impedían acercarse lo más mínimo. Las palabras del novio lo hacían invisible. Por ello, esperaba en secreto aquella otra misiva en la que comunicase la muerte del joven. Nunca nadie le había molestado tanto como Paul Król al que ni siquiera conocía de vista, de modo que decidió hacer lo imposible por quitárselo de en medio. Como no podía hacerle frente tenía que atacar a alguien de su alrededor, pensó que el cartero podía servirle en su propósito. Fue así como una fría mañana, haciéndole señas, le paró.

–Buenos días.

–Buenos días, señor.

–He salido un momento a fumar, quiere usted uno –Fremont ofreció un pitillo al cartero.

–Deben ser muy ruidosos… los niños.

–Sí, los hay para todos los gustos. Pero se soportan. ¿Y usted, cómo aguanta el frío?

–Bueno, me viene de herencia, mi madre era finlandesa. Ve usted mis ojos…

–Sí, sí. No había caído. ¿Trae muchas cartas?

–Sí, pero ninguna de condolencia, menos mal ¿no?

–Desde luego. ¿Hay alguna de Paul Król?

–Sí, ¿por qué lo pregunta?

–Porque no me gusta ese tipo.

El cartero lo miró extrañado, la conversación estaba cambiando, quizá había llegado el momento de marcharse intuyendo que iba a oír algo que no debía.

—¡Uf!, se me hace muy tarde, tengo que marcharme.

—Desde luego, señor cartero, desde luego. Si alguna vez quiere un poco más de tabaco... o cualquier otra cosa no deje de verme, aprecio mucho su trabajo. Por el servicio que hace... y sobre todo por el que puede hacer.

—Muy buenos días —dijo el cartero forzando la despedida.

Fremont asintió con la cabeza, al tiempo que daba profundas caladas al cigarrillo, sabía que pronto estaría trabajando para él. Siempre daba resultado, siempre. Aquel era el modus operandi de la familia Kast, sobornar para sumar. Bien podía haber sido este el lema de la familia. Sus negocios de importación y exportación llegaban desde las antípodas hasta Alemania, a veces, el mismo barco que se esperaba en un puerto tenía que cambiar de rumbo e ir a otro; oferta y demanda. Sin embargo, la llegada de la guerra lo trastocaba todo, los negocios se encontraban estancados gracias al bloqueo naval impuesto por Gran Bretaña, por lo que solo se extendían al ámbito nacional. Por suerte, su director general, Günter Schumacher, había sabido anticiparse y durante los últimos años de la llamada Paz Armada creó una división de armamento, así como productos relacionados con la logística de la tropa. La guerra había hecho de Frankz Kast el hombre más respetado de Bremen. Un año antes ya había conseguido casar a su primogénito, Frankz Eduard, con una muchacha de familia de la nobleza, a su hija Doris con otro junker. A Fremont le había brindado la oportunidad de trabajar para la compañía en un cargo de responsabilidad, pero el benjamín de la familia era rebelde y despreciaba someterse a los dictados de su padre. Siempre estuvo acomplejado por su cojera y se sentía marginado. Frankz nunca escatimó en medios para mitigar su enfermedad, aunque en realidad siempre lo mantuvo en un segundo plano. Pese a ello no aceptaría como nuera a una aldeana bastarda, como tampoco podía concebir que él estuviese dando clases a hijos de campesinos. Lo cierto es que el imperio familiar le daba igual, al menos de momento, y lo único que quería era demostrar que estaba por encima de los demás, que era capaz de conseguir cualquier cosa que se propusiera. Esta vez su objetivo era Otta, no era una chica como las que había conocido en Bremen, muchachas que abatidas por el peso de su apellido caían rendidas ante el más mínimo flirteo, influidas quizá por las novelas y poemas de amor. Otta era diferente, el hecho de que tuviese novio le servía de acicate, era una dificultad añadida, algo que tenía que superar del mismo modo que había rebasado cualquier obstáculo en su vida. Había tenido que crecer bajo la sombra de sus hermanos y el aparente desdén de su padre, aprendió ciertos trucos con los que podía permitirse el lujo de extirpar su moral y desterrar el remordimiento. Por ello, tenía concertada una cita en la taberna del Tuerto con Frankz Król.

Caía la noche cuando Fremont se presentó, allí estaba el zapatero esperando sentado en la barra y dando cuenta de una cerveza. A todos les extrañó verle ya que siempre quedaba tan cansado que prefería quedarse en su casa. El joven Kast se sentó en una mesa y pidió un poco de sidra. Con un gesto invitó a Frankz a sentarse. El hombre que ya se encontraba lo suficientemente enfadado lo hizo a regañadientes. Se llevó con él su jarra, miró fijamente al maestro, y rugió una pregunta.

–¿Y bien?

–Ya sabe quién soy y sospecha por lo que estoy aquí.

–Otta. Debería darle vergüenza.

–¿De qué? ¿De enamorarme de una muchacha con novio?

–No, de intentar quitarle la novia a un soldado que lucha por su país.

–Bueno, yo no lo veo así. Además, dígame ¿qué haría usted? Otta y yo… ya sabe, la naturaleza…

–Es usted un miserable.

–¡Escuche primero lo que tengo que ofrecerle, escuche y después juzgue! Soy el hijo de un hombre de negocios, me gusta cerrar tratos. No vengo aquí a buscar su enemistad, sino a proponerle algo que le va a interesar.

Frankz tomó aire, por un momento parecía que se iba a caer de la silla, para disimular le dio un hondo trago a la cerveza. Y le miró con ojos de pistolero, manteniendo un duelo que Fremont no buscaba y al cual era inmune.

–Mi familia es muy rica y poderosa, no hace tanto mi padre, qué curioso os llamáis igual, sigo, estuvo hablando con el Káiser. Por lo que le hago partícipe de lo influyente que puede llegar a ser. Mi padre ofrece lo mejor de su logística al Imperio Alemán. Los Kast siempre nos hemos movido muy bien en los negocios, mi linaje se remonta a la liga Hanseática, no sé si será usted consciente de…

–¡Vaya! ¡Me ha llamado para decirme "cuán grande es su familia"!

–No, le he llamado para hacerle una propuesta, negocios, usted puede hacer algo por mí y yo por usted.

–¡No me interesa nada de lo que pueda ofrecerme, así que si no hay más, con Dios se quede!

–No tan rápido señor Król, puedo hacer que sus hijos abandonen la primera línea del frente.

Los ojos de Frankz se abrieron como si estuviese a punto de golpearse con un muro. De repente la situación dio un vuelco. Estaba hablando de la vida de sus dos hijos, todo lo que tenía en este mundo pendía de la decisión de un presuntuoso niño de papá y mamá que se pavoneaba delante de él. Pero, ¿sería verdad?

–Tengo contactos, contactos muy importantes. Los mejores, puedo garantizarle que en breve sus hijos estarán trabajando en logística, fuera de la primera línea, a salvo, a salvo. Lo que no sé… es si estamos a tiempo, ¿estamos a tiempo señor Król?

–Estamos a tiempo –dijo sin dudar.

–Quiero que despida a Otta, que le diga que su hijo nunca la quiso, quiero que la humillen, que os odie, que le hagan saber que Paul tiene a otra. ¿Quién sabe? Quiero que Otta odie a los Król.

–¿Para esto me ha llamado? ¿Tiene problemas con Otta? Yo creía que la naturaleza…

–Bueno, parto con desventaja, pero soy un conquistador. Le hablo de conquista, este cojo que usted ve puede hacer cualquier cosa que se proponga y ahora me interesa Otta.

–Hay otras mujeres…

–¿Estamos a tiempo?

–Estamos a tiempo.

Desde luego que Fremont no iba a moverse tan rápido, los días corrían en su favor y si Paul estaba en primera línea mucho mejor, no es que deseara su muerte, pero, no le iba a llorar. No obstante, un trato es un trato y si quería que Frankz cumpliese tendría que hacer al menos, lo mismo o en su defecto parecerlo.

Frankz lo miró una vez más, odiaba a aquel hombre y, sin embargo, tenía el remedio para todos sus males. Podía hacer que sus hijos regresaran vivos del frente y solo tenía que despreciar a Otta. Hacer crecer e hinchar una mentira, traicionar el corazón de uno de sus chavales para conseguir que siguiera latiendo el de ambos.

El runrún de la guerra se vio callado en Nochebuena. La tropa descansaba a la expectativa como cada noche. Algunos en los refugios, otros en los abrigos, dormitaban al tiempo que oían el canturreo de un chaval, un tarareo suave que no mermaba el oído de los vigilantes. De vez en cuando se encendían bengalas para poder observar la tierra de nadie. Aunque no se esperaban acontecimientos importantes, salvo la carcoma de la nostalgia que hacía que se fugase algún suspiro o alguna lágrima. Hubo un momento de silencio y el leve viento trajo el silbido de gaitas, un sonido desconocido para la mayoría. Al rato la gente salió de su letargo porque se decía que había gente por encima de la trinchera despreciando el parapeto y la seguridad. Se cantaba Stille Nacht. Al principio nadie sabía decir cómo comenzaron a confraternizar las tropas de uno y otro bando. Los pinos navideños que había mandado colocar el Káiser en la línea del frente y que no hacían más que recordar lo desgraciados que se sentían ahora servían como bandera de paz. Fue Volker Furtwängler quien trajo la historia de cómo un tenor, Walter Kirchhoff, que había comenzado a cantar y de cómo los escoceses le contestaron. A ambos lados se cantaban las mismas canciones. ¿Quién podía ser tan ruin como para disparar a una persona cantando villancicos? Soldados británicos, franceses y alemanes hablaban cómo podían, se intercambiaban comida, tabaco y licores. Se brindaba por la paz, por el regreso a casa. Se ponía rostro al enemigo, un rostro sin miedo ni muerte. A Volker le parecía un milagro y hasta se le iluminaba el ánimo al contarlo. Jan y los Weiss por el contrario lo miraban con desprecio. Jan había dejado de expoliar cadáveres porque le encontraron tabaco de los oficiales y descubrieron que tenía un lucrativo negocio. Estuvo arrestado sin permisos y cavando como un topo. Sospechó que todo se lo debía a Paul. Lo peor de todo es que quedaba mal mirado por los mandos.

Allá a lo lejos se oía cantar en dos idiomas O Tannenbaum y ellos también se arrancaron. Ulrich sonreía a Volker, Paul, que había aparecido junto con Marcus para visitar a su hermano, abrió una botella de whisky.

¿De dónde la has sacado? –preguntó Jan.

–Venía con un pino –dijo Paul sarcástico.

–Debería darte vergüenza, intercambiando cosas con los asesinos de nuestros amigos. ¿No te acuerdas de Hans?

–Cállate Jan, a ti que te importa –dijo Volker.

–¿Qué?

–Jan tiene razón, nadie se acuerda de mi hermano y de tantos otros –dijo Clemens Weiss.

–Creo que estáis confundiendo las cosas –intervino Ulrich–, esta noche es sagrada. A ellos les ordenan disparar al igual que a nosotros. No se trata de hacer amistad, se trata de dejar descansar a la guerra por lo menos esta noche.

–¡Pues adelante! ¡Salid ahí! Yo a esto le llamo traición, a la patria, al Káiser, a los caídos...

Paul comenzó a compartir su whisky y reía a cada palabra que pronunciaba Jan. El cual se iba calentando como una locomotora al recibir paladas de carbón.

–¿Sabes qué te digo? –preguntó Paul.

–¿Qué?

–Que he timado a un escocés, este whisky está mejor que el aguardiente rojo. Así que por mi parte acabo de infligir una victoria al enemigo. Eso debería constar en algún parte de guerra. De hecho quiero mi Cruz de Hierro.

Muchos rieron la ocurrencia, salvo los Weiss. Alexander muy serio se retiró a un refugio, sus hermanos le siguieron.

–¿Estás contento? –preguntó indignado Jan.

–Eres tú el que los utiliza –dijo Volker–, has utilizado su dolor para defender tu argumento. ¿Crees que somos tontos? Más vale que te acuestes y nos dejes en paz. ¿Quién eres tú para decirnos lo que tenemos que hacer?

Roth Neisser, Hahn Krakauer, Christian Müller y Gerhard Oppenheim bajaron la mirada. No querían inmiscuirse. Jan se sintió solo y no pudo resistir la mirada sarcástica de Paul. Nada más marcharse todos se levantaron y miraron por encima de los sacos terreros. Amanecía y la gente seguía hablando. Parecían críos que observaran los resultados de su travesura desde lejos. A su espalda el sargento Ralph Rohmer carraspeó.

–¿Qué sucede aquí?

–Es que... –respondió Gerhard.

–Tranquilo Gerhard, por mí podéis salir, mientras los oficiales no ordenen lo contrario. No quiero que Dios me castigue por cometer una falta en su día.

Gerhard se sorprendió, no se llevaba nada bien con los mandos. De hecho en el periodo de instrucción estaba siempre arrestado ya fuese por llevar el paso cambiado, por quedarse atrás a la hora de correr, por el estado de su uniforme o por no completar las flexiones. Gerhard era torpe, el ejército no estaba hecho para los pazguatos, qué le podía hacer. Si se había alistado era porque lo hacían todos. No imaginó nunca que tenían que hacer tanta instrucción, ni la rigidez marcial. Parecía que quisieran ganar la guerra con desfiles impecables.

Christian Müller por su parte saltó de la trinchera y de su mochila sacó un cuaderno y un lápiz, comenzó a dibujar a los soldados enemigos intentando entenderse. Roth y Hahn hablaban entre ellos, en voz baja para que nadie los pudiese oír.

De entre el tumulto se distinguía una figura enorme que todos supieron reconocer, era Geert Zweig que recorría la tierra de todos mitad contento mitad desconcertado al ver los cadáveres congelados. Olía a tabaco, a licor y a "frío" según le pareció al soldado de intendencia. Al ver a sus paisanos acudió a abrazarse, llevaba un rato buscándolos. Su capitán le había dado permiso para recorrer el frente. Al ver a los hermanos Król, a Marcus, a Volker, a Roth y Hahn se emocionó. Quería saber cosas sobre su pueblo, le habían prometido que tendría un permiso dentro de poco y ya se hacía ilusiones. Pero lo que le traía hasta este lugar era pedir consejo y que alguien le escribiese una carta a su madre. Paul le dio largas, no tenía ganas de escribir sino de beber y hacer algún intercambio provechoso, en cambio Marcus y Christian se ofrecieron de buena gana. Estuvieron hablando durante un rato y Geert descubrió que muchos paisanos habían caído. Un francés se acercó al grupo y traía chocolate. Paul le invitó a un trago que se prolongó para desesperación de Paul el cual veía como menguaba su botella. Por otra la parte no quedó ni una onza. Lo siguiente fue intercambiar tabaco. A Paul se le ocurrió que bien podía estafar a los franceses con sus trucos de cartas y así lo hizo, tras sorprender al francés y dejarle algunos tragos más montó una improvisada timba en donde la moneda eran víveres. Volker y Gerhard lo escoltaban disfrutando de sus victorias.

De pronto Christian Müller se presentó con un fotógrafo, el hombre estaba un poco fastidiado porque había comenzado a tomar imágenes para un parte y terminaba haciéndolo para deleite de la tropa. Christian juntó a los hermanos Król, a Roth Neisser y a su primo Hahn Krakauer, a Volker Furtwängler, a Geert Zweig, a Ferdinand Bartram, a Marcus Breuer y a Gerhard Oppenheim. Posaron y el grupo se disolvió.

Lejos comenzaron a jugar un partido de futbol. Geert y Ulrich fueron a verlo animando a sus camaradas. Ulrich no se encontraba muy a gusto al ver la tierra poblada de cadáveres, por lo que pensó que los mandos tenían que acordar una tregua dar sepultura a los caídos. Geert con su carta debajo del brazo hablaba con Ulrich le explicaba, a su manera,   que tenía sospechas de un prisionero de guerra que era amigo suyo o al menos había tomado aprecio. No sabía qué era lo correcto, si se lo comunicaba a los mandos perdería su amistad para siempre. Si no lo hacía sería un cómplice un traidor.

–Geert, no sé qué decirte. Hoy no. Quizá si fuese otro día te aconsejaría que se lo comunicases a tu sargento o a tu capitán. Pero hoy no sé qué es lo correcto. Es navidad, eso es lo único cierto.

–Tienes razón. En todo caso ya está hecho. He dado conocimiento.

–¿Y qué es exactamente lo que hizo?

–Lo pillé mandando un mensaje... dándole una paloma a la Libertad.

–¿Qué, tantas risas? –bufó la señora Weiss–. El país huele a muerto, los chicos se baten en el extranjero por el este y por el oeste. Nos tienen rodeados y vosotros riendo.

–Pe… pero señora Weiss –balbuceó John Mockford–. Nadie celebra nada.

–¡Estaría bueno, maldito inglés!

–Yo no soy inglés señora Weiss.

Esther Weiss miró bien la tienda del señor Mockford, observó a María Krumm y a Bertha Zweig compañeras de risas del tendero. Soltó el aire en lo que más bien pareció un amago de rugido.

–No hace ni un año, en donde está la bandera del Imperio, estaba la bandera de los ingleses. Siempre solías presumir de tus orígenes, es imposible que se te haya olvidado. ¡A mí no se me olvida! Cuando le das un hijo a tu país ya todo te da igual y no perdonas ni olvidas. Los ingleses o los franceses o los rusos me lo han arrebatado como si me lo hubieran arrancado del pecho y ni siquiera tengo un sitio donde velar su cadáver y llevarle flores. ¡Y al país le da igual! ¡Están festivos ellos!

–¡También tengo yo a un hijo en el frente! ¡Y me duelen los muchachos porque fui yo quien les ayudé a venir al mundo! –dijo Bertha.

Esther Weiss miró a Bertha con desprecio, la consideraba una intrusa en la conversación y, por ello, decidió ignorarla.

–¡Está bien, basta de charla, he venido a por el bacalao ese tan asqueroso que vendes! Ya sabes lo que me llevo.

–Espere su turno como todo el mundo –le espetó el señor Mockford.

Sin embargo, Esther no quiso esperar y se marchó airada. Siempre había sido una criatura áspera, pero ahora estaba tan amargada que no había quién la aguantara. Ojeaba los periódicos en busca de cualquier noticia esperanzadora. Tenía que leer con un dedo por debajo de las letras, a veces pedía a su marido que fuese él quien lo hiciese. Pero Bartholomäus Weiss ya no tenía fuerzas para nada. Desde que lo despidieron de la fábrica de pinturas por enfermedad, se refugió en la bebida y era difícil encontrarlo sobrio. Se empeoró cuando oyó que uno de sus trillizos, Hans, había fallecido. Esther solía golpearle, llamarle inútil y otras cosas por el estilo, aunque Bartho ya era inmune a los insultos y a las lesiones. Si de algo estaba seguro era de que moriría pronto, muchos días apenas se podía levantar y si lo hacía buscaba el vino para detener el dolor. Lo único que le pedía a Dios era que se lo llevase antes que a sus hijos. Echaba de menos la vida en la granja, sus vacas y los chicos trabajando el campo. Un par de malas cosechas y varios animales enfermos y tuvo que ir a trabajar a aquella maldita fábrica. Esther siempre lo culpó de todo lo malo que les ocurriese. Sin embargo, fue Bartho quien quiso convencer a los muchachos para que no se alistasen voluntarios.

–Esperad a que os llamen –les decía pensando sobre todo en su inminente final.

Pero nadie le escuchaba en aquella casa, ellos llenos de emoción iban a la guerra como quien va al teatro y Esther cómplice con su silencio y entusiasmada con ser la que más contribuía de todo Faustaugen a ganar la guerra para su káiser. Al final se fueron y él seguía vivo, a su pesar.

–La gente está loca, el mundo se vuelve loco –bufaba Esther mientras bebía té y hablaba con su marido–, la gente ríe como si fuese la festividad de la esquila. Ayer oí que durante la navidad los enemigos confraternizaron como si fuesen compadres. ¡Ja! Oíste. ¡Confraternizar! ¿Qué confraternizar, qué? Después que los campos estén llenos de muertos. ¡Venganza! ¡Ya los soldados no son lo que eran! ¡Ni la gente! ¡Miserables! ¿Oíste lo de Otta Lenz? ¡Ja! Cómo lo vas a oír, si estas siempre tendido y borracho, quejándote. A Otta la han echado del taller de los Król, normal, resulta que se entiende con ese maestrillo cojo. A su madre se parece si no a quién. Porque a día de hoy nadie sabe quién es el padre de esa criatura, yo no me creo que sea ese idiota de Ehrlich, ese se las daba de mujeriego, pero era un imbécil, un simplón. Oye, ¿no serás tú el padre? No, tú qué vas a ser ¡ja! Si eres hasta más inútil que Ehrlich. Tú solo sabías irte de putas. Ya nadie respeta a nadie, al país lo aplastan por los lados como si estuviese en una prensa y es la sangre de los alemanes la que chorrea. El llanto de las madres, ¡el vino en tu boca! ¡Maldito inútil! ¿Qué celebras? ¿Qué celebran? Si vieses a Gilbert Bartram, va a todos sitios en muletas, hunde su cabeza mirando al suelo sobresaliendo sus paletillas, es como si fuese un pajarraco hambriento. La vergüenza se lo come, la vergüenza o el odio. El otro día le pregunté por los niños y me dijo que no sabía nada, yo le dije que me contase si los había visto luchar que solo quería saber si eran valientes. Y me dijo que no sabía nada porque ni siquiera se acordaba de aquel día.

Su cerebro había borrado todo, como si nunca hubiera existido. ¡Ja! Y ya ves, su madre está contenta. Dice que cuando llegue Paul le hará una gran tarta. Paul, ese payaso, ahora resulta que es un héroe, un héroe cornudo. Es todo tan extraño, era su hermano el que siempre fue un fuera de serie, ¿recuerdas cuando le pegaba a tus hijos? Nadie le hacía sombra, era un chaval tan fuerte y decidido. La guerra cambia a la gente o la idea que teníamos de ella. Tus hijos tendrían que haber cuidado de su hermano, pero ya ves. El tributo que pagamos es más caro que el del resto de vecinos y todo porque a ti te dio por hacerme trillizos. Deberían haberse llevado a Alexander o a Clemens, pero no a todos. El mundo se ha vuelto loco y yo ya no entiendo nada.

–¿Qué vas a entender?

–¿Qué dices, qué dices? –dijo Esther mientras iba hacia la ventana.

–¿Qué vas a entender? Siempre creíste saberlo todo y no sabes nada.

«Eres la criatura más estúpida que habita este mundo». Pensó Bartholomäus.

–Revienta, desgraciado, revienta de una vez y libéranos de tu peso. Si no fuese por mí esta familia no hubiese progresado. Hubiésemos perdido la granja. Menos mal que te busqué el trabajo en la fábrica. Mira, mira, allá va esa bastarda de Otta, ¿dónde irá? ¡Miserable!

Los ojos de Esther la perseguían por la calle, la larga calle que era Faustaugen. La observaba como una serpiente a la que se le escapa un ratón. No le tenía ninguna simpatía, aquella muchacha había despreciado a su Alexander. Menos mal que así había sido, porque estaba visto que Otta era una fulana de cuidado. Había oído que iba a planchar a la casa de Unna, menuda pájara, las hay con suerte, nada más echarla sus suegros y había encontrado algo para hacer algo de dinero o al menos para llenar el estómago, cosa que cada vez era más cara.

–Siempre ha habido pan para las fulanas, siempre.

«Y para las brujas», pensó su marido.

Otta no era consciente de todo el revuelo que se había formado en el pueblo. La noticia de su despido en la casa de los Król había recorrido la única calle con la ligereza del viento, transportando así toda clase de cosas tiradas por el suelo, rastreras y de poco valor. En cada casa se cocía una hipótesis, el único punto que tenían en común era el maestro Fremont, por lo demás podían diferir incluso en la gravedad, dándola así por embarazada o por un simple beso. Otta, que no sabía nada, observaba a la gente más sonriente que de costumbre si bien su sonrisa era forzada, tan falsa como la mayoría de las noticias que venían del frente y que también sobrevolaban el pequeño Faustaugen. Sin duda, Otta ofrecía diversión a las gentes que preferían no pensar en los muchachos que habían marchado, ni en las calamidades que deberían estar viendo.

Cuando llegó a la taberna del Tuerto este le recibió con la exagerada pleitesía de siempre. Vincent sabía hablar a los hombres, contar sus hazañas en Sedán, pero con las mujeres no tenía tino. Los pocos congregados allí la miraban como se mira a un trozo de asado, sobre todo Theodor Krakauer el guarda forestal. Unna salió de la cocina y la invitó a pasar a su casa.

—No hagas caso de la gente —le dijo una vez que estaban dentro.

—¿Cómo?

—Cómo te miran, ¿no te has dado cuenta?

—Sí, parece que se hubiesen vuelto idiotas, con perdón.

—No niña, no hay nada que perdonar. Lo sé muy bien. Te lo digo yo, son idiotas. Creen que las mujeres nos movemos con los mismos instintos que ellos y que estamos dispuestas a saltar con cualquier halago.

—Comprendo.

—Lo siento niña, pero por suerte no sabes nada. Te lo digo yo que soy Unna la Exuberante. ¿Nunca te han hablado de mí antes de ser la esposa de Friedrich?

—No.

—Mi padre tenía… una especie de carnicería y yo era su mejor bocado. Mi padre, italiano, vendía carne, preparaba guisos y comida muy especiada propia del sur, ofrecía buena comida y buen vino. Y yo me crié entre hombres que venían de paso. Pero mi padre murió y ninguna de sus hijas tenía ese don con las carnes. Excepto yo… pero en otro sentido, ¿comprendes? Yo saqué adelante a mis hermanas y a mi madre. Tuve que hacer trucos para no quedarme embarazada, pues… al final se ve que lo conseguí. Siempre quise tener una hija… y a punto estuve. ¿Por qué te cuento esto? Porque la gente te mira como me miraba a mí, pero sé que no eres lo que yo. Por eso, tengo que ayudarte, si quieren reírse de ti lo tienen que pagar caro. Si te acorralan yo te enseñaré a salir del cerco y contraatacar.

—Yo... gracias... pero...

—No me lo agradezcas. Esa será mi venganza, con los hombres y con el mundo.

Unna mostraba sus dientes, amarillos y desgastados como su marchita belleza. La juventud le había abandonado hacía tiempo, a cambio tenía más inteligencia. Sus ojos negros, temblando, brillaban de alegría como la luna en un estanque.

Rudolf descansaba sobre un jergón hecho de sacos de arpillera mientras observaba a varios soldados jugar a las cartas apostando tabaco y latas de comida. Todos sonreían debajo de una nube de humo. Llevaban un mes en aquella aldea que no se caía a pedazos gracias a los apaños de los muchachos. Afuera, la nieve se oscurecía con las pisadas, el humo o algún proyectil que a veces alcanzaba el poblado en una lotería funesta que de tarde en tarde solía cobrarse una vida. Habían aprendido a sobrevivir con esas cosas de la guerra y a su manera buscaban la felicidad aunque fuese estrellando unos naipes contra una improvisada mesa hecha con un taburete de ordeñar.

–¿Y para qué queréis tantas latas de comida? –preguntó divertido Rudolf.

–Bueno, –contestó un soldado al tiempo que sujetaba un cigarrillo con sus labios–, estamos en guerra y eso… aumenta las posibilidades…

–Lo que quiere decir el Malvado Hans, es que hay paisanos que cambian cosas por comida –añadió otro–. Servicios más que nada.

–Ya nadie quiere vales de comida, porque a veces los pagos no son como debieran, es preferible la ayuda en especie.

Al cabo le resultó ofensivo, aprovecharse de las necesidades de la gente. No se iba a una guerra para que la soldadesca cometiera vilezas. En aquellos gestos no había honor ni patriotismo. Pero qué le podía hacer él.

Hacía unos días que estaba en aquel poblacho o lo que quedaba de él. Había trabado amistad con aquellos muchachos que al igual que él se dejaban llevar aquí y allá. Todo comenzó cuando una mañana en la que se encontraba cavando una nueva galería con los zapadores, apareció un alférez pidiendo voluntarios para una misión, se trataba de dar caza a un espía. Sin pensarlo Rudolf se puso en pie, disfrutaba con lo extraordinario. Sin duda fue un acierto ya que lo quitaron de la primera línea para llevarlo a la aldea en donde estuvo largo rato viendo cómo se jugaban las latas a los naipes, para después trasladarlo en un sidecar hasta un carril en donde esperaban varios soldados y allí estuvo una hora a la espera de instrucciones. Un coche trajo a un oficial de inteligencia el cual les informó que tenían que vigilar el vuelo de las palomas ya que sospechaban que estaban siendo espiados. En especial de todas las que salieran en una dirección concreta: el norte.

Tardaron dos días en conseguir la trayectoria. Con la caída de la noche regresaban a la aldea–cuartel y reportaban solo al oficial de inteligencia.

Por la mañana temprano les dieron un mapa, calcularon que las palomas salían de una granja, había llegado el momento de detener el flujo de información. El cabo Goldschmidt se fijó en un pelotón de pipiolos que hacía instrucción, estaban arrestados porque con sus bromas habían tirado una bombona al suelo y todos temían que sucediese un accidente, nadie sabía qué contenían aquellos depósitos. Los de intendencia los descargaban de los trenes y los estivaban hasta el frente como si llevasen copas de vidrio. En la primera línea abrían unas pequeñas zanjas y las ocultaban a la vista, solo unos tubos de cobre indicaban su posición, además de unas llaves para abrir o cerrar. Había un rumor general por el que todos entendían que aquellas bombonas precipitarían el final de la guerra.

Geert era uno de aquellos soldados de intendencia que transportaba las bombonas que se le antojaban huevos de monstruo. Temía como nadie que se les fuese a caer y aún más que algún francotirador le disparase. Aún buscaba a alguien que no le cobrase mucho por mandarle cartas a su madre. El último que lo hizo le llegó a cobrar un marco y eso era carísimo. Una vez descargado el camión, un camarada suyo se dirigió a un grupo de soldados, ya que allí había un paisano suyo de su Frankfurt natal, Geert le siguió y participó de la conversación, todos hablaban en voz baja de la nueva ofensiva que se preparaba, aquello era como la floración que daría los frutos de la paz. Geert entonces se cruzó por primera vez con el cabo Rudolf Goldschmidt, que abandonaba la casa donde los soldados jugaban a las cartas y marchaba para concluir su misión. Se saludaron y el muchacho le preguntó si sabía donde se podía comer.

–Aún no es hora del rancho.

–Pero tengo hambre, lo pagaré, tengo dinero. También pagaré a alguien que escriba una carta a mi madre.

–¿Pagar por escribir una carta? No soy un escribano, pero… no te cobraré, tengo una lata con alubias, te la regalo si es que tanta hambre tienes. ¿Cómo te llamas muchacho?

–Geert Zweig, de Faustaugen. Estoy en intendencia.

–Cabo Rudolf Goldschmidt, de Hanover. ¿Dónde cae Faustaugen?

–En el Pequeño Ducado de Grünensteinen. Es un pueblo

muy pequeño.

–Debe de serlo, ni siquiera conozco el Pequeño Ducado – dijo y sonrió.

Le dio la lata y estaba a punto de compartir un cigarro cuando llegó un sargento. Con un gesto le dio a entender a Rudolf que el momento había llegado.

–Bueno muchacho, ¿cómo dijiste que te llamabas?

–Geert Zweig, de Faustaugen.

–Muy bien Geert Zweig de Faustaugen, he de marcharme cuando regrese te escribiré esa carta.

–Muchas gracias.

El cabo dio un silbido en la puerta de la casa y los soldados recogieron con rapidez las cartas y las latas. Se prepararon en un salto su equipo y salieron. El sargento era un tipo pequeño y nervioso. Guardaba un mapa cuando el pelotón compuesto por diez hombres se presentó. Comenzaron su marcha, salieron del pueblo y cruzaron un pequeño arroyo, más allá crecía un campo de trigo que pisaron sin miramiento. Al cabo le parecía que la primavera fuese tan ajena al drama que se desarrollaba apenas un centenar de metros más allá. Alcanzaron una pequeña pendiente desde la que se podía ver parte del frente. La tierra de nadie era una herida supurante que dividía el mundo y que lo deshonraba como quizá nunca antes una especie lo hubiese hecho. La artillería había arrancado las hierbas y la vida a aquella pequeña franja de tierra enferma de odio. Aún así algún que otro matojo buscaba el refugio que le daban las alambradas y salían con la fuerza que les daba el abono extra de la sangre. Por lo que ver un campo de pacífico trigo era como encontrar una sombra en el desierto.

No tardaron mucho en alcanzar una pequeña y maltrecha carretera que siguieron durante al menos una hora, cuando llegaron a una bifurcación detrás de unos tilos salió un soldado de enlace quien haciéndoles señales con las manos les conminó a seguirles. Rudolf supo en esos instantes que todo el operativo no había sido solo cosa de ellos. Intercambió algunas palabras con el sargento y este asintió. Le siguieron hasta llegar a un prado con vacas, entonces con un pequeño gesto todos se agazaparon, el sargento les explicó que había que ir con cautela, su objetivo estaba en una pequeña granja no muy lejos de allí, pero en adelante podían estar siendo observados. La casa apareció rodeada de árboles, había un carril que conectaba con la carretera. Tal y como habían aprendido en el curso de perfeccionamiento, debían rodear la construcción y observar cualquier cosa por ridícula que pareciese. El sargento vio que había un palomar, lo cual le indicaba que aquel podía ser un centro de comunicaciones del enemigo, cualquier espía tenía allí una antena con la que dar información al otro bando. En seguida acudieron a ellos dos soldados que vigilaban la casa, informaron que habían visto solo a una mujer.

–Una muchacha que cuida vacas, nada más. Llevamos aquí dos días, los perros nos ladraban y tuvimos que pasarlos a cuchillo, desde entonces no sale, sospecha algo y las vacas no paran de mugir.

El sargento asintió, tenía que tomar una decisión: entrar o esperar un poco más por si venía alguien. También corrían el riesgo de que la residente mandase una paloma comunicando su situación de asedio con lo cual podían estar perdiendo el tiempo. Hicieron un cerco alrededor de la casa de tal modo que cada hombre podía ver a varios al mismo tiempo, estuvieron esperando un buen rato tendidos en el suelo para ser poco visibles. Parecía que esperase la llegada de la noche, al menos eso intuyó el cabo Goldschmidt. Llegando el crepúsculo el sargento hizo una señal a Rudolf quien se adelantó y llegó a la altura de la puerta, de dos patadas logro abrirla y fusil en mano entró. Había una pequeña estancia, aunque no se veía a nadie allí. Olía a guiso de nabos, quien quiera que estuviese allí se disponía a prepararse una sopa. Sintió como detrás venían sus camaradas, al igual que él, estarían en guardia. Al cabo le temblaban las entrañas, caminaba despacio intentando ver con los oídos, pendiente a cualquier movimiento, cualquier suspiro del aire. Y este llegó detrás de una estufa apagada.

–¡Sal de ahí o disparo!
–No lo haga –dijo una vocecilla asustada y de acento flamenco–. No lo haga, yo salgo.

Con lentitud la sombra se iba moviendo y apareció una muchacha, la más hermosa que Rudolf había visto en mucho tiempo. Aún así no bajó el fusil, porque intuía que había alguien más.

–¿Quién está contigo?

La joven comprendió qué debía hacer, señaló con un dedo las estancias de arriba. El cabo hizo un gesto a dos soldados y estos avanzaron hacia unas escaleras que se veían al fondo del salón. Rápido y con cautela fueron subiendo. Rudolf la miraba, estaba aterrada y él también, incluso más que cuando avanzaba en el frente. Le sudaba la frente e incluso las manos. La observaba como quién mira una ecuación intrincada. En unos instantes que se alargaron como una enfermedad, vinieron los dos camaradas y traían una niña. Aquello resultó aún más incomprensible.

Afuera, el sargento se había ocupado de registrar el pajar, y mandó subir a un hombre al palomar.

−¿Qué tenemos? −preguntó a Rudolf.

−Solo una mujer joven y una niña, todo parece despejado, todo despejado −matizó− ahí dentro.

−Y todo esto para una mujer y una niña, algo falla aquí. ¿Cómo te llamas? −le gritó a la joven.

−Virginia Vanhoof.

−Muy bien, Virginia Vanhoof, usted se viene con nosotros, mañana sabremos muchas más cosas sobre usted y sobre esta niña.

El sargento mandó que registrasen la casa a conciencia y que cogieran cualquier papel escrito. Tenían que llevar cualquier información por trivial que pareciese. Rudolf miraba a algunos de sus compañeros que observaban de manera obscena a la muchacha. Sus ojos los censuraban y, quizá por eso, desistieron en sus risillas y adoptaron un aire más marcial con el cual se consiguió asustar más a la pequeña y tranquilizar a Virginia.

Pasó media hora y el sargento ordenó la marcha, desde donde estaban se oía el murmullo de la Guerra, fuego de artillería, como si a Dios le diese un retortijón en la larga tripa que era la trinchera y estuviese a punto de reventar por ahí el mundo.

Marcus y Paul trataban de no pensar, corrían en busca del herido y se lo llevaban, a veces se equivocaban y recogían al moribundo y dejaban al recuperable. Y aunque fuese gravoso para la conveniencia de los mandos y de la razón, daban una última satisfacción al agonizante. Habían tenido que endurecer su corazón para oír las últimas palabras de jóvenes que en ningún caso tenían que haber estado allí. Algunos emitían una suerte de sonidos incomprensibles que debían ser, en su entendimiento, palabras de despedida, quejas, lamentos, frases absurdas, de agradecimiento e incluso negociaban como si ellos fuesen intermediarios de la Muerte. Para los camilleros hubiese sido mejor no tener oídos.

–Madre… madre…

–Tranquilo chaval –decía Marcus–, esta herida te va a traer un mes de permiso en el pueblo.

–¡Venga hombre! Resiste, si no es para tanto –lo intentaba también Paul.

Tal y como lo llevaban sabían que no había esperanzas, su trabajo era en balde, estéril, una desesperada procesión camino a la tumba. Pero había que hacerla, darle ese último regalo: la esperanza. Aunque quizá el muchacho se hallaba lejos, hundido en sus recuerdos, inciertos, vedados a lo comprensible. Ambos creían en Dios y que quizá en la misma sangrienta angarilla en la que daban sus últimos estertores los moribundos podían verlo. Se iban en paz, ya que no había sido su voluntad hacer daño a nadie, ni derramar tanto dolor, sino que eran víctimas de la voluntad de unos pocos. O de los tiempos.

Llegaron al hospital de sangre, una pequeña iglesia mal acondicionada y un enfermero les arregló un catre, el muchacho, aunque callado, aún vivía. Paul levantó la cabeza y pudo ver aquel avispero de soldados lamentándose. Detrás de unos paños apareció el doctor, al cual le dolía el brazo de tanto amputar. Fumaba en pipa y no se preocupaba si esta estaba manchada de sangre. Sus gestos carecían de cualquier expresión, era casi mecánico como un autómata. Nada más darse la vuelta alguien tapó al chaval, acababa de morir. No había tiempo, tenían que volver al frente y evacuar a más heridos. Sin embargo, se encontraron de bruces con otros camilleros que les pararon los pies.

–¡Abrid paso!

–¿Dónde vais? La escaramuza se acabó, ya no hay más.

Desde allí se oía la artillería francesa que después del ataque se quedaba ladrando al enemigo, como advirtiendo al que osara moverse de nuevo. Paul observó un segundo al herido y ambos se reconocieron. Era Dittmar Ehrlich, hermano de Jan. El muchacho había entrado como voluntario después que ellos. Sabía que Jan lo andaba buscando y había solicitado al capitán que hiciese todo lo posible por añadirlo a su pelotón, sin embargo, por el motivo que fuese aún no había podido ser y ahora estaba tendido en una angarilla, retorciéndose de dolor por un disparo en el muslo.

–¡Me duele Paul!

–Normal, te han disparado –le dijo Marcus–, pero no te preocupes, hacen falta muchas balas para tumbar a uno de Faustaugen.

Le dejaron en la misma cama en donde hacía unos minutos falleciera otro joven. Ambos conocían aquel jergón, incluso se llamaban el ataúd porque los que allí caían marchaban al cementerio.

–¡Os vi, os vi, y os grité!

–Nosotros no Ditt, pero no te preocupes ¡capitán médico! ¡Por favor!

El doctor llegó con cierta parsimonia parecía que le diese igual que muriese uno más o menos ya que estaba agotado. Aun en ausencia de grandes ofensivas, no dejaban de traerle heridos como en un goteo incesante y terrible. Sin cuidado ninguno el médico le rompió el pantalón para ver la herida del que brotaba un manantial de sangre, que no paraba de manar. Miró a los camilleros y negó con la cabeza.

–Arteria femoral, es profunda, a esa altura no puedo hacer nada –y dicho esto se marchó en busca de otro problema.

Dittmar se puso muy nervioso tanto que hubo que sujetarlo.

–¿Dónde va, dónde va?

–Tranquilo Ditt, va a por un medicamento –le mintió Marcus.

–Escucha, escucha Ditt, mírame, mírame, ¿Qué quieres que le diga algo a tu familia? –intervino Paul.

–No quiero morir… –dijo llorando el joven al que la falta de riego sanguineo le estaba blanqueando la cara.

–Nadie quiere morir, pero te está ocurriendo, lo siento. Cógeme la mano.

La mano fría de Dittmar se aferró a la de su amigo e hizo otro tanto con la otra a Marcus.

–No quiero morir, soy muy joven. Amputadme la pierna, amputádmela puedo vivir sin una pierna…
–Piensa y dime, ¿qué le tenemos que decir a tu familia?
Dittmar se quedó mudo unos segundos masticando su desgracia.

–Decidles, que los quiero, decidles que… aquella mañana en el estanque de los Nogales, pescando… mi madre hizo un pastel de manzanas… y pescamos una trucha enorme, a mi hermano se le escapó una carpa… se cayó al agua… capturé una rana. A Dana le daba miedo, pero Bárbara la quería para ella… fue el día más feliz de mi vida… ya no me duele. Yo quería haber tenido una novia… aquel día en los Nogales, fue precioso. Fue un día…

Y dicho esto cerró los ojos y se dejó arrastrar por la corriente. Era como el cansancio de muchos días de trabajo, un sueño que le refrescaba y como una silenciosa invasión le subía desde la herida hacia la cabeza, apenas tuvo unos suaves estertores de colapso y sus facciones se relajaron.

Marcus y Paul se miraron, ambos estaban llorando. Habían conocido a Ditt desde que era un chaval. Siempre lo recordaban dándole patadas una pelota de cuero rellena de trapos. Ditt siempre fue divertido y, al contrario que su hermano, una persona sencilla. Ahora solo quedaban los recuerdos. No dio tiempo a más ya que oyeron tronar a la artillería enemiga esta vez era la de largo alcance. Tendrían que volver a salir ya que el azar les traería a algún desgraciado que estaba justo en el sitio equivocado.

Aunque si alguien sentía que estaba donde no debía ese era Paul. Leía las cartas de Otta y no daba crédito, en ellas informaba de que su familia le había echado del trabajo, que la habían humillado al decirle que estaba viéndose con Fremont y que la difamaban en público. En contraposición tenía también las palabras de sus padres quienes afirmaban que Otta jugaba con dos barajas y que todos en el pueblo sabían que Fremont era un buen partido y que era eso buscaban los Lenz. Por todo ello sabía que tenía que ir a Faustaugen. Confiaba en su novia, había algo más allá de las cartas que le decían que nada podía ser en realidad de aquel modo. No podía pensar con claridad por un lado, su vida corría peligro; por otro se desmoronaba como las trincheras con el deshielo. No podía decir que estuviese celoso, no obstante, le daba miedo todo lo que no se puede contemplar. Mientras vivía una guerra estaba pendiente de otra y ambas eran tan oscuras como para aterrarle, ya que las dos podían acabar con su vida o con sus esperanzas, dependiendo una de la otra como una ostra y su concha. Entonces observaron un avión sobrevolar sus líneas, sabían que aquello era el avance de otro ataque artillero. Negaron con la cabeza, tendrían trabajo, con el deshielo los ejércitos intentarían grandes ofensivas y aunque los soldados querían que la guerra terminase intuían que los movimientos solo podían traer más dolor, porque la línea era muy difícil de mover. No era la trinchera en sí, sino todo lo que había detrás de ella: las líneas de reserva.

Una hora después de haber visto aquel avión comenzó una tormenta de fuego y hierro, fue como si una montaña se hubiese reventado de buenas a primeras. Los franceses se habían propuesto aterrorizar a los alemanes y lo habían conseguido. Como si se tratase de un puñado de cangrejos los soldados se ocultaban en cualquier agujero. No obstante, los camilleros tenían la obligación de recoger heridos si las circunstancias no lo impedían.

Esta vez estaban lanzando granadas al cuartel, intentando descabezar a la bestia. Era la primera vez que habían intentado llegar tan lejos, al menos con un fuego tan nutrido. A veces las casas volaban por los aires y de su interior salían los muchachos gritando, aturdidos, pidiendo auxilio. Los dos amigos corrían sin pensar por el medio de aquel drama, de todos modos en ningún sitio estaban a salvo por completo. En un montón de cascotes en donde alguna vez hubo una casa emergió un soldado que se sujetaba el hombro y con la cara llamaba la atención de los sanitarios.

–¡Aquí, aquí, es mi cabo!

Marcus y Paul vieron una pierna que se movía despacio, encima había escombro suficiente como para hacer que su dueño se estuviese asfixiando. Los jóvenes comenzaron a desenterrarlo, otra gente aparecida de sus refugios también les echaban una mano. Poco a poco iba apareciendo un cuerpo abatido, sucio, un hombre de unos treinta años que dormía desfallecido. Marcus y Paul sin cuidado ninguno lo subieron en la angarilla y buscaron el hospital de sangre. Se encontraban desorientados como si de buenas a primeras hubieran aparecido en otra aldea.

El veterinario André Vanhoof, se encontraba sentado en un taburete en una habitación mal iluminada. Llevaba varios días sin dormir en condiciones, en el suelo y con una manta cuajada de piojos. Solo le llevaban comida y agua, además de retirarle el cubo apestoso. Sus palomas mensajeras habían despertado tal expectación que tenía a varios soldados de inteligencia siguiendo su caso e incluso tres pelotones se habían movilizado para encontrarlas. André lo sospechaba, creía que en el momento que tuviesen más información le fusilarían. Pero no era su vida la que más le preocupaba.

Se abrió la puerta y entró un tipo con galones de capitán, el individuo hizo un gesto debido al mal olor. Miró al veterinario que estaba tirado en el suelo y se acercó a él.

–Ordenanza, que alguien le dé una ducha a este hombre y que lo lleven a mi barracón.

Dos soldados se llevaron a André casi en volandas, bromeaban acerca de la ducha, en realidad le prepararían un pesebre con agua y un poco de jabón. Le dieron una lona para que se secase e incluso una cuchilla con la que se pudo afeitar, después le prepararon un poco de pan de munición con conservas de pescado y ropa limpia, solo entonces le llevaron hasta el capitán de inteligencia. Este le esperaba impaciente, quería despachar este asunto con presteza ya que llevaba días reuniendo datos acerca de los emplazamientos enemigos y este tema no era más que una pequeña esquirla en sus propósitos.

–Dejadle ahí –ordenó a dos soldados que le escoltaban, los cuales le dejaron en una silla como si soltaran un juguete de mala manera–. Venga, dejadnos, marchaos que esto no va a durar mucho.

–Si no ordena nada más herr capitán –dijo uno de ellos y se marchó dejando cerrada la puerta del barracón.

El capitán le observó fijo y tras unos segundos en silencio, le ofreció tabaco, pero André lo rehusó, solo entonces el oficial comenzó a hablar.

–Doctor André Vanhoof, ciudadano belga, nacido en Gante, con domicilio en Ypres. Casado en primeras nupcias con Marie Anne Perigord, enviudó y contrajo matrimonio con una ciudadana inglesa: Ingrid Newport. ¿Comprende mi alemán?

¿Es correcto?

–Sí –dijo cabizbajo André.

–Verá, no tengo nada contra usted, es más le compadezco. La guerra entró en su vida y le trastocó los planes.

–¿Trastocó? Así llama usted a mi situación capitán.

–Sí, más o menos, está usted vivo doctor.

–¿Y mi familia?

–Dígame usted donde está y yo le diré lo que pueda.

–Mi esposa está en Inglaterra, fue allí para asistir a un funeral.

–¿De quién?

–De su abuelo.

–Mis hijas, están aquí en Bélgica. En una granja propiedad de mi hermano.

–¿Y su hermano?

–No lo sé. Lo último que sé es que se encontraba en Amberes.

–Hábleme de sus hijas.

–La mayor es hija de Marie Anne, se llama Virginia. Es veterinaria como yo... –dudó un momento, parecía cansado incluso para seguir contestando– aún no ha acabado sus estudios. Pero sabe casi todo lo que hay que saber porque desde pequeña ha estado muy unida a mí... La pequeña, Louise, es hija de Ingrid, tiene nueve años... es muy nerviosa y muy inteligente. La última vez que la vi estaba muy ilusionada porque su madre estaba embarazada.

–Lo lamento, espero que todo esto se resuelva pronto. ¡Vamos a ver! Esas... palomas, ¿por qué las mandaba?

–¿Usted qué cree? Tuve una oportunidad de saber de ellas y la utilicé. ¿Qué hubiera hecho usted? Las atrapaba de noche y las dejaba ir de día. Me lo dijo un viejo, el que murió fusilado la semana pasada... era vecino de mi hermano, nos conocíamos, dicen que el mundo es un pañuelo... un pañuelo manchado diría yo ¿Qué otra cosa podía hacer?

–No lo sé, la verdad. Tal vez, lo hubiera dejado estar. Estamos en guerra y buscamos espías, ¿no se le ocurrió pensar en ello? ¿No piensa en lo duro que ha podido ser ir a buscarlas y hacerlas hablar?

–¿Cómo están, no le habréis hecho daño?

–No señor, no les hemos hecho daño, ¿por quién nos toma? Virginia es un poco... áspera, aunque la pequeña es más inteligente, más decidida y nos contó la historia de su familia, historia que concuerda, por cierto. Aunque, quizá, corrieron algún peligro.

—Claro, me imagino. Supongo que se creerá un caballero capitán... ¿por quién nos toma? Y tiene usted la cara de decírmelo a mí. Habéis invadido mi país, saqueado casas y granjas, habéis pasado por las armas a cualquiera que os resultara sospechoso y hasta quemasteis la biblioteca de Lovaina. Sois unos bárbaros, ¿qué se puede esperar de vosotros?

—Señor Vanhoof, me ha dejado usted sin palabras. Cierto, ¿para qué queríamos a Kant, a Martín Lutero o a Johannes Kepler? ¿De qué nos ha servido la revolución francesa o los siglos de guerra? ¿De qué ha servido todo el conocimiento occidental, la Ilustración, la religión? ¿Dónde está Jesucristo? Tiene usted razón doctor Vanhoof, somos unos bárbaros. ¿Qué es la civilización, esto? Conclusión: los alemanes somos unos bárbaros. Déjeme decirle algo doctor, cuando era joven tuve la oportunidad de viajar y vi a pueblos salvajes, pueblos que no conocían ni la escritura. Ya sabe, esos hombres negros que comen carne humana, esos pueblos que viven en casas de palos y mierda de vaca que ni siquiera se espantan las moscas y las mujeres van desnudas. En aquellos pueblos los niños se agolpan a tu alrededor y te enseñan los dientes blancos y no sabes si es que te festejan como nosotros festejamos un buen bistec. Por eso, les instalamos misiones, llevamos a las tropas, a los funcionarios, les hacemos construir edificios de gobernación, fuertes, carreteras, destruimos sus normas y les llevamos nuestras leyes. A cambio nos tienen que dar las riquezas de su tierra, su esfuerzo, su trabajo, su sangre. Yo estuve en el Congo Belga, lo crucé porque quería ver el río de aguas feroces... doctor Vanhoof, lo que vi me rompió el corazón. Había niños mutilados solo porque se negaban a recoger el caucho, personas torturadas porque no se sometían, encadenados como fieras, hombres apaleados... he visto el horror por el horror. Y aquello en nombre de la Civilización, del Conocimiento, de Dios, del rey... y lo hizo tu pueblo, o los representantes de tu pueblo, esos que tienen una educación exquisita, esos que estudiaron religión, leyes, filosofía, las matemáticas, la ciencia... ¿y todo para qué? ¿Para qué arda la biblioteca de Lovaina? ¿Para que un belga y un alemán se echen en cara quién es el bárbaro? Esto no tiene mucho sentido ¿no lo cree? Hacemos lo que hacemos porque nos lo ordenan, solo somos simples piezas en la maquinaria de la Historia. No nos compete comprender lo que es correcto o no. Tan solo podemos actuar y hacer lo más conveniente.

La ceniza del cigarro del oficial se caía derrotada tras un leve golpecito.

–Está bien capitán... ¿y ahora qué?

–¿Ahora? Pues bien, sus hijas, una tendrá que largarse, que se la lleve una familia de acogida. La otra nos es útil, necesitamos veterinarios. Sois tan útiles como los mecánicos. Siento no serle de mejor ayuda, ni mejor consuelo. Solo puedo hacer lo mejor para el colectivo. Si fuese por mí las alejaba del frente y las ponía a salvo. Las llevaría a Gante, tal vez.

–¿Puedo protestar?

–No, puede quejarse, escribir cartas al gobernador militar de la zona, al mismísimo Káiser si quiere, pero no creo que sirva de nada. El simple envío de palomas mensajeras les podía haber costado la vida, un tribunal militar hubiese dictaminado que sois espías y hubieseis muerto sin más. Así de simple. He gastado mucho tiempo y medios en esclarecer este asunto, yo soy vuestro mejor abogado. No deseo para usted ni su familia mal alguno, solo espero que esta maldita guerra acabe cuanto antes y podamos volver a casa.

–Tiene suerte capitán, yo no sé si tengo casa. Y lo que es aún peor, mi familia se encontrará tan repartida que no sé si volveré a tener un hogar como antes o si veré a mi futuro hijo. Muchas gracias por todo, herr capitán.

Ambos hombres se quedaron mirando con el pesimismo flotando que se mezclaba con el humo del cigarro en aquel pequeño barracón, una atmosfera que se estrujaba contra el techo intentando huir. Lejos de allí con un mar de por medio una joven se apretaba su bebé al pecho. Como todos los días lloraba por la mañana, le faltaba su pequeña Louise. Temía por ella porque no era una niña normal; demasiado inquieta. Algo en lo profundo de su interior le decía que su hija iba a revelarse contra las circunstancias. Lo sabía como un bebé es capaz de reconocer a su madre nada más nacer, por ese fino hilo que une a las madres con sus hijos más allá de la muerte, más allá de la vida.

Pese a saber de la muerte de Dittmar, el ánimo de Jan Ehrlich parecía no decaer, hasta el punto que se las había apañado para traer una pierna de ternera y la compartía como en una fiesta. Menudo desayuno. Cortaba con su bayoneta trozos y se los daba a sus camaradas, quienes en su mayoría la comían cruda. A Gerhard Oppenheim no le gustaba, además solía decir que la carne tenía que estar salpimentada para que supiese a algo. El muchacho era muy escrupuloso y antes que nada recelaba de aquel cuchillo con el que Jan se había jactado de ensartar enemigos. Verdad o no, no le hacía ninguna gracia tener que pensar en que aquel trozo de acero había estado dentro de una persona y ahora cortaba la carne que él tenía que llevarse a la boca. Jan lo sabía y lo disfrutaba, sonreía ante la complicidad de los hermanos Weiss, quienes debido a la analogía en la pérdida de un hermano se encontraban muy próximos. Jan quería hacerse querer, se sentía bien siendo admirado por los suyos, cada vez que tenía que hablar de los supervivientes lo hacía en términos de: «Mis hombres»; y sí hablaba de los caídos decía: «Mis mártires». Ni siquiera ocultaba sus deseos de hacer un curso de cabo. Se veía a sí mismo como el más indicado para dirigir un pelotón, "gruppe", siempre dispuesto y temerario en extremo, tan solo la hazaña de Paul Król podía hacerle sombra. Pero esto ya no le preocupaba, creía en su fuero interno que ya había hecho los suficientes méritos como para ser el soldado con más prestigio de todo Faustaugen. Un par de veces dijo que estaba orgulloso de su hermano y que había caído como un buen patriota y que en cierto modo le tenía envidia.

Ulrich lo veía como un fantoche, se dejaba llevar por sus tonterías y sus ínfulas de guerrero legendario. Se reía de él cuando comía cualquier cosa que le ofrecieran por no hacer desprecio aunque no tuviese buena pinta y para espanto de sus tripas. El joven Król tomó la carne que le ofrecía Jan y la arrimó a un pequeño fuego. Mientras se cocinaba un poco pensaba que la guerra le había arrancado a su hermano de su lado y le había arrimado aún más a su buen amigo Volker Furtwängler al que miraba y dedicaba media sonrisa. Lo consideraba otro hermano y en el frente son tan importantes los camaradas como las provisiones y la munición. La relación con

Floy la Inmensa, les había mantenido más separados que de costumbre y la contienda los volvía a unir. Había sido Ulrich quien recomendó a su padre la novia de su amigo. Antes de la guerra Volker solía trabajar como electricista por todo el Pequeño Ducado. Se movía rápido con su bicicleta, hacía buenos precios y competía con un tipo de Gutenweizen que ni siquiera le dirigía la palabra. Pese a que había tenido que abandonar sus estudios muy joven, no dejaba la idea de retomarlos y dedicarse a la ingeniería. La llegada de la guerra le obligó a alistarse por la presión del entorno, no porque él lo quisiese ya que carecía del entusiasmo para las acciones heroicas. Solía leer todo lo que tuviese que ver con electricidad y soñaba con trabajar en Siemens & Halske AG. Creía en la ciencia y su capacidad para mejorar la vida de las personas, por eso, no podía concebir que los científicos diseñaran grandes cosas para destruir a los hombres. Recelaba de aquellas bombonas que habían traído, el arma secreta, le parecían una aberración de la inteligencia humana.

–Ya es hora de que te busques novia –le decía Volker a Ulrich.

–Las novias son problemas –respondía el joven.

Los domingos solían ir a la taberna del Tuerto pedir una jarra de cerveza de esas que tienen tapadera y no salían del bar hasta ver chisporrotear el mundo. Allí podían encontrarse con Jan o con Ferdinand Bartram, hablaban o discutían siempre en voz alta. Cosa que molestaba y mucho al señor Mockford. Unna solía pedirles calma y el Tuerto reía con ellos. Qué demonios, son jóvenes.

Pero aquello ya pertenecía al pasado, Faustaugen, el apacible y lento Faustaugen, despreocupado como el rumio de sus ovejas o sus vacas, quedaba muy lejos. Detenido en los recuerdos o en movimiento con las cartas plagadas de noticias livianas. Volker pensaba que de no volver nunca más a ver su pueblo prefería morir en un sitio en donde pudiesen recuperar su cadáver y darle un entierro cristiano. Aunque seguro que moriría en la tierra de nadie. Sus compañeros le extrañarían y ni siquiera le podrían decir a sus padres cómo había caído. Y aún así sería preferible eso a retorcerse con las tripas en la mano en un hospital atestado de moribundos. De modo que lo único que podía hacer era no pensar, tratar de sobrevivir arrancándole a la vida un día más, sin pedir mucho más. Volker siempre fue muy pesimista.

Aún no habían terminado de saciarse cuando llegó el ordenanza del capitán Ernest von Hausser junto con un muchacho joven y señaló el grupo. El joven se acercó y mirando a todos preguntó.

–¿Ehrlich?

–¿Quién lo busca?

–Soy Lottar Löscher, camillero. Yo vi caer a su hermano y vengo a decirle que murió en paz.

Jan Ehrlich agachó su cabeza, se levantó y dio la mano a Lottar.

–Siéntese con nosotros, tenemos café y carne. Coma hombre. Hay que desayunar a lo grande, es lo que nos merecemos.

–Por casualidad me enteré que él tenía un hermano más o menos por este sector. Bueno, me lo dijo un tal Król. Hoy venimos de refuerzo y me pareció bien aprovechar para decírselo.

–Pero siéntese, Gerhard un poco de café para este muchacho.

–Comenzó con una escaramuza y terminó en bombardeo. Allí quedaron muchos camaradas... ya sabéis como va esto... morimos por nada. Yo recogí a su hermano, había perdido mucha sangre, quizá sí...

Jan le miró fijo, había algo que Lottar trataba de omitir.

–Continúa camarada, no te detengas.

–No, nada.

–¡Venga! Necesito saber todo lo que le ocurrió a mi hermano, quiero que todos sepan la clase de hermano que tuve, ¿puedes comprenderlo?

–Bueno, es un decir, tampoco es exacto, aunque tanto mi compañero como yo creemos que si le hubiesen recogido antes, hoy estaría vivo. Pero los otros recogieron a un moribundo, fue un llegar y morirse. Se desangró. En estos casos hay que ser más... inteligentes.

–¿Los otros?

–Sí, Król, el que hace trucos, y su compañero. Seguro que lo conocéis porque son de vuestro pueblo.

Aquello fue el detonante, Ulrich se levantó y Jan hizo lo mismo. Ambos se desafiaron con la mirada. Parecía que existiera un rencor antiguo que en aquellos instantes se renovaba e incluso parecía multiplicarse.

–Mi hermano es más valiente que todos los que estamos

aquí.

—¡Cierto, todos lo vimos! –dijo Volker.

—¡Camaradas, camaradas! –trató de tranquilizar Lottar– Esto es absurdo, es solo una impresión. En todo caso un error...

—¡Volker, tú no te metas! Ulrich siempre supe que ese maldito Paul era un mierda.

Ulrich saltó sobre los demás y golpeó a Jan en la cara, entonces Gerhard, Roth Neisser y Hahn Krakauer intervinieron separando a Król. Los hermanos Weiss también lo hicieron. Jan tomó su fusil, aunque le impidieron utilizarlo.

—¡Estás loco Jan, somos camaradas y quieres pagar tu odio con Paul! –gritó Volker.

—¡No te metas Volker!

—Sí, me meto, Paul es mi amigo es como un hermano y sé que jamás abandonaría a Ditt. Todos sentimos lo de Ditt, pero es la guerra, no fue Paul.

—¡Cállate!

—¿Qué quieres Jan? ¿Quieres venganza? ¿Me quieres a mí? –preguntó Ulrich.

La tensión iba a más ya que se estaban creando dos bandos y Jan se envalentonaba al ver que los Weiss estaban de su parte. Ni siquiera se dieron cuenta de que había llegado el bigotudo sargento Ralph Rohmer.

—¡Pero qué carajo! ¡Venga, venga, hay viento a favor! ¡A prepararse! ¡Venga! ¡Todos fuera, vamos a primera línea antes de que amanezca, vamos! ¡Tenéis ganas de gresca, ya os voy a dar yo gresca para que despertéis!

Soplaba levante, hacía días que esperaban aquel viento. El sargento les hizo formar e hicieron varios ejercicios para ponerse la máscara de gas. Quedaba claro que todos sabían cómo acomodársela incluso el pazguato de Gerhard.

—¡Aquí no puede haber errores! ¡Si os la quitáis aunque solo sea para limpiar el cristal estáis muertos!

Había llegado el gran día, aquel en el que de una manera rotunda y definitiva romperían el frente enemigo y terminaría de una vez aquella maldita guerra. Los habían preparado para aquel momento, serían los primeros porque así lo había solicitado en especial el capitán von Hausser, el "Valiente Capitán". Quien desde su refugio y con orgullo de padre sería de los primeros en enterarse de la suerte que corriesen las personas sometidas a la nueva arma. Sus hombres irían en operación de reconocimiento a la trinchera enemiga y a continuación informarían al resto de las secciones los cuales estarían preparadas para lanzar un ataque a gran escala. Al menos, eso creía. Sin embargo, aquello era contradictorio porque del mismo modo sabían que muchas compañías marchaban para el Frente Oriental lo cual aparcaba la idea de un gran movimiento. Corrieron por la trinchera de enlace hasta llegar a la primera línea. Estaban preparados para salir, corría una ligera brisa del este y el sargento solo esperaba la orden. Comenzaron a ponerse las máscaras, los demás les miraban casi con envidia, otros, los menos, con indiferencia. A ellos llegó un ordenanza que habló con Ralph.

–¡Ulrich Król!

–Mi sargento.

–Ve con este hombre, al parecer te trasladan.

–¿Pero, cómo es eso?

–Usted obedece soldado Król, así que ya estás perdiendo el tiempo. ¡Vamos!

Volker lo miró extrañado, entonces tuvo el muchacho una oleada de miedo hasta entonces desconocida. Desde que Paul se marchó era Ulrich quien le cubría las espaldas con Jan. Vio a Ulrich largarse y algo en lo profundo de su alma le dijo que sería la última vez que lo vería. Un oficial ingeniero abrió las válvulas de las bombonas y estas comenzaron a tejer una espesa telaraña de humo grisácea que se extendía a ras de tierra como si el viento le tirase. Comenzaron a avanzar, de algún modo Volker se sentía como un globo que tuviese que pasar sobre un trecho de espinas. Calculó la hora: serían más de las cinco. Seguían caminando, no se oía nada, llegado un momento solo podían escuchar su caminar y su respiración. El muchacho creyó tener un pulpo que se abarcaba a su cara, sentía calor y una sensación de ahogo. Sabía que no podía quitársela, aunque fuese su primer impulso, aunque lo desease más que nada en este mundo. Entonces vio más tubos por los que aún humeaba. El sargento ordenó caminar detrás de la neblina, pero no le oyó se adentró en el abismo. La tierra de nadie parecía otra, era como caminar en sueños, como si supiera que algo desagradable tenía que suceder de un momento a otro. Lo primero que vio fueron las ratas muertas, ratas asquerosas, ratas de cadáver, a las que él perseguía y mataba, aunque en esta ocasión daban pena. Y en aquellos momentos de estupefacción ni siquiera percibió que desde la trinchera enemiga nadie les atacaba. Solo pasado un rato y cuando alcanzaron cierta distancia, sobre todo al pasar por unos embudos, intuyó que estaban muertos. Entonces comenzaron a dispersarse y a penetrar en la guarida del enemigo. Allí contempló con espanto los cuerpos retorcidos de los soldados. Eran argelinos, formaban parte del ejército colonial francés. No habían tenido tiempo de huir, retorcidos en sus estertores, boca abajo, o mirando al cielo. Aquellos hombres a los que la muerte les había sorprendido, conocieron sin saberlo el tamaño de la sinrazón humana. Ningún despropósito cometido antes había salido tan bien como en aquel día, por ello, Volker entendía que aquel modo de hacer la guerra no era el adecuado. La ciencia al servicio de la barbarie. Comprendía que la contienda tenía que acabar cuanto antes y que quería volver a casa, aunque no de aquel modo. No podía salvar su cuerpo y perder su alma. Porque si existía Dios, y él a si lo creía, seguro que no podía aceptar que aquello sucediese. Continuaba explorando la trinchera y veía aquel holocausto, los cristales de la máscara se le empañaban y sentía ganas de quitársela, pero no podía, lloraba. Supo entonces que se había perdido, aunque eso le daba igual, no se movería de aquel sitio. Se sentó y dejó pasar el tiempo, ya no podía más, se quitó la máscara y aspiró el aire, olía algo raro, pero ya no estaba envenenado. Despacio fue recuperando el aliento, rezó algo por los caídos y por él mismo. De repente apareció un camarada, por unos instantes se quedaron mirando. Entonces el recién llegado preparó el fusil y hundió su bayoneta entre las costillas de Volker. El muchacho estupefacto miró a aquel cerdo a la cara, no comprendía, tembló, sabía que le había alcanzado el corazón, lo sentía porque le quemaba todo el pecho y su pensamiento se embotaba. Se dejó caer, en realidad no quería estar allí, prefería marcharse y de repente sintió que el cielo aquel era el mismo que el de su Faustaugen. Recordó a su padre, estaba sentado en sus rodillas y juntos construían un castillo de naipes, estaba feliz, aquel fue un buen día y Volker abandonó este mundo pensando en aquella otra vida.

–Te dije que no te metieras –rugió Jan al tiempo que se quitaba su máscara.

El gas se retiraba volando, huyendo de su propia naturaleza.

Había mucho odio en aquellos campos. Pero el arma más dañina era el horror, que teñía de neblinas el entendimiento y obraba barbaridades.

Gerda Kast lloraba desconsolada, su hijo había fallecido y ni siquiera tenía un cuerpo al que poder enterrar. Quería soñar con que su primogénito quizá estuviese vivo, quizá cautivo y después de la guerra podría ser liberado. La verdad la conocería dentro de poco en una de sus reuniones esotéricas en las que "contactaba" con los muertos a golpe de billete. A los demás no les hacía falta más que el telegrama con la confirmación ya que si algo les habían enseñado los tiempos era que solo podían confiar en las malas noticias.

Fremont entró en ese instante en la iglesia, su mirada se cruzó con la de su padre Frankz, algunos asistentes al funeral se quedaron mirando con expectación, parecía que el mismísimo muerto hubiese sido el que se presentase. Fremont siempre se sintió el hijo "pequeño" de la familia Kast, un personaje secundario que jamás alcanzaría la mayoría de edad. Su infancia marcada por la enfermedad le había relegado al último puesto de la jerarquía. Crecía a la sombra de Frankz Eduard al que veía como un privilegiado y no le faltaba razón. Frankz Eduard tenía todas las libertades, lujos y halagos. A cambio aceptaba ser una copia de su padre. Fremont no entraba en ese juego, odió a su hermano desde que tenía conciencia de quién era. Porque el benjamín de los Kast era muy inteligente y le parecía que esa cualidad podía haber eclipsado, de sobra, su cojera y al primogénito. De hecho su padre, observador, siempre había querido tenerlo cerca y ahora, con la guerra y de no ser por su terco orgullo, le veía como la salvación de la familia. Frankz Eduard había caído como un valiente en el campo de batalla, por desgracia no le había dejado un hijo a quién legar el apellido. Su hija, casada con un noble prusiano, podría cubrir esta tarea, pero ni ella ni él tenían madera de negociadores. Su niña había sido criada entre cojines de plumón, preparada desde pequeña para ser una buena esposa. De lo único que entendía era de telas y literatura rosa, su monotemático esposo solo quería hablar del ejército. Se consideraba un junker y así lo proclamaba con orgullo. No querría ni oír hablar de abandonar su carrera militar por dirigir una empresa por muy prósperos que fuesen los negocios familiares. Aquella labor era secundaria, propia de otra clase social.

En cambio Fremont, que había sufrido lo indecible en su

juventud, tenía un corazón duro y poco escrupuloso. Trabajador infatigable, veía en la sociedad matices que a otros se les escapaban. Y, por supuesto, prefería el mundo capitalista al rancio militarismo. Era muy sutil en sus comentarios y cada movimiento que hacía tenía la suficiente malicia como para no ser improvisado. Frankz creía en el innatismo, sabía que su hijo pequeño tenía cualidades suyas que podrían predisponerlo a los negocios e incluso a llegar mucho más allá de lo que él había podido. Conocía a Fremont tanto como para saber que en cierto modo se alegraba de la muerte de Frankz Eduard. Como buen padre se lo perdonaba con dolor.

Frankz miró su reloj, justo a tiempo. La puntualidad de Fremont era a veces enojosa, pero no esperaba menos. Fremont saludó a todos, abrazó a su madre y a su hermana, e incluso estrechó la mano de su padre. También a su cuñada, desconsolada con la cual firmó la paz desde aquel día. Retirado se encontraba Günter Schumacher, el administrador, con su familia, el cual con una leve inclinación de la cabeza hizo su recibimiento a Fremont. Günter era como de la familia, de hecho cuando el joven Frankz comenzó con su fábrica de mermeladas contó con el apoyo inestimable de su amigo. Su amistad era el verdadero cimiento de la compañía. Eran unos chavales cuando comenzaron sus aventuras empresariales. Ambos eran infatigables, podían emprender cualquier proyecto y salir victoriosos, recoger beneficios y seguir invirtiendo. Frankz era quien emprendía, asumía el riesgo y aportaba capital, Günter además de un buen consejero era el currante, el perro sabueso que olía un buen negocio a kilómetros. Fremont le tenía la misma consideración que a un tío, sus cuatro hijas eran como primas, en cambio la señora Schumacher solo era una amiga.

Fremont se acercó al féretro vacío y lagrimeó. Miró a los asistentes y pudo ver al menos a un general. Era increíble la influencia de su padre tan solo comparable a su torpeza. Primero había convertido a un patán en un oficial, después lo había llevado al frente sin contar con que podía caer, para terminar le había tributado un funeral de estado con todos los honores. Pensó en todo lo que había tenido que gastarse, aquel tremendo despilfarro para conseguir ver muerto a un hijo. Sin embargo, nadie lo tendría en cuenta, lo único que importaba era el honor del apellido. Los Kast habían ofrecido a la patria su tesoro más preciado. No había mejor campaña de publicidad entre la alta sociedad. El remate era que Fremont se lo tenía que echar en cara al gran Frankz, nunca perdía ocasión para quedar por encima. Ambos lo sabían, esta era su particular partida de ajedrez.

El sacerdote comenzó la ceremonia en la que incluía un sermón al valor, al patriotismo, al honor y por supuesto, daba a entender que por muy duras que fuesen las pruebas Dios siempre estaba con Alemania. Siempre sucedía, Dios tenía que estar a la altura de nuestras conveniencias, nuestros anhelos, nuestras ambiciones, pensaba Fremont. Para eso se le pagaba. El joven Kast no era ateo, creía en Dios a su modo por lo que la iglesia le parecía un sitio en donde se reunían los hipócritas para a golpe de talonario lavar las culpas y los remordimientos. Dios que regalaba o quitaba la vida no tenía necesidad de dinero o plegarias. Hacía o deshacía a su antojo como un niño que esculpe castillos de arena en la playa consciente de que el tiempo y las olas desharían su trabajo de manera inexorable.

Frankz y Fremont se miraban, tenían mucho de lo que hablar y aquello sería una negociación, una lucha a mala cara porque cada uno esperaba mucho del otro. La ventaja la tenía Fremont que ya disfrutaba de ver cumplidos parte de sus propósitos, los suyos, su propia lucha: Ulrich había sido retirado de la primera línea, ahora quedaba buscar un buen destino a Paul, uno en donde no tardase mucho en caer. Ahora convencer al viejo Frankz no sería tarea fácil, era un día de muchas emociones, dentro de poco el féretro vacío llenaría una fosa y daría por sepultado a su hijo. Del mismo modo tenía que enterrar el hacha de guerra con su otro hijo, pero lo haría a su manera: exigiéndole que pusiese de su parte. La ceremonia, el protocolo social estaban de más para ambos. Después de la ceremonia pasarían al cementerio y de allí a la mansión de los Kast en donde sí que habría tensión.

Primero dieron café a las amistades y familiares, una foto de Frankz Eduard con el traje de militar de ceremonias presidía el salón. Nadie reservaba lágrimas ni homenajes. Faltaban muchos amigos que aún seguían dando la vida en el frente. Y todos sin excepción querían contar algo relacionado con sus parientes en la guerra. Triste espectáculo y a la altura del finado. Un par de horas después, terminado todo el protocolo social Gerda reclamaba a Fremont para sí. Le torturaba con sus continuas preguntas, para ella también era un tormento que su Fremont abandonara la familia para irse tan lejos a rodearse, nada menos, que de niños de clase baja. Frankz se sirvió una copa de coñac y miró la absurda entrevista que tenía su esposa con Fremont. Les daba tiempo y tomaba datos para poder arrojárselos a la cara al benjamín de la casa.

–Pero hijo… ¿cómo puedes vivir entre tanta dejadez?

Gerda imaginaba que Faustaugen era un inmenso suburbio poblado de pulgas y con seres poco menos que sarnosos. Creía que la gente del campo no podían ser sino miserables al azote de las enfermedades. De hecho se sorprendía al saber que tenía muchos niños en la escuela, porque según ella era mejor que trabajasen para sus padres y hacer que así prosperasen sus hogares y el país.

–No, madre, la educación es lo que puede hacer levantarse a un país. Solo la educación.

Frankz no estaba de acuerdo con su hijo. Para él lo que podía levantar a un país era la libre competencia. Que el estado no tuviese porque mediar en las relaciones laborales entre trabajador y empresa. Por eso, observaba a su hijo con estupefacción con sus ojos saltones igual que un búho mirase a un intruso en su territorio.

–¿La educación? ¿Debes de estar de broma? La educación de las clases pobres nos ha llevado a esta situación, de hecho si el tal Gavrilo Princip no hubiese estudiado jamás nos encontraríamos en este punto. Su… "cultura" le llevó a asesinar al heredero al trono del Imperio Austrohungaro…

–Sé muy bien lo que hizo, pero no creo que fuese Gavrilo el problema, ni siquiera Francisco Fernando. Lamentablemente ambos formaban parte de una escusa, porque las potencias hacían tiempo que afilaban cuchillos. ¿No es así, padre? Acaso no construimos una flota de guerra capaz de competir con la del Imperio Británico. ¿Para qué se construyó? ¿Para disuadir?

–¡Para mantener un vasto imperio colonial! No salgas del tema, ¿para qué necesita un operario saber filosofía o matemáticas? Un hombre tan solo necesita saber trabajar.

Fremont miró al piano que tenían en el salón y sonrió.

–Por el mismo motivo que tú necesitas escuchar música.

–Es absurdo. Cada vez te pareces más a esos políticos.

–La mente necesita conocimiento, cuanto más culto es un pueblo mejor es su calidad de vida. En eso creo y a eso me debo.

–¡La libre empresa, la competencia, la producción! ¡Esa es la prosperidad! ¿A quién le interesa la calidad de vida? Comprar, vender, la propiedad privada. ¡Esa y solo esa es la prosperidad!

−La competitividad necesita cerebros para innovar, cuanta más gente estudie y genere patentes más prosperidad habrá. El cerebro necesita libros, el pueblo necesita cultura.

−¡Ja! La cultura, el conocimiento solo puede traer desgracia, cuanto más sabe el hombre más perdido se halla. La cultura nos ha llevado a la barbarie. Los políticos, los charlatanes... y tú, querido hijo te pareces mucho a ellos. Eres como aquel tipo que se subió encima de un cajón y habló a la multitud, no me acuerdo de su nombre, un tipo que detuvo la producción durante un par de días en una mina. Hablando como si la verdad le perteneciese. No recuerdo su nombre, pero sí recuerdo como prosperó a costa de los demás. También vi con él a otro, ese prosperó de otra manera, en cierto modo todos a mi costa. ¿Es eso lo que trae tu cultura?

−Es una paradoja, aunque lo contrario a la cultura es el embrutecimiento. Brinda por ello padre, brinda por ello.

−¡Es día triste para brindar! −cortó la madre, aún tenía los ojos tristes y estaba a punto de llorar de nuevo− Me duele tanto la cabeza que debería tomar un analgésico.

Una criada se acercó e informó de que la cena estaba lista, pasaron al comedor y en silencio cenaron. Fremont despreciaba aquella casa con sus salones jardines y habitaciones amplias, no había nacido para nadar en el lujo. Le parecía mucho más confortable su pequeña casa de alquiler al lado del Trommelbach, con su sonido de aguas salvajes y manso olor a campo. Aquello no era una familia sino una especie de dinastía, o al menos así lo veía su padre. No se le podía llamar hogar a una casa en donde los trabajadores odiaban a los dueños y hablaban de ellos a la gente de la calle. Demasiado artificial para su gusto y tanto más le parecía al compararlo con su Faustaugen. Aquel chaval enfermizo que no encajaba en la alta sociedad había muerto al contacto con el pueblo. Y, por eso, se reía para sus adentros al ver aquella mesa compuesta, llena de copas de cristal de Bohemia, vajilla de porcelana de Meissen y cubiertos de plata que no tenían porque ser utilizados, en una reunión familiar tan alejados unos de otros que era imposible hablar sin levantar la voz ni mantener un tono confidencial. La cena en sí era algo fútil, nadie tenía apetito ni siquiera podían sorber la triste sopa de pescado.

Hablaron de las hijas de Günter, al parecer las cuatro eran

voluntarias de la Cruz Roja, la pequeña incluso hacía tareas de enfermería en un hospital. Quizá era lo más distendido de lo que podían conversar sin que Gerda llorase. Solo después de la comida y de que se retirase Gerda a dormir, padre e hijo pudieron hablar. Lo hicieron en el despacho contiguo a la biblioteca, ante la mirada imperial de un retrato del Káiser.

–¿Y bien? –preguntó el padre.

–¿Y bien?

–No te hagas el tonto, quieres cosas de mí, pídelas.

–Ya te las pedí, ¿no?

–Retirar a un tal Ulrich Król del frente. Al principio creí que era amigo tuyo, pero no es así.

–¿Me espías?

–Controlo mi entorno. Me pides cosas y no quieres que sepa el porqué, eso sería hasta imprudente, es toda una tontería. Pero aún me preocupa más que andes detrás de una joven de baja cuna.

–¿No es digna de tu hijo cojo?

–No lo sé, dímelo tú. Preferiría que te casases con alguien algo más… influyente.

–No pienso hacerlo, me casaré con ella o con nadie más.

–Pues entonces no veo por qué he de ayudarte. Dame algo y yo te daré algo, así funciona esto. Así que dime algo convincente.

–Soy tu hijo, quieres algo más convincente. Además te voy a seguir pidiendo, quiero que Paul Król no regrese a su casa, al menos vivo.

–¿Qué? –Frankz se sorprendió tanto que hasta se levantó de su asiento.

–Sí, su hermano, el hermano de Ulrich, lo quiero muerto.

–¿Sabes lo que me estás pidiendo?

–Sí, lo sé. Te manejas muy bien sobornando a la gente y comprando voluntades, no en vano eres uno de los que más bonos de guerra compra y más invierte en alambre de espino. Además de tu logística, tu capacidad para mandar víveres al frente. Tienes hasta la bendición del mismísimo Káiser. Günter puede hacerlo, solo tiene que mover los hilos un poco. Burocracia, eso es lo que dice, no hay nada que la burocracia no sea capaz de mover o sentar en una silla.

–¿Dónde está tu moral y tu ética? ¿Para esto vale la "cultura"?

–Puede que no, pero tú, padre, fomentas la guerra para

obtener un beneficio económico. Yo hago la guerra por amor, esa es la diferencia. Me casaré con Otta Lenz o con nadie más.

–Eres un necio, ¿en realidad creías que iba a acceder a tus peticiones porque sí? ¿Te crees que puedes llegar aquí el día del funeral de tu hermano y ponerte a pedir por esa boca que te ayude a asesinar al novio de una campesina? Eres un necio si lo crees, me he equivocado contigo.

–Desde luego padre, lo harás. Lamentablemente, tienes a un hijo fulminado por una mina, una hija casada con un loco de la guerra y un hijo inteligente, aunque cojo, que puede manejar tu imperio incluso mejor de lo que tú lo harías. Soy así, no me importa qué hay que reventar o a quién hay que matar con tal de conseguir mi objetivo. Tú solo sirves para hablar, un relaciones públicas. Necesitas a otro para que te haga el trabajo duro. Yo no necesitaría a ningún Günter. Si yo gobernase en la Kast Gesellschaft ocuparía ambos lugares, dinamitaría a la competencia y conseguiría el monopolio. Sabes que tengo mucha capacidad para observar y para escuchar. No puedo, ni quiero, de momento estar aquí en Bremen, por lo que tengo que aprovechar mis viajes para pedirte favores, siento que tenga que ser en un día como este. Así que o accedes a lo que te pido o, al igual que a tu primogénito, dame por muerto.

Frankz Kast miró a su hijo, lo vio tan tranquilo que por un momento creyó verse a sí mismo. Su Fremont tenía el carácter que hacía falta para llevar su imperio a flote y mantenerlo. No conocía a Otta, aunque debía ser una joven excepcional para nublarlo. Pensó que tal vez no sería tan malo que se casase con una plebeya inteligente, de todos modos necesitaba sangre nueva en su familia. Estaba tan sorprendido que la amenaza de su hijo le sonaba a bendición.

Rudolf estuvo varios días conmocionado, le mandaron a un hospital militar donde se recuperó y para que terminase de restablecerse le dieron dos semanas de permiso. Por lo que se marchó a Hanover. Regresó al que fue su domicilio el hogar de los Goldschmidt. Hacía varios años que no sabía nada de sus padres adoptivos. Desde que se unió a Mihaela la distancia con ellos no hizo sino aumentar. Después de su fallecimiento no había tenido más contacto. Sus padres siempre discutieron con él para que les entregase todo el dinero, sin embargo, Rudolf lo empeñó todo en medicamentos para su amada y en un entierro digno. Ahora regresaba a su casa con el ánimo de perdonar, sabía que cualquier día moriría en algún campo de batalla y quería dejar este mundo en paz con sus habitantes.

Lo primero que vio fue que ya no existía la sombrerería, ni siquiera se habían molestado en quitar el cartel, pero habían pintado el escaparate dando a entender que el negocio había quebrado. Tocó en la campanita que había en la puerta y solo a la tercera vez apareció su madre adoptiva, estaba seca como una pasa y su pelo apenas se sujetaba con un mínimo de dignidad. Al verle sus ojos parecieron recuperar un poco de vida. Sin decirse nada se abrazaron.

–Hijo, ¿dónde te has metido? Nos has hecho tanta falta.

–Lejos, madre, lejos.

La anciana retrocedió para dejarle paso, aquella casa le devolvió el olor de siempre. A guiso de patatas, fieltro y pegamento. Pasaron por el almacén donde todavía se podía ver algún que otro sombrero y rollos de tela. Todo cubierto por una escarcha de polvo. Daban la sensación de haber caído en una telaraña y estar allí esperando a pudrirse. Cuando llegó al salón se sentó a la mesa y su madre trajo una taza y un poco de té.

–Tu padre ahora es soldador, ¿quién lo iba a decir? Trabaja para el ejército, ¿tú eres soldado?

Era obvio, Rudolf aún vestía el uniforme y llevaba su fusil como un anciano llevaba su bastón.

–Sí madre, estaba en la reserva y me llevaron nada más comenzar…

–No dejes que te maten.

–Sí madre. Lo intento todos los días.

–Dicen que los ingleses y los franceses son despiadados y que matan a los jóvenes con vesania.

–No lo sé madre, supongo que igual que nosotros. ¿Y padre?

–Duerme, su trabajo es nocturno y acaba agotado. No habla nada, le duelen los huesos, pero apenas se queja.

–Padre nunca fue muy trabajador.

–No digas eso.

–Ni tú madre, eras como un gato. Siempre esperando la oportunidad. Estáis así ahora porque siempre fuisteis miserables. Este té está asqueroso, frío e insípido, no me extrañaría que fuese colado por segunda vez. A pesar de todo, estoy seguro de que escondéis dinero. Sois un desastre, el polvo os come, la oscuridad de esta casa. He venido a veros, porque cualquier día... estamos en guerra. Pero veo que seguís siendo... los mismos, otros trabajos, otros años, pero no cambiaréis. Mi esposa murió.

–¿Pero te casaste hijo?

–Qué más da. Ni la llegasteis a conocer, no os importaba. Madre, Mihaela fue la única persona en este mundo que me quiso, me quiso y no esperaba nada más de mí, nada.

–No digas eso hijo, toma más té. Te hará bien.

–Sabes lo que quiero madre, quiero salir allí, al frente, y coger mi fusil y matar a todo lo que me encuentre. Quitarle la felicidad a todo el mundo, al igual que a mí me la quitó Dios o el ser o la cosa que se haga cargo de esta chapuza de mundo. Este, mira madre –le dijo sujetando su fusil–, este es mi mejor amigo.

–Hijo no te enojes, todo pasará. Tú volverás y todo volverá a ser como antes.

–No madre, ya nada será como antes. ¿Cómo puedes ser tan... tan...?

Rudolf pensó que aquella mujer no era su madre, que nunca le había dolido. En realidad solo era una criatura decrépita, un alma atormentada por la desidia, por el abandono de su marido, por el vientre sin hijos. Por ello, se acercó y la abrazó, olía a vieja, a ropa vieja, a pelo de vieja. Estaba más muerta que muchos de sus camaradas. Entonces supo que tenía que largarse, llegar de nuevo al frente y mirar a la vida a los ojos. Mihaela ya no estaba, pero podía vivir, vivir, sin más pretensiones.

Era el momento de marcharse, marcharse quizá para siempre. Si alguna vez volvía a tener una vida no sería aquí en Hanover, sino lejos, tan lejos que nada le hiciese recordar sus primeros años. Abrazó a su madre y miró la puerta del dormitorio de su padre quien tal vez le hubiese oído, aunque no quiso salir a recibirle tal vez por simple timidez, quizá por temor. Como un ratón que presiente al gato más allá de su agujero protector.

El cabo Goldschmidt se buscó una casa de alquiler y entre bares y parques pasó lo que le restaba de permiso. Hanover estaba lejos de la guerra, las calles bullían de gente en sus quehaceres: mujeres cargadas de niños, milicianos dejándose ver ante las jóvenes que marchaban a las fábricas, un chaval tuerto vendiendo periódicos cargados de mentiras y muchas bicicletas ya que la gasolina era prohibitiva. Notaba una prisa sorda, estaba claro que los ecos no llegaban más que en un lento goteo del que todos salían salpicados de algún modo u otro. Una desazón mal disimulada de un país que intentaba alisarse la ropa todos los días después de haber estado toda la noche arrastrándose. Se hablaba del Esfuerzo de Guerra, una enfermedad del estado que consistía en trabajar hasta la extenuación para que miles de hombres pudiesen empuñar su fusil.

Rudolf caminaba sin querer ir a ningún sitio, aún sentía calambres en la pierna derecha por lo que decidió pasear mucho forzándola al máximo. Las chispas de dolor eran tan continuas que se volvieron rutinarias y, por tanto, soportables. Se presentó en el cuartel en donde le notificaron su nuevo destino, nada menos que al Frente Oriental. Había que dar un escarmiento a los rusos ya que no habían aprendido nada de Tannenberg. Según le habían dicho algunos camaradas estos enemigos eran enormes, como si hubiesen estirado sus figuras, con cara de campesinos, muertos de hambre porque el Zar y su aparato burocrático estaba preparado para declarar una guerra, pero no para mantenerla. En la Rusia zarista cualquier aristócrata inepto podía ser un alto cargo y disponer de miles de hombres sin tener ni idea de qué hacer con ellos. El peligro de aquel ejército ruso era el número, no la destreza. En el convoy coincidió con un camarada del Frente Occidental quien le comentó que el problema era la extensión de terreno que tenían que cubrir. Aquí no había grandes trincheras sino mucho movimiento de tropas. La artillería no tenía tanta presencia como los fusiles. Atravesaron Prusia Oriental y se situaron en el norte, desde allí tendrían que detener al Segundo Ejército ruso más tarde o más temprano.

—Es increíble, los rusos no tienen fusiles ni munición, durante la batalla de Tannenberg los supervivientes se rendían y pedían comida como indigentes. No creen es su zar, pero te despellejarían vivo por su patria. No lo entiendo.

Rudolf sonrió, sabía algo de aquel país cada vez más indignado con las oligarquías gobernantes. Tendrían que haber hecho la guerra contra sus mandos en vez de contra los extranjeros, aunque así eran las circunstancias. El cabo debía luchar contra un pueblo que le había dado el amor de su vida y lo haría por encima de sus creencias con ira, odio y toda la determinación que hiciese falta. Aquello no tenía nada que ver con la razón, sino con la supervivencia. Y la mejor manera de acabar pronto era ser más mortífero que el enemigo.

El cuartel de su compañía estaba situado en un pueblo al parecer abandonado y a cierta altura, desde allí se situaban varios puntos de vigilancia que se enlazaban unos a otros. Tratando así de dominar el amplio frente, a su espalda tenían una Comandancia Local que les proveía de la logística necesaria. Aún así a Alemania no interesaba avanzar más debido a la bastedad de aquel país. Se necesitarían muchas tropas y muchos recursos para dominar a aquel gigante. Lo único que se podía hacer era propinarle grandes golpes a fin de dejarlo inoperativo. Cualquier otro propósito habría acabado como el ejército de Napoleón.

A la llegada del cabo Goldschmidt varios de sus camaradas salieron a recibirle. Sus compañeros eran lo más parecido a una familia que había tenido nunca. Un teniente, Eike Schnitzler, le estrechó la mano con efusión, le recordó aquella vez en la que habían llegado hasta una trinchera enemiga y se habían hecho con un prisionero. Lo narraba como algo épico. Estaba seguro de que no había sido de aquel modo, pero cómo iba a estropearle la exposición, allí había algunos que no le conocían y se estaban llevando muy buena impresión. Rudolf era consciente de que no era ningún gran guerrero, de hecho a la entrada al cuartel había sentido miedo, algo casi inexplicable como un preso que ingresa por primera vez en la cárcel. Se oyó el motor de un avión que realizaba una labor de reconocimiento, algunos comenzaron a saludarlo como si en realidad pudiese verlos.

Acompañaron a Rudolf a una antigua alquería en donde le buscaron alojamiento, un jergón relleno de paja y algo de lana. El agua la sacaban de un pozo que rebosaba por la boca. En cuanto al rancho no era muy abundante ya que esperaban un convoy desde hacía dos días. No obstante se las apañaban para que no se notase demasiado.

–¿Dónde están los nativos? –preguntó el cabo.

–Se han largado, si tienen oportunidad lo hacen abandonan en carros o con lo que pueden. Se van de aquí temiendo a la guerra y se encuentran con el hambre. Más adelante solo hay desesperación. Las tropas rusas apenas tienen qué comer y se zampan hasta los niños que encuentran...

–No digas tonterías Egbert, son bobadas. Es cierto que no tienen muy buena intendencia y que incluso se acercan a nuestras líneas con el ánimo de un trueque por algo que puedan morder, pero de ahí a esa barbaridad hay un trecho –añadió otro soldado.

–Son polacos, no saben ni lo que quieren ser. Porque todo el mundo sabe que es preferible ser alemán antes que ruso. Es de sentido común. En nuestra retaguardia he visto a muchos con su mirada recelosa. Como si les fuésemos a robar las mujeres.

–Aquí es todo más complicado, tal y como vas al norte y pegado al Báltico peor aún. Porque hay lituanos, letones y estonios. Un montón de pueblos gentes que por mucho que los conquistes seguro que te miran con malos ojos.

–¡Campesinos pobretones! ¡Eso es lo que son!

El cocinero llamó a comer y los soldados acercaban su cuenco como quien pedía limosna. Servían una sopa de verduras algo ligera, alguno se encontró incluso tropezones de carne, decían que era de un carnero que habían encontrado y habían abatido. Estaba algo duro por lo que algunos los hilillos de carne se les enquistaban entre las muelas y el saborcillo a animal viejo no era del todo agradable.

–La semana pasada también abatimos un jabalí, lo hizo un tal Fritz que se llevó el hígado para él solo, la oficialidad se comió el solomillo y parte del costillar, el resto a la sopa. Algo es algo –dijo Egbert.

Nadie dudaba de que las provisiones llegarían más pronto que tarde, lo que sucedía era que el mal estado de las carreteras unido a que la línea ferroviaria quedaba lejos impedían una movilidad tan eficiente como en el Frente Occidental.

Después del almuerzo un sargento les encomendó la tarea de tender un hilo telefónico, aparte del que ya tenían, pues en muchos casos alguien se había dedicado a sabotearlo. Fue con la caída de la tarde y cuando se refugiaban de una ligera tormenta cuando llegó el ordenanza del capitán Horst Mann que mandaba llamar al cabo Goldschmidt.

El capitán Mann se alojaba en una casa señorial a las afueras del pueblo, parecería una casa rural normal de no ser por el ajetreo. Sus dueños se marcharon con la llegada de las tropas alemanas, según les dijo un campesino se largaron Rusia adentro en donde tenían más propiedades. Horst era un hombre serio y temerario, se había empecinado en hacer de su compañía la más efectiva de todo el ejército y sin dudar abandonaba el puesto de mando para acompañarlos en cualquier escaramuza. En más de una ocasión había patrullado la tierra de nadie por la noche, sabía emboscarse e incluso se pintaba la cara con barro negro para no ser visto. Los soldados lo admiraban y mucho más desde que perdió un diente por un balín rebotado de shrapnel, desde entonces había cubierto el hueco con plata, esto añadido a la cicatriz que tenía en la frente y a la Cruz de Hierro hacía que hasta sus superiores le tuviesen gran estima. Según le había comunicado su coronel estaban allí con una doble misión, castigar lo máximo posible a los rusos e impedir que estos hiciesen un movimiento de pinza para detener los ataques en el sur de los ejércitos combinados austrohúngaro y alemán del general August von Mackensen y su 11º ejército que avanzaría hasta Brest-Litovsk. Para aliviar al Imperio Austrohungaro que aduras penas podía defenderse.

Rudolf llegó casi cuando había caído la noche, el ordenanza le acompañó por la casa señorial a la que no le quedaba ni un mísero cuadro, ni una alfombra con la que vestir el suelo. De milagro habían quedado sillas, mesas y una cama chirriante cuyo jergón parecía estar relleno de ratas. El despacho del capitán quedaba en las dependencias de arriba, la mesa tuvo que ser rehecha porque la habían hecho pedazos. La escalera estaba adornada con un pasamano que trataba de imitar al mármol y que no se habían podido llevar. Había un olor desconcertante a pintura mezclado con manteca de freír y algo hizo estornudar al cabo. El soldado tocó y tras recibir el permiso abrió la puerta y presentó a Goldschmidt, allí estaba el teniente Eike Schnitzler quien fue el primero en lanzar una sonrisa de bienvenida.

—Herr capitán, herr teniente, ¿querían ustedes verme?

—Sí cabo, tome asiento por favor —la voz del oficial mayor sonaba muy grave, parecía que le fuese arrestar por cualquier cosa—. Thomas, sírvele una copa al caballero.

El ordenanza sirvió un poco de vino en un vaso y se lo ofreció a Rudolf, acto seguido y ante una débil señal de su capitán abandonó el despacho. Había un mapa extendido y una serie de puntos indicaban el paradero de otras compañías dispersas.

–El teniente Schnitzler me ha hablado de su arrojo, lo conoce desde los primeros días de la campaña allá por Francia y dice que no me fallará –Rudolf callaba y prestaba atención, tratando de no mostrar ninguna emoción–. Un avión de reconocimiento ha avistado una columna de rusos cerca de nuestra posición, avanzando hacia el sur, pronto y si nadie lo impide atravesarán nuestras líneas y eso no puede ser de ningún modo. Quizá sean desertores o un grupo de reconocimiento, sea lo que sean deben morir. No quiero prisioneros, no los quiero. Su misión será interceptarlos, el teniente quería ir, pero me hace falta aquí. Mandaría a un sargento, aunque me temo que no tengo a nadie de su arrojo. De modo que lo hará usted, ¿sabe interpretar un mapa?

–Sí, herr capitán.

–Aquí estamos nosotros y por aquí han sido avistados. Es seguro que tenemos algún que otro guerrillero en estos bosques por lo que es necesario cubrirse bien las espaldas.

–Herr capitán, este hombre eliminará a los rusos o los lanzará más allá de Siberia – dijo Eike.

–Herr capitán, ¿de cuántos hombres estamos hablando? – preguntó Rudolf.

–De al menos cincuenta.

–¿Y cuántos seremos nosotros?

–Veinte, escójalos usted mismo. Llévese provisiones y munición suficiente. Además de una ametralladora. Tráigame cualquier arma que tengan. No quiero que caigan en manos de un grupo de guerrilleros locales. Hay que despojarlos de lo poco que tienen, de todo. Hasta de la dignidad.

Rudolf bullía en su interior, tenía miedo, pero también necesitaba un poco de acción para desquitarse de estos días de hastío. Tenía que reventar de algún modo, se sentía como un barril de pólvora en medio de un bosque en llamas.

Querida Otta,

algún día esto acabará y estaremos juntos. Antes lo intuía ahora lo sé seguro. Nada puede durar para siempre y si regresa la primavera yo también lo haré. Parece que el rumbo de las cosas no tuviesen nada que ver con lo que ocurre a mi alrededor. Dice Marcus que la guerra tan solo es como un tachón en una hoja blanca. Nosotros estamos en ese tachón y creemos que todo está igual de sucio, cuando en realidad casi todo está limpio. Creo que por eso, todo lo que aquí llega está igual de mugriento o bien tal y como llega se pudre. Qué se yo. Me hablan de ti y de ese maestro y sé que no puede ser, que no es. Lo sé porque no creo que tú obres de ese modo. Sin embargo, qué fácil sería todo para ti. Tengo miedo, miedo de lo que no puedo ver o no entiendo. Ni te veo, ni comprendo las noticias. No entiendo nada, ni siquiera qué hago aquí. La guerra debería haber acabado ya. Pero los cañones no dejan de atronar y abrir embudos, la tierra se ennegrece... algún día ganaremos la guerra, porque nadie concibe otro final. Yo regresaré y tendré que mirarte a los ojos. Espero no perder esta guerra, porque estoy harto de estar recogiendo pedazos de corazón. Mientras tanto, espero un maldito permiso para poder verte. Nos veremos después de la tempestad.

Paul.

Otta sentía un nudo en la garganta, ¿cómo podía dudar de ella? ¿Qué estaba pasando? ¿Qué le contaban? No solo le era fiel, sino que además se las apañaba para rechazar a Fremont, al que cada día odiaba más. No obstante, su entorno se empeñaba en conseguirle un futuro junto a él. Si le enviaba un ramo de flores con alguien todo el pueblo lo sabía, y las miradas de los vecinos eran puñaladas, a veces le dedicaban alguna frase con segundas que ella no acertaba a descifrar en la que daban a entender que montaba en dos caballos. Estaba sometida a unas reglas de conducta impropias de una señorita, si no era así lo parecía, lo cual era suficiente. Para su madre aquel juego le importaba un bledo, de hecho si alguien le soltaba una indirecta ella le estampaba una verdad dolorosa, porque todo el mundo tiene algo que callar. «Toda casa tiene sus moscas».

—Toda la gente tiene algo de lo que avergonzarse, la familia

Weiss por ejemplo, tiene a dos bebés enterrados en patio de su casa; fueron "abortos". Los Bartram cobraban "impuestos" a la gente, ellos decían que tenían autoridad para cobrar, pero era mentira. Y los Król, los Król benditos Król. El viejo, el abuelo, Król fue acusado de violar a una muchacha de Gutenweizen. No pudieron probar nada, aunque la duda deshonra.

–También me deshonra a mí, madre.

–Te deshonra lo que tú quieras. Cualquier día perderás la oportunidad, se te irá y tal vez el otro morirá en la guerra. Te quedarás si nada. Y ningún muchacho que merezca la pena se acercará a ti. Eso es lo que vas buscando. Corres hacia la miseria, corres como si se te fuese a escapar. No, hija mía, la miseria siempre está ahí. ¡Paul Król! Si al menos fuese el otro.

No obstante, lo único que buscaba Otta era que pasase el tiempo, es todo lo que necesitaba. Unas semanas o meses y que Paul llegase al pueblo de permiso. Entonces todo se aclararía y, según pensaba, sus suegros la aceptarían de nuevo. Pero de no ser así qué más daba, tan solo necesitaba a Paul y el resto de Faustaugen se podía ir al infierno. Lo meditaba mientras recorría el largo del pueblo y sentía sus miradas inquisitivas o pringadas de lascivia. Ojalá hubiese sabido todo esto antes. Le hubiese pedido a su novio que no se fuese. Juntos podían haber abandonado el país, haberse marchado a Dinamarca y desde allí a Escandinavia o a América. Los dos podían haber soportado el peso de cualquier eventualidad. Porque eran jóvenes y de su optimismo para ver el futuro habrían sacado la fuerza para salir adelante. Ahora más que nunca sentía que nada de lo que pudiera hacer dependía solo de su determinación, sino del movimiento continuo de los acontecimientos. Como un espantapájaros que dejan en el campo mirando el paso del tiempo y al maltrato de las estaciones.

Fremont venía en su carro a su encuentro, siempre traía a sus hermanas María y Erika, sin embargo, aquel día la primera se encontraba mal y se había quedado en casa. El maestro utilizaba a las niñas como excusa para acercarse al hogar de los Lenz, muchas veces se detenía a la altura de Otta y le saludaba. La joven como siempre contestaba con monosílabos. Le parecía mentira que una persona pudiese ser tan inmune a la indiferencia de otra pero, por increíble que pareciese, la determinación de Fremont era a prueba de metralla. Parecía tan ajeno a la realidad de la joven que en más de una ocasión creyó que era un demente, porque no cabía en un cerebro tanta lejanía con la realidad. Un día incluso le pidió con amabilidad que se tirase por un barranco y desapareciese de su vida, aunque como si no hubiese sido con él; amable, siempre retornaba.

—¿Puedo acompañar tus pasos? —preguntó Fremont.

—No —dijo Otta. «"Acompañar tus pasos", qué hortera».

—Creo que Erika está de acuerdo en que lo haga.

—Al final siempre haces lo que te place.

—No siempre.

Otta rezaba porque el camino hacia la granja de sus padres se acortase, aunque Fremont podía quedarse a tomar el té o a cenar. Siempre había una excusa para que el joven Kast se quedase unas horas más. El joven, para no parecer descortés, se bajó y tomó al caballo de reata. La procesión hasta Lana Ravine era humillante, un cojo intentando mantener su paso ligero, hubiese sido mejor ir subida en el carro.

—Puedes despreciar mi compañía, ¿pero hasta cuándo? Sé muy bien que no quieres ni verme, no obstante, el odio está al lado del amor.

—El odio solo puede estar al lado del odio, señor Kast.

—Según usted sí, pero… nadie sabe qué puede traer el futuro, sé muy bien que usted prometió a su novio…

—No comience de nuevo con ese tema, olvídeme, hay muchas jóvenes en este pueblo.

—Lo siento, yo solo tengo ojos para usted.

—No me interesa, debería de aceptarlo.

—No se trata de aceptarlo o no, se trata de estar enamorado. Para eso no existe ni razonamiento ni matemática posible. Se trata de amar, aunque no se sea amado. Puede usted creer que es una enfermedad, y quizá lo sea, la enfermedad más dulce que puede tener una persona. Se lo digo yo que por desgracia lo he estado mucho tiempo.

—¿La pierna? —Fremont lo había conseguido, por primera vez había captado atención avivando su curiosidad.

—Sí, mi pierna. La polio, he pasado parte de mi vida en balnearios y haciéndome curas inútiles. Abandonado en manos de médicos que en vano querían hacerme crecer la pierna a base de torturas.

—Creí que con el dinero que tenía su familia su vida había sido más apacible.

—No, señorita Lenz. No fue así, más bien me sentí como el hijo al que hay que ocultar. Del que hay que avergonzarse.

—¿Por una cojera?

–La alta sociedad es muy indolente, se imagina intentando bailar un vals con un cojo. Sería usted el hazme reír. Recuerdo una vez que fui a una recepción para el embajador de Estados Unidos, allí coincidí con el hijo de un armador, era jorobado. Estuvimos hablando toda la noche, era un muchacho muy inteligente, extrovertido, estuvimos hablando de las relaciones sociales, de la hipocresía de nuestra civilización, hasta del método para psicoanalizar de un austríaco llamado Sigmund Freud y cómo nos influye la libido en nuestra vida... cosa curiosa porque ¿qué es el sexo sino tacto? Cómo se rinden todo nuestro ser a un solo sentido... en fin, ¿por dónde iba? Ya, perdone, todos allí lo único que veían era a un cojo y a un jorobado. Así es la gente, y esa es mi vida. Ahora mismo, estoy cojeando a su lado sé que le incomoda no tanto por haber mencionado la palabra sexo como por llevar a un cojo cojeando y a su lado. Poco importa que sea maestro y mis conocimientos en arte o que pueda hablar cuatro idiomas. Solo soy un cojo al lado de una señorita.

Otta lo miró, esta vez su mirada era piadosa tornándose a avergonzada. Sabía muy bien que era un hombre culto y por primera vez, Fremont se sintió observado con otros ojos. Estaba comenzando a revertir la situación, solo faltaba que sus movimientos diesen resultados. La maquinaria que había fabricado pieza a pieza tenía que funcionar como un reloj, aislaría a Paul y le despejaría el camino, todo se ajustaría a su medida, a su tiempo.

Iban llegando cuando observaron que Vincent, Galiana y María parecían esperarles. El padre tenía preparada su carabina y su cara reflejaba disgusto. Entonces los recién llegados lo vieron claro. En el suelo yacían los cuerpos de los gansos decapitados. Vicent maldecía a los Król y su esposa lo contenía. A Otta se le hinchó la nariz, estaba tan indignada que sentía ganas de abofetear a alguien o incluso arañarse la cara; clavarse sus uñas como pequeñas palancas y arrancarse aquella cáscara que, como si fuera una naranja, la cubría de amargura.

A la guerra le habían amputado el romanticismo, ya no había grandes acciones heroicas ni golpes de efecto, ni un final rápido y los soldados lo sabían. La moral no era muy alta, había que contener al enemigo, pero las esperanzas de acabar pronto la contienda se iban diluyendo como la sangre en los charcos. La miseria en forma de piojos y ratas apareció para desesperación de la tropa, Gerhard Oppenheim las odiaba porque les tenía mucho asco. Les daba caza con su pala solo por no verlas, pero siempre volvían. Por suerte les estaban trasladando al improvisado cuartel en donde harían otras tareas y el fuego quedaba lejano, además de los odiosos bichos que, aunque presentes, no eran tan numerosos. Necesitaban habilitar más barracones, agrandar las infraestructuras ya que el Imperio Alemán sabía que tenían que estar allí por largo tiempo y habría que procurar elevar la "calidad de vida" del soldado esencial para la moral de la tropa.

Jan Ehrlich aún vivía su particular guerra. Siempre quería destacar, aún contemplaba la guerra como una escalera. Actuaba como si los ojos de todo su pueblo le contemplasen, como si en él recayese la responsabilidad del honor de su gente. Había solicitado hacer un curso de perfeccionamiento y aquella misma mañana tenía previsto marcharse. Con los hermanos Weiss mantenía una camaradería especial. Tanto Clemens como Gotthold parecían querer llenar de algún modo el hueco dejado por Hans con Jan. Eran partícipes de sus risas y chistes, compartían el rancho y hasta el entusiasmo: si uno se presentaba voluntario para reparar alambradas y caballos de Frisia, los otros le seguían casi con fervor. Existía un pacto por el cual elevaban a la altura de santo a los caídos, incluido al desaparecido Volker Furtwängler. Muchos en la compañía o bien los ignoraba o bien trataba de hacerse, casi en vano, un hueco. Gerhard Oppenheim les odiaba, estaba harto de sus bromas acerca de lo escrupuloso que era con la comida y con los cubiertos a los cuales bruñía. Gerhard además de torpe tenía otra cualidad que le hacían un negado para la guerra: era miedoso y por nada ni por nadie se presentaría voluntario para una excursión nocturna, de hecho cuando le tocaba alguna guardia en un puesto avanzado no podía ni tragar. Aceptaba ser un cobarde con tal de salir vivo de aquella matanza. Por eso, siempre que podía se quitaba de en medio buscando ser invisible a los mandos. Aunque, a su pesar, a veces conseguía el efecto contrario. Así el alférez Heller Rümpler lo tenía calado y le buscaba para mandarle cualquier tarea, le tomaba por un perezoso y quería tenerlo siempre ocupado. Por eso, aquel día le tocó cavar unas nuevas letrinas a la salida del cuartel. No había prisa, era una medida disciplinaria por lo que le tocó a él solo. Hacía calor y se llevó su cantimplora con agua, sabía que no tardaría mucho en beberla de ese modo gastaría tiempo en el camino, tiempo en el que no estaría cavando. Pensó que en la vida civil, por una tarea como esa le pagarían mucho más y no estaría expuesto al lejano fuego de artillería. Siempre quiso ser barbero, de hecho así se lo había comunicado a sus superiores los cuales le daban largas ya que el puesto estaba ocupado. En el pueblo solía hacer prácticas con sus hermanos y con los amigos. No servía para barbero ya que no se le daba nada bien sacar muelas o intentar arreglar huesos rotos.

–Nunca serás barbero –le auguró su padre.

–Ni nada, este niño es un completo inútil –añadió su madre.

Su casa era un desastre, el hogar más empobrecido y desgraciado de todo Faustaugen. Nada fue lo mismo desde lo de su hermana. Convivía con locos a los que no tenía aprecio alguno, una familia que más bien parecía una manada de hienas. Siempre hurtando para comer y devorando a escondidas. Sus progenitores iban perdiendo la cabeza a la par que los dientes. Si había algo que no echaba de menos era a su gente.

«Si me matan al menos no tendré que verlos nunca más». Se decía con amargura. Y con amargura seguía cavando. Le daban asco las lombrices y las moscas; "Dios sabe de dónde vendrán". Palada a palada, soñaba con que en cualquier momento alguien se le presentase y le dijese que aquel absurdo se había acabado ya que creía que el final llegaría cuando menos lo esperase, porque algún día tenía que acabar. Le diría cuatro verdades a la cara a su alférez.

De pronto se sintió observado y no era uno de sus ataques de pánico, aquello era real. La respiración se le cortó, lo había notado, alguien estaba a su alrededor lo había oído mucho más allá del rumor de las cosas cotidianas. Era como esos crujidos de las articulaciones o quizá fuese una ramita al quebrarse, estaba seguro de que había algo más allá de los arbustos. Se detuvo, e incluso se agazapó en la zanja que había tallado con su pala. Miró, no veía nada, pero sabía que allí había una persona observándole. De pronto pensó que podían ser los muchachos gastándole una broma, por lo que saltó del hoyo y cogió su fusil. Tenía que invertir la situación y asustar al observador. Aunque lo que hizo fue regresar al hoyo e intentar apañárselas para sacar el fusil sin exponerse de nuevo.

–Si no sales de los arbustos abriré fuego –dijo casi tartamudeando y echándose el arma al hombro.

Oyó de nuevo que algo se movía, no se estaba equivocando. Por lo que su corazón hizo un redoble y le costaba hasta respirar.

–¡Venga!

Tenía que disparar, el dedo acarició el gatillo, el miedo resbalaba por su dedo. Pero para su sorpresa los arbustos comenzaron a abrirse y de ellos surgió la figura pequeña de una niña. A Gerhard se le espantaron los ojos, ¿qué clase de broma era esa?

–Amigo –dijo la pequeña– yo amigo.

–¡No te muevas! –por un momento, al verla tan sucia, despeinada y flaca la creyó el mismísimo rostro de la muerte, por lo que el joven estaba tan aterrado que casi dispara.

–Eten! –dijo en flamenco la niña llevándose la mano a la boca y avanzando. El hambre le alimentaba el valor.

–No te entiendo. Je ne comprends pas!

–Manger! –dijo la chiquilla volviendo a hacer el gesto con la mano.

–¡Comer!

–Manger! Eten! –ratificó la niña que por momentos parecía entender.

Sin dejar de apuntar y casi temblando Gerhard se llevó la mano izquierda al bolsillo y envuelto en un papel sacó un trozo de salchicha metida en pan. La pequeña la devoró con la mirada. El joven se lo alargó con la mano y ambos comenzaron a caminar hasta encontrarse. Solo cuando se cercioró de que no había nadie más bajó el fusil y se confió un poco. La niña señaló a su cantimplora y Gerhard se la dejó, la pobre bebía hasta atragantarse, tosía y seguía deseando saciar su barriga con agua. Los ojos como los de un roedor parecían querer huir de sus órbitas.

–¿De dónde sales?

La niña volvió a comer tan aprisa que casi se atora de nuevo, alternaba trago con mordisco.

–Genial, ahora me habrás llenado el agua de migas. ¿Quién eres? ¿Comprendes? Qui est vous? –preguntó casi gritando.

–Louise Vanhoof.

–Louise, muy bien, yo soy –hablaba muy despacio y en voz alta– Gerhard, Ge–rard –dijo al tiempo que dejó de apuntar y estando seguro de que la niña ni era una aparición ni representaba peligro alguno.

–Gerhard.

–Exacto, Gerhard. ¿Qué demonios haces tú aquí? No sé cómo leches se dice en francés.

–Louise Vanhoof.

–Sí, sí muy bien Louise Vanhoof. Vale, vale, eres un problema, tendré que dar parte de tu hallazgo –entonces volvió a levantar la voz–. Te vas a venir conmigo –dijo señalando la dirección del cuartel–, allí, co–mi–da.

–¡No! –dijo aterrada.

–No te va a pasar nada… pero no puedes andar en medio de una zona militarizada. ¡Es–to es mi–li–tar! Del ejército. ¿Comprendes?

–No, no –decía suplicando y arrodillándose. Entonces vio que Gerhard llevaba un escorpión subiendo por el pantalón– ¡Ah! –gritó.

El muchacho cuando se vio al bicho se dio manotazos como si quisiera apagar un pequeño fuego, para rematarlo a pisotones.

–¡Demonios! Ha faltado poco. Gracias… Louise. Ahora escucha, no puedes estar aquí es peligroso para ti. Incluso para mí. Esto es la guerra. ¿Me comprendes?

Gerhard negó con la cabeza, miró en dirección al cuartel, ¿por qué no querría ir? Louise retrocedía poco a poco sin que nadie se lo impidiese. En unos segundos desapareció entre los arbustos como si fuese un duende del bosque. Apenas quince segundos después aparecía el alférez Rümpler, que para su desesperación encontró al muchacho fuera del agujero y con el fusil en la mano.

–¿Qué? ¿Vigilando la letrina?

–No se lo va a creer herr alférez. He visto… he visto… a una aparecida.

–Sí, verdad. Pues como no acabes este agujero hoy mismo te pasarás el resto del mes comiéndote guardias y limpiando letrinas con un cubo y tus manos. ¿Entendido?

–Sí, herr alférez.

–¡Pues a cavar!

Allí se quedaba el soldado Gerhard Oppenheim, maldiciendo su suerte y mirando el camino del cuartel, a los arbustos y al cadáver del escorpión. Pensó que sería muy fácil solucionar los problemas de una vez y dar parte de su hallazgo, no obstante, no podía ya que la intuición le llevaba a pensar que aquel encuentro era uno de tantos. Volvería un día tras otro al mismo punto a traerle algo de comida, así lo haría mientras pudiese, cuando tuviese que largarse sería problema de otro. Cuando llegase ese momento tal vez la niña no fuese su principal preocupación. La amenaza de la primera línea estaba tan presente molestando a la mente, colándose en los sueños y llenando de dolor los recuerdos.

Avanzaba aquella columna por la maltrecha carretera que abría el bosque. Cada revuelta, cada piedra y cada árbol eran nuevos; no había duda de que se habían perdido. El soldado de enlace, que debía acercar el convoy de intendencia al campamento, parecía despistado del todo ya que alguien había quitado las señalizaciones del ejército. Sacó un rudimentario mapa y lo volvió a mirar, era incapaz de traducir los trazados del papel a los dibujos de la naturaleza. El cuartel debería estar por allí, tan cerca que deberían oír al menos el murmullo de la rutina. Por el momento lo único que se oía era el sonido el lamento de la gravilla ante la pisada de los cascos y el rodar de los carros cargados. Geert Zweig, que iba en la retaguardia sujetando una reata de mulos, miraba de vez en cuando a la muchacha que iba con ellos, era preciosa, tanto que jamás se había atrevido a hablarle. Sentía el deber de protegerla aunque fuese con su vida. Para Ulrich Król el conflicto era otro, temía que la soldadesca enemiga cayese sobre ellos e hiciese barbaridades con ella. Llamaba mucho la atención que una joven caminase con los camaradas como uno más, sabía que en algún lugar alguien había protestado con energía por la decisión de llevar una mujer. Pero hacían falta veterinarios para los caballos y caballos para los suministros. Nada podía fallar para conseguir al menos mantener la posición, aunque hubiera que llevar una joven atractiva con un brazalete rojo de prisionera.

Virginia era una persona orgullosa a la que las circunstancias del cautiverio le habían agriado el carácter. Al principio pensó en escapar, aunque cuando la trasladaron en tren al Frente Oriental supo que su empresa sería imposible, al menos sola. Quería la libertad para ocuparse de su hermana pequeña y regresar a Gante. Nadie le dijo a donde se la habían llevado, de hecho cada vez que había preguntado le habían dado largas. Un cabo le llegó a asegurar que la habían conducido una ciudad y la habrían ubicado con una familia de acogida hasta que acabase la guerra. Siempre según el procedimiento habitual. Aunque lo habitual era que nada saliese como estaba previsto.

Por primera vez desde que estaba prisionera de los alemanes sintió miedo por su vida. Tal vez, también, porque intuía que las actuales circunstancias tampoco estaban previstas. Había sentido el bombardeo de los aliados en Flandes, pero aquello parecía ajeno y remoto. Esta vez lo que asustaba era el no ver al enemigo, no tenerle ubicado. Y el pesado silencio en el que se encontraba era tan angustioso como intuir a un francotirador.

El sargento Dieter Berlepsch era el encargado de velar por la seguridad de Virginia. Dieter era un hombre inflexible, sus ojos se hinchaban de fiereza cada vez que tenía que dar una orden. Lucía una cicatriz en su perilla que se ahondaba según se iba acercando a la boca haciéndole perder dos dientes. Dieter vigilaría a Virginia como si se tratase de su propia hija no dejando siquiera que alguien le hablase. De igual modo sabía que aquel cargamento de víveres podía ser como un billete en el suelo, sabía que los rusos pasaban calamidades y que harían cualquier cosa por quitarles el cargamento fuese de lo que fuese. Lucharían con la fuerza de un desesperado y ellos apenas eran soldados de intendencia que no sabían, ni tenían las herramientas para hacerles frente.

—Nos haría falta una ametralladora —murmuraba el capitán Müller.

Nadie había previsto que se perdieran, estaban muy lejos del tren de suministros y quizá del frente que no dejaba de moverse avanzando hacia Varsovia. Los austríacos no tenían fuerzas para contener a los rusos y pidieron ayuda a los alemanes quienes aprovechando los ataques con gas hicieron desaparecer algunas tropas para mandarlas al Frente Oriental y aquí se hallaban, fruto de la improvisación o de los caprichos de la guerra. El capitán Müller gritaba al enlace que sudaba y miraba al mapa y al entorno, una y otra vez, comprobando que había sido él quien se había equivocado.

Ulrich se encontraba a gusto en intendencia, echaba de menos a Volker y a algunos de sus camaradas y paisanos, hasta el presente día se había sentido seguro en la unidad. Pero hoy todo iba mal, se notaba en el nerviosismo de los mandos. Advirtieron que había gente vigilando sus pasos. Varios soldados dieron la alarma y el capitán Müller tomando su revólver llamó a un alférez y le hizo un gesto rápido. Del mismo modo el sargento Dieter Berlepsch se ocupó de la joven, llevándola detrás de unas rocas. El convoy entero se movilizó.

—¡A los bordes del camino! ¡Cubríos! ¡Los que tengáis fusiles preparadlos! —dijo un alférez siguiendo las instrucciones de Götz Müller.

Fueron las últimas palabras del alférez ya que una bala atravesó la nuca y cayó fulminado sin ni siquiera ser consciente de su propia muerte. Ulrich sin pensar muy bien lo que hacía se metió debajo de un carro, los caballos comenzaron a espantarse por lo que consideró que estaba en un refugio poco seguro. El camino estaba bloqueado, los animales no tenían por dónde ir y los disparos parecían venir de todos lados. Sin madurar la idea el muchacho salió rodando de allí buscando la maleza, intentando escapar antes que nada. Se colocó detrás de unos arbustos y allí se agazapó, la tensión le hacía perder el aliento. Le daban ganas de correr campo a través y desaparecer, pero entonces oyó los lamentos de sus camaradas. Se sacudió entero, tomó su fusil y le puso el peine de cinco balas. Hincó una rodilla en el suelo y por los huecos de la maleza trató de localizar al enemigo. Vio algo que se movía más allá de los carruajes y de la carretera, sin aguardar más disparó. Ni siquiera supo si acertó, buscó otro objetivo, un soldado enemigo con una cachiporra avanzaba en paralelo al convoy había localizado a alguien y se disponía a golpearle, no le dio tiempo, el disparo de Ulrich le atravesó el tórax, entrando por debajo de la axila y saliendo por el hombro contrario. El siguiente fue un muchacho que estaba robando la pistola al fallecido alférez, el disparo le alcanzó el cuello. De pronto él se había convertido en el objetivo y sintió los proyectiles pasar a su lado, como los dedos de un ciego que buscan con desesperación el obstáculo. Por ello, corrió en dirección al bosque, lo hacía en zigzag y eso le permitió escapar y desaparecer como una comadreja lo haría en medio de un pajar. Había escapado del cerco. Sin embargo, al cabo de unos segundos se volvió a esconder y a oír a sus compañeros gritar. No podía marcharse, no así. Por eso, se levantó y caminó cubriéndose con los árboles, buscó un terreno elevado, un sitio para poder observar sin ser visto, lo alcanzó con cierto esfuerzo ya que estaba poblado de zarzas que le rasgaban el gris uniforme y le cortaron en la cara. Por azares del trueque había conseguido unos binoculares con los que pudo obserbar la situación. Delante de él tenía una escena dramática, el sargento Dieter Berlepsch y Geert Zweig, se parapetaban detrás de una roca y los rusos los iban rodeando. Aunque algunos lo único que ansiaban eran las cajas de comida, se podían ver abriendo las latas de cornedbeef con desesperación. Se aferraban a cualquier cosa que pudiesen roer sin apenas prestar atención a los asediados, lo que daba cierto respiro a la mermada unidad de intendencia. Ulrich tenía que pensar, si se marchaba podía salvar la vida, si abría fuego tal vez podría contenerlos unos instantes antes de que cayesen sobre Dieter y Geert, y al final sobre él. Un suicidio que no merecía la pena, por lo que bajó su fusil y se dispuso a desaparecer. Entonces vio a Virginia, en realidad lo único que alcanzaba a verle era un pie. El joven se quitó su gorra y la arrojó al suelo de pura rabia. No importaba que fuese prisionera de guerra, si la atrapaban podía ser violada sin piedad. Aquello era una locura por lo que no podía hacer otra cosa más que observar sin ser visto. Los veía moverse entre la maleza si alguno recibía un disparo, de repente otro tomaba su arma y continuaba con la labor de su camarada, como si hubiese una reserva ilimitada de rusos. Ulrich cargó un nuevo peine, con suerte podría abatir a un par de ellos más antes de ser descubierto. Su corazón coceaba en su pecho. Abajo Dieter gritaba órdenes, Geert se encogía, se agarraba su cabeza y de repente se puso delante de la joven para brindarle protección con su cuerpo. Por suerte, había más soldados diseminados que continuaban disparando dificultando así la ofensiva rusa. Los rusos por su parte estaban desorganizados, sus ataques eran fruto de la desesperación que les proporcionaba el hambre. El sargento que los llevaba era un tipo enorme, con grandes barbas, intentaba controlarlos, pero era imposible. Habían comenzado aquella acometida demasiado alterados y pagarían cara la victoria. De pronto se oyeron disparos en la lejanía, disparos que extrañaron a atacantes y resistentes, el desconcierto detuvo a todos, sin embargo, al ver cómo caían los primeros rusos las dudas iban desapareciendo. El sargento les daba instrucciones para ir replegándose en orden y aquello sí parecía dar buen resultado. Unos, se llevaban latas de comida; otros, armas y munición. Disparaban y se buscaban parapetos entre los carros, algunos comenzaron a liberar caballos, aunque les resultó imposible. Ulrich desde su posición los flanqueaba y podía hacerles mucho daño, parecía que el fuego de los recién llegados era cada vez más intenso. Aún así, no pudieron impedir que la espesura se tragase a los rusos al igual que antes lo había hecho con Ulrich, el joven tenía que hacer algo más, tenía que seguirlos, tratar de darles caza. Era su deber como soldado, bajó hasta donde estaban Dieter y Geert, ambos juntos con Virginia estaban muy excitados, pero indemnes. Más allá el capitán Götz Müller salía de su parapeto contraatacando. Al instante llegaron hasta ellos los salvadores. Se cubrían con la maleza y siempre buscando la seguridad propia antes que la de el mermado convoy de intendencia.

–Soy el cabo Rudolf Goldschmidt, ¿cuál es la situación? – preguntó sin perder de vista al enemigo.

Nadie acertaba a decirle nada, ya que nadie había hecho un recuento de bajas ni podía ver más allá de los carros. Geert aún lagrimeaba era consciente de que tenían mucha suerte de estar vivos. Detrás de él surgía la figura fina de Virginia a quien el fuego no había borrado la indignación del rostro. La muchacha se fijó en el recién llegado, ambas miradas se cruzaron.

–¿Tú?

Rudolf la reconoció, no podía ser, ¿qué probabilidad había de encontrarla de nuevo?

–Señorita, ¿está usted bien?

–No, estoy fatal –dijo en un torpe alemán con acento flamenco.

–Tenemos que dar caza a esos rusos. Hay orden de abatirlos, lástima que no deje vivo a ninguno de los rescatadores, de hecho si atrapo a uno con vida suplicará la muerte varias veces antes de... –le dijo Rudolf en tono desdeñoso la joven– ¡en marcha! –ordenó y desapareció detrás de los carros y la maleza.

Ulrich, por precaución, seguía la escena con la mirada. El bosque retenía aún el peligro. Los que atacaron al contingente de logística tan solo eran unos pocos, detrás de las colinas iban llegando varios pelotones tan desorganizados como deseosos de abatir alemanes. Los que hacía unos minutos se retiraban espantados ahora venían con refuerzos para vengar a sus camaradas. Los alemanes se adentraban en la espesura batiendo a los fugitivos y no los vieron venir. Los primeros cinco hombres que iban a la cabeza recibieron la metralla de una granada y cayeron como títeres a los que les hubieran cortado las cuerdas. Aquello sirvió para que los demás dejasen de avanzar mientras unos y otros comenzaban a posicionarse. El cabo Goldschmidt en su ánimo de salvar a los de intendencia se había precipitado en su ataque no había tenido tiempo de calcular el tamaño de las fuerzas a las que se enfrentaba, debería haberse acercado con más sigilo. Sentía más que nunca el agobio de la presión, sus soldados le miraban asustados esperando instrucciones, por unos momentos el bosque se silenció. Era uno de esos silencios que hacen el aire irrespirable, que fuerza a los sentidos a llegar más allá y a buscar un ligero rumor.

Por suerte, Ulrich se acercaba con precaución, quería huir de allí, pero sabía que no podía hacerlo sin antes despejar el camino. La caravana tendría que pasar por la carretera que había más abajo, sin duda volverían a convertirse en un blanco perfecto. De algún modo, no estaba allí porque fuese muy valiente sino porque se sentía más seguro. Su situación más atrasada le permitía observar los movimientos de unos y otros, los rusos se dieron cuenta de que eran más numerosos y parecían querer rodear a los alemanes. Por suerte, él veía aquel movimiento envolvente, algo que sus camaradas ya presentían. Observó a un muchacho que avanzaba de árbol en árbol, le apuntó y le vio caer, al instante se levantó, estaba herido y le pasaba el fusil a otro que venía justo a su espalda, cargó el fusil, disparó y no pudo darle al segundo, quien ya le había localizado. Su corazón le latía más aprisa de lo que iban sus manos, en unos instantes ambos estaban apuntándose. Instintivamente Ulrich se tiró al suelo, oyó como silbaba la bala cerca de él. De repente e incomprensiblemente el miedo lo dejó paralizado. Respiraba con dificultad, echó valor y reptó, comprobó que su fusil estuviese cargado y esperó mirando a la espesura. Volvió a parapetarse, sintió que si asomaba la cabeza se la volarían sin piedad, era como si los mismos árboles tuviesen ojos y le señalaran con sus ramas. Oía el fulgor de la lucha, los disparos y al final voces, muchas voces. Disparó al aire. Tenía que levantarse, descubrir al enemigo y hacerlo huir, de lo contrario estaría perdido, estarían perdidos. Al cabo de un rato se oyeron conversaciones en alemán y con lentitud comenzó a levantarse. Diseminados por el monte se podían ver las cabezas de los soldados quienes alertados le apuntaron. Uno de ellos se acercó hasta su posición y le observó.

–¿Quién eres? –preguntó malhumorado.

–El que ha evitado que os flanqueen, supongo.

–Déjalo Gangrena, ¿no ves que es de los nuestros? –dijo Rudolf un centenar de metros más allá–. Muchacho ayúdanos tenemos prisioneros.

Era raro, por lo normal después de un combate tan de cerca no se hacían prisioneros, aunque entonces Ulrich dio con la solución, observó a aquel cabo. Los demás le mostraban el respeto digno de un capitán, sabía cómo afrontar un combate y cuando debía parar. Era un guía como esas aves migratorias, que siempre llevan delante al más grande, al más sabio.

Virginia miraba a los caídos. Ulrich y Rudolf aparecían a lo lejos por la carretera mientras ella los observaba, con una mezcla de aversión, respeto y algo más que no sabía explicar.

Aquel problema había ido demasiado lejos, Gerhard Oppenheim no podía mantener a una niña en medio de una guerra en donde las provisiones no eran muy abundantes. Tenía que burlar a los vigilantes, hacer como el que iba a las letrinas y adentrarse en el bosquecillo, una vez allí daba tres silbidos y aparecía Louise siempre hambrienta y con ganas de beber cualquier cosa. Así una vez incluso se bebió media botella de vino que Gerhard confundió con otra que tenía preparada con agua. La chiquilla sonreía al muchacho, le caía bien y no solo porque le trajese comida, sabía que era una buena persona podía leerlo en sus ojos. Por otra parte, no se entendían nunca, Gerhard le hablaba todo lo despacio que podía e incluso chapurreaba el francés, pero daba la sensación de que la pequeña tenía el mismo problema que él. Y estaba en lo cierto, Louise principalmente hablaba en flamenco. Tardó unos días en comprenderlo y cuando al fin encontró la solución, cayó en la cuenta de que había una camarera en la cantina a la que le llamaban la "Flamenca". Se informó un poco y supo que era una viuda que también tenía hijos alejados del frente, e incluso uno del que ni siquiera sabía su paradero. Pese a todo ello la mujer se veía muy alegre y siempre tuteaba a la tropa. A nadie se le ocurría faltarle al respeto, de eso se ocupaban los mandos. Gerhard no era de los que frecuentaban la cantina, allí siempre solía estar Jan y los Weiss a quienes no soportaban, siempre estaban bromeando y a veces se pasaban de la raya, ridiculizando a cualquiera. Sin embargo, la necesidad apretaba, por lo que se presentó una tarde, se buscó el lugar más apartado de la barra y pidió una cerveza. Tuvo la mala suerte de que llegasen varios camaradas y se pusieran junto a él, entre ellos Hans Bartram el cual era muy rácano y reclamaba a la fuerza que Gerhard lo invitase, porque a pesar de todo siempre se las apañaba para ir sin un penique en el bolsillo. Quizá fuese por su adicción al alcohol o a las cartas. No solo tuvo que pagarle la cerveza, también tuvo que soportar su perorata acerca de los buenos jugadores a los naipes. La guerra lo había vuelto monotemático y superficial, era increíble lo que la gente cambiaba. Al menos no se había vuelto como Jan y los suyos, pensó Gerhard. Al cabo de un rato llegó Christian Müller y se añadió al pequeño grupo. Christian no solía hablar mucho y si lo hacía era del pueblo y sus gentes a los que dibujaba en un cuaderno, sufría de nostalgia casi enfermiza y alguna vez lo oyó llorar por la noche. Fue en aquel instante cuando Gerhard creyó que quizá tenía que confesarle su secreto a su amigo para desahogarse. Pronto volverían al frente, a la primera línea o a algún sitio remoto y si su plan no obtenía resultados dejaría a una criatura a su suerte y, aunque sabía que Christian poco o nada podría hacer, al menos de algún modo apaciguaría su conciencia. Pero antes debía intentarlo con la camarera, echarle el problema, tendría que conmoverla, si era madre seguro que se compadecería de una niña abandonada. Solo a la hora de la cena cuando el cocinero comenzó a llamarlos y la tropa iba en busca del rancho Oppenheim obtuvo el momento de discreción que buscaba.

–Señora, señora por favor.

La camarera leyó en sus ojos que tenía una petición que nada tenía que ver con el negocio, por lo que se acercó recelosa.

–Señora yo, ¿puedo confiar en usted? –dijo en voz baja.
–No le conozco caballero –dijo con acento neerlandés.
–Mire tengo un problema…
–¿Quién no tiene un problema, caballero?
–Se trata de una niña, está en el bosque.
–¿Y qué más, caballero?
–Mire es cierto, tiene que creerme. Por favor, se lo suplico.
–Usted lo ha dicho, caballero, es su problema y yo tengo los míos y no quiero ninguno más, me niego a escucharlo.

Aunque en ese instante los ojos de Gerhard se volvieron vidriosos, e incluso se le arrugaron los labios, se sintió impotente y no por él, sino por la niña. Su gesto se descompuso tanto que la "Flamenca" comenzó a pensar que tal vez no era una trampa.

–Se llama Louise y es preciosa y menuda y pequeña –dijo con una voz que salía ronca y para zanjar la conversación.

La camarera, Antoinette, tras soltar un sonoro suspiro y un movimiento desesperado de cabeza, llamó a Gerhard.

–¡Caballero!, no se moleste, estoy aquí porque tengo que dar de comer a mis hijos. El ejército alemán nos quita el pan y nos entrega unos vales de comida que no sirven para nada. No puedo…
–Comprendo –dijo el muchacho con un leve giro de cabeza.
–¡Está bien, traiga a la niña y veremos qué puedo hacer con

ella!

–No querrá venir, tendremos que salir del pueblo e ir al bosquecillo.

–Ni hablar. ¿Y la policía militar, y los vigilantes?

–No se preocupe por la policía, no tendrá que salir de la zona militarizada, en cuanto al vigilante… es cosa mía.

Antoinette, sabía muy bien que se estaba metiendo en un lío, pero no podía permanecer ajena. Una niña era una niña, los militares no pondrían ninguna pega y podría llevarla junto a sus hijos. Aunque una boca más parecía algo inasumible, tendría que buscarle una familia de acogida o que la adoptasen y eso requeriría tiempo, un tiempo que no tenía. Aún así, como mujer valiente que era, cumpliría.

Llegó la noche y Gerhard salió a hurtadillas del pajar donde se quedaban en un principio no levantaba sospechas, parecía alguien que iba a hacer sus necesidades, tampoco tuvo ningún problema al perderse por las calles ya que sabía muy bien donde estaban apostados los soldados de guardia. Cuando se encontró con Antoinette esta se ocultaba detrás de un carro, temblaba. Gerhard le tomó la mano, para sorpresa de la mujer quien se estremeció, más que nunca sentía miedo, ya que creyó haberse metido en una trampa.

–Tranquila, confía en mí.

En la salida del pueblo sintió que los observaban. Recibió un alto, y se detuvieron. Gerhard se giró y fue hacia el soldado de guardia.

–¿Quién eres?

–¿Qué más da quien soy, no ves a lo que voy? ¿O te lo tengo que explicar? –dijo Oppenheim en voz baja.

El vigilante miró bien al muchacho y a la mujer y sonrió.

–¿Es la tabernera? ¿No decían que estaba con el coronel?

–Y lo está –improvisó Gerhard–, pero esta noche quiere probar carne joven. ¿Comprendes?

–Claro, claro compadre, pues qué suerte tienes. Tranquilo, no diré nada –dijo el vigilante al tiempo que lanzaba una mirada lasciva a Antoinette.

Desaparecieron entre la oscuridad del campo, caminando con cuidado, a sus espaldas y muy a lo lejos se podía ver el cielo de la primera línea iluminado por bengalas como si fuese un espectáculo de fuegos artificiales. El miedo que no se les iba y aquel campo de alfalfa que no les dejaba avanzar todo lo que querían. Llegaron pronto al bosquecillo y Gerhard comenzó a silbar, no aparecía nadie. Antoinette miraba en todas direcciones, no había duda, se había metido en una trampa y dentro de poco varios soldados caerían sobre ella. Era demasiado tarde para gritar porque estaban lejos del pueblo. En aquellos momentos sintió tanto miedo que retrocedió, no obstante, de la oscuridad vio surgir una figura pequeña. Al principio le resultó aterrador; parecía un fantasma, pero enseguida se dio cuenta de que el muchacho no mentía. La niña miró a Gerhard y a la desconocida con los ojos muy abiertos. Gerhard sonrió y le dijo algo en alemán a la pequeña que Antoinette no alcanzó a comprender.

–Hable con ella, dígale que usted y yo somos amigos ¿Habláis el mismo idioma, no? –suplicó Oppenheim.

–Sí, supongo –miró a la chiquilla– ¿Quién eres tú? –le preguntó en flamenco.

–Mi nombre es Louise Vanhoof y soy de Gante.

–¿Estás bien? ¿Alguien te ha hecho daño?

–Tengo hambre, Gerhard me trae comida y agua, aunque tengo hambre y sed.

–No te preocupes más. Estoy aquí para ayudarte –y dirigiéndose a Gerhard–. Perdóneme, caballero, he desconfiado de usted todo el rato. Me llevaré a la niña y haré todo lo posible por ella. Pero siento que… todo lo que yo pueda hacer es poco…

–Yo no me puedo hacer cargo de ella como usted comprenderá. Dentro de poco nos llevarán a otro sitio y algún día, puede que mi suerte se acabe…

Entonces el muchacho hincó una rodilla en el suelo y abrió los brazos, la niña acudió a su llamada y se abrazaron. Él le dijo algo que quizá ella no entendió, pero que supo descifrar. Le entregó la mano de la chiquilla a la de la mujer y se limpió una lágrima. Ya estaba, problema resuelto. Creía que iba a ser sencillo y al final una ola de tristeza se apoderó de su ya desamparada alma, quería ser como la lechuza que marcaba el territorio con su ulular, o como el perro que ladraba en la lejanía, o como aquellas luces del frente. Brillar unos segundos, para dormir en la traicionera oscuridad.

Paul había adquirido la grotesca costumbre de expoliar cadáveres. No le importaba si eran alemanes o franceses, lo hacía sin miramiento. Les despojaba de las botas, relojes, portamonedas, carteras, gafas e incluso les quitaba los implantes de oro. En la guerra otra forma de supervivencia es tener cosas para intercambiar y Paul no tenía escrúpulos para hacer negocios. Marcus le censuraba siempre, le parecía una falta de respeto imperdonable. Pero al fin y al cabo era su amigo y después de reprobarle hacía como si nada hubiese pasado. Quizá, pensaba Marcus, todo fuese fruto de su desesperada situación, ya que Paul sufría de incomunicación, ninguna de sus cartas recibía respuestas y, por otro lado, también estaba la actitud del alférez Manfred Zumpt que siempre estaba intentando fastidiarle de la peor manera, mandándolo a la tierra de nadie a recoger cadáveres o trasladando muertos de un lado para otro. Quizá el contacto con los muertos le llevó a este vicio.

Paul no se quejaba, había dejado de ser amigable, era como si una parte de él se hubiese desteñido. En realidad todos habían cambiado, ya no quedaba nada de aquella juventud alegre que se enroló en la guerra como quién se va de excursión. Marcus notó que el carácter de su amigo iba agriándose con los días, las largas esperas del correo y sobre todo cuando supo de la desaparición de Volker. Intuían que no estaba prisionero del enemigo, sino que había muerto en algún sitio en donde nadie podía verlo y allí se pudriría en el anonimato sin que nadie le diese un triste entierro. Como para consolarse Paul seguía escribiendo cartas, lo hacía a diario, invertía parte de aquel dinero despojado a los muertos en papel y tinta. Después, a veces, las rompía o se las daba al correo, otras ni siquiera el propio Marcus sabía dónde iban a parar. No todo lo gastaba en cartas, también solía sobornar a otros soldados para que le cubrieran o lo mantuviese alejado de las maliciosas órdenes del alférez Manfred Zumpt.

El enemigo había comenzado también a gasearlos por lo que a veces recogían a desgraciados que no habían tenido el tiempo de ponerse la máscara. Aquello era diabólico. Verlos intentando tomar aire con sus pulmones quemados les hacía llorar. A veces traían a un muchacho ciego, que no abría la boca sin preguntar si sabían de alguien que hubiese recuperado la vista. Quizá se habían equivocado cuando escogieron ser camilleros. Pero lo peor fue cuando el alférez Zumpt decidió separarlos. Parecía que supiese que su amistad estaba por encima de cualquier contratiempo y había que arrancar al uno del otro. Entonces supo Marcus que la cosa iba de veras por Paul. Alguien quería desmoralizarlo hasta que la muerte fuese su última salida. No concebía quién ni por qué, aunque lo veía muy claro. Se le cayó el corazón al suelo cuando Paul con los ojos vidriosos se despidió y montó en aquel camión rumbo al sur. Marcus, el cual había mandado muchas de sus cartas se quedó con un puñado de las que había encontrado rotas. Era como conservar una parte de su amigo. Como agarrarle de la mano, rezó por él y por todos a un Dios que cuando menos parecía ausente.

Paul, miraba la carretera y el morro del camión al que precedía, estaba solo, allí en aquel transporte se apilaba munición de ametralladora. Se preguntaba por qué ni su familia ni su novia contestaban, ni siquiera cuando era Marcus el que las mandaba. Llegó a creer que todo aquello no era sino un castigo divino por haber abandonado a su hermano.

Sacó tabaco y comenzó a fumar, aquel tabaco francés era en realidad bueno, o así le parecía a él. También le gustaba el chocolate, sabía sacarle sus placeres a la guerra. Cerraba los ojos y se imaginaba con su Otta, allá en medio del bosque de su padre, en la vieja casita abandonada. Acariciando sus muslos blancos, sus pechos blancos, su inocencia blanca. Una tarde lograron despistar la vigilancia y se regalaron la primera vez. La inminencia de la guerra los empujó. Nada salió como esperaban, pero aún así fue dulce, tan dulce que de volver al mismo sitio repetirían cada detalle. Por todos lados sonaban los cantos de los pájaros, quienes sin saberlo eran sus centinelas. Mientras ellos canten no habrá nadie ahí fuera, se decía en la duermevela.

Ahora lo único que oía era el rumor de los motores, era imposible mantener la visión por mucho tiempo, la realidad pesaba tanto que hacía abrir los ojos. El cigarro se le había apagado por lo que tuvo que volver a prenderlo, aspiró fuerte para contaminarse con el humo. Se sintió relajado, ojalá tuviese algo de licor. Entonces el convoy se detuvo y a su camión subió un tipo pequeño y con fina perilla, saludó con timidez. Paul le tuvo que hacer un sitio. Reanudaron la marcha y varios kilómetros más allá el recién llegado le pidió un pitillo. Król le dio el paquete y papel para que se sirviese él mismo, se sorprendió al ver que el tabaco era francés.

–Andar entre cadáveres tiene sus ventajas –dijo Paul.

–¿Le robas a los cadáveres?

–¿Robar a los cadáveres? Los cadáveres no tienen sentido de la propiedad, palurdo, tan solo son muertos, y que yo sepa los muertos no fuman. Los muertos no lloran, no gritan, no se quejan. Están callados, ni siquiera saben que yo estoy allí saqueando las miserias que han dejado regadas. Pero para tu información, en ocasiones he robado a los vivos. ¿Tienes una moneda?

El de la perilla se la entregó a regañadientes y Paul la deslizó entre sus dedos, con un movimiento la hizo desaparecer para sacársela de la oreja.

–¿Ves? Anda toma.

–¿Un truco?

–Puedo hacer lo que quiera, soy un mago, un acróbata, un malabarista, soy lo que yo quiera ser, incluso un ladrón. Lo único que no puedo hacer es hacer desaparecer la guerra ni regresar a casa.

–¡Malditos generales! Perdona no me he presentado, soy Luther Zimmermann.

–Paul Król, encantado –dijo alargándole la mano.

–Soy socialista, ¿conoces a Karl Marx? –Paul se encogió de hombros– Pues deberías, porque nunca ha habido un alemán más insigne, ¡Proletarios del mundo, uníos! Esta guerra es un despropósito del Capital, un mercado en el que se compra y se vende, y en donde nosotros somos una simple moneda de cambio. Me rebelo, sí señor, me rebelo contra el poder. Solo una revolución contra los poderes cambiaría este mundo, no podemos, no señor, luchar entre nosotros los pobres.

–Supongo que no, de todos modos no hay nada que podamos hacer… salvo permanecer vivos.

–Sí podemos, podemos ir a la insumisión, eso mismo les digo a todos los camaradas y, por eso, mismo estoy aquí. Me han apartado de mi compañía, de mis amigos, estoy desterrado, quién sabe si a un sitio peor. Seguro. Creo que vamos a un pelotón disciplinario, carne de cañón. Eso es lo que somos.

Paul lo miró con curiosidad, las cosas no podían ir sino a peor. ¿Dónde lo llevarían, y por qué? ¿Qué delito había cometido? Había algo que se le escapaba, algo que le había hecho diferente a los demás y que ahora lo llevaba a un sitio en el que echaban a los apestados. Lo más curioso era que el alférez Zumpt iba en el convoy y sabía que le tenía animadversión, parecía que su propósito fuese acabar con él. Fue en aquellos instantes cuando la idea remota de desertar se le presentaba como una realidad incontestable. El hecho de pensarlo le hizo que el corazón le palpitase en la cara. Su imaginación le llevaba a divagar sobre si saltar del vehículo, ¿llegaría muy lejos? Probablemente no, tal vez abajo del camión que les seguía. Lo cierto era que no tenía nada que perder.

Llegaron a Champaña, allí no había nada especial. Solo kilómetros de trincheras, el mismo escenario distintos actores. Su tiempo como camillero había acabado, volvía a ser fusilero. Le habían acoplado a un grupo de novatos, tan solo Luther Zimmermann tenía experiencia y no se asustaba cada vez que oía una granada sobrevolarles. Luther les arengaba, les decía que el peligro lo teníamos en casa y que las bombas no eran tan malignas como las personas. Paul no les hablaba, su silencio era atractivo para los caloyos quienes intuían que su veteranía les podía servir de aprendizaje. Le preguntaban sin cesar cómo podían hacer para reprimir la inquietud, cómo enmascarar el miedo y sobre todo cómo podían hacer para sobrevivir. Aquel pelotón era un sobre todo un grupo de cobardes.

–No penséis mucho, haced lo que se os dice y no os expongáis –decía un reservista.

–¡Y un cuerno! ¡Desobediencia, si os mandan avanzar, hacedlo, pero sobre el suelo! – gritaba Luther.

En seguida se dieron cuenta de que el modelo a seguir era Paul, callado y taciturno era el que más confianza inspiraba, cada vez que un cabo daba una orden era a Paul a quien miraban, siempre tras una cortina de humo provocada por un cigarro. Cuando supieron que fumaba tabaco francés e incluso tenía unos puritos ingleses, descubrieron que era un carnicero expoliador. El joven les reprendía para que bajo ninguna circunstancia siguieran su ejemplo, aunque algunos estaban deseosos de poder matar enemigos y quitarles hasta la última pertenencia. Nada era tan fácil, para poder saquear un cadáver tenían que salir de la trinchera y para ello tenían que presentarse voluntarios y, por suerte, de esos escaseaban. Si alguien se atrevía a salir, no porque no tuviese miedo, sino porque no podía negarse era Król. Sin más remedio satisfacía los deseos de su alférez, al igual que un ludópata acepta que un día u otro la ruleta lo dejará en ruinas Paul sabía que morir era cuestión de tiempo.

Los zapadores trataban de recomponer un puente maltrecho, era una obra que permitiría pasar a los carros y a los cañones. La ofensiva del Frente Oriental estaba dando sus frutos y en el sur el Imperio Alemán y el Austro–húngaro habían recuperado Przemyśl y entrado en Varsovia. Aunque en el norte los movimientos no eran tan determinantes como los de otros ejércitos sus avances permitieron a estos moverse sin peligro de que los atacasen desde los flancos. Por ello, aún debían de marchar hasta que así lo dispusiera el Alto Mando, no mucho más ya que según podían saber Alemania no quería adentrarse mucho en territorio ruso pues podían caer en el mismo error que Napoleón Bonaparte un siglo antes.

Rudolf realizaba tareas de vigilancia para que los zapadores pudiesen trabajar con tranquilidad. Había que estar muy alerta porque de vez en cuando se dejaba ver un desertor ruso o una avanzadilla. El enemigo estaba muy desmotivado, el país se encontraba descontento con su zar el cual era un residuo de las monarquías autoritarias. Las huelgas se sucedían y Nicolás II creyó que solo con la represión podía controlar al pueblo. La gente amaba su patria y odiaba a los que la gobernaban, la guerra no podía ser sino la mecha de algo más grande y el zar, rodeado de consejeros inútiles, era incapaz de reconducir la situación de su país. Rudolf era ajeno a todo esto, si atrapaba a un enemigo se apiadaba de él y le daba algo para comer. Recordaba a los primeros prisioneros devorando a los caballos que habían caído. A veces cuando abandonaban el cadáver de una bestia esta aparecía pelada hasta los huesos y es que la población aún seguía por el entorno. Aquella región que atravesaban era Polonia, los polacos eran rebeldes por naturaleza y no querían someterse ni a rusos ni a alemanes. Cuando la crudeza de la guerra llegaba a sus pueblos los abandonaban o se recogían por unos días, no se dejaban ver, pero estaban allí, aquella era su tierra, su patria. Los judíos eran los más receptivos, siempre serviciales y correctos, veían a los alemanes con buenos ojos ya que no solían despreciarlos como los rusos. Aún así los soldados siempre se sentían observados, si estaban en una zona boscosa parecía que todos los árboles tuviesen ojos y si estaban en un prado todas las figuras en la lejanía tomaban forma humana, los guerrilleros resultaba tan molestos como una plaga a la que no se termina de liquidar.

Rudolf, cada vez que coincidía con Geert Zweig, le escribía cartas, siempre para su madre. La pobre ya no veía muy bien, menos mal que Floy se las leía. Aún así, su torpeza todavía no le impedía realizar su trabajo y en los últimos días había ayudado a nacer a una criatura. Concretamente al hijo de Theodor Krakauer, el guarda forestal, con el nacimiento del pequeño ya tenía ocho, de modo que su esposa Franziska ya estaba tan acostumbrada como consumida. Bertha describía aquel nacimiento como algo hermoso, ¿acaso no lo eran todos en los que los bebes nacían sanos? Parecía que en su ausencia nada hubiese cambiado allá en el pueblo. Como si fuesen ellos los que estuviesen viviendo en una irrealidad, como si formasen parte de una mala pesadilla en la que el resto del mundo era ajeno. Para el cabo Goldschmidt era incluso peor: el día que muriese nadie le lloraría. El tenerlo asumido le ayudaba a aceptar las circunstancias. Por ello, veía con una mezcla de pena y cariño a Geert, el cual vivía con la esperanza de que un día para otro la guerra se extinguiera, como una vela que se apaga de repente ante la más breve brisa, y podrían marcharse a casa. También tenía esperanzas Ulrich, quizá todos pensaran lo mismo con ligeros matices. Si alguna vez coincidía con Rudolf compartían un té y hablaban de la vida que les esperaba cuando todo acabase. Lo cual podía ser semejante a soñar con una lotería premiada.

—Pienso casarme y seguir haciendo zapatos, me gustaría visitar alguna ciudad y quizá, ¿por qué no Paris o Londres? ¿Nos mirarán con odio o con admiración?

—Odio.

—Aún así estoy seguro de que son grandes ciudades. ¿Y tú Rudolf, qué harás?

—No lo sé, no lo sé… vivir —en ese instantes ambos vieron a Virginia.

—¿Y ella, qué te parece? —preguntó Ulrich.

—No está mal, no es del todo guapa, pero aquí cualquier mujer es impresionante.

Se quedaron en silencio, observándola herrar un caballo, aquel instante lo recordaría Rudolf en su guardia mientras los zapadores terminaban el puente y esperaba que llegase el cocinero con la cocina portátil llena de sopa. Pensó que sería una suerte si viniese ella con el carro. Sería imposible ya que la muchacha nunca salía del cuartel y la intendencia no era su trabajo. Sentía algo especial por aquella mujer, no podía decir que se hubiese enamorado, aunque sentía verdaderos deseos de verla, de oír la musicalidad de su voz, al menos así le parecía. Ulrich aún lo disimulaba peor, se dejaba caer por las cuadras y buscaba su conversación, en más de una vez fue reprendido por el sargento Dieter Berlepsch, quien con su cicatriz en la perilla adoptaba una mueca aún más temible. Ulrich salía espantado primero por los monosílabos de la muchacha y después por la tormenta de blasfemias y amenazas de Dieter. Por suerte, no siempre era así y Ulrich podía al menos contemplarla ya que ella parecía tener más aprecio a las bestias que a los hombres.

Pero el tiempo erosiona la roca más dura y la determinación más firme, por lo que la joven fue tomándole cierta simpatía a aquel soldado que parecía un patoso en su presencia y que, sin embargo, lo sabía a ciencia cierta, era un buen guerrero, un buen patriota y buen súbdito de su káiser. Por lo que era su enemigo y, paradojas de la vida, también le estaba tomando cariño. No se parecía en nada a los hombres con los que había tenido que tratar antes del comienzo de la guerra. La mayoría eran compañeros de la universidad que intentaban aparentar ser tipos capaces, queriendo destacar su hombría ante las pocas mujeres que se encontraban en la facultad. Ulrich era todo lo contrario, intentaba ser refinado y melifluo, casi inofensivo. Pero Virginia no se dejaba engañar, el muchacho era un instrumento del ejército, como atacante no tenía precio. Por culpa de hombres como él su país había sido invadido. No obstante, no podía odiarlo, el joven era distinto al resto de la soldadesca, no era de esos que se emborrachaban y hacían payasadas, ni de los que rapiñaban comida en sus ratos de ocio. Además siempre estaba atento y solía traerle algo para masticar e incluso algo de ropa para cuando llegase el invierno.

–¿El invierno, es que esto no acabará antes? –se preguntaba Virginia.

Aquel era el problema: la guerra y su longitud, estaba segura que en otro escenario no hubiese tenido inconveniente alguno en enamorarse de Ulrich. Pero la incertidumbre la estrangulaba, no tenía sensación de peligro como al principio porque las tropas avanzaban sin apenas problemas y la primera línea se alejaba hacia el este. Lo que en realidad le atenazaba era el hecho de no saber nada de los suyos, en particular de Louise, se sentía responsable de aquello que le ocurriese. Por otra parte rezaba para que su padre estuviese a salvo. Sin ellos se sentía sola, y aunque una de las enfermeras voluntarias alemanas había cogido algo de amistad con ella, Virginia se sentía aislada, incomprendida e indiferente ante todo lo que se movía a su alrededor.

–Deberías ir a Faustaugen –le dijo Ulrich.

–No comprendo –decía la joven al tiempo que curaba una herida a una yegua.

–Faustaugen, mi pueblo.

–Lo siento, no comprendo, no sé –dijo Virginia con una media sonrisa y sin apartar la mirada de su tarea.

–Es porque es muy pequeño, tanto que no aparece en los mapas, de hecho el Pequeño Ducado de Grünensteinen es tan pequeño que nadie lo conoce.

–No comprendo.

–Faustaugen es alargado, solo tiene una calle y en la planta baja de las casas solemos tener un pequeño taller, un par de vecinos fabrican relojes de cuco por el invierno, otros hacen muebles, muebles pequeños, yo fabrico zapatos. Un día te conseguiré un par de ellos, he solicitado un permiso y estoy seguro de que podré ir a mi casa y beber sidra. También hay queserías, nuestros quesos son famosos. Una vez llegó un cantante de ópera, no sé cómo se llama, muy famoso, solo para comer queso. Una vez oí algo de ópera…

–¿Ópera?

–Sí, ópera ¿comprendes?

–¿En tu pueblo? ¿En tu casa? –dijo sonriendo con amplitud aunque sin llegar a observarle.

–No, allí no hay ópera. Era solo alguien importante que vino a comer queso y beber sidra… Estoy seguro de que te encantaría la pequeña cascada. Los techos de pizarra, todos de gran inclinación. Los bosques y los terrenos de pasto. Allí no ha llegado el ferrocarril, apenas hay coches y da la impresión de que estuvieses en otro país. Los vecinos nos conocemos todos y cada vez que a alguien está en apuros los demás le ayudamos y procuramos que salga del paso. Quizá sea porque en el fondo todos somos parientes lejanos. Te encantaría el cerro del Herido en invierno, todo nevado, es como si fuese una boca y la nieve su lengua. Aquel es mi mundo y allí volveré cuando acabe esta maldita guerra. Pero no, no tenemos ópera.

–Sí, guerra maldita –dijo ella casi en un suspiro y con un toque de ironía.

–Sé que apenas me entiendes, que odias todo lo que huela a

alemán, pero yo… quisiera que supieras… que yo… no sabría cómo decirte esto, tal vez porque jamás se lo dije a nadie… yo… me gustas mucho…

—¡No comprendo!

Decepcionado el chico se dio media vuelta. Enseguida pensó que no debería haberle dicho nada, se sintió ridículo dentro del gris uniforme, el desencanto le apretaba el estómago. Todo el peso de la guerra recaía sobre él en aquellos instantes, recordó a su hermano, a sus padres, a sus zapatos. Recordó las conversaciones que había tenido con Rudolf en las que este le había dicho que lo había perdido todo y, por eso, se permitía el miserable lujo de despreciar la vida. En realidad todos estaban acabados, hundidos en la distancia. Se preguntó si su hermano se encontraba vivo y extrañó las disputas que siempre mantuvieron. Paul sí que había sabido disfrutar de la vida, indomable e impredecible jamás se dejó engañar por las promesas de la guerra.

No perdía la esperanza de que de buenas a primeras alguien fuese anunciándoles que todo había terminado, pero lo único que llegaba eran malas noticias. Miró al cielo y se rebuscó en los bolsillos por si le quedaba un pitillo. En aquel instante llegaban camiones de los que estaban en la avanzada, sabían que pronto tendrían que parar la ofensiva que cada vez les costaba más sostener. Quedó decepcionado al comprobar que entre los recién llegados no se encontraba el cabo Rudolf Goldschmidt el cual estaba alejado escoltando a los zapadores. Al menos le quedaba Geert, a quien, junto con Rudolf, le escribía cartas para su madre. Lo hacía con agrado porque Bertha era una mujer que, al igual que su hijo, a todos caía bien. Además, él y su hermano habían nacido con su ayuda.

Por suerte, conservaba un medio cigarro en el bolsillo el cual prendió con una cerilla. Le dio una honda calada y al expulsar el humo apareció Virginia a su lado. Con un gesto le demandó el pitillo. Era raro ver a una señorita fumar, pero aquella joven no era normal, había ido a la universidad y curaba caballos para el ejército alemán. Pensó Ulrich. Virginia comenzó a toser, jamás había fumado, aunque su ánimo le pedía hacer algo nuevo.

—¿De verdad te gusto? —preguntó la joven.

Ulrich la miró extrañado, no podía creer que supiese hablar su idioma.

138

–Sí, mucho. Demasiado.

–Pues si es verdad, ayúdame a escapar.

Ulrich la miró en un segundo se le pasó por la mente la idea de una nueva vida, una casa en el campo, un pequeño taller, niños, paz. Pero también la persecución, las carreras, el fuego y las balas dumdum, sin punta, buscando carne y perforando sueños.

Llegaron cerca de un pueblo llamado Hulluch y enseguida les hicieron avanzar por las trincheras de comunicación camino al infierno. El viaje en tren había sido corto y lleno de bromas. El soldado Gerhard Oppenheim había venido fumando todo el rato y riendo las ocurrencias de Jan, por una vez no le habían parecido impertinentes, a su lado Christian Müller bebía aguardiente rojo junto con Hans Bartram, el cual ya había agotado su ración y se pegó su camarada para que este le cediese parte de la suya.

Gerhard no dejaba de pensar en Louise, estaba convencido que desde que la camarera se hizo cargo la niña debía estar bien. Pese a todo, su mente se veía invadida al igual que un muro por la raíz de una higuera. Tenía que quitársela de la cabeza, por eso fumaba y reía nervioso incluso mientras marchaban por las trincheras y podían ver aquellos colosos de polvo que levantaba la artillería enemiga a los que, aterrorizados, se iban acercando. Parecía que su vida no le preocupara lo más mínimo. Recordó a sus camaradas muertos, al desaparecido Volker, a Kiefer Haider, en los hermanos Król, en Marcus Breuer, en los reservistas, en Faustaugen su apacible pueblo al que quizá nunca más regresaría.

Christian Müller solía hacer dibujos de su tierra, se le daba muy bien coger un lápiz y hacer un esbozo en minutos. Muchos al verlos se contagiaban de nostalgia y casi se ponían a llorar, de hecho si no lo hacían era por pura vergüenza. El muchacho veía las nubes de polvo y trataba de retenerlas en su cerebro para confeccionar futuros retratos. Y aunque estaba aterrado se consolaba pensando que después de la batalla siempre había un hueco para sus bosquejos. Christian era distinto a todos, le gustaba leer y el arte, no había tenido acceso al colegio por haber nacido en el que quizá fuese uno de los hogares más pobres de Faustaugen, pero aún así se las había apañado para saber escribir e incluso tener acceso a libros. Sabía que si un día escapaba de aquella locura tendría que dibujar lo que había visto, dejar un testimonio de la sinrazón humana. Por lo demás solía ser bastante despreocupado y alegre, una persona capaz de tomar la decisión más importante de su vida en segundos y sin preocuparse lo más mínimo por las consecuencias.

Ya en el viaje intuían que venían a un sitio en donde se

esperaba actividad. Lo sabía el capitán Ernest von Hausser, a quien su coronel le había alertado de "mucho movimiento" por la zona. La BEF, British Expeditionary Force, británica había planificado una carnicería y a ellos les correspondía contenerla. Los soldados que venían de las posiciones avanzadas hablaban de carnicería, porque el ataque inicial de artillería había hecho estragos entre los vigilantes. Desde donde estaban se podía oír el rumor de los fusiles, de hecho pronto tendrían que entrar en acción y se notaba el nerviosismo de los mandos quienes contagiaron al resto de la tropa. El bombardeo aliado seguía levantando colosos oscuros, aquella era una zona minera y los residuos de escoria absorbían los impactos de la artillería manchando el aire. Ahora había solo tiempo para acatar las órdenes que salían despedidas de la boca del sargento Rohmer el cual mandaba tomar posiciones en las trincheras llenas de hulla. Los que ya se encontraban allí apostados les recibían con un cierto alivio mal disimulado. Un ordenanza desarrapado y cubierto de polvo llegó desde los puestos avanzados hablando barbaridades, los ingleses habían lanzado un ataque de infantería y apenas los habían detenido. El enemigo venía en oleadas, como la marea, peleando cada palmo de tierra y conquistando con sangre. En la imaginación de Gerhard los británicos no eran humanos sino seres despiadados, tipejos de la más baja escoria que lo único que querían era saquear su país. Para Jan Ehrlich no eran más que despojos a los que había que machacar y triturar como si se tratase de la hulla que pisoteaban, sin embargo, para Christian eran iguales, jóvenes llamados a defender a su país, sin que ni unos ni otros alcanzasen a concretar qué intereses les movían.

Tomaron posiciones, el sargento, el alférez y un teniente los iban distribuyendo a lo largo de la zigzagueante trinchera. Comenzó una lluvia de proyectiles del lado enemigo y, como respuesta, atronaron las ametralladoras todo un concierto de salvaje percusión y chispas. Por entre los huecos de las troneras no se veía nada, Gerhard disparaba y disparaba, acaso si acababa con toda la munición también lo haría con la guerra. El alférez Heller Rümpler ordenó un alto el fuego. Su voz se notaba muy alterada, temblaba de miedo y trataba de disimularlo, subió al peldaño del centinela y miró, no se veía un alma, de vez en cuando se oía un disparo muy de lejos. Aún no habían atacado con infantería el sector, sin embargo, había un goteo incesante de huidos que llegaban pidiendo ayuda de aquí y allá. Se hablaba de muchas bajas de atrocidades e incluso de ataques de gas. Se oían a lo lejos toques de gaitas e incluso hurras y el desánimo comenzó a cundir, parecía que estuviesen rompiendo la primera línea más al norte, el capitán salido de un refugio soltó una sonora carcajada.

–¡No se preocupen la artillería aún no nos ha causado el más mínimo daño, los que vienen huidos se van por donde vinieron! ¡Exageran, son solo cobardes! ¡Que nadie tema, tratan de minar nuestro ánimo, pero no lo conseguirán! ¡Viva el Káiser, viva Alemania!

–¡Hurra! –gritó la tropa.

–¡Esta es ahora la primera línea y juro por mi honor que no cruzarán por aquí! ¡Grünensteinen vende caro su granito! ¡Somos de piedra! ¡La piedra resistirá por su Káiser!

–¡Hurra, hurra, hurra! –gritaban excitados.

Los soldados se sintieron sólidos como rocas, cada bando se enfurecía con sus propias arengas, aunque lo que más sonaban eran los cañones. Al cabo de un rato las noticias que llegaban eran más alentadoras. Los ingleses seguían con el fuego de artillería, pero habían paralizado la ofensiva. Era como esperar algo muy grande de un momento a otro, alargando las horas hasta lo insoportable como el condenado que espera el día de su ejecución. Así Jan Ehrlich se puso ebrio de aguardiente rojo. Lo que para algunos podía parecer un desprecio para el enemigo para otros, como Christian Müller, veían como una manera de contener el miedo.

Al tercer día las nubes de polvo se convirtieron en barro negro y pegajoso. Había ciertos sectores que estaban anegados, no obstante y por suerte los desagües iban haciendo despacio su trabajo. A Hahn Krakauer se le hincharon los pies con la humedad y no dejaba de quejarse, su primo Roth Neisser le cambió sus botas secas con tal de no oírlo. Cada cual buscaba un sitio lo suficientemente seco para poder echar una cabezadita. Al principio no podían tragar nada, pero el terror había aflojado su puño y ahora hasta se permitían el lujo de jugar a las cartas en algún abrigo. Así pasaron las horas hasta que una madrugada por fin los ingleses comenzaron a avanzar, empezaron lanzando gas, el grito de alerta se redobló por toda la trinchera. Se oían disparos y el silbido terrible de las balas que buscaban carne en la oscuridad. Aunque la trinchera con sus troneras ofrecía el refugio suficiente para que los proyectiles murieran sin cumplir su anhelo. Sonaban las ametralladoras, su continuo martilleo les daba seguridad, a pesar de aquel gas se sentían fuertes. De repente la dirección del viento cambió y las nubes mortíferas se retiraron hacia las líneas que las habían liberado como un perro que se revuelve contra su amo. Gerhard sin saberlo si quiera se quitó su máscara antigás, no podía respirar con aquella cara de cerdo. De pronto se dio cuenta de que no pasaba nada, pero no se lo dijo a nadie. El aire tenía un aroma a muerte que no podía describir, había un poso de veneno que no llegaba a quemar los pulmones, aunque aún daba para toser un poco, breve inconveniente comparado con la asfixia por llevar la máscara llena de barro. Pero ahora no había tiempo para pensar siquiera, solo de disparar. Había que aniquilar a aquella oleada de sombras que amenazaban con borrarlos como había hecho con la primera línea. La artillería alemana con su fuego de pantalla también hacía su trabajo machacando a los británicos como un pie lo hace con las uvas. Se oían gritos ahogados, sonidos que en otro momento les hubiesen puesto los vellos de punta y que ahora recibían como un obsequio. Christian gritaba de dolor cada vez que disparaba, tenía el hombro dolorido y sufría al apretar el gatillo. Alexander Weiss sangraba por la boca, también se había quitado su máscara e intentaba recuperar el aliento y disparar.

–¡Se ha ido el gas! –gritó alguien.

–¡Seguid disparando, arrojad a esos malditos a su isla! – vociferaba el sargento Rohmer.

La ametralladora se bloqueó porque era imposible refrigerarla y todos sintieron verdadero pánico, por suerte el alambre de espino detenía al enemigo. Los morteros, minenwerfer, esquilmaban a los británicos que caían lamentándose. La tarde antes alguien comentó que al norte los británicos se habían hecho con un botín de cientos de hombres. Nadie quería correr la misma suerte, por lo que tenían que cubrir muy bien su puesto. Cosa que nunca más haría Hans Bartram al que una bala le atravesó el cuello. Un chico llamado Garin tuvo que ser llevado en camilla porque le habían alcanzado en el pecho, murió en la enfermería horas después. El mismo sargento Ralph Rohmer tuvo que abandonar con el hombro sangrando y una granada arrancó la cabeza a un teniente. Pese a los caídos aquella primera oleada había sido repelida con éxito, pero había que estar alerta ya que ahora los supervivientes se ocultaban en la improvisada trinchera que formaban los conos hechos con el fuego artillero. Los cañones alemanes les buscaban, bombardeaban la zona en lo que se podía definir como una carísima búsqueda. Y tan cara ya que un fallo hizo que en vez de caer en tierra de nadie cayese en la propia línea alemana provocando más bajas que la artillería enemiga. Alcanzaron a varios muchachos de un pueblo llamado Sättigenreifen, los más afortunados se evaporaron; los más desgraciados dejarían este mundo en medio de un caos de vísceras, huesos machacados y dolor, mucho dolor.

La ofensiva de Loos duró varias semanas más, aunque desde los primeros días los generales británicos y franceses habían comprendido que había fallado. No se consiguió nada, salvo miles de muertos. Los muchachos percibieron que aquel no sería el final de la guerra, ni siquiera un punto seguido ya que las hostilidades continuaban de forma intermitente, había que ir de un sector a otro, para reforzar aquel u otro sitio. En aquellos intervalos Jan Ehrlich y los hermanos Weiss iniciaron un contraataque   contra los desgraciados que habían quedado aislados en los campos de embudos. Aquello que en principio parecía una operación de castigo no fue más que una bravata en la que en vez de hacer prisioneros mataban a criaturas como ellos, lo peor es que la mayoría de los soldados les secundaron y por aquella masacre estuvieron a punto de obtener una Cruz de Hierro, sin embargo, a Jan por poco le sale caro el envite, ya que en uno de los cráteres se ocultaba un oficial herido que le apuntó con su pistola y le hirió en el cuádriceps, lo que le costó una evacuación a la enfermería, y al infortunado capitán la muerte al estallarle una granada. Aunque el caso más curioso fue el de Clemens Weiss al que le sobrevinieron unas diarreas y vómitos, al principio nadie le hacía caso porque la enfermería estaba colapsada, por lo que se sentó en un refugio a esperar que se le pasara, aguantando las bromas de los camaradas. Una mañana apareció muy débil y con hipo, lo evacuaron al hospital de sangre y murió, minutos después, deshidratado.

A finales de octubre los retiraron de las primeras líneas, estaban extenuados y tuvieron que llevarlos a Hulluch en donde los recibieron con abundante rancho. Vieron llegar un camión con chavales novatos, algunos parecían imberbes. Por primera vez en lo que llevaban de guerra se sintieron superiores a otros, habían ganado un grado de veteranía.

Entre cucharada y cucharada de sopa los primos Hahn Krakauer y Roth Neisser no paraban de hablar, incluso con la boca llena. Para el resto de la compañía sus conversaciones no tenían sentido por lo que nadie les escuchaba sino era para echarse a reír.

—Te digo que algún día la masa madre que utiliza tu padre se perderá para siempre —decía Roth.

—No se perderá mientras haya un solo Krakauer que sea panadero.

—Y qué más da. Nada dura para siempre, las familias se pierden y la masa madre se hace pan y se come, todo se perderá y aquello que tu familia cuida con tanto esmero no habrá servido para nada. Mira este pan de munición, qué, le echan levadura industrial y aquí está, nos lo comemos igualmente. En el futuro solo habrá cosas así, echas sin alma ni cuidado. Todo es inútil.

—Eres un pesimista, un pesimista y un tonto Roth, tú mismo te has beneficiado del pan de nuestra familia. Has trabajado muchas noches allí, no sé por qué ahora dices esas tonterías.

—Porque es verdad, la levadura entra en la masa con promesas, se le da comida y agua incluso el calor para que estén a gusto y al final los meten en un horno en donde mueren sin remedio. Es todo un engaño, como esta guerra… nosotros Hahn somos la levadura, nos traen engañados, nos dan alimento e incluso un techo, a veces ni eso, hinchamos esta masa para al final reventar.

—¡Bobadas!

Hahn no tenía nada más que añadir a la conversación, al cabo de un rato y después de darle muchas vueltas pensó que su primo no tenía razón, siempre existirían soldados por muchas guerras que hubiese en el mundo, del mismo modo siempre quedaría masa madre aunque se extinguiesen todos los Krakauer del mundo. Pero no se lo dijo, se lo guardó, sonrió para sí como un niño travieso, rebañó el cuenco y se dejó invadir por el sueño.

Un poco más allá, en lo que fue un establo para vacas, Gerhard Oppenheim se echaba un cigarro tranquilo mirando a su amigo Christian Müller quien hacía un dibujo con su lápiz en un cuaderno que de milagro había respetado la lluvia. Christian solía dibujar paisajes de Faustaugen tal y como él los recordaba, a veces, como en el caso de la pequeña cascada, solía acertar con los detalles, otras, más bien parecía otro sitio bien diferente. Allí estaban tranquilos cuando llegó un ordenanza preguntando por Gerhard.

—Sí, soy yo.

—¡Ven conmigo, ya! El coronel von Kittel te llama.

Gerhard se asustó, pensó que le iban a llamar la atención por su escaso valor en el combate. Gerhard era asustadizo, su personalidad la habían forjado su padre y su madre a base de palizas; su casa no sería la más pobre, pero sí la más desgraciada del pueblo. La verdad es que no iba muy desencaminado en sus sospechas ya que unos minutos después llegaron a una edificación que alguna vez debió ser un edificio público, estaba derruido en parte, y allí tenía su alojamiento el coronel. Al entrar se cuadró, observó que el superior andaba leyendo un libro, lo dejó y con un leve ademán invitó a Gerhard a tomar asiento. Lo primero que destacaba en la indumentaria del coronel era un ostentoso anillo de oro con una cruz. Pidió una copa de vino a su ordenanza y seguidamente clavó su mirada en el soldado como un felino que los fija en su presa. De aquellos ojos colgaban dos bolsas como papadas. Parecía que aquel hombre no hubiese sonreído en su vida.

–¿Soldado Gerhard Oppenheim?

–Herr coronel.

–¿Tiene usted algo que contarme?

–No sabría qué mi coronel.

–Se ha metido usted en un buen lío.

–¿Yooo? Mi coronel no entiendo –al muchacho le dio un ataque de tos– no entiendo mi coronel, acabamos de llegar del frente.

–En medio de la batalla, con todo patas arriba y tratando de salir de esta con vida, de una caja de munición sale una niña. ¿Le suena de algo soldado Oppenheim?

El joven no pudo disimular su sorpresa, el ataque de tos persistía, ¿el gas?, y comenzaba a sudar. Sus temores se habían quedado pequeños, casi insignificantes comparados con lo que se le venía encima.

–Una niña que, al parecer, había burlado todos los controles, se había acomodado en una caja de munición después de dejarla vacía… –en ese instante llegó el mismo ordenanza con la copa de vino y una bandeja en la que traía la comida, un par de huevos fritos con un bistec de ternera– algo al menos… inaudito. Una niña –relataba en un tono tan sereno que llegaba a desconcertar– que burla todos los controles se introduce en una caja de munición y nadie, nadie, se da cuenta salvo a la hora de descargar la caja… ¿puede… usted explicármelo?

Gerhard miró los botones de la chaqueta del coronel estaban

relucientes, en una hebilla rezaba el lema "Dios con nosotros". También la manera de mojar el pan, pan blanco, en la yema, con esa lentitud pasmosa, pensó que debía estar ante un militar de "virtudes prusianas".

—No, herr coronel, no puedo.

—Pues debería, porque la niña no hace más que mencionar su nombre. Una y otra vez —tamborileó los dedos en la mesa y dio un breve sorbo al vino.

—Verá, herr coronel, con el respeto debido, sí, creo que la conozco.

—¿Creo? Explíquese.

—No la he visto herr coronel no sé si es la misma niña de la que estamos hablando.

—Mire, no agote mi paciencia, estos días han sido traumáticos solo me faltaba cuidar de una niña. Mi tiempo se mide en vidas humanas, ¿tiene usted idea de lo que estoy hablando?

—Me la hago mi señor, la primera línea se desmoronó, tuvimos que defender Hulluch casi con un cuerpo a cuerpo, he visto caer a camaradas que conocía desde que era un chiquillo. Nuestra propia artillería por poco nos aniquila, el gas del enemigo estaba por todas partes... y la carga... tuvimos que correr por los campos llenos de hulla y embudos, barro agua, espinos y las ametralladoras, las suyas y las nuestras...sentimos que Dios nos había abandonado. Que estaba contra nosotros...

—¡Basta, no se hable más! No le he traído aquí para que me relate sus experiencias —«maldito ateo»—, solo quiero que se haga cargo de la niña. La alejará de aquí y la llevará a un hogar de acogida, y una vez allí se asegurará de que no la volveremos a ver nunca más.

—Le quedo muy agradecido, herr coronel.

—No me lo agradezca a mí, lo hago por Jesucristo: "Dejad que los niños se acerquen a mí". Los niños no tienen culpa de los errores de los mayores. Puede usted retirarse, mi ordenanza le dará un salvo conducto que le permitirá ir mañana a Lille. Se presentará en la Comandancia Local y allí le conseguirán un matrimonio de acogida, un matrimonio cristiano y... —se abstuvo de decir luterano—, que cuiden de la pequeña hasta el final de la guerra. Mientras tanto buscaré a sus padres, Dios me la ha enviado y me haré responsable de su bienestar. Acaba de perder su permiso para ir a su casa. ¡Y que lo sepa usted, Dios no nos ha abandonado! Nunca lo hace. No tengo nada más que añadir, adiós.

–Muchas gracias, herr coronel. Así se hará. Si no ordena nada más.

–Adiós –ordenó casi como si fuese una súplica.

El muchacho maldijo, maldijo y sonrió. Acababa de perder el merecido permiso a Faustaugen y no se encontraba triste. El saber que la volvería a ver le reconfortaba, le apetecía reñirle y a la vez abrazarla. No sabía muy bien qué sentía hacia esa niña, le gustaría llevarla al pueblo y cuidarla como si fuese su hija, o su hermana pequeña, alejarla de aquel mundo al que una y otra vez regresaba. De todos modos por lo menos podía retirarse del frente por un día. Le gustaría que le acompañase su amigo Christian Müller, en los últimos meses habían confraternizado y sentía que era un tipo en quien confiar, y pensar que cuando eran pequeños se mataban peleando.

Christian por su parte estaba dibujando, como casi siempre que tenía un ratito libre. Mientras los demás dormían él, a la tenue luz de un candil, intentaba dejar plasmado todo lo que veía y lo que no. Desde la batalla de Loos solo hacía esbozos de muertos. La noche caía sobre las trincheras y sobre el pueblo. Salió del establo para orinar, tenía que vigilar el sueño de los demás, pero seguro que nadie lo echaría en falta, ni siquiera se despertaban muchas veces cuando una granada estallaba cerca. Buscó un descampado justo en una casa derruida pudo hacerlo. Por el hueco que había abierto un obús se podía ver el cielo, las bengalas de la lejanía iluminaron un trozo de periódico que había venido traído por el viento. El joven intentó leerlo, procuró algo más de iluminación, estaba escrito en inglés, decía que había informes en los que se sabía que los turcos estaban deportando a armenios por el desierto, se sospechaba que habría miles de muertos, todos civiles, todos inocentes. Christian por más que se empeñaba y esforzaba su vista no entendió nada.

Desde que Jan Ehrlich y los muchachos llegaron al pueblo con unos días de permiso el desconsuelo se instaló en el corazón de la gente. A pesar de que el joven hablaba de heroicas gestas y de que algunos vecinos se las reconocían la realidad imponía su ley: tras la última batalla habían caído muchachos y otros estaban heridos, además, los efectos de la guerra se dejaban notar hasta en el estómago y en el marco que cada vez daba para menos. Aunque todos dijesen que la guerra estaba próxima a acabar sentían por dentro todo lo contrario, al igual que una sequía que se alarga sin que se le vea el final. Gilbert Bartram buscaba a Jan quizá para mostrar a todos su analogía con el guerrero preferido de Faustaugen o quizá porque los demás soldados no se dejaban ver por la calle apurando al máximo el calor de su hogar. Le acompañaba al bar y en sus paseos por el pueblo, en sus conversaciones en voz baja e incluso cuando presumía en voz alta, dándole siempre la razón incluso en hechos que jamás él mismo hubiese creído. Ante todo le consideraba un hermano, ambos habían compartido rancho y camastro, habían hecho la instrucción juntos y habían sido testigos de la dureza de la batalla. Además coincidían en lo más importante, odiaban a Paul Król. Paul era su chivo expiatorio, necesitaban odiar a alguien más que al propio enemigo sentir la necesidad de destruir su reputación, convertirlo en un despojo social, condenarlo al ostracismo, hacerle el daño que él de manera voluntaria o no les había procurado. A veces vociferaban y le llamaban cobarde en público, inventaban toda clase de atropellos y falacias, para después, bajando el volumen, desearle la muerte.

Una mañana fue Jan al cementerio a entregar unas flores a la lápida de granito donde un picapedrero de Sättigenreifen y a la antigua usanza esculpía el nombre de los caídos. El joven venía a homenajear a su hermano Dittmar y a sus amigos Hans y Clemens Weiss, aunque a este último aún no le habían esculpido su nombre. Allí podía contemplar con tristeza y melancolía la realidad de la guerra, todo el peso de la culpa se volcaba sobre él ya que mientras celebraba en el bar seguir vivo otros se recogían en silencio y pesar. Se encontraba en sus luchas internas cuando oyó unas pisadas en la nieve y detrás de él apareció Otta Lenz. La joven le había visto y le había seguido. Más allá, deambulando por entre las tumbas como un fantasma, también estaba la señora Weiss llorando, pero hizo como que no había visto a nadie. Para ella Jan también era culpable de la muerte de sus hijos, porque no había sabido defenderle. Esther odiaba al mundo entero, no se callaba tuviese o no razón, la piedad no cabía en su mente y, por ello, despreció a Jan, ni siquiera le miró, quería que sintiese su dolor, y, por eso, se mostró distante su desde aquella tarde en que llegase a Faustaugen y fue a darle el pésame, le dio con la puerta en las narices. Esta vez no iba a ser menos. Otta, al ver a Esther, salió del cementerio y decidió esperar al joven Ehrlich afuera, no tardó mucho, apenas el tiempo de rezar un padrenuestro. Cuando ambos se encontraron en la cancela se quedaron en silencio, Otta era tan hermosa que si Jan no le creyese su hermanastra, y se supiese vigilado, la hubiera besado.

–¿Qué quieres?

–Ya sabes qué quiero, quiero saber algo de Paul.

–Pues yo no sé nada, ni de él ni de su... hermano. Ambos para mí están muertos, son unos cobardes. Si quieres saber algo de él pregúntale a los demás.

Jan sabía muy bien que no iría puerta por puerta preguntando.

–¡Mientes! –gritó Otta.

–¿Cómo puedes estar segura? Dittmar murió por culpa de tu querido Paul, Ditt, el que posiblemente llevase sangre tuya...

–¡Eso no es cierto!

–¿Qué no es cierto, que Paul sea un cobarde o que no seamos hermanos? Dime, ¿qué sabes tú, de qué estás segura? Vives aquí como una reina paseándote con el maestrito mientras tu novio se ha dejado la vida en el campo de batalla de la manera más cobarde e inútil. No tienes respeto por nada, me avergüenzas, eres...

–¡Mentira, todo es mentira! Paul vive y no es ningún cobarde, yo le respeto porque se fue a la guerra por mí y ni tú ni este maldito pueblo entero tiene derecho a juzgarlo ni a juzgarme.

–Me haces reír hasta el llanto. ¿Qué demonios sabes tú? Los Król te odian, odian a tu familia, eres peor que las fulanas, has traicionado a tu novio a tu país, eres lo peor que hay en este "maldito pueblo". Te revuelcas con ese cojo...

En ese instante la muchacha soltó un bofetón a Jan.

–Estás muerta, por mí estás tan muerta como los cadáveres que yacen en este cementerio. Si alguna vez veo a Paul le clavaré el cuchillo de mi bayoneta en el corazón al tiempo que le diré que te acuestas con un ricachón. Morirá sabiendo lo miserable que eres.

Otta se desplomó, sabía que lo haría porque Jan olía a odio. Agachó la mirada y se dispuso a marcharse, detrás del joven apareció la vieja Esther Weiss la cual miraba complacida, había oído parte de la conversación y había disfrutado. Pero lo peor para Otta era que nadie, nadie le decía lo más mínimo de Paul.

Jan la dejó deshecha, se marchó camino a la taberna del Tuerto. Por el camino se cruzó con Floy la Inmensa, no pudo evitar pensar en Volker y el remordimiento le asomó en el rostro. Sin embargo, en unos segundos se rehízo, si volvía de la guerra intentaría enamorarla. Sonrió para él, nada le daría mayor satisfacción. Ojalá pudiese hacerle lo mismo a Paul. Había aprendido a endurecer su corazón y a dividir el mundo entre amigos y enemigos. Aquello le hacía aceptar mejor la dureza de su realidad. Y ahora le tocaba darse el gusto de ser admirado por todos, había tenido una infancia sosa, se había criado como un donnadie y por fin era admirado por su pueblo. Era un héroe a la altura de Siegfried, de hecho podría matar a cualquier dragón si quedase alguno en el mundo, lo llegó a pensar en serio. Al final supuso que tal vez aquellos animales fueron extinguidos por el empeño del hombre o tal vez se habrían retirado a los bosques que los hombres aún no habían profanado. Muchos daban poco crédito a aquellos seres mitológicos, aunque él sabía que existían, una vez le hicieron creer que en Copenhague había una sirena varada. Y él pensó que aquella criatura podía ser un híbrido entre un pescador y una foca. Pero entonces Paul Król soltó una de sus gracias.

–De la misma manera que un dragón es un cruce entre una salamandra y una estufa.

Para su desesperación en la taberna no había nadie. La gente no tenía dinero para malgastar, aún quedaba alguna que otra cerveza, aunque muy de tarde en tarde. Porque los alemanes estaban más pendientes del racionamiento y de la comida que de la vida social. Por ello, la fiesta de la esquila se había aplazado hasta que la guerra terminase. Jan tomó una cerveza en silencio, Friedrich le invitó, acaso era el único que no lo había hecho. Friedrich consideraba a aquella generación más débil que a la suya. Ellos resolvieron la guerra contra los franceses en menos de un año. Aquello sí que fue una victoria, y Bismarck sí era un canciller. Con él Alemania salía reforzada en el exterior y no el inepto de Bethmann-Hollweg que no era capaz de dar una salida a aquella guerra que acabaría por arruinarlo, a él y al país entero. Ya no se vendía cuero y los animales cada vez estaban más caros, la carne era un artículo de lujo, la piel se amontonaba en los almacenes por lo que ni siquiera valía la pena curtirla. Para colmo el gobierno hacía requisas para mantener el gasto de la guerra y proveer al ejército. Por todo ello Faustaugen comenzaba a hundirse en el lodo.

Harto de esperar Jan fue a su casa, a tenderse un rato. Por el camino se le iban revolviendo las tripas, sentía la necesidad de hacer daño a alguien. Pensó en Otta, esa cría necesitaba una lección, algo que la disuadiera de ir por ahí pavoneándose. Lo haría, sabía que trabajaba, en casa de Unna aunque esta no podía pagarle con dinero y se contentaba con algo de comida. Por suerte la Exuberante tenía una bodega llena de queso, sidra y vino, además de carne conservada en manteca. En los tiempos que corrían el dinero apenas tenía valor, por lo que Otta se podía dar por satisfecha. Jan la esperaría, iría de nuevo a la taberna y la vería salir, entonces sería el momento, aprovecharía la oscuridad para encontrarla en el camino de su casa y golpearla por la espalda.

Así fue, por la tarde había gente en lo del Tuerto, los lugareños se reunían después del trabajo y alguna vez, las menos, solían tomar algo, pero sin duda lo que querían eran noticias. Todos esperaban algo que alumbrara el final de la guerra y luego retirarse para ver acabar un día más. Allí en la puerta estaba Theodor Krakauer, hablando en voz alta como siempre. Theodor tenía que pertenecer a la reserva, hubiese sido una suerte tenerlo en el frente ya que Jan hubiese podido putearlo a gusto e incluso haberle clavado la bayoneta. Theodor se hacía odiar, siempre gastaba bromas a los demás, sin embargo, admitía de mal modo las que le hacían. Jan se sentía fuerte, más que Theodor pese a que el guarda era más robusto y bruto. No le hubiese permitido ninguna mofa, por lo que entró dentro de la taberna y pidió un anís. Allí estaba Gilbert, no había tenido ocasión de saludarlo. Ambos se estrecharon la mano con efusión. Gilbert casi llora de alegría, había estado esperándole casi todo el día. Hablaron tanto que a Jan se le olvidó el motivo por el que estaba allí. Jan le narró de nuevo los acontecimientos de Loos. Gilbert se sinceró, pensaba que su destino estaba en las proximidades de Ypres, que sentía vergüenza al no haber muerto con sus compañeros. El joven había desarrollado una timidez que le impedía mirar a la gente a la cara, había veces que no podía salir de casa y si lo hacía era para despejarse. En aquellos instantes entró en el local nada menos que Fremont Kast. Se hizo cierto silencio, había llegado un extraño y el maestro lo sabía, nunca se sintió de aquella comunidad, sino muy por encima. Los vecinos de Faustaugen no eran más que paletos a los ojos de Fremont, intentaba disfrazar su desprecio con la misma intensidad que mostraba su interés por Otta. Y eso era lo que haría estallar la ira de Jan.

–¡Friedrich, llena los vasos de nuestros soldados que yo invito a esta ronda!

–¡Friedrich, no lo hagas! ¡Ni se te ocurra! ¡No acepto invitaciones de traidores! – protestó Jan.

–¿Perdón? ¿Traidor, yo?

–Así es, ¿cómo si no llamaríamos a un tipejo que le roba la novia a un soldado que está dando su vida por su país?

–¡Ah! Muy bien, si ese es mi pecado, lo acepto. Me he rendido –pidió una cerveza y apenas le dio un sorbo y emitió como una queja–. ¡Oigan todos! –El bar no estaba lleno, aunque allí podía haber una veintena de personas incluyendo a John Mockford, Ralph Kauffmann, Helmuth Degener y Erich Krakauer quien esa noche que no iría a trabajar por falta de harina–. Mi nombre es Fremont Kast, mi familia es una familia muy influyente de Bremen, supongo que todos aquí lo sabéis. Es un pueblo pequeño, no obstante, he dejado mi lujosa vida en Bremen para ejercer mi profesión aquí. ¿Soy un traidor por llevar la cultura a un lugar tan apartado? ¿Acaso no se merece el Pequeño Ducado de Grünensteinen que sus hijos sepan leer, escribir y conozcan las matemáticas, no se merece Faustaugen tener licenciados o doctores?

–Eso no te exime de tu pecado, has aprovechado que un muchacho se bate contra el enemigo para aprovecharte de su novia.

–¿Y tú soldado? Acaso no debéis vuestra vida a industrias como la Kast Gesellschaft. Esto me recuerda una vieja discusión que tuve con un sindicalista...

–¿Qué? –preguntó indignado Jan contrariado.

–El alambre de espino que utiliza el ejército lo fabrica el grupo Kast, y las municiones para vuestro fusil, incluso parte de vuestra comida enlatada. Mi familia compra bonos de guerra, financia nuestra victoria. Y tú me hablas de que enamorarse es desleal.

–¡He perdido a un hermano! ¡Mi familia se desangra en

dolor! –protestó Jan.

–¡Pues lo siento mucho, yo también! Mi hermano murió y no ha quedado ni un trozo de él al que llevarle un puñado de flores.

–¡Señores, el enemigo está al otro lado de las trincheras! – medió Gilbert.

–O aquí –sentenció Jan, el cual de un trago terminó su cerveza y se marchó sin recordar ni siquiera porqué había llegado allí.

Gilbert aceptó la invitación y se disculpó por el joven Ehrlich. Además, buscó la conversación y la amistad con Fremont quien también esperaba a Otta, cada tarde mendigaba el paseo hasta Lana Ravine para que le permitiera acompañarla. Aunque aquel día lo dejaría pasar pues estaba oyendo algo que le interesaba más. Al parecer Paul y él habían sido amigos desde pequeños, iban juntos a la escuela y hacían la puñeta a cualquiera. Hacían pellas y robaban en los huertos. Pero toda esa camaradería se había roto el día que Paul decidió rescatarlo.

–No me mal interprete, sé que no lo hizo adrede, aunque lo hizo. Él creerá que me salvó e incluso irá por ahí presumiendo. Pero no fue así, no me salvó de nada. Caí en vergüenza, la gente me tiene lástima, me mira como diciendo: Por ahí va, pobrecillo. Comprendo que usted...

–Sí, también soy cojo, se puede vivir siendo cojo. Lamentablemente, no sé si le comprendo. Creo que le ha hecho un precioso regalo.

–Pero no cuando han aniquilado a todos y te ha dejado vivo solo a ti. Es como si hubieses abandonado tu lugar, como si no hubieses estado a la altura. Nado en la vergüenza. Cada día recorro la larga calle, me siento humillado... para comprender lo que siento ha de saber quién fui, yo no nací para ser la presa, yo, yo siempre fui un cazador. Era yo quien planeaba cada asalto a los huertos, cada incursión a la tienda del señor Mockford, corría como nadie y escapaba de todos los castigos. Yo fui alguien alegre, un muchacho lleno de felicidad, gracioso, cualquier cosa menos alguien que inspire lástima. Las mujeres me querían por esa picardía, por lo mismo que Otta ama a Paul y no a Ulrich. Siento que con la cojera ha muerto el otro Gilbert... Si al menos hubiese habido otro superviviente... – dijo con amargura.

–Sinceramente no lo veo así señor Bartram.

–¡Pues yo sí! Y sabe por qué, porque siempre Paul procuró estar por encima de mí, ahora lo veo claro: no era mi amigo era más bien un competidor. Yo creo que ha llegado el momento de amargarle la existencia.

—¿Cómo, a qué se refiere?

—Sé que nadie sabe dónde está, que está como perdido, el otro día la señora Krakauer oyó como Frankz Król le interpelaba a usted y le pedía explicaciones, aquí se sabe todo, todo se oye, todo se ve, todo se calla, todo se oculta, no lo olvide. El caso es que el señor Król quería tener noticias de su hijo. Creo que usted llegó a una especie de pacto con Frankz y no lo está cumpliendo.

—Cree usted muchas cosas señor Gilbert. A veces la inteligencia no es tan certera como usted piensa.

—Ignoro, ignoro la naturaleza del pacto, incluso hasta donde llega su influencia, pero tengo muy claro que puedo ayudarle.

—¿Ayudarme? —preguntó intrigado Fremont.

—Sé que está tan enamorado de Otta que hará cualquier cosa. La ha alejado de los Król, aunque los Król no están conformes, quieren algo para sus hijos, algo que usted no sabe o no puede cumplir del todo.

—Está bien, me confieso. Quiero a Otta y haré cualquier cosa que esté en mi mano por conseguirla, pero ella le hizo una promesa a él: le dijo que le esperaría.

—Aunque no si muere.

—Pero no puedo matarlo. Ni deseo hacerlo.

—Pero sí puede hacer otra cosa, suplantarlo.

—¿Cómo?

—Yo sé —dijo bajando la voz— como escribe, puedo imitar su caligrafía. Tanto para los Król como para ella, puedo ser Paul o puedo ser Otta.

—¿Imitar su caligrafía? Solo porque le odia.

—No, solo por eso no, soy un lisiado, paso hambre, mi gente pasa hambre al igual que todo el país. Necesitaré alguna comida enlatada de esa que tu familia fabrica para el ejército. No se engañe usted, mi odio no da para más.

A Fremont la conquista de Otta le salía carísima, porque además tenía controlado al encargado de correo, o mejor dicho a su esposa ya que él marchó a la milicia. No obstante, el joven maestro daría cualquier cosa por ella. La compañía Kast y todo el imperio se rendirían a la mirada de una muchacha de pueblo. Como el invierno que claudica ante la primera flor de la primavera.

Gerhard llegó a la Comandancia Local situada en un edificio que el ejército alemán ocupaba cerca del ayuntamiento. Se presentó al gobernador militar, el general Wilhem von Heinrich, el cual se encontraba trabajando en su despacho. Gerhard se cuadró y saludó. El bigotudo general conocía al coronel von Kittel y al parecer eran amigos, por lo que cuando el ordenanza le anunció que tenía una carta de él lo dejó todo pese a que se veía desbordado de trabajo. Miró al muchacho que tenía enfrente y su rostro se volvía por momentos desapacible. Asintió con la cabeza y dijo algo en voz baja a su ordenanza. Seguidamente con un gesto despidió a Gerhard y este se marchó. En la puerta del edificio esperaba Louise, un policía militar la observaba con recelo, la niña jugaba dando saltos y apoyando pie sí pie no en el umbral al tiempo que canturreaba una canción infantil. El coronel von Kittel se había preocupado por el aseo de la pequeña, además le había conseguido ropa limpia y la había dejado a cargo de una familia de granjeros que entre otras cosas la habían despiojado. No la había dejado en aquel hogar porque estaba demasiado cerca del frente. Pese a todos los cuidados de aquella mujer no obtuvo ni una débil sonrisa de la pequeña, cosa que sí hacía en presencia de Gerhard. El mismo coronel se había dado cuenta y se había extrañado. Por momentos llegó a creer que el soldado era el verdadero padre de la niña. Lo cierto es que Gerhard se comportaba como tal, le enseñaba canciones alemanas que la niña canturreaba tal y como Dios le daba a entender.

Un soldado que leía Lillerkriegszeitung, el periódico que editaban las tropas que ocupaban la ciudad, sonrió al escucharla jugar. A él correspondió la orden escrita por la que tenía que buscar un hogar decente para la niña. El muchacho al recibir el mandato sonrió, estaba dispuesto a no aparecer hasta la hora del almuerzo.

–Tal parece que el desembarco de Galípoli está fracasando, los australianos y neozelandeses han sido incapaces de romper el frente turco. Se acabó la esperanza de unirse con los rusos – dijo el muchacho mostrando sus amarillentos dientes–. Dicen que se ha ido al traste la estrategia, han infravalorado al turco, al parecer el plan fue diseñado por un tal Winston Churchill el Lord del Almirantazgo, seguro que cae en desgracia. Será el final de su carrera, que es lo peor que le puede ocurrir a un individuo de alta alcurnia. En cambio, por parte de los turcos el triunfo se lo lleva un tal Mustafa Kemal, y, por supuesto, no nos podemos olvidar de nuestra participación: Otto Liman von Sanders, el cual ha organizado la defensa de los Dardanelos. Así es la vida, unos suben acosta de otros y miles mueren, quizá sin sepultura. Gloria a cambio de desgracia.

Gerhard asintió sin saber muy bien qué añadir. Tomó a la niña de la mano y se dispuso a seguir al soldado allá donde les llevase.

–Habéis tenido suerte de haber accedido al general, habéis llegado pronto, a las diez siempre se reúne con las autoridades locales. ¿Qué os trae a mi ciudad?

–La niña...

–Ah, sí la niña, buscar una casa para la niña. Haremos una ruta turística antes, ¿no os importa verdad? Eso sí, no tengo dinero para invitar...

Gerhard miraba al soldado, sin duda era un caradura, pero no estaría mal dar un paseo antes de despedirse de la pequeña.

–Mi nombre es Albrecht, si preguntas por mí a algún soldado de la ciudad te dirán que soy el sobrino de un jefazo. Me conocen todos incluso los estúpidos policías militares de la Rue Nationale. "Perros encadenados". Te dirán muchas cosas de mí, algunas incluso malas, pero todos, todos, quieren mi compañía. ¿Sabes por qué?

–¿Por qué? –preguntó Gerhard sin mucha convicción.

–Porque soy el único que les puedo conseguir –bajó el volumen de la voz para que Louise no se enterase–, señoritas. Semen retentum venenum est; el semen retenido, es venenoso.

–No te preocupes por ella, no sabe hablar alemán.

–Vamos al quiosco del tranvía en la Grand–Place, allí podremos tomarnos una cerveza, ¿tienes tabaco? La verdad es que ya no hacen tabaco como antes, parece que te estés fumando papel. Supongo que para los nativos es mucho peor. No nos pueden ni ver, ellos carecen de todo. Hay todo un mercado negro. ¿Qué se le va a hacer? Oye tú vienes del frente.

–Sí, he estado combatiendo en la primera línea.

–Ah, vaya. Yo todavía no he pegado un tiro en esta guerra, salvo en la instrucción y en algunas prácticas. No tendré nada especial que contar a mis hijos o a mis nietos. Bien pensado, creo que no tendré familia. Me gustan más las señoritas de compañía, la buena cerveza y el tabaco, y creo que todo eso unido es incompatible con tener una familia. In taberna quando sumus non curamus quid sit humus; Cuando estamos en la taberna no nos preocupamos de la tumba... ni de los hijos. ¿Cómo es la primera línea?

Gerhard enmudeció, no sabía qué decirle. Su rostro se tornó rojo, dio un suspiro hondo y oscuro, como los embudos abiertos por las minas.

–Ya veo, es duro. Bebamos cerveza, o vino, da igual si es bueno o no. El alcohol es el mejor invento que ha concebido la humanidad, embrutece del todo al imbécil y abstrae al despierto. No hay dolor que no calme, no hay pena que no esconda. Yo, como todo el mundo tengo la mía y, aunque no es nada comparada con la tuya, es la mía y es profunda. Mi pena es que no me queda nada ni nadie, o sea una vida para derrochar yo solito. Mi pena ahora mismo es esta ciudad, sus calles sus tristezas, su miseria, su hambre.

–¿Hay mucha hambre?

–Ya le digo caballero. Y eso que los "lengua de vaca" requisan todo a la población de las granjas y obligan a trabajar a todo el mundo para la Guerra. Tienen que declarar todos sus bienes y pagar al conquistador. La gente me mira, ve este sombrero con punta y desconfía, soy yo el que se come la ración de sus hijos, el que bebe su vino, el que trae el cólera, la disentería, el escorbuto la viruela y la tuberculosis. El alcalde Delesalle se debate entre su población y no molestar a la autoridad alemana. Pero toda guerra tiene sus héroes, sus héroes de verdad, el Marqués de Villalobar, sí, el embajador español en Bélgica. Junto con otros dos hombres... Hoover y... Gerbert Hoover y... Brand Whitlock, así es, estos tres hombres han creado la Comisión de Socorros para Bélgica. Algo siempre permea para la perdida Lille. Es el único organismo que logra burlar el bloqueo marítimo Británico y los cerrojos del Imperio Alemán. Se han ganado el respeto de todos, de todos, todos. Envían comida desde América y Países Bajos, es casi un milagro. En el caso del embajador incluso trató de salvar a esa enfermera Edith Cavell, pero la mujer había ayudado a escapar a muchos enemigos y aquella vez su carisma no pudo hacer nada por salvarle la vida. Dura lex, sed lex; la ley es dura, aunque es la ley. Pero en fin, supongo que le estoy aburriendo. Ya estamos.

Habían llegado al quiosco y pidieron una cerveza, para la

niña un vaso de leche que más bien parecía agua clara. Ambos soldados pensaron que sería un milagro si la pequeña no aflojaba el vientre con semejante sucedáneo. Había más militares allí, algunos saludaban a Albrecht con cierta confianza incluso algunos con rango. Daba la impresión de que aquel soldado podía conseguir cualquier cosa de la ciudad.

–Iremos a una de esas casas de la avenida Salomon. Allí dejaremos a la chiquilla en una casa decente. Cuando vean que es una de ellos la acogerán con gusto, bueno, no del todo aunque... la acogerán. ¿Por qué es francesa?

–Es belga.

–Horum omnium fortissimi sunt Belgae. De todos estos, los belgas son los más fuertes.

Desde aquel sitio a la avenida Salomón había un trecho. Albrecht no tenía precio: justo cuando se marchaban un teniente los paró y Gerhard se cuadró, el oficial lo miró extrañado, le dio a Albrecht algo liado en un trozo de periódico y le guiñó.

–Es la mejor, herr teniente, la mejor, se lo dije –después bajó la voz y le dijo a Gerhard–: Ahí va un cliente satisfecho y yo acabo de ganarme un trago. Bonum vinum laetificat cor hominis; el buen vino alegra el corazón del hombre... y el malo también. A veces creo que soy afortunado, moriré joven, aunque a gusto. No es lo mismo que morir joven de un disparo en el vientre.

–¿En el vientre?

–Sí, dicen que es muy doloroso. La peor manera de morir...

–Te equivocas Albrecht, hay muchas maneras de morir que son fatales.

–¿Cómo cuales?

–El gas, por ejemplo.

–¿El gas?

–El gas, te quema los pulmones, hagas lo que hagas tus entrañas están ardiendo, a cada inspiración sientes que se te clava un cuchillo en tu pecho. Morir herido en la tierra de nadie, caes y no puedes levantarte, no hay morfina, ni médicos ni nadie que te pueda consolar, solo tú, cientos de moscas y alguna rata que pellizca tu cuerpo. Gritas, pides ayuda y nadie acude, ¿por qué? Porque no hay nadie que te haya visto. Nadie sabe dónde estás, casi seguro que ni te oigan. Y tú te retuerces en un embudo, solo, esperando la muerte, que es lo único que puede acabar con aquello. ¿Me preguntaste cómo es la primera línea? Te hablaré del olor, del olor a...

–¡Hey, hey, hey! ¡Para, no me hagas echar lo bebido!

Albrecht no habló mucho más, sentía que había despertado algo desagradable. Hacia el mediodía llegaron a la avenida. Había una casa que parecía de clase media alta. Albrecht tocó en la puerta y salió una sirvienta que en seguida llamó a los dueños. Una mujer de mediana edad estuvo hablando con el soldado en francés y asentía con preocupación. No le hacía ninguna gracia tener que admitir a la niña, pero no se lo estaba pidiendo, se lo ordenaba con educación. El hombre sacó un documento e hizo que la señora lo firmara. Era como entregar un paquete, después se dieron la mano y la niña se dispuso para la entrega. Louise miraba a Gerhard y Gerhard hacía lo mismo. Aunque el joven intentaba no llorar los ojos se le humedecieron y comenzaron a rebosarse, se abrazaron. La cría no estaba dispuesta a soltarle.

–Escúchame, no puedes venir conmigo, tienes que vivir aquí. Dime que me has entendido.

–¡Gerhard! No… no.

–Louise, hazme caso. No puedes estar cerca del frente, mira –le mostró su fusil– es peligroso, dangereux. No me hagas esto –le suplicó–. ¡Vamos!

–¡Gerhard, no fumar! –fue lo último que le dijo.

Louise dejó de resistirse, caminó hacia la entrada de la casa con la cabeza agachada, la señora la tomó de la mano. Se veía que también estaba algo afectada e intentó apenas sonreír y terminó dando un portazo. Albrecht tocó a Gerhard en el hombro allí ya no quedaba nada por hacer. Se marcharon, sin embargo, Albrech le invitó a sentarse en un bordillo no muy lejos de allí.

–Toma –dijo sacando una botella de vino envuelta en el papel de periódico–. Hay que quitarse las penas con vino. Nunc est bibendum. Mira, esta vida… es injusta muchacho. Aquí donde me ves yo fui maestro de latín. Era docente aquí en Lille. Sí, aquí en Lille. Curioso, ¿verdad? Pero no por ello es menos cierto. Tenía una esposa y una vida, Dios, hasta alumnos. Aunque llegó la movilización, marché a mi país y cuando llegué ya no tenía nada. Mi casa… ya no alberga a nadie, la busco y nadie me sabe decir dónde está. La presiento muerta, pero la sigo buscando. La busco en el fondo de una botella de vino. In vino veritas; en el vino está la verdad. Mi pena es que no tengo pena… mi pena es que no quiero llorar.

Gerhard fumaba, le pasó el tabaco a Albrecht. Que le hablaba de la opera, del casino, el teatro Español renombrado como teatro Alemán, de lo incómodo que era dormir en las fábricas de papel reconvertidas en barracones para ellos. En lo espectaculares que eran los desfiles y en la Rue Nationale, y su efecto desmoralizador en la población. Al cabo de un rato vieron a una muchacha con una maleta llorando por la calle.

–¿No te suena? –preguntó Albrecht.

–Sí, ¿quién es?

–Sabe que va a pasar hambre, mucha hambre y hará cualquier cosa por aplacarla. Optimum cibi condimentum fame; el mejor condimento es el hambre. Y, por eso, comerá cualquier cosa. Yo soy un buitre, y el buitre come del drama –dicho esto se fue en busca de la muchacha y comenzó a decirle algo. Por momentos se mostraba indignada, pero tomó un papel que él le dio.

–¿Quién es?

–Esa señorita trabajaba en casa de los señores a los cuales le hemos dejado la niña. ¿Has leído alguna vez a Víctor Hugo? Tu Louise es Cosette, la niña que hará en adelante las tareas de la casa. No es maldad, todo esto lo mueve la necesidad.

–Y tú miserable, sabías que ocurriría todo esto. Por eso estamos aquí bebiendo.

–¿Y qué le puedo hacer yo? Me aprovecho, culpable soy, pero si no lo hago, la miseria se comerá a esa muchacha. Le ofrezco un último recurso, es libre de cogerlo o no. Así es la vida en tiempos de guerra. ¿Pero qué crees? Dios quiera que esto acabe pronto, porque la niña se irá haciendo grande…

En ese instante Gerhard recibió un golpe en lo más hondo era como si una mina hubiese estallado en su interior y sin proponérselo se tiró encima de Albrecht quien a duras penas podía defenderse y evitar derramar el vino.

–¿Pero qué haces loco? Me vas a matar.

–Es lo que necesitáis la gente como tú, he visto ratas de cadáver que valían más que tú –le dijo sin dejar de golpearle con torpeza.

–Para, para hombre, yo jamás sería capaz de ofrecerla, ¡jamás! ¡Te lo juro, te lo juro por mi esposa y por lo que queda de humano dentro de mí!

Oppenheim cogió su fusil y le apuntó, no le temblaba el pulso.

–No lo hagas hombre, no lo hagas, soy un miserable, pero no merezco morir. Vamos hombre, te he abierto mi corazón, lo único que he hecho es contarte toda la verdad. Vamos hombre, vamos, suelta el fusil –suplicaba al borde del llanto.

–Te voy a decir lo que vamos a hacer, tú miserable rata vigilarás a la niña, irás a verla cada semana y te preocuparás de que esté sana y bien cuidada, ¿comprendido? Te escribiré cada semana y cuando coja un permiso vendré a verla, si me engañas te mato, si no haces esto te mato y créeme que lo haré. He matado a personas que no me habían hecho nada imagina lo que haría contigo.

–Sí, hombre. Desde luego, eso está hecho. La protegeré hasta el final de la guerra, tú solo tendrás que preocuparte de sobrevivir. Cuenta con ello.

–Cuando termine esta guerra regresaré, la recuperaré y se la entregaré a sus padres tal y como vino al mundo. Nadie le tocará un pelo, ni siquiera el mismísimo Káiser.

–¡Te lo juro! Vamos, baja eso, yo no soy tu enemigo. Solo quería que supieras que el hambre lo cambia todo. ¡Vamos, amigo!

Gerhard bajó su arma y Albrecht se llevó las manos a la cara, comenzó a llorar como un niño desconsolado, era un llanto de desahogo, pero también de desdicha. Solo en aquel momento Oppenheim sintió algo de lástima. Aunque no abandonó su estado de alerta, le miró de arriba abajo. Se sentó a su lado, hizo amago de coger la botella, pero no tenía ganas. Rebuscó en sus bolsillos y encontró un cigarro a medio fumar, lo prendió y le dio una calada, se lo ofreció a Albrecht y este lo rehusó. El segundo en minutos, pensó.

«Gerhard, no fumes».

–No soy así –comenzó a hablar al fin–, me duele ofrecer muchachas decentes a los oficiales, me duele ver a esta ciudad sufrir. Los oficiales solo quieren mujeres que en otras circunstancias jamás se entregarían, están hartos de las mismas prostitutas de los burdeles, prefieren carne nueva. Mujeres casadas, jóvenes con novio, desesperadas. Pero no son ellos los que me interesan, son ellas, las veo morir en los hospitales, perecer con el pellejo sobre los huesos, tosiendo sangre, con manchas. Eso es sufrimiento, centenares de huérfanos corriendo por las calles, rebuscando en las basuras, haciendo cola en los comedores. Qué más da que ofrezcan su cuerpo un rato, qué más da. Yo no dejaría de querer a mi esposa porque lo hiciera, ni aunque quedase embarazada, cualquier cosa por necesidad. Lo que no le perdonaría es que se dejase morir sin luchar. Como yo.

–Debería disculparme, pero no lo haré. Mantengo lo dicho, tengo algo que hacer y es devolver esa niña a sus padres. Lo haré por encima de la gente, de las circunstancias, de la guerra, de todos los reyes, káiseres o zares de este mundo. Lo haré y viviré hasta que llegue ese momento. No existe bala, granada, o bomba que destruya mi determinación. Si me fallas te clavaré mi bayoneta, te pegaré un tiro, te haré pedazos con una granada. Nada ni nadie me puede detener, es lo único de lo que estoy seguro.

–Yo también, yo también.

Se quedaron en silencio, Albrecht dio un trago hondo apoyando sus labios en la botella por lo que ya Gerhard, debido a sus escrúpulos, nunca bebería en el mismo sitio, tampoco es que le apeteciera. Estaba nublado y la noche venía cerca. Se podía oír en la lejanía los sonidos de la artillería. De camino a la avenida Salomon habían visto varias casas derruidas, por lo que el rumor de las bombas les resultó aterrador. Era como un gigante que avanzaba aplastándolo todo sin ni siquiera mirar al suelo.

Por la tarde pudo ver el desfile de rehenes que el ejército retenía para amedrentar a la población. Gerhard los miró con lástima, estaba alejado del frente y quería regresar al tiempo que quería quedarse junto a Louise para protegerla. Se sintió prisionero, aunque no desfilase.

Frío, hacía tanto frío que nadie se podía estar quieto si no era para calentarse en una hoguera. Un carromato de dos ruedas avanzaba por la nieve y Ulrich Król lo empujaba. Un caballo enorme yacía con la boca abierta, le había dicho al centinela que había muerto con una enfermedad y tenía que tirarlo lejos para que no se contagiaran los demás. Olía un poco, si no iba más rápido era porque estaba medio congelado. El soldado llevaba más de media hora avanzando por un sendero que a veces se volvía intransitable, el barro escarchado crujía ante el avance y por momento sentía que las fuerzas le faltarían. Sin embargo, seguía, tenía que llegar más allá, a lo más profundo del bosque. Creyó oír el aullar del lobo en la lejanía y sintió miedo. No por él sino por su carga: Virginia.

Desde que la joven le pidió ayudarle a huir, Ulrich no había dejado de pensar en el modo de llevarlo a cabo. Porque mantener a Virginia en el cuartel era como retener una golondrina en una jaula. El joven Król la amaba tanto que no le importaba correr riesgos, acaso ya los soportaba estando en la guerra. El paso de los días, meses, años le habían extirpado el patriotismo y la fe por su káiser. Ahora solo quería abandonar aquel lugar junto a la mujer que amaba y recorrer el ancho del mundo hasta encontrar un lugar en donde poder darle un hogar, una familia, una vida en paz. Por desgracia, Virginia lo utilizaba como quien utiliza un cuchillo. No le importaba exponerlo, solo quería largarse de allí y regresar a su granja, debía encontrar a su hermana cuanto antes. Ella ya sabría cómo hallar comida y leña para las dos. También pensaba en su padre, cautivo y preocupado. Por momentos se veía a sí misma tan esclava como los caballos que tenía que tratar. Pensaba en los alemanes como seres embrutecidos que no dudaban en pisotear un jardín con tal de quedárselo. Ulrich, aunque distinto, era el sacrificio que tenía que dar a los dioses para pagar su libertad. Le miraba y sentía que de ser de otro modo podía haberse enamorado de aquel joven rubio de ojos verdes. Le consideraba un poco ingenuo, aunque comprometido. Era una persona capaz de morir por una causa, y en este momento el muchacho daría hasta la última gota de sangre por ella. Por lo que confiaba en él más que en nadie de este mundo.

Habían esperado el momento, Virginia había tramado un

plan para poder huir de la zona militarizada y esta no era otra que la táctica del caballo de Troya, solo que de manera invertida; en vez de entrar su propósito sería salir. Había calculado que su cuerpecito podría caber en la cavidad torácica y abdominal de un equino muerto. Debían esperar a que muriese uno lo bastante grande para que ella pudiese entrar como una contorsionista y colocarse en posición fetal. Tener al animal adecuado, vaciarlo, hacer desaparecer las vísceras, demostrar que estaba enfermo y no era apto para comerlo, penetrar dentro y coserlo de tal modo que apenas se notase. Un trabajo lento en el que un soldado tenía que desaparecer un buen rato.

–¿Sabrás coserlo tú? –preguntó ella, con un fuerte acento flamenco.

–¡Qué! ¿Olvidas que soy zapatero?

Después vendría lo más difícil, sacar al caballo de la zona militarizada, conseguir un pase para burlar a la policía militar y largarse lo más rápido posible antes de que alguien pudiese echarla de menos, en especial el maldito sargento Berlepsch. Virginia sabía muy bien que no hay mejor tejido que la paciencia, esperar al momento adecuado y dejarse vestir. Lo que nunca llegó a sospechar era lo mal que lo iba a pasar dentro de la bestia. No solo era la falta de oxígeno o espacio, desde el principio cada vez que tomaba aire el olor le daba nauseas. Pero la necesidad le hizo resistir, encontrar un estado parecido al sueño y continuar.

No obstante, ambos compinches tenían un plan distinto. Mientras ella creía que se iba a marchar sola sin más explicaciones, el joven Król tenía pensado seguirla, acompañarla por aquel casi imposible periplo de recorrer toda Alemania hasta alcanzar Bélgica. Ambas ideas eran una locura, más aún en invierno donde tendrían que estar ocultándose en las granjas para buscar cobijo y comida. Con todo helado y sus huellas delatoras en la nieve aguardando una nueva nevada para poder marchar.

En un momento dado Ulrich tuvo que detenerse, no podía más. Seguía aquel camino, solo reconocible por unas casi invisibles rodadas, que se volvía cuesta arriba y a veces resbalaba hacia afuera como si su propósito fuese sacarlos de aquella aventura. Al fin llegó a un sitio en donde corría tanto peligro de deslizamiento que decidió dejarlo. Basculó con suavidad el carro y el cadáver se movió un poco. El soldado tiró de las patas traseras hasta que la vena de su cuello pareció convertirse en un músculo más. Poco después con su cuchillo de la bayoneta y con sumo cuidado comenzó a descoser al caballo. Tenía la necesidad de verla de saber que estaba bien, por lo que no podía dejarse llevar por la precipitación y hacerle un corte. Nada más descubrir el vientre vio las botas de la joven y tiró de ella con prisa y sin cuidado. Oyó una leve queja, había un intenso olor acompañado del vaho que despedía, abrió los ojos y le miró. Había una sucia sonrisa en su pequeña cara. Ambos estaban viendo lo querían.

–Bueno, hemos hecho lo más difícil ahora queda atravesar el país, lo cual es...

–Sí –dijo ella.

En aquel instante oyeron algo que a Król le era muy familiar, era el cerrojo de un Gewehr 98, el rifle de infantería con el que él mismo había destacado en la lucha. Se volvió y para decepción vio a un soldado que le apuntaba, otro, con el fusil mirando al suelo les observaba.

–¿Qué haces muchacho? –dijo el recién ascendido a sargento Rudolf Goldschmidt.

Ulrich sintió ganas de echarse a llorar. A su lado Virginia se incorporaba tambaleante como un polluelo que echa a andar por primera vez.

–¿Sabes cuál es la pena por desertar? –preguntó Rudolf obviando la respuesta.

El joven Król miró a ella y asintió.

–Creo que merece la pena.

Entonces el sargento lo entendió todo, había sospechado que Virginia se quería fugar. Lo supo desde el primer día que la vio, incluso cuando la veía hablar con alguna enfermera sospechaba que no había interés en mantener ninguna amistad con nadie. Llevaba la palabra fuga escrita en la frente, por ello, sabía que un día u otro traería problemas. De hecho le resultó llamativo que dejasen hueco a un caballo e incineraran sus vísceras. Por todo el cuartel se comentaba que había un caballo que no aprovecharían los prisioneros rusos para devorarlo. Hacía tiempo que veía sonreír a la veterinaria, pero solo a una persona, al soldado de intendencia Ulrich. Sabía muy bien que lo estaba utilizando. Podía oler a ese tipo de personas, las había soportado toda la vida. El muchacho no era más que una herramienta en sus manos, más tarde o más temprano lo dejaría tirado. No era por sexo por lo que él la seguía, sino por amor. Suerte que les tenía vigilados y, aunque aquella tarde se le habían despistado y apunto habían estado de darle esquinazo, al fin les había encontrado justo en donde debía.

–Eres un iluso, vamos recapacita y vuelve al cuartel.

–¿Para qué, para que me fusilen? Prefiero caer aquí –dijo amenazando con su cuchillo.

–Si me presentas batalla te atravesaré de un balazo y puedes jurar que ella también caerá. No le tengo ningún aprecio, te ha embaucado como a un tonto.

Król la miró y se le quedó cara de tonto al comprobar que Virginia bajaba la mirada. A veces entendía muy bien el alemán, otras se hacía la ignorante. La realidad siempre se había mostrado frente de él, pero no había querido admitirla, se negaba, aún en aquellas circunstancias, a reconocerla.

–¿Me quieres? –le preguntó en voz baja, sin embargo, ella no contestó–. ¿Me quieres? –le volvió a decir.

–No, lo siento.

El joven se sintió perdido, pensó durante un instante que quizá le engañaba para salvar de algún modo su vida. Aunque lo cierto es que no le importaba lo más mínimo.

–¡Moriré como un imbécil, qué más da ir al cuartel! –estaba tan desolado que no trataba de negociar.

–¡Escucha muchacho, si nos vamos te harán un consejo de guerra, no me queda otra que dar parte de este hecho porque todos juntos tendremos que entrar en el cuartel! ¡Pero podemos hacerlo de otro modo!

–¡Déjanos marchar! –le gritó sin convicción.

–Eres un insensato, muchacho. No sobreviviríais al invierno, no obtendréis ni refugio ni ayuda –le decía al tiempo que avanzaba hacia él–. Si te acercas a una granja los perros ladrarán, si te acercas a una ciudad te pedirán la documentación. Es invierno y no hay comida en los campos. Solo milicia. Esta aventura estaba condenada desde un principio. Tengo que entregarte, no puedo hacer otra cosa.

–Me fusilarán…

–Intentaré mediar.

–¡Qué mediar!, me fusilarán sin más, no les temblará el pulso. Lo necesitan, cada cierto tiempo tienen que mantener a la tropa asustada.

–No olvidaré que nos salvaste aquel día cuando los rusos trataban de flanquearnos, estoy en deuda contigo, además te tengo aprecio. Si vamos a la zona militarizada caerá sobre ti el sargento Berlepsch y pedirá tu cabeza. Pero yo diré que lo único que querías era tener una cita... "inadecuada" con una señorita. Al fin y al cabo es lo que hacen todos, solo que esta vez ha sido con ella, y ella trabaja para el ejército y el ejército es responsable de su seguridad. Tendréis que poneros de acuerdo para que coincidan ambas versiones.

–¡No voy a empañar su honor! –protestó Ulrich.

–¡Tú, muchacho, harás lo que yo te diga y esta señorita hará lo propio, porque te lo debe!

–Estoy de acuerdo –consintió Virginia.

–¡El honor no os mantendrá con vida!

Ulrich miraba a Rudolf, al soldado que venía con él y a Virginia. No sabía qué demonios tenía que decir, lo único que sentía eran ganas de llorar. Había estado muy cerca de irse con ella, aunque fuese solo una ilusión. Ya todo daba igual, la impotencia se tragaba sus tripas. Abatido agachó la mirada, estaba vencido, vencido del todo a punto de llorar cuando Virginia le tomó la mano, regalándole su calor como cien hogueras en donde ardiesen cien condenados. Entonces Rudolf lo vio muy claro: Virginia era de esas personas que quieren provocando dolor como la caries ama al diente.

La gente se apiñaba a la puerta de la tienda de ultramarinos del señor Mockford. La señora Weiss, indignada, llamaba traidor al tendero y sus hijos, de permiso por la muerte de su padre, Bartholomäus Weiss, la escoltaban apoyándole.

–¿Qué no hay comida? Nos la ocultas, la tienes escondida. Quieres matarnos de hambre a todos porque somos alemanes y tú eres un miserable inglés.

–¡Pero señora Weiss! ¿Cómo puede decir usted algo así? Me conoce de toda la vida.

–Sí, desgraciado, te conozco, conozco lo miserable que eres, igual que tu padre y tu madre...

–Óigame usted, deje a mis difuntos padres tranquilos o le prohibiré entrar en mi casa.

–¿Qué me vas a prohibir tú? Entraremos a saquearte porque nos estás robando.

Alexander y Gotthold miraron a su alrededor, los vecinos hambrientos esperaban que alguien fuese el primero en destapar los misterios que albergaba el señor Mockford en su bodega. Todo sería cuestión de comenzar y no detenerse, había tanta desesperación que nadie se quedaría atrás en el saqueo. Con toda probabilidad alguien le devolvería algo de lo robado con la intención de demostrar que aquello que hizo fue con el propósito de salvarlo del expolio. Pero en aquel instante todo daba igual, la conciencia, gracias a la carestía, tenía suficiente argamasa para tapar cualquier agujero. El hambre lo perdona todo. En un pueblo tan pequeño la policía no podía andar lejos, el señor Mockford lo buscaba entre la gente, aunque se demoraba todo lo que podía ya que también tenía esperanzas en tomar algo del botín. En cuanto llegó Imre Bartram, dio una voz y con un tono sosegado preguntó qué estaba ocurriendo allí. Fue la señora Weiss la que contestó.

–Este miserable traidor nos guarda la comida para que nos muramos de hambre. Hay que fusilarlo.

–¡Vamos a ver señora Weiss, si todo el país pasa hambre a causa de la guerra!

–¡Eso es cierto! –dijo una vocecilla al fondo.

Todos la miraron, montada en su bicicleta estaba la esposa del cartero. A su marido se lo habían llevado a la milicia y tenía que sustituirle. Tenía que visitar todas las aldeas de Grünensteinen a diario y sabía mejor que nadie que la penuria era común en todo el Pequeño Ducado y en Alemania entera. Las autoridades siempre moderaban el discurso cuando se referían a la hambruna, decían "escasez" y carestía. Habían ordenado matar los cerdos para que no consumieran patatas y con la fécula de estas elaboraban pan. La gente del campo se las apañaba para exprimir los recursos de la tierra: pescaban en los ríos y arroyos, cazaban algunas piezas menores, conocían algunas setas y tubérculos comestibles o hacían sopas aderezadas con hierbas aromáticas. Sin embargo, aquello no paliaba la situación y gracias a la señora Weiss, los vecinos se unieron en su descontento.

–¡Tenemos derecho a comer! ¡Mis hijos han venido al funeral de su padre! ¡Los otros dos ya se los entregué al Káiser! ¡Tienen todo el derecho a cenar con su madre como Dios manda, antes de que tengan que regresar al frente! –protestó Esther Weiss.

En aquel momento se incorporaba a la muchedumbre el párroco del pueblo. El padre Josef se hacía acompañar por un chico con síndrome de Down llamado Lukas quien siempre iba tocando una campanita. Josef era un cura católico rodeado de iglesias protestantes lo que le hacía tener la manga más ancha que nadie, tenía que lograr que la palabra de Dios coincidiese casi con exactitud con los deseos del gentío. El padre fue avanzando entre los congregados precedido de Lukas, una vez se abrió paso se quedó mirando a todos a la cara. Ni siquiera Esther podía mantenerle la mirada.

–A ver, que alguien me explique qué sucede aquí –todos callaban–. Escucho vuestro silencio, veo vuestros ojos culpables. Dios me habla a diario y me llora calamidades. Pero si su Hijo lo soportó por qué no habremos de soportarlas los mortales. ¡Gotthold Weiss! Explícame tú qué sucede aquí.

El muchacho dudó, era el más tímido de los Weiss, intentó buscar algo de ayuda en la cara de su madre, pero Esther miraba a otro lado. Alexander le ofreció su protección contestando él ya que era el primogénito y se sentía responsable.

–¡Padre! Tenemos hambre, hemos venido a ver a nuestra madre y a honrar el funeral de mi padre, ni siquiera hemos podido hacer un banquete funerario. No hemos podido despedirle como Dios manda. Tan solo queremos tener una cena, una buena cena antes de que acabe nuestro permiso. Tal vez nunca volvamos, ya hemos visto caer a dos de nuestros hermanos.

–¿Qué nuevos sacrificios me requiere la Patria? –dijo Esther.

–¡Los que fueran menester! –respondió el padre Josef–. Acaso sus hijos no están entre los santos, acaso Nuestro Señor no los ha acogido, yo mismo los bendije y perdone sus pecados. ¡Cinco! Han sido las misas que he dado por su alma. Aún así – titubeó– tenéis razón, un valiente lo es aún más con las tripas llenas.

–Padre, yo no me niego a darles comida, algo tengo, pero mire a todo el pueblo… si les dejo se apoderarán de todo por cuanto luché en mi vida – suplicó John Mockford – además, qué será de mi hermana. Ella también sufre…

–¡Mira las caras de este, tu pueblo Señor! –gritó iracundo el padre Josef–. No es este un pueblo piadoso, no veo en él la codicia, ni la gula, ni la envidia. Tan solo el hambre y el sufrimiento. Todos han hecho grandes sacrificios y otros que solo Tú conoces y que están por venir. Veo desolación, calamidades, veo que este día tan aciago no conoce fin. Las pruebas a las que nos sometes no están en la comprensión de los hombres y, sin embargo, somos tus ovejas. Mándanos y obedeceremos, grítanos e hincaremos la rodilla en el suelo. Si soplas quedaremos desnudos y aún así te seguiremos adorando Señor, porque somos tu pueblo. ¡John Mockford, tu codicia no conoce fin, ni está en la comprensión de los hombres, mira a este, tu pueblo hambriento, mira a las madres que ya nunca verán a sus hijos y que ni siquiera tienen donde enterrarlos! Míralos a los ojos, ahí dentro en tu almacén está el visado que ha de llevarte a la vida eterna. Si compartes tus existencias podrás mirar al Señor a la cara…

–¡Fuego! –se oyó decir y todos volvieron la cara hacia una casa en la otra punta del pueblo.

La columna de humo aún no era muy espesa, aunque poco a poco fue cogiendo dimensión, por suerte la vivienda estaba abandonada. Era del viejo Otto, que murió no hacía mucho, sus herederos, los sobrinos, se habían marchado a Gutenweizen a trabajar en su fábrica de pinturas. En aquellos días estaba alquilada a la familia Król para guardar allí los pedidos de botas que tenían completos.

En las afueras del pueblo en una habitación poco iluminada y con la ventana cerrada, la pequeña Erika luchaba contra unas fiebres que la debilitaban y la hacían delirar y hablar en una lengua incomprensible. Según su madre aquel debía ser un idioma antiguo, según el doctor Bachmann era incognoscible porque era un intento de alemán. Si sonaba gutural era debido a que la lengua apenas tenía movilidad, lo cual indicaba el alto grado de debilidad que tenía la chiquilla. Después de aquellas fiebres llegó lo peor, sus mejillas estaban siempre rojas y las uñas se le cayeron así como el pelo, los pies y las manos se le hincharon y la pies sufría descamación. Además solía olvidar cosas. Había algo en la enfermedad que presagiaba lo peor. Vincent era bastante pesimista y movía la cabeza negando. Erika llevaba una semana de aquel modo, sus males comenzaron un día al regresar de la escuela. Según el maestro Fremont había estado rara todo el día y ni siquiera había querido jugar con los demás. Desde entonces no había hecho más que empeorar, los remedios caseros y las plegarias a los santos no habían servido de nada. El médico acudió a la tercera llamada, llegó desde Gutenweizen en bicicleta y parecía molesto, hasta que vio a Erika. Lo único que pudo recetarle fue un analgésico, le recomendó que no le diese el aire y permanecer acostada. Que le procurasen todo el calor que pudiesen y que le diesen una dieta a base de sopas calientes. Nada más podía hacer, dijo a modo de despedida.

En aquel instante llegó María dando voces, había fuego en el pueblo: ardía la casa de Otto el viejo de los pajaritos. Los vecinos comenzaban a buscar palas para tirar nieve al fuego. Un anciano, el viejo Rudolf Sinmuelas, se subió a su tejado y desde allí trataba de evitar que las llamas lamieran su hogar. Lo único que consiguió fue caerse y quebrarse una pierna. Unas mujeres achicaban agua en el abrevadero de la fuente de las Tres Cabezas, hicieron una cadena de cubos y se los pasaban de mano en mano, al final el padre Josef se los volcaba lo más alto que podía. El joven Gotthold Weiss de varias patadas echó la puerta abajo e intentó entrar, era imposible. Todo fue en vano, el techo se vino abajo y por unos segundos el mismo ímpetu que había hecho desmoronarse la vivienda permitió que las llamas perdieran fuerza y las paladas de nieve le hicieran renunciar a invadir los hogares colindantes. Por suerte no había víctimas, pero aquel destrozo había acabado con todo lo que había dentro. No tardaron en extinguir hasta la última brasa. Tiznado y exhausto apareció Frankz Król, en su rostro se dibujaba el oscuro trazo de la desesperación. Tenía allí guardado el fruto de varios meses, esperaba darles aquel dinero a sus hijos para que no careciesen de cualquier cosa en el frente. Martha lloraba a su lado, era inconsolable y por más que quisieron llevársela de allí no pudieron. La mujer sabía que el cuero era resistente al fuego y quería encontrar piezas que se hubiesen salvado, quizá de dos pares harían uno y de ser así aún tendrían para pagar los sueldos de las trabajadoras. Lo peor fue cuando llegó Vincent, entonces nadie pudo evitar la pelea. El granjero llegó con toda la intención de ayudar, aunque para Frankz era distinto, creyó que lo único que quería era ver el fruto de su venganza pues para todos fue Król el que degolló los gansos de Lenz. Hubo voces y cundió el desconcierto, tuvo que intervenir hasta el alcalde.

Suerte que Otta no se enteraba de nada, se había quedado a lado de Erika y aprovechó que tenía un momento de intimidad para poder leer las cartas que la cartera le había dejado. Una de ellas era de Paul, por lo que la tomó casi con ansiedad y casi la tenía que esconder ya que sospechaba que sus padres se las ocultaban. La otra era de Fremont que se hallaba en Bremen porque a su padre le había dado un ictus cerebral. Para desesperación de la joven el sobre de Paul no tenía dirección en el remite. Aquella letra le pareció extraña, estaba segura de que no era la misma, sin embargo, parecía la de él. Le hablaba de la soledad del frente, del estado pésimo en el que se encontraba y que en ocasiones tenía que recurrir a las mujeres de la vida para darse una alegría. Además tenía planes para cuando terminase la guerra: buscaría trabajo en algún circo, tal vez y con suerte en el gran circo Barnum. Aquella misiva tenía algo engañoso, pensó que él ya no era él, o quizá alguien le estaba tomando el pelo. Había oído que la guerra cambiaba a la gente, que las volvía como se vuelve un calcetín, aunque aquello era demasiado. Sintió deseos de romper aquel aciago papel y lo hizo añicos, con ira y llanto. No podía haber cambiado tanto, Paul no. Paul siempre estuvo por encima de las circunstancias, era capaz de zafarse de la realidad a su antojo, si le amaba era por su cualidad para ser distinto a los demás. Entonces casi sin proponérselo se tocó en el bolsillo y sacó el mensaje de Fremont. Por suerte, este no tenía nada que ver. Eran unas letras alegres en las que realzaba su belleza y le dedicaba incluso una pequeña poesía. Fremont estaba enamorado de verdad y siempre que podía y estaban unos segundos a solas le decía cosas que nadie se atrevería a decirle: Que desearía acariciar su cuello con sus labios o que sus pechos que ahora cantaban en sus ojos algún día bailarían en su boca. No sabía muy bien si quería decir con eso lo que imaginaba ya que lo suponía demasiado respetuoso como para tal atrevimiento, aunque si desde luego era justo lo que ella entendía el hecho no la llegaba a incomodar sino que más bien la excitaba. A veces lo sorprendía abrasándola con la mirada y Otta no sabía dónde poner sus ojos, se azoraba y ponía cara de disgusto, sin embargo, aquel suave acoso le resultaba placentero. El maestro podía tener a cualquier muchacha del pueblo de hecho, Ute Holstein lo devoraba con sus ojos y su sonrisa, pero Fremont la prefería solo a ella. Pensaba que en Bremen podía haber tenido muchas y haber concertado buenos matrimonios porque su familia era de las más pudientes, no obstante y de manera incomprensible la había escogido. Era como un milagro, un milagro que rechazaba una y otra vez. Lo despreciaba y solo tenía palabras de desagrado con él, era una desagradecida, una desdichada mujer que estaba enamorada de un chalado en medio de una guerra que no tenía fin. Y que dejaba escapar una y otra vez la felicidad. No podía seguir negándose, tenía que pensar no solo en su futuro, sino también en el de sus hijos.

Mientras tanto, su padre y Frankz Król se daban tortas y puñetazos con la torpeza que da el nerviosismo. Más allá y ajeno al escándalo Alexander Weiss le había roto la nariz a John Mockford, quien aún se encontraba en el suelo sin intentar recuperarse, incapaz de evitar el expolio al que el joven sometía a su pobre almacén. La propia hermana de John observaba la escena conteniendo la respiración. Pero para Alexander aquello no era sino un acto de Justicia Divina, Dios con nosotros, se decía, lo había insinuado el padre Josef. Nada reconforta tanto como acostarse con el estómago lleno y la conciencia dormida a la sombra de Dios.

La mansión Kast se cubría de neblina. En el despacho contiguo a la biblioteca el director general, el señor Günter Schumacher, mantenía una reunión con Fremont Kast. El viejo Frankz padecía un ictus cerebral que le mantenía en la cama y le obligaba a delegar las obligaciones del negocio en manos de su director general y de su hijo. El joven se mostraba muy animado, por fin se sentía poderoso. Günter además de ser la mano derecha de Frankz era también como un tío para sus hijos. Durante años había sido el cerebro de la compañía, capaz de adelantarse a los movimientos del mercado, capaz de predecir las tendencias del capital, capaz de adivinar la intención de la competencia. A principios de siglo se dio cuenta de que la probabilidad de una guerra era cada vez más grande y las posibilidades de negocio. Sin embargo, Günter nunca jugaba con su dinero, dejaba esa valentía para Kast y este en todo momento supo corresponder a su instinto. Siempre se mostró afable, era una persona cordial, tranquila y muy inteligente. Cualquiera que hablase con él sabría que estaba ante un hombre de gran talento. Aquella media sonrisa denotaba confianza en sí mismo. Si algo deslucía su imagen era el quiste de grasa en el pómulo izquierdo de la cara y un incisivo cariado. Por lo demás solía vestir de etiqueta y llevar sombrero de copa, aunque, había renunciado a su atuendo en cuanto el conflicto se había alargado. Porque sabía adaptarse a la situación, del mismo modo que ahora miraba a los ojos a Fremont, sereno, sin poderse creer lo que oía; el joven quería hacerse con el timón de la compañía.

—El cambio no será brusco, sino poco a poco. Espero poder trasladarme a Bremen en breve. En cuanto a usted… no tema. Seguirá en su puesto, con las mismas condiciones que tenía con mi padre.

—Señor Kast, esta decisión que usted toma tiene que ser ratificada por el consejo de administración y, además, su padre aún…, en fin, aún está… consciente y puede dirigir. No sé si esta decisión, será…, en fin, un poco precipitada.

—Tal vez, mi buen Günter. Pero usted y yo sabemos que no volverá a trabajar. En cuanto al consejo de administración…, somos los socios mayoritarios, la Kast Gesellschaft nos pertenece. Es de mi familia, y yo, soy su hijo varón. Y aquí, con buen criterio, las decisiones importantes siempre han estado en su mano.

—Su hermana puede disentir.

—¿Mi hermana? No tiene voz. Está casada con un "noble", un maldito junker que nunca llegará a nada. Es tan necio para los negocios como una cabra para leer el periódico.

Günter comenzó a tamborilear con los dedos de la mano izquierda en la mesa. Doris Kast era su favorita, se había criado con sus hijas y la tenía por una más. Sabía que Doris amaba a su guerrero prusiano y dispuso que en el futuro la división militar de la compañía pasase a sus manos. Siempre recomendó a Frankz que así se hiciese, cada cual debía disponer de una parte del negocio, menos Fremont que había renunciado para ser maestro, bastaría con una asignación mensual. Sin embargo, al parecer había cambiado todo. No había problema, desde que murió Frankz hijo, había un hueco, además el primogénito nunca tuvo la inteligencia como para poder comandar una empresa tan grande. Fremont era distinto, era despierto, callado y decidido. Jamás comenzaba algo sin llevarlo hasta el final y eso siempre le gustó a Günter, no obstante, le disgustaba este cambio tan radical. Le hubiese sometido a preguntas una y otra vez, ya que quería medir su fortaleza. Si lo hacía ahora no era precisamente por ese motivo sino por otros que lastraba desde hacía un tiempo.

—He sabido que su padre le cede un dispendio todos los meses.

—En dinero y en material —confirmó Fremont echándose atrás en su sillón.

—Exacto.

—¿Y?

—Hay algo en lo que pueda ayudarle.

—Desde luego, ese dispendio se ha de seguir manteniendo.

—Creí que le dijo al señor Frankz, hace ya tiempo…, en fin, que usted podía mantenerse con su asignación como maestro.

—Cuestiones familiares, orgullo y eso. En realidad soy capaz de hacerlo, pero actualmente tengo más preocupaciones y el coste de la vida ha subido. Con respecto a mi cuñado. Quiero que lo mande a un sitio con mucha… actividad.

Günter se removió en su silla, fue como un martillazo en los dedos.

—Señor Kast, me está insinuando que…

–Eso mismo. Mi hermana no necesita a un necio malcriado. Pertenece a una familia con un abolengo tan podrido que llevaría a la compañía a la quiebra. Si toma las riendas de alguna división querrá gobernar sobre todos igual que lo hace con un pelotón. No tardaría en gastar el dinero en fiestas y prostitutas de lujo. Se casó con mi hermana por interés, no lo olvidemos.

–¿Cómo sabe usted eso? Peor, ¿cómo se atreve a afirmarlo?

–Lo sé, créame. Además, siempre lo he visto como a un engreído. Nos mira por encima del hombro, incluso solía criticar a mi hermano, decía que no tenía ningún aire marcial. Además mi buen Günter para qué nos vamos a engañar, en el fondo usted también lo sabe.

–De todos modos tiene razón, su hermano no estaba a la altura de su cargo. Todos lo sabíamos.

–¿Y él sí? Vamos Günter, no me haga reír. Es un necio, recuerdo que me hablaba como si yo fuese un retrasado. No es capaz de diferenciar la cojera de una deficiencia mental. Mi hermana no lo merece. Es una ingenua.

Günter disentía, pero se guardaba sus sentimientos. No obstante trató de zafarse el problema.

–¿Y cómo cree "el señor" que podré interferir en las cuestiones militares y mandarlo a ese sitio?

–Burocracia. ¡Ah! Vamos, no se haga el tonto. Ya lo sabe. Lo está haciendo, ya lo ha hecho con los hermanos Król. Los burócratas se dejan sobornar y usted…tiene muchos amigos. O mejor muchos contactos. Tenemos amigos porque tenemos dinero y dinero porque tenemos amigos. Es así de sencillo, ¡ah! Vamos evite que me haga el sarcástico.

–No, no lo haré. Una cosa es hacer eso a gente que no conozco y otra al marido de Doris…

–Lo hará.

–Me niego, si es necesario esperaré a que su padre esté bien de salud y pueda tomar decisiones… no pienso llevar muertos en mi conciencia.

Fremont comenzó a negar con la cabeza, se incorporó y tamborileó con los dedos, miraba divertido a Günter el cual se azoraba por momentos.

–Günter, usted hará lo que yo le diga. No le queda más remedio, tiene que hacer lo que yo le diga porque resulta que sé cosas sobre usted.

–¿Cómo?

–Uno de esos "dispendios" era para pagar a un detective, quería saber si usted es ese ser incorruptible del que teníamos la imagen formada. La verdad, he confirmado mis sospechas. No es ese hombre cercano a mi familia, archiamigo de mi padre. No señor, he descubierto secretos, "dispendios" que salen de la Kast Gesellschaft para engordar cuentas en Suiza. Marcos convertidos en oro. Lo único que puede mantener su cotización después de una guerra. ¿No le gusta arriesgar, verdad? ¿Sabe? Tal y como venía hacia aquí vi a presos con palas construyendo el ferrocarril que unirá el Pequeño Ducado de Grünesteinen con toda Alemania. Con sinceridad, no le veo allí, creo que usted hará lo que tiene que hacer. Es un hombre inteligente y, además, mi padre está convaleciente y no hay que darle disgustos.

–¿Crees que se alegrará de la muerte de su yerno? –dijo Günter con voz ronca y afectado.

–Será lo mejor para la familia… a la larga. Él lo sabe.

Günter ya no era Günter, estaba desarmado al igual que un tiburón sin dientes. Como un juguete estropeado permanecía en su silla quieto, tirado. Sentía un dolor en el pecho y un sudor frío que le daba mareos. Intentaba recomponerse, demostrar que estaba a la altura de su competidor, sin embargo, era tarde. Fremont le tenía, estaba tan atrapado como una mosca en un tarro.

–También tengo en esta carta un conjunto de peticiones. Me llevaré el coche, el Mercedes Simplex –dijo como para sus adentros–. Me han requerido el caballo y no puedo retenerlo más. Por más que alego que soy un impedido no basta. Me imagino el escándalo que armará un vehículo así en tan pequeño pueblo.

Mientras Fremont se imaginaba una entrada triunfal en Faustaugen rodeado de niños y tocando la bocina. Günter pensaba en las consecuencias de lo que tenía que hacer. Un muerto a su cargo era más de lo que podía aguantar, porque todo es perdonable, menos lo que tu propia conciencia no te permite soportar.

El estruendo producido por el fuego de un millón de proyectiles en un frente de apenas cuarenta kilómetros, heló el corazón de Francia. No obstante, aquello no intimidó al valiente teniente coronel francés Émile Driant quien parapetado en el bosque de Caures y comandando dos batallones de cazadores lograron ralentizar a los alemanes. Driant moriría pero su sacrificio sirvió de ejemplo para sus compatriotas quienes defenderían Verdún al grito de "No pasarán".

Habían oído que formarían parte de una ofensiva que iba a destruir, de una vez por todas, la resistencia francesa. Necesitaban parte de la intendencia que habían utilizado en la ofensiva en el Frente Oriental por lo que a Geert lo destinaron a Verdún. Había que mover grandes piezas de artillería, pronto el infierno se instalaría en aquel pedazo de Francia. Los fortines que con torpeza defendían aquella zona caerían ante el fuego alemán. El plan de Jefe del Estado Mayor, Erichh von Falkenhayn, era desangrar a Francia por aquel sector. Por lo que emplearía las fuerzas que hiciese falta para conseguir su objetivo. Algo que Falkenhayn no llegó a entender era que los aliados se habían preparado para aquel año, la guerra había cambiado y la falta de proyectiles ya no iba a ser obstáculo para lanzar grandes embestidas.

Ordenaron posicionar los cañones y los artilleros comenzaron con sus cálculos, el objetivo era un pueblo llamado Haumont. Geert se sintió desprotegido, era la primera vez que veía a la artillería tan despreocupada. La sensación era engañosa ya que el Imperio Alemán jamás dejaba a sus cañones sin su correspondiente infantería mucho más adelantada. En el otro lado los franceses les habían visto y, como un hormiguero pisoteado, se formó un gran revuelo, los mandos daban voces e intentaban montar una contraofensiva que al menos contuviese a los alemanes. Pero era tarde, una lluvia de acero ardiente caía sobre el pueblo.

Geert tuvo que cargar una inmensa bombona, había varias para bajar de un camión. Aquellos depósitos estaban cargados de algo inflamable, el muchacho miraba aquello con ojos de simio, estaba seguro de que era una nueva arma.

—Es un lanzallamas —le dijo un tipo con una quemadura en la cara—, lo llevamos bomberos.

–¿Y para qué sirve?

–Pues lanza una llamarada y chamusca a los soldados franceses, estoy ansioso por ver qué arde mejor un "schangel" o un "tommy". Debe ser como un montón de estiércol humeante.

–¿Y por qué lo lleváis bomberos?

–Porque somos especialistas en fuego. Estoy ansioso por entrar en combate – rugió el soldado al tiempo que apuraba un vaso con licor–, este arma cambiará la guerra, limpiaremos las trincheras de cucarachas.

Era de mañana cuando los franceses se lanzaron al asalto para detener aquella lluvia de acero. Pronto se dieron de bruces contra la primera línea alemana, que estaba muy preparada para una contraofensiva. Los valientes "poilus" caían ante la cortina de balas que abrían las ametralladoras teutonas, era imposible avanzar y también retroceder ya que a sus espaldas la artillería hacía añicos el pueblo. Geert veía parte de la escena desde la lejanía, temblaba de miedo, a pesar de su envergadura no se veía disparando un arma contra un semejante. La división de choque del general von Zwehl detuvo a los hombres del teniente Derome, a quien no le quedó otra opción que rendirse, sin embargo, con su resistencia hizo que los alemanes se moviesen con cautela y, quizá por ello, no fueron más numerosas las bajas sufridas cuando la infantería horas más tarde entraran en Haumont. Desde las ruinas de la aldea varias ametralladoras francesas se cobraban la venganza por sus compañeros caídos. Por lo que hubo que volver a bombardear el pueblo. A las tres de la tarde solo quedaban quinientos soldados los franceses para defender Haumont y la mayor parte de los oficiales había perecido o estaban heridos. Poco después los alemanes avanzaron por tres lados: norte, noroeste y este, de este modo podían lanzar el golpe definitivo. Los soldados alemanes de avanzada seguían cayendo víctimas de las ametralladoras francesas que se encontraban emplazadas en las bodegas de lo que hacía poco eran las casas de los vecinos de la aldea. Entonces entraron en juego los lanzallamas, flammenwerfers, con sus chorros de líquido inflamable y fuego pegadizo. Los franceses no podían imaginar lo que se les venía encima. Los gritos de los últimos resistentes se podían oír hasta en el bosque de Haumont. La infantería había tomado el pueblo, era hora del expolio y este no era más que las pequeñas bodegas que los lugareños guardaban con celo. Aquel coñac y el olor a sangre con pólvora embrutecía a los hombres.

Desde allí había que tomar las nuevas posiciones, seguir avanzando poco a poco, hacer creer al enemigo que se iba a tomar la ciudad de Verdún para que cayesen en la trampa de defender aquel sector y agotar la capacidad ofensiva de Francia. El capitán Müller, extenuado, miraba a sus hombres sin participar en las estibas. Ordenaba sin más, se le veía debilitado, su espíritu estaba tan aporreado como las humeantes ruinas de Haumont. Solo tenía olfato para la carne chamuscada, por lo que se cubría la nariz con un trapo. Hacía algún tiempo que se le veía taciturno y, aunque continuaba con su trabajo, envejecía casi a diario. Aún en aquel estado de suma excitación cuando muchos afianzaban posiciones y otros despojaban a la aldea de sus últimas pertenencias, él parecía en otro lugar. Se marchó a ver a los prisioneros, quería asegurarse de que se encontraban bien; si algo no soportaba era la crueldad con el enemigo. Los encontró abatidos, desmoralizados del todo sentados en el suelo y vigilados por unos tipos con cara de satisfacción. Un soldado les tiraba unas cantimploras con agua. Había también un herido que se retorcía de dolor mientras varios de sus camaradas le rodeaban. El capitán entró donde estaban ellos y lo vio retorcerse. Miró a su alrededor y encontró a Geert atareado.

–¡Geert, deja lo que quiera que estés haciendo y busca una camilla, hay que llevar este hombre al hospital de sangre!

Los franceses hablaron entre ellos, alguno había entendido la orden y algunos asintieron con la cabeza en señal de agradecimiento. Müller lo hacía porque sufría con las personas, ni siquiera pensaba en ser un caballero o hacer lo adecuado con otro interés más elevado. Siempre seguía la moral de Kant la cual había estudiado cuando estaba en el instituto: "Obra de tal manera que trates a los demás como un fin y no como medio para lograr tus objetivos", lo que para él significaba que había que hacer el bien por el bien sin esperar ningún tipo de recompensa. Además el hecho de ayudar le reconfortaba, le hacía evadirse de aquella pesadilla en la que se veía inmerso y que no había hecho más que comenzar.

–¡Herr capitán, tenemos muchos heridos de los nuestros! –se quejó alguien.

Aunque Götz Müller no le hizo caso. Geert y otro muchacho llegaron con la angarilla, sin cuidado montaron al francés y se marcharon para el improvisado hospital de sangre. El propio capitán se encargó de acompañarlos y se ocupó de que le diesen una cama. Algunos soldados los miraban extrañados. El pobre hombre no dejaba de retorcerse, entendieron que le ardían las entrañas y también hablaba de sus hijos, pero no sabían qué. Al cabo de un rato le atendió un médico, hizo una negación con la cabeza y le aplicó morfina. Müller lo devolvió a sus camaradas, como pudo explicó que no había esperanza y que era mejor que se pudiese despedir de este mundo con sus compañeros. Le veía sujetándose las tripas y llorando, le decía a los suyos que no quería morir que aún le quedaba mucho por hacer en esta vida. El capitán no podía ver más aquella escena y se retiró.

Geert llegó presuroso para darle un mensaje a su oficial: le requerían para dirigir. Llegaban como podían suministros de munición y tenían que buscar un emplazamiento para un improvisado polvorín. Müller salió de su ensimismamiento e hizo lo que de él se esperaba. Así continuó en los días que siguieron, jornadas inagotables en las que las fuerzas alemanas avanzaban lentas aunque seguras, conquistando el fuerte de Douaumont, el "inexpugnable" según el alto mando francés. Gracias al sargento Kunze que accedió al interior formando una torreta humana y penetrando por una tronera de los cañones. Tomó prisioneros y abrió la puerta. Había tomado el fuerte sin disparar un solo tiro. Todo un logro para Alemania.

Cierta tarde Müller se sumió en su tristeza habitual, miró al soldado Zweig, el cual sumía toda su tristeza en la añoranza que sentía por su madre. Le veía ir de aquí para allá e importunar a sus camaradas para que le escribiesen una carta. El capitán lo llamó y Geert con un saludo se presentó.

—Yo te escribiré la carta.

—Muchas gracias, muy agradecido herr capitán.

Pasaron a un improvisado barracón hecho con chapas de zinc y lonas de campaña. Y apoyados en cajas de munición vacías comenzaron con la tarea.

—Venga, comienza a dictar.

Geert comenzó dudando.

—Querida madre… o mejor Madre querida, tu hijo que te quiere… tu hijo que te recuerda todos los días te quiere. Tu hijo siempre piensa en ti y te echa de menos. Aquí en la guerra no se está mal, sé que la gente le contará cosas aunque yo estoy mejor aquí que descargando un tren de sacos de azufre, o de cemento o de todas esas cosas que me dejan la espalda en carne viva. Aquí tenemos comida y un catre, y a mí, lo que es a mí los piojos no me molestan demasiado. De vez en cuando hago como me dijiste y remojo mi ropa en agua hirviendo. Además tengo el pelo muy corto... cuando regrese no me iré más de Faustaugen, pienso sembrar patatas en primavera y cazar en invierno. No nos faltará de nada y seré tus ojos, porque me han dicho que ya no ves como antes. Dile a Floy que es muy buena y que estoy agradecido por el cuidado que te tiene. Cuidaré de ti cuando regrese y... – se quedó pensativo.

–¿Algo más?

–No sé. Creo que es todo.

–Muy bien, pues si no hay más. Aquí tienes, dame el sobre y la dirección... oye –dijo Müller haciendo un inciso–, recuerda cuando me hiciste aquella petición, la de ocultar tu muerte a tu madre.

–Sí señor, pero trae mala suerte hablar de eso...

–Olvídalo, aún tengo aquella botella de vino –se giró, revolvió en una mochila y sacó el recipiente–. Verás, lo he estado meditando mucho. Ha sido algo que me ha revuelto la conciencia y me la ha mareado, ¡Dios! Debe haber mucha espuma en mi cerebro.

–¿Cómo?

–Olvídalo, lo que te quiero decir es que lo haré. Mentiré en mi informe, pondré que te fugaste, cualquier cosa. No le daré a tu madre ninguna mala noticia, pero, pero tú harás también algo por mí. Si alguna vez me ves delirar con un disparo en el vientre, cogerás mi pistola y acabarás con mi vida.

–Pero herr capitán, yo no soy capaz de hacerle eso a nadie.

–Pues lo harás por mí...

–No puedo...

–Podrás, y lo harás porque eres... mi amigo.

–No, no podré.

–Tú quieres evitar que tu madre sufra, yo quiero no tener que sufrir. De modo que si alguna vez me ves rogándote que me dispares tú lo harás. Redactaré un documento recogiendo nuestro trato, esto evitará problemas en un posible tribunal militar. Aunque no creo que te haga falta. Me asusta el dolor, más que nada en este mundo, a veces siento ganas de acabar con todo, pero no puedo. Te pediría que me disparases ahora mismo, pero sería injusto... está bien, ¿lo harás?

–Sí, herr capitán Müller.

–Pues brindemos. Lo que el alcohol sella es sagrado, el vino es la sangre del señor ¿no te lo han dicho?

Por primera vez Geert sintió el peso de una responsabilidad, ahora comprendía al capitán Müller. Aquella ofensiva que estaba emprendiendo el ejercito tal vez acabase con la guerra y con ello ni uno ni otro tendría que hacer cumplir lo prometido.

Se aferró a aquella esperanza como el caracol a su concha, como los sueños al futuro, como la metralla a la herida.

Si una cosa odiaba Gerhard Oppenheim del día a día era quedarse sin tabaco. Contrariamente a la petición que le hiciera Louise él seguía fumando. Su estado de nervios cada vez era más desesperado, ya que no se encontraba en paz consigo mismo. Intentaba pensar en su futuro rodeado de tijeras y peines, aunque también de tenazas, punzones, atacadores, gatillos y descarnadores. Si se quedaba en Faustaugen tendría que trabajar con pelos y dientes. De vez en cuando se entretenía jugando a las cartas o mirando lo que trazaba el lápiz su amigo Christian Müller. En esta ocasión, y recurriendo a la memoria, retrataba el esbozo de un camarada dormitando en un hueco de la trinchera, sobre tablones. Su cuaderno estaba plagado de dibujos del frente y de su Faustaugen natal, en una página podía aparecer el cadáver de un muchacho y en la otra el bosque de Sauces, o, un caballo medio descompuesto y otro arando la tierra, un montón de maderas astilladas y detrás la avenida de los Tilos, un soldado en la retirada y en la siguiente página el Abeto Ahorcado.

El Abeto Ahorcado se encontraba más allá del bosque de los Sauces, crecía en un calvero y, quizá por eso, era inmenso. Desde hacía siglos en sus ramas se habían suicidado muchos habitantes de Faustaugen. Según decían los ancianos había tantos muertos como ramas. En aquel sitio solo había silencio y aunque exageraban, se solía decir que ni a los pájaros les gustaba volar por allí. Para Christian aquel lugar ejercía una fascinación mágica que solo podía darle explicación desde la añoranza, esa era la verdad. Extrañaba su tierra, sus lugares mágicos y los lúgubres, aquel modo de nevar tranquilo y pesado. Y sobre todo a Ute, la hija del alcalde.

Gerhard echaba de menos a Louise. No sentía morriña por su tierra ni por su familia a la que amaba y odiaba a partes desiguales. Aunque con Louise todo era diferente sentía un instinto de protección que le envolvía como a un pájaro sus plumas. Tenía ganas de que aquella absurda campaña acabase y poder constatar que la pequeña se encontraba bien. El mundo volvería a ser el que un día fue y la vida seguiría. Nadie recordaría aquellos días como ellos tampoco podían recordar la batalla del Sedán. Sería lo mejor, aquel infierno debía ser borrado de la memoria de los hombres, concluyó. Sin embargo,

Christian no dejaba de dibujar recogiendo para siempre aquel testimonio que seguro que sería visto por personas decenas de años después. Gerhard no tenía aquella noción de la profundidad del tiempo, de haberla tenido en aquel momento hubiese hecho pedazos el cuaderno porque entraba en contradicción con todo lo que en ese momento creía.

Roth Neisser siempre tenía tabaco, no fumaba mucho y solía comerciar con los cigarrillos. Además no tenía reparo en quitárselos a los muertos. Ya no los necesitarían, del mismo modo siempre solía decir que si alguna vez caía podían expoliarle hasta las botas. Su primo Hahn Krakauer, detestaba aquellas prácticas, de hecho pedía a Dios que perdonase a su primo. No quería oír ni hablar de caer tan lejos de casa, además traía mala suerte hablar del tema. Tampoco quería ser un muerto anónimo, quería tener un funeral y que le llevasen flores cada cierto tiempo.

–Solo dices tonterías Hahn –le dijo su primo.

–¿Por qué?

–Qué sabrás tú cuando estés muerto. No sentirás nada, no serás nada.

–¿Y qué sabes tú?

–Un muerto está muerto, no siente, no sufre.

–¿Y qué sabrás tú? ¿Acaso has estado alguna vez muerto?

–No, pero se ve y se observa. Dile al muchacho de Dortmund que se fume un cigarro contigo.

–El muchacho no puede, está muerto, pero seguro que nos estará escuchando.

–Estás tonto Hahn, con qué oreja. Se pudre en uno de esos embudos. Muerto significa para siempre.

–Siempre estará su espíritu, su alma. Los hombres somos algo más que carne y huesos.

–Sí, también somos metralla incrustada.

–Si te escucha Dios terminará castigándote.

–¿Castigándome? Si Dios existe debe estar sordo con los cañones. Si Dios existiese tendría el deber moral de acabar con esta locura.

–¿Por qué? Él no la ha empezado, esta es una cosa… de los hombres. No salvó la vida de su Hijo, ¿Por qué habría de salvar la nuestra?

–Contigo no se puede hablar –dijo Roth–, eres demasiado creyente. Estás condicionado por tus creencias. Yo no creo, ni Gerhard, él tampoco.

—Ese es tu problema, no tienes esperanza.

—¿Qué sabrás tú? Claro que tengo esperanza, cualquier día llegará un alto mando y nos dirá que se acabó la guerra y volveremos al pueblo y todo seguirá como antes. ¿Qué más quieres?

—Mis sueños van más allá de esta vida, nada muere con la muerte, es más bien como un punto y aparte...

—Eres un tarado. ¿De verdad te lo crees? Pues deberías considerar tu derecho al paraíso, porque has hecho cosas despreciables, has matado a semejantes.

—¿Qué podía hacer Roth? ¿Tú también lo has hecho?

—Esto es lo que importa Hahn, despierta, el presente, fumarte un cigarrillo, disfrutar de una cerveza, de un buen sueño. El presente. Lo demás es humo. Lo mismo el pasado que el futuro. Lo que pasó cada vez está más difuso, y lo que está por venir nadie lo sabe, ni hombres ni dioses. Así que confórmate con lo que te está sucediendo que es en realidad lo que tienes.

Se oyeron varias carcajadas, Jan y Gotthold reían las ocurrencias de Hahn y Roth. Alexander sonreía nada más porque la mente le hacía permanecer alejado. Los primos miraron al dúo y sintieron vergüenza. No era la primera vez que se sentían abochornados, Jan cada vez era más insoportable. Desde que ascendió a cabo le encantaba mostrarse cruel con sus subordinados. Sabía muy bien que aquel número hería a Roth y a Hahn, no obstante le daba igual. Para mantener su estatus entre la tropa era necesario mostrarles quien tenía el derecho de intimidarlos de cualquier modo. Aquel pensamiento quizá fuese una prolongación de las actitudes de los altos mandos, siempre despreciando el valor del soldado y asumiendo los costes de las bajas reduciéndolos a cifras sobre un papel. Llegó el sargento Ralph Rohmer enfadado, se encontraban en un refugio a nueve metros bajo tierra y desde allí había una galería que estaban construyendo los zapadores con el objetivo de atacar la trinchera de enfrente. De algún modo sospechaban que el enemigo estaba haciendo lo mismo. Con las carcajadas el sonido se propagaba y daba al traste con la operación, por ello, Ralph entraba furibundo y su mirada se estrelló contra la de Jan. El cabo después de dudar un momento, la levantó y le mantuvo el desafío. Todos comprobaron como el sargento humeaba de ira.

—¡Cabo, quedas arrestado! A mí nadie me jode. A mí no, te vas a limpiar letrinas – bramó Rohmer. Y como si no hubiese existido el tema se dirigió a donde estaba Gerhard Oppenheim y le ordenó que le siguiese.

Ralph tiró del muchacho y Gerhard le seguía asustado, estaban en primera línea y era de noche. Hacía frío el viento se colaba por la zigzagueante trinchera y abofeteaba las mejillas. El soldado tenía miedo de aquella inhóspita oscuridad ya que hacía días que el enemigo no atacaba y esperaban alguna que otra escaramuza. Se colaron por una galería que llevaba a un abrigo con ventilación y forrado de madera, allí había una mesa de despacho y más allá una cama individual. Le recibió el capitán Ernest von Hausser. Nada más verle el joven se asustó aún más, no tenía ni idea de lo que se suponía había hecho, aunque debía ser muy grave para estar allí.

–Joven tome asiento –le dijo señalando un taburete–, sargento, gracias, puede retirarse.

–¿Señor?

–No tema, ¿así que usted es el soldado Gerhard Oppenheim? Curioso, sí señor. El coronel von Kittel viene de camino. Quiere hablar con usted. Suelo estar al tanto de todo lo que sucede en mi tropa. Dime, ¿tengo algo de lo que preocuparme?

–Herr capitán, yo solo soy un donnadie. Sé pelar, si alguna vez quiere que le pele o le afeite.

–¿No me estará tomando el pelo? Eso me inquieta. ¿Dudas de mis dotes de mando?

–¿Yooo? Herr capitán, yo no dudo de nada, yo solo soy un soldado.

–Si me mientes te mando a la trinchera del enemigo a realizar un reconocimiento.

–Herr capitán, usted no haría eso. Le caería en la conciencia...

–¿Está seguro?

–¡Capitán von Hausser! –dijo el coronel que acababa de aparecer.

–Herr coronel –dijo Ernest cuadrándose al igual que Gerhard–. ¿Lleva usted ahí mucho tiempo?

–El suficiente, si cumple su promesa de hacer llevar a este hombre a la línea enemiga –dijo el coronel con su habitual tranquilidad–, no tendré escrúpulos morales para enviarle a usted a bailar un vals frente a una ametralladora británica. El asunto que me trae aquí es de índole privada y nada, tiene mi palabra, le incumbe a usted, ni a nadie de la compañía. Ahora, tenga la amabilidad de abandonar el despacho y dejarnos a solas.

El capitán enojado y rojo de vergüenza, abandonó la habitación. El coronel se abrió la chaqueta para dejar escapar algo de calor, pese a la ventilación allí abajo hacía calor. Se sentó en la silla y conminó a que el soldado hiciese lo mismo en el taburete al otro lado de la mesa colmada de mapas.

–¿Y bien? –preguntó Gerhard impaciente.

–¿Y bien?

–¿Y bien, herr coronel?

–La niña...

–La dejé en una casa que parecía decente, pero...

–Estoy al tanto. Lille está en zona de guerra y la población pasa calamidades. No obstante, piense usted que la guerra terminará algún día. Y todo volverá a la normalidad, como si el mundo hubiese despertado de una pesadilla. Le traigo aquí porque, una vez ganemos la guerra, quisiera que usted siguiera un itinerario. Creo que la niña la puso Dios en nuestro camino y tenemos una responsabilidad que cumplir.

–Por supuesto, señor. ¿Pero qué responsabilidad?

El coronel permaneció mudo unos segundos y mirando a Gerhard a los ojos.

–En primer lugar pensé que lo lógico sería llevarla ante sus padres. Hace poco y de un modo un tanto casual llegó a mí una historia sobre un veterinario flamenco y sus dos hijas, una de ellas escapó a la tutela de los militares y... no se supo más... hasta que usted la encontró. Enlacé las dos historias y entonces quise saber más acerca de ese veterinario.

–¿Y qué averiguó... herr coronel?

–André Vanhoof, así se llamaba.

–¿Se llamaba?

–Murió. Durante un cañoneo se espantaron los caballos, él se encontraba en la cuadra y lo único que quedó, en fin, sin pisar fue su cara. Un desgraciado accidente. Esa niña no tiene a nadie, excepto a su madre y también aparece una dirección en Gante, allí, según he averiguado, vive su abuela. De hecho la primera acción que debía hacer el ejército era mandar a la niña a aquella ciudad. Pero no era una prioridad y casi se olvidó, hasta que la pequeña desapareció. Escapó de nuestra custodia y fue un trabajo que nos ahorrábamos. Así de sencillo. Y, por eso, está usted aquí, me gustaría que en el futuro, no sé como pedírselo, usted y yo llevemos a la niña hasta su abuela. Es nuestra misión, nuestra sagrada misión. Quizá esto nos permita redimirnos de nuestros pecados, sería lo más noble que hubiésemos hecho en años, al menos yo.

–Cuente usted conmigo, herr coronel –dijo Gerhard con tristeza.

–Soldado Oppenheim, es usted un buen hombre. Le valoro, creo que no es de esos seres embrutecidos. Ahora he de retirarme, cuento con su palabra y con la ayuda de Dios para esta empresa.

–Así se hará mi coronel en cuanto a Dios no hace falta, solo un poco de suerte...

El coronel lo miró atónito, estaba cometiendo algo parecido al sacrilegio. Se había equivocado con Gerhard, ahora estaba seguro de que era ateo. Sintió un poco de vértigo, ¿cuántos habría como él en su compañía? El hombre necesita la fe tanto como el aire, se dijo.

–Se equivoca soldado. Sin Dios no hay nada, nada en absoluto, será Él quien nos guie, a Él nos encomendamos, porque sin Él no somos nada. Si la pequeña o usted sobreviven será por su Gracia. No por los desatinos de la vida. No lo olvide, ¡Nunca!

–Desde luego, herr coronel, a... a veces no sé ni lo que digo.

–Vaya al oficial sacerdote y pídale confesión.

El coronel le estrechó la mano y se marchó. Seguidamente se acercó el capitán von Hausser sonriente, le dijo al soldado que se podía marchar. Parecía que un par de copas de licor le habían sacado del enfado como un hurón echa a un conejo de la madriguera. Gerhard salió y una vez más constató que afuera hacía mucho frío y que el viento se había aliado para mecerlo. Siguió la trinchera hasta llegar al refugio, allí el ambiente se había enrarecido. Algunos dormitaban, otros le miraban inquisitivos. Hasta la llegada de la mañana estarían en aquel estado de alerta. Después, durante el desayuno, esperarían a ver lo que se le antojaban a los mandos de uno u otro lado de la trinchera. Aquella tensa calma crispaba a los hombres, les sacaba de quicio por cualquier cosa, los arrojaba a la bebida, o les borraba las emociones del rostro.

Gerhard registró sus bolsillos y encontró medio cigarro, era todo el botín que atesoraba. Con una cerilla lo encendió y pudo oír las quejas de algún camarada, por lo que fue a terminárselo a la entrada de la galería. Sabía que no podía alejarse porque podían confundirle, aunque era imposible dormir un poco sin calmarse después de unas caladas. Entonces, a la luz de las bengalas los vio, eran tres o cuatro, estaban entrando en la trinchera. El muchacho apagó la colilla, no se habían percatado de su presencia, pero él tampoco se atrevía a dar la alarma, se encontraba paralizado. Como pudo se deslizó hacia el interior del refugio y con dos chasquidos alertó a sus compañeros. Gerhard no salió, creyó ver que Alexander Weiss iba el primero, sigiloso y seguro, se oyeron dos disparos seguidos de la detonación de una granada. Aquello era como un juego, un juego sin gracia alguna. Oppenheim volvió a encender el pitillo y le dio una honda calada, oyó como algunos soldados discutían, habría sido mejor haber hecho algún prisionero. Gerhard siguió con sus humos, contaminando la atmosfera, esperando quizá que cuando se despejase toda aquella realidad del presente, como por arte de mágia, hubiese cambiado para siempre.

Luther Zimmermann y Paul Król eran indestructibles, al menos eso creía el alférez Manfred Zumpt. Les había encomendado toda clase de misiones con el fin de que perecieran de una vez, sin embargo, ellos siempre salían indemnes de todas. En parte debido a la astucia de Luther que siempre sabía cómo escabullirse: si les mandaba a despejar alambradas, ellos se ocultaban dentro de un cono; si les pedía que hicieran un reconocimiento y localizasen la ubicación de las ametralladoras francesas, ellos iban se ocultaban como siempre, después poblaban un mapa con señales lo cual desconcertaba a los mandos. Aunque si en realidad conservaban la vida no era por otro motivo sino porque el alférez no se decidía a acatar de una vez las órdenes. Dentro de aquel cerebro había dos hombres uno que quería cumplir escrupulosamente las órdenes y otro que las sopesaba, una cosa era llevar a la muerte a un hombre y otra asesinarlo. Manfred Zumpt tenía conciencia y a veces se quedaba corto con los castigos, era su talón de Aquiles y la razón por la que a estas horas no había ascendido. Aunque sabía que Luther era un individuo subversivo y que en un momento dado podía hacer estallar un motín entre la tropa, bastaba que la moral se viniese abajo para que este trabajo de artesanía que era mantener su sector no diese los resultados que se esperaban costándoles la vida a todos. No obstante, mantenía sus dudas con respecto a Paul. Aquel muchacho no le parecía peligroso y todo el correo que le había incautado no ponía nada que tuviese que censurar, además era un voluntario. De haberse vuelto socialdemócrata, o peor, marxista, habría sido en estos años de guerra. Aunque lo cierto es que nada hacía sospechar que perteneciese a ninguna ideología disolvente.

Luther tenía un problema, desde hacía semanas sus botas no daban para más, se cubría el pie con trapos, aunque esto no evitaba aquel "pie de trinchera" que le estaba matando. Le había pedido a Paul que se lo curase, y aquello tenía muy mala pinta. Paul le prestó las suyas un par de días, pero también las necesitaba, además no estaban mucho mejor.

–Un zapatero a menudo lleva malos zapatos –decía a modo de consuelo Paul.

–Me los amputarán, mis pies piden descanso y calor, huelen a queso podrido –se quejaba Luther.

—¡Ojalá nos amputen la cabeza, al menos así descansaríamos de una vez!

—Es fácil Paul, tan solo tienes que salir ahí fuera y se acabó. Sal aunque sea a mear, sal y la habrás cagado. Ya lo dije yo, teníamos que haber iniciado la revolución.

—Seguro que nos mandarán a cavar trincheras, este frente nuevo nos va a devastar del todo.

—Aquí no tiene sentido cavar trincheras.

—Aquí no tiene sentido nada.

Król estaba abatido, durante meses había deseado la muerte y esta se resistía a llegar. Luther se las había apañado para salvarle el pellejo, era el camarada perfecto siempre buscando la mejor estrategia de supervivencia. Aunque en todo momento tuvieron mucha suerte. Muchos obuses habían estallado a su lado empapándolos con los restos de sus camaradas, la metralla había volado a centímetros de sus cabezas, tuvieron que rescatar a caídos ante un fuego de tambor casi impenetrable, habían sorteado a las balas y, sobre todo, nunca habían mostrado atisbo de miedo ni de duda. Para el resto de sus compañeros eran un modelo a seguir, la ausencia de emociones que mostraban les confería ese estatus de privilegiados entre la tropa. Para ellos, los motivos eran bien diferentes, se habían dado a la muerte tiempo atrás, habían sido relegados a ser elementos prescindibles, su correspondencia era requisada y aquello les sumía en aquel estado de tristeza perenne. A menudo lo único que querían era beber mucha agua y permanecer quietos. Paul recordaba su Faustaugen natal y creía que aquello pertenecía a una vida ajena, como si lo hubiese soñado; acaso toda nostalgia no es más que un fragmento de ilusión, un trozo de tarta que ya se había comido, una fotografía que el sol blanquea, que destiñe el tiempo. Otta simbolizaba la esperanza, por encima de su madre, de su padre o su hermano, su novia representaba un renacer, una vida nueva en la que todo quedase olvidado y lejano, tan lejano como ahora le parecía su malograda juventud. Ya solo quedaba disfrutar de un cigarro robado, un trozo de chocolate expoliado a un cadáver francés o unas botas nuevas.

Pero si había algo real y aterrador eso era el presente, con sus uniformes rasgados, las manos sucias, el olor nauseabundo, los cañonazos despellejando la tierra, la sed, el miedo. Nada más aterrador como aquel escenario poblado de espanto en el que si bien el alférez no podía con ellos algo tan simple como el calzado estaba pudriendo a su amigo como la carcoma que comienza a comerse una casa desde abajo. Luther, su hermano de armas, se moría por los pies. Si de él hubiese dependido se los hubiese amputado y a casa, pero el médico al verlos le decía que aún aguantaban. Tenía que hacer algo, por lo que decidió saltar de la trinchera para quitarle las botas a los muertos. Así se lo dijo a su cabo, era de noche y tenía que aprovechar las tinieblas para arrastrarse por la tierra de nadie. El cabo le miró, no se atrevía a negarle nada, tendría que hablar con algún que otro vigilante apostado en las troneras para que no se convirtiese en blanco, ya que podría confundirse con un enemigo en una escaramuza. Ante tal noticia se congregaron varios soldados, algunos querían seguirle, sin embargo, Paul desestimó la ayuda porque solo podrían entorpecerle, además un grupo numeroso podía hacer saltar las alarmas en ambos lados. Esperó a que la luz de las bengalas le dieran un pequeño respiro de uno o dos segundos para saltar por una improvisada escalera, para internarse de lleno en la tierra de nadie. Comenzó a arrastrarse. Lo primero que notó era el frío de la nieve quebradiza y crujiente. La tierra aporreada se le apegaba al uniforme como queriéndose marchar con él a donde quiera que lo llevase. Pese a que los cuerpos que iba encontrando estaban congelados despedían aquel olor nauseabundo al que no terminaba de acostumbrarse. Oyó ruidos a su derecha y se quedó paralizado. Temblaba, durante unos segundos simuló ser un cadáver. Parecía como si un ejército de fantasmas pasase a su lado y lo cierto es que no sabía qué eran, ya que no parecían sonidos humanos ni siquiera de ratas. Al poco, el sonido cesó, pensaba que debía ser cualquier animalillo, algo inocuo, y que, sin embargo, en aquel terreno podía provocar un ataque de pánico. Se ocultó en un embudo, bajo una fina capa de hielo estaba el agua espesa que penetraba en los tejidos enfriando su cuerpo, estuvo allí un tiempo indefinido, hasta que le pareció que había cesado cualquier ruido. Hacía mucho frío era como si la primavera se resistiese a llegar a aquel cementerio. No recordaba sentir tanto enfriamiento en años. La tibia luz de las bengalas le revelaron un grupo de caídos, se acercó como pudo y comenzó a despojarlos de sus botas, era inenarrable describir la repulsión que le producía oír el sonido de la bota al dejar desnudo al pie congelado. Paul se descubrió llorando, pensó que no podría hacerlo, que tenía que marcharse, pero entonces recordó por quién cometía esta locura. Luther merecía el esfuerzo, era su hermano de armas y él también lo hubiese hecho sin pensarlo. Siguió el expolio intentando pensar que no estaba en aquel lugar. Tratando con su mente de hallarse lo más lejos de allí, al tiempo que el cuerpo ejecutaba otra. No obstante, no podía, miraba el rostro de los muchachos, franceses o alemanes, qué más daba, todos eran camaradas en la muerte. Estiércol en el mismo campo. Cuando se hizo con una provisión que consideró grande comenzó a arrastrarse con las botas como si fuese un pastor con su rebaño. Las tiraba unos metros para adelante y salía a su encuentro. Las manos le iban a estallar a veces se detenía para abrigarlas con el calor de su aliento, había momentos en los que no podía ni sujetar ni los zapatos, llegar hacia su propia trinchera parecía un imposible. Se quedó apoyado con los codos. No paraba de llorar, lloraba como un niño pequeño sin hallar consuelo. Era como si quisiera lavar su impotencia con las lágrimas, lo más fácil hubiese sido quedarse allí, hasta que la escarcha lo hubiese vestido. De todos modos siempre creyó que no podía salir con vida de aquella barbarie. Se tumbó con la espalda en el suelo y se detuvo a contemplar las estrellas, solo un momento, se dijo. Pensó en Otta en sus cabellos negros como la noche, la luz de sus ojos avivada por su sonrisa, sus dientes blancos, perfectos. Sintió como un cansancio que lo atrapaba, lo recubría como la humedad de aquella fina capa de nieve, o como el sudor frío de su espalda. Tenía que obligarse, aunque se detuvo, su cuerpo se entumecía y se encontraba perdido. Cerró los ojos y se centró en oír a su corazón, aquellos latidos eran los pasos de Otta que se acercaba, sonrió. Entonces sintió que algo le tiraba, una fuerza que no sabía de dónde podía llegar. Le habían agarrado de su uniforme, debía ser una mano enorme y fuerte, muy fuerte. Seguía arrastrándole a ciegas, muy despacio abrió los ojos y le miró.

–¿Qué eres, un fantasma? –preguntó Paul.

Geert tenía que llevar cajas de munición a la primera línea, sobre todo granadas de palo que estallaban antes que las británicas y las francesas, no dando margen de huida al enemigo. Tenían que hacerlo de noche quizá porque en la mañana siguiente tenían prevista una ofensiva, de hecho noches atrás los zapadores habían abierto caminos entre la alambrada francesa. Había cierto nerviosismo entre los brandemburgueses porque lo sospechaban, la calma, la doble ración de comida, esos detalles hacían predecir el ataque. Aunque lo que le llamó la atención al soldado de intendencia Geert fue ver a los muchachos que deberían estar dormitando como se apiñaban entre aporreadas paredes de la trinchera a la expectativa. El soldado de intendencia tuvo miedo y preguntó, le dijeron que había un loco en la tierra de nadie, un pueblerino en busca de botas para él y para su amigo el cual tenía pie de trinchera.

–Ese tipo es el más raro con el que me he topado, tan pronto te estafa jugando a las cartas, que te vende un paquete de tabaco francés, que se queda sin hablar durante días. Es así o te cuenta un chiste o se deprime, es un muerto en vida –dijo un cabo en voz baja.

–Uno que lleva mucho tiempo aquí, está perdido, muy perdido y siempre arrestado –dijo otro–, pobre muchacho, me da pena. Aunque sé que es un ladrón, me da pena el tipo.

–¿Y de dónde es? –preguntó Geert.

–Del pueblo no recuerdo muy bien el nombre, sé que viene de Grünensteinen, o venía, parece que lo hayan despachado ya.

–Pobre muchacho, qué pena.

–¿Su nombre?

–Paul Król.

Aquello era el destino pensó el grandullón, tenía que ir a por Paul. Pero, qué hacía, cómo podía plantearse una locura de aquella dimensión. No entraría en la tierra de nadie por nada del mundo. Si Król lo había hecho allá él. No encontraba ni un solo motivo para ir en su busca, más allá de la trinchera solo había un laberinto en lo que lo más fácil era morir. De hecho la tierra de nadie era un terreno inmenso, aún más extenso en la oscuridad de la noche. Además los campos de embudos lo convertían en un sitio fácil para perderse, no, no lo haría, no podía hacerlo.

–Esta noche se ha acabado para siempre.

–Sí, lo peor es que ha muerto intentando salvar a Luther. Pobre loco, que Dios lo bendiga –dijo otro muchacho que tenía una venda que le cubría parte de la frente.

–Pobres locos, qué pena.

Geert nunca había sido un valiente, sintió que se ahogaba. ¿Pero por qué se sentía obligado? El simple hecho de buscarle no le garantizaba que lo podría salvar. Podía morir intentando rescatarle y, lo más probable, nadie se lo agradecería. Su madre se quedaría huérfana sin él. Pero conocía a Paul, le había visto haciendo malabares con tres vasos pequeños al tiempo que fumaba y llenaba de humo su propio número, muchas veces le había hecho reír. Sabía que era buena persona, algo gamberro y que era novio de Otta, ¿a quién no le gustaba Otta? Era la chica más guapa del pueblo. De hecho era la más guapa que había visto nunca. No era justo, no era nada justo que aquel muchacho tuviese que morir intentando salvar a un amigo. De hecho era lo más noble que un buen soldado podía ofrecer, aquello estaba por encima de cualquier cosa que pudiese hacer como guerrero. Por ello, se sorprendió subiendo aquella destartalada escalera ante la sorpresa de los brandemburgueses.

–¿Fue por aquí? –preguntó al grupo que atónito le observaba.

–Sí…

–Pues lo traeré junto con las botas.

Geert era corpulento, no obstante, una vez que se adentró en la tierra de nadie desapareció como un ciervo en medio del bosque. Aprovechó el instante en el que el brillo de una bengala se extinguía para saltar. El problema ahora era cómo encontrar a su paisano. Sintió verdaderos deseos de regresar, no obstante no podía. Lo que sí tenía presente era aquel frío, creyó que lo despedían los cadáveres, gentes a las que prefería no mirar, con su expresión fatal congelada. Se estremeció de miedo, posiblemente pronto sería uno de ellos y lo único que les veía era el sufrimiento impreso en su última mueca. Reptaba hacia ningún sitio y se detenía con las luces de las bengalas aunque siempre intentando ver algo en la lejanía. Fue en aquellos momentos cuando oyó algo a su derecha. Tal vez no era más que un animalillo, pero tenía que prestar toda su atención a aquel punto, reptaba despacio, intentando no caer en un embudo y sus aguas contaminadas.

«Es el destino, si Dios no quisiese que saliera bien de esta no me la habría mostrado».

Oyó un golpe y al poco otro. Era como un palo aporreando en el suelo. Se quedó paralizado y, de repente, el ánimo le dio un vuelco. Reptó y reptó hasta que una malherida luz lejana pudo ver a un muchacho medio congelado con la espalda en el suelo y de los ojos abiertos le caía una lágrima. No le reconoció en seguida, estaba mucho más flaco y demacrado, aunque sin duda era Paul Król. Debía haberse extraviado porque el camino de regreso no estaba por aquella dirección. Se arrastró hacia donde estaba él y sin que ni siquiera lo hubiese apercibido le cogió por el hombro y tiró.

—¿Qué eres, un fantasma? —preguntó Paul cansado como si tuviese un cajón de balas sobre su pecho.

La trinchera los recibió con alegría, sin embargo, había alguien a quien la euforia rozaba el éxtasis. Ese era el alférez Manfred Zumpt, tenía a Luther en el hospital de sangre con la gangrena devorándole la vida y a Król a tiro para un consejo de guerra. Al fin parecía que encontraba la oportunidad de acabar con ambos sin que tuviese que ser él quien apretase el gatillo.

—¡Estáis arrestados!

—¿Pero por qué, herr alférez? —preguntó con desesperación un soldado que trataba de asistir a Geert.

—¡Por traición! ¡Han abandonado la trinchera sin permiso, seguro que es para informar al enemigo sobre nuestras posiciones!

—¡Eso es ridículo! Ellos no son traidores —protestó otro.

—¡Imposible! —bramaron varios.

—¿Queréis que os arreste a todos? ¿Acaso estáis con ellos? El reglamento es el reglamento.

—Tan solo estaban recuperando botas de los caídos, al soldado Zimmermann se le están pudriendo los pies.

—¡Silencio! —zanjó el alférez.

—¡Herr alférez, esto es una injusticia! Haga la vista gorda —insistía otro.

—¡Despertad, estamos en guerra, aquí hay injusticia a platos llenos! ¡Nos han puesto a todos en peligro! ¡Quiero que los lleven detenidos a las dependencias de la policía militar! ¡Andando!

Los soldados recompusieron de mala manera a Paul y Geert, en el caso del primero hubo que trasladarlo en camilla. Estaba casi congelado, por lo que decidieron echarle dos mantas que, aunque llenas de piojos, mitigarían el frío. Era necesario llevarlo cerca de una estufa, aunque nadie se atrevía. A pesar de ser noche, la noticia de aquel atropello llovió sobre la trinchera. Era una historia tan surrealista que oída parecía que llegaba deformada. No fue sino a la mañana siguiente, en medio de un fuego de artillería intenso, cuando un cabo llegó hasta el capitán Müller con la crónica, estaba implicado nada menos que Geert. Al principio Müller lo tomó por una tomadura de pelo, no obstante, pasados unos segundos cayó en la cuenta de que aquello podía ser otro sinsentido más de la contienda. El mismo cabo le acompañó a la dependencia de la policía militar y allí se encontró en un improvisado barracón expuesto al fuego del enemigo a Geert abrazando a su paisano intentando que entrase en calor.

–Se muere –dijo al ver a su superior.

–¿Qué habéis hecho?

–He ido a por él, estaba empapado y tendido con la espalda en el suelo, él solo buscaba botas entre los muertos para un amigo suyo. Hemos abandonado la trinchera sin permiso y dicen que nos pueden fusilar. Dicen… que hemos echado a perder la ofensiva prevista para hoy.

Müller montó en cólera, no se lo podía creer.

–Nadie te va a fusilar por eso, créeme.

El capitán habló con el sargento de la policía militar y acto seguido alguien llamó a Manfred Zumpt. Se presentó media hora después y con notable enfado. El capitán hizo un esfuerzo por no estrangular a aquel mentecato.

–¿Quién me llama ahora, estoy a la espera de lanzar un ataque?

–Usted y yo sabemos que aún no es la hora ¿Es usted es el que ha arrestado a estos dos hombres y los ha puesto en manos de la policía militar?

–Sí, señor. Saltaron a la tierra de nadie sin permiso –dijo con orgullo.

–¡Sargento! Arreste a este alférez por alta traición –grito Müller.

Tanto el policía como el alférez se quedaron pasmados, con sus rostros empapados en estupor.

–¿Por qué mi capitán, si se puede saber?

–Por conspiración para asesinar a dos soldados del Káiser.

–Eso es absurdo.

–No tanto como lo que usted pretende hacer.

–Será una broma, ningún tribunal militar...

–¡Está seguro! Alférez le doy mi palabra de capitán de que usted será fusilado en el mismo pelotón que estos hombres, lo juro por mi honor. A cualquier tribunal militar que se encuentre en este apartado lugar del mundo soy yo quien surte de vino y carne. Soy el dueño de sus estómagos y de sus pistolas. ¿Con quién cree que está hablando?

–Nos pusieron a todos en peligro y no tengo garantías de que no hayan estado hablando con el enemigo...

–¿Hablando con el enemigo? ¡Eso es absurdo y lo sabe! Si cree en Dios este agravio nunca le será perdonado. Morirá en pecado... al mismo tiempo que estos hombres. Me aseguraré personalmente de verle caer.

–¡Está bien! Creo que se puede hacer algo –dijo el alférez asustado.

–¿Se puede hacer algo? –preguntó Müller al sargento de policía.

–Ya lo creo, desde el primer momento que oí esta historia supe que algo no estaba bien. Romperé el parte de detención, aquí no ha pasado nada, pero si no trasladan a ese hombre se morirá de frío. Está muy débil.

Müller dio orden de llevar a Paul hasta sus dependencias, le dijo que lo acostase en su catre y que encendiese una estufa, o algo que se le pareciese, a su lado. Si era conveniente le trasladarían a un hospital militar alejado del frente. Antes de marcharse, casi con orgullo, el capitán puso una mano sobre el hombro de Geert. El dormitorio de su superior estaba un kilómetro más allá siguiendo una trinchera casi al descubierto y bajo los cascotes de lo que una vez fuera una casa de campo, allí más que nada había suministros de todo tipo, casi siempre había alguien de intendencia por la zona por lo que estaba bien vigilado. Apenas había un catre con una colcha sucia, si algo tenía Müller era su austeridad. Al lugar se accedía por una oquedad por donde entraba sin piedad el frío. Zweig quemó maderas de una caja vacía, hizo una hoguera que al instante convertía la sombra de las ratas en monstruos sobre las paredes de aquel sótano. Al cabo de un rato comenzaron a oír que cambiaba el sonido de artillería.

–Fuego de cañones, es el enemigo –dijo con tristeza Geert.

Paul parecía dormido, apenas abrió los ojos y vio a su amigo.

Los días de inanición habían hecho mella en su salud. Su ropa aún mojada comenzaba secarse, y los piojos volvían a su actividad.

—Moriremos Geert.

—Otro día, Paul. No te preocupes, hoy estamos a salvo.

—Mis camaradas irán hoy a una nueva ofensiva...

—No te preocupes ahora estás a salvo. Los Król sois fuertes, tu abuelo sobrevivió al ataque de un jabalí, a la embestida de un toro en celo...

—Dos golpes en la cabeza, lo sé... y murió al caer por la escalera de un simple traspiés. Háblame de Faustaugen... háblame de algo que me alegre... —dijo con suavidad.

—Algún día volveremos, ¿verdad? Volveremos a Faustaugen. Con la calle de los tilos y el bosque de los Sauces, pasearé a mi madre que, como va perdiendo la vista, habrá que describirle todo. La fuente de las Tres Cabezas nos quitará la sed del verano y, oiremos a los ruiseñores hasta bien entrada la noche. Esa noche clara de Faustaugen y no esta, maltratada con los fogonazos de las bengalas. Aquel es nuestro hogar, o tal vez nuestro hogar solo sea la paz —dijo como para él—. Será hermoso ver las nieves abrigando nuestras casas puntiagudas, el deshielo con sus torrentes y el agua clara bajando entre las piedras como los chiquillos cuando salen del colegio, el bosque de los Sauces con sus ramas acariciando el suelo, con los destellos del atardecer otoñal parece que sus hojas se transformaran en una ofrenda de oro a sus pies. No hay nada igual que un vaso de la primera sidra de cada año o el fresco de las noches de verano que nos regalan los Colmillos, un pastel de carne y una hoguera. La chimenea de mi casa y su fuego danzante. Ese es nuestro sitio y no este.

—Escucha, Geert —dijo Paul llevándose la mano al bolsillo— tienes que darle esto a Otta —le mostró un papel apenas legible pues en gran parte estaba mojado—. Mis cartas no le llegan. Haz que esta le llegué, ¿podrás hacerme ese último favor?

—Amas mucho a tu novia —entonces recordó aquel rumor que rodaba por el pueblo—. ¿Qué harías si alguien aprovechando que tú estás en guerra intentase... ya sabes, ser el novio de Otta?

—Mataría al tipo, sin pensarlo. Pero tú preocúpate de que le llegue.

—Eso está hecho Paul, tú ahora descansa.

Dicho esto, y sentado en el suelo se dejó arrastrar por el sueño. Afuera el fuego de artillería descarnaba la tierra, no había prisa por salir. Un par de horas después despertó y oyó gritos. Asomó su cabeza por la oquedad y vio a varios soldados correr hacia la primera línea, uno de ellos le espetó para que corriese. Geert se colocó su gorra y fue a buscar la posición de los cañones porque seguro que les haría falta munición, no hizo mucho más. Un proyectil le arrancó la mitad del cuerpo, ni siquiera se enteró. Horas más tarde el capitán Müller miraba triste su cadáver, quizá por la postura al caer o por como tenía apoyada la cabeza contra el suelo, el muchacho tenía una expresión feliz como un bebé que recibe a su madre.

El pueblo aún temblaba de miedo por las noticias sobre la carnicería de Verdún cuando encontraron muerta a María Lenz. Apareció en el arroyo, el Feuerbach, que separaba el pueblo de Lana Ravine. Después de terminar las clases la chiquilla había desaparecido y vinieron a encontrarla cercana la noche tirada como una muñeca rota entre la vegetación. Alguien la había estrangulado y la dejó caer por el pequeño viaducto que permitía pasar por el cauce. El agua del deshielo había hecho el resto arrastrándola varios metros y dejando el cadáver enganchado en las zarzas. Debido a la tardanza sus padres comenzaron la búsqueda, primero preguntaron a su maestro quien dijo haberla seguido hasta la salida de la aldea, que se la veía enfadada y que no comprendía aquel estado de nerviosismo que la perseguía desde hacía algún tiempo. La vino a encontrar Helmuth Degener el cual quedó consternado porque nunca había visto un rostro tan bello en la muerte. El cadáver fue conducido a la iglesia y allí lo recibió Galiana Lenz junto con su hermana María Krumm. No había consuelo para aquellas mujeres que no escatimaban en gestos de dolor. Vincent Lenz, más moderado, recibía las muestras de condolencia de los vecinos quienes ya habían dejado sus tareas de siembra y podían acudir a la llamada de la curiosidad y del morbo. El doctor llegó bien entrada la noche, dijo que se negaba a hacerle la autopsia en la iglesia y el alcalde, Balthasar Holstein, le ofreció, no sin ciertas reticencias, el ayuntamiento.

Otta se marchó al pueblo cuando Ute Holstein se quedó al cuidado de la pequeña Erika la cual seguía enferma y no levantaba cabeza. En la puerta de Lana Ravine también se quedó vigilando Rudolf Sinmuelas, amigo de Vincent Lenz. La joven llegó y, mucho más comedida que su madre y su tía, comenzó a llorar en llanto silencioso la pérdida de su hermana. Había una nube de odio que la asfixiaba. Miraba a su alrededor y no veía a ningún Król, aún así todos le parecían sospechosos. Todos sin excepción. Aún no digería bien aquella suerte funesta que rodeaba y que aprisionaba a todos en especial a su familia. Lloraba mientras su madre le sujetaba la mano quizá para encontrar en ella la entereza que le faltaba. Entonces apareció en la calle alguien que nadie esperaba. Era un muchacho fuerte, aunque ahora se encontraba más delgado, un joven a quien todos respetaban y que después de haber pasado por el frente traía en su expresión la dureza de un veterano. Traía la mirada perdida y solo la levantó para mirar a Otta, sus ojos se estrellaron contra los de ella. Ulrich se acercó a Vincent y le ofreció su mano.

–En nombre de mi familia vengo a expresarle mi más sentido pésame.

Vincent no articuló palabra, solo correspondió al saludo. Sintió vergüenza pues hasta hacía unos instantes cualquier Król era sospechoso y sintió que aquel hombre era sincero. Los vecinos apelotonados en la calle y esperando noticias, miraban de soslayo a Ulrich, el muchacho no se había dejado ver, todos sabían que llevaba al menos tres días en el pueblo y que no estaba con la tropa de Grünensteinen. El joven Król había pertenecido a intendencia, sin embargo, desde su intento de fuga el sargento Goldschmidt lo había reclamado para su pelotón. Fue una de las soluciones que se dieron para que no recayese sobre él más sospechas ya que nadie creía en el encuentro "amoroso". Rudolf dio la cara por él y de manera inverosímil trató de exculparle diciendo que siempre fue su cómplice y que su verdadero objetivo era un polaco que era su contacto en el exterior al que por cierto, no habían podido atrapar. Por lo que solicitó la incorporación a su grupo, por ser un: "Hombre efectivo y muy diestro en el manejo de las armas". Peor lo tuvo Virginia Vanhoof a quien arrestaron como si fuese un soldado, aunque de haberlo sido la hubiesen fusilado. Pese a todo Król aún amaba a la joven y no descartaba ayudarle una vez más. Ahora había podido coger unos días de permiso gracias a una herida hecha por un cascote de metralla que se había incrustado en su muslo, aunque en cuanto volviese trataría de verla, donde quiera que estuviese. Porque la habían trasladado lejos. Pero pese a todo no podía mirar a Otta, sin ver a una traidora.

Otta le observaba aún sin pretenderlo, no podía reprimir en su imaginación que aquel no era Paul sino su hermano. Paul, de quien nadie decía ni sabía nada, en más de una ocasión fue a ver la inscripción del cementerio por si su nombre aparecía allí y no se atrevían a decírselo, no obstante, no fue así. Aquella incertidumbre la acongojaba. Necesitaba una prueba de vida, sobre todo para resistirse a Fremont quien la colmaba de atenciones y le prometía una existencia distinta de la que llevaba en el cada vez más asfixiante Faustaugen. Por otra parte miraba a todos lados, sabía, como lo intuían todos, que su hermana había sido asesinada. Por ello, buscaba sospechosos. Llegó al tumulto Lukas, lo hizo de modo silencioso y sin aletear su campanita. Parecía haber llorado y estaba bastante triste. En aquel momento salió el doctor a la puerta y confirmó que había sido estrangulada y que no existía abuso. Había muerto sin deshonra. Entonces estalló la indignación entre los vecinos, aquella ira contenida durante horas. Tenían que señalar a alguien para no ser ellos los señalados y fue Theodor Krakauer, el guarda forestal quien comenzó.

–Ha sido Lukas, ese niño no está bien, sólo hay que verle, es fuerte y tonto. Siempre lo he dicho, es peligroso.

Todos miraron a Lukas y al instante varias mujeres comenzaron a defenderlo.

–Yo solo digo que habría que ponerlo en vigilancia.

–Hay que tener muy poca vergüenza para culpar a un muchacho así –dijo Fremont.

–Tú, señorito de ciudad, mucho cuidado con lo que dices – bramó Theodor.

–Yo vi a Lukas, iba detrás de la muchacha, iba enfadada, de hecho llevaba toda la semana enfadada, no quiso que la llevase a su casa. Ni siquiera quería hablar. A Lukas le gusta acompañar a los niños, no habla tan solo agita su campana.

–¡Nadie saque conclusiones precipitadas! –dijo Imre Bartram, el policía–. Aquí no hay más autoridad que la policial y este caso ha de ser investigado. Hay que interrogar a todos los niños y a los vecinos que estuviesen sin trabajar a esas horas.

El padre Josef fue a comunicarles a los familiares que podían ir a la iglesia a velar el cuerpo y entonces alguien le dijo que Theodor estaba acusando a Lukas. Se mordió la lengua, pues para él, el guarda era uno de los principales sospechosos.

–¡Y el sacerdote, qué me dicen del sacerdote, mientras todos trabajan los campos él está por aquí dando vueltas! –acusó de nuevo Theodor.

Aquello encendió aún más los ánimos y algunos como Erich Krakauer, su hermano, le espetó a que se marchase. Pero Theodor no hacía caso, maldecía y señalaba a unos y a otros, se veía por encima de los demás y manifestaba no fiarse de nadie. Aquella escena era patética y los familiares de la fallecida no entendían nada. El doctor Bachmann dio su consentimiento para que el cadáver pudiese ser movido hasta la iglesia y ser velado allí. Sería el mejor sitio dado que la pequeña Erika estaba muy delicada y lo último que necesitaba saber era que había muerto su hermana. Aquel estremecimiento removió a Otta quien decidió marcharse a la granja, aunque era de noche y había un asesino suelto la joven no tenía miedo por lo que decidió irse andando sola. Fremont encendió su escandaloso coche y se ofreció a llevarla, Otta rehusó, no obstante, al ver que los vecinos la miraban como queriendo corroborar algo que ya sabían decidió subir y acogerse a la seguridad del auto. Aquello la enterraría para la sociedad. Por última vez miró al tumulto y buscó la mirada de la única persona de la cual podía importarle su opinión. Lo estuvo buscando, aunque no apareció, entonces se encontró desubicada. Hubiese bastado una sola mirada de reprobación para desistir y hacer aquel peligroso camino hacia Lana Ravine andando y sin compañía. Pero allí no estaban los ojos gemelos de su Paul y lo más fácil era hacer justo lo que no debía. Tampoco nadie, ni siquiera sus familiares, se ofrecieron.

Por lo que se subió por primera vez al Mercedes Simplex, al principio sintió vértigo y los ojos del pueblo en su cogote. Supo que estaba en un punto sin retorno que al marcharse camino de la oscuridad estaría para siempre comprometida con el joven Kast, al menos a los ojos del mundo. Y el mundo no estuvo allí para evitarlo. Fremont encendió el motor y el auto comenzó a moverse, el tramo que separaba el pueblo de la granja de los Lenz se hizo en silencio. La joven observaba la noche, estaba asustada era un miedo desconocido. Al fin sintió el peligro y la verdadera sensación de estar en manos de la Muerte. Pensó que los soldados debían estar acostumbrados. Sin embargo, por el motivo que fuese la máquina en la que estaba montada le daba cierta seguridad que se fue acrecentando con el paso de los minutos. Aquel coche con sus luces cortaba la noche y se internaba en ella como una bala. Nadie podía darles caza allí a aquella velocidad. Apenas se dio cuenta de que llegaban al Lana Ravine. Allí había apenas dos luces encendidas, una en el cuarto de Erika y otra en el salón. Los perros los recibieron con estruendo, ladraban de puro miedo. Rudolf Sinmuelas los mandó a callar. Solo se tranquilizaron cuando olieron a Otta. A Fremont también lo conocían y desistieron de su actitud, aunque se acercaron al coche y lo olisqueaban. Conocían al coche y a su sonido, pero no a sus faros.

Fremont entró en la casa sin ser invitado dejando a Rudolf contrariado y solo en el porche, cariacontecido. Ute se quedó sorprendida al ver a Otta entrar seguida del joven Kast. Dio por buenos los rumores que se escuchaban de ambos y sonrió a la fuerza. Aún así no pudo evitar la mueca de estupor, por momentos sentía que sobraba. Fue en aquellos instantes cuando Otta cayó en la cuenta de que faltaba algo, alguien, María. Presentía su presencia, esperaba verla aparecer de un momento a otro. El hogar ya no daba calor, siempre faltaría algo, sería como si se hubiese incendiado y hubiesen intentado construir una casa nueva a imitación de la que había, ya nunca sería lo mismo sin su hermana. Podía imaginarse a su madre triste, abatida. El abatimiento que desde hacía un tiempo moraba los alrededores de Lana Ravine ahora había encontrado la puerta abierta.

–Os preparo un té –dijo Ute, la cual tomaba uno.

–No, déjalo Ute, no tengo ganas, gracias –dijo Otta–, no sé si el señor Kast querrá.

–Sí, por favor Ute. Gracias.

Al instante Ute se marchó hacia la cocina. Fremont la vio marchar y giro su cabeza hacia Otta.

–No necesitas tratarme de usted en público.

–No, por favor…

–Sé, sé que no es el momento, que siempre estoy de vueltas con lo mismo. Pero no pienso ser indiferente para ti, porque no lo soy. También sufro, mírame, me duele María porque yo también la quería. Era para mí como una hermana pequeña. Tu mundo también es mío, me pertenece porque amo hasta el aire que respiras, mataría a quien te hace daño, pagaría por ello, me desangraría por darte una satisfacción. Yo lo único que quiero en este mundo es amarte, nada más. Te daré un imperio, te coronaré emperadora, dejaremos atrás esta aldea y su hambre pordiosera. Verás el mundo, salvarás a tu familia de la miseria, y no solo a tus padres y a Erika, también a tus hijos, nuestros hijos, y a los hijos de tus hijos. Serás feliz porque tendrás los medios para serlo.

Irse, largarse de aquel sitio, del dolor, la tristeza, la mirada inquisitiva de la gente, la enfermedad de Erika, el asesinato. Dejar de resistirse, permitir a Fremont hacerse con el control de su vida, dejar que una suave corriente la arrastrase con dulzura. Sepultar a Paul para siempre, para siempre, para siempre. Una lágrima, dolida, desesperada, apareció arrastrándose por su mejilla, apenas pudo forzar una sonrisa.

–Si ha de ser que sea –y dicho esto se ofreció a Fremont, quien cayó sobre ella al igual que la lluvia cae sobre la tierra reseca.

–Faustaugen, en el santo Pequeño Ducado de Grünesteinen, el de las canteras de granito verde, verde como nuestra insignia de las hombreras –bramaba el cabo Jan Ehrlich, casi borracho ante un grupo de soldados al menos tan ebrios como él y que de vez en cuando le vitoreaban–, dice la leyenda que en aquella tierra vivía el rey de los jabalíes, y los cerdos mandaban en los campos destruyendo cosechas y devorando los hijos de los campesinos. Hasta que llegó Rainald el Fuerte, era solo un niño de doce años y con sus manos arrancó de cuajo los colmillos del rey de los jabalíes y después hizo una hoguera y se lo comió –la tropa aporreaba tablas y lanzaba hurras–. Entonces los jabalíes se retiraron a la profundidad del bosque teniendo mucho cuidado de no molestar a los hombres por que éstos habían aprendido a asarlos. Y desde entonces el mejor trigo de Alemania y la mejor cebada se cultiva en Grünesteinen, la mejor sidra y la mejor lana. Las manos más fuertes, las mujeres más apuestas, los hombres más… –silbidos– bueno, aquí tengo que hacer una aclaración, porque antes de que Rainald matara al rey, este lo maldijo: Me matarás, pero yo te dejaré mi olor corporal. Y, por eso, somos los más malolientes de toda Alemania, qué digo, del continente. ¡Olemos a hombres! ¡Porque somos los más hombres! –pausa para beber– Desde entonces ha habido muchos Rainald, unos cincuenta, Rainald el Conquistador, Rainald el Zurdo, Rainald el Tuerto, Rainald el Cornudo –estallaron silbidos y risas–, Rainald el Mujeriego –vítores– y Rainald el Traidor. Este es el peor Rainald de todos los Rainald, porque fue el que traicionó a su pueblo entregando sus calles, su grano, sus mujeres al ejército… de Napoleón, sin ni siquiera lucharlo, sin ni siquiera derramar su sangre. Pero no así su gente que peleó junto a Prusia mientras el duque se unió a Babiera y a la confederación del Rin… Ya no existen más Rainald, ahora solo queda un duque decrépito rodeado de sobrinos tontos, vamos, que no hay nadie. ¡Solo estamos nosotros! Duros como el granito, para defender lo que es nuestro. Como en los tiempos de Napoleón. ¡Tres hurras por el Segundo Regimiento de Fusileros de Grünensteinen!

En ese instante entró en la cantina el capitán von Hausser, miró con orgullo a sus hombres. Habían defendido su posición con ejemplaridad durante la ofensiva a Loos, sus superiores le habían felicitado e incluso le condecoraron. De igual modo habían ejecutado de manera ejemplar cada misión encomendada, cada regreso a la primera línea, tenía motivos para estar contento. Tenía una noticia que darles, el tiempo de descanso había acabado, tenían que regresar al frente. Los dejaría beber tranquilos por el momento, aunque tenía previsto soltar su discurso para elevar la moral, ya lo tenía preparado. Marcharían hacia la rivera del río Somme, donde toda la fuerza del ejército británico se iba a ensañar con ellos como el oleaje con un acantilado.

Estaban bebiendo cerveza Hahn Krakauer y su primo Roth Neisser, junto a ellos el recién incorporado Günter Bartram. Trataba de sonreír, pero estaba asustado, tenía la pesadez del terror desde que fue llamado a filas. Ya en el periodo de instrucción fue el peor recluta. Sin embargo, junto a algunos de sus paisanos se veía aliviado como si le ayudasen con una pesada carga. A veces se sentaba junto a Christian Müller y le veía dibujar sentía mucha paz al verle crear trazo a trazo cualquier paisaje, aunque de igual modo notaba como se le encogía el corazón al verlo esbozar el rostro de la guerra. Algunos, como Gotthold Weiss, se mofaban de él, acaso se vengaban de alguna pasada reprimenda de su padre Imre Bartram, el policía. Günter veía en los Weiss y en Jan justo lo contrario que en el resto de la tropa. Ellos representaban la dureza del conflicto, aunque en ocasiones podían mostrarse afables y casi paternalistas con los recién llegados en realidad querían demostrar que estaban un paso más allá de los demás. Deseaban revelarse inmunes al miedo y al escenario por donde se movían. En el caso de Alexander, casi se podía decir que así fuese. Para ello nutrían su grupo de vez en cuando con algún indeseable. Acogieron a un pillastre de Sättigenreifen llamado Heiner Schnitzler. Heiner era un maleante que desde temprana edad había estado visitando reformatorios, creció en una familia depauperada que además de criar a diez hijos tuvo que hacer frente a otros siete huérfanos que dejaron sus tíos. La picaresca se hacía necesaria para llenar el plato y Heiner era un doctor en ese arte. Robaba comida por las granjas, se colaba en las casas y se llevaba cualquier cosa que pudiese convertir en dinero, expoliaba almacenes de viandas e incluso de vez en cuando hacía caza furtiva como su padre le había enseñado. Aunque su mayor debilidad era el vino o cualquier licor, en más de una ocasión pudieron pillarlo en plena faena gracias a que se había "entretenido" bebiendo. Cuando llegaron los nuevos soldados que habían de reforzar a la mermada compañía de Grünesteinen él fue quien más revuelo armó.

—Vengo a matar a todos los rusos, franceses, ingleses y austriacos que pille —dijo cuando se presentó Heiner al cabo Jan Ehrlich.

—¡Imbécil, los austriacos están con nosotros! —le dijo Alexander Weiss sin reírse.

—Pues entonces a los turcos —y la tropa estalló en carcajadas.

Heiner no distinguía el ejército de la vida civil por lo que no perdió la costumbre de robar comida. Cosa que vino muy bien al grupo y por lo que fue muy bien acomodado. Heiner no era un valiente, pero sí decidido y aquello lo podían percibir todos. Sin embargo, no era de fiar.

Günter escuchaba a Roth Neisser y a Hahn Krakauer, ajenos al escándalo de la cantina. Los primos hablaban sobre las estrellas y al muchacho le parecía mentira oírlos, echaba de menos a María Lenz. Sabía de su muerte y lo vivía con silencio. En su corta relación lo único que había trascendió había sido un beso y muchas cartas, eran incapaces de decirse nada a la cara y, por eso, escribían notitas. Günter la visitaba mientras la joven guardaba las vacas, tenían que estar pendientes de que nadie les observara, ya que la situación se presentaba prohibitiva; según su padre no podía tener novio debido a su juventud. De vez en cuando María le ofrecía algo, le contaba cosas sobre sus hermanas y sobre Fremont. Günter le sonreía y callaba. Podía hablarle sobre su trabajo de carpintero, aunque sería demasiado aburrido. En realidad como aprendiz tenía muy poco que contarle. Cobraba muy poco y tenía que ir todos los días a Gutenweizen por el camino de las monjas. Hacia mediodía regresaba y tenía las tardes libres. Pero aquello no era un tema que interesase a una mujer, al igual que pescar truchas. No obstante, lo tenían claro: se amaban. Por eso, un día la joven le comentó algo, era una posibilidad un rayo de esperanza para su relación, era su secreto. El secreto por el cual María tendría que perder su vida.

—Están ahí y ya está —dijo Roth.
—Pero algo han de ser —decía Hahn.
—Cosas que brillan por la noche.

Roth lo dijo como queriendo zanjar una discusión por la que no merecía la pena seguir hablando. Hahn pensó que su primo estaba incómodo por la presencia de Günter, aunque en realidad no era eso.

–El maestro Luhmann decía que las estrellas…

–El maestro Luhmann decía muchas cosas, decía que Dios nos hizo con el único propósito de reírse un rato. ¿Te parece esto gracioso?

–¿Qué tiene que ver?

–Has sido tú el que ha mencionado al maestro.

–Yo creo que las estrellas serían soles que están muy lejos – intervino entonces Günter.

Los primos lo miraron casi de manera inquisitiva para pasar después a un gesto de estupor, parecía que estuviesen coordinados. Roth se encogió de hombros.

–¿Qué dices? –le preguntó Hahn Krakauer.

–No digo nada.

–No, no, tendrás que decir algo.

–Mira, lo que yo digo es que parecen chispas, como cuando choca una cosa con otra. Pero están quietas ahí todas las noches, por lo tanto no son chispas –entonces miró a ambos contertulios y adoptó una mueca que quería decir: ¿Estáis contentos?

–¡Venga! Me muero por saber qué piensas, lo sé porque muchas noches te observo y te quedas mirando el cielo. Intuyo que tienes una teoría de esas raras.

–Es mi teoría, personal, no tenéis por qué saberlo –dijo Roth mirando a todas partes; estaba harto de las risotadas.

De entre la multitud apareció Sebastian Jager, un muchacho de Faustaugen flaco y con unas gafas que le quedaban tan grandes que una y otra vez tenía que remangarse la nariz y llevar su dedo índice al centro como queriéndosela grapar entre las cejas. El joven aún no sabía con quien debía irse, participaba de las risas y bebía de mala gana cerveza aguada, se encontraba fuera de lugar. Jager se veía a sí mismo como un cocinero, aunque rara vez pudo ejercer tal oficio ya que trabajaba en una granja propiedad de sus padres. Sebastian siempre quiso marcharse a una gran ciudad y comenzar a trabajar en un buen restaurante. En 1913 su tío materno, Helmuth Degener, lo llevó a la ciudad de Essen a una feria de ganado y comieron en varios establecimientos, fue allí donde descubrió las posibilidades del arte culinario. Además, a partir de aquel viaje el pueblo se le quedó pequeño. En adelante leería más revistas y los libros, los pocos que podían conseguirle primero el maestro Luhmann y después Fremont, que le hablaban del mundo. El mundo y sus sabores, aquel basto océano que se abría ante él. Sin embargo, ahora aquel mismo mundo le parecía un lugar oscuro y lleno de peligros, solo había miedo y angustia. Nunca en su pueblo llegó a pensar que echaría de menos su casa y su gente. Por eso, ahora solo tenía el consuelo de estar junto a los rostros que le resultaban conocidos. Así llegó hasta Krakauer, el hijo del panadero, y saludó a Günter Bartram con quien había hecho la instrucción. Aún se encontraba resentido con Gotthold Weiss ya que le había apartado del grupo de los escogidos de un puntapié.

—¡Largo de aquí cegato! —le había dicho entre risas.

Y es que el pobre Sebastián apestaba a cobarde con el aire a distraído que tenía. Günter, que se encontraba tan descolocado como Sebastian le saludaba con alegría. Su presencia era como un abrigo en una nevada. Le hacía compartir el miedo a la incertidumbre.

El capitán von Hausser mandó callar a toda la cantina, había llegado la hora de anunciar la marcha a la rivera del Somme.

—¡Leal tropa de Grünensteinen! Hemos recibido noticias de que los británicos preparan una ofensiva en el río Somme. Deben estar muy locos porque es justo allí donde tenemos las posiciones más consolidadas. De modo que nosotros tendremos que ir a reforzar nuestros puestos con lo que si quieren avanzar si quiera un metro de tierra tendrán que pagarlo con litros de sangre. ¡Estamos hechos de granito y nadie, nadie atravesará nuestra línea! ¡Tres hurras por el Káiser!

—¡Hurra, hurra, hurra! —gritó la cantina entera.

Gerhard Oppenheim y Christian Müller, se miraron. Gerhard no paraba de toser debido a un catarro que arrastraba desde el invierno. Christian mostraba una sonrisa sincera aunque no carente de ironía. Estaba harto de lanzar hurras al Káiser cuando este no había hecho ningún mérito para tan alto honor, tan solo haber nacido. Gerhard pensaba que cada cosa que se hacía era para empeorarlo todo, tenía una sensación de pesimismo que lo aprisionaba. A veces soñaba que un proyectil lo aplastaba y lo veía de un modo ajeno, como si aquello que quedaba no fuese Gerhard o como si su alma ya hubiese abandonado su cuerpo. El caso era que en vez de sobresaltarse llegaba a sentir verdadera paz. Para Christian aquello era un capítulo más, era seguro que con aquella batalla no terminaría la guerra. De hecho el final se antojaba imposible. Pensaba que cuando regresasen tendría que revalidar su título de corredor más rápido del pueblo. Qué lejos quedaban las fiestas de la esquila las cuales a veces creía que jamás se volverían a celebrar. Había oído que en Faustaugen quedaban muy pocas ovejas y que la gente sembraba nabos en el campo con los cuales se hacían hasta salchichas, era muy difícil sacar la cosecha adelante sin caballos ni hombres y que el hambre era compañera de mesa.

–Creo que voy a desertar –dijo Gerhard al tiempo que se ponía un cigarro en la boca y buscaba una cerilla.

–¿Qué?

–Lo que te he dicho, no me hagas repetírtelo.

–Pero estás loco si te pillan te fusilarán.

–¡Schhh! Calla loco, si te oyen me hacen consejo de guerra. No sé cuando reuniré el valor, pero cada vez que tengo que disparar o hacer una guardia me da tanto miedo que no puedo aguantarme, siempre pienso que debería irme.

–Eso nos pasa a todos. No seas tonto.

–No lo creo, solo sé que mi vida… ¡bah! Para qué explicártelo. Es demasiado complicado… Míralos, qué felices son, nos dicen que nos vamos a otro frente a aguantar una embestida y míralos. No tengo el mismo ánimo.

–Ni siquiera ellos, están asustados, la mitad no podrán pegar ojo en toda la noche y la otra mitad se desvelará. Todos estamos asustados, pero no salimos corriendo, además si te fueses ¿dónde irías? Ya nunca podrías regresar a Faustaugen ni ver a tus padres, ni a nadie. Los caminos están llenos de milicianos y la policía militar te atraparía.

–En el pueblo no tengo a nadie… mi familia… ¡bah! déjalo, no lo entenderías es muy complicado de explicar. No debería haberte dicho nada –dijo Gerhard zanjando la conversación.

En la calle se encontraba Roth Neisser había salido para tomar un poco de aire puro ya que el humo y el olor a tropa contaminaba la atmosfera de la cantina. Alzó la mirada y vio la noche. Decía el maestro Luhmann que un hombre vive mientras perdura su memoria. Pensó que las estrellas son testigos de nuestra existencia porque ellas ya estaban cuando pusimos los pies en la tierra y allí seguirán cuando no quede nadie. Y, sin embargo, al universo entero le hace falta ser pensado para poder existir. Aunque sea por seres que a veces sean tan estúpidos como para matarse los unos a los otros por cualquier motivo.

Desde donde estaban sólo veían el molino de Pozieres a lo lejos. Las tropas habían caminado durante varios días y estaban exhaustas. Les habían instalado en una línea de granjas. En unos días pasarían a la primera línea, se esperaba una gran ofensiva británica. Gerhard y Christian se acomodaron en un barracón hecho con zinc y mal camuflado. Tenían la intranquilidad propia del que sabe su pronta vuelta a primera línea. Había mucha agitación en aquel sector, se apilaban cajas de munición y proyectiles para los cañones. Aquella zona en sí era un polvorín. En unos días estarían cerca de Thiepval, aquel pueblo se había convertido en una fortaleza inexpugnable llena de artillería, la tropa de Grünensteinen compartía la posición con camaradas de regimientos de reserva los cuales se mofaban de la juventud de los voluntarios.

Había una ansiedad que cada día que pasaban se volvía más pesada, las peleas entre los soldados y el hastío por los ejercicios de instrucción contribuían a elevar más ese ambiente. De algún modo sabían que en las jornadas sucesivas muchos de los que allí estaban perderían la vida por lo que daban rienda suelta al embrutecimiento.

Jan Ehrlich y los suyos estaban ubicados en una granja apartada, hacían llevadera la intranquilidad de la espera gracias al alcohol. Por las tardes solían beber, habían descubierto que el dueño de la granja en donde les habían ubicado tenía una bodega oculta llena de vino y queso. De algún modo el hecho estar alejados del resto del regimiento le daba una cierta impresión de ser libres, al menos a ciertas horas. El hecho de saber que en centenares de metros su autoridad no era discutida contribuía a esa sensación y a la euforia. Jan, como cabo, era quien se hacía respetar por los suyos tratándolos con una camaradería que nada tenía que ver con la amistad. Aquello era una especie de concesión que hacía a sus subordinados. Sabía muy bien que debido a que era un pobre ignorante, con mucha suerte, solo podía aspirar a sargento, aunque aún así se veía muy por encima de los demás. Los hermanos Weiss contribuían a acentuar ese estado. Le arropaban y defendían en todo momento, incluso en más de una ocasión llegaron a intimidar con su presencia al sargento Ralph Rohmer. Lo peor que le podía suceder a un mando era tener enemigos a ambos lados de la trinchera.

Aquella noche los soldados bebieron más de la cuenta, se reían embrutecidos, se tiraban pedos y se ponían brabucones. Entonces desde el pajar que ocupaban vieron las sombras que los dueños de la granja proyectaban sobre las ventanas. Vieron la figura estilizada de la esposa del granjero y se hizo un silencio tenso, de pronto comenzaron a salir. Gotthold Weiss tocaba en la puerta, se reía y se mecía con la borrachera.

–¡Abre, maldito gabacho traidor! ¡Te voy a sacar las tripas!

–¡Abre, eso, abreee! –vociferaba Heiner Schnitzler–. ¡Abre al Reich! ¡Maldito "schangel"!

Detrás de ellos reían cinco tipos más, aquellas carcajadas resultaban obscenas por lo que el granjero temeroso optó por no abrir. Pero el cabo Ehrlich les acompañaba y llamó el mismo.

–¡Abre granjero, si no quieres que entremos disparando!

Aquella orden fue secundada con vítores y silbidos. Se oyó como al otro lado de la entrada alguien abría y, de repente, una figura triste se presentó ante ellos. El granjero era un hombre mayor, todos sabían que su esposa era joven y aunque la había hecho parir al menos tres veces no había perdido su atractivo. Era delgada y de pechos pequeños, ojos grandes y melancólicos, nunca levantaba la mirada y se mostraba triste. Cada mirada lasciva de los soldados le dolía como una bofetada, el granjero la veía sufrir y trataba de ocultarla a los ojos de la gente. Aún así la podían observar por las ventanas o en la lejanía mientras ayudaba a su marido. Aquello espoleaba la libido de los soldados, quienes con un poco de alcohol se convertían en cerdos. El hecho de concentrar a tantos de la misma condición no hacía más que elevar al cubo la sensación de impunidad y el embrutecimiento.

–¡Has vulnerado muchas leyes! ¡Has ocultado comida al Imperio! ¡Sabes de sobra que está prohibido!

–¡Pardon monsieur! ¡Je ne comprends pas votre langue!

–Voy a hacer algo por ti –dijo Jan lamiéndose el labio–, te voy a perdonar, voy a perdonar tu miserable vida… ladrón, mentiroso. Pero… tendrás que pagar un tributo… un exiguo tributo…

Jan entró en la casa echando al lado al dueño como quien aparta un mueble viejo. Junto con él aparecieron los demás, entre ellos Gotthold que reía de manera obscena y Heiner

Schnitzler el cual se frotaba las manos.

–¿Dónde está la puta de tu mujer? –preguntó Jan excitado.

–No, no, monsieur…

–Ahora me entiendes, vaya, vaya.

El granjero parecía un alfeñique suplicando, sus ojos se llenaban de lágrimas. Buscaba ayuda entre toda la soldadesca que invadía su hogar. Pero no encontraba un sitio en donde refugiarse, suplicaba y volvía a suplicar arrodillado. Aquello no hacía sino elevar la euforia, e incluso un joven corrió hacia las estancias de arriba. Jan se giró y volvió a mirar al desdichado.

–Ahora verás cómo tratamos las traiciones. Tu esposa es afortunada, por fin probará hombres de verdad. Carne alemana entre pan francés. ¡Heiner, acompaña a ese y tráete a la dama, yo seré el primero!

En unos segundos se oyeron gritos en el piso alto. Seguidamente aparecieron el primer soldado y Heiner con la mujer tomada del pelo. Jan tomó un trago de su vino y volvió a humedecerse los labios. Se agarró su pene por encima del pantalón, gesto que todos celebraron. La esposa del granjero observó a todos con horror, su marido, aún seguía arrodillado, impotente, llorando. Apenas podía mirarla, incapaz de defenderla de aquella tropa armada que mostraban sus dientes, sus puños y sus bayonetas. Sabía que a lo más mínimo lo matarían y casi con toda seguridad a toda su familia. Allí no había nadie a quien pedir auxilio, tuvo la sensación de que todo estaba hecho y lo mejor sería no resistirse.

–Vous ne résistez pas –le dijo a su esposa.

Pero ella no podía dejarse llevar, trató de zafarse en vano y tuvo que ser sujetada por otro tipo más. La tiraron encima de la mesa como si fuese una suculenta comida y Hainer comenzó a sobarle los muslos y a descubrirla. Para entonces ya no se resistía, consciente de la fuerza de los hombres, estaba tan asustada como su esposo. Temblaba de terror, aunque para Jan aquel rostro resultaba aún más hermoso con aquella expresión de miedo y las lágrimas resbalando de sus ojos. Ehrlich comenzó a quitarse el cinturón y a desabrocharse el pantalón. En aquellos instantes aparecieron tres chiquillos en el rellano de la escalera, estaban mudos, horrorizados.

Alexander Weiss los miró, al contrario que todos había bebido, aunque no estaba borracho. Comenzó a caminar hacia el cabo y poniéndole la mano en el hombro llamó su atención. Jan le miró, y observó como el mayor de los Weiss negaba con la cabeza.

–¿Qué? –preguntó estupefacto el cabo.

–Esto no está bien.

–¡Ah, vamos Alexander, si no quieres participar vete al pajar y duerme la mona, y llévate a los críos! –Le dijo Heiner.

–¡Heiner, si me vuelves a hablar despego tu fea cabeza de tu asqueroso cuerpo! –amenazó Alexander.

–¿Qué haces, qué crees que haces Alexander Weiss? – preguntó Jan.

–Evitar que cometas una locura, esto no está bien.

–Mira a tus camaradas, esperamos una ofensiva del enemigo. Esta puede ser la última noche para pasarlo bien, algunos de nosotros no estaremos con una mujer nunca más…

–Esto no está bien. Y lo sabes.

Jan, buscó ayuda a su alrededor, para su desgracia solo encontró con la mirada de Gotthold el cual ya no reía, tambaleándose casi buscaba una posición que le fuera cómoda y la encontró detrás de su hermano. Hainer que aún estaba sobando a la mujer levantó la cabeza y miró de mala manera a Alexander. Por un momento la dejó y buscó una botella vacía, fue un encontrarla y arrojársela al mayor de los Weiss quien al verla solo tuvo que apartarse un poco. Lo demás fue aún más rápido, Alexander se arrojó sobre Hainer y comenzó a darle puñetazos en la cara. Gotthold hizo lo mismo, pero debido a su borrachera no hacía otra cosa que estorbar a Alexander. Jan intentaba separarlos, aunque era imposible, tuvieron que ayudarlos varios entre ellos Morten el Danés, el cual tenía el suficiente cuerpo como para poder contenerlo.

–¡Tranquilízate! ¡Es una orden! –gritó Jan crispado– ¡Aquí soy yo la autoridad! ¡Soy yo!

Heiner tenía un aspecto lamentable, intentó sonreír y de su roja boca sobresalía un trozo de diente. Intentó levantarse pero perdió el equilibrio y los demás comenzaron a reírse. Aquello calmó un poco el ambiente. Morten por su parte comenzó a negar con la cabeza.

–Mi cabo, Alexander tiene razón. Eso está mal…

–¡Ha ocultado comida y bebida al Imperio, al sagrado Imperio! –bramó Jan.

–Pero mi cabo, se la hemos quitado. Esto, esto no está bien.

–¡Morten, aquí soy yo el que manda!

–Nadie lo discute –dijo Alexander–, pero sabes como el que más que esto no está bien. Somos soldados, no podemos violar a una mujer delante de su marido y sus hijos –intervino Alexander.

–Pues entonces echemos a su marido y a sus hijos –dijo Heiner–, para algunos será la última vez que podamos disfrutar de una mujer y seguro que ella no se arrepiente.

–¡Calla de una vez maldito paleto! –dijo Morten.

–¡Calla tú, danés asqueroso!

–¡Callad todos! –ordenó Jan– ¡Tal vez sea mejor dejarlo! ¡No es bueno que peleemos en la víspera de una batalla!

–¡Pero Jan! ¡Tú mismo lo has dicho! Para algunos está será la última vez…

–Si te oigo hablar otra vez dejo que Alexander te mate –dijo Jan abatido y avergonzado.

Entonces todos comenzaron a recomponerse y despacio abandonaban la casa, la mujer recibió a sus hijos y el esposo se levantaba con la cabeza agachada. Jan lo miró, aún tenía sobresaltado el fuelle de su pecho, dentro de él notaba como le ardía el corazón. Pensó que los héroes de antaño nunca dejaban las cosas a medias. Aquel granjero, aquel "miserable" granjero merecía castigo. Fue hasta el pajar y cogió su bayoneta, se dirigió de nuevo al hogar en el momento en el que el pobre hombre iba a cerrar la puerta, lloraba. Hainer estaba allí y sin mediar palabra sujetó al hombre, parecía que ambos supiesen qué habían de hacer. Jan no le miró a los ojos, agarró la mano del hombre y de varios tajos se la amputó.

–Esto es lo que le hacen a los ladrones como tú en otros países, dame las gracias por perdonarte la vida.

El granjero gritaba, en vano trataba de contener el dolor que salía a borbotones de su muñeca.

Algo muy grave estaba a punto de ocurrir, se intuía. La llegada de aquel telegrama comunicando la muerte del soldado Paul Król lo confirmó. Era como un mal augurio que no hacía sino nutrir al pesimismo existente. Si alguien podía barruntarlo ese era Helmuth Degener al quien en principio todos creían que había enloquecido, aunque para desesperación del pueblo solía acertar en sus predicciones. Y el viejo decía que Paul no era sino el primero de muchos. Todos sabían que la batalla de Verdún estaba desangrando al Imperio y hacía algún tiempo que todos pensaban que aquello tenía que acabar. La sangría estaba durando demasiado, por lo mismo se admitía que para acabar con la guerra alguien debía de mover una pieza en el tablero y que el movimiento en sí costaría vidas. Ya lo decía Friedrich Schmidt, el Tuerto que para ganar había que sacrificar un poco más.

Las cartas recibidas hablaban de una inminente ofensiva británica y que los muchachos destacados en la rivera del río Somme esperaban entrar en combate de un día para otro y por muy tranquilos que se mostrasen sobre el papel todos asumían que el miedo les incomodaba como la sarna sobre la piel.

En aquel pequeño pueblo la desgracia se había instalado y al asesinato de María tenía que unirse la depresión del señor Mockford con el consecuente cierre de la tienda, la enfermedad Unna, la esposa del Tuerto, o la mancha de aceite del Trommelbach. No parecía sino que los fantasmas hubiesen salido de sus tumbas para mofarse de los vivos. Hubo una plaga de topos que devoraban los nabos, zanahorias y patatas. La tierra se llevaba mal con aquellos ganaderos que solo sabían pastorear ovejas y la habían aporreado tanto que ahora se resistía al arado como un potro se resiste a ser domado. Las mujeres a duras penas sacaban adelante la producción, temiendo un día tras otro que la cartera llegase con su bicicleta a visitarlas. Una vez incluso se desmayó la señora Neisser cuando tocó en su puerta para darle un sobre en el que un pariente lejano la saludaba para pedirle prestado dinero. Pero aquella mañana cuando Martha Król estaba labrando las coles en su huerto y vio a la esposa del cartero solo se le pasó por la cabeza que a uno de sus gemelos nunca más volvería a verlo, al recibir la notificación supo que se trataba de su Paul. Ya nunca más se enfadaría con él porque abandonase el trabajo, ni por dejar sus botas tiradas en el salón, o porque no se afeitase el domingo. Jamás volvería a reírse con sus chistes y ocurrencias, pensó también que ni siquiera tenía una foto reciente. Pensó en hacérsela, una foto vestido de soldado, aunque todo se quedó en intención. Ahora se lamentaba de tantas cosas que de pensarlas no le salía ni el llanto. Martha se sentó sobre una piedra mientras recibía el sol de mediodía, a continuación se desplomó sin conocimiento.

En el centro del pueblo estaba la fuente de las Tres Cabezas, tres cabezas cuyos rasgos se hallaban casi borrados por los estragos del tiempo. De allí manaban tres caños durante casi todo el año, solo en los días más fríos del invierno cuando el hielo taponaba la salida el agua no lograba abrirse camino. Todos los vecinos iban allí a llenar sus cubos, desde que Unna se había quedado sin recursos como para permitirse tener contratada a Otta, ella misma iba a por agua. Debido a su galopante artrosis y a la enfermedad de las bubas solo podía llenar un poco la cubeta, teniendo que dar varios viajes. Aquel paseo la hacía sentirse útil y la despejaba del ambiente vacío de la taberna. Aquella vez coincidió con la señora Weiss que fiel a su agria personalidad no se abstuvo de hacer comentarios al ver pasar por allí a Otta Lenz quien iba a ver a Martha Król para saber si aquello que había oído era cierto.

—Tal parece que la guerra hace viudas y putas, eso decía mi madre. ¿Qué es esa?

Unna la exuberante, soltó algo parecido a un bufido.

—Tu madre debía saberlo muy bien pues era las dos cosas a la vez.

—Quién fue a hablar. Dicen que tu padre, el maldito italiano ese, te vendió cuando eras virgen. Debías ser muy joven, ¿verdad?

—Si tú lo dices algo debes saber, ¿acaso tu padre te vendió, o te entregaste por tu voluntad?

—El caso es que tú has vendido a esa muchacha y es una perdida, le has enseñado cosas y ella las pone en práctica. Tal parece que se ha quedado con ese maestrito, tiene mucha pecunia y el muchacho no es feo. Es un negocio redondo, ahora, ¿dónde irá? Acaso se cree que será bien recibida en casa de los Król. No, muchacha no le has enseñado del todo.

—¡Qué, enseñar! No le he enseñado nada. Cada cual se enamora de quien puede. Así, señora, tu difunto esposo se enamoró de una arpía.

–¡No menciones a los muertos, que trae mala suerte! ¿Qué tienes tú qué decir de mi marido? Deja a los muertos descansar.

–Y tú a los vivos –dijo Unna dando por suficiente el contenido del cubo y de la conversación.

En la casa de los Król la gente se apiñaba en busca de noticias. Algunos decían que la flota tenía que salir otra vez del puerto y rematar lo que había comenzado en Jutlandia en dónde las armadas británica y alemana habían firmado un empate que aunque se vendía como victoria por parte de ambos bandos dejaba a los primeros con la ventaja de que todo seguía igual. Para el pueblo aquel triunfo no sería tal si el bloqueo naval no se rompía, aquello y solo aquello traería el triunfo final. Decía el alcalde una y otra vez en voz alta, para terminar con una frase en la que todos coincidían:

–¡Y que regresen de una vez por todas los muchachos, sanos y salvos!

Balthasar Holstein tenía que hacer malabares para contentar al pueblo y no negar nada de lo que las autoridades le reclamaban para el esfuerzo de guerra, sobre todo patatas y cereales. Por todo ello se tenía que enfrentar a los vecinos en especial a aquellos que tenían a alguien en el ejército, quienes reclamaban que ya hacían bastante con pagar su cuota con sangre. Lo cierto es que al final, como buenos súbditos del Káiser, contribuían sin vacilar.

Entonces apareció Otta, aquello alimentó las expectativas de la gente. Todo el mundo sabía que algo fuerte iba a suceder, sin embargo, Martha, quien hacía unos minutos lloraba y pataleaba, se secó las lágrimas y recibió el abrazo de Otta. Frankz en cambio le negó el saludo. Otta lloraba, era muy difícil contenerse. El pueblo entero comenzaba a compadecerse, pero solo fue un reflejo ya que sentían que la muchacha había faltado a su deber con Paul. Paul era un muchacho al que era muy difícil no querer ya que aunque fuera holgazán solía ser muy simpático y siempre tenía una gracia en la boca. Aquella casa se había vuelto sombría, triste ya nunca volvería a ser lo que fue. Al igual que la casa de los Lenz sin María. Todos habían perdido a alguien en la guerra y, de algún modo, el fallecimiento de María también tenía algo que ver con la contienda. Hasta la fecha ninguna autoridad tenía nada nuevo sobre el caso. La muchacha cruzó la calle desierta porque la gente estaba en los campos, incluso los niños que al salir de clase fueron con sus padres, y al llegar al Feuerbach ya estaba muerta.

–Le faltó el aire –dijo el doctor– la estrangularon.

No existía un móvil, por ello, tampoco tenían sospechosos y, por lo tanto, todo el pueblo lo era. Otta miraba a los allí congregados y trataba de leerles en los ojos las escrituras del alma. Aunque muchos lo único que le lanzaban eran miradas de odio, sabían que al ser novia del maestro había cambiado la pobreza por una vida cómoda, además Fremont tenía más bien las facciones agradables, más de una joven quisiera verse en su pellejo lo que se traducía en envidia. Otta había hecho su apuesta y ganó, eso pensaban todos. Lo cierto es que Otta era como un barco de papel en medio de un río que hasta este momento solo se había dejado llevar. La muerte de Paul le dejaba cierta libertad, podía olvidarse de su novio para siempre y vivir una vida cómoda en Bremen. Pero también podía negarse a ser una mujer complaciente, dejarle claro a Fremont que no sería su juguete, que no era como las demás. Había oído que en otros países las mujeres luchaban por su derecho al voto, que querían hacerse escuchar. Aquí en un mundo tan rural resultaba hasta cómico, aunque si se iba a una ciudad su realidad podía ser del todo distinta. Podría continuar estudiando. Se abría ante ella un mundo de expectativas y de sueños que la excitaba. Aunque por encima de todo se había prometido encontrar al asesino de María. Sería cuestión de tiempo, un asesino no puede irse sin haber dejado una ligera pista. A veces creía que el tipo en cuestión estaba muy cerca de ella, otras lo situaba lejos. Había rumores sobre prisioneros de guerra que escapaban, muchos de ellos vagaban sin rumbo y con toda probabilidad la joven le había visto. Aunque eso era especular demasiado. Quizá el asesinato de María tan solo fue un accidente, algo que no debió suceder o puede que se tratase de un intento de violación.

La puerta de los Król se abrió, parecía que hubiese entrado un fantasma ya que nadie apareció, sin embargo, todo el mundo oyó el crujir de los goznes e incluso vio como la entrada cedía lo justo para permitir el paso a una persona. Martha recibió un golpe de aire en la cara como si algo la hubiese atravesado, con la mirada y su instinto siguió a aquella sensación y se encaminó para la escalera, continuó subiendo y su corazón le bombeaba en la garganta cuando llegó a la habitación de los "chicos", allí miró las dos velas que mantenía encendidas y como una de ellas se había apagado. Fue en aquel instante cuando la madre sintió que algo le faltaba, se agarró al pecho y despacio se escurrió hasta el suelo desfallecida, como si le hubiesen arrancado de dentro algo vital y sintiese que no quedaba motivos para seguir viviendo. Como un árbol al que la riada deja las raíces desnudas.

Llevaban una semana bajo aquel incesante fuego. En los refugios, como topos, se mantenían a salvo, aún así el suelo retumbaba como si tuviese miedo de lo que se avecinaba. Años después de aquella batalla los soldados alemanes se enteraron de que los ecos se podían sentir en Londres. El Alto Mando Británico había decidido desatar allí al mismísimo infierno. El general Douglas Haig, había planeado aquel asalto con meticulosidad, había calculado el número de bajas e incluso el daño que le iba a hacer al ejército del Káiser. Todo estaba tan bien pensado que lo único que nadie podía esperar era que fracasara. Aquel campo de batalla se convertiría en una inmensa tumba y dejaría un poso de pesadillas que habrían de acompañar a los supervivientes durante toda su vida.

Para la tropa de Faustaugen no era más que una de tantas locuras. Daban gracias todos los días a Dios por seguir vivos, aunque por momentos envidiaban a los muertos porque ellos ya no tenían que sufrir. En el interior de la tierra lo peor que les podía pasar era quedarse sin luz eléctrica o que un proyectil les cerrase las salidas, aunque lo que nunca esperaban era padecer sed. Afuera, en una casamata de hormigón avanzada Christian Müller estaba de guardia, su experiencia le servía para saber cuándo y cómo iba a caer un obús. Lo cual era todo un arte, ya que el sonido era como un gigantesco y perpetuo trueno. Y Christian los distinguía, a veces para no aburrirse contaba las granadas y las minas. Intentaba descifrar aquella macabra sinfonía, después los clasificaba, shrapnels, el insistente calibre 75 milímetros francés, el de 83, el de 127, terroríficos 233, y hasta llevaba cierto recuento, alguna vez estuvieron a punto de darle, pero un cuerpo a tierra en su momento le salvó, aunque no se libraba de tragar tierra, que escupía de su boca seca. Lo peor eran las esquirlas de madera que salían rebotadas. Olía a tierra y a hierba machacada. Desde su posición miró al frente enemigo, estaba allá abajo. No podía verlo, tan solo intuirle cerca, más allá de la tierra de nadie y más allá de las nieblas de polvo. Lo único que podía divisar era la raspa de un árbol al que le habían arrancado las ganas de vivir. A su espalda estaba el emplazamiento era conocido como Reducto de Suabia, Redoute Schwaben, un complejo sistema de fortines y túneles construidos para resistir cualquier ataque. Allí los camaradas de

Suabia, los de la División de Reserva 26 les hacía compañía y mostraban su "poco respeto" por el enemigo y por el miedo en sí, lo cual no era sino un bálsamo para combatir la larga espera y la seguridad de una futura matanza. Quienes peor lo llevaban eran los novatos. Algunos se retorcían y ponían nerviosos a los demás. A uno hubo que golpearle en la mandíbula y hacerlo dormir ya que brincaba como loco. Por suerte el sargento Ralph Rohmer no les mandaba hacer ninguna guardia, se limitaba a dejarlos a cargo de los veteranos. En cierto modo se mostraba comprensivo y hasta afable, cosa harta difícil para un temperamento tan grave como el suyo.

Hacia las siete veinte de la mañana cuando una gigantesca mina hizo explosión, Christian observo atónito como la tierra hacía una pompa imponente como si el suelo hirviese. El muchacho se refugió, tras unos sacos terreros, creyó que el mundo iba a estallar harto de tanta explosión. Desde la lejanía pudo ver como el cráter dejado comenzaba a ser tomado un camarada que afianzaba una ametralladora; un temerario, sin duda. Los británicos sin saberlo habían abierto un parapeto avanzado. Aquello le dio cierta tranquilidad, la suficiente como para sentarse con la espalda en la pared y fumar un cigarrillo, lentamente, no tenía mucho que temer; aún sonaba la artillería enemiga. Por unos instantes bajó la guardia, pensaba en esa visión y cómo plasmarla en un papel. Daba pequeñas y serenas caladas, miró su mano y notó que temblaba. Sabía muy bien que aquella tormenta acabaría en masacre. Algo parecido a las noticias que le traían de Verdún. Entonces llegó el sargento acompañado de Jan Ehrlich, el muchacho se puso en pie de un salto y a partir de en aquel momento reinó la confusión. Al centinela Christian Müller solo le dio tiempo a saludar y cayó al suelo, le habían alcanzado en el hombro. Una tormenta de disparos llegó desde una posición no muy alejada. Ralph se asomó como pudo y los vio allí mismo, aquellos "tommys" no habían esperado a que terminara el cañoneo para acercarse, había centenares de hombres con su casco de plato característico. Oyó el silbato y hasta las cornetas allá al fondo, el ataque no había hecho sino comenzar. Los muchachos salieron de los refugios con sus fusiles ansiosos. Disparaban a aquel enjambre de enemigos, sin embargo, no dejaban de avanzar.

–¡Maldita sea! –rugió el sargento– ¡Los tenemos aquí y aún no habéis echado a andar esa ametralladora!

–¡Las ametralladoras, vamos, vamos! –gritó el alférez Heller Rümpler.

–¡Camilleros llévense a este muchacho! –dijo Jan en referencia a Christian al que le sangraba el hombro.

Hacia el este pudieron oír el tricotar de las ametralladoras Maxim, lo que fue saludado con hurras espontáneos. No obstante, la más cercana dejó de oírse nada más comenzar, les habían alcanzado con una granada de gas.

–Herr sargento, la ametralladora ha sido barrida, el soldado y su auxiliar han muerto –dijo Alexander Weiss.

–Cógete a Günter Bartram y hazla funcionar maldita sea están aquí. Poneos las máscaras, ¡vamos! ¡A los de la cizalla! ¡No les dejéis cortar el alambre de espino! ¡Maldita mierda! ¡Vamoooos!

Alexander se encaminó hacia el emplazamiento, los sacos terreros que habían de protegerlos se desangraban rotos por las granadas, aunque Alexander lo vio de un modo más positivo, así tenía mayor ángulo de visión. Por suerte se la encontró cargada con una ristra de balas afiladas como los dientes de un tiburón. En un segundo comenzó a salpicar muerte. Los ojos le bailaban de alegría mientras veía al enemigo sucumbir, caían abatidos, asustados, ante aquella máquina de hacer chispas. Günter entendió bien su función de cargador y apenas hubo gastado la primera cinta, puso la segunda. Se fijó en su acompañante sangraba por la boca y eso le pareció un mal augurio. No obstante, había dejado de temblar, todo el miedo experimentado durante el cañoneo había desaparecido como si se lo hubiese llevado un torrente de lodo.

Los demás sonreían ante el apoyo de Alexander, pues aquellos "tommys" no dejaban de avanzar como la marea. Sebastian, que apenas había disparado y con poca fortuna, tomó aire y se fijó en un tipo con un silbato y un bastón que alentaba a los suyos a seguir subiendo, se ajustó las gafas y le apuntó a la cabeza vino a darle en el pecho. No podía creerlo, se había cargado a un oficial. Hahn Krakauer y Roth Neisser descargaban con desigual fortuna. De repente Hahn levantó la cabeza y le dijo a su primo:

–Debe haber una razón suficiente para que todo sea así y no de otra manera –de repente un disparo le reventó la cabeza, fue lo último que dijo.

Roth se quedó mirándolo, incrédulo, por unos segundos cuando levantó la mirada pudo ver que los británicos estaban allí, habían abierto brechas en el alambre de espino y se agazapaban frente a los embudos que acosaban su posición. Estaban a un lanzamiento de granada y así lo vio Jan Ehrlich. Heller Rümpler sintió la necesidad de saber cuál era la situación, cogió unos prismáticos y despreciando al peligro levantó la cabeza. Los británicos salían del bosque de Thiepval por centenares. Y muchos se dirigían a su posición. Tenía que ordenar un fuego de pantalla, sin embargo, la línea telefónica estaba cortada debido al cañoneo de los días anteriores, por lo que optó por ir corriendo. Su figura se perdió por la trinchera de enlace. El capitán von Hausser lo interceptó.

–¿Huye usted?

–No, mi capitán, tengo que solicitar una cortina de acero, están cayendo sobre nuestra posición. Y esto parece que no ha hecho nada más que empezar.

–Vengo del puesto de mando y en otras posiciones aún no han comenzado... ¿Y el soldado de comunicaciones?

–Muerto.

–¡No, regrese, mandaremos a mi ordenanza! ¡Frizt, lleva esta petición a los artilleros! ¡Fuego de pantalla en sector C!

Pero el sector C se estaba congestionando, en frente los soldados irlandeses del 36 Regimiento estaban llegando sin que pudieran detener el chorro. Gotthold Weiss tenía el hombro dolorido de tanto disparar, le encantaba acertar a los primeros que se colaban por los pasillos abiertos en el alambre de espino, disfrutaba ver sus cadáveres en la alambrada, aunque intentar taponar todos los huecos era una tarea imposible por la marea de enemigos y porque tenía que exponerse. Gerhard Oppenheim había tenido que lanzar una granada, sabía muy bien que de un momento alcanzarían su trinchera, o lo que quedaba de ella y sería inevitable una lucha cuerpo a cuerpo. Estaba tan asustado que apenas acertaba. De repente una granada estalló dentro del parapeto. Gerhard se giró y vio al capitán gritar: le faltaba una pierna, se había caído de espaldas y miraba al cielo, de pronto, dejó de emitir sonidos y su cuerpo experimentó los estertores de la muerte. En la ametralladora las cosas no iban mejor, una granada la había alcanzado y el joven Günter Bartram, cayó abatido, un trozo de metralla le había alcanzado el corazón, corazón triste desde que María apareció muerta. En los segundos antes de su muerte pudo verla, así como a la vida que podrían haber vivido, su rostro esbozó una leve sonrisa y sus dedos se alzaron como para tocarla en medio de la polvareda. Alexander sufrió heridas por todo el cuerpo, en el brazo, el hombro, la cara, las piernas, pero todas eran lesiones superficiales que no le impedían seguir combatiendo, tuvo que salir de la posición, ya que nube de polvo le impedía respirar. Se arrastró y vio la dantesca imagen cadáveres por doquier, sus compañeros sobrepasados y en ese instante el alférez Heller Rümpler comprobando que ostentaba la máxima autoridad ordenaba la evacuación.

–¡Retirada al reducto! ¡Oppenheim, Neisser, Jager, Schnitzler quedaros con el sargento y cubrid la retirada, hay que proteger la trinchera de enlace!

Los cinco a base de lanzar granadas lograron contener el primer envite, aunque los atacantes seguían invadiendo la primera línea. A Gerhard la imagen se le antojaba una plaga de conejos que hubo en Gutenweizen, saltando por los barrancos. Eran incontenibles, tan solo se podía retroceder.

–¡Maldita artillería! –bramaba Heller– ¡Vamos, a correr!

Corrían al encuentro de sus camaradas, oían los disparos y de vez en cuando Heller se giraba y utilizaba la Luger. Tras una carrera que parecía eterna lograron agruparse cerca del reducto de Suabia, no obstante, la cosa allí pintaba mal. También estaban sobrepasados y las defensas no tardarían en sucumbir. Los nidos de ametralladoras se convirtieron en el objetivo de los norirlandeses que las hacían callar una a una. El sargento Rohmer, cuyo encogido bigote se encontraba mustio, trajo abundante provisión de granadas de palo. Tenían que resistir de algún modo y por un tiempo se convirtieron en una maquinaria terrorífica todos a una lanzando explosivos, pero no podían detener la oleada. La munición se acababa. Allí se habían quedado Gerhard Oppenheim, Roth Neisser, Sebastian Jager, Heiner Schnitzler además del sargento. Los demás no podían sino huir a una posición más favorable, retroceder y esperar refuerzos. Se podía ver a Jan y a Alexander luchando cuerpo a cuerpo. Juntos hacían un puercoespín mortífero y cualquiera que quisiera pasar por la estrechura del pasadizo apenas protegido por unas tablas astilladas se las tenía que ver con ellos. El alférez Heller se encontró el cadáver del ordenanza Fritz, comenzó a comprender por qué los cañones dormían. Si seguían avanzando de aquella manera se verían sobrepasados en poco tiempo. Entonces oyeron el rugir de la artillería y el solicitado fuego de pantalla. Aquello fue como levantar un muro; los soldados británicos no podían huir ni recibir refuerzos. Además se acercaron varios soldados con un mortero.

«¡Milagro!».

–¡Necesito valientes para rescatar al sargento y a los muchachos que se han quedado rezagados! –dijo el alférez.

–Herr alférez, con el debido respeto, seguro que han muerto –dijo Jan.

–No lo creo, aún oigo sus granadas, están ahí, a apenas veinte metros.

–¡Yo iré! –dijo Alexander Weiss, a sabiendas de que eran mucho más de veinte metros.

–¡Y yo! –dijo su hermano.

–¡Me quedaré aquí para afianzar esta posición y para quedarme con los soldados que quedan…!

–No cabo, usted me cubre las espaldas, vamos a contraatacar –ordenó el alférez viendo que venían tropas de la retaguardia.

Aquellos metros que les separaban de sus camaradas había que ganarlos, se trataba de una lucha cuerpo a cuerpo. Cualquier cosa valía, la bayoneta, la pala, una piedra. Allí se moría a la desesperada. La trinchera se perdía por trayectos a causa del bombardeo de los días anteriores, por ello, tenían que avanzar con cautela en donde antes habían huido a lo loco.

Mientras, un poco más adelante los sitiados se protegían con unos pocos sacos terreros y la puntería de sus fusiles, ya no tenían nada más. Un peine de balas tras otro y la munición de sus cajas iba descendiendo con dramatismo. Por suerte, en un extremo de la trinchera apareció Alexander Weiss con una ametralladora ligera una Bergmann MG15 con la que limpió de atacantes la línea de enfrente. Por detrás se había creado un pasillo entre la retaguardia y ellos por lo que los suabios comenzaban a reforzar aquel emplazamiento. De pronto una explosión tuvo lugar en aquel sitio, era fuego amigo. No había tiempo que perder, corrieron hacia atrás sin perder la vista al frente. Aquello fue aprovechado por el enemigo para lanzar un contragolpe. En el suelo estaba Roth Neisser atontado, veía el humo sobre sus cabezas, aquel humo alimentado con sangre y pólvora se retorcía en el aire. Roth recordaba a su primo y sus últimas palabras. Inclinó su cabeza y vio el cadáver de un norirlandés que apenas había caído junto a él. En la solapa llevaba los restos de una amapola.

–Poderosa fuerza, poderosa fuerza que nos obligas a seguir queriendo vivir aunque todo esté en contra... –musitaba.

Sintió que alguien le tiraba del brazo y que le ponía sobre una superficie.

–Tranquilo, nos vamos para Faustaugen –dijo el camillero Marcus Breuer.

A principios de junio el general Alekséi Brusilov demostró a todos que entre el ejército ruso aún había hombres capaces de hacer grandes cosas con medios precarios. Brusilov atacó los puntos más débiles del frente austrohúngaro en Galitzia hasta romperlo y hacerlos retroceder. En aquellos momentos el Imperio Austrohúngaro se hallaba concentrado con los problemas que le daba Italia en Goritzia, la cual había entrado en la guerra con la promesa de conquistar lo que ellos llamaban la Italia Irredenta. Por ello, tuvo que pedir auxilio al Imperio Alemán, el cual inmerso en las batallas de Verdún y el Somme tuvo que hacer un esfuerzo extra para ayudar a su aliado. Sin embargo, Brusilov comprobó en sus carnes que la Stavka, el Cuartel General de las Fuerzas Armadas de la Rusia Imperial, no estaba a su altura.

La recién nombrada como compañía Peste tuvo que marchar a la zona para aliviar la situación en el frente austrohúngaro como avanzadilla de la mano que Alemania tendría que echarle al Imperio Austrohúngaro. Durante días caminaban en busca del incierto lugar donde se suponía habían de encontrarse con el enemigo. Ulrich pensaba que siempre sería fiel a Virginia, por encima del deber, de su patria e incluso de sus seres queridos. Ahora pertenecía al grupo de Rudolf, lo que debía suponer todo un orgullo, y él le quedaba agradecido, aunque también le tenía un poso de rencor. El sargento Goldschmidt lo notaba, sin embargo, su trato siempre fue afable y casi como el de un hermano. Sabía que a la larga era lo mejor para todos. El hecho de haberlo admitido entre los suyos había implicado cierta responsabilidad. Tenía que mantenerlo ocupado durante días y la Ofensiva Brusilov le daba la oportunidad que tanto había buscado. Como casi siempre, el frente de batalla era muy ancho y estaba roto, aunque había trincheras el sistema no era tan sólido como en el Frente Occidental, además las tropas rusas podían aparecer por cualquier sitio tomando posiciones. No obstante, en aquellos primeros días apenas encontraron oposición, grupúsculos de rusos buscando comida. Gente que formando parte del ejército hacían incursiones por las granjas. Para el sargento Goldschmidt matar a aquellos soldados empobrecidos no le traía ninguna felicidad, pero era su deber. Sabía muy bien que si ganaban esta contienda no sería en Rusia.

Por lo que aquella no era su guerra y aquello no tenía que terminar pronto, hacer desistir a aquel pueblo de que no podían hacer nada siempre que el Imperio Alemán estuviese allí. Sus hombres compartían aquella visión, en realidad apoyarían a su sargento hasta la muerte, le conocían desde que era cabo y su admiración no había hecho sino crecer. Su determinación y arrojo frente al enemigo eran cruciales, siempre en cabeza. Dando ejemplo.

A mitad de mes fueron reemplazados y regresaron a las cercanías de Lublin, en la zona controlada por Alemania. En el cuartel de campaña estaba Virginia, en aquellos días habían llegado caballos y tenían que preparar cercados y cuadras. Había que prepararse para una ofensiva en el sur y necesitaban bestias de refresco. Ulrich fue en su búsqueda, la había estado observando desde la lejanía en sus quehaceres. Cuando ella se percataba le devolvía la mirada y le saludaba con cierta timidez. No se les podía detener por mucho que la guerra quisiera interponerse entre ellos. Rudolf, en cierta forma, les recordaba a él y a Mihaela. Si no evitaban aquella atracción podrían correr la misma suerte y uno de los dos moriría. En realidad el peligro podía venir de Virginia quien no aceptaba su suerte y a veces solía hacer comentarios despectivos hacia el Imperio Alemán, cualquier día llegarían a alguien con la suficiente determinación, un oficial malhumorado, y les costaría el fusilamiento.

—Sargento Goldschmidt, le estaba buscando —dijo el teniente Eike Schnitzler despertando a Rudolf de sus divagaciones.

—Herr teniente.

—Siento decirle que nos vamos en los próximos días. Linsingen nos quiere protegiendo Kovel y su línea ferroviaria. No queremos que suceda aquí lo que a los Austrohúngaros.

—Lo sé, Galitzia es un desastre, herr teniente.

—Descanse, pronto partiremos. Creo que la próxima vez no será tan fácil.

Mientras tanto Ulrich, se las había apañado para ocultarse en un granero acondicionado para dar albergue a los caballos. Allí aguardaba a Virginia, la cual no le hizo esperar mucho. Gracias a sus conocimientos tenía cierta jerarquía entre los soldados de logística encargados de las bestias y pudo zafarse para encontrarse con el joven. Se ocultaron detrás de una pila de sacos de avena. Allí Król la tomó con suavidad de la nuca la inclinó un poco y la besó. Ella por su parte le posó las manos en la cintura. Aquel fue un beso tierno y desesperado al igual que del de dos enamorados detenidos bajo una farola antes de despedirse. Fue Virginia quien le invitaba a tenderse en aquel suelo de tierra y paja. Había cierta prisa, se ocultaban como los amantes fugitivos que eran, como adolescentes que juegan a algo prohibido.

Hicieron el amor sin desnudarse del todo y con rapidez, aunque con ternura. Ulrich pensó que aquella no podía ser la primera vez de Virginia, lo cual le produjo algo de tristeza, no por el pasado, sino por su futuro.

Después ella le acarició el pecho, debían ponerse en pie, debían recomponerse, debían largarse, debían. Pero no lo hacían. De hecho aquel arrumaco servía para mantenerle en el suelo de paja. Su mundo no tenía prisas, ni temía castigo.

–Tenemos que fugarnos, hay que aprovechar que todo está confuso –le soltó la muchacha sin dejar de mover su dedo, fino igual que un pincel, como si la piel de Ulrich fuese un lienzo.

Ulrich recibió sus palabras como una puñalada. Tan pronto se veía con fuerzas como para declararle la guerra al Imperio como se rendía.

–No podemos.

Virginia reaccionó de mala manera, se levantó y comenzó a recomponerse.

–¿Pero qué haces? –preguntó Ulrich.

–Es evidente –le respondió con su acento flamenco–. Dudo de tu capacidad de amar y de comprometerte.

–Pe… pero, no podemos arriesgarnos a que nos pillen, no tendríamos otra oportunidad. Nos fusilarían. De hecho si no fuese por el sargento Rudolf…

–Odio a ese hombre, está en todos sitios. Me mira… –cambió de tono, más dulzón– me desea. Quiere echar a perder lo nuestro. Y lo va a conseguir.

–Espera, espera un poco más, todo esto acabará algún día.

–Cuando estemos muertos, seguro. No te engañes, tú y yo no tenemos futuro… ya sabes lo que esto significa.

–Espera, espera Virginia… ¡Virginia!

Virginia se largó y Ulrich aún seguía con el pantalón bajado, pensativo. Hasta aquel día solo le había regalado algunos besos y, como para cobrárselos, siempre recurría al mismo discurso. Durante noches enteras la había soñado fusilada y a veces sufrían persecuciones tan interminables como acuciantes. Intuía que aquello no podía seguir así. Sabía muy bien que su relación con Virginia dependería de la posible fuga. Por lo que se planteaba olvidarla. ¿Qué más podía hacer? Aquello era un final por mucho que no quisiera aceptarlo. Sin duda al fin y al cabo él era un alemán y ella los odiaba. Por eso, Ulrich sopesaba cada latido de su corazón, cada suspiro. Virginia no podría amarlo, porque quizá tuviese un novio en Flandes, o porque le requería más sacrificio, porque están en guerra, porque era soldado enemigo. O simplemente porque no lo quería.

Ulrich no podía ser otra persona, la aventura de desertar había sido todo un atrevimiento que no podía permitirse de nuevo. No podía dejar de ser quién era. De haber sido Paul no se lo hubiese pensado.

El sargento vio a Virginia salir del granero. Su corazón sufrió un golpe, la notó descompuesta y de mal humor. Sabía que tenía que pedir su traslado, largarla donde no fuese un problema. Pensaba en Ulrich y le daba pena. Era su mejor fusilero, nunca fallaba un disparo y todos sentían que habían hecho una buena adquisición. Siempre que actuaban el muchacho se quedaba rezagado junto con otros cinco que eran también disparadores de primera. Buscaban un sitio alto y al mando enemigo, lo solían identificar mirando desde sus prismáticos, de aquella manera decapitaban a los rusos y provocaban la ruptura de la sección que atacaban. Aquel joven siempre dispuesto a cumplir lo que se le mandaba, tenía su punto débil en Virginia y él, como sargento que era, no tenía tiempo para tonterías.

Pasó por un grupo de soldados que contemplaban la misma escena y les ordenó cuadrarse a su paso. Estaba enfadado.

—Cabo Rosenstock, reúna a todos los muchachos, tengo una mala noticia que darles.

—Sí, herr sargento, a sus órdenes.

Rudolf se sacó un cigarrillo y lo encendió, esperó unos diez minutos hasta que los tuvo a todos allí incluido a Ulrich.

—Duerman un poco, coman lo que puedan y descansen. Nos vamos de inmediato. La compañía Peste se traslada, tenemos que detener a los rusos de una vez por todas.

—Pero herr sargento, nos vendría muy bien unos días de descanso… —protestó Gottlieb Reber.

—Si quieres esperamos a que caigan sobre nosotros. Dejémonos de tonterías. En unos días caminaremos hacia

Kovel, sé que no habéis oído nada sobre esa ciudad…

–Herr sargento tengo los pies llenos de ampollas –protestó Egbert Fuchs.

–Si quieres te pido un permiso para casa –ironizó Rudolf.

–¿Dónde queda Kovel? –preguntó Gottlieb Reber, Malaspulgas.

–Ni idea, a decir verdad no sabría ni situarnos en un mapa donde estamos ahora mismo, aunque dentro de poco sabremos algo más de Kovel. De eso estoy seguro.

El sargento miró a sus hombres, parecían cabizbajos, durante los últimos días no habían hecho otra cosa que recoger a desertores y abatir a rusos hambrientos. Pero el sargento no quería la moral baja y él mismo sería el remedio.

–Somos la compañía Peste, allá donde vamos provocamos la muerte, somos la Peste. La mismísima peste negra, sin nosotros el sagrado Imperio Alemán no ganaría la guerra. Mañana saldremos de aquí cantando y regresaremos con la victoria. Desde que comenzamos esta lucha no hemos hecho más que ganar y ganar, les debemos esta batalla a los hermanos caídos. Prefiero morir a ver lo que queda si perdemos. ¡Hasta el último cartucho!

Tras esta arenga, todos asentían, sus miradas adquirieron ferocidad. Por fin les tenía. Sin embargo, quedaba un problema que resolver. Mandó a todos a dispersarse menos a Ulrich, el joven lo miraba de soslayo. Sabía muy bien que le iba a decir algo sobre Virginia.

–¡Ulrich!

–Herr sargento.

–Te aprecio, eres mi mejor tirador. Los muchachos también te quieren, te valoran como a una ametralladora…

–¿Pero?

–Sabes muy bien que no puedes estar con Virginia, la necesitamos porque necesitamos a los caballos, pero… tú debes alejarte de esa mujer. Lo sabes.

–Verá herr sargento…

–Deja de hablarme como a un superior, te estoy hablando como a un amigo.

–De eso quería hablarle, hablarte –corrigió–, cuando estuve en el pueblo. Ya sabe, mi hermano ha muerto. Los gemelos somos… somos muy parecidos por dentro y por fuera. Es pronto para decirlo, pero la novia de mi difunto hermano podría… en fin, conmigo. Sé que suena mal… ocupar el sitio de mi hermano… mi difunto hermano. Y Otta…

«Su cara miente, sus ojos mienten, se engaña».

–¿Una chica del pueblo? Tal vez sea lo mejor… ¿Es guapa?

–La más guapa, es preciosa incluso cuando está triste. Tan hermosa que duele verla alejarse.

–Pero tú no la quieres, tú quieres a la veterinaria.

–Cierto, pero llegaré a quererla. Lo he estado meditando… y hace un rato he decidido que es lo más sensato. Me ha costado verlo claro, aunque al final lo he visto. Aún no sé si aquella vez que me negó fue para protegernos, o para protegerse. El amor que me tiene o dice tenerme está condicionado… yo no soy persona de muchos cambios, prefiero que todo siga como estaba, hacer lo que se me pide… tengo que buscar una opción mejor… pensar en la vida que me espera cuando llegue al pueblo.

–¿Seguro?

–No, no estoy seguro de nada… ni siquiera de Otta… Otta… Solo sé que tengo que sacarme a Virginia de la cabeza. De eso estoy seguro.

–Por lo pronto nos alejamos de ella. Dale tiempo al tiempo, espera a que termine la guerra. De todos modos, no podemos sino esperar, esperar y esperar.

Ulrich le torció en rostro dándole una negativa. Nada había seguro. Faustaugen ya nunca sería el mismo, tampoco él, ni siquiera estaba claro que Otta lo llegase a amar algún día. O que saliese vivo de la guerra. De todos modos ya se sentía muerto, era una desazón que en ocasiones le dificultaba la respiración. Oscura como el alma de un pozo.

Ahora tenía lo que había soñado, su placa de policía militar, Feldgendarmerie, los gendarmes de campaña. Theodor Krakauer, con sus pies planos y como integrante de la reserva territorial había sido llamado a filas. De nada sirvieron las alegaciones que había presentado, había tenido que presentarse en el cuartel militar y allí admitían a cualquiera debido a la falta de hombres. Aunque hizo todo lo posible por no entrar, al final quedaba contento, no tardó en encontrar alguna ventaja; había pasado de ser guarda forestal a ser guarda de la población. Al poco tiempo supo que sus funciones estaban incluso por encima de Imre Bartram, el policía. Aquello le elevaba la autoestima, no pocas veces Imre le había golpeado con la porra por culpa de sus borracheras con pelea incluida. Theodor era así, escandaloso, mal educado, golpeaba a las mujeres ya fuese su esposa o las prostitutas que solía frecuentar. El alcohol potenciaba su capacidad para ser desagradable, siempre que bebía alguien lo terminaba pagando. Al día siguiente el guarda forestal se levantaba dolorido y avergonzado. Franziska le soportaba, era una mujer callada que se conformaba con vivir e intentar sacar a sus hijos adelante. Rezaba mucho a Dios para que su marido cambiase, para que no le pegase a ella o a sus niños. También para que ellos no heredasen su brutalidad, sin embargo, algunos ya apuntaban maneras. Ahora todo iba a ser distinto, a Theodor lo habían destinado al pueblo y ya ejercía su autoridad. Como tal trataba de comportarse y no consumía ni una gota de alcohol, acaso tampoco tenía dinero. Además, su nuevo trabajo le permitía seguir siendo guarda forestal.

Entre sus funciones estaba la vigilancia de prisioneros, la búsqueda de desertores, el mantenimiento del orden, que no se perdiese nada de las requisas, conducir a los reclutas hasta el cuartel y que nada obstruyese las vías de comunicación. Hasta ahora no había hecho nada más que patrullar. Le encantaba mostrarse delante de las mujeres con su uniforme, la cadena con su chapa y el fusil. Los demás irían al frente y jugarse la vida, pero él se podía mostrar como uno más sin mancharse la ropa.

Theodor había visto a su sobrino Roth y lo había saludado. Estaba orgulloso de Roth al que creía un gran guerrero. Sentía mucho lo de Hahn. El policía militar siempre había creído que Hahn era un debilucho, lo veía leer y pensaba que los libros solo servían para atontar a la gente. Roth en cambio era distinto, trabajaba en la panadería y con su padre el herrero. Roth bien podía haber sido su hijo, resuelto, fuerte, serio y poco hablador. Al fin y al cabo sus hijos eran unos fanfarrones, excepto el mayor, Gabriel que era un cagado como su madre.

Roth había salido del hospital y disfrutaba de unos días de permiso para recuperarse. La sacudida del cañonazo le había dejado un claro en su memoria, tan solo lograba recordar la muerte de su primo, lo demás quedaba difuso. Por todo el cuerpo tenía cicatrices de la metralla y un dolor constante en el pecho. Aunque lo más dañino era el miedo que se había instalado en su cabeza. Un terror desconocido que poblaba sus sueños y que deambulaba por su ánimo.

Sus tíos fueron a visitarlo, tenían muchas preguntas. Querían saber qué había sido de Hahn. Y él, haciendo verdadero esfuerzo, respondía que había caído fulminado, que no, que no había sufrido, que todo había sido muy rápido. Y que aunque en su cabeza todo estaba confuso estaba seguro de que no había sido hecho prisionero.

–Ojalá me equivoque... –dijo rompiendo a llorar.

Erich abrazó a su esposa, quien también lloraba, y dio por terminado el interrogatorio. Hahn, su Hahn había desaparecido para siempre, caído en Francia y perdido sin sepultura. En un sitio del que nunca habían oído hablar, en una tierra extraña.

La madre de Roth miraba a su hijo y sufría con cada explicación, con cada detalle que salía de su boca. Como lo había parido sabía de su dolor y padecía su tormento. Por su parte, su padre había ido a por comida, quería que su Roth comiese como si allí no faltase nada y sabía dónde conseguir comida: Helmuth Deneger. El viejo era capaz de exprimir el bosque y burlar al guarda más avezado.

Los tíos de Roth se marcharon después del té y Roth estuvo un largo rato tendido sobre su cama. La cabeza le daba vueltas y vueltas sobre el mismo sitio al igual que una piedra de molino, siempre la guerra. Ya nunca sería el mismo, ni su casa era el hogar de antes, ni el pueblo, ni sus gentes. Tenía que buscar un bálsamo para tanto padecimiento y sin duda alguna el amor era lo único que podía aliviarle. Veronika Fellner era preciosa, la mujer que siempre anheló y que se casó justo antes de la guerra. Fue un golpe duro, asumido en parte, pero mal encajado quizá porque tenía la esperanza de que nunca consumara. Ahora era viuda, triste viuda a la cual se le notaba el luto en el rostro. Lo que nunca sospecharía Roth era que Veronika despreciaba a los Krakauer. La culpa la tenía su tío Theodor, Theodor era un sinvergüenza que no duda en insinuarse a cualquier mujer. –Veronika, por todos los santos, cada vez estás más guapa. Qué bien te ha sentado la viudez. Si alguna vez estás triste y sola yo podría consolarte.

Desde entonces Veronika despreciaba no solo a él sino a toda su familia sin que pudiera remediarlo. Y Roth era hijo de una Krakauer. Nunca sospechó que el abuelo Arnold no le dejó la panadería a su primogénito porque sabía de la condición de Theodor, prefirió darle las riendas del negocio a Erich trabajador silencioso, obediente y educado. Todos sabían que Theodor era la oveja negra. Le apreciaban por ser de la familia, nada más.

Roth salió a la calle, la larga calle a la que tanto temía porque se le echaba encima llena de preguntas. Y en efecto, con la primera que se cruzó fue con María Bär la cual desesperada se echó sobre Roth sedienta de noticias.

–Roth, ¿es verdad que han visto a mi marido en una estación de tren? He oído que está vivo, que disparó a un oficial y que le condenaron y que luego le conmutaron la pena, dicen que está en un pelotón disciplinario, que se lo llevaron a hacer la guerra en Rusia. ¿Qué sabes tú?

El muchacho la miró de arriba abajo, sintió pena, todos sabían que el regimiento de fusileros numero uno de Grünesteinen fue exterminado en los primeros días de la contienda.

–María... yo... –le respondió con un largo silencio y María se largó con rapidez.

Más adelante se encontró con las hermanas Dana y Bárbara Ehrlich, con las cuales se sintió observado. Sabía que estaban hablando de él ya que querrían saber algo de su hermano. El muchacho no podía dar un paseo sin sentirse molesto por lo que apretó el paso y caminó hacia la casa de Veronika con la cabeza agachada. Después de llamar a su puerta comprobó que no se encontraba. Dio una patada al suelo de rabia y pensó un momento. Recordó que su difunto esposo tenía una pequeña granja en donde fabricaba quesos. Tardó cinco minutos en llegar y, en efecto, allí la encontró en su quehacer.

–Hola Veronika...

El olor a agrio se le metió a Roth por la nariz y le llegó hasta la sien. La viuda se sobresaltó, tenía las manos llena de suero de leche. Su rostro reflejaba curiosidad, extrañeza y miedo. Ambos se miraron en silencio. Treinta segundos después Roth se largaba de la granja, enfadado consigo mismo. Sin haber encontrado una palabra que pudiese decirle.

Su tío Theodor le observaba desde lejos, le había visto llegar y largarse por ello, no le fue difícil deducir que le había salido mal. Se alegró, consideraba a la viuda una excelente elección. Aunque Theodor no estaba allí para espiar a su sobrino, más bien a su cuñado. Le esperaba para confirmar sus sospechas. Si traía comida para la cena era de Helmuth y seguro que se trataba de cacería del landgrave y quedaba bajo la jurisdicción de la autoridad. Aunque al policía militar no le interesaba denunciarle, una de las ventajas que tenía su cargo eran las mordidas. Si el viejo quería cazar o pescar tendría que pagar un ligero soborno. Llenar el estómago siempre está por encima del cumplimiento de la ley.

Cuando Roth llegó al pueblo todavía estaban las hermanas Ehrlich esperándole. Le miraban y parecían sonreír. El muchacho soltó algo parecido a un bufido.

—¿Queréis saber algo de vuestro hermano? Pues bien, os diré algo de vuestro hermano, está bien, a salvo y no temáis más por él porque sobrevivirá. Los imbéciles son indestructibles.

Dana y Barbara se miraron y aún parecían divertidas. Roth volvió a sentir vergüenza, pensó que no era su día.

Integrados en el llamado Ejército del Bug tenía que defender Kovel. Según habían oído el mismísimo general Linsingen los requirió para formar parte de sus Granaderos Prusianos, aunque terminaron siendo un grupo de apoyo. La compañía Peste se había especializado en trabajos de reconocimiento por la noche, le gustaba la movilidad en la tierra de nadie donde se movían de hoyo en hoyo, sin embargo, ahora la tarea era distinta: tenían que defender una posición ya que había llegado la hora de contener de una vez a los rusos. Desde Lublin hicieron el trayecto en tren, pero el resto lo tuvieron que hacer en camión, durante el viaje los muchachos venían hablando nerviosos. Algunos de los recién incorporados eran muy jóvenes e inexpertos.

No era el caso de Arne Kleinman, el futbolista, hablaba de sus preferencias culinarias, decía que su plato preferido era el cordero asado. Aunque Dieter Lustig prefería el chucrut. Las conversaciones iban cambiando como el aspecto de los caminos. Evitaban cualquier coloquio que tuviese que ver con la lucha. Había algunos nuevos, como Marcus Tausch, que se mostraban animados. Entonces Gottlieb Reber comenzó a hablar de mujeres, decía que las ucranianas eran muy guapas, para Egbert Fuchs en cambio, las polacas eran más bellas, lo decía riendo a carcajadas, comentando lo que le haría y mostrando las mellas. Hubo uno que dijo que en el hospital había una enfermera muy hermosa y que le gustaría conocerla para ver si después de la guerra podían ser novios. Todos rieron un poco, como si tuviesen nostalgia de algo que nunca había sucedido y es que cada cual había tenido un idilio imaginario con alguna enfermera o voluntaria de la Cruz Roja. Marcus comentó que había una veterinaria belga en el cuartel cerca de Lublin a quien había besado. La mirada de Ulrich se le clavó en ese instante. Rudolf reaccionó al instante, prohibiendo hablar de los prisioneros de guerra.

–No sabía que era una prisionera…

–¡Calla! –ordenó tajante el sargento.

–Pues llevan brazalete rojo –comentó alguien.

Los demás se dieron cuenta de la incomodidad de la conversación y se percataron de que Ulrich lo perforaba con los ojos. El que parecía no advertirlo era el propio Marcus, el cual

242

miraba a los demás sin encontrar el motivo por el que debía silenciar. Hasta que vio a Ulrich, al que no pudo mantenerle la mirada, entonces comenzó a sospechar algo. Se refugió entre los dos camaradas que tenía en los lados, recostando su espalda al lateral del camión todo lo que podía. Ulrich aún consideraba suya a Virginia. Según creía la veterinaria y él tan solo habían tenido un desencuentro como cualquier pareja. Aunque por otro lado pensaba que tenía que amar a una buena chica de su pueblo y dejarse de aventuras. Bastante tenía ya con las balas enemigas como para acabar lleno de acero alemán. Sentía dentro un tira y afloja, una lucha en la que sabía bien que perdería de un modo u otro.

–¡Escuchadme –dijo Rudolf–, vamos a pasarlo muy mal, los aviones de observación han encontrado a miles de soldados preparados para tomar Kovel! ¡No quiero ver a nadie, a nadie, dudar, somos la compañía Peste! ¡Aniquilamos al enemigo! – relajó el tono de voz–. Mientras estemos unidos, no lo olvidéis. ¡Somos camaradas! ¡Camaradas en la vida y en la muerte!

Como siempre el ejército alemán había tomado la posición más favorable, dominando las alturas. En una leve pendiente cubierta de sacos terreros, era lo más parecido a una trinchera que podían tener en un lugar tomado por los pantanos. No había manera de cavar sin encontrar barro fangoso. Pero sin duda lo peor eran los mosquitos, había nubes que se ensañaban con los soldados y sus miedos. Se anticipaban al festín, competían con las moscas, traían más calor y nervios. Arne Kleinman decía que podía olerlos. En otros tiempos Arne había jugado en el Football Club Borussia, en Mönchengladbach, era delantero y presumía de marcar en todos los partidos. Hablaba en pasado de tal manera que todos intuían que aquello era definitivo, como diese por hecho que jamás fuera a volver. Aunque Arne sabía que había nacido para el futbol.

Delante de ellos había lo que quedaba de un bosque, el ejército ruso había movido a su artillería, aunque quedaba muy lejos de sus posiciones. Tanto que el bombardeo inicial resultó inútil del todo. Se suponía que los enemigos llegarían por las veredas que serpenteaban por los pantanos. Los pilotos en vuelo de observación los habían visto concentrados en gran número caminando como hileras de hormigas.

Egbert Fuchs pertenecía a la compañía de ametralladoras, no obstante, quedaba a las órdenes de Rudolf. Gracias a las gestiones del sargento, Egbert siempre les acompañaba y parecía que nadie ponía objeciones. El de Dusseldorf era único en su oficio, nada más llegar buscó el sitio más idóneo, sacrificó la posición a favor del anclaje; había instalado su ametralladora Maxim sobre una roca. Allí había preparado con piedras un parapeto, sabía muy bien que intentarían colarle una granada y que de él dependían todos sus camaradas. Egbert sudaba desde su refugio, junto a él un muchacho de Múnich se rascaba de manera compulsiva. Egbert comía cebolla cruda y miraba al joven de manera despectiva. Dudaba de su tino a la hora de recargar la ametralladora.

—Escucha maricón, como me falten balas la cagas y si la cagas te mato antes de que lo hagan los "ruskis", ¿entendido?

—Sí, hombre, sí.

—¡Ea, pues sigue rascándote!

El teniente Eike Schnitzler junto con el sargento Rudolf Goldschmidt inspeccionaban cada elemento de la trinchera, cualquier cosa tenía que estar dispuesta como mandaba el reglamento, si bien era imposible hacer un buen zigzag debido al terreno.

—Aquí hacen falta más sacos terreros —dijo Eike al llegar a donde estaban Ulrich y Marcus Tausch.

—Y tablones, herr teniente —dijo el joven Król con algo de sorna.

Marcus se quedó frío ante la insolencia del soldado.

—Ya sé que estamos en precario, pero es por su bien, soldado.

—No hay más sacos, herr teniente, he estado intentando colocar cualquier cosa, pero no he podido reforzar el parapeto —dijo Ulrich a modo de defensa.

Marcus Tausch se dio cuenta de que su camarada era un tipo importante dentro del grupo, tenía sangre fría y sabía cómo tenía que hablarle a los superiores. Solo había que ver la sonrisa del sargento al despedirle. Entonces quiso disculparse con Ulrich, si iba a tenerlo cerca prefería que estuviesen en paz. Ya que sentía su odio, que le molestaba más que los ataques de los mosquitos.

—Ulrich, yo no sabía que tú y Virginia.

—¿Virginia?

—Sí, que vosotros teníais algo. En fin, yo quiero que no haya nada malo entre nosotros. Verás a mí me parece guapa y quiere, y dice que yo...

—¿Dice?

–Que ella y yo, ya sabes. Por eso, yo no sabía que estabas con ella porque es que solo… habíamos… estaba conmigo.

–Ella, yo, ella, yo.

«Este tipo es tonto».

–No quiero que seamos enemigos. No tenemos por qué serlo –le ofreció su mano.

–¡Qué! No quiero tener amigos, te enteras. Durante estos años he tenido muchos y fallecieron. Incluso mi hermano ha caído en Flandes. ¿Virginia? Quédate con ella te comerá hasta el tuétano. Esa es Virginia. Los rusos te matarán, aunque no te harán tanto daño. Ya lo creo.

Marcus se calló, lo miró incrédulo como si no supiera de qué le estaba hablando y miró a la tierra de nadie, en aquel instante, en una décima de segundo vio que algo había cambiado, allá en la lejanía podía ver hileras de soldados como si fuese una plaga de langostas que fuesen a caer sobre un trigal. Pronto los tendrían a tiro, era tanto el nerviosismo que le invadió que comenzó a temblar, cogió el fusil y apuntó a la lejanía.

–Tranquilo novato, si disparas antes de que te lo ordenen yo mismo te meteré el fusil por el culo, con bayoneta incluida – amenazó Ulrich–. Los "ruskis" tienen tanto miedo como tú. Saben muy bien que están siendo conducidos al desastre.

En unos segundos comenzó el fuego, la orden se perdió entre el rumor de la pólvora. Los rusos avanzaban de tal modo que eran blanco fácil, las ametralladoras cada vez que acertaban se llevaban columnas enteras de soldados. Parecía mentira que trataran de atacarlos con una táctica tan pobre. Sin duda intentaban emular a los británicos con la estrategia de "morder y resistir", los mandos rusos eran incapaces de ver que estaban llevando a sus hombres a una muerte segura. Confiaban en el número y creían que podrían hacerlos llegar al menos a ocupar la primera línea. Pero el ejército alemán no era el austrohúngaro y aguantaba el envite. Los morteros destrozaban las líneas, los desperdigaban abandonando cualquier intento de formación, no obstante, eran tantos que el acero y el fuego no eran suficientes para detenerlos. Parecían las olas de una playa que aunque después de un avance retrocedieran cada vez iban aproximándose aún más.

Los del equipo de trasmisiones comunicaban las órdenes del comandante Steffen Benzing quien pedía fuego de pantalla. Pero para su desesperación la artillería aún no se había colocado bien y su bombardeo se perdía en la lejanía, a veces cayendo en un charco y desperdigando barro.

Ulrich parapetado se encargaba de cualquier enemigo que pudiese parecer un mando, así desmontó a un jinete que jaleaba a la tropa y a otro que miraba por unos prismáticos. A su lado Marcus Tausch se concentraba en los más próximos, los blancos fáciles que no escaseaban. Por su parte los rusos, cuerpo a tierra, comenzaban a dar problemas, las balas salían de sus fusiles mosin-nagant, a la desesperada, lo cual resultaba inquietante ya que a veces las balas perdidas comenzaban a causar bajas entre los alemanes. Rudolf supo que en el momento que diesen muestras de debilidad los rusos se echarían sobre ellos como los pulgones sobre un brote nuevo. Por ello, él mismo ocupaba el hueco dejado y movía hombres de aquí a allá para equilibrar la línea. También instaba a utilizar las granadas en cuanto se hallasen en la distancia correcta. Tenían que dar la sensación de tener un frente impenetrable. El peor de sus temores llegó en el momento en el que la ametralladora llevada por Egbert Fuchs se encasquilló debido al sobrecalentamiento. Además, el muchacho que la recargaba estaba herido en el bíceps. Aquella brecha en la defensa fue aprovechada por los rusos que se levantaron y avanzaban hacia los alemanes con una fuerza desconocida. Rudolf dio instrucciones a Dieter Lustig para que ayudara a Egbert. Tenía que recuperar la lluvia de acero para agujerear la moral del enemigo. Entonces al levantar la cabeza una bala le rozó el casco, no le dio tiempo a ver más, los primeros asaltantes ya estaban allí. Trataban de hacer un cuerpo a cuerpo, no obstante, sus fusiles eran muy largos y no facilitaban la movilidad. Los soldados de la compañía Peste hacían uso de sus palas, mucho más efectivas en ese tipo de combates. Aquella lucha medieval era más dramática. Ulrich no tuvo problemas para clavar su bayoneta en el pecho a un joven que no tendría más de diecisiete años. Se volvió y observó a Marcus forcejeando con un tipo enorme, se quedó mirándolos, cada uno llevaba su cuchillo y trataba de que el otro no se le adelantase, Marcus llevaba las de perder, de hecho la cuchilla ya apuntaba a su costado. A sus espaldas la ametralladora comenzó a atronar de nuevo. Entonces Ulrich sujetó con su izquierda la frente del ruso mientras con la derecha le rajaba de un tajo el cuello. Mientras sus ojos se clavaban en Marcus Tausch, como si le estuviese mandando un mensaje claro e inequívoco. El muchacho aún temblaba, se quedó tendido en el suelo no se podía levantar, no por el cadáver que daba estertores sobre él sino por aquella mirada que pesaba como un yunque.

De alguna manera comprendía que Ulrich se interpondría entre él y Virginia. Aunque le hubiese salvado la vida tendría que hacer algo si quería seguir con aquella reclación.

Mientras, los rusos comenzaban a retroceder, la artillería comenzaba a acertar y era imposible llegar de nuevo a la primera línea. El asalto había acabado en nada, la esperanza cada vez más lejana. Los morteros acertaban haciendo jirones el repliegue. Si aguantaban las envestidas podrían decir que habían acabado con la Ofensiva Brusilov. Habría terminado la sangría, al menos de momento.

Al final del día el campo se encontraba sembrado de uniformes verdes tendidos. Las moscas se daban el festín y parecían haber desplazado a los mosquitos. Rudolf miró el frente, había trozos de soldados colgados de los árboles, en las alambradas, en las charcas. Lo más curioso era que a pesar de tan dantesca imagen entre la tropa reinaba algo parecido a la satisfacción. Habían hecho un buen trabajo. Ulrich miró a su sargento y Rudolf le brindó una sonrisa con la comisura de sus labios. Los ojos decían otra cosa; una lágrima le brotó. Tenía que aprender a odiar a sus enemigos.

El capitán Götz Müller caminaba entre lo que quedaba de la aldea de Ornes. Delante de él había una casa a la que le faltaba la fachada, al oficial le pareció como una mujer a la que arrancasen el vestido. Había cascotes por todos sitios, trozos de azulejos, una palangana, la cabeza de una muñeca y restos de cadáveres, algunos lugareños habían quedado empotrados entre los escombros. Se encontró también un pickelhaube con el número de regimiento borroso, los cascos habían sido sustituidos por los nuevos stahlhelm que los protegían de manera más eficiente contra las balas. El pickelhaube no tenía sangre ni ningún indicio de violencia, Götz lo sostuvo entre las manos y supo que había pertenecido a alguien que ahora estaba en otro mundo. Había algo en la soledad de los objetos que hablaba sobre sus dueños. Un olor insoportable a muerte cubría el frente de Verdún. Un ambiente de pesimismo que se reflejaba en los ojos inexpresivos de los soldados. Estaban perdiendo esta batalla por mismo el motivo por el que comenzaron aquella ofensiva: desangrar al ejército francés. Erich von Falkenhayn dimitió porque su idea de acabar con Francia en Verdún había fracasado ya que tenían casi tantas bajas como los galos. Entonces el general Ludendorff ocupó su sitio como Adjunto Jefe del Estado Mayor junto a Paul von Hindenburg. En frente tenía a Philippe Pétain, el general que había mantenido el pulso a Alemania. Habilitó la Vía Sagrada, una carretera que alimentaba el frente de Verdún. Aunque lo que había hecho Pétain era elevar la moral de la tropa, hacerla creer en la victoria. Los soldados respetaban y estimaban a su general, mientras en el lado opuesto, los alemanes odiaban a Falkenhayn con su desprecio por la vida de sus hombres. Por todo ello y porque aquella aventura no llevaba a ningún sitio todos esperaban que el invierno se cerniera sobre la zona y enfriase la olla a presión.

El motivo por el que estaba el capitán Müller en aquel sitio no era otro que el de ver a un soldado de comunicaciones, un tal Aigner. A partir de la muerte de Geert comenzó a interesarse por la historia de Paul. Desde que amenazó al alférez Manfred Zumpt comenzó a querer desenmarañar aquella trama en la que los mandos querían la muerte de sus subordinados. En cuanto supo que había sido rescatado del sótano lo busco y vino a encontrarlo en un hospital de sangre a donde lo habían trasladado. Götz vio que estaba inconsciente y como todos estaban en su quehacer aprovechó que no le miraban y le cambió el nombre de la tablilla por el de Geert, así como su chapa de identificación, "hundemarke" en la jerga del soldado. De este modo aplazaba la muerte de Geert y alejaba a Paul de sus oficiales asesinos. Nadie se percató del cambio, ya que todo en un moridero resultaba caótico y confuso. A partir de aquel día le perdió la pista, preguntó a los soldados sin obtener resultados y justo cuando se acercaba a alguien que podía darle una señal resultaba que había caído o lo habían trasladado.

Götz se fijó en un camión volcado, trató de imaginarse en qué momento lo derribaron y de la suerte de sus tripulantes. De no ser porque de vez en cuando se veía algún pelotón de soldados que iban y venían, se podía decir que aquello era un páramo muerto. Las estructuras apenas se mantenían y en una de ellas encontró una pintada en alemán: "No se detendrá la muerte hasta tenerte" y otra más allá "Astrid te quiero". Con toda seguridad el primero lo habría escrito un soldado desquiciado y respondía a la verdadera moral de la tropa. El segundo parecía más un nostálgico que un enamorado o ambas cosas, pensó el oficial.

El capitán se acercó a un muchacho con una gorra que lo esperaba sobre un muro desbaratado hasta la altura de un umbral.

–Ha tardado, herr capitán.

–Ya sabe cómo son las cosas, ¿es usted Aigner?

–Podría ser, herr capitán.

El oficial sacó de su bolsillo una bolsa con tabaco y el soldado se incorporó, cogió su gorra e hizo una reverencia barroca, algo sarcástico que Götz observó con desprecio. El tipo bajito y nervioso, olía a sudor y a algo agrio.

–Veo que no te gustan los modos del ejército –dijo Götz pensando que su figura estaba ligada por mandato divino a la irreverencia.

–Es usted un capitán, pero por mí como si es el mismísimo príncipe Rupprecht. La disciplina y los galones no sirven de nada si la misma vida no se valora. Lo que le quiero decir es que por esto que le voy a contar mi vida no vale un marco y la suya creo que tampoco, o tal vez sí. Para mí lo que más vale en este mundo es este –olió el interior del paquete de tabaco–. Me lo voy a fumar muy despacio, muy, muy despacio y en el mayor tiempo posible, porque me encanta fumar, aparte de una señorita compartida por centenares de apestosos camaradas, este el único placer que me da esta vida. Me voy a volver a sentar con su permiso. Estoy agotado.

De entre los cascotes apareció un sapo, caminaba lento ya que estaba hinchado de moscas azules. Quizá sería una de las pocas criaturas que, al igual que sus presas, había encontrado la felicidad al poder atiborrarse de comida todos los días.

—Un amigo común me dijo...

—Un momento oficial. Será suyo, para mí no es más que un conocido. No sé hasta qué punto le ha dicho que me conoce, lo cierto es que ni usted ni él sabréis nunca quién soy. Mi nombre no es Aigner y lo que sé es porque lo sé, así sin más. No quiero preguntas porque no quiero más problemas.

—Su... "no amigo" —dijo con énfasis—, me dijo que trabaja en comunicaciones y que oye cosas que otros no pueden.

—Mi "no amigo" en realidad es un bocazas. Espero que se lo lleve un obús —dijo escupiendo.

—Quizá si usted no hubiese dicho nada su amigo tampoco lo habría hecho —y sin dejar tiempo a que le contestase agregó—. También traigo un... presente... una botella de buen vino, quiero que sepa que traigo... buena voluntad.

—Ya, ya, al igual que toda la oficialidad, por suerte me dijeron que usted no es como los demás. Eso le honra, al menos de momento... Mire, acabemos con esto, tal vez dentro de poco cañoneen este sitio y tengamos que salir corriendo, y yo no pienso regresar nunca más por aquí. Lo cierto es que soy un cotilla, me paso los días buscando cable y empalmándolo. A veces hago una comprobación y es algo que no sospechan los mandos. Entonces oí que había un muchacho, Paul Król, al que había que matar.

—¿Está seguro de ese nombre?

—Paul Król, había que matarlo porque era un elemento no sé cómo se dice, un tipo que es peligroso para la moral de la tropa.

—¿Subversivo?

—Sí, creo que fue esa la palabra.

—El general le mandaba...

—¿Un momento, un general?

—Un general a un alférez. ¿Quiere dejar de interrumpirme? Bueno, por donde iba, eso, que había que matar al muchacho y que ya le había dado mucho plazo que tenía que cerrar aquel asunto cuanto antes. El alférez le dijo que estaba lejos de su alcance, en Luxemburgo, en un hospital. Que había habido un error de identificación... no sé... Y entonces dijeron que cuando le diesen el alta se lo traería de nuevo a Verdún, pero que de ningún modo llegaría nunca al frente, que debería acabar esta historia en el camino o tendría la misma consideración que el soldado. El tal Manfred Zumpt tendría su ascenso, sería teniente y disfrutaría de un permiso, aunque antes tenía que cumplir con su objetivo. Y eso es todo.

–¿Cómo se llama el general?

–Ni idea. Sólo sé el nombre del alférez y del desdichado. Y no pregunte más, no sé más de esta historia. Salvo que un capitán iba preguntando por el soldado y haciendo mucho ruido. Si sigue haciendo averiguaciones correrá la misma suerte que el pobre muchacho. Dicen que es un subversivo, aunque en todo este asunto hay algo más. Se huele a lo lejos, como este tufo dulzón a cadáver. Un tufo asqueroso.

–A Paul lo conocí muy poco, era paisano de un soldado al que apreciaba mucho. Según supe estaba siendo acosado por el alférez y a punto estuvo de morir intentando salvar a un amigo. Sus camaradas lo valoraban mucho. Quizá no sea una casualidad que esté en Luxemburgo.

–Ni idea. ¿Y qué piensa hacer, capitán? –dijo Aigner inaugurando la botella.

–Nada.

–¿Nada? Tanto esfuerzo para nada.

–Solo quería saciar mi curiosidad, aunque el asunto puede ser muy peligroso. Cuando tenemos un elemento subversivo le hacemos un consejo de guerra y quizá termine fusilado. Pero a este lo han asesinado, lo que quiere decir que hay un general asesino...

–¡Ja! ¿Es que hay uno que no lo sea? Mire este paraíso mi capitán. Quien quiera que tome decisiones así es un criminal. La tierra está podrida y crea seres inmundos –hizo ademán de pisar al sapo, pero se abstuvo en el último momento.

El capitán no dijo nada, miró aquel poblado. Trató de imaginarse cómo fue alguna vez y si algún día la gente volvería a habitar aquella plaza. Le resultó imposible. Sin despedirse comenzó a caminar y a marcharse sin prisa. Tenía que volver a sus quehaceres, olvidar que una vez conoció a Paul Król y continuar intentando vivir un día más. El tiempo borraría muchas de aquellas experiencias, tendría una vida normal con una familia normal y se dedicaría a construir caminos. Si

Verdún lo permitía.

Aigner se quedó allí plantado, tenía curiosidad por aquel oficial tan campechano y supuso que sería de los pocos que merecían sus estrellas. Se sentó sacó un cuchillo y comenzó a perturbar al pobre sapo el cual comenzaba a mostrar su espalda llena de una saliva tóxica. Al soldado le divertía molestarle, tal vez al final lo clavaría. Entonces solo entonces pensó en la arbitrariedad de sus acciones. Aquel modo de torturar a un ser vivo, un animal que no le había hecho ningún daño salvo ser lo que era. Creyó que la oficialidad debía observar del mismo modo a los soldados, de contemplar su brutalidad como algo propio de los seres inferiores, seres a los que está permitido torturar o disponer de su vida. Aigner decidió dejarlo en paz y lo apartó con su bota, sacó de un bolsillo una lata de carne, la abrió y comenzó a disfrutarla junto con el vino que le había traído el capitán. Aún no llevaba un par de bocados cuando el sapo comenzó a caminar y cometió el error de hacerlo hacia donde él estaba, por lo que el soldado sacó el cuchillo y dejó al animal clavado en el suelo.

—Eso te pasa por tentar a la suerte —le dijo y siguió con su carne y su vino.

Así de sencillo, tan verdad es que el mundo puede vivir sin un sapo como también puede hacerlo sin un millón de soldados.

Había estratos de cadáveres cada vez que tenían que cavar lo más mínimo se daban cuenta de que en cualquier momento podían ser otro pelotón extinguido, otra capa más. Cada vez que oían a un avión de observación simulaban ser muertos. Se ocultaban como las ratas, arrastrándose por un suelo llenos de restos óseos, trozos de tela y metralla. Olía a desastre por todos lados y allí comían, allí tenían que dormir y allí hacían sus necesidades. Les había nacido un sentido más: el de la indiferencia. Los rostros inexpresivos parecían catapultarlos lejos de este mundo y sus desvaríos. Parecía que hubiesen huido del miedo y lo hubiesen dejado atrás. Sin embargo, ese mismo miedo los tenía así, todo lo que veían era horror. Y no veían el final a aquella pesadilla.

Para reemplazar al difunto capitán Ernest von Hausser vino Andreas Vorgrimler, un tipo melómano y culto, tenía un gran mostacho que le tapaba la boca entera. Desde lejos apestaba a despacho de otro modo ya se hubiese recortado el bigote, ya que estorbaba para respirar con las máscaras antigás. Cuando llegó se situó al lado del sargento Rohmer porque sabía que podía ser su mejor ayuda. Ralph Rohmer dejaba entrever una mancha blanca debajo de su nariz cuando vio al nuevo capitán bufó, pero no se atrevió a darle ningún consejo a cerca de su estética. Vorgrimler si no estaba haciendo informes estaba leyendo, tenía un diario en el que anotaba cualquier situación del día a día. Era un tipo curioso y culto, solía llevar con él un gramófono y varios discos de Deutsche Grammophon, en su tienda de campaña solía ponerlos cuando estaban lejos del frente, o al menos lo suficientemente retirados como para poder permitírselo. La música de Quinta sinfonía de Beethoven o el Concierto de Brandemburgo de Bach provocaba entre los muchachos cierto sentimiento parecido a la felicidad y no era de extrañar encontrar a cualquiera tarareando. En cambio la Carga de las Valkirias de Wagner los ponía nerviosos, e incluso irritables. Se sentían espoleados con aquella pieza como si quisieran vengar a todos los camaradas caídos. Siendo Vorgrimler un hombre observador notó aquellos sentimientos y, por eso, decidió concentrarse en Bach y relajarlos. El capitán se sorprendió cómo les calmaba el Ave María de Schubert, pensó que era el mismo Dios que les acariciaba el alma. Por ello, les dejaba oírla. Pensaba que la música clásica era un antídoto contra el embrutecimiento y las penurias. No quería tener a una panda de matones, prefería presumir de caballeros. Y es que desde lo sucedido el primero de julio, sus hombres no habían hecho sino tomar fama de blandos. El hecho de que se hubiese roto el frente por su sector era el desencadenante. En otros lugares los alemanes habían hecho autenticas masacres, los ingleses una vez acabado el bombardeo decidieron subir andando hasta las posiciones alemanas, creyendo que éstos habían sucumbido. Pero los alemanes habían tomado incluso los cráteres de las gigantescas minas que habían colocado para servirse de improvisados parapetos. Creyeron los británicos que el alambre de espino estaría cortado, de hecho la oficialidad ignoró los informes que atestiguaban lo contrario, por ello, aquel fue un día fatal en la historia bélica de Gran Bretaña. No obstante, el Segundo Regimiento de fusileros de Grünensteinen no había tenido esa suerte. Los norirlandeses habían subido antes de que terminase el fuego de artillería y cuando este cesó ya estaban sobre los hombres del Pequeño Ducado. Por todo ello tuvieron que luchar hasta la extenuación hasta la noche, cuerpo a cuerpo, para limpiar el reducto de enemigos. Pese a todo y a tener aquella información, los hombres culpaban a los que estaban haciendo guardia en aquellos momentos. Por ello, Christian Müller, herido aquel día, se martirizaba. Era incapaz de comprender que no había sido culpa suya, que lo único que podía hacer era permanecer oculto y que era imposible ver más allá de las cortinas de polvo y acero.

Aquella tarde el que tenía que hacer guardia en un puesto avanzado y quizá perdido era Roth Neisser. Vigilaba uno de los miles de cráteres, allí apostado tenía que dar la alarma si detectaba una incursión nocturna, cosa bastante probable. A veces tenían trabajo doble con invasión nocturna y carga en las primeras horas de la mañana. Era Christian el que tenía que hacerle el relevo, cuando llegó Roth miraba la tarde caer. Estaba masticando una salchicha hecha con cualquier cosa menos carne. Al oírle pidió la contraseña.

–Casca –dijo Roth.

–Nueces –contestó Christian.

–¿Cómo está esto?

–Tranquilo, demasiado tranquilo. ¿Y tú cómo estás? –Christian tenía los ojos rojos de haber llorado.

–Bien ¿y tú?

–Perdido –dijo Christian–. Desde que me recuperé he pensado mucho. No hago otra cosa y lo único que quiero es que me peguen un tiro. Quiero acabar con esto... de una vez.

–Yo sé, sé que nada es culpa tuya...

–Tu primo murió aquel día. Lo siento Roth.

–Hahn, sí murió. Decían que hacía el pan incluso mejor que mi tío, decían que tenía un talento especial para hornearlo. Lo cierto es que a Hahn no le gustaba trabajar en la panadería. Ya nunca volverá... No es culpa de nadie que haya muerto. No tiene sentido de que te culpes.

–Lo siento, lo siento mucho.

–Todos lo sentimos. Pero no es culpa tuya, te lo he dicho. Deberías coger tu cuaderno y seguir dibujando. Nadie puede quitarte la libertad que tienes cuando liberas a las formas con un lápiz. Ojalá tuviese yo algo igual, una herramienta con la cual pudiese ser feliz por un tiempo. Yo también pienso en la muerte querido Christian, también pido acabar de una vez, pero, no sé si el punto y final es una salvación.

Christian lloraba sin consuelo, no le importaba que Roth lo viese.

–¿Quién lo sabe? Me encomiendo a Dios, y le pido librarme de esto, huir, no saber que nunca existió.

–¿Dios? Yo ya no creo que exista, decía el maestro Luhmann que la principal cualidad de Dios era la indiferencia. Si el hombre camina sin preocuparse en si pisa las hormigas, ¿cómo va a pensar Dios en nosotros?

–El maestro Luhmann –dijo Christian en una sonrisa–, también decía: sed honrados hasta para robar. Qué tiempos.

–¡Qué tiempos!, ya no volverán, nada será igual aunque consigamos llegar a casa... creo que te tienes que marchar. Pueden pensar que esta posición está tomada y liarse a tiros con cualquier cosa.

–Muy bien Roth. Suerte.

–La tendré.

Christian tomó lo que quedaba de una trinchera de comunicación. Atardecía, observó que por aquel sector habían bombardeado, no hacía mucho, con gas ya que había ratas y pájaros muertos. En aquellos instantes aquellos sádicos roedores le vinieron a dar pena, no tenían culpa de ser sobrealimentadas con carne humana. También eran víctimas de aquella locura, se reproducían, intentaban sobrevivir, limpiaban el campo. En muchos sentidos eran mejores que los hombres.

Al final de aquel camino encontraría a los mejores ejemplos: Jan, Alexander, Gotthold y Heiner. La guerra los había cambiado para siempre, eran ruines, egoístas, despiadados, habían tomado las cualidades que todo hombre debería despreciar. Y tal vez estas condiciones les harían sobrevivir. El nuevo capitán los detestaba, a la vez sentía que elevaban la moral de la tropa mucho más que su música. Si les ordenaban marchar a la primera línea ellos tiraban de sus compañeros. Hacían como si despreciaran a la muerte y siempre rebosaban entusiasmo.

Cuando Christian llegó lo primero con lo que tuvo que enfrentarse era con las bromas de sus camaradas. Eran bromas nerviosas, bromas forzadas, bromas de amigo. Sintió que allí no había asomo de rencor por lo del primer día del Somme. Allí estaba su familia, la que le quedaba, aunque los odiase. Eran su gente, aquellos que luchaban hombro con hombro. Por los que daría la vida. Por ellos, y por sus dibujos.

–Esta es nuestra última guardia en este sector –dijo el alférez Heller Rümpler–, en la retaguardia nos están preparando una línea defensiva inexpugnable. Allí podremos vivir lejos de las ofensivas, resguardados en refugios de hormigón.

–Pero herr alférez, eso sería retroceder, ceder terreno –dijo Jan casi con desesperación.

–De eso nada, –intervino el teniente Alfons Leonhardt– ¿nadie te ha dicho que es mejor prevenir que curar? Tenemos que retroceder para acortar el frente, hacer una línea que sea más fácil de defender con menos hombres y mucho más consistente. Todo el mundo nos ataca. Todos. Británicos, franceses, rusos, italianos, traidores italianos, incluso los rumanos nos acaban de declarar la guerra. Necesitamos tropas en todos los sectores, y nuestros aliados se revelan incompetentes, no están a la altura de Alemania.

–No lo entiendo –protestó Jan.

–Soldado, usted no tiene nada que entender, cumpla las órdenes y deje que otros piensen por usted.

Mientras tanto, en la posición de Roth todo seguía igual, anochecía poco a poco. Aquello no era como cuando estaban en las trincheras, allí solo había agujeros para vigilar, campo maltratado y en frente un infierno que podía avanzar a su encuentro en cualquier momento. Comenzó la noche y poco a poco comenzó a hacer un fresco inusual para aquella época del año. Le temblaba la mano y no era de frío, estaba asustado, tanto que casi hunde su cara en el suelo. Le sobresaltó el canto de una lechuza cerca de su posición. Algo muy adentro le decía que tendría visita, que los británicos aparecerían por allí. Se decía y se repetía que lo mejor era morir de una vez y, sin embargo, allí estaba, aferrándose a la vida. Deseando qué llegase su relevo y marcharse. No se oía nada más que una brisa que rascaba el suelo y hacía silbar a los cráneos secos y al resto de la naturaleza muerta. Se giró y miró el firmamento, aquella quietud de lo eterno le tranquilizó. Sin embargo, comenzó a oír rumores, pisadas, aquel crujir lento y con precaución. Esta vez no era su imaginación, oyó un susurro. Debía dar la alarma, lanzar una granada o disparar. Pero estaba tan asustado que lo único que podía hacer era simular ser un muerto, uno de tantos. Hacerse uno con la oscuridad y formar parte de lo invisible. El corazón se quería salir de la cárcel de su pecho como un condenado que hace fuerza sobre los barrotes. Le rodeaban, pero ni le miraron, continuaban caminando, dejándole atrás, era el momento de dar el aviso. Aunque no era capaz de hacerlo, de hecho él mismo se sentía parte del paisaje, parecía que la tierra se lo fuese tragando, como si de su espalda saliesen raíces y no fuese capaz de moverse, no obstante su interior se agitaba, temblaba, se debatía. Permaneció así por largo rato. No oyó ningún sonido de fusil, no hubo enfrentamiento, los británicos pasaron su posición llegaron a algún punto y se retiraron sin haber hecho ningún daño.

La mañana comenzó a aparecer, no así su relevo. Había algo que le inquietaba, no entraba dentro de lo normal que nadie hubiese llegado. No había sonido de artillería, miró por encima de su posición hacia aquel incierto horizonte. Nada había cambiado, sería posible que hubiese muerto y no lo supiera, se preguntó, al instante tomó aquella consideración como una tontería. Al rato, para su alivio, llegó el sargento Ralph Rohmer. Mostraba preocupación, y le miraba inquisitivo.

–¿Y tu relevo, hijo?

–Eso mismo me pregunto yo –contestó Roth desorientado.

–Gotthold hace una hora que debía haber llegado.

–Mi sargento aquí no ha aparecido nadie.

–¡Mierda! Ha de haberse perdido. Y aquí es difícil saber qué es de quien…

El sargento se quedó mirando el ancho frente, una zona hedionda horadada llena de trozos de madera, metal y carne. No podía haber en el mundo algo tan horrible. Sabía muy bien que no podían dejar allí a Gotthold, aunque también era consciente de que tenían que marcharse.

—Escucha hijo, yo mandaré un relevo, pero tienes que buscar a Gotthold —estuvo pensando un momento mientras Roth aterrado lo miraba—. No, no puede ser, mandaré a otro a esta posición y tú te retirarás a descansar, no puedo correr riesgos con mi pelotón. Ya he perdido a un hombre, no quiero perder a otro.

Roth esperó un rato más mientras el sargento traía a su nuevo substituto, esta vez fue Morten el Danés, también venía el cabo Ingmar Rosenbaum. Ingmar era un tipo sonriente, sin embargo, ahora lo miraba serio, además no le miraba a los ojos. Entonces pensó que quizá le podían echar la culpa de la desaparición de Gotthold, él mismo se sentía mal ya que había oído a los británicos y no se había atrevido a dar la alarma. Su cuerpo comenzó a vibrar por dentro. Seguro que le interrogarían y nunca había servido para mentir. Morten se quedó allí apostado, encendió un cigarro y preparó su fusil. Roth, el cabo y el sargento se retiraron por lo que quedaba de la trinchera de comunicación, observó un desvencijado mortero que estaba seguro que no había visto la tarde antes. De hecho todo le parecía nuevo y desconocido. Aquello resultaba como caminar por las entrañas de una pesadilla, como si fuese tan irreal que nunca hubiera sucedido. Llegaron hasta donde se encontraba el grupo. Le miraban y Roth se sintió pequeño, casi hasta el ridículo. Fue Alexander quien salió a su encuentro.

—¿No oíste nada anoche? —preguntó.
—No…, Alexander.
—Seguro, ¿ni a mi hermano?
—No.
—Este es un cobarde, al igual que Christian y Gerhard, tenemos suerte de no tenerlos en nuestro grupo —acusó Jan—. En mi grupo solo caben los aguerridos.

Roth no supo qué decir. Gerhard y Christian le miraron, mudos también. Fue Ferdinand Bartram quien salió en su defensa, dándole donde más le dolía.

—Tengo entendido que Paul Król estaba en nuestro grupo.
—¿Qué Paul? ¿Qué?
—Era más valiente que todos, todavía recuerdo cuando recogió a mi primo. Todavía no he visto nada parecido.
—Se marchó para ser camillero, era un cobarde, un cobarde

muerto.

–Pues tú aún temes a Ulrich y ese está vivo.

–Lo mataré…

–¡A callar! –ordenó el sargento Ralph Rohmer–. Tú, maldito paleto –dijo señalando a Jan– olvidas que eres un cabo no puedes ir fomentando el odio entre la tropa. Voy a hacer todo lo necesario por degradarte.

–¿Sí? ¿Y qué más?

–Sé lo que sucedió antes de la batalla del Somme, cobarde, y en medio de la batalla pensabas abandonarnos. No creas que soy tonto, voy a por ti cabo Ehrlich. "Aguerrido".

Jan enmudeció, Alexander aprovechó que todos discutían para retroceder un paso y perderse por la arruinada trinchera de comunicación, tenía la obligación de encontrar a su hermano. No temía al enemigo, tenía a lo que más temía en su casa, no podría ver el rostro descompuesto de su madre. Desde que comenzó la guerra lo único que había aparecido por el hogar de los Weiss era la muerte. Su aliento se extendía por los campos de batalla, mermaba familias y ponía punto final a los sueños. Tan imprevisible como cruel, con sus actos definitivos había conseguido cambiar para siempre la faz de un pueblo, el cual ya no sería nunca el mismo. Como la larva que se despierta siendo mosca.

El invierno llegó cargado de precariedad; el frío resultaba insoportable y las despensas se quedaban vacías. Lo conocerían como el "Invierno del nabo" porque debido a la mala cosecha del verano hubo que sustituir la hortaliza por las patatas. Por suerte, en Lana Ravine aún no había escasez de alimentos, primero porque Vincent Lenz siempre tuvo habilidad como cazador y segundo porque Fremont traía provisión de comida enlatada. El problema radicaba en la enfermedad de Erika. No reaccionaba, siempre en la cama, tan triste que en contadas ocasiones lograba mantener una conversación. Cada dos semanas iba el doctor Bachmann al pueblo para abrir su consulta durante algunas horas y, de paso, visitaba a la pequeña.

Fremont vivía el sufrimiento de Erika como si fuese de su sangre, ya que resultaba imposible verla y no padecer con ella. Por ello, decidió implicarse en su recuperación, y quiso trasladarla junto con toda la familia a la ciudad. Aquello también formaba parte de su plan, quería a Otta lejos de Faustaugen. De algún modo intuía que mientras la joven viviese en aquel pueblo nunca le pertenecería del todo. Había estudiado, como siempre, el plan para arrancarlos de aquel mundo embrutecido y rural, aunque en realidad no veía a su suegro en otro trabajo que no fuesen sus vacas. No obstante, siempre podía darle un empleo en las cuadras de su padre, a pesar de que no tuviese caballos en la actualidad, ya que los había cedido al ejército, siempre había mucho que hacer en las caballerizas y alrededor de la casa de campo. Lo excepcional de aquella tarde era que intentaba convencer a Vincent para que aceptase su oferta, le urgía, y quería que el mismo doctor Bachmann le apoyase en aquello que le proponía.

–Llevar a Erika a Bremen sería, no una solución sino la solución. Allí tendría una enfermera para su cuidado todo el día y un equipo de médicos atendiéndole y haciendo todo tipo de pruebas –dijo sin dejar de mirar a Bachmann buscando su complicidad.

Sin embargo, el doctor no lo entendió así y decidió callar.

–No sé… –dijo Vincent con timidez– sí sería lo conveniente, aún está reciente la muerte de María, y no sé si alejarse de aquí…

–Con todos mis respetos señor Lenz, usted tiene que ser pragmático. El asesino de su hija aún está en el pueblo, lamentablemente tenemos que alejarnos de aquí, por el bien de sus otras dos hijas y siempre mirando por el bienestar de su familia.

–¿Pero y mis vacas, mi casa? No conozco más mundo qué este...

–No se preocupe, yo estaré ahí para todo lo que necesite.

–¡El caso...! –interrumpió el doctor Bachmann– ¡El caso es que no sé si sería lo más conveniente! Desde luego no tengo otra que admitir que en Bremen estaría mejor, desde luego, siempre he sido partidario de una segunda opinión y aquí, para serles sinceros, no tengo medios para hacer frente a esta extraña enfermedad que la va consumiendo. Aunque, un viaje como ese para una persona tan debilitada no creo que fuese lo más conveniente, tenga usted en cuenta el viaje en coche hasta la estación de tren más cercana, después el viaje en tren hasta Bremen. Creo que sería una insensatez.

–Entonces, ¿cuál es su propuesta? ¿Dejarla aquí para que se consuma poco a poco? – increpó Fremont.

–¿Mi propuesta? No tengo propuesta caballero, me limito a informar y a hacer mi trabajo lo mejor que puedo. Desde luego, es muy fácil opinar e intentar jugar a ser médico, otra cosa es serlo.

–Pues si no tiene propuestas, mejor y más sensato es callar.

–Desde luego, desde luego –dijo Bachmann con desagrado–. Pues bien señores, he de marcharme, la noche caerá pronto y no quiero verme en el carril de las Monjas con este tiempo. He vuelto a indicar el acido acetilsalicílico para bajar la fiebre y los dolores.

Al doctor le desconcertaba aquel caso, tan débil de pronto como recuperada. A veces sospechaba de un caso de envenenamiento por absurdo que pareciera. Recelaba de Fremont y su empecinamiento por querer arrancar a la familia Lenz. Por lo que decidió cerrar la boca. Bastantes problemas tenía ya.

Otta había salido, tenía que comprar pan. Debido a la escasez no habían traído harina desde Gutenweizen, pero Erich Krakauer lo esperaba a lo largo de la mañana. Para que nadie tuviese que hacer cola el panadero hizo una lista y cada día cambiaba el orden de modo que el primero del día fuese el último al siguiente. Fremont la habría acompañado, aunque la joven no lo permitió de ningún modo ya que el maestro aprovechaba cualquier momento para meterle mano y Otta no tenía humor.

Soplaba el viento frío de los Colmillos, el deshielo de aquellas montañas alimentaba el Feuerbach y lo empujaban hasta el Danubio. Aquella brisa rozaba la cara de Otta con su tacto de lija y le sacaba un color rosado hermoso. Otta se ofrecía así al verdugo de su hermana, ya que cada vez sospechaba más que su asesinato tenía algo de violencia sexual. Para defenderse traía un cuchillo de la cocina, se dejaría llevar para confiarle y después cuando creyese que la tenía le daría el golpe mortal. Y con ello pensaba que llevaría la paz al hogar de los Lenz. Aunque su alma nunca se quedaría tranquila, por mucho que cambiase su vida en Bremen una parte de ella estaría anclada a Faustaugen, con su amargura y su dulzura. María y Paul formarían parte de pasado más remoto, trozos de un tiempo feliz, felicidad que no había valorado como no se valoran los años dorados sino con la distancia y la ausencia.

Regresaba al pueblo y miró hacia atrás, las chimeneas del pueblo liberaban el humo blanco que se deshacía en largas melenas. Helmuth Degener había construido un horno para hacer carbón, decía que en el futuro sería más valioso que el dinero y desde su ubicación salía algún hilillo. Por lo demás no había nadie en la calle, continuo caminando y de repente se sintió observada, todos sus vellos se le pusieron de punta. Miró en dirección al cementerio y en la puerta observó una silueta, un escalofrío le recorrió la espalda, parecía el Arrepentido, un fantasma local que salía en los pies de la cama a los niños que no confesaban sus pecados. Había algo en aquella blanca oscuridad que le resultó aterrador. No obstante, no pudo dejar de mirar en aquella dirección. En aquel instante la figura le resultaba conocida. Acababa de ver a Paul. Temblando salió en su encuentro, aunque él se internó en el camposanto. Al llegar la joven se lo encontró con sus dedos repasando la inscripción hecha en la piedra que recordaba a los caídos. Otta congelada lo miró.

—Me resulta extraño saber que nunca más lo veré, Paul era como mi otro yo.

—¿Ulrich?

De la boca del joven brotaba el vaho que a la joven se le antojaba el fantasma de sus palabras.

—Mi hermano… ¿le amabas?

–¿Cómo puedes preguntarme eso?

–¿Le amabas?

–Sí, mu… mucho –dijo Otta con la voz quebrada.

–Extraña manera de demostrarlo.

–¡Qué, demostrarlo! Tu hermano estuvo en silencio y después cuando me escribía cartas eran chifladuras. Cosas incoherentes, me decía que quería irse con el circo, ver mundo. Tu hermano… que Dios me perdone, tu hermano ya no escribía nada coherente… dejó de quererme…

El rostro del joven Król mostraba una especie de divertida tristeza, como si manifestara curiosidad. Su mirada se volvió a concentrar en las letras esculpidas en granito verde.

–No me lo creo, es imposible. Paul siempre pensaba en ti, hubiese muerto si no creyese en el reencuentro contigo.

–¿Cómo puedes saberlo?

–Los gemelos tenemos una conexión invisible. Paul jamás hubiese hecho algo así, sé que te amaba más que a nada en el mundo. Lo sé porque ambos sufrimos cuando el otro sufre, lloramos cuando el otro llora, reímos cuando el otro ríe…

–¡Siempre habéis sido muy diferentes!

–… amamos cuando el otro ama.

Otta volvía a prender sus azotadas mejillas. Como una hoguera a la que alimentan con leña menuda. Había algo en aquella mirada que la atraía y le hacía sentirse deseada. Desde la puerta otra figura aparecía, esta vez no llevaba su sombrero de paja, sino un gorro de piel.

Fremont venía pensando que los besos de Otta valían un imperio. Aquellos besos eran únicos, alargados sin prisa, como si lo hiciese entre sueños. Sus ojos, aunque tristes, se abrían sin prisa, como una flor. Se apretaba contra él y su corazón parecía saltarle de sus pechos duros. Nunca había tenido entre sus brazos una mujer como aquella, era increíble poder poseerla en su casita, junto al fuego y con el helado rumor del Trommelbach, que aún sin agua dejaba pasar el susurro del viento. Se sabía el hombre más afortunado del mundo. Aún así y quizá por eso la valoraba más, la sentía lejana. Era como si tuviese un anzuelo en su corazón y alguien la tuviese atrapada. Ese alguien no podía ser más que un muerto, Paul Król. O, quizá, existía la posibilidad de que su gemelo también tuviese en sus manos el sedal. Siempre estuvo la sombra del otro hermano, una posibilidad remota, casi inexistente. No obstante, cualquier peligro o eventualidad tenía que preverla. Ulrich había aparecido el día que se encontraron a María muerta. Fremont lo observó por instantes, su sombra le daba miedo, a Ulrich los vecinos le respetaban como si fuese un anciano. Oyó que era un buen soldado y que cuando estaba con sus paisanos cogió fama de buen tirador. Un fusilero terrible. Aquel héroe podía ser el único que desestabilizara su relación. Fremont había salido a buscarla, no soportaba su ausencia, quería saber en todo momento dónde se encontraba. Además, pensaba decirle que tenía previsto pagar a un detective privado para encontrar al asesino de su hermana.

El pueblo era muy pequeño y las pisadas en la nieve muy grandes, dejó su coche en la puerta del cementerio y siguió a su intuición. Allí estaba, observando a un joven que leía con sus dedos una inscripción.

–Ulrich –se dijo casi con terror.

Otta lo observaba arrobada, había algo triste en su gesto. Desde donde estaba no podía verle los ojos y al oír llegar el coche la joven volvió la cara para mirarlo a él. Fremont sintió una puñalada de celos. Debía haberlo tenido previsto, Ulrich era la viva imagen de su hermano, ¿y si Otta solo se había enamorado del físico? No podía ser, los celos le hacían perder la calma e inventar cosas. No obstante, aún así, tal vez, solo tal vez tenía que pensar con seriedad en revisar su correspondencia, vigilarlo y si fuera preciso acabar con él como lo había hecho con su hermano. La idea le giraba en su cabeza al igual que una banda de buitres alrededor de un cadáver. Apretaba su puño e intentaba sonreír, se bajó del coche y fue al encuentro de la joven a quien, sin dar lugar a reacción, besó sediento. Trataba de marcar el territorio, pero Otta no le correspondió. Sus ojos la penetraron. Seguidamente se giró hacia el joven Król, quien había retrocedido un paso casi como si le temiese.

–Buenas tardes. Me presento soy Fremont Kast. Supongo que usted es Ulrich Król. Otta me ha hablado de usted – Fremont fue a su encuentro con la mano tendida, pero lo único que encontró fue hostilidad. El soldado lo despellejaba con los ojos.

–Ya me iba –intervino Otta.

–Muy bien, querida puedes subirte al coche…

–Prefiero ir andando.

–Pero hace frío y los caminos son peligrosos.

–Prefiero ir andando –insistió Otta.

Fremont buscó con la mirada al joven soldado y este lo observaba como se observa a un ratón antes de ser pisado. El maestro comprendió que delante de él tenía a un hombre que había visto horrores y habría tenido que matar. Sintió un escalofrío. Otta sentía otra cosa, había algo dentro de ella que la abrasaba. Una fuerza desconocida que le empujaba hacia lo imposible. Su corazón parecía engañarla, como si Paul la llamase desde los ojos de Ulrich. Aquellos ojos, profundos y de mirada dura.

Alejada de la escena, la cartera hacía su reparto. Pasaba mucho tiempo en su bicicleta y había agarrado un resfriado que de no remediarlo, acabaría en neumonía. Tenía en mente entregar una carta, una carta que le pesaba en su conciencia más que el constipado en los pulmones. Una carta dirigida a Otta, de esas que Fremont tenía prohibido hacerle llegar. Esas que le daban un respiro en forma de latas de comida, unos kilos de patatas, o unas de esas salchichas que lo único que tenían de salchicha era la apariencia. Ligero soborno para tan insufrible carga. Aunque tendría que esperar, al menos hasta que el resfriado se fuese, cuando estuviese más repuesta. No podía permitirse el lujo de debilitarse en aquel momento. Sería como suicidarse, porque sentía que su salud se descomponía al igual que un trapo que iba destiñéndose bajo la saña del clima y los días. Y, sin embargo, la conciencia le exprimía las entrañas y era como un limón que se derramaba por su interior. Tenía una carta y antes o después tendría que entregársela a alguien, después de pensarlo mucho llegó a la conclusión que quién debía leerla primero era Otta.

Hasta el vecino pueblo de Gutenweizen tenía que desplazarse el maestro Fremont Kast cada vez que quería hablar con alguien por teléfono. Su padre, Frankz Kast, se iba recuperando de su ictus cerebral, no podía recobrar la energía de antaño, pero por el contrario adoptó un humor revitalizado; solía reír y hacer bromas, cosa rara desde que muriera Frankz Eduard. No había perdido su afición a los puros y por descontado ya no quería oír hablar de trabajo. Su rostro se había doblado y tenía que llevar un pañuelo con el que se secaba la saliva que se le caía fugitiva. Había asumido que su heredero sería Fremont, aunque no entendía qué estaba esperando en aquel pueblucho. Le había exigido que regresara a Bremen y aprendiera el oficio, Günter Schumacher tenía tanto que enseñarle y en aquellos tiempos había mucho, mucho trabajo que hacer. Se encontraban en tiempo de cosecha.

Para hablar con el administrador se había trasladado a Gutenweizen. Aquel pueblo funcionaba como la capital del Pequeño Ducado y, quizá por ello, allí había línea telefónica. El teléfono debía haber llegado a Faustaugen, pero la guerra había prorrogado el progreso. Cuando el maestro aparecía en Gutenweizen con su Mercedes Simplex la gente se le quedaba mirando. No ya por el coche en sí, sino por el combustible. Pavonearse con un automóvil no era muy inteligente. Había mucha carencia de energía en la zona, todo se agravaba con los cortes de luz; durante días enteros incluso. El alcalde de Faustaugen había querido instalar una pequeña central hidroeléctrica en el curso del Trommelbach, justo al encontrarse con un afluente del Rin, sin embargo, en la zona en donde habían comenzado las obras había aparecido restos óseos como en Valle de Neander y todo se tuvo que paralizar. Según Balthasar Holstein aquellos restos bien podían ser de un cosaco con raquitismo, cualquier cosa menos aceptar la Teoría de la Evolución de Charles Darwin, no obstante, ya no estaba en su mano y ahora sufrían las consecuencias.

Fremont muy a pesar suyo siempre tenía que esperar, la única línea siempre se hallaba ocupada ya que todos en aquel Pequeño Ducado solían acudir al teléfono la mayoría de las veces para saber de los suyos. Aún así merecía la pena, no solo tendría que hablar con Günter, también lo haría con su madre para preguntar por la salud de su familia y disculparse por su ausencia en las navidades. Había algo a lo que no estaba dispuesto a transigir, jamás dejaría sola a Otta. De alguna manera sentía que el mundo conspiraba contra él y aquello que tanto le había costado conseguir no podía dejarlo escapar en un giro de espalda. La doble imagen de Ulrich se le clavaba en el interior de sus ojos, se retorcía en sus sueños y besaba a su novia, le lamía el rostro y al tiempo cargaba su fusil apuntándole. Sentía que el pueblo entero se enterraba en secretos, como si para pertenecer a la comunidad tenía que pagar un peaje, que mientras estuviese dando a cada uno su mordida le serían fieles y que si dejaba de entregarles lo suyo le repudiarían sin agradecerle nada. Al fin y al cabo no era de Faustaugen, ni lo sería jamás. Ahora se sentía dueño y señor, señor feudal, de todo lo conseguido por su padre. Su momento había llegado y de algún modo también sentía que tenía que abandonar aquel pueblucho para hacerse con el timón de la compañía. Qué mejor momento que el actual cuando la guerra obligaba a mantener la producción al máximo. Al igual que el gran Frankz Kast, tenía que forjar alianzas y amistades con las cuales tejer el entramado financiero e industrial sobre el que se soportaría la empresa en el futuro. Ya que los nuevos tiempos venían confusos; la gente comenzaba a cuestionar a sus mandatarios, algo que nunca antes había sucedido al menos con tal excitación.

Llegó a la casa que albergaba el servicio postal, como de costumbre tuvo que esperar un poco hasta que le tocó su turno. El teléfono estaba en una salita y allí mismo varios aguardaban, por lo que sus conversaciones no tenían ninguna intimidad y tenía que tener mucho cuidado con lo que decía. Primero le conectaron con su casa, fue su madre quien le atendió le insistió para que fuese a verlos, pero Fremont alegó que no estaba bien de salud debido a un resfriado y que lo mejor era no moverse mucho. Le informó de una nueva noticia: su hermana estaba embarazada. La noticia era una puñalada en el estómago. Según sus cálculos su cuñado debería estar muerto. Tenían que haberlo trasladado al Somme, a una posición vulnerable. Sin duda no era lo mismo mandar asesinar a un simple soldado que a un aristócrata. Trató de felicitarla y de mostrar alegría. Aún no estaba todo perdido, si ella sufría un accidente podría tener un aborto o bien si él obtenía el mando de la compañía podía hacer y deshacer. ¿Por qué todo era tan difícil?

–Muy bien madre, me alegro por todos. Dios te quitó un hijo

y ahora te dará un nieto. Debemos estar contentos al fin y al cabo, ya verás como todo se irá arreglando.

–¿Arreglando? No, Fremont, tu hermano Frankz Eduard jamás volverá y tu padre está mejor, pero ya no es el mismo. Tendré que acostumbrarme a un mundo nuevo y siempre añoraré el viejo. Perder un hijo es definitivo. Es como… es… no sabría decirte, no hay nada igual, ni siquiera parecido.

–Comprendo madre, lo siento.

–No sientas nada, sé que lo has dicho para que me sienta mejor. Que Dios te bendiga.

–Que te bendiga también a ti madre. Bueno, he de marcharme, aquí hay gente esperando. Espero que estas navidades… bueno en fin, que os acordéis de mí. Yo os tendré en mi corazón.

–Y tú en el nuestro. ¿Aún no entiendo porque no vienes con nosotros? Adiós hijo. Y acuérdate de las sopas antes de dormir.

–Sí, madre. Adiós, madre.

A continuación y para desesperación de los que allí estaban solicitó llamar a Günter, tal y como habían acordado estaría esperando su llamada. Günter le cogió el auricular enseguida.

–¿Günter?

–¿Señor Fremont?

–¿Quién si no?

–Me alegro de escucharle.

Günter había notado que Fremont le tuteaba. Algo había cambiado.

–Ya, seguro –dijo irónico–. ¿Tienes algo que decirme?

–Pues que todo marcha, señor Fremont. Ese muchacho murió tal y como usted ordenó.

–Ya. Oye –bajó la voz–, ¿quieres ser más comedido? No sé si nos están escuchando.

–Entiendo. En fin, creo que todo va según lo planeado, sin ir más lejos estoy encargándome de su cuñado…

–¿De veras? Es que no sé, he oído que mi hermana está embarazada y estoy embargado por la alegría. Parece que disfruta mucho en los permisos.

–No puedo creerlo, ¿No estará usted celoso? Esto no es como heredar un trono.

–Ya, pero mi cuñado… en fin, ya sabes.

–¿Ya sé? ¿No sé a qué se refiere?

–No te hagas el tonto Günter, ambos sabemos de lo que estamos hablando. No quiero regresar a casa y que un tipo esté ocupando mi lugar, el que me corresponde. Él no es más que un tipo egocéntrico, incapaz en todo momento de manejar un sistema tan complejo. Lo sabes. La compañía no puede ser un gigante con dos cabezas.

–Lo siento, hago lo que puedo. Es muy difícil mandar a un junker a la primera línea, a menos que su compañía marche y da la casualidad de que su compañía se está librando de todas, todas.

–Ya, parece como si en vez de... ya sabes lo que parece.

–¿Se refiere a que alguien le proteja?

–No te hagas el tonto, me ofendes. Si sigues por ahí tú serás el más perjudicado –bajando la voz–, irás a la cárcel. Así que ya sabes o lo haces bien de una vez o estás acabado. Tienes un mes, un mes o actúo. ¿Comprendes?

–Sí. Pero el niño nacerá huérfano. ¿No le conmueve?

–Pues muy bien, espero que pases –alzando la voz– una feliz navidad.

Fremont colgó el auricular de mala manera y pagando al encargado de correos y telégrafos abandonó la casa. Estaba muy enfadado, tanto que tuvo que tomar aire y buscó un bar donde tomar una cerveza para digerir las malas noticias. Por el camino compró el periódico. La cerveza estaba aguada, además de fría, demasiado fría para su gusto. Ya no había nada genuino, de hecho había visto una bicicleta con las ruedas de metal, algo esperpéntico. La gente le miraba extrañada y él sacaba pecho. "Ahí va un rico", se decían. Aún así tenía que pasar por el sastre pues los puños de su chaqueta estaban desgastados. Y la próxima vez que pasase por Bremen tendría que comprar otro sombrero de paja, los prefería a los bombines convencionales por que le daban aire de juventud. Todo sumado le daba fuerzas, ya que se sabía pretendido, las jóvenes lo miraban con deseo. Ya no quedaban hombres de su edad tan vigorosos ni con tanto lustre.

«Envidia».

Ojeó la prensa y supo, con cierto retraso que Francisco José I de Austria había fallecido y Carlos I le sucedía, de ese modo el emperador moría sin saber el resultado de la contienda. Una guerra que precisamente había comenzado con el asesinato de su sucesor en el trono. Motivos lejanos y olvidados.

Entró en el local Theodor Krakauer con su uniforme y su sonrisa insolente. Dio un sonoro portazo y miró a los pocos que allí se congregaban. Apenas había media docena, al verlo agacharon la cabeza. No cabía duda de que Theodor no era muy deseado además podía buscarle un lío a cualquiera. No obstante, Fremont calculó las posibilidades, Theodor podía ser tan peligroso como moldeable.

—Siéntese conmigo —le dijo el joven.

Theodor se sorprendió, sin duda no lo esperaría nunca de un "riquito". Estuvo unos segundos tanteando qué podía querer de él. Entonces fue consciente del peso de su uniforme, se regaló una risotada, pidió un vino y tomó asiento.

—Señor Fremont.

—Kast.

—Eso, perdone, Kast. No me acordaba.

—Señor Kast.

—Señor Kast. ¿Qué le trae por Gutenweizen?

—El teléfono, aquí hay en Faustaugen no.

—Eso es porque no se aprovecha bien a los prisioneros de guerra, si yo tuviese mandato no comerían nada hasta que hicieran su trabajo. Pero ya se sabe —bajó la voz—, los que mandan, la mayoría son unos mierdas. Se lo digo yo. Oiga señor Kast... quería que, usted sabe, aquella vez que discutimos...

—Está olvidado, le invitado yo a sentarse, el vino corre de mi parte.

—¿Es verdad que usted tiene latas de comida? Es que tengo hijos, ocho, ha parido la idiota de mi mujer. Se lo he dicho, te quedas preñada con mirarte. Si es que es medio tonta.

—Veré lo que puedo hacer.

—Usted es un hombre de verdad, usted sí es una persona —levantó el volumen —, y no como algunos. Que es que hay mucha envidia. Míreme a mí, señor Kast. Yo soy un tipo sencillo, pero ¡ojo! Tengo influencias, muy buenas amistades. Por ejemplo, soy amigo del, nada menos, chofer del Káiser. Sí, sí, así como le digo. Y la gente, la gente es envidiosa. Saben que uno tiene amistades importantes y... ¿cómo cree qué he llegado a ser policía militar? Hay mucha gente ahí arriba que me conoce, soy un hombre resuelto, bien lo sabe Dios. No me arrugo con nada ni con nadie. Miliciano puede ser cualquiera, pero gendarme ¡Ah! Gendarme solo pueden ser los mejores, y si no cómo te puedes enfrentar a los familiares de los reclutas. A ver, ¿cómo se saca a un chaval de un pajar mientras se esconde? ¿Eh? Con su puta madre dándote patadas y el cabrón del padre amenazándote con una horquilla. Porque al principio, "¡Qué tiempos tan gloriosos!, ¡Qué suerte la guerra!" y ahora todos tienen miedo. Ahora nadie quiere que te lleves a su hijo al frente. ¡Pues ahora te aguantas!

En ese momento irrumpieron tres milicianos en el bar. Uno de ellos alto, barbudo y como un sombrero grande detuvo a los otros y soltó una carcajada. Fremont sin saber muy bien por qué sintió miedo.

−¡Bueno! ¡Aquí el señor gendarme! ¡Al que quería ver!

−Ve −dijo Theodor−, señor Kast, esto es de lo que le hablaba. Cualquiera puede ser miliciano.

−¡Que resulta que el señor gendarme va diciendo que tal y cual señorita tienen ladillas!

−¡Y hasta a mi esposa se las he pegado!

−¡Ándate con mucho cuidado, señor gendarme, que yo no me meto en tu plato!

−¡Pues no seas tan mierda y limpia a las "señoritas", desde que te las llevaste a Francia no hay quien se acerque!

El barbudo sacó una porra y se la mostró a Theodor.

−¡Esta te va curar la boca!

−Perdone este espectáculo, señor Kast, éstos no tienen remedio. Son unos vagos que viven del esfuerzo de otros. Abría que mandarlos al frente −se giró y miró a los tres que aún lo desafiaban con la mirada−. ¿Qué boca, qué? ¡A mí! ¡Como me levante os pego un tiro y a ti, barbas, a ti te meto la porra por el culo! Tus putas son una mierda, están enfermas, flacas y entre todas no juntan una boca. Apestan, apestan y pegan ladillas. ¿Ahora qué? Estás contento, barbas −el guarda volvió a dirigirse al maestro, el cual estaba perplejo y arrepentido de haber entrado en el bar−. ¡Bah! No se asuste, aquí somos así. Un día nos matamos el otro nos emborrachamos juntos. Si alguna vez tiene un asunto, ya sabe, comprometido. Usted me entiende, no dude en llamarme. Yo sé cuidar de mis amigos. Tengo unos cojones que no me caben en las dos manos.

−¡Si no tuvieses ese uniforme no serías tan hombre! −dijo el barbudo.

−Yo alegué para librarme del servicio −dijo Theodor ignorando al barbudo−, es que tengo los pies planos, en cambio la vista. Tengo una vista que ni un águila.

−¡En Faustaugen no hay hombres!

−Si yo hubiera estado aquel día en el pueblo, yo hubiera matado al asesino. Eso lo puedo jurar.

–¡Esto no va a quedar así, señor gendarme! ¡Mírame mientras te hablo!

Entonces Theodor se levantó rápidamente, cogió su fusil y se acercó a los tres, el bar contuvo la respiración. Les miró a los ojos y buscó al más asustado. Le dio con la culata en las costillas, el segundo fue el barbudo, el cual levantó la porra, aunque la tuvo que agachar porque el guarda le lanzó el fusil y trató de cogerlo, lo único que recogió bien fue el puñetazo en la mandíbula. El tercero retrocedió un paso, trató de defenderse, pero lo que vio fue la bayoneta de Theodor la cual le intimidó tanto que se quedó inmóvil.

–Ahora observe –le dijo Theodor a Fremont.

Theodor comenzó a afeitar al barbudo, el cuchillo se llevaba pelo y piel por igual. El pobre hombre, aún aturdido, se quejaba. Nadie salió en su defensa. Fremont miró la escena con una explosiva mezcla de curiosidad y miedo. El corazón le latía tan fuerte que parecía que le iba a rebosar la sangre de la boca. Aquella violencia le resultó tan inquietante como ver a una araña paseando por la cara de un bebé. Decidió guardar la amistad con Theodor en un cajón, como si fuese una herramienta que en cualquier momento pudiese necesitar.

Lo encontraron, casi por casualidad, debajo de los cascotes, allá en Verdún. La recuperación de Paul duró más de lo previsto ya que padecía una neumonía agravada por el tiempo que estuvo atrapado en el sótano. Alguien registró lo que quedaba del cadáver de Geert y encontró una carta firmada por Paul Król por lo que le dieron por muerto. Además alguien puso el nombre de Geert Zweig sobre la tablilla en el hospital de sangre y se preocupó de cambiar chapas identificativas. Pasados unos días lo trasladaron a un sanatorio militar retirado del frente hasta que poco a poco comenzó a recuperarse. Fue entonces cuando le dijo a una enfermera que habían averiguado que hubo un error en su identificación, que no era Geert sino Paul. Supo de la muerte de Luther gracias a un cabo de su batallón al cual le habían amputado una pierna, el fallecimiento de Geert lo tuvo que intuir. Había días que no sabía quién era, como si su vida hubiese sido un sueño. Aunque la mayoría del tiempo lo pasaba dormido. La mente de Król se volvió oscura y lo único que era capaz de vislumbrar era que lo había perdido todo, como si hubiesen echado paladas de tierra sobre su rostro. El oficial médico creía que su propósito real no podía ser otro que escabullirse de Verdún. Había visto ya muchos casos y pensaba que no existía enfermedad mental peor que la propia cobardía. Se quedó conmocionado cuando una auxiliar lo encontró a punto de ahorcarse en la lavandería. El doctor desistió en invertir más tiempo en un suicida. Por lo que pidió un traslado, por una suerte de malos entendidos y papeles que se pierden y aparecen en otro despacho fue a parar a una clínica psiquiátrica acabó nada menos que en Luxemburgo. La guerra podía haber acabado para el soldado Paul Król.

Los primeros días en el hospital le colocaron una camisa de fuerza. Durante aquel breve pero eterno periodo de tiempo pudo ver a muchos pacientes quedarse rígidos como tablones, otros con la mirada perdida y los que no paraban de llorar. Se hizo una idea de dónde estaba e incluso de cómo había llegado a parar a un sitio tan lúgubre. La mayoría de los enfermos eran oficiales que habían visto caer a sus hombres ante sus narices. Paul había perdido hasta las ganas de resistirse por lo que le concedieron cierta libertad de movimiento. Después de soltarlo lo sentaron en una silla en un pasillo lleno de hombres sin ganas de vivir. Suerte que había una ventana al exterior y se entretenía mirando. El tiempo era un océano y él un náufrago. Con la llegada de la primavera Paul fue recobrando el ánimo. Sus cuidadores le dejaban deambular de un lado a otro ya que no lo consideraban peligroso. No solía hablar y respondía con sonrisas a las preguntas. Algunas enfermeras le recordaban a Otta. A Otta la añoraba, hacía tanto que no sabía nada de ella que la creía muerta y, sin embargo, esperaba encontrarla en el rostro de cualquier mujer. Algo nuevo desde su interior le decía que más allá de aquellos muros estaba su pueblo y su vida entera. No obstante, no podía salir de aquella clínica, tan solo pasear por el patio y ver a los demás residentes. Tomó cierta amistad con un capitán que había visto como caían dos pelotones mientras les ordenaba avanzar, decía que estaba preparado para marcharse, que aquel no era su sitio. Con la misma fuerza hablaba de su tropa como si estuviesen vivos y esperando sus instrucciones.

–¡Son los mejores, muchacho, ya los verás! ¡Vendrán a por mí y echaremos a los "tommys" del continente! Te dejaré que formes parte de los nuestros, se ve desde lejos que eres un valiente. Este no es nuestro sitio... –dicho esto se llenó de silencio y rompió a llorar.

Llegó mayo y Paul despertó una madrugada antes que nadie, sin que nadie le viese, después de vestirse en silencio salió del salón dormitorio al patio, no se le ocurrió otra cosa que subir por el desagüe hasta el canalón y desde allí trepó hasta el tejado. Caminó con las manos igual que lo hiciera por el granero de Rudolf Sinmuelas. Cuando se cansó se sentó y esperó a que amaneciese, aquel baño de luz le devolvió la vida. Lo necesitaba, observaba la lentitud con la que iba iluminando los campos y los edificios distantes. Escuchaba el lejano ajetreo de la vida e incluso el zumbido de un avión paseándose por el horizonte. Lo mejor de esta vida es que siempre te da una oportunidad, se dijo. Hacía fresco, pero ello no impedía disfrutar de aquel momento, quizá hubiese hecho falta un buen café. Debía recuperar su vida anterior. Tenía que volver hacer la guerra y regresar a casa para disfrutar de su familia y de Otta. O mejor, huir, desertar era la mejor opción. Lo meditaba y sonreía, correr y dejar el mundo atrás, vivir.

Bajar del tejado fue más complicado, hubo que buscar una escalera grande y después de aquella hazaña estuvo encerrado durante una semana y decidieron darle el alta.

Vino a recogerlo en persona el alférez Manfred Zumpt.

Enterado de su aventura en el tejado no hizo más que reírse y frotarse las manos. Sin embargo, Manfred traía algo consigo, su mirada era oscura y quemaba. Los meses en el frente de Verdún lo habían transformado, su indecisión había mutado en firmeza, había tenido que sacrificar pelotones enteros, ¿qué más le daba un solo hombre? El alférez sonreía con aquella mirada maliciosa, disfrutaba de una manera macabra, conocedor del daño que podía infligir.

–¿Estás listo muchacho? –le preguntó sin esperar la respuesta y dándole su fusil.

–Sí, herr alférez.

Paul tomó su fusil, sintió un escalofrío al tocarlo. Nunca lo quiso, siempre prefirió trabajar como camillero. No obstante, aquella vez comenzó a sentir una energía desconocida. Probó la bayoneta, "¡Calad bayonetas!", recordó. Se llevó el arma al hombro y apuntó. No tenía munición y extendió la mano para que su superior se la diese. Manfred sintió miedo, recordó que Paul estaba algo loco y no sabía qué podría hacer.

–No tengas tanta prisa. Dame la bayoneta, no me fio de ti.

Para su sorpresa Manfred venía solo, conducía un camión que había llenado con sacos de harina; había que aprovechar el viaje. El camino hacia Verdún sería largo, Paul esperaba lo peor de su alférez pues estaba seguro de que quería matarlo. Se fijó en la pistola flamante que llevaba. Siempre tuvo hacia este hombre un odio profundo y cada vez que le reclamaba sentía un miedo profundo, miedo que en este momento se revitalizaba. Un sudor frío le recorría la frente, la espalda e incluso sentía que se le secaba la boca. Sabía que el alférez había hecho aquel camino solo con una intención.

Dejaron la residencia, el campo y pasearon por Luxemburgo, vieron el palacio Gran Ducal con sus chapiteles en flecha y su fachada monumental donde se alojaba la Gran Duquesa María Adelaida, la cual no había tenido más remedio que permitir la ocupación alemana. Se veía que Manfred quería regalarse un paseo por la ciudad, la cual, a causa de la escasez de alimento se asemejaba a uno de esos parientes del duque de Grünensteinen depauperados y tristes pero vestidos con trajes impolutos. Tan solemnes que parecían que fuesen a salir en un sello de correos.

Abandonaron la ciudad y la actitud del alférez cambió, se notaba que tenía que hacer algo que le resultaba incómodo. Manfred había cambiado desde que lo conoció, ya que al principio era agrio y ahora parecía decidido. Zumpt que siempre se mostró titubeante con su misión había tomado fuerzas y Paul lo intuía.

—El tal capitán Müller te ha reclamado para intendencia...

—¿Sin usted, mi alférez?

—Sí —hizo una pausa—, debe tener muy buenas influencias.

—¿Para llevarme a mí?

—Sí, mover a un soldado de un sitio a otro significa papeleo. Y todos estamos hartos de burocracia. Ha sido una suerte encontrarte, te confundieron con otro. Al final, ya ves, todo va a su sitio y notificaron que tenían a un hombre de mi unidad encerrado en un manicomio. Al parecer tuviste la poca inteligencia de confesar quién eres. Como si tu nombre no te diese suficientes problemas.

—¿Por qué quiere matarme? —preguntó Paul haciendo acopio de valor.

—¿Yo? —Manfred se quedó en silencio durante unos segundos— Pues no sé, eres un elemento subversivo. Tienes enemigos muy importantes, tu vida no es nada para mí. Si con tu muerte gana la moral de la tropa... te conviertes en un tipo prescindible. En realidad... en realidad no es nada personal. Solo cumplo órdenes.

Paul se quedó en silencio, tal y como se quedaría un reo al que comunican que van a ejecutar. Sabía que aquellas acusaciones le venían grandes, ni siquiera sabía a qué podía referirse. Aunque de algún modo intuía que la decisión estaba tomada de antemano. ¿Pero por qué? ¿Quién o qué quería aniquilarlo, acaso no era suficiente la guerra? Se fijó que habían tomado una carretera sin mucho transito, en un momento dado tomaron un camino, se habían desviado de la ruta. El sendero serpenteaba por un terreno en la que se sucedían zonas de cultivos y bosques.

—Tu familia no sufrirá, quiero decir que han asimilado tu muerte. El capitán mandó el telegrama de defunción. Estás oficialmente muerto, tan solo vivías en este manicomio. ¡Lo que ha costado encontrarte! Hubo un cambio en las identificaciones como te he dicho... pareció premeditado. Quizá ese capitán esté detrás de todo esto. Pero, por lo demás... para tus camaradas, los que quedan de la unidad... para la oficialidad, para tus amigos... para el mundo no eres nadie. Además, si ya has intentado suicidarte tan solo cumplo un deseo tuyo. Todos vamos a morir, de hecho tus camaradas han muerto, todos. Es tu destino, acéptalo. Deberías darme las gracias.

Król temblaba de miedo, lo iba a matar en cualquier momento y no sabía qué podía hacer. Entonces un pensamiento le cruzó como un rayo, no tenía la bayoneta estaba sobre el salpicadero rozando el cristal delantero, por lo que se podía olvidar de atravesar al alférez. Durante unos segundos pudo imaginarlo retorciéndose bañando su uniforme gris de sangre. En realidad no tenía ánimo ni para defenderse. Paul no era así, había un Paul que jamás hubiera intentado ahorcarse, un Paul que caminaba por los tejados con las manos, un Paul que conquistaba con la mirada, un Paul que no se conformaría con caminar mientras espera una bala por la espalda. Por eso, saltó desde su asiento y le dio un puñetazo al alférez, el cual dio un volantazo y se salió del camino para dejar clavado el camión con una piedra. Con el choque quedaron aturdidos, el joven cayó sobre el salpicadero con un golpe en la cabeza y Manfred con un corte en la frente. Reaccionaron, uno cogió la bayoneta el otro intentó desenfundar la pistola. Por suerte Paul llevaba la iniciativa y pudo ensartarlo por el hombro y se oyó un disparo. Se luchaba con los puños a manotazos, la pistola se le resbaló de la mano al alférez que no tenía fuerza para sujetarla. Paul tenía las de ganar; dos brazos contra uno. Manfred perdía y con el rostro lleno de sangre pareció rendirse. Abrió la puerta del camión y se desplomó afuera. Paul buscó con la mirada la luger y la encontró debajo del pedal del freno. Fue entonces cuando vio el charco, el disparo había cortado una arteria de la pierna y Manfred se desangraba.

–¡Ayúdame! –pidió el alférez.

La sangre brotaba de su pierna como un manantial, tan solo había que dejarlo allí retorciéndose. Paul no podía creer cómo había cambiado la situación. Saltó del camión y le registró los bolsillos.

–¿Qué haces loco?

–Dejarte morir. Herr alférez.

El pálido rostro de Manfred adoptó una mueca de terror. Se llevó la mano a la herida intentando con torpeza taponarla. Estaba desesperado y su nerviosismo le hacía galopar su corazón.

–Ayúdame y te ayudaré.

–Es tarde herr alférez, no me interesas vivo –dijo Paul quien se sorprendía de su propia crueldad–. Eres un mentiroso y como cualquier mentiroso asesino mereces la muerte.

—¡Espera, espera! ¡Yo no quería matarte, me obligaban!

—¿Quién y por qué?

—Me lo ordenó un general, la orden era de un general. No podía fallarle.

—¿Quién es ese general?

—Gerolf Rosenstock. Me dijo que tú eras un marxista y quería que hiciese una purga en la tropa. Que estuviste trabajando en la Kast Gesellschaft y lograste dejar detenida toda la producción. ¡Ayúdame! ¡Hazme un torniquete, tienes que detener la sangre, vamos!

—¿Es una orden? Estamos muy lejos del frente. Sabe, nunca trabajé fuera de mi pueblo, ni siquiera conozco esa fábrica, aunque me suena el nombre.

—¿Qué te ocurre? ¿Es que no ves que me estoy muriendo?

—Tan solo tendrías que haberme preguntado, no soy el hombre que buscas. Ibas a asesinarme sin comprobar que era verdad. Jamás salí de mi pueblo, salvo para alistarme.

—¿No estuviste en Bremen?

—¿Bremen?

—¡Perdóname, oye, escucha, escúchame, por favor, por favor! Te ayudaré, hablaré con el general... intentaré... —el dolor le hacía retorcerse.

—No, no puedes ayudarme, ni yo a ti. Correré hasta Luxemburgo y buscaré ayuda.

—¡No, no me dejes aquí!

—No quiero darte falsas esperanzas, te estás muriendo. Lo siento herr alférez, he visto otras heridas no tan aparatosas y los muchachos acababan... morirás y no tengo ni siquiera un poco de morfina para darte. Es una lástima porque si al menos supiese conducir podría llevarte a un hospital y que te diesen morfina. Pero no sé.

—No te vayas, por favor hazme un torniquete.

Paul le quitó su cinturón, miró la hebilla: "Dios con nosotros", ponía. Le rodeó la pierna y le apretó hasta que cortó algo el caño. El rostro el alférez se tornó blanco su respiración rápida como si corriese de la muerte.

—Mi nombre es Paul Król, llevo mucho tiempo lejos de casa. Tengo enemigos en ambos lados de las trincheras. He perdido amigos y no sé nada de mis padres ni de mi novia. Me has quitado la vida y las ganas de vivirla. Me han traído a Luxemburgo para matarme en un descampado. Qué tontería, os falta imaginación. No tengo ningún motivo para ayudarte.

Como te he dicho estás condenado, morirás aquí.

Manfred comenzó a llorar, estaba agotado.

–Entonces perdóname. Perdóname para que Dios me perdone, este no era mi sitio. Tendría que haber muerto protegiendo mi país. Dile a mis superiores... diles a todos que fui un hombre... mis padres, ¿qué pensarán de mí mis padres?

–Da igual, lo que piensen dará igual. Eres su hijo. Muerto o vivo. Jamás nadie dirá nada contra ti. Tu muerte será tan inútil como la de cualquiera. En cuanto a mí, no sé... te podría perdonar, aunque no sería de corazón. Tal vez algún día lo haga, pero siento que Luther murió por nada, siempre le negaste la ayuda. Supongo que estabas engañado. Muy engañado, la ignorancia te absuelve. ¿Es eso lo que querías? La ignorancia te absuelve, eso decía el maestro... te perdono.

Król volvió a registrarle los bolsillos, le sustrajo el tabaco y munición para el revólver. Nadie sabría que él tenía un arma tan poderosa.

–Me crié en Potsdam, me gustaba ir a la pastelería del señor Schwarzschild... Mis padres me llevaban y me compraban todos los domingos un pastel de pasas. Siempre después de misa, en invierno jugaba en el parque Sanssouci a hacer iglús pequeños de nieve. A veces le cogía unas figuritas de plomo a mi padre y las hacía guerrear entre la nieve. Aquella nieve tan blanca como la sonrisa de mi esposa y de mi hija... a las que no volveré a ver nunca...

Paul le tomó la mano. Aquel hombre al que hacía unos minutos hubiese dejado morir ahora levantaba su compasión. De todos modos no le mentía, sus ojos tampoco lo hacían, la muerte se asomaba en ellos. Al alférez lo fue abandonando la vida y Paul esperó hasta verle muerto, lo desnudó y se largó de allí, paseaba con tranquilidad, él seguía vivo y tenía un mundo que recorrer. Aunque también sabía que tenía que ser muy discreto. Era una suerte seguir respirando, al comenzar ese día todo había quedado previsto para que muriese. Y sin embargo, allí estaba vivo y libre. No obstante, la tristeza le oprimía no podía quitarse de la cabeza el fin de Manfred Zumpt. A su manera llegó a la conclusión de que la vida consistía en el interior del paréntesis que va desde el llanto de un recién nacido a la mirada cansada de un moribundo.

Tenían la orden de arrasarlo todo, dejar el campo yermo para el enemigo. Retrocederían entorpeciendo a los aliados su avance. El alto mando había previsto un repliegue para acortar el frente y hacerlo inexpugnable. No obstante, el coronel von Kittel tenía la opinión de que en la guerra no hay nada infranqueable por lo que estaba en contra de la nueva estrategia aunque la acatase. Los soldados por su parte al principio se mostraban recelosos, pensaban que cualquier retroceso era una mala idea, pero poco a poco se fueron convenciendo de que podía ser lo mejor. Acortar el frente para ahorrar fuerzas, contener al ruso en el Frente Oriental y colocar un muro en occidente. Aunque sin duda lo más atractivo era mantenerse atrincherados, un sitio en donde ocultarse alejados del infierno del Somme. Era como encontrar un colchón en medio de un empedrado, un descanso, un respiro en medio de tanto agobio y olor a putrefacción. La tropa de Faustaugen colocaba minas, a veces con trampa. Ponían un casco o un maniquí con el uniforme británico de tal manera que pareciese estar aún vivo. Habían aprendido que en la Gran Guerra todo valía. No quedaba nada de aquellas historias de caballeros que luchan y se respetan. Ahora se odiaba al adversario hasta dejarlo aniquilado, hundido del todo. De todos modos nunca fueron guerreros, tan solo soldados.

Había alguien a quien pesaba más que a nadie la maniobra: Alexander Weiss. Quería regresar y encontrar a su hermano, pensaba que aún estaba con vida ya que en toda la noche no se oyó un disparo. Cierto que también podía estar muerto por apuñalamiento en cualquier embudo, de hecho lo buscó sin resultados, pero al no encontrarlo siempre cabía la esperanza. Los demás eran pesimistas, si desapareces es que has muerto, además hallar a una persona viva en medio de un campo de cráteres era casi imposible. De modo que el muchacho se sentía endeudado con su madre, sin duda era lo que más temía en esta vida, enfrentarse a los reproches de Esther Weiss. Quizá por ello, tenía la espinita de conversar con Roth, con tranquilidad. Sabía que él no tenía la culpa, aunque intuía que su paisano ocultaba algo. Estaban incendiando un almacén de grano cuando se acercó a Neisser. El joven se sobresaltó, de algún modo sabía que alguna vez tendría que rendir cuentas.

—Roth, necesito preguntarte algo…

—No vi nada, no oí nada, estoy harto de decirlo –se adelantó Roth.

El fuego comenzaba a comerse la techumbre desnuda del granero, subiendo sin remedio. Aquellas maderas tratadas contra las polillas no eran obstáculo para las llamas.

—Los pajares arden mejor –dijo alguien a sus espaldas.

—Pero si tal vez, alguien pasó en la lejanía o si te dormiste – dijo Alexander.

—No me dormí, ¿cómo me podía dormir si estaba asustado? No conozco a nadie que se haya dormido en una guardia.

—Yo vi arder una serrería, eso sí que eran llamas –dijo otro.

—Yo sí: a mi hermano Gotthold. Despreciaba al enemigo y creía que eran cobardes. Mi hermano era valiente hasta la temeridad, habría gritado y maldecido, es por eso, por lo que sé que está vivo. Él no se moriría sin presentar batalla.

Alexander miró a los ojos a Roth, Weiss no era muy hablador, no por timidez, solo porque no le gustaba la conversación. Nunca tenía nada de lo que charlar, y como la mayoría de ellos podía ser un bruto y un ignorante, pero sabía cuando le estaban engañando e intuía que Roth no le decía toda la verdad. Para obtener más información tendría que hacerlo por otros métodos y allí había gente. No era el momento, por eso, se retiró sin despedirse, caminando hacia atrás y sin perder de vista la nuca de Neisser.

Roth observó el fuego y bajó la mirada, el almacén no se vino abajo del todo, se quedaron las paredes desnudas y resquebrajadas. Oyó como Ferdinand Bartram se congratulaba de encontrar unas conservas de melocotón en almíbar ocultas en algún rincón de la casa de campo que habían destrozado.

Un poco más allá estaba Gerhard, desde hacía tiempo quería abandonar el ejército. Roth lo había oído cuando se lo comentaba a Christian. Desertar era una opción, de todos modos allí no hacía nada. Era como esperar a morir de un día para otro, sin embargo, posponía su decisión de abandonar. Le faltaba valentía ya que si le pillaban sería fusilado. Y Roth no se sentía con fuerzas. No obstante, para Gerhard aquella opción era la más dulce ya que tenía su corazón anclado a Louise Vanhoof, sentía la necesidad de protegerla, y creía que allí sola en Lille y bajo la "tutela" de Albrecht había sido como soltarla en medio de la tierra de nadie. En más de una ocasión había sentido la necesidad de preguntar al mismísimo coronel Dietrich von Kittel para que al menos hiciese por averiguar algo de la niña. Pero no se había atrevido, de hecho no hacer nada era su especialidad. Y fumar compulsicamente.

–Gerhard no fumes –le dijo Louise en una ocasión cuando se tuvo que enfrentar al humo del cigarrillo.

Louise era como una hermana pequeña, sí, como su hermana Hermine que murió a la edad de cuatro años víctima de meningitis. Decía el padre Josep que había fallecido porque no se bautizó y que, por tanto, no podía ni siquiera ir al cielo. Todos callaron cuando hizo aquella afirmación, incluso alguna vecina asintió con la cabeza. Gerhard consideró que no era verdad, ¿cómo podía llamarse Paraíso y no aceptar a Hermine? ¿Qué había hecho ella al mundo excepto fabricar muñecas con trapos? Lo cierto es que desde entonces ya nada fue igual, ni su familia, ni el pueblo, ni su infancia, ni siquiera su imagen de Dios. La cercanía con la muerte le hizo pensar que nada en este mundo puede permanecer, ya nunca hubo paraísos. Vivir incluía sufrimiento. Un día fue a Lana Ravine y miró la inscripción que había en el asiento de piedra. Supo que el único testimonio de la existencia de aquella persona eran unas extrañas letras en una roca. La existencia humana era en sí insignificante, cualquier gloria era un suspiro en la longitud del tiempo. Todas estas ideas le iban y venían a la cabeza desde pequeño y le forjaban un carácter triste. No tenía grandes metas en la vida, excepto ser barbero, pero, eso sí, sin sacar una muela. Ahora su misión era destrozar todo lo que el enemigo pudiese aprovechar y envenenar las fuentes de agua. Nada de lo que hicieran perduraría, sería algo transitorio. Sin embargo, ¿por qué le provocaba tanta desazón? Todo esfuerzo sería fútil y se perdería en las brumas de la memoria. Todo quedaría olvidado, como se habían olvidado del rostro del picapedrero e incluso su mensaje. No obstante, no era inmune al destrozo que dejaban a su paso.

«¿De quién sería esta casa y este almacén?».

–Menos mal que todo esto se perderá en el olvido –le dijo a Christian Müller.

–¿Qué?

–Digo que todo esto que hacemos se perderá en el olvido, nadie hablará de esto cuando pasen cien años.

–¿Seguro?

–Seguro no hay nada en este mundo. Pero todo esto se

olvidará.

–Le llaman Tierra Quemada o algo así. No es la primera vez que se hace...

–Me gustaría dibujar esto.

–¿El agua envenenada?

–El almacén ardiendo, la ruina. O quizá un perro bebiendo en un abrevadero envenenado.

–Qué tontería, los perros no llegan a los abrevaderos.

–Sí, lo he visto, se levantan sobre dos patas...

–¿Desde cuándo has retomado tus dibujos?

–Llevo un tiempo. Comprendo que suene a tontería, pero necesito hacerlo. O lo hago o me falta algo, de hecho el tiempo que estuve sin dibujar... desde aquel día en el reducto de Suabia, ya sabes cuando me hirieron...

–¿Ya estás otra vez? No fue culpa tuya te lo dije, además los mandos lo confirmaron y tal vez, escuché, nosotros ataquemos de ese modo en el futuro... eso he oído. Llegaremos con el fuego de artillería sobre nuestras cabezas.

–Pero dejé al pelotón en vergüenza y los muertos...

–No tenemos la culpa de los camaradas caídos, hacemos lo que podemos y siempre es poco. Ya deberías saberlo, aunque comprendo que estés así. La maldita guerra nos deprime a todos.

–Nuestros defectos...

–Se multiplican, hacen que cualquier problema sea el doble de grande y al revés.

–Jan no era tan capullo... antes –lamentó Christian Müller

–¿Seguro?

–Seguro no hay nada en este mundo –dijo Christian imitándole.

Mientras, más allá, sobre la improvisada mesa de una roca el alférez Heller Rümpler y el capitán Andreas Vorgrimler repasaban un mapa como si se tratasen de cirujanos estudiando una operación. Heller era un perfeccionista y muchas veces le gustaba comprobar las cosas sobre el terreno. Andreas por el contrario se limitaba a hacer justo lo que se le mandaba, Vorgrimler era un hombre de mediana edad al que la guerra le agobiaba. Le encantaba el arte, la música, la literatura, todo lo que tuviese que ver con crear. Incluso cualquier arma nueva, en especial las de artillería de las que hacía bocetos para matar el astío. Aunque desaprobaba sus efectos, ya que "destruir" era el verbo maldito. No quería ni pensar en cuantas iglesias, cuadros o libros habían sido borrados por la guerra. Por ello, se acongojó cuando oyó lo ocurrido en Lovaina con su biblioteca. Lo llegó a lamentar más que la muerte de miles de los suyos. El oír hablar de arrasar aunque fuese los campos le provocaba ardor de estómago. Heller volvió a mirar el mapa y había algo que no le cuadraba, una pequeña carretera que atravesaba el cauce de un arroyo, sin duda debía haber al menos un viaducto y si era así debían volarlo. Miró a la lejanía y vio a un grupo de soldados, hizo un gesto al ordenanza y le dijo que le trajese dos hombres. Al instante estaban allí Roth Neisser y a Ferdinand Bartram, les mandó que le acompañaran para ir a colocar una mina. Con una mirada obtuvo el permiso del capitán, aunque el mismo Andreas se empeñó en ir con ellos. Dejó al mando al teniente Alfons Leonhardt, quería dar un paseo y de paso aliviar la carga de sus tripas. También le mandó al ordenanza de Heller que localizase al suyo propio.

–¡Siempre está quitado de en medio el maldito, nunca sé dónde está!

El viaducto se encontraba a tres kilómetros pasaron junto a varios árboles, cosa que les extrañó porque debían estar cortados. Una liebre les salió al paso corriendo campo a través, un minuto después un galgo escuálido y despistado trataba de descifrar en el aire el camino que había tomado el roedor. A Roth le hubiese gustado pegarle un tiro, la liebre no era su plato favorito, aunque ahora se comería hasta al perro. Recordaba a su tío comerla con setas, a su primo tampoco le agradaba el sabor de aquella carne, pero le gustaba mojar el pan en la salsa de cebollas. Ahora mismo daría cualquier cosa por compartir un plato con Hahn. No pudo evitar dejar salir un suspiro. Ferdinand era un tipo delgado y lleno de venas, según quien lo viese podría parecer alguien debilucho o un hombre fuerte y fibroso. Ferdinand podía hablar como nadie de bajas, la guerra se había cebado con su familia, la más numerosa de Faustaugen. Pero él nunca perdía la sonrisa, bastante alegre, de esas personas que ríen con todo, pero no participan en nada en concreto. También tenía otra faceta por la que podía ser terrible por momentos. Arrojarse a la batalla y hacer cualquier temeridad, una vez se lanzó a la tierra de nadie en medio de un tiroteo solo porque quería quitarle la cantimplora a un enemigo muerto.

Tardaron una hora en llegar al puente que buscaban, como sospechaban era muy pequeño, tan solo tendría cuatro metros y una altura de tres, aún así era una infraestructura a derribar. Un ejército podía ver mermada su capacidad de movimientos por cualquier contratiempo como este. Heller Rümpler colocó la carga y los muchachos tendieron un cable para hacerlo detonar. Retrocedieron hasta un pequeño montículo y fue Ferdinand quien hizo los honores, bajó el detonador, sin embargo, no se oyó nada. Todos se quedaron anhelantes mirándose unos a otros. El capitán Andreas Vorgrimler sorprendido esperaba una respuesta del alférez, pero esta no llegaba.

–Roth ve y mira a ver qué ha podido suceder –Neisser dudó unos segundos y se levantó, siguió al cable hasta el explosivo y no vio nada anormal. En todo momento tuvo la sensación de que reventaría.

Andreas vivía aquel tiempo infinito con mucha tensión. Estuvo a punto de decirle al joven que regresara. En lugar de esto se quedó mirando al alférez esperando una respuesta que no llegaba.

–Herr alférez, esto está bien, eso creo yo –le dijo Roth.

Heller abandonó el montículo y también revisó el cable, el soldado le seguía, nadie sabía muy bien qué debía hacer. Jugaban a algo demasiado peligroso como para pensarlo con serenidad. Por fin, a Ferdinand se le agotó la paciencia y ordenó a todos que se refugiaran. Alférez y soldado regresaron y a Bartram le dio por dar patadas al detonador y se oyó la explosión: se sobresaltaron. Roth levantó la cabeza y miró a donde hasta hacía unos segundos había un viaducto. Ahora solo había escombros coronados de polvo.

–¡Debe haber una razón suficiente para que todo sea así y no de otra manera! –exclamó Roth como si se lo dijese a la columna de polvo.

El capitán le miró extrañado, Roth lo había dicho sin pensar, quizá porque aquella destrucción era un sinsentido para él o por mero desahogo. Pero para Andreas Vorgrimler nada se decía al azar, aquello tenía que ver con las charlas de filosofía que solía mantener con el coronel von Kittel. El capitán sonrió al muchacho.

–En verdad eres alguien culto, ¿qué estudios tienes?

–Perdón, herr capitán. Sé leer y escribir y poco más.

–No sea tan modesto soldado, ¿cómo no ha hecho el curso para suboficiales?

–No…, no le miento herr capitán.

–Herr capitán –intervino Ferdinand sonriente–, aquí mi paisano sabe hacer pan, pastorear, ordeñar e incluso sabe herrar y en lo que se refiere a la escuela… sabe hacer pellas.

–Entonces esa frase que acaba de decir usted… ¿a qué se refería?

–La dijo mi primo antes de morir en el Somme… tampoco era culto.

–Lo siento. Seguro que debió de oírla en algún sitio.

–Supongo.

–¿Sabes lo que quiere decir, muchacho?

–¿La frase?

–Sí.

–No, herr capitán.

–Algún día hablaremos.

Dicho esto recogieron el cable, el detonador y se largaron, a lo lejos vieron a su compañía estaban echando un descanso en una colina, cosa que enfadó al capitán porque si un avión enemigo pasaba por allí podía hacer una carnicería. Por lo que no escatimó en reprimendas al teniente Alfons Leonhardt. También llamó a su ordenanza, pero este, como casi siempre, estaba en la enfermería. Pensó por un momento que ya estaba bien de aguantar a aquel caradura y mirando a Roth asintió despacio. Vino a recordar que aún no había aliviado su barriga, y dejó correr el asunto.

Un poco más allá oculto tras unos arbustos Alexander Weiss afilaba su bayoneta mientras miraba a Roth. Pensaba que había secretos que solo podían salir despegándolos con un poco de acero.

Justo detrás de Lana Ravine había un pequeño arroyo cuyo cauce solo podía ser mantenido durante las lluvias o el deshielo y que prefería entregar sus aguas al Trommelbach. Conservaba la suficiente humedad como para albergar un pequeño bosque de chopos en donde, con la retirada de las nieves, salían setas en abundancia. No obstante, hacía dos años que no salía ni una siquiera. Algo que Vincent interpretaba como un mal augurio, sin duda esperaba que de un día para otro la primavera llegase prematura y de nuevo volviesen las setas. De ello dependería el seguir en Faustaugen o aceptar la oferta de Fremont. Quizá es lo que debería haber hecho desde el principio, ¿pero quién se aventuraba con una hija enferma? Por otra parte estaba el asesino de María; una sombra que le acompañaba al comer, al dormir, a cada paso que diese. Quería ver morir al asesino, sobre todo saber quién era, qué le hizo a su hija y por qué. Su esposa había envejecido veinte años, apenas salía de la habitación de la pequeña. No hablaba, se comunicaba con monosílabos y con miradas vacías subrayadas con ojeras. El universo de Galiana se había desplomado, ya no había estrellas en su firmamento, solo oscuridad. Si alguna vez recobraba la energía era para discutir con Otta. Vincent intentaba mantenerse distraído, cuidando de su última vaca. Limpiando la cuadra, rebuscando entre los viejos útiles, e incluso leyendo la biblia. Comprendía que el futuro estaba lejos de allí, que la esperanza les había abandonado y que al menos Otta podía soñar. Aún así se aferraba a la tierra que le viera nacer e inventaba augurios como los de las setas para darse plazos.

–El día que encuentren al criminal yo mismo lo pasaré por las armas. No tendré compasión y soy certero, los jabalíes y los ciervos que he matado pueden dar cuenta de ello –le habían oído decir.

Otta no era la misma, nunca fue muy alegre. Pero ahora mostraba una sonrisa casi complaciente, se podía decir que sarcástica. Había algo podrido en su rostro, quizá abonado por la desconfianza. Porque todos parecían potenciales culpables incluida su mejor amiga Floy la cual se había largado del pueblo sin decirle nada a nadie, o Ute la cual parecía prendada de Fremont. Fremont sentía distante a Otta, sin duda jamás la había disfrutado plenamente como si una parte de la muchacha se encontrase ausente. Sonreía a destiempo y siempre miraba a otro lado, a la distancia, allá donde terminaba la calle o en los apartados árboles. Observaba los abetos rojos del Cerro del Herido en donde, se decía, vivían los duendes de los bosques. Miraba los robles, las hayas, los pinos, los sauces con sus ramas vencidas por la nieve. Y evitaba sus ojos. Alegaba que era porque buscaba con ahínco al asesino de María, que no se detendría hasta encontrarlo y, que por eso, no podía concentrarse en otra cosa.

–¿Me quieres? –le preguntó Fremont.
–Te quiero, no dudes.

Sin embargo, sus pupilas mentían, era como decirle "te aprecio", pero no "te amo". Entonces Fremont la besó como para dejar de lado todo, obviar el problema; beber para olvidar. Ni aún así encontraba consuelo.

–Hasta que no encuentres al asesino no vas a detenerte, no te entregarás a mí... ni... te vendrás conmigo a Bremen.
–No puedo Fremont, no puedo mientras mi hermana esté bajo tierra clamando justicia.
–Entonces tendré que hacer algo, porque no quiero perderte.

El joven maestro se levantó del asiento de piedra, fue a la casa y se despidió de la familia. Después se subió a su coche y se fue a buscar al alcalde. No lo encontró hasta veinte minutos después haciendo recuento de la madera que tenía que donar al Imperio. Ya que le reclamaban diez metros cúbicos. El alcalde tenía que hacer malabares para calmar a la población, los había que se excusaban en su condición de padres de soldados para no arrimar el hombro, aunque la mayoría colaboraba de mala manera, pues el esfuerzo de guerra estaba dejándoles sin aire. Entre ellos estaba Helmuth Degener, quien almacenaba carbón y no quería detenerse en su labor. Tenía un intermediario que la pagaba muy bien sobre todo en los meses de invierno. Cada vez quedaban menos hombres que cortasen leña en las ciudades. El alcalde tenía un problema añadido, tampoco tenía bestias de tiro para trasladar la madera. A todo esto había que añadir la cuota de cebada y patatas, además de la carencia de petróleo. Suerte que todas las casas de Faustaugen tenían chimenea, nada más entrar te dabas de bruces con ese olor a madera consumida, aunque fuese verano; el humo se hacía una piel en las paredes, en las cortinas y en los muebles. Lo único que le faltaba al señor alcalde era recibir al maestro al que consideraba una especie de moscón con su ruido de motor surcando el pueblo arriba y abajo.

–Señor alcalde, llevo un rato buscándole.

–Muy buenas tardes, y… ¿a qué debo el gusto? –dijo irónico.

–Pues vengo a ayudarle.

–¿Me a usted a traer diez metros cúbicos de madera?

–No, le voy a ayudar en su investigación.

–¿Mi investigación?

–La del asesinato de María Lenz.

–¡Ah! Por supuesto, aunque estará al tanto de que el caso está en manos de Imre Bartram…

–Eso me temo, entre usted y yo –dijo Fremont mirando a los lados asegurándose de que nadie les oía–. Imre no es el mismo desde que murió su hijo, no es que sea un mal profesional, pero… ya me entiende.

–Aún así debemos confiar en el trabajo del señor Bartram, los trabajos de investigación llevan su tiempo.

–¿Sí? Está bien, dejemos que pase el tiempo, total, ¿qué puede pasar? Que vuelva a asesinar. Usted tiene una hija, Ute ¿verdad? Creo que sería una pena, pero total…

Balthasar se estremeció, había pensado en esa posibilidad aunque nunca se la habían restregado en la cara. Aquel muchacho era un descarado, nadie se podía atrever a hablarle así, debía solicitar su inmediato traslado. No obstante tenía razón, había un asesino en el pueblo y nadie le podía asegurar que no volviese a hacer lo mismo.

–¿Y queee… me propone?

–Nada, solo pongo en su conocimiento el hecho de que voy a traer un detective desde Bremen, un noruego que conozco.

–Ya vinieron detectives de la policía desde Gutenweizen.

–¿De qué sirvieron? No se engañe señor Holstein. Nadie resolverá este caso a menos que se interrogue a todo el pueblo.

–¿Está usted seguro?

–¿Quién puede estarlo? Sin embargo, nos debemos a la verdad.

–Así es –asintió por fin Balthasar–. Adelante pues. Traiga al detective y que busque, que busque, de la justicia ya me encargaré yo. El juez es amigo mío. Además se conoce que, nadie, excepto la familia desde luego, desea tanto la detención del asesino como yo. Quisiera pedirle algo más, si me permite.

–Diga.

–Nos hace falta un poco de gasolina para mover el camión

con la madera, podría darnos algo...

—No, la tengo tan restringida como usted. Para mí es un bien muy preciado, soy cojo. No lo olvide. No voy en coche por gusto sino porque tuve que dar mi caballo al ejército. Si no tiene nada más, que pase buen tarde señor alcalde.

—Lo mismo digo.

Mientras, lejos de allí, Otta recogía leña en el bosque. Recordaba, no sabía muy bien por qué, aquel lejano día en el que vio por primera vez un coche, a su lado estaba Geert Zweig. Cuando lo accionaron con manivela Geert creyó que aquello era el rabo de un cerdo y que el vehículo en sí no era sino un animal de hierro que gruñía sin descanso. Así se lo dijo a Otta, la cual mitad asustada mitad fascinada observaba como los ocupantes, dos señores de Dresde, se alejaban con una polvareda de niños correteando detrás como polluelos tras su gallina. La visión le hizo alegrarse un poco, no sonreía desde hacía tanto tiempo que sus mejillas lo habían olvidado. Después de dedicarse a sus quehaceres, a la muchacha le gustaba pasear sola por el campo, no tenía miedo, se exponía pues de un modo u otro sabía que el asesino de su hermana la seguía de cerca y ella estaba preparada; tenía un cuchillo y muchas ganas de clavarlo. Se lo había propuesto, si los hombres eran capaces de matar, ella no sería menos. Se detendría a mirarle a los ojos, quería verle sufrir y aún así sentía que aquello sería poco comparado con todo el sufrimiento que llevaban soportado en Lana Ravine. Por todo ello, su rostro se relajó y su sonrisa perdió la batalla en segundos. Tenía que estar atenta a cualquier sonido, más allá de sus propias pisadas y del rumor de la madera en sus brazos. Fue en aquellos momentos cuando se sintió observada. Fue un olor fuerte el que delató al observante, entonces y solo entonces Otta sintió miedo, era como una cierva que huele al lobo. Sus pulmones comenzaron a llenarse de aire gélido y sintió el frío dentro. Levantó la cabeza y dejó caer la leña, dudó entre salir corriendo o coger el arma. Pero de repente no tuvo que decidir, lo observó, frágil y famélico, metros más allá salía detrás de un abeto, saludó con la mano como pidiendo ayuda, como los ojos del que grita, como el aliento del que se ahoga.

Ulrich, debido a su condición de tirador excelente, enseñaba a una remesa de soldados nuevos. La mayoría eran adolescentes, les miraban con sus ojos que querían salirles de las viseras de los enormes cascos. Sus rostros menudos trataban de ocultar el miedo y se reían de cualquier tontería que pudiesen ocurrírsele a los veteranos. Hacían preguntas y tenían muchas ganas de hablar. De ese modo reprimían el pánico a los rusos, esos hombres altos y delgados, llegados de la tierra del invierno y que mataban a chiquillos asustados sin pestañear. Los soldados de la compañía Peste no temían a los rusos. De hecho les veían muy desanimados, habían perdido la fe en la victoria y anhelaban el regreso a casa. Por eso, se olía su desidia, era invierno y las ofensivas solían limitarse al mínimo, aún así todo estaba tan quieto que desconcertaba. Según algunos podía ser el preludio de algo mucho peor. Otros decían que estaban a punto de rendirse, que ya lo tenían todo hecho y que con un leve empujón se derrumbarían como un castillo de naipes. Entonces los reclutas se envalentonaban y maldecían el no poder entrar en combate. A Rudolf le daba nauseas oírles, podía masticar el miedo que exhalaban. A veces el sargento se lamentaba por tener tanta experiencia, por saber tanto y encontrar tan tontos a los recién llegados. Rudolf miraba con los prismáticos a la lejanía y parecía querer entender a aquel pueblo que no recibía de sus gobernantes sino dolor, desprecio y sufrimientos. Recordaba sus charlas con Mihaela e imaginaba al Zar como a un ser monstruoso rodeado por una cohorte de indolentes y corruptos. Quizá no fuese tan dramático, pero quién podía asegurarlo. Ellos, de todos modos, no estaban mucho mejor. Las carencias cada día eran más acentuadas, las albóndigas que les daban en el rancho tenían cualquier cosa menos carne y la población no estaba mucho mejor, el esfuerzo de guerra les traía hambre y enfermedades, además a algunos la comida les hacía hincharse hasta morir, debido a la porquería con la que estaba hecha. Cada vez había menos miedo de expresar su descontento con el Káiser y los motivos, tan lejanos tan incomprensibles, para entrar en la contienda. Aunque desde luego, los soldados se cuidaban mucho de que sus quejas no fuesen escuchadas por los superiores.

Llegó el correo, los muchachos agobiaban al cartero el cual intentaba evitar que le robasen la correspondencia. Era un ambiente festivo, todos aguardaban buenas expectativas, además las cartas ofrecían un trozo de su realidad, la suya, la que nadie podía arrebatarles. La recompensa por salir vivos de aquella tempestad era regresar al mundo del que procedían aquellas letras. No obstante, pronto algunas mostraban sus entrañas llenas de malas noticias, así Dieter Lustig lloraba la muerte de su padre. Y Gottlieb Reber se mostraba preocupado por el reclutamiento de su hermano pequeño. Ulrich tenía dos cartas, una desde Faustaugen y otra desde Lublin. Su corazón se le sobresaltó, en seguida supo que debía leer antes la de Virginia ya que si lo hacía al revés corría el riesgo de no enterarse de lo que su madre le dijese. Sin embargo, levantó la cabeza y vio algo más lejano a Marcus Tausch, su rostro se veía alegre. Por ello, decidió aplazar la apertura del sobre de Virginia. Leyó la carta de sus padres, lo de siempre. Echaban de menos a su hermano y cada día rezaban por ambos. En el pueblo cada vez estaban más escasos de mano de obra, pendientes del racionamiento y de la subida de los precios. Todo era pasajero y lo único que importaba era que llegase sano y salvo. Que no arriesgase nunca, que pensase en su vida, siempre en su vida. Lo de siempre, se dijo el muchacho. En cuanto a la carta de Virginia no tenía valor para leerla. La examinaba desde fuera como queriendo adivinar el contenido, aunque no se atrevió. Dejó que pasara el tiempo, horas, hasta que en un acceso de ira la terminó rompiendo. "Si uno quiere dejar de fumar ha de romper el cigarro y alejarse del humo", habría dicho el maestro Luhmann. Nada más hacerlo la recompuso y al final comenzó a leerla. El brillo de sus ojos delataba el contenido, le pedía perdón por todo y venía a decirle que había descubierto que le amaba solo a él. En su torpe alemán le reconocía el mérito por el peligro que había corrido al intentar desertar con ella y que comprendía que no podía pedirle jamás que volviese a intentarlo. Que no se preocupase más por nada pues cuando la guerra terminase lo buscaría. Ulrich volvió a leerla una y otra vez, dudó de todo, creyó que se trataba de un error y de que las palabras quizá hubiesen quedado mal encajadas como si las verdaderas hubiesen huido con la rotura. Pero al rato, y emocionado, comprendió que era verdad, que Virginia solo le amaría a él. Levantó la cabeza y miró orgulloso a su alrededor, entonces encontró la mirada de Marcus Tausch, el cual parecía haber recibido otra carta aunque opuesta a la suya. Ulrich no escatimó en desprecios, le había ganado y quería restregárselo por la cara. Le sonrió e incluso le mostró el sobre, lo olisqueo como si fuese el mismísimo cuello de Virginia. Aquel era su momento y quería disfrutarlo.

Marcus decidió que tenía que asesinarlo pronto, tenía que hacerlo para que pareciese un accidente, ya no era por la joven sino por él mismo. Matar, ¿qué era matar? Olía el aliento de los muertos casi a diario, en la batalla de Kovel el hedor se había vuelto insoportable, ¿qué más daba uno más? De aquel modo esperó el momento, el instante adecuado llegaría como un cachorro de perro a su dueño. Sabía que sus camaradas, sus hermanos, le despreciarían e incluso podría ir a un consejo de guerra. Pero qué más daba. Ulrich había sido negligente con él y le había hecho la vida imposible desde que llegó.

Eran días de frío, un frío que se agravaba con la humedad o con el viento, a veces buscaban el sol como reptiles, la gastroenteritis se cebó con ellos, pero lo peor era la sensación de cansancio. Gottlieb Reber tuvo que ser hospitalizado por su extrema delgadez y porque estaba a punto de deshidratarse. La mala alimentación también era determinante, nadie podía saber con qué se hacían las salchichas. "La gente no dormiría tranquila si supiera cómo se hacen las salchichas y las leyes", había dicho un poeta estadounidense. El pan también había perdido calidad y se hacía con fécula de patata. Pan de munición le llamaban. Nunca quedaban saciados y algunos como Egbert Fuchs y Dieter Lustig fueron voluntarios para dar una vuelta por la trinchera enemiga solo para expoliar algo que comer, lo único que trajeron fue un samovar para hacer té y Dieter una herida en la mano con una alambrada. Habían tenido que matar a dos hombres para tan escaso botín.

Mientras, Marcus Tausch iba alimentando su odio hacia Ulrich. Un día tras otro hacía planes para asesinar a Ulrich. Imaginaba a su rival tendido en la tierra, muerto y con los ojos abiertos. Quería que su cara fuese lo último que viese en el mundo. Virginia ya no contaba en esta ecuación, estaba olvidada. Unos besos no compran a un hombre. Aunque si se volvía a cruzar con la veterinaria le daría una bofetada. Dolor por dolor.

La oportunidad para acabar con Ulrich se le presentó en una de esas noches blancas y durante una guardia cuando a Marcus se le puso a tiro mientras vigilaba en un puesto avanzado. Ulrich venía de orinar y buscaba un refugio en donde estaban sus camaradas dormitando, al verlo le apuntó, directo a la cabeza, no podía fallar. Su cara se le enfriaba al contacto con el fusil y le hacía temblar, Król lo vio y se quedó paralizado, nevaba, ambos se miraron y un destello salió del arma. Falló, no fue capaz, pero Ulrich seguía inmóvil le observaba de manera inquisitiva. Era matarlo o morir, todo había cambiado en unos segundos. Król era su archienemigo, con aquel disparo no solo había alertado a la guarnición sino que había despertado a un monstruo que lo tragaría de no acabar lo que había empezado. Por ello, tiró el fusil y tomó una granada de palo que le lanzó. Ulrich solo tuvo tiempo de saltar a un lado, no llevaba casco. Los rusos oyeron el disparo y la detonación, contestaron con una ráfaga de ametralladora cuyas balas se extraviaron en la oscuridad de la noche.

El alto mando había decidido que tenían que acortar el frente, para ello hicieron la línea Hindenburg. Se extendía a lo largo de 160 km, iba desde Lens cerca de Arras hasta el río Aisne en las proximidades de Soissons. Para su construcción utilizaron medio millón de civiles alemanes y prisioneros de guerra, sobre todo, rusos. "Los alemanes se habían vuelto locos, bombardeaban sus propias trincheras". Los británicos comprobaban atónitos como retrocedían dejando atrás una tierra devastada llena de trampas mortales y pozos envenenados. Por otra parte el gobierno alemán, negada su petición de paz por parte de los aliados, decretó la guerra submarina total. Los almirantes Holtzendorff y Tirpitz siempre se habían mostrado optimistas, si bien el segundo había tenido que dimitir por el uso que le dio al hundir al trasatlántico Lusitania, embarcación llena de civiles y "algo más" en sus bodegas. Aún así la campaña submarina continuaba, con ella se quería estrangular a las islas británicas y de paso disuadir a los Estados Unidos para que no siguiera proveyendo a los aliados. Además de romper el bloqueo que asfixiaba Alemania. El Imperio tenía razones para creer en esta vía ya que llevaban ventaja en la tecnología submarina, gracias a que en su día supieron ver las posibilidades del diseño de un militar español ninguneado en su tierra. Por otro lado estaba el Frente Oriental, el pueblo ruso harto de las penurias a las que les obligaba el esfuerzo de guerra comenzaba a amotinarse y se agrupaba en consejos de trabajadores: los soviets, en los cuales se elegían a sus líderes. La Revolución de Febrero comenzó en el Día Internacional de la Mujer, en Petrogrado, habían cambiado el nombre ya que San Petersburgo sonaba demasiado germano, y no paró en los días siguientes con huelgas y algaradas callejeras. Nicolás II, como siempre, decidió disolver las protestas por la fuerza. No obstante, esta vez las tropas se alzaron contra la Duma, órgano que favorecía al zar. Se creó un Gobierno Provisional. Kérenski, social–revolucionario y vicepresidente del Soviet de Petrogrado, competía con el gobierno liberal encabezado por el príncipe Georgi Lvov. Por tanto había un poder dual en el que el primero contaba con el apoyo de la población apaleada por la guerra y el hambre. El zar abdicó y quiso que su hermano Miguel le sucediese, sin embargo el Gobierno Provisional lo obligó a renunciar. El poder terminó pasando al Soviet que estaba controlado por los mencheviques de Yuli Mártov, y los social–revolucionarios, mientras que los bolcheviques apenas tenían representación. Kérenski fue elegido el primer ministro del Gobierno Provisional. Pese a todos estos cambios Rusia no abandonaba de la guerra. En medio de este clima Alemania quería introducir la tormenta perfecta: Vladímir Ilich Uliánov, Lenin un político revolucionario exiliado en Suiza y partidario de la salida de Rusia de la contienda.

Mientras tanto, ajenos a estos vaivenes políticos, la tropa de Faustaugen recibía una instrucción nueva basada en la manera de atacar de los Boers en Sudáfrica. El coronel von Kittel recibió con pesimismo la noticia ya que creía que su compañía serviría de carnaza para el enemigo. Sin embargo, a los muchachos no les parecía tan mala idea. Se retiraban del frente y por lo que sabían, podían formar parte de los pelotones de retaguardia. Incorporarse a un batallón de los llamados Sturmabteilung Rohr les confirió una moral hasta ahora desconocida. Siempre creyeron que estaban mal vistos por el alto mando y al parecer no era así. A ellos se les unieron dos unidades de lanzallamas, tenían que abrir brecha y se sentían como la punta de lanza. Aunque dentro del grupo había quien se sentía ajeno a aquella euforia. Gerhard Oppenheim por ejemplo había solicitado permiso para ir a Lille a visitar a su sobrina, ¿su sobrina? La petición no pasó desapercibida y el capitán lo mandó a llamar para averiguar qué quería hacer en Lille.

–Sabes joven que puedes ser ejecutado si averiguan que revelas cualquier tipo de información –dijo Andreas Vorgrimler.

El muchacho tragó saliva, sus ojos se le clavaron en el fino bigote que invadía el labio superior, era inevitable mirar en aquella dirección. Quiso decirle algo agradable y distendido, por ejemplo que le gustaba aquella música que escuchaba, aunque no supo expresarlo. Andreas se lo leyó en los ojos.

–Johann Sebastian Bach, ¿le gusta?
–Sí, herr capitán, digamos que me tranquiliza.
–¿Qué busca en Lille?
–Se lo he dicho, a mi sobrina.
–No tiene sobrinas en Lille.
–Sí que tengo.
–No tiene, no me mienta.
–No le miento, herr capitán.

–Sabe que puedo sacarle la verdad por otros medios. Le hablo como un amigo en vez de cómo un superior.

–Una novia –dijo Gerhard nervioso, necesitaba un cigarro.

A Andreas le sonó a pregunta en vez de respuesta, sabía que ante él no tenía a ningún espía, pero necesitaba saber por qué condenado motivo quería ir a una ciudad francesa en vez de a su pueblo. Tenía que haber un propósito oculto.

–¡Ya está bien! ¡Basta! O me dice la verdad o le mando fusilar sin pasar por un tribunal militar.

« ¡Demonios! ¿Puede hacerlo?».

El capitán no podía hacer eso, sin embargo, Gerhard no se lo pensó y terminó hablando.

–Para ver a una niña, es cierto, no es mi sobrina, aunque como si lo fuese.

–¿Y pretende que me lo crea?

–Eso espero, puede consultarlo con el coronel, él lo sabe todo.

–¿Y pretende que le haga perder el tiempo con tus bobadas?

–Yo no pretendo nada, herr capitán. Pe… pero si quiere comprobar la verdad tendría que preguntarle a él. Estoy seguro de que se acuerda de mí… es una historia muy larga. O muy corta, es la historia de una niña sin padres, sola y en un lugar ajeno.

–La guerra está llena de niños así.

–Pero no los conozco, herr capitán. Yo solo conozco a Louise y me da mucha pena. Verá mi capitán, tengo ganas de ir al pueblo, quiero, como todos, que acabe la guerra, que la ganemos y regresemos. Quiero ver a mi madre, ya perdió una hija y no quiero que pase otra vez por lo mismo. Aunque esos son mis deseos, después llegan esas cosas que no te dejan dormir, esas cosas que pueblan tu mente, ¿me comprende? No puedo dejar de pensar que no está bien, que pueden… hacerle daño. Es solo una niña… y confía en mí.

–Escuche, muchacho, uno no puede salvar el mundo. Qué más quisiéramos, pero tu vida va por otros caminos. ¡De todos modos! Lo consultaré con el coronel, tal vez él lo vea más claro y no tenga reparos en esclarecerme toda esta historia. Por tu bien que sea verdad todo lo que me dices.

En aquel instante el disco se acabó y el capitán sacó otro con el nombre de Franz Liszt. Lo puso e invitó al soldado a una copa de licor.

—Gracias, herr capitán, permiso para fumar.

—Solo si me das otro a mí.

Gerhard le dio un pitillo y encendió el suyo con una cerilla doblada, después le ofreció fuego y comenzó a hablar.

—Solo quiero verla, una vez más. He visto muchos compañeros caer, los he olido... tal vez, dentro de poco... yo sea uno de los que han... ya sabe. Quiero creer que he hecho algo bueno en mi vida.

—No puedes pensar así, tienes que confiar en que la guerra puede acabarse de un momento a otro —intentó consolarlo el capitán.

—Soy pesimista, no puedo pensar de otro modo. Herr capitán. Quizá algún día pueda ser de otro modo, pueda ser alegre, por ejemplo. Pero no soy así, nunca lo fui. Siempre he sido un triste. La mala fortuna me ha perseguido a lo largo de mi vida.

—Bueno, no ha sido tan mala su suerte. Está aquí vivo.

—De momento, tampoco sé si estoy demasiado vivo, con el debido respeto, herr capitán. Mi madre está muy vieja, la muerte de mi hermana la sacó de la cordura, así de una patada. Está loca. Mi padre solo sirve para trabajar, se pasa días sin hablar. Bueno, también hace otras cosas... No tengo mucho en Faustaugen. Tal vez a mis hermanos... que son como hurracas... Cuando veo los dibujos de Christian Müller me dan alegría, pero no mucha. No tengo grandes alegrías en la vida... para colmo no sirvo para sacar muelas y quiero ser barbero...

—Un momento, ¿qué dibujos?

—Christian dibuja cualquier cosa mi capitán. Es capaz de coger una página de su cuaderno y comenzar a sacar el dibujo, su lápiz rasga la hoja y aparecen, así con facilidad... no sabría ni decirle, herr capitán.

—Me gustaría verlos.

—Algunos no son muy alegres, aunque sí los de mi pueblo. No son, exactamente como son, no sé si me explico, herr capitán. Pero me conformo con saber que es mi pueblo.

—Cada persona ve las cosas de una manera distinta. Eso es lo que ve su amigo —se detuvo a pensar un poco y continuó—. Está bien, hagamos una cosa. Su amigo me enseña los dibujos y ya decidiré. Aunque primero he de consultar al coronel, para ello pretendo utilizar esos dibujos. No puedo molestar al coronel con cualquier tontería, pero es sensible al arte. ¿Qué te parece?

—Pues... pues bien, herr capitán. Bien, ¿voy? ¿Ahora?

—Claro, búsquelo.

Gerhard buscó a Christian, mientras el capitán llamó al recién nombrado ordenanza, Roth Neisser. Le preguntó por Gerhard y Christian, quería saber si eran buenas personas.

–De lo mejor de la tropa.

Los dos amigos llegaron un cuarto de hora después tenían cara de disgusto y se podía notar que habían discutido. Christian todavía masacraba la moral de su compañero con miradas furibundas.

–Herr capitán, Christian Müller, el dibujante.

Andreas Vorgrimler lo miró, sin duda lo había visto decenas de veces. Aunque nunca hubiese sospechado que hacía dibujos. Christian se sintió avergonzado, mostrar su creación a un desconocido y que este fuese un oficial no le agradaba. Era como si le pidiese desnudarse. No obstante, no podía negarse. El capitán casi le quitó el cuaderno de las manos. Lo primero que notó era que estaba muy estropeado, cualquier cosa que contuviese podía estar en mal estado debido a las vicisitudes que había soportado su dueño. Así vio barro y algo que podía ser un poco de sangre. Al abrirlo aquella primera impresión cambió. Los dibujos lo cautivaron, la Campanella de Franz Liszt y los bosquejos le hicieron que la piel se le erizase. Allí observó la guerra según los ojos de Christian, el soldado en retirada por la carretera, el caballo caído, la tierra de nadie sembrada de calaveras, aunque también vio la avenida de los Tilos, el bosque de los Sauces, el cerro del Herido y el abeto Ahorcado. Entonces sintió nostalgia de una tierra que no era la suya, pero de la que era capaz de enamorarse. Sin perder un minuto más llamó a Roth y lo mandó a la casa que tenía asignada el coronel para solicitarle una charla.

Al rato regresó Roth con una respuesta positiva. Por lo que salieron del cuartel y se encaminaron a la pequeña aldea en donde estaba situado el domicilio del coronel. Se había instalado sin duda, en la casa más suntuosa de las que quedaban en pie. Pero el coronel la había hecho preparar para que su estancia estuviese en la bodega. Allí disponía de todas las comodidades, las paredes estaban rodeadas de madera, tenía un despacho con ventilación y, por supuesto, luz eléctrica. Además estaba protegido del posible fuego de artillería enemiga y de la aviación. En una estancia contigua tenía un pequeño comedor y un dormitorio con cama y sobre la mesilla una gaita que había encontrado. El coronel Dietrich von Kittel miró sorprendido al capitán, a su reloj de bolsillo y le hizo una interrogación con la mirada. El capitán le saludó con un apretón de manos, entre ellos había una relación de amistad. Dietrich le invitó a sentarse en una de las sillas que habían expoliado de una mansión.

—Ahí fuera tengo un regalo para tus ojos.

—¿A estas horas? —preguntó con tranquilidad.

—Ah, qué más da Dietrich. No tienes nada mejor que hacer.

—¿No?

—No, ¿les hago pasar?

—Adelante, ya que veo que estás tan decidido.

—¡Roth! Llama a tus camaradas.

—¿Sabes que en dueño de esta casa tenía una gaita?

—¿Una gaita? Será celta.

—Sería. Lo encontraron muerto, momificado en las estancias de arriba. Me encargué de que le diesen un entierro cristiano.

Gerhard y Christian entraron, saludaron, Dietrich von Kittel acarició su suntuoso anillo y asintió con la cabeza. Había reconocido a Gerhard. El capitán tomó el cuaderno y se lo alargó al coronel. Se notaba que tenía algo de asco, pero intentó disimular y lo abrió. Al hacerlo comenzó a asentir.

—No es Rubens…

—Ni Durero, pero a que se parece a Caspar David Friedrich, mira los paisajes.

—Mi querido Andreas, solo veo desolación, mejor dicho, es lo que no puedo dejar de ver.

—Realismo, mi querido Dietrich.

Von Kittel encendió una pipa, dio una honda calada y se dirigió a Christian.

—¿Es usted el que los ha dibujado?

El muchacho lanzó un vistarazo a su amigo antes de responder.

—Sí, herr coronel. Si no le gusta se puede tirar a la candela.

—¡Pero qué dice! —exclamó el capitán.

—¿Le gusta el horror?

—No, herr coronel.

—¿Entonces para qué lo dibuja?

—¡Pero Dietrich! ¿Para qué si no está un artista?

—Para crear belleza, no veo belleza en el horror.

—También hay arte en las gárgolas y los monstruos de las catedrales…

–Es distinto.

–Es realismo puro, no lo puedes negar Dietrich.

–El realismo pretende mostrar escenas cotidianas.

–Nada más cotidiano que la guerra, al menos para ellos.

–Digo que este arte no puede salir de aquí. No es bueno que se vea fuera, ¿quién se alistará a la guerra después de ver estos dibujos?

–Prohibamos también las fotos. Además, ya nadie se alista como voluntario. Y además esto es Arte, Arte, míralo.

–Ya lo he visto querido Andreas, y aunque reconozco que Dios le ha dado un don... –Roth dejó escapar una carcajada–. ¿Qué le hace gracia?

–Nada herr coronel, perdone.

–Andreas, esto parece una broma –dijo con tranquilidad.

–Ah, venga, te he traído a un artista y lo desprecias.

–Nada más lejos de mi voluntad, le reconozco el mérito. Sus paisajes están muy bien definidos, aunque no creo que haya belleza en los dibujos de muerte. De todos modos, el cuaderno se queda aquí. Le echaré un vistazo más detenido antes de decidir qué hago con él.

–Algo más, querido Dietrich. Tengo entendido que conoces a este joven –dijo señalando a Gerhard.

–Por supuesto, le he reconocido en cuanto llegó. Gerhard Oppenheim, cómo olvidar ese nombre, Oppenheim era el apellido de mi abuelo materno. Además en la academia tuve un maestro de francés muy riguroso que también se apellidaba del mismo modo.

–El caso es que quería un permiso especial, quiere ir a Lille...

–A ver a una niña. Louise Vanhoof, una criatura adorable. Yo mismo la mandé allí con el motivo de alejarla del frente e hice que él la acompañase. No entiendo por qué quieres ir –le dijo a Gerhard.

–Verá, herr coronel –carraspeó–, es que...

–¿No querrías ir mejor a tu casa?

–Sí y no, es que... es que no creo que esté en las mejores manos...

–Joven tenemos que tomar lecciones, tácticas nuevas. No te pondré ninguna objeción.

–Yo también quiero ir –dijo Christian Müller mirando a todos–, bueno, he perdido mi cuaderno, al menos que sea para algo.

El coronel hizo una negación con la cabeza que simplemente quería decir: "No me lo puedo creer", después miró al capitán y con el gesto dio una aprobación. No apartó los ojos de su amigo con lo cual quería darle a entender: "¿A qué viene este circo?", lo que fue contestado con una sonrisa simple. Gerhard un poco molesto movió un hombro para que Christian lo viese: "¿Para qué quieres venir?". Y su camarada decidió ignorarle, faltaría más, por su culpa había perdido algo más que su cuaderno.

–Cuando acaben la instrucción nueva podréis ir, ahora retiraros. Por cierto, –dijo antes de que desaparecieran– ¿cuántos de vosotros creéis en Dios?

Solo Christian asintió.

–Yo creo y no creo –dijo Gerhard con cuidado como si las palabras fuesen huevos que se le fuesen a cascar.

Los oficiales se quedaron mirándose, el coronel con un gesto los mandó que se fuesen de una vez. Su mirada se encontró con la de Roth y supo que también había perdido la fe. Dietrich comenzaba a explicarse porque la moral de su tropa no era la adecuada. Pensaba el coronel que el ateísmo se abría camino como la carcoma entre la madera por la tropa. Entonces y solo entonces se explicaba los últimos fracasos,el motivo por el que Alemania no hubiera ganado la guerra a estas alturas y hasta el que no dominasen en Europa.

Hacía una semana que Ulrich había abierto los ojos y no sabía qué hacía allí, de hecho nadie le habló. Sin duda estaba en un hospital sus compañeros en su mayoría dormían, aunque había alguno despierto y miraba fijo a algún punto como si el tiempo se congelase. Había unas ventanas que iluminaban un poco, solo una permanecía abierta unas horas para descongestionar el ambiente. Ulrich iba tomando conciencia de su situación, se movía muy despacio y a veces hasta oía los consejos de una mujer vestida de monja. Le dolía la cabeza, se tocó por encima de la oreja, tenía una venda. Pero lo que le llamó la atención fue que sus pies estaban fríos, tan fríos como si estuviese haciendo guardia, tan fríos que le dolían hasta las uñas. Pensaba en su pueblo, recordó una vez que su hermano cargó el carro de Helmuth Degener de piedras y las cubrió con nieve, solo para fastidiar. Sonrió un poco, incluso ese gesto hacía que le doliese el cráneo. Intentó moverse y tuvo una punzada en la espinilla, sabía que tenía algo allí, quizá una esquirla de metralla o un balín, aunque no recordaba desde cuándo. Además, sentía como si tuviese una lápida sobre sus costillas. No fue sino una semana después cuando pudo incorporarse lo suficiente como para mirar a su alrededor. Y tan solo transcurrió un par de días cuando llegó a visitarlo su sargento.

Rudolf dejó su gorra sobre la cama, le miró, le sonrió y le extendió la mano.

—¿Cómo estás?

Ulrich le devolvió la sonrisa y correspondió al saludo.

—He estado mejor. Pero no recuerdo cuándo. Tengo reposo, silencio… y comida.

—¿Recuerdas algo?

—No.

—Saliste a orinar y una granada te alcanzó.

—¿Y cómo es que estoy vivo?

—No lo sé. Quizá lo viste venir porque te dispararon antes. Marcus Tausch te disparó y te lanzó la granada.

—¿Marcus? ¿Por qué?

—Dice que te confundió con un enemigo. Aunque a mí no me engaña. Es por Virginia… por cierto, Virginia Vanhoof se marcha a Flandes.

–¿A Flandes?

–Regresa a Bélgica, aún pertenece al Imperio Alemán, pero se va. Casi seguro que no la volverás a ver.

Ulrich se veía turbado, la realidad con todo su peso le caía sobre su cabeza. Su dolorida cabeza.

–No tiene sentido que sigas amándola, sé que se ha estado viendo con un capitán. De ese modo ha conseguido el traslado, llevo meses reclamando que se la lleven y... ya ves lo que hace... el sexo.

–¿Y para esto viene, herr sargento? –a Rudolf no le gustó el tono del "herr sargento".

–Venía para verte, tienes derecho a denunciar a Marcus, aunque él alegó que te confundió con un ruso, además, estaba oscuro y no llevabas el casco. Mi consejo es que te olvides, ya he pedido su traslado y, curiosidades, me lo han dado en seguida. También he planeado este viaje... verás, sé que Virginia vendrá hoy a verte...

Ulrich se agazapó en la cama y dejó de mirar a Rudolf. Su desencanto se filtraba por las sábanas. Al fondo alguien se lamentaba, más allá se oyó un toser desgarrado. El muchacho dejó de hablar era como si todo se hubiese acabado.

–Ulrich, muchacho, olvídala, continua tu camino. Piensa, piensa en aquella paisana tuya de la que me hablaste.

–Para usted, es muy fácil hablar. No ha tenido nunca...

–¡Calla! Tú no me conoces –dijo tajante Rudolf–. Todos hemos sufrido... mucho.

–¡Vallase!, por favor.

–Por cierto, tenemos un nuevo enemigo "soldado Król". Estados Unidos nos ha declarado la guerra.

Rudolf permaneció un momento mirándole, recogió su gorra y se marchó sin despedirse. Los pasillos se alargaban y sentía un nudo en su estómago, se sentía mal consigo mismo. Pero, ¿por qué? Sabía que estaba haciendo lo correcto y que Ulrich podía estar resentido, aunque algún día llegaría a comprenderlo. Aunque le costase su amistad.

Una vez fuera, encendió un cigarro, y después otro, y otro. Abrió una lata de comida y la devoró despacio, además de unas galletas duras como guijarros. Por fin, a medio día un coche paró junto al hospital y de él salió Virginia. Era como ver salir a una estrella del Folies Bergère, segura y con cierta suficiencia, al menos ante el soldado que la había traído. Desde luego, Rudolf jamás había visto el famoso cabaret, pero había visto el Elf Scharfrichter de Munich y también estuvo en Der Blaue Engel, aquellas soleadas noches en las que gastaba el dinero que debía mandar a sus padres en Hanover. Había visto a las cabareteras agasajadas por hombres, sin duda tenía la misma mirada. Nada que ver, en todo caso, con la muchacha asustadiza que cambiaba herraduras, asistía partos de yeguas, o curaba heridas de caballos nerviosos. Ahí venía alguien a quien cada vez le iba mejor. Su rostro, por ejemplo, no era tan delgado como el de cualquier civil que soportaba los rigores del embargo naval. Virginia no le vio, acaso sería porque cerca de él había al menos media docena de hombres uniformados, sentados en el suelo o deambulando sin saber dónde ir, además de algún herido comenzando a andar y siendo asistido por un camarada. Por ello, Rudolf tuvo que ir a su encuentro y al verlo la muchacha se detuvo súbitamente como si se hubiese chocado con un cristal.

–Señorita Vanhoof, soy...
–Sé quién es, es usted el último hombre al que quisiera ver hoy aquí.
–Lo sé.
–¿Quién le ha dicho que venía?
–Tal vez el mismo que le dijo a usted que Ulrich estaba en este hospital.
–¿Y qué quiere?
–Que deje a Ulrich en paz.
–¿Quién es usted, su padre?
–Su amigo.
–Pues, no he venido hasta aquí para irme sin despedirme.
–Sé lo del capitán Achenbach.
–Nada que le importe.
–Cierto, no me importa, pero a Ulrich... sí.
–Nada que le importe.
–No se merece el daño que le hace, desde siempre ha pensado en él como yo pienso en mi fusil: como una herramienta para salir de esta maldita guerra. Ulrich no inventó la guerra, la padece como la padecemos todos. Y usted quisiera ser viuda de todos los alemanes. Él no merece este daño, ni la granada que le hizo volar y con la que se ha fracturado el cráneo. Marcus Tausch, ¿le suena? En un ataque de celos intentó matarle. No es usted consciente de lo que puede

provocar, ¿verdad?

–No pienso quedarme aquí escuchándole.

–Pues no me escuche a mí, escuche a su conciencia. Alguien que es tan atenta con los animales tiene que tener alguna sensibilidad con las personas, en especial con las que la quieren bien. Buenos días señorita Vanhoof –le dijo al despedirse.

Virginia caminaba con torpeza, ya no era la misma que había bajado del coche hacía unos minutos. La seguridad se le había borrado como un dibujo en la arena. Preguntó a una monja por Ulrich Król, tras consultar unos documentos la mujer la condujo a la estancia en donde compartía habitación con otros muchos heridos. Algunos de ellos tenían todo el rostro vendado y solo la imaginación permitía intuir lo que quedaba debajo. Durante las cargas Virginia tuvo que socorrer a muchos heridos algunos habían quedado deformados hasta parecer cadáveres devorados por las alimañas. Desde el inicio de la guerra tuvo que ocuparse de gente que le pedía ayuda. Un día hasta socorrió al hijo de un oficial el cual había ido a visitar a su padre con la mala suerte de caerse de una moto y dislocarse el hombro. Percibió algo parecido al placer cuando tiró de su brazo, quizá porque sentía poder, aquel muchacho temblaba como una hoja. Sentía más compasión por los animales que por los hombres. Todos los que la observaban pudieron ver su sangre fría. Sangre que por otro lado tenía helada al oír el rumor de los ocupantes de aquel hospital. En la planta baja pudo ver sábanas ensangrentadas y los lamentos atravesaban las puertas como fantasmas que lloran un eterno penar. La monja se cruzó con un médico quien le soltó algunas indicaciones y continuaron. Abrió la puerta y le señaló a Ulrich, se despidió y Virginia caminó hasta donde estaba el joven. Ulrich la miró y no le dijo nada. Virginia borró la sonrisa que dibujó nada más verle, iba a abrir la boca algo cuando el muchacho la silenció.

–No digas nada. Ya sé que te marchas, enhorabuena, ya tienes lo que querías.

Virginia intentó decirle algo, aunque las palabras no le salían, lo último que esperaba era un reproche. Aunque lo más curioso era que tenía razón. Le había alimentado con falsas expectativas y ahora solo podía ofrecerle una despedida. ¿A qué había venido?

–Ahora lo comprendo todo. Nunca hubo un tú y yo, nunca hubo nada. Todo ha sido… casi humillante. Nunca has pensado en otra cosa que largarte, sin importarte mi vida o la de los demás. Y yo te he querido, te hc querido todo este tiempo. Te he querido en las batallas, en las guardias, en los descansos. Cuando leía cartas, siempre te he amado. Aunque hoy todo ha terminado, ya abrí los ojos, mi amor quedará ahí, suspendido en el recuerdo. Lo recordarás cuando estés sola y perdida. Cuando no consigas dormir por la noche e incluso cuando enfermes. Siempre te quedará la incertidumbre de lo que pudo ser, porque sé que me llegaste a amar. Sí, lo sé, levemente, muy levemente. Será tu maldición, saber que alguien te amó de verdad, por encima de la vida de la muerte, de la guerra o de los países, que alguien te amó sin importarle las consecuencias. Vas camino de un futuro en el que no estoy, ni estaré. Algún día te enamorarás... y yo no estaré allí. Nunca más, lo sé. Espero morir pronto para no volver a saber nada más de ti nunca, nunca, nunca.

Ulrich comenzó a llorar, se tendió y ladeó la cara sobre su almohada. Sin embargo, Virginia no era capaz de derramar una lágrima, su boca se le había secado al igual que sus ojos, es como si se hubiese deshidratado por dentro. Y en aquella sequía no quedaba palabra o gesto que pudiese demostrar que se equivocaba. Se giró y con rapidez salió de la habitación. Bajó las escaleras y abandonó el hospital, entonces comenzó a llorar, miraba en el exterior y solo veía desconocidos. Se sorprendió a sí misma buscando al sargento Rudolf Goldschmidt, no sabía muy bien por qué. Quizá como un ateo que busca a Dios justo antes de morir.

Paul tenía que resolver sus asuntos si quería tener una vida normal, algún día. El viaje desde Luxemburgo no estaba exento de peligros ya que los policías militares y la milicia buscaban desertores por todo el país. El joven Król se había disfrazado de tullido, por desgracia las calles de Bremen se llenaban de impedidos que mendigaban en la Cruz Roja. Aún así las autoridades no dejaban de reclamar la documentación a toda cara nueva con la que se encontraban. Paul siempre mostraba los papeles del fallecido alférez Manfred Zumpt, si le pedían una tarjeta que acreditara su invalidez los insultaba hasta echar espuma por la boca. Les decía que ahí, en Verdún, los quería ver a todos y que demostraran su valentía y su patriotismo.

−... yo he visto morir a todo mi batallón, malditos perros, a mí, a mí, que debiera haber perecido en el frente me reclamáis algo que he me han robado. Acaso no tenéis bastante con ver mi desgracia.

Paul olía, apestaba a desdicha y su testimonio parecía real, para colmo su uniforme estaba roto, apenas había podido coser los agujeros y una mancha delimitaba en el sitio que había estado la sangre. Por eso, en más de una ocasión pudo escabullirse. Siempre salió airoso, gracias a mostrarse como un mendigo de tantos. Sabía que lo más sensato y prudente era esconderse, esperar a que acabase la guerra y le permitieran largarse del país. Pero tenía que saber la verdad, averiguar quién quería verle muerto y por qué.

En Bremen buscaba un nombre el general Gerolf Rosenstock, sabía que su casa estaría vigilada por al menos dos soldados, aún así no tenía miedo, debía jugárselo todo por llegar hasta el final.

La casa de Gerolf von Rosenstock se encontraba, como no podía ser de otro modo, en una zona residencial llamada Oberneuland. Tenía un amplio jardín con setos que imitaban figuras y la decoración exterior era de estilo rococó. Los dos soldados que vigilaban la entrada hacían las veces de ordenanza y chófer, siempre estaban en la entrada principal y dejaban la trasera para Valder, el perro de raza gran danés que se movía a su antojo alrededor de la vivienda. Paul tuvo que pasar muchas veces por la zona, seguía siendo muy peligroso porque siempre se podía ver increpado por los policías ya que no había mendigos en aquel distrito. Pero Paul tenía que averiguar todo lo posible para poder entrar en la finca y de paso ganarse a Valder. Por suerte el animal no era muy agresivo y le encantaban las salchichas, salchichas robadas en la Cruz Roja. Un día tras otro el muchacho acudía a la puerta de atrás y le ofrecía su regalo, se dejaba oler y poco a poco acariciar. La Nochebuena se acercaba y habría reunión familiar.

No se esperaban grandes ofensivas para navidades, como todos los años. Gerolf tenía permiso para pasar esos días con su familia. Por desgracia no podían estar todos, sus dos hijos mayores, ambos capitanes, se encontraban en el frente. Aquella noche solo podía contar con el pequeño, un teniente; sus dos mayores hijas, con sus respectivos maridos y con la pequeña de la casa que tocaba el violonchelo una Suite de Brahms mientras los demás la miraban orgullosos. El general acariciaba un cubierto de plata y movía la cabeza con suavidad intentando seguir la melodía. Su esposa estaba a punto de aplaudir en cualquier momento, pese a sus años no exhibía ni una arruga y con su bisutería heredada de tiempos mejores parecía una reina. Tomó un poco de vino de una copa de cristal labrado y siguió mirando a su benjamina, hubiera permanecido así por toda la eternidad. No se dio cuenta de que había terminado hasta que aplaudieron los demás.

Pese a la escasez que imperaba en Alemania en aquella casa no faltaba el cordero ni el buey, además de pescado fresco. El vino lo tenían envasado en una pequeña bodega y había variedad de tintos, rosados y blancos. A pesar de todo, el pequeño y uno de sus yernos preferían la cerveza. El otro yerno, un político liberal, tomaba un oporto que acompañaba a un solomillo de buey. Era él quien tenía encendida la conversación con su suegro.

—Los políticos son el problema querido yerno, admítelo. Si nos vemos en esta contienda es por vuestra culpa y por el canciller Bethmann-Hollweg. Ha sido él y solo él quien nos ha llevado hasta este punto, fue él quién dio carta blanca a los austrohungaros para que presionaran a los serbios... bueno, creo sois que vosotros, los de su partido, los que le habréis apoyado en la tramitación de la crisis del Imperio Austro–húngaro con Serbia. La chapucera tramitación. Y después quería dimitir sin más, por suerte el Káiser no lo permitió: "Esta situación te la comes tú". Le dijo.

—Le recuerdo querido suegro que fue el Káiser quien decidió

reforzar la armada, die Kaiserliche Marine, si mal lo recuerdo queríamos un vasto imperio colonial...

–¿Queríamos? Erais vosotros los liberales los que queríais un imperio colonial, para vuestros negocios, al estilo británico o francés.

–Querido suegro, si mal lo recuerdo. La armada se creó para la guerra, poco o nada tiene que ver en el mundo de los negocios. Fue un capricho del Káiser.

El general se rió, miró a su mujer y a su hija que estaban disgustadas por aquel enfrentamiento verbal. Tomó un poco de vino rosado que acompañaba a un salmón con guarnición de verduras y continuó.

–Querido yerno, no existe, no existe, un país en la élite que no tenga una armada potente para el mantenimiento de su imperio colonial ultramarino. Es así de simple. Si queremos tener negocios en África, Asia u Oceanía tenemos que dar un puñetazo en la mesa, un golpe que disuada a nuestros enemigos, estados o simples piratas, a todos. El Káiser, Dios lo bendiga, no puede hacer otra cosa que procurar un ejército tan importante como para mantener el orden en sus colonias, para mayor gloria de su país y de los hombres de negocios entre los cuales le incluyo.

–Querido suegro, es posible mantener un imperio sin tener una armada que amenace a otros imperios. Bismark creó un sistema de pactos el cual, gracias a nuestro sagrado Káiser, se vino abajo. Los liberales solo podemos defender el sistema de nuestro bien amado Guillermo II, dándole la razón y defendiendo a nuestro aliado el Imperio Austrohúngaro, el cual, como dicen muchos: "Es como estar esposado a un cadáver".

–Ya veo, ya veo. Así que según usted, todos los problemas del país se deben a los militares.

El yerno hizo un gesto de asentimiento.

–Pues son los militares los que están dando la cara por la patria, son los militares y no los políticos los que se juegan la vida. Con sangre pagamos las deudas de este país, lo mantenemos a flote y le decimos al mundo, a este mundo, que somos la mayor fuerza de guerra, la más importante de este mundo y que estamos imbatidos. Recuerda esto hijo, recuérdalo para cuando desfilemos por las calles de las ciudades, para cuando ampliemos las fronteras de Alemania y el imperio colonial, dándole así mayores perspectivas de negocios a su señoría y todos los políticos y burócratas de este país –dijo remarcando la palabra país.

El yerno intentó decir algo, pero su novia lo miraba enfadada, por lo que afirmó con la cabeza y siguió con su solomillo.

–Pero, creo constatar un hecho irrefutable, como es, querido yerno, que los reclutas, los reservistas, y hasta los voluntarios no son en absoluto militares. Solo gentío con armas. Antes, y digo bien, antes, los soldados eran exclusivamente guerreros. Hombres dedicados a las armas, sujetos a códigos de honor por encima de todo. Era preferible la muerte antes que el deshonor, ¿huida? Nunca, resistir hasta el último hombre, hasta la última gota de sangre. Aunque hoy se mata con máquinas, con ametralladoras, gases, ¿qué ha sido de las cargas de caballería? ¿De los lanceros? ¿Qué diría Alejandro Magno, Julio César o el mismísimo Napoleón Bonaparte? Los ingleses nos llaman Hunos, ¡Hunos! Cómo quién dice bárbaros. Y vienen a nosotros con gases, lanzallamas y carros de combate. ¡Dios lo ve todo! ¡Todo! ¡Y juzga, ya lo creo que juzga! ¡Los militares de carrera, antes que nada, somos hombres de honor!

El yerno sabía muy bien que las dos primeras armas la habían inventado los alemanes por lo que se reafirmaba en la idea de que su suegro era un hipócrita y un necio, como la mayoría de los generales que estaban llevando a la ruina al país.

Una hora y media antes, sigiloso y aprovechando que la familia estaba en el servicio religioso en la iglesia de san Juan, Król se adentraba en la casa por la puerta de atrás. Acarició a Valder, y el perro le lamió la mano, ahora tenía que tener mucho cuidado con el servicio. Según sus cuentas había una cocinera y una camarera que iban y venían, por suerte pudo caminar hacia las estancias del piso superior, allí había un salón con chimenea, cuatro dormitorios y un despacho. Desearía haberse dado una ducha para mitigar aquel olor tan profundo, aunque arriba no había ninguna sala de baños, ni siquiera un retrete. Poco a poco fue descubriendo las habitaciones hasta que dio con una que le pareció ser el dormitorio principal. Antes de ocultarse decidió tomar una copa como para infundirse valor para lo que iba a hacer. Había whisky escocés, coñac francés y ginebra. No le faltaba de nada, pensó por un instante en lo que hubiesen hecho sus compañeros con tanto licor. Entonces cayó en la cuenta de que todos, todos, estaban muertos. Y él lo estaría si se hubiese quedado en el frente o si le pillaban. El alcohol y el estómago vacío se llevaron mal. Se escondió debajo de la cama, y al rato oyó música de un violonchelo. Pegó el oído al suelo para escuchar mejor y sin darse cuenta comenzó a llorar. En noches como esta estarían oyendo al padre Josef, con la tripa llena y mirando el trasero de la nueva hornada de muchachas mientras el párroco de espaldas a la congregación daría su misa en latín. A la salida de la iglesia soltaría unos petardos en el tumulto y oiría las protestas de los mayores. O tal vez no, tal vez ahora sería distinto, han pasado muchos años, cien al menos desde que se fue del pueblo, desde que dejó de ser joven. Seguramente asistiría al oficio en silencio y de vez en cuando miraría a Otta, cantaría las canciones y rezaría en agradecimiento por seguir vivo. En algún lugar del tiempo estaba su vida esperándole.

Gerolf von Rosenstock tardó un buen rato en acostarse, su esposa lo hizo antes. Nada más entrar en su habitación se dio cuenta de que olía mal. Pero no tuvo tiempo de reaccionar, Paul salió de debajo de la cama con su luger y le puso una mano en la boca. Le pidió que se acostase y la amenazó con manchar las sábanas de seda con sus sesos si hacía el más mínimo ruido. La mantuvo en silencio a la espera de que el general llegase. Media hora, después aparecía en el cuarto, encendió la luz y descubrió a Paul apuntándole.

—Tranquilícese, tengo dinero y comida, no nos haga daño y todo saldrá...

—Cállese, herr general.

—¿Es usted alférez? ¿Cómo ha entrado aquí? —preguntó nervioso.

—Le he dicho que se calle, poco importa si soy o no alférez si le apunto con una pistola es que no acato sus órdenes. Estos son los generales que tenemos, así nos va.

—¿Pero quién es usted, qué quiere? —dijo Gerolf mirando el rostro petrificado de su esposa.

—Eso debería saberlo usted, usted que ha buscado mi muerte.

—Soy general, mis decisiones son...

—No estoy hablando de decisiones. Esto no tiene nada que ver con su trabajo. Usted ordenó al alférez Manfred Zumpt que me matase.

—¡Manfred Zumpt! —dijo de repente el general como queriendo recordar algo.

—Soy Paul Król, aquel que usted dijo que paralizó la producción de Kast Gesellschaft a pesar de no haber estado nunca en Bremen. Quiero, le exijo, saber por qué me quiere muerto y más le vale que sea sincero porque he tenido que disparar a gente que me ha hecho mucho menos daño.

–No te preocupes, yo lo diré todo…

En aquel instante Paul apuntó a la esposa la cual no pudo reprimir un grito.

–Me aseguraré de que es usted sincero, y usted, calle –le ordenó a la mujer que no paraba de llorar.

–Günter Schumacher me lo pidió personalmente. El director general, Günter Schumacher, el que me dio todos los detalles y lo planificó todo. No sé qué tienes en contra de la familia Kast.

–Ni yo, no sé qué tiene esa familia en mi contra. Pero lo averiguaré.

–¿Y nosotros?

–¿Vosotros? ¿No se acuerda de un tal Luther Zimmermann?

–¿Luther Zimmermann?

–Era un agitador, un socialista, comunista o como se llame. Hablaba siempre en contra de la guerra, decía que era cosa de vosotros, los que tenéis las despensas llenas. Que esta locura solo podía traer dolor y miseria. Quizá detuvo la producción de alguna fábrica… era mi amigo.

–No tengo la culpa de que muriese. Si era un elemento subversivo...

–Le dejaré vivo. No soy un asesino, aunque si no me deja escapar vaciaré mi cargador en tu familia. Si me acorrala lo pagará. Ya no me queda nada que perder.

El general recuperó su compostura. Adoptó un aire solemne e intentó intimidar al joven.

–Sabes muy bien que esto es una temeridad y que no voy a permitir que salgas vivo de esta ciudad…

–¿Es usted un hombre de honor?

Entonces ambos lo vieron claro. El muchacho apuntó a la mujer por segunda vez, aquello era una promesa. El matrimonio pudo ver la llama de la determinación en los ojos de Król. No temblaba ni había asomo de duda en su rostro.

–Juro por mi honor que te dejaré marchar y así evitaré un derramamiento de sangre inútil.

–A partir de ahora, ni yo ni usted nos deberemos nada. Cada cual por su camino. ¿Comprende?

–Sí, sí, desde luego. Olvidémonos de esta pesadilla.

–No, yo no he dicho eso. Luther Zimmermann murió por las órdenes que dio a su alférez y este también falleció cuando iba a ejecutarme. Tiene las manos manchadas de sangre. Ordena ofensivas inútiles y condenas a muchas personas a morir... lo peor que puedo hacer es dejarle vivo.

–Hago lo que tengo que hacer...

–Eso cree usted, no ha hecho nada interesante nunca y si lo hizo no sirvió de nada. Cada día tendrá que recordar mi estampa, a un hombre acabado que busca justicia y que vio como mandaba asesinar a inocentes. Es usted un demonio y aunque todos los sacerdotes le den la absolución jamás estará limpio.

El general volvió a poner su rostro más altivo, miró a su esposa mientras esta no paraba de llorar. Paul, empujó a Gerolf para salir de la habitación. Bajó hasta la planta inferior sin encontrar a nadie y llegó hasta la parte trasera del jardín. Una vez allí, escoltado por el gigante Valder, abrió la puerta y se largó. Había neblina, no pudo reprimir un respingo ya que la confundió con gas fosgeno. Caminó mirando con recelo a cualquier sitio. Buscando los espacios abiertos y a poder ser alejados de la iluminación. Aunque lo había visto antes, se sorprendió al ver el molino de estilo holandés aparecer por entre la bruma. Buscaba la ciudad. Durante un buen rato tuvo que moverse cojeando, por si alguien lo observaba, buscando un hueco para pasar la noche. Lo encontró en una alcantarilla seca, en donde había otros como él. Allí se apilaban como si fuesen sedimentos y aunque había un fuerte olor corporal al menos no hacía tanto frío.

Al día siguiente se fue a una poblada cola de la Cruz Roja. Allí entre los que esperaban estaban dos tullidos que reclamaban atención antes que huérfanos y ancianos. Parecían dos perros tirando de un hueso. Paul trataba de conectar lo que le había dicho el general con su mundo y no le cuadraba. De ningún modo podía saber que Fremont Kast estaba detrás de su mala fortuna. Cuando se largó del pueblo apenas sabía su nombre, ni siguiera su apellido o su procedencia. Confuso, lo único que tenía claro era el llenar el estómago aunque fuera con un simple plato de sopa, necesitaba energía para el viaje hacia Faustaugen. Se arrepintió de no haber expoliado la cocina del general, si bien no tuvo mucho tiempo. Se hubiese conformado con las sobras que Valder habría despachado. Pensaba estas y otras cosas mientras la cola avanzaba cuando observó a unos tipos que le miraron. Uno se acercó.

–¿Alférez?

No hubo tiempo a más, otro le golpeó en la pierna por detrás y un corpulento le sujetó del brazo.

–Con que visitando la casa de los generales. Vaya, vaya. Eso no se hace.

Paul no intentó enfrentarse a ellos, no allí. Tenía la mano sobre la luger, pero no se atrevió a sacarla. Esperó a ver dónde lo llevaban, un coche se detuvo junto a ellos y le conminaron a entrar. Sintió un miedo espantoso, algo parecido al que tuvo en Luxemburgo cuando iba en el camión con el alférez. Esta vez lo tenía más difícil, eran demasiados como para salir airoso. Pensó que debía haber matado al general.

Ya no podía lamentarse, apenas tenía fuerza para contener las lágrimas. Los tipos hablaban entre ellos y reían, tenían voz de matones, aliento de matones, manos de matones y ojos de asesinos. Miró por la ventana y descubrió unas navidades extrañas. Bremen no mostraba sus galas, no había mercados en las calles y la gente llevaba un trasiego que le pareció lento. Los pálidos rostros de la gente comenzaban a mostrar cansancio. Uno de los esbirros le hablaba y Paul no le oía, seguía observando la lejanía. Su pensamiento caminaba por entre las casas, las calles, los pueblos, los montes y los ríos, su imaginación corría más que los coches, que los trenes y los aviones. De un salto llegó a su pueblo y de un brinco recuperó su vida, a sus amigos caídos y a su novia. Sonrió inconscientemente, iba a morir sin duda, añorar a sus seres queridos sería la única manera de tenerlos cerca. Sintió como su suerte se apagaba como una vela sin cera. Pasaron por una calle en donde se veía a un grupo de mujeres comiendo, tenían pinta de obreras, reían. Su vida distaba mucho de ser confortable, sin duda estaban flacas de trabajar, mal comer y descansar poco. Vino a acordarse del señor Mockford, no sabía muy bien por qué, por su tienda pasaban todas las madres casi a diario, allí se compartían saludos y chismorreos. John con su diplomacia y su manera de ser tan relajada daba la confianza necesaria para que se pudiese hablar de cualquier cosa, incluso algunos detalles íntimos y subidos de tono. Faustaugen por aquellos tiempos rebosaba inocencia, había trabajo, alegría y nunca faltaba una buena jarra de cerveza en la taberna del Tuerto. El sermón del padre Josef cargando contra el discurso del maestro Luhmann, la campanita de Lukas, la banda de música tocando en la fiesta de la esquila o en navidad junto al abeto de la puerta de la iglesia. Otta.

Después de dar un ligero paseo se dirigieron a las afueras de la ciudad y entraron en una zona industrial. Allí, en la entrada, identificó un logotipo de la Kast Gesellschaft, una estrella de ocho puntas y en el interior un gallo cantando, uno de los cuatro músicos de Bremen del cuento de los hermanos Grimm. Aquel complejo era una réplica a pequeña escala de la ciudad industrial que tenía Krupp en Essen. Tenía línea de ferrocarril, viviendas para los trabajadores, guarderías, escuelas, un pequeño hospital y seguridad propia. Sintió el peso del sitio en donde se encontraba, había venido a Bremen para saber la verdad y la verdad lo había encontrado.

Después de pasar por un par de calles llegaron a una nave industrial, allí dentro había restos de aviones enemigos que habían caído abatidos por los alemanes o en los cables que anclaban a los globos cautivos, los cuales simulaban gigantescas arañas con sus hilos tendidos. También había un carro de combate robado a los británicos. Paul había oído hablar de aquellas máquinas y del terror que causaban entre los soldados. Por suerte, no tenían mucha movilidad en la guerra de trincheras. Un tipo con una escopeta de perdigones les esperaba sin dejar de apuntar.

—Cuidado, va armado —dijo cuando todos se habían bajado del coche.

Lo siguiente fue una lluvia de golpes. Alguien le había dado en el codo y no pudo coger la pistola además ya no podía ni levantarse, le estaban dando patadas por todo el cuerpo, de aquel modo perdió el conocimiento. Para cuando tuvo consciencia de lo que sucedía estaba desnudo y encadenado. Apenas podía moverse por el dolor y el frío. Había allí un tipo mayor que les estaba echando una bronca. A aquel hombre no lo había visto en su vida.

—¡Os dije, que no le tocaseis hasta que yo llegase!
—¡Llevaba un arma señor Schumacher, qué podíamos hacer!
—Obedecer. En fin, no me queda otra que solucionar esto yo mismo.

Günter se acercó a Paul y le vio abrir los ojos muy despacio. Como si mirase al sol.

–¡Vamos, a qué estáis esperando, devolvedle la ropa! –ordenó Günter–. Maldita sea, traed una manta, lavadle, devolvedle la dignidad. Sois unos inútiles, si lo llego a saber os dejo llevar al frente, cualquier mujer es capaz de soldar mejor que vosotros y cumplir cualquier cosa que se le mande sin meter la pata –miró a Paul y se dirigió a él–. ¿Cómo está usted?

El muchacho no contestó, se dolía por todo. No era capaz de hablar si quiera, por lo que Günter decidió llevarlo a la enfermería. El transporte se hizo con sumo cuidado, incluso llegaron a recogerlo unos camilleros. Durante todo el proceso el director general de la empresa estuvo junto a Paul. Le preocupaba sobre manera que el joven se pudiese morir. Tuvieron que pasar muchas horas hasta que Paul reaccionara. El médico lo había sedado porque tenía dos costillas rotas y contusiones por todo el cuerpo. Król tuvo la sensación de haberlo soñado todo, como si estuviese en Luxemburgo, aquella luz blanca cruzando la ventana, el silencio y el olor a éter. Fue Schumacher quien le despertó de la ensoñación, comenzándole a hablar.

–Siento mucho que tenga que pasar por este trance, le aseguro que no fue mi propósito. Supongo que ha venido a saber, en fin, supongo que le debo una... le debo una disculpa. Tal vez me equivoque, lo que le debo es más que una disculpa, le debo más que eso –Paul, tendido, apenas levantaba la mirada, solo escuchaba–. Me presentaré mi nombre es Günter, Günter Schumacher, director general de la Kast Gesellschaft. Toda esta ciudad funciona gracias a mí. Y yo funciono gracias a esta ciudad. Verá, para explicarme, para serle sincero o para que me comprenda y que esta explicación resulte creíble debo contarle de donde surge todo este complejo. En fin, comenzaré. Hace unos treinta años Frankz Kast y yo éramos socios de una fábrica de mermeladas. El negocio iba bien, tanto que Frankz miraba las exportaciones que venían de otros países y decidió ampliar la producción, los sabores e incluso comenzó a pensar en fabricar chocolate. Estuvimos a punto de desaparecer. Aquello fue un desastre, un autentico desastre... ¿fuma? Perdone, de repente se me apetece un pitillo, con su permiso –encendió el cigarro y se dispuso a seguir. Con la primera palabra expulsó un montón de humo–. Frankz es un valiente, demasiado valiente, un emprendedor nato, pero... le falla el olfato. En cambio yo, yo soy de otro modo. Soy cobarde, me gusta tener siempre el dinero en el bolsillo, así que puede imaginarse cuantas peleas tuvimos por aquel asunto. Perdimos mucho dinero y con él parte de nuestra buena fama. Por eso, decidimos separarnos y traspasamos la fábrica. Allí acabaría toda nuestra aventura. Meses más tarde nos encontramos en una cervecería, le comenté que la oportunidad estaba en la importación y exportación, que no teníamos que elaborar nada. Compramos un cargamento de café en el puerto de Bremerhaven, a la media hora ya lo había vendido, sacándole un cinco por ciento. Aquella maniobra nos abrió los ojos, podíamos comprar y vender sin necesidad de transformar. No obstante, no siempre ganábamos, a decir verdad, después de alguna que otra operación apenas habíamos conseguido los beneficios que esperábamos, ya que compramos un cargamento de cacao para tirarlo. Por ello, tuve que afinar más y más. Hasta conseguir el dinero suficiente como para recuperar la fábrica de mermeladas, la dichosa fábrica. En fin, no despegábamos. Conseguíamos beneficios, sin embargo, éramos empresarios de poca monta, yo, en particular nunca invertía, como creo que le he dicho. ¡Dios, qué jóvenes éramos! Era Frankz el que se arriesgaba, el que buscaba dinero en bancos y usureros que a veces se tragaban el beneficio. Pero mi talento radicaba en ver la ocasión y mi instinto iba mejorando. La llegada del káiser Guillermo me abrió los ojos. Hizo que Bismarck se marchase y comenzó una política nueva, Alemania necesitaba fabricar armas. Allí estaba la oportunidad, hacían falta más materias primas, acerías, ferrocarriles, armas. Y lo vi, yo lo vi. Sabía muy bien que podíamos ser industriales para la guerra, construir cañones, munición, comida para los soldados. Bendita Paz Armada. La guerra algún día sería real, si no ¿para qué? Había mucho que hacer, empezando por conseguir amigos y nadie como Frankz, tenía un talento especial. Confraternizó con el canciller von Bülow, organizaba cacerías al estilo Británico que tanto gustaban a los nobles, lo encontraban gracioso, perseguir a un zorro a caballo con una jauría de perros. Incluso el Káiser se apuntaba. Éramos los más germánicos entre los germánicos, aunque con deportes británicos. Idolatrábamos la figura del Káiser y la nueva Alemania que surgía con su poderosa armada. Nos hacíamos ricos, millonarios… en realidad era Frankz, el dueño de todo. Mi poder se limitaba a mandar, gobernar sobre los trabajadores, negociar con proveedores, coordinar tareas, supervisar cuentas, buscar inversores… en fin, poco a poco se fue creando este complejo. Un pequeño país dentro de otro gran país. Y yo era su primer ministro. Ahora entenderá porque le he contado toda esta historia y por qué he tenido que darle caza, aunque ni usted me conozca ni me haya hecho daño nunca en la vida. Todos estos años me he dejado mi vida por esta empresa y por primera vez me he visto... me he visto en peligro. Frankz tuvo tres hijos, el primero Frankz Eduard, un chico listo aunque poco inteligente, impulsivo y mujeriego. En cierto modo era parecido a su padre, pero sin carisma. Era el perceptor de este imperio, sin embargo, estaba incapacitado del todo para ser teniente en el ejército y murió. No sé si por su inexperiencia o porque la guerra no hace excepciones. Con toda probabilidad por ambas razones. La segunda, Doris Kast, una joven dedicada a la lectura, consagrada por entero a ser esposa, desde su niñez. Al principio pensaron casarla con un empresario adinerado, aunque después con la subida de escalafón social, con un noble. Doris tiene el don de gentes de su padre y la dulzura de su madre. Es inteligente, vivaz y culta. Si fuese hombre podría sujetar la empresa con sus manos. Siento decirlo, pero es una mujer y su educación la ha supeditado a sus hermanos. El más pequeño Fremont Kast −Paul por primera vez hizo un gesto con los ojos−, Fremont Kast −repitió Günter−, ¿le suena? Es maestro en su pueblo.

Aquello fue como una bobina de hilo que se cae al suelo y comienza a desenhebrarse, la trama aparecía ante los ojos del joven Król por primera vez.

−Fremont es astuto −prosiguió Günter−, también es vivaz, callado, ¿algo introvertido? Amable y si no fuese por ese silencio que le invade tendría el don de su padre. Podría ser el heredero de la empresa, sin embargo, siempre estaba apartado. Su cojera le mantenía acomplejado en un rincón. No fue sino hace un tiempo cuando supe qué había en su alma. Su astucia era maquiavélica y su introversión pura malicia. Ha estado toda su vida madurando un odio insano. De algún modo ha culpado a todo el mundo de su desgracia y utiliza su mala fe para hacerse con la empresa, y también con una chica, la chica que él quiere. Para él es una guerra justa, aún más justa que la que libramos. Usted, querido amigo no es más que una víctima, alguien que se interpone y a quién hay que eliminar. Hará lo que tenga que hacer, amenazar, herir o asesinar, para conseguirla. No he visto a su novia, pero supongo que será muy hermosa, tanto que nadie en la alta sociedad pueda presumir de una joya semejante. Quiere trono y reina. Juega su partida de ajedrez y usted es un simple peón.

—¿Pero, usted, usted está de su parte?

—No, querido joven... digamos que tengo cosas que ocultar y él las conoce.

«Pero ya me he ocupado de ese detalle, tiene un amigo noruego que jamás dará que hablar».

—Mi problema está resuelto, aunque el de usted... Gracias a Fremont estuvo a punto de morir, lo siento, siento no haber podido hacer nada. No pocas veces he pensado en usted, supuse que al no ponerle rostro no me afectaría. Ahora sé que ha sido Dios el que me lo ha enviado. Es usted enemigo de mi enemigo, por lo tanto le voy a considerar mi amigo. Le conseguiré dinero y un salvoconducto hasta su hogar, pero no nos engañemos, es usted un desertor. En su pueblo le reconocerán y si le atrapan... ya sabe.

—Me está usted diciendo que el maestro Fremont ha ideado todo esto para que me maten...

—Y quedarse con su novia. Así de simple. Lo ha ideado muy bien, pero no contaba con esto, por ejemplo. Además, yo soy el artífice de este imperio, me ha subestimado lo suficiente como para permitirme contraatacar. Le puedo asegurar que está acabado, aunque antes, antes quiero que le rompa el corazón. Quiero que regrese, que recupere a su novia, quiero verle caer antes de aniquilarlo.

—Siento que ella ya no me pertenece

—No diga bobadas joven, ella también ha sido una víctima. Lo sé. Vuelva, regrese, ate todos los cabos que tenga que atar y cuando esté seguro recupere a su novia, vénguese. Hay pocas cosas que merezcan la pena y recuperar su vida puede ser una de ellas, créame, es otra guerra, quizá igual de peligrosa. En fin, solo me queda desearle suerte. Ya sabe lo que dicen, la suerte es para el que la busca.

—La suerte, la suerte —repitió Paul el cual se incorporó con trabajo ya que le dolían las costillas rotas.

Caminó hasta la ventana y se asomó al exterior. Había ropa tendida en las casas de los trabajadores, el humo la visitaba, ese humo blancuzco que ennegrecía las cosas y hacía que los edificios tuviesen caries. Aquello era una ciudad dentro de otra ciudad, el pulmón por el que la guerra, la lejana guerra, respiraba. Intentó comprender a Günter.

—La suerte, dice usted la suerte. No puedo marcharme ahora, me duele todo el cuerpo, seguro que me tendería en un rincón muerto de cansancio y allí me congelaría. Eso no es tener suerte, de hecho mi suerte ya estaba echada desde que salí para la guerra. No soy más que un desgraciado... jamás recuperaré a mi novia. No tengo fuerza para recuperarla, yo contra un imperio. Imposible.

–Casi seguro que su novia aún le ame...

–No diga tonterías.

–Piense que ella es una víctima, con toda seguridad no sabe que está engañada.

–Eso habría que averiguarlo –dijo Paul como si hubiese recordado algo.

–¡Exacto! Compruébelo, tiene que averiguarlo. Puede quedarse aquí hasta que se restablezca, le conseguiré documentación nueva, un nuevo nombre y salvoconductos. Ludendorff ha puesto agentes encubiertos por todo el país, este es el nuevo orden. Antes éramos un país con un ejército, ahora somos un ejército con un país. Todos debemos parecer militares o de lo contrario somos traidores. Usted será un agente especial, un informante. Dentro de unos días tendrá la cédula de identificación, será otro. No obstante, en su pueblo todos le reconocerán, procure acercarse a ella, reconquistarla, sin que nadie le vea. Allí no podré salvarle. Yo por mi parte, querido amigo, pienso arruinar la vida de ese condenado. Ha querido devorar el mundo, es hora de que el mundo le enseñe los dientes.

Les habían trasladado a finales de abril a aquella posición en donde se libraba una batalla desde principios de mes. Por suerte, se habían perdido la parte más cruenta del ataque aliado. La toma de la cresta de Vimy por los canadienses había sido uno de los momentos más duros. Por ello, los germanos tuvieron que volver a retroceder a la línea Oppy–Maricourt y desde allí seguir aguantando. Al sur los franceses atacaban en oleadas que no hacían otra cosa que minar la moral de su propia tropa. Las previsiones del alto mando francés se desmoronaban colapsando el servicio sanitario y sumando cifras de bajas. Todo para tomar una parte insignificante de terreno. Nadie sospechaba que los soldados franceses estaban a punto de amotinarse desboronando la ofensiva aliada.

Para el Segundo Regimiento de fusileros de Grünensteinen aquella batalla había supuesto su precipitado regreso del periodo de instrucción y la puesta en práctica de las nuevas técnicas. En especial habían hecho incursiones nocturnas que no servían para nada más que para inutilizar alguna ametralladora o traer algún prisionero al cual se le interrogaba. Gracias a la información que se obtenía y a la mostrada por los vuelos rasantes de los aviones los estrategas podían hacer mapas de la situación con los cuales se equivocaban una y otra vez. Lo mejor de aquellas correrías nocturnas era expoliar a los enemigos de comida. Cualquier cosa valía, galletas, mermeladas, latas de corned beef, conservas de pescado, pan o simplemente chocolate. Delicioso chocolate. También recibían de muy buen grado el café o el té. La promesa de una ración extra hacía que los soldados saliesen de la seguridad de la trinchera como una horda feroz y silenciosa. Se intentaban demostrar a ellos mismos la eficacia de lo aprendido, avanzar sin afianzar posiciones, pinchar y huir.

El sargento Ralph Rohmer estaba orgulloso de sus hombres, incluidos los que quedaban a cargo de Jan Ehrlich, quizá los más temerarios. Aunque sin duda había dos hombres que estaban por encima de los demás, Alexander Weiss y Ferdinand Bartram. Ambos eran resueltos, el primero frío y serio, el segundo alegre y fuerte. También había una prometedora incorporación como el pequeño judío Jacob Adesman que odiaba a los franceses desde el famoso e infame caso Dreyfus, en el cual se encarceló a un hombre inocente simplemente por ser judío. Desde entonces Jacob había crecido con la convicción de que todos los franceses eran racistas. De hecho, pidió varias veces a sus superiores ser trasladado al sur para poder hacerle la guerra a los galos. En el lado opuesto estaba Gerhard Oppenheim el cual no tenía ánimos para hacer la guerra; cada vez que se le comunicaba alguna operación se le abrían los gañotes y vomitaba. El sargento lo comprendía y en determinados momentos prefería a los cobardes que no daban problemas a un valiente del tipo Jan Ehrlich o el escandaloso y mal hablado Heiner Schnitzler.

Gracias a la especialización podían tener más horas de descanso, a veces se ocultaban en la tercera línea y oían alguna escaramuza a lo lejos, mientras dormitaban confiados. Lo peor era cuando algún novato armaba escándalo con sus miedos. La mayoría de las veces acababa echado a la trinchera por los hombres de Jan. El interior del refugio servía para descansar y si había algún ruido tendría que ser en el tiempo para jugar a las cartas o para matar alguna rata. No obstante, había uno que nunca descansaba, no al menos como los demás. Alexander aún se dolía de la bofetada que su madre le había dado al visitar su pueblo con motivo de la recuperación de una herida de un balín de shrapnel en la pierna.

–Has dejado que maten a tu último hermano, para mí estáis muertos todos –le dijo la señora Weiss.

Aquella frase era la única que le dijo en la semana de permiso, allá por marzo. Ni siquiera le había puesto comida en el plato. Por ello, tenía que vengar a su hermano. Sentía que Gotthold le llamaba desde el más allá pidiéndole justicia. Pero Roth ahora trabajaba como ordenanza del capitán y resultaba difícil pillarlo. De hecho, se libraba de las incursiones, y aunque Alexander esperaba, como una mantis, el momento de atacar jamás veía la ocasión. Matar a Roth era tan necesario como dormir. Quizá por eso, su humor se había vuelto más oscuro. Sin embargo, no podía hacerlo, sucedía como las granadas defectuosas que aunque tenían que estallar nunca llegaban a hacerlo. Además la oportunidad, la maldita oportunidad nunca se presentaba. Ni en las maniobras, ni en las guardias, ni siquiera cuando se lo cruzaba por la trinchera. Siempre había alguien. Por eso, se sorprendió cuando lo vio delante de él con el cuaderno de partes en la mano, ya que el capitán se lo mandaba al coronel todos los días con las incidencias. Alexander se detuvo y por un instante se le pasó la idea de mirar a otro lado, incluso ladeó la cabeza, aunque para lo único que sirvió fue para advertir que no había nadie. Ningún testigo, estaban en medio de una trinchera de enlace y ni un alma les observaba. Era ahora o nunca, por ello, soltó un puñetazo al joven en pleno tórax. Roth que lo había visto venir de soslayo tuvo el tiempo justo para apretar el pecho, aunque ello no le impidió recibir el golpe y quedarse sin aire. Alexander era alto y aprovechando su envergadura lo tomó por el cuello y lo elevó, Roth aterrorizado sintió que moría. Le faltaba oxígeno y apenas tenía fuerzas para sujetarse. Por lo que lo único que pudo hacer fue patalear torpemente con tal suerte que vino a darle en sus partes y quedó libre. En un momento ambos rodaban por el suelo y fue Roth el primero en incorporarse. Entonces el muchacho utilizó sus piernas que tan buen resultado le había dado y comenzó a darle en la cara, en las costillas, en cualquier sitio.

—¡Estás loco! ¿Qué quieres de mí? –le dijo sin dejar de darle.

Alexander no respondía, no hablaba nunca y ahora que quizá quisiera no le salían las palabras. La rabia y la impotencia se mezclaban en su cuerpo y lo único que quería era huir de allí. Y tal vez, solo tal vez, en aquel trance, se le pasó por la cabeza que Roth era inocente del todo.

—¡Pero qué demonios! –gritó el cabo Ingmar Rosenbaum– ¡Para, Roth! ¡He dicho que te detengas!

Roth como despertado de un sueño se detuvo, todavía le faltaba el aliento. Viendo a Alexander sabía muy bien que todavía no se había zanjado el problema. Pero tenía que detenerse porque no quería matarlo, no, él no era así.

—Os meteré un parte por esto. Estáis arrestados.

—Yo solo voy a llevar un cuaderno al coronel von Kittel – alegó Roth.

—Me da igual, ¿y tú qué tienes que decir Weiss?

—¡Vete a la mierda! –gritó Alexander escupiendo sangre.

Al instante estaban allí al menos una docena de soldados que se interponían. Jan ayudó a Alexander a levantarse y Weiss lejos de agradecérselo le retiró el brazo. Ferdinand se situó en medio de los contendientes, no sonreía. Repartía su mirada entre los enemigos, por un lado estaba Jacob Adesman, Jan Ehrlich y Heiner Schnitzler, por otro Christian Müller y Gerhard Oppenheim por lo que inconscientemente se colocó del lado de Roth. Jan desafió con la mirada a Roth y el corpachón de Ferdinand se interpuso. Jacob y Heincr estaban rodeando al grandullón cuando llegó el sargento Ralph Rohmer. De un vistazo hizo su propia interpretación y concluyó que era Jan el detonante.

—¡Jan! ¡Tú eres el culpable de esto!

—Yo no he tenido...

—¡Calla maldito paleto! Si tienes tantas ganas de pelea prueba conmigo. Te juro por Dios que antes de que acabe esta guerra te voy a poner tan blando como una medusa. Hablaré con el mismísimo Káiser si hace falta para que te degraden y te mande a limpiar letrinas con la lengua, ya te digo.

—Mi sargento, el cabo Ehrlich no ha intervenido —dijo Ingmar Rosenbaum.

—Me da exactamente igual, él es un cabo y está para evitar enfrentamientos no para fomentarlos. Es un mal ejemplo, un pésimo ejemplo. No es más que un animal con aspecto de hombre. ¡Y los demás qué carajo hacéis aquí mirando! ¡Cuadrilla de inútiles! ¡Cada cual a lo suyo o os mando a rascarle las espaldas a los ingleses esta noche!

Christian le alargó el cuaderno de partes a Roth, Roth lo tomó, se recompuso y sin mirar a nadie se marchó. Aquella tragedia había vivido su segundo acto, sin duda allí no había acabado todo. Se preguntó por qué tenía que ser tan difícil todo. Había ratos en los que daba gusto estar allí junto a sus camaradas, sin embargo, la sombra de Alexander era demasiado siniestra. Un día u otro tendría que enfrentarse a él y contarle lo que ocurrió en aquella guardia. Pero podía ser incluso peor, tendría que estar muy preparado. En estas cavilaciones estaba cuando llegó a la casa del coronel, tuvo que saludar a dos tenientes que salían antes de encontrarse con Dietrich von Kittel. El oficial salió a su encuentro, recogió el cuaderno de partes y lo estuvo leyendo. Había una referencia a varios aviones del tipo SPAD.SXIII sobrevolando la trinchera en misión de reconocimiento y que el soldado Sebastian Jager había acertado al darle a uno con su fusil aunque sin conseguir nada especial, solo alejarlo. A Dietrich le llamó la atención el hecho de que fuesen franceses y no británicos, tendría que solicitar más apoyo aéreo. Miró a Roth como interrogándose por algo y al fin lo soltó:

—Es usted Neisser, ¿verdad?

—Sí, herr coronel.

—Recuerdo lo que me dijo de usted el capitán Vorgrimler.

Dice que usted citó a Leipnitz, dijo algo sobre la razón suficiente, o algo por el estilo.

—¡Ah! No fui yo, fue mi primo antes de morir.

—¿Su primo? ¿Dónde murió?

—En el Somme, aquel día. Durante la primera ofensiva...

—Recuerdo, tuve que salir pistola en mano para recuperar la posición. Lo siento mucho —se detuvo por unos segundos—. Hábleme de su primo.

—¿Mi primo?

—Sí, su primo, cómo se llamaba, era culto, era creyente.

—Bueno, mi primo era Hahn, Hahn Krakauer, era panadero, no tan bueno como su padre, pero ya sabe, herr coronel, tampoco disfrutaba con su vida nocturna. Quería hacer otra cosa, por supuesto creía en Dios. Y no, nunca leía, no leía nada. Salvo cuando comenzamos la guerra.

—¿No conocía a Leipnitz?

—Al menos no en el pueblo, no sé si en Gutenweizen hay alguien que se llame así.

—Debe ser contaminación.

—¿Cómo dice?

—Digo que debió oír esa cita.

—No sé, herr coronel.

—Es una buena cita, para morir, digo.

—Así será.

—¿No sabes qué quiso decir?

—No, herr coronel. No tengo ni idea.

—Dice el capitán Vorgrimler que usted es un hombre excepcional, y, sin embargo, no es capaz de saber que quiere decir esa cita.

—¿Cuál cita, herr coronel?

—Que ha de haber una razón suficiente para que todo sea así y no de otra manera, o algo por el estilo.

—Pues, no sé.

—¿No se te ocurre nada? —Roth se encogió de hombros— Creo que existe una cierta aceptación de la existencia de Dios en esa frase, su primo murió reconociendo a Dios en medio de la barbarie. ¿No te parece?

—¿Dios sería la razón suficiente? Perdone, herr coronel.

—¿No crees en Dios?

—Sí, herr coronel —dijo el soldado, sin embargo, sus ojos mentían y Dietrich lo supo leer.

—Dios es el principio y el final de todo, la razón por la que existimos. En su mano están los designios del Destino. A él le corresponde juzgarnos… Aún así tú no crees en Dios.

–Sí, herr coronel, con el debido respeto ya le he respondido…

Roth tenía una máscara inexpresiva. Después de lo de Alexander era lo que le faltaba, una conversación incómoda con el coronel. Una charla de la que podía salir mal parado. Por ello, el oficial lo miró, sabía que no le iba a arrancar ni una palabra si antes no le daba confianza o tal vez algo que quisiera.

–Mira esto, ¿lo reconoces?

–Es el cuaderno de dibujos de Christian.

–Exacto, ¿lo quieres?

–¿Yo?

–Te lo doy y se lo podrás devolver a tu amigo siempre y cuando me digas la verdad.

–¿La verdad de qué, herr coronel?

–Si me tratas como a un estúpido haré lo mismo contigo y seguro que no te va a gustar.

–Perdone, herr coronel.

–¿Crees en Dios?

–Creía.

–Pensaba que vosotros los católicos…

–No tiene nada que ver con los católicos ni con los luteranos, no creo en Dios, mi coronel, porque he visto muchas cosas…

–Y tu fe se ha visto… mermada.

–Destruida, como casi todo en lo que creía.

–¿Sabes cuál es nuestro emblema?

–Dios con nosotros, herr coronel.

–Si no creemos en nuestro emblema, ¿cómo vamos a ganar la guerra? ¿Es que acaso no quieres ganar la guerra?

–No es eso, claro que quiero ganarla.

–Pues entonces recupera tu fe, confía en Jesucristo, él nos llevará a la victoria.

–Creía que la victoria dependía del que más acierto tiene con el fusil, el que tiene mejores armas, más tropas, mejor logística, mejores generales…

–Y fe, fe en Dios y en la victoria.

–Dios no tiene nada que ver en esto, herr coronel, y si lo tiene, definitivamente mira para otro lado.

–¿Cómo te atreves a cuestionar al Señor? –dijo Dietrich von Kittel perdiendo su serenidad.

–No lo sé, herr coronel. ¿Puedo llevarme ya el cuaderno?

–¡No! Primero he de arrancar los dibujos que no son

apropiados.

–Herr coronel, ¿por qué a nosotros se nos prohíbe dibujar la guerra y a su Dios permitirla?

–¿Qué tiene que ver?

–Mucho, si existe su Dios, herr coronel, nosotros somos una prolongación de su voluntad.

–No sabes de lo que hablas soldado, Dios es perfección, los hombres somos imperfectos. ¿Cómo te atreves a intentar comprender su voluntad? ¿Acaso una cucaracha sabría comprender la naturaleza de un humano y las razones por las que puede ser pisoteada?

–Porque así se quiere, así lo quiere Él, ¿me da el cuaderno? Usted me ha dado su palabra –dijo Roth echándole valor–, he de devolvérselo a su dueño. Tal y cómo él se lo entregó.

–Estás nublado, resentido. Quién sino Él nos permite seguir vivos, quién sino Él nos da esperanza. Él es el padre eterno pura perfección, nosotros con nuestro libre albedrío somos los que podemos equivocarnos. No lo olvides nunca.

–No lo sé, herr coronel. No lo sé… solo quiero que esto acabe. Y que me dé…

–¡El condenado cuaderno, ya, eres terco! ¡Tómalo, y también el cuaderno de partes! Ahora márchate, no quiero ver por aquí a ateos.

–Ningún buen padre abandona a sus hijos, herr coronel – sentenció Roth.

Roth los tomó se giró hizo un saludo y dejó escapar una sonrisa. Estaba satisfecho, no tanto por haber conseguido los dibujos de su amigo como por haber hecho enfadar al coronel. Se sintió poderoso, aunque fuese por poca cosa. Como cuando Paul y Gilbert conseguían robar un caramelo al señor Mockford.

Aún más contento se encontraba Jan Ehrlich. Era el momento de reincorporar al grupo a Alexander. Tenía que saber con exactitud hasta donde podía contar con él ya que lo necesitaba para acabar de una vez con el sargento Ralph Rohmer. Si no lo había hecho ya era porque algo en su interior le decía que le resultaría funesto. Ralph no era Volker Furtwängler, Volker murió solo porque le caía mal, porque de seguir vivo cuestionaría su autoridad. Aquello fue un arrebato, esto sería una necesidad. Con Alexander podía hacer una verdadera purga dentro de su compañía, se encargaría de Roth y Weiss del sargento. A partir de entonces solo podía ascender como las bengalas en la noche. Tomar lo que en realidad le correspondía por derecho. La guerra es un saco de oportunidades solo hay que ser valiente y meter la mano muchas veces hasta dar con la adecuada.

Fremont era un buen jugador de ajedrez, aunque Friedrich, el Tuerto, lo mejoraba. Ambos habían tejido una extraña amistad que se fraguó mientras daban hipotéticas soluciones a la guerra. La primera sería avanzar, crear la punta de lanza e ir en busca de Paris, por supuesto la brecha tenía que ser justo en el punto intermedio entre las tropas británicas y las francesas. La segunda era un ataque masivo de gas, algo monstruoso, que aterrorizara tanto a la población que abandonase a las tropas a su suerte. Por descontado el golpe vendría desde el cielo: un bombardeo masivo desde zepelines. Ambos sabían muy bien que por mucho que inventaran nada de lo que dijeran sería la solución, pero de algo había que hablar. Ese día la conversación derivó en torno a las gentes del pueblo y sus costumbres; el maestro trataba de comprender la mentalidad de los lugareños. De algún modo sentía que no había llegado al alma de los aldeanos, más aún, a cada paso se alejaba.

–Primero al burro, después a la mujer –dijo Friedrich.

–¿Y significa?

–Primero las obligaciones, después la... devoción. Eso fue al principio, porque si te lo dicen ahora sería algo así como: Me voy a trabajar o tengo que trabajar. ¿Comprende?

–Sí, creo que lo he oído en más de una ocasión.

Fremont bajó la cabeza y movió un alfil. Friedrich, sonrió.

–Hay otro que es más complejo, porque... bueno porque es más complejo. Y dice: No hay espíritus en el cementerio.

–¿Y significa?

–Pues que el espíritu de una persona está donde ha vivido y no en donde está enterrado. Pero aquí es donde –movió un peón y amenazó al alfil– está la complejidad, porque para algunos puede significar: Estás en las nubes; y para otros sería más bien: ¿En qué estás pensando? No me escuchas.

–Ya. Muy curioso. ¿Sabe? Este juego siempre me pareció el adecuado para estrategas, aunque he comprendido que no. He comprendido que el ajedrez no es definitivo. Más aún, creo que confunde.

–No sé a qué se refiere señor Kast.

–Me explicaré, en la vida no dejamos de jugar una partida. Vemos las piezas, observamos a las personas y creemos ver el tablero, no obstante, el enemigo es el que se oculta.

–¿Se refiere usted al asesino de la pequeña María?

–Por citar un ejemplo –dejó caer Fremont–. En este pueblo, hay muchas cosas ocultas, la gente te mira y detrás de esos ojos, ¿qué piensa?

–Eso será en cualquier sitio.

–Me refiero...

–Mire, señor Fremont, la gente sabe cosas y padece otras. Sabe quién es usted y lo que hace, en cierto modo podríamos decir que le envidia. No es alguien embrutecido, ni un muerto de hambre, ¡cielos, si es rico! Todos creen que con un pestañeo podría aliviar el hambre del pueblo. Usted y sus latas de comida. Porque aquí pasamos hambre, hambre de la de verdad. Mire mi bar, ya no viene nadie. Los precios de todo son prohibitivos, el racionamiento no da para calmar al estómago. La gente no es que le mire mal, la gente mira mal. Porque come mal, porque vive mal y porque tiene a alguien en la guerra o enterrado en Francia. Ya sabe de lo que le hablo.

–Mi hermano está, perdón, el cuerpo de mi hermano se encuentra Dios sabrá dónde, sé de lo que habla. Aunque en realidad yo hablo de otra cosa.

Fremont hablaba de Otta, de sus ojos oscuros como el fondo del bosque. Ya no se daba a él, no se ofrecía, ni tampoco le recibía. El maestro se sentía despreciado, algo estaba ocurriendo a sus espaldas. La joven le evitaba, decía que iba a buscar setas o llevaba a pastar la vaca, araba la tierra o bien a recoger leña. Era imposible que estuviese tan ausente. Tenía que sacarla de aquel maldito pueblo, se lo había ofrecido centenares de veces. Incluso había convencido a su padre y a su madre, si fuera por Galiana llevarían mucho tiempo en Bremen. Otta decía que cada vez que intentaban el traslado Erika empeoraba, aunque Fremont sabía que más bien era al contrario.

–Sabes Friedrich, siempre pensé que el ajedrez era el juego definitivo. Que todos los estrategas tenían que jugar para aprender o al menos como entrenamiento. Pero ahora sé que este juego no vale, no, no me mal interpretes, tal vez sirva como juego mental, aunque no es algo práctico. Para que fuese práctico yo solo tendría que ver la primera línea, el resto permanecería invisible. Oculto tras una bruma, como si fuese el humo del tabaco, ¿me sigues? La vida, amigo, la vida, solo vemos la apariencia de las cosas, el resto no se revela jamás.

–Ya, pero el ajedrez es un juego, ¿no?

–El ajedrez es la misma vida, acaso no vivimos una eterna partida.

–Bueno, tanto como eterna...

–Ya me entiendes Friedrich, ya me entiendes. Cada cual juega a algo, siempre busca un propósito y lo sigue, pero cada reto tiene sus entresijos y es extraño, oscuro, la voluntad de la gente no se revela del todo. Es muy desconcertante querido amigo.

Friedrich lo miraba extrañado, sin duda hablaba de algo que se le escapaba. Se le quedó mirando con ese ojo cansado e inexpresivo y al final resolvió por volver a la partida. Sabía muy bien que aquella jugada como otras tantas no la podía ganar, por mucho que se empeñase en atacar. Fremont era el muchacho más inteligente que conocía, quizá por eso, aún no lo tuteaba, también el más envidiado. La gente murmuraba de él le odiaban con la misma fuerza que querrían poseer todo lo suyo. Quizá se refería a eso, pensó.

Fremont pensaba en Otta, el interior de su alma era oscuro como las entrañas de una cueva. Podía contener las más bellas formaciones calcáreas o podía estar llena de estiércol de murciélago, o ambas cosas. Sabía muy bien que sobre la joven recaía el peso de su familia ya que su madre velaba a su hermana y su padre no tenía ánimo para moverse. Otta trabajaba la tierra, ordeñaba la vaca, se perdía por el bosque buscándose cualquier baya o leña. Siempre al pie del cañón desde la mañana hasta la noche. Nunca tenía tiempo para ellos. Se excusaba diciendo que no quería regalos, ni ayuda. Orgullosa, demasiado orgullosa. Él intuía que detrás de tantas trincheras había un motivo. Una razón poderosa, escondida tras paredes de pretextos. Tenía que espiarla, dar con el motivo exacto.

Friedrich movió un alfil y dio jaque al rey, levantó la cabeza y miró a los ojos a Fremont. El maestro retrocedió su pieza y el Tuerto movió el otro alfil.

–Para saber quién es quién no basta con vivir aquí, también hay que ser de aquí. Y para ser de aquí hay que observar. Mire los alfiles, son los consejeros. Qué sería de un rey sin los consejeros. Mire al alcalde Holstein, él cree que es el que gobierna este pueblo, aunque en realidad son los consejeros. Qué sería de esta gente sin su párroco, sin su taberna... para ganarse al pueblo tiene que ganarme a mí. Para ganarse a Otta no hay fórmula, los motivos para amarle o no amarle están ocultos, como los pensamientos del que juega al ajedrez contra usted. Por mucho que vea las piezas no sabe cuál será su próximo movimiento. Pero a veces, solo a veces el contrario no es el que gana sino que uno mismo es el que pierde. No sé si le he aclarado alguna duda.

Fremont no respondió, movió un caballo intentando intimidar al primer alfil.

–Dígame, y perdone que me meta dónde no me llaman, ¿qué estaría usted dispuesto a hacer por Otta?

–Cualquier cosa.

–¿Mataría?

« ¿Quién demonios se cree que es?».

–Desde luego.

–Yo también mataría por Unna. Pero nunca le haría daño. ¿Comprende?

–Sí.

Friedrich movió la reina y se cargó al caballo, la partida estaba decidida.

–Las mujeres tienen mucho poder. Hay otro dicho que tenemos en Faustaugen –dijo Friedrich.

–¿Cuál?

–Tenme miedo, soy muy cobarde.

–¿Y significa?

–Exactamente lo que quiere decir.

–Desde luego, qué tontería.

Fremont sonrió y volcó al rey, observó la figura tumbada moviéndose un poco como si fuese atacado con gas. Levantó la mirada y se encontró con el ojo hinchado de Friedrich. Parecía querer decirle algo y el maestro comenzó a leer en aquel iris azul insolente. Fue aquel gesto el que le alentó a hacer algo más. ¿Qué se sucede a la dualidad cuando pasa al singular? Estaba claro, si un gemelo muere el otro se hace más fuerte. Pensó sobrecogido.

Gerhard Oppenheim y Christian Müller acababan de llegar a Lille. Tenían el estómago vacío ya que lo único que habían tomado era una sopa clara y con esto se disponían a buscar a Louise. Sin embargo, Christian tenía otros planes, ya no se consideraba del ejército por más que llevase el uniforme y le apetecía tomar una cerveza o ver una película; deseaba disfrutar de la libertad. El cine le fascinaba, de hecho, le habían dicho que al fin y al cabo una película no era más que una sucesión de fotografías. Lo cual le parecía interesante, dibujar lo mismo, aunque con ligeros matices y con eso podía crear imágenes en movimiento. Cuando acabase la guerra podría dedicarse a eso. Llegaron al ayuntamiento y allí Gerhard preguntó por Albrecht, un soldado le dijo que conocía al menos a media docena de Albrechts, otro no sabía de ninguno, y así probaron suerte durante diez minutos. Al final se acordó de un detalle, las frases de latín.

—Sí, camarada, un soldado que no para de decir frases en latín.

—¿Latín? ¡Que me jodan si lo sé!, conozco a uno que te dice una frase en alemán y otra en otra idioma, yo diría que italiano. A esta hora debería estar por aquí, pero hay días en los que no aparece. ¡Que me jodan si se dónde está! —y mirando a un compañero le dijo— ¡He oye Hermann! ¿Sabes tú dónde se puede encontrar al menudo que habla italiano?

Hermann escupió en el suelo.

—Yo que sé, el imbécil ese estará traficando con mujeres flacas como lagartijas.

Ambos rieron la ocurrencia.

—Es verdad, el tío es un putero. ¡Ah, ya comprendo! Vosotros venís a mojar el pajarito, ja, ja, ¡jodidos! Mira Hermann, con la cara de tontos que tienen. Aunque creo que para oficiales les reserva las mejores, cosa fina, cosa fina.

—¿Qué os pasa, de dónde venís, es que allí no hay putas?

—En el Somme no queda nada, solo tierra quemada. Y en la Línea hay poca cosa, y demasiado… "compartida" —respondió Christian—. Esta es la cara que se te queda cuando has matado a muchos "tommys" y has visto a tus camaradas desaparecer.

—¡Vaya hombre! ¡Perdona, joder!

Los dos se quedaron cayados, sin duda llevaban mucho en la ciudad se sentían unos privilegiados. Miraron a Gerhard y a Christian, sus rostros lo decían todo.

–No me lo creo, joder. Vosotros venís de aquella carnicería, yo creo que no –dijo Hermann.

–¿Dónde podré encontrarlo, me lo dices o te tengo que contar mi vida? –dijo Gerhard entre ofendido y exasperado.

–En el cinematógrafo –Christian sonrió–, o en el quiosco del tranvía, en la Grand-Place. También puede estar en cualquier cafetería en donde se congreguen más de dos soldados, le encantan los oficiales, les busca buen ganado, gente decente, no chicas flacas, ni putitas. ¡Joder! Mujeres decentes que tratan de salvar a su familia. Es triste, pero es la guerra. Qué quieren que les digan, suerte. Y cuidado con los policías militares, os pueden joder el permiso.

Los dos camaradas comenzaron a preguntar aquí y allá, por el quiosco, por el cinematógrafo, no obstante, Albrecht no aparecía. Gerhard pudo ser testigo del cambio sufrido por la ciudad en año y medio, las miradas de la gente eran aún más sombrías. Acaso las cuencas de los ojos se habían hecho más profundas con la delgadez. Los niños iban a la escuela, los comerciantes abrían sus tiendas vacías, los transportistas iban con carretillas con paso pesado. El trasiego de una ciudad asustada y hambrienta parecía mecánico, artificial del todo, como si quisieran guardar las formas. No obstante, Christian, ajeno, insistía en ver el cinematógrafo al tiempo quería comer algo aunque fuese una sopa de nabos. Gerhard pensaba en alguna vianda con pan, el tiempo era un eterno pensar en llenar la barriga. Y esa sensación le aterrorizaba aún más, quería saber qué había sido de Louise como si pudiese hacer algo por mitigar el apetito de la pequeña. Le urgía encontrarla, quizá tanto como comer. Al final llegaron sin saber muy bien cómo a una cantina militar situada en la Rue Neuve, allí tomaron una cerveza y unos pasteles de carne que crujían como si estuvieran hechos de patatas crudas. Después Gerhard cedió y se fueron al cinematógrafo de la calle Esquermoise, allí entraron tarde a una película danesa. Algunos soldados protestaban ya que siempre ponían las mismas. Aunque ellos estaban boquiabiertos, Gerhard olvidó por momentos su propósito y se quedó embelesado con lo que veía. Aunque al poco rato le invadió una prisa que le hacía removerse en su silla y mirar hacia la salida. Cuando terminó la función un soldado salió y recitó una poesía, solo unos pocos se quedaron a escucharla, desde la puerta se oían algunos silbidos, pero el poeta no cesó. Oppenheim comenzó a aplaudir y Christian sonrió, el hombre hablaba de una muchacha con las mejillas rojas como manzanas, exaltaba la belleza de la mujer alemana y el deseo de abrazar a su amada. Sin embargo, un tipejo no dejaba de silbar lo que hizo que Gerhard se girase y fuese a por él, le dio una sonora bofetada. Christian no se había dado cuenta, oyó el barullo, dos tipos se encaraban con Gerhard y Müller corrió hacia aquel sitio. Lo demás sucedió muy rápido, puñetazos, maldiciones, algo de sangre y lo peor: la policía militar. Acabaron en un calabozo, algo magullados y hartos de dar explicaciones de qué hacían en la ciudad y cómo se habían metido en problemas. Allí pasaron la noche sobre un jergón que tenía tantos piojos como una trinchera y aún más apestoso; había cierto tufo a orines y calor con humedad. Por la mañana los despertó un tipo alto y lleno de cicatrices provocadas por el fuego, tenía los galones de sargento.

–¿Vosotros sois los que defendisteis al poeta?

–Sí –respondió Gerhard.

–Habéis caído bien, a otros les habrían castigado con más días de calabozo, además les habrían quitado el permiso. Vamos, podéis salir y recoger vuestras pertenencias. No os metáis en más problemas. El poeta es un loco, como todos los poetas. Está acostumbrado a que lo ninguneen. Le da igual todo.

–¿Conoce usted, herr sargento, a un tipo llamado Albrecht?

–No. Conocí a uno, aunque murió en Cambrai. Buen hombre, torpe, pero muy bueno.

Salieron a la calle y tuvieron la sensación de que ya no tenían dónde ir. Estaban desilusionados, ambos querían encontrar a Louise. Christian también había adoptado la misma empresa que Gerhard. Quería conocer a la niña solo por el empeño de su amigo y le acompañaba en su pesar. Había visitado una gran ciudad e incluso había visto una película, aún así su misión estaba incompleta. Aún estuvieron un día más dando vueltas por si Gerhard se acordaba de la calle en dónde habían dejado a la pequeña. Pero todo era imposible. En la lejanía creía haber visto a Albrecht, aunque resultó ser un muchacho más joven. Durmieron en una pensión en donde el jergón estaba hecho con sacos de arpillera rellenos de lana ya que el ejército les había requisado los colchones. Amaneció y tomaron un sucedáneo de café hecho con cebada tostada.

Fueron a la puerta del ayuntamiento y esperaron. Las horas pasaban lentas y apuraron todo el tabaco que tenían. Vieron pasar a un niño con una carretilla, llevaba una camisa raída, su cara parecía lo único limpio de todo su ser, varios metros más atrás venía el que parecía ser su hermano llorando con los mocos secos pegados en las mejillas. Al parecer quería que lo montara. Gerhard llamó al pequeño, quería darle una galleta, no obstante, el niño desconfió y no se atrevió a acercarse. Estaban desilusionados, tendrían que regresar con las manos vacías. Más allá vieron a unos policías militares, "perros encadenados", les llamaban con sus placas en el pecho y su mirada pendenciera. En más de una ocasión les habían pedido sus pases de permiso. Christian tenía un método infalible para quitárselos de lo alto: siempre les mendigaba tabaco.

–Gutta cavat lapidem, non vi sed saepe cadendo, la gota agujerea la piedra, no por la fuerza, sino por la constancia –oyeron a sus espaldas– ¿me buscaban señores? –los dos jóvenes le miraron extrañados–. Ah, no se sorprendan esta es mi ciudad. Llevan un tiempo preguntando por mí, siento no haber dado antes con vosotros. Llegué tarde para sacaros del calabozo, oh, dioses, encerrados por defender a un poeta. ¡Qué tiempos estos! ¿He de suponer que vamos a ver a la pequeña?¿Cómo se llama?

–Louise –dijo Gerhard.

–Louise. ¡Ya, me acuerdo! ¿Dónde la dejamos? Ves, eso sí que no lo recuerdo. Difficile est tenere quae acceperis nisi exerceas, es difícil retener lo aprendido, a menos que lo practiques. Así es. Ahora recuerdo, pequeña y menuda. También recuerdo tus bofetadas… Avenida Salomon. Ahora. Seguro que estás aliviado. No, no he ido a visitarla. Tampoco me llamó la criada de aquella casa, una pena. Hubiese sido un buen negocio.

–Quiero que me lleves a la casa, quiero verla.

–Bien, desde luego que te… –se detuvo al ver a Christian Müller– os llevaré. Aunque, necesitaré algo, para vino, ya me entiendes –dijo sonriendo y mostrando sus dientes amarillentos.

–Está bien –dijo Gerhard.

Los tres caminaron hacia la avenida Salomon. Había una cierta prisa en Gerhard, mientras que Christian, mucho más tranquilo, se recreaba en ver la ciudad. Ahora más que nunca tenía la paz necesaria para disfrutar del paseo ya que antes su amigo no le había dejado por las prisas y por pesadez de la búsqueda. Sintió algo de remordimiento por pedir unos días en un sitio tan ajeno a su vida, en vez de ir a Faustaugen a ver a sus padres y sus hermanos. Albrecht estaba mucho más delgado, olía a vino desde lejos y su uniforme tenía manchas. Ir acompañados con él por la calle era como ir montado en un carro blindado y pasear por delante de la trinchera enemiga. Casi todos los soldados le conocían y los superiores le sonreían al pasar. No solo había logrado encontrar a señoritas de compañía, también tenía contactos con los contrabandistas y a nadie le amargaba un dulce. No obstante, tal y como subía su volumen de negocio también lo hacía su incapacidad para mostrarse sobrio. De hecho ya cuando encontró a Gerhard y a Christian ya hablaba con torpeza y su mirada estaba cansada, como la de un anciano con sueño.

Llegaron a la casa y como sucediera la otra vez fue Albrecht el que llamó. Los jóvenes esperaron en la acera de enfrente, Gerhard no podía disimular su nerviosismo. Aguardaron durante un interminable cuarto de hora hasta que por fin la vieron aparecer. Albrecht se despidió de la familia ya que tenían previsto dar un paseo a la niña. Louise miraba aturdida a un lado y a otro, como un animalillo extraviado. Cuando descubrió a Gerhard su rostro se le iluminó, salió en busca del soldado y le dio un abrazo. Gerhard le vio el rostro y se fijó en que tenía un ojo amoratado. Estaba feliz, aunque no le gustaba aquella herida. Le inquietaba. Por ello, lo primero que hizo fue preguntarle, con las manos, qué le había ocurrido.

—Je suis tombé —respondió.

—Ha dicho que se ha caído —dijo Albrecht como queriendo zanjar una disputa.

Gerhard desconfiaba, sin parar de abrazar a la niña miró a Christian que le devolvía un gesto grave. Por ello, Oppenheim, en un brote de ira, se alzó y preparó el fusil. Albrecht al ver que quería vengarse lo detuvo.

—¿Qué haces loco? Quieres meternos en un lío, la niña te ha dicho que ha sido una caída, pues en caída se queda.

—¡De eso ni hablar…!

—Tiene razón —intervino Christian—, no hemos venido aquí para meternos en líos.

—Has venido para verla y dar un paseo, ¿no? Pues no te salgas del plan, vamos, vamos hombre, tranquilízate —le dijo Albrecht.

Gerhard tomó la mano de Louise y sonrió con los labios. Christian le extendió la mano a Louise para presentarse. Solo entonces Oppenheim se dio cuenta de lo cambiada que estaba. Estaba muy delgada, algo más espigada y su pelo no era el de antes. Aunque la pequeña no dejaba de reír.

–Bueno yo tengo cosas a las que atender, no soy un hombre libre, espero que no os perdáis –dijo Albrecht–. Christian cuida de tu amigo tiene unos cambios de humor muy acentuados. Ira furor brevis est, la ira es un furor breve.

–Gerhard es un poco "furor breve", pero en el fondo no es mala persona. Eso creo.

Christian observó la expresión de su amigo, algo en él había cambiado como una persona que cae fulminada por un disparo. Gerhard miró a la niña, le dijo algo en voz baja y Louise pareció trastornarse, al final la vio asentir.

–Nos vamos –dijo tajante a Christian el cual no quería entenderle–, me marcho con ella, este no es lugar seguro para la niña. ¡Eh, Albrecht! ¡Ven aquí, necesito un último favor!

–¡Estás loco! ¡No pensarás desertar!

Albrecht pensaba que ya se había despedido para siempre de Oppenheim y cuando Gerhard lo llamó le cayó como al chaval al que encargan una tarea en tiempo de juego.

–¿Qué más desea su señoría? –le dijo irónico.

–Una salida de esta ciudad sin ser molestado.

–No le hagas caso no sabe lo que dice.

–¡Vamos hombre! Y yo quiero un caballo blanco con alas.

–Tú tienes que darme una ruta de escape.

–Gerhard, Gerhard, respira y piensa lo que estás diciendo. Sabes lo que te pasará…

–Y tú también amigo, lo sabes desde hace tiempo –le dijo a Christian–. Sabes que quiero desertar, de hecho he venido aquí para desertar. Yo lo único que quiero es salvarla.

–¡Pero mírala está a salvo!

–Su cara ha sido como una chispa. Ella no merece vivir así, no sabemos si le golpearan.

–Perdona –intervino Albrecht–, creo que te estás equivocando. De hecho no deberías haberme dicho nada. No puedo asegurarte una huida por la puerta segura. No existen los pasadizos secretos, ni las escaleras al cielo. No puedes huir sin más. Además, ¿cómo sabes que ella está conforme?

–Tú no has visto el frente del Somme, ni las últimas ofensivas en la posición Sigfrido. No sabes nada de las escaramuzas nocturnas. No has visto los ojos del enemigo mientras le clavas la bayoneta. Desde que estoy en la guerra no he hecho otra cosa que temblar de miedo. Aunque nada, nada me aterra más que olvidarme de esta niña, dejarla a su suerte, abandonarla. Tengo tanto miedo por ella que no me acuerdo del que tengo por mí. Y tú, Christian, sabías muy bien lo que quería hacer, así que no trates de hacer que mire para otro lado. O te vienes o te vas. Es lo que hay.

Christian, lo miró, su sangre fluía como un torrente por su cuello, estaba tan asustado como cuando oía un rumor extraño en las guardias. Tenía que tomar una decisión, sabía que no era capaz de desertar, pero su cerebro dio un rodeo y pensó en el Somme, el dichoso Somme. Había estado cerca de morir aquel día. Si huía podía seguir dibujando, lo que quisiera. Podía sentirse vivo.

–Iré contigo, con vosotros.

–¡Vamos hombre, estáis locos! No llegaréis lejos. Os fusilarán.

–Albrecht, eres una rata y lo sabes. Venderías a tu madre por un poco de vino, ayudarnos sería el acto más noble que hayas hecho nunca. Mira a esta niña, la metiste con calzador en una casa en donde seguramente no la quieran. Ha sufrido mucho, de acuerdo, una entre varios millones, aunque la providencia la puso en mi camino. Me quitó a mi hermana pequeña y me ha traído a ella. Salvarla de la guerra es lo mejor que puedo hacer por el mundo.

–No lo puedo creer, esto es una locura, me niego... es una locura... –Albrecht rebuscó a su alrededor, como queriendo buscar una solución entre los edificios–, está bien, os voy a ayudar. ¿Salvarla de la guerra dice? Debo estar muy mal. Una salida de la ciudad que no esté vigilada, ¿eso es lo que queréis de mí? ¿A dónde iréis?

–A Países Bajos.

–Déjame tiempo para pensar, ¿sabréis moveros por los campos?

–¿Estás de broma? Somos de pueblo –dijo Christian.

–Lo primero sería desprenderos de esa ropa, si os consigo ropa de paisano podréis marchar sin levantar sospechas, aún así camináis como alemanes.

–¿Cómo caminamos los alemanes?

–Déjalo, no lo entenderías. Venga, venid conmigo, os conseguiré ropa y a un amigo que os llevará a las afueras. Quemaréis vuestros documentos y sobre todo, no me conocéis, no tengo nada que ver con vosotros.

–Pero queremos llevar nuestros fusiles –dijo Gerhard.

–Imposible, a menos que te lo metas por el culo. Tenéis que ser invisibles, no solo a los alemanes, también a los belgas, invisibles. Nadie os querrá. Para unos sois traidores, para otros representáis el saqueo y la invasión. Evitad las carreteras y las granjas, los perros os pueden delatar. Si todo va bien dentro de unas semanas estaréis en Países Bajos. Pero aún allí debéis permanecer ocultos. Su ejército permanece movilizado y está desplegado en la frontera. Además están los refugiados belgas, para ellos también sois el enemigo. En cuanto al camino, hay dos posibles vías, una al norte, hacia el mar, entre Gante y Amberes, pero os lo desaconsejo, allí hay mucho tránsito de personas. El otro es dando un rodeo al sur, entre Bruselas y Mons. Hay tránsito de tropas, aunque no tanto de personas. Desde allí tendríais que buscar Genk, al norte.

–¡Vaya! Sí que te lo tienes aprendido –dijo Christian.

Albrecht sin duda había ayudado a alguien más a escapar, aunque nunca a desertores. De hecho tenía contactos en la ciudad que podían ayudar en la tarea. Al principio sirvió para a refugiados después a los perseguidos por espías o por actos de sabotaje. La red que manejaba cubría también contrabando de comida y de enseres. Desde un principio se vio atrapado entre el deber y sus sentimientos. Su esposa era de Lille y tenía muchos amigos en la ciudad por lo que sentía la necesidad de hacerse querer por su gente. Aquel delicado equilibrio lo compensaba repartiendo algo de caridad entre sus allegados, para ello tenía que "rebuscar entre las basuras" y concertar citas deshonestas. Aquel era su doble juego, además estaba su verdadero propósito, volver a ver a su esposa. Quería demostrarles a todos que había sido una buena persona en un mal tiempo. Deseaba que su amada, allá donde se encontrase, supiese que él era un hombre honesto.

Louise, mientras tanto, los miraba hablar. Había entendido perfectamente lo que Gerhard le había dicho. Marcharse de Lille le parecía una chifladura, pero con vistas de aventura. Largarse de aquella casa en donde no la querían era una liberación, además era Gerhard quién se lo pedía. Gerhard era como un hermano mayor, confiaba en él desde el mismo momento en que lo vio y nunca le había fallado. Cierto era que no esperaba haberlo visto de nuevo, de modo que reencontrarlo le había devuelto la alegría. Si alguien podía llevarla hasta su madre ese era Gerhard.

Después de recorrer varias calles vinieron a parar cerca del río, se oía el rumor del agua cuando llegaron a una casa con desconchones. Tocó varias veces a la puerta y de allí salió un hombre barbudo y alto. Que los miró a todos con cara de enfado. El tipo tomó aire y se dispuso a maldecir, pero fue Albrecht quien lo tranquilizó diciéndole que eran amigos. Se llamaba Carlo, los recibió de mala manera, de mala manera accedió a las peticiones de Albrecht y de mala manera les dio ropa, solo sonrió cuando tubo los fusiles y la munición, pero retomó su rostro serio cuando tuvo que sacar algo de pan, queso y vino. Se sentó con ellos mientras comían y les miraba como si nunca hubiese visto a unas criaturas masticar.

–Bueno, yo os dejo, tengo cosas que atender. A partir de ahora sois problema de Carlo. Él os sacará de la ciudad. En adelante seguiréis solos. Lo dicho, no sabéis nada de mí, es decisión vuestra. No me debéis nada, ni os debo nada. Suerte – se detuvo un segundo y les dijo algo más–, y recordad: quidquid latine dictum sit, altum videtur. Cualquier cosa que se diga en latín, suena más profunda –dijo sonriendo–. Pero si en algún momento dais mi nombre nada quedará tan profundo como vuestra tumba, os enterraré vivos. Literalmente.

Albrecht le dio un ligero trago al vino y se marchó sin estrecharles la mano, tal vez porque creía que los mandaba a la muerte. A Christian le dio algo de miedo, aquella casa con el olor a río y a pescado secándose.

Carlo tenía un modo de hacer las cosas: rápido, por ello, no perdió el tiempo de modo que una vez que se marcho Albrecht les obligó a seguirle. Los condujo por varias calles, todas paralelas al río Deûle, saludó de manera ligera y natural a cuantos soldados y gendarmes fue encontrando hasta llegar a una taberna que sin duda había tenido una bodega, allí todo el mundo parecía haber adoptado los modales de su guía. El cual hizo varios gestos, que no pasaron desapercibidos a nadie, y les abrieron una puerta que daba a una escalera que bajaba, estaban en una especie de sótano y una mujer con un puro les salió al encuentro, dijo algo imperceptible que solo Carlo comprendió. La señora chascó la lengua y los mandó a llamar, dijo algo en francés tan rápido que ni siquiera Louise lo entendió.

Esperaron largo rato, al final aparecieron unos tipos con cara de campesinos que los miraban de arriba abajo. Uno de ellos abrió una navaja de esas que parecen que se afilen a diario. Gerhard sintió que se había tirado de un paracaídas y la lona solo serviría para cubrir su cadáver.

Ulrich aún padecía dolores de cabeza cuando fue de permiso a su pueblo. Como cada vez que iba, encontraba algo diferente. Esta vez era la necesidad de la gente por hablarle. Parecía que buscasen consuelo, que el muchacho les trajese el final inminente de la guerra. Sin embargo, solo podía decirles lo que había leído en los periódicos. Lo cual resultaba desalentador para sus paisanos ya que las últimas noticias hablaban de ataques británicos en Flandes y un puñado de mentiras, mentiras y más mentiras. Para algunos fue desalentador cuando supieron en abril que Estados Unidos les declaraba la guerra. Nadie sabía situar con exactitud aquel país en un mapa, acaso no sabían ubicar ninguno o como mucho a los limítrofes. La declaración de hostilidades fue una consecuencia de la guerra submarina total, o sea de los ataques indiscriminados de los submarinos, y, sobre todo, de un telegrama cifrado, enviado en enero por el ministro de asuntos exteriores Arthur Zimmermann a su embajador en México proponiéndole al gobierno de este país una alianza contra Estados Unidos por la cual México podría recuperar el sur de Estados Unidos. Aún tardaron un tiempo en dar a conocer el contenido del mensaje ya que no querían mostrar que el servicio británico de espionaje conocía el código secreto de Alemania. Después filtraron la información a la prensa para preparar a la opinión pública. El presidente Woodrow Wilson terminó solicitando al congreso que le declarase la guerra a Alemania. Por todo esto, los habitantes de Faustaugen tenían que hacerse a la idea de que un nuevo país les amenazara, además el nombre "Estados Unidos" no parecía sino que medio mundo fuese contra ellos. Por mucho que la prensa se molestase en despreciar al nuevo enemigo a la gente le quedaba un poso de preocupación. Por su parte y ajeno a los acontecimientos Ulrich solo quería descansar, que sellaran de una vez los huesos en su cabeza y volver al frente con sus camaradas. Porque la guerra le llamaba, sentía que le pertenecía y que todo este tiempo que pasara de permiso era como una traición a sus compañeros. Tenía un sentimiento irracional de culpa.

Pero había detalles en el pueblo que le llamaron la atención, quizá hacía tiempo que estaban ahí, no obstante no fue hasta aquel día cuando lo notó. Lo primero era la ropa: las roturas, el descosido, la camisa huérfana de botones, la mancha perenne, el remiendo como un parche en una herida. Después venían las caras: rostros hundidos, ojerosos, dentaduras desgastadas que parecían tendederos de ropa mal lavada, el pelo lacio y despeinado. Y más tarde era el vacío, las calles desiertas, la gente o en sus casas o en los campos.

Desde hacía tiempo tenía la sensación de no estar donde debía. Como un niño que pide permiso para ir al baño y demora su vuelta a clase. Echaba de menos a sus compañeros, sus conversaciones y bromas, el olor a tabaco de la pipa de Gottlieb Reber, la risa desdentada de Egbert Fuchs, la seriedad del cabo Rosenstock. Estar lejos de ellos era como dejarlos abandonados a su suerte. Además tenía la extraña sensación de que todo el mundo le ocultaba algo. Hasta sus padres le hablaban de un modo distinto. Evitaban mencionar a Paul, como si nunca hubiese existido. En todo caso Ulrich pensó que podía deberse al clima enrarecido que sometía al pueblo, a la longitud de aquellos años de hierro y penuria.

Caminó por la única calle del pueblo, paseó por la avenida de los Tilos, fue a beber de la fuente de las Tres Cabezas, salió a las afueras y vio el abeto Ahorcado. Todo seguía en su sitio y, sin embargo, tan descolocado que no sabía muy bien qué hacía allí. Se encontró sin saber por qué a las puertas de Lana Ravine. Hace unos años lo hubiese recibido Pelusa, pero la perrita murió acosada por la delgadez y los parásitos. La casa presentaba el aspecto descuidado del resto del pueblo aunque acentuado. Sintió la tentación de tocar en la puerta, no obstante, pensó que allí no era bienvenido, por ello, continuó su paseo, siguió más allá en el bosque que se extendía a las espaldas del hogar de los Lenz. Cortado por una valla había un pequeño huerto y allí vio a Otta quitando malas hierbas, el corazón le cañoneo el ánimo. Quiso marcharse antes de que le viese, aunque no pudo. La muchacha como intuyendo la presencia del joven se levantó. Se quedó sin aire.

–¿Pa… Paul? –dijo en voz baja.

–Hola Otta, no pretendía molestarte…

–Ulrich, perdona… yo…no sé lo que digo…

Ambos se miraron, fue incómodo, demasiado incómodo. Era como si pisotearan un cadáver. Pero no apartaron la vista.

–Perdona, creo que no es apropiado que yo esté aquí, solo paseaba…

–No, no importa. Ya estoy lo suficientemente señalada. No te preocupes por lo que sea o no "apropiado".

–Quería preguntar por tu hermana, pero no me he atrevido.

–¿Vamos a pasear?

–¿Qué?

–Llevo toda la mañana trabajando, merezco un descanso y una buena conversación, creo que hace siglos que no tengo una.

Otta tenía las manos sucias, se las sacudió. Una abubilla se posó en la valla, robó algo a la madera de un agujero, desplegó su penacho y se marchó en un vuelo corto y rasante. Los jóvenes se saludaron con un apretón de manos. Ulrich disfrutó con el tacto, eran manos duras y calientes, aunque sobre todo eran unas manos de mujer, finas y menudas. Sintió una emoción parecida a la que encontraba antes de una batalla. El nerviosismo propio del que puede encontrar cualquier cosa inesperada. Otta era preciosa, la más guapa del pueblo sin duda. No pudo evitar pensar por un segundo en Virginia, pero por otro lado era Otta y sus ojos se le clavaron a martillazos en su mirada. Comenzaron a caminar por una estrecha vereda que conducía al bosquecillo de los chopos, situado a continuación de un pequeño arroyo. Allí había un tronco derribado que les sirvió de asiento. Otta le habló de su hermana y de que su padre había decidido definitivamente marcharse para Bremen. Que era lo mejor para todos, en especial para Erika. En realidad era como si no la escuchase, había algo que evitaban y aunque sabían de qué se trataba no querían entrar en el tema. Ulrich le dijo que Bertha Zweig le había preguntado por su hijo, por si le había visto, que no dejaba de mandarle cartas, pero cada vez más espaciadas y cortas. Que nunca venía de permiso, que se iba a morir sin verlo. Desde que Floy se marchó no había tenido a nadie que la atendiese y, por ello, se veía a la mujer abandonada. También vio a Gilbert Bartram y le había evitado, como si estuviese avergonzado. Otta, se ruborizó, lo suyo sí era vergüenza, al fin le habló de Fremont, no podía dar más rodeo al tema. Le dijo que no era un mal hombre, que nunca lo hubiera cambiado por Paul, a Paul lo quiso mucho. Y, sin embargo, Paul la abandonó.

–Tuve cartas en las que me despreció, luego llegó el silencio, por último la muerte.

–Lo cierto es que no sé si está muerto. Es como los cientos de cadáveres sin nombre, los que desaparecen. Sin cuerpo no hay muerte.

–Sin cuerpo hay ausencia. ¿Qué es la muerte sino ausencia? De todos modos esto es aún peor que la muerte. Esperar a la nada, esperar por esperar, un camino de dolor infinito.

Otta miraba a la lejanía, más allá de los chopos comenzaba otro bosque, el que albergaba la casita abandonada y el abrevadero. Allí soltaban a la única vaca que les quedaba, el animal tenía su rutina, caminaba por los senderos, pastaba en los calveros y por la tarde regresaba a su pesebre donde por un poco de paja se dejaba ordeñar. La joven sentía que con cada chorreón de leche al animal se le señalaban aún más los huesos. A veces aparecía ya ordeñada, un día apareció con varias mordeduras en una pata: un perro la había atacado, por suerte se recuperó, pero nunca volvió a ser la misma.

–Otta, yo, quería…

–Shh, no digas nada.

–No estoy seguro de lo que siento, aunque quiero que sepas que cuando acabe la guerra…

–¿No has oído nada?, me voy a Bremen. Mi vida aquí acabó, está decidido. Me marcho, por el bien de mi hermana, por el bien de mi familia.

Ulrich la besó, fue como correr fuera de la trinchera como silbarle a las balas, saltar sobre las minas y abofetear a los balines de los shrapnels. Se sintió liberado, como cuando terminaban una batalla y se sentía contento por haber burlado al peligro, a la mismísima muerte. Sin embargo, aquello era todo lo contrario, era promesa, era vida. Entonces vino lo más duro, enfrentarse a su reacción.

–Ulrich, yo… he sufrido mucho.

–Como todos, sé que no amas a ese maestro. Dame una esperanza. Desde que hemos llegado no has parado de mirar a la lejanía, dame un horizonte. Necesito regresar al frente y saber que tengo algo más que recuerdos y tristeza.

–No puedo, Ulrich. No puedo... aún amo a tu hermano. Aunque ya no esté.

–Mírame, es como si fuese yo.

–Pero no lo eres. Sois totalmente distintos, tú eres amable y dulce, él era gracioso y descarado, era único. Y aunque te llegase a querer no sería lo mejor para todos.

–¿Por qué? Sé que me llegarías a amar. Lo sé, te lo veo.

–Una tiene que hacer lo que tiene que hacer, sin esperar más. Es el deber, al igual que tú.

–El deber me ha llevado a la infelicidad, llevó a mi hermano a la muerte.

–Está bien –dijo Otta en un suspiro de derrota–, no me casaré inmediatamente, me marcharé a Bremen y allí decidiré. Si pienso en ti, si existe cualquier sombra de duda en mi corazón volveré a por ti. Tú preocúpate por sobrevivir. No soportaría... –dijo conteniendo las lágrimas–, perder a nadie más. Hay que sobrevivir a estos tiempos, sobrevivir. Luchar, solo nos queda luchar.

Ulrich estaba cansado de luchar, la granada había cambiado cosas en su cabeza. Como si la hubiese reordenado y algunos pensamientos estuviesen en otro sitio. Ya no era el muchacho fuerte que llegó a la guerra, el que hacía aquello que se le pedía, el que mataba sin remordimiento. Ahora sentía miedo, miedo del que hace temblar y arranca lágrimas. Le habían extirpado con la explosión las ganas de disparar y, sin embargo, se sentía como un huérfano sin sus camaradas. En unos días tomaría el tren, su fusil y las balas. Volvería a la trinchera, a matar y a morir, a morir con cada disparo, con cada enemigo abatido. Se decía por la trinchera que Rusia estaba cerca de capitular. Que había un grupo de políticos que abogaba por retirarse de la guerra. Si eso sucedía tal vez, podría regresar a casa, o tal vez no, razonó, tal vez habría que ganar también en occidente antes de que los americanos llegasen. En los periódicos podían leer que estaban en la buena dirección. Sin embargo, todos sabían que los mares aún estaban en poder de los británicos. Por lo que las noticias quedaban en entredicho. Si alguna vez pensaba en el desarrollo de la contienda tenía que decirse que él, un pobre soldado, no podía saber nada de nada.

Y como para espantar tanto desasosiego la volvió a besar, esta vez Otta le correspondió con dulzura, con sus labios abiertos, con sus ojos cerrados.

Lo peor fue para los de la primera línea, fueron ellos los que tuvieron que vérselas con los tanques, esos escarabajos gigantescos de hierro. Detrás, parapetados, avanzaba la infantería. Era imposible detenerlos si no era con artillería, aún así resultaba muy imprecisa. La ayuda vino del cielo, por suerte, aquellas tierras pertenecían al agua y con la lluvia se volvían pastosas y rebeldes impidiendo cualquier avance mecanizado. De hecho, apenas se podía caminar. La batalla de Passchendaele sería recordada por la sangre y el barro.

El capitán parecía el más nervioso de todos, empapado y en todo momento con la pistola en la mano pedía como un loco que mantuviesen la posición. Ni él podía conservar la compostura, ni ellos la planicie, tras un corto pero intenso bombardeo los británicos cayeron sobre ellos como una lluvia de aceite hirviendo. Sin duda Andreas Vorgrimler no estaba preparado para una batalla como esa. El sargento Ralph Rohmer, pese a la dantesca situación, sonreía al verlo. Ralph no tenía miedo, puede que sintiese algo antes del asalto, incluso en los días previos al ataque cuando el alto mando les comunicó que los británicos preparaban otra gran ofensiva, aunque no sentía temor alguno en estos momentos. Parecía nacido para estas situaciones, se hacía grande con el peligro, el peligro era su alimento y a la tropa les quedaba claro que en los instantes más tensos su cercanía era sitio más seguro.

Al alférez Heller Rümpler se desgañitaba pidiendo por el teléfono fuego de pantalla, pero la artillería no les socorría. De vez en cuando miraba por un periscopio y se desesperaba reclamando más puntería a los morteros, a las ametralladoras, a los fusileros. Estaba asustado, aunque al menos intentaba que nadie se durmiera. Mientras, el capitán temblaba, no había recibido la orden de contraatacar y lo único que tenía claro era que no podían asomar la cabeza, tan solo abrir fuego por las troneras mientras el huracán se les echaba encima. El resto de la compañía también estaba asustada, sin embargo, mantenía una calma fría. Algo inexplicable para los novatos y para el propio Andreas Vorgrimler, el capitán miró los ojos de su ordenanza. Roth le estaba ayudando, solo con observar su templanza, el muchacho le estaba diciendo que se mantuviese firme para que no pareciese una parodia de sí mismo, en el instante en el que

Jan Ehrlich y los suyos le estaban despreciando. Se oyeron las alarmas de gas y fue instantáneo, todos se colocaron la máscara e intentaron no perder la compostura. Había que seguir atentos y sobretodo no dejar de disparar. No obstante, una de las ametralladoras dejó de funcionar, quizá desde su refugio y debido al continuo martilleo no oyeron nada. Fue Morten, por proximidad, el que acudió, allí estaban dos soldados a los que la muerte había sorprendido: el que manejaba el arma se encontraba en la misma posición y el que la cargaba estaba tendido tratando de alcanzar la salida, como si afuera estuviese la liberación. El Danés hizo gestos a un muchacho para que le auxiliase, era un chico recién llegado, apenas podía ver, pero quedó consternado cuando observó los efectos del gas. La artillería por fin intentó echarles una mano, una tregua ya que obligó a los británicos a frenar su avance. Sin embargo, algún obús erró y vino a caer entre las maderas que cubrían los taludes, varios muchachos cayeron mientras otros gritaban de dolor. Aquellos lamentos detrás de las máscaras sonaban aún más aterradores. El espanto también era una niebla espesa que cubría la trinchera y ante la cual no había protección, tan solo seguir en su puesto y preocuparse de mantener la firmeza.

A los pocos minutos el gas se había disipado. Entonces sonó el teléfono, fue Roth el que se lo pasó a su capitán. El hombre se encontraba paralizado mirando a los heridos.

–¡Herr capitán! ¿Qué dicen? –le preguntó el soldado al ver que no reaccionaba.

–Contraataque.

–¿En medio del fuego de artillería?

–En cuanto acabe… –dejó caer, derrotado.

El teniente Rosenzweig acudió hasta ellos, se quitó la máscara y les preguntó. Fue el soldado quien le contestó. Rosenzweig llevaba una tropa de polacos, comprendió que su capitán no estaba en condiciones y, por ello, decidió a llevar la iniciativa. El otro teniente Alfons Leonhardt también llegó a su posición, comentó algo con su homólogo y se colocó el casco dispuesto a saltar.

–Herr capitán, míreme –le dijo Roth– tenemos que saltar, tiene que dar la orden, coger su pistola, el silbato y dar la orden.

–El coronel, es mi amigo, no me puede mandar a la muerte, no me puede ordenar que avance, es mi amigo.

–Herr capitán, sí puede, es su deber, es-su-de-ber, su-de-ber. Y el nuestro es salir, mi capitán míreme, confío en usted. Todos le esperamos, míreme.

–Roth, muchacho, no sé. No quiero mandaros a la muerte…

–Herr capitán, no piense… solo tararee esa música que me puso ayer, la de los húngaros.

–¿La danza húngara de Brahms?

–Eso, mi capitán, dancemos en la tierra de nadie. O le condenarán por abandono. Si no salimos nos harán un consejo de guerra. Fusilarán a inocentes y lo degradarán…

–Esa no es música para este momento…

–¿Qué más da? ¿Qué más da?

Andreas Vorgrimler arrojó su máscara al suelo, tomó el silbato y quitó al alférez Leonhardt de la escalera. Miró a sus hombres, en sus rostros no había miedo, quizá desesperación, sed de venganza y rabia. Comprendía que para librarse de aquel ataque tenían que contraatacar. En unos segundos la lluvia de hierro cesó. El capitán, suspiró, sonó el silbato y no miró atrás, subió con rapidez y ante él se extendía la tierra de nadie. Bajaba la pendiente corriendo, llena de barro y cadáveres, con su pistola disparó a un bulto que se movía. Pasó el embudo de la alambrada y siguió adelante, tropezó y su cara se cubrió de tierra roja. No sabía muy bien si levantarse o quedarse tumbado. Aquí y allá oía disparos, gritos y granadas estallando. Alguien le recogió, le upó y siguió caminando, volvió a disparar, esta vez le había dado a un enemigo que huía. Por primera vez fue consciente de que los suyos le habían superado. Le impresionó oír como una bala atravesaba un uniforme y mataba a un soldado a su izquierda, un sonido parecido al de una piedrecilla penetrando una charca. Los silbidos, le obligaban a mirar de reojo a su izquierda y derecha. Delante de él no había nada, solo el destello de miles de armas. Como si fuese el brillo del sol sobre las aguas. Se derrumbó en el suelo sentado de culo, como un bebé que comienza a andar. Por delante de él pasó una gaviota que no podía volar, manchada de rojo y marrón, era esperpéntico verla caminar asustada y recogida en sí misma, como comprimida. Se levantó y caminó sin prisas, aturdido por las circunstancias despreciaba el peligro. La gente se guarecía en los hoyos y pudo ver a un británico hundirse en un barro espeso, el hombre le pedía ayuda.

« ¡Cuerpo a tierra! ». Pensó pegando su cara al suelo.

Era imposible avanzar, había como un límite, como una barrera invisible por la que nadie podía penetrar, más allá el puño certero de los proyectiles derribaba a todo incauto que se aventurase. De repente, alguien lo agarró como si fuese un águila y se lo llevó a la seguridad de un embudo. Roth había llegado hasta él reptando.

–¿Está usted loco, herr capitán?

–¿Eh? ¿Loco? Ahí... hay un hombre hundiéndose...

–Si sigue así le matarán.

–¡Nos van a matar de todos modos!

–Todavía no, todavía no. Herr capitán, ahora tenemos que retirarnos, se nos echarán encima. Aún no se ven, pero su fuego va en aumento.

–Pero... pero si había que avanzar.

–Ya no, herr capitán, hemos hecho cuanto hemos podido. Hemos cumplido con nuestro deber. Ya no pueden condenarnos, siempre hay que hacer lo justo, nada más.

–Pero... pero no lo entiendo.

–Esto es así herr capitán, no hay mucho que entender. Avanzar y retroceder, aquí no hay más guerra que esta. Hemos cumplido las órdenes, ahora toca retroceder sin que nos maten. De la orden de retirada...

–¿Cómo lo hago? –el capitán estaba tan perdido que sus ojos no podían ver a Roth.

–Levante la cabeza, grite y corra hasta la trinchera. Corra hasta verse en un abrigo, en zigzag, corra y los demás le verán. ¡Retirada!

–¡Retirada! –dijo Andreas corriendo colina arriba.

El grito fue una liberación para los que quedaban vivos. Los soldados salían de los embudos a la carrera, caminando, cojeando, arrastrándose. Se oyó una explosión y después otra, de repente el campo comenzó a reventar. La artillería británica comenzó a bloquearlos. Una granada fue a impactar contra los lanzallamas y por todos lados había candelas y humareda negra. El sargento Ralph Rohmer era de los que pensaban que era mejor atacar que defender y ya que habían pagado un alto precio al salir de la trinchera tenían que aprovechar al máximo su excursión. A voces atraía a los suyos, avanzaba lanzando granadas. A su lado tenía hombres para cubrirle, si alguien se movía los fusileros lo abatían. Sabía que su avance estaba abriendo una brecha, era como una lanza. Si lograba llegar aunque fuese reptando hasta las ametralladoras, podría penetrar en las líneas británicas, entonces el daño sería mayúsculo. Cuando los cañones comenzaron a hostigarles tuvo que detenerse, se tendió en un embudo y se asomó, apenas se veía nada delante de él. Tenía que retroceder, levantó la cabeza para ver quien le acompañaba y vio a Alexander y a Jan, varios embudos por detrás. Jan reía, era una de esas risas burlonas que tanto le hacían enfadar, de pronto lo comprendió. Junto a él cayó una granada de palo, solo tuvo tiempo de mirarla. Alexander había sido testigo de todo, ante sus ojos Jan había asesinado al sargento. El joven Weiss miró a su amigo y sintió ganas de estrangularlo.

–Así se hacen las cosas –le dijo Ehrlich.

La trinchera alemana comenzaba a recibir a los maltrechos soldados, allí el coronel y su ordenanza les esperaban, a algunos les ayudaba él mismo a levantarse e incluso le preguntaba por su estado. Entró el capitán Vorgrimler, Dietrich von Kittel se acercó hasta él, Andreas tenía la oreja reventada, tan solo le colgaba un girón de carne. No obstante, parecía no haberse dado cuenta. Detrás de él llegó Roth, el cual vio al coronel y casi prefirió dar media vuelta. El rostro del oficial superior eran los fuegos artificiales que le faltaban a la fiesta y no estaba para más celebraciones, pensó Roth con ironía.

–No espere que le felicite por esta operación –dijo con la serenidad de siempre–. Nuevamente… –una detonación cercana lo detuvo– hemos quedado en evidencia.

–¡No le oye bien! –le gritó Roth.

–Ya veo.

–Herr coronel, con el debido respeto, tendríamos que marcharnos de aquí.

–Un soldado no me da órdenes y subrayo esta afirmación si es amigo de desertores, le juro por mi honor que daré caza a sus amigos y los llevaré ante el pelotón de fusilamiento.

–No es el momento herr coronel –dijo Roth sujetando a su capitán quien se tambaleaba como un borracho. Le resultó increíble que el superior tuviese humor para hablarle de un asunto así en aquel momento.

–Yo digo cuando es el momento, no lo olvide…

No pudo seguir: un fuego masivo se cernió sobre la trinchera, vieron las maderas caer una tras otra como si fuesen fichas de dominó, la tropa corría, abandonaba heridos, buscaba como fuese los abrigos, los refugios, las galerías de enlace, las trincheras secundarias, huir o ocultarse. Los balines de los shrapnels penetraban en los rostros desfigurándolos, creando grotescos lunares sangrientos. El coronel agarró del brazo a su amigo Andreas, auxiliando a Roth, cualquier excusa servía para largarse de allí. Penetraron en una trinchera de apoyo, detrás de ellos venía Sebastian Jager el cual no pasó de la boca ya que un proyectil se encargó de destruir toda la entrada y sepultarlo entre tablones y barro. La Muerte les perseguía entre las trincheras y no encontraban resuello.

Más atrás en un pequeño abrigo y de espaldas al frente, se encontraban Alexander y Jan. El primero reprobaba a su compañero con la mirada. Jan no quería percatarse, hablar era inútil, no hacía falta. Estaba seguro de que Alexander guardaría el secreto, ya que pensaba que de no haber matado al sargento les habría llevado hasta los hocicos del enemigo. Pero en el fondo le quedaba un hormigueo, un miedo profundo que nada tenía que ver con el frente, la sangre, las bombas o los muertos. Era similar a esas ocasiones que hacía algo que no debía. Como cuando años atrás se colaba a hurtadillas en el dormitorio de sus hermanas.

Nadie podía prever que Ingrid la cartera muriese en verano. La tuberculosis la fue debilitando a golpe de tos, se fue quedando en los huesos y, por último, apenas comía. Sus familiares la vieron marcharse lentamente quedando de la desdichada nada más que un menudo cadáver en un jergón apenas usado. Su puesto en el servicio de correos lo cogió Ute Holstein, hija del alcalde, quien por fin tenía una ocupación de su agrado. Hasta el momento había cuidado de personas mayores y había hecho tareas de limpieza. Ahora tenía un trabajo cómodo y hasta placentero, ya que le encantaban las últimas noticias de aquí y allá así como los rumores sobre la gente, al menos eso creía. Por ello, el servicio de correos era lo que más le convenía. No se contentaría con llevar cartas, también estudiaría el rostro de los receptores aunque tuviese que esperar embobada. No sospechó en un principio que también podía ser desagradable. Entregarle una carta de condolencia a la señora Rohmer en Gutenweizen anunciando el fallecimiento de su marido fue uno de sus golpes más duros. Lo peor fue ver a sus hijas llorar sin consuelo. Ute no había conocido a Ralph Rohmer, pero qué más daba, los vecinos se congregaban y decían que fue un gran hombre, la joven no sabía ni como dar un pésame. Aún peor fue cuando notificó la muerte de Sebastian Jager al que había visto crecer e incluso había tenido en sus brazos de pequeño. Se acongojó tanto que creyó que no estaba hecha para ese trabajo, incluso llegó a fabricar una absurda teoría por la cual Ingrid murió de una mezcla de tristeza y enfermedad producida por las cartas de defunción.

La verdad de Ute estaba por encima de cualquier trabajo, en el futuro su belleza sería su fortuna y no tendría que meter el cuello. Ute era más hermosa que Floy y que sus primas Dana y Bárbara Ehrlich y casi tanto como Clara Kleiber, Veronika Fellner o como la mismísima Otta Lenz. Era hija única y su propósito en la vida era casarse con un hombre que la hiciera feliz. Entendiendo felicidad como el poder disponer de una vida acomodada. Justo lo contrario de lo que su padre le quería hacer aprender. Balthasar Holstein creía que solo con el trabajo y sus frutos se podía encontrar la satisfacción personal, por desgracia su hija le había salido rebelde y no quería hacerle caso, o quizá optaba por lo más fácil. Balthasar le había presentado a un empresario del calzado, un tipo que le hacía ciertos encargos a los Król, un viejo y sin atractivo. Desde luego su padre no lo había hecho para que su hija lo tomase por novio sino para darle una lección, aunque el hombre se hizo ilusiones. Y ella le dejó la puerta entreabierta; nunca se sabe. Desde hacía algún tiempo le había echado el ojo al hombre mejor situado del pueblo, sin duda el mejor partido que conocía: Fremont Kast. Sabía muy bien que el maestro estaba encaprichado con Otta y que estaban prometidos. También tenía claro que Otta no valoraba a Fremont, se le veía en el rostro. Lo notó la noche que murió María. Por otra parte el joven Kast no era feliz, el amor que le tenía a Otta era casi enfermizo. Le obligaba a hacer malabarismos a hablar con unos y otros, a tratar de demostrarle al pueblo que era un hombre justo y un regalo para los Lenz. Ute no paraba de hacerle señales de todo tipo. Tenía que ser tonto del todo para no darse cuenta, un hombre es un hombre y cualquier día su voluntad se doblegaría como un tallo débil.

No obstante, el trabajo de cartera le proporcionó una herramienta muy útil ya que encontró algo que Ingrid se dejó en el pequeño despacho que regentó en Gutenweizen. Fue mientras probaba la silla del despacho. Alegre, pues tenía hasta una mesa con cajones. Se sentía como una reina en su trono. Estrenaba la ilusión de un trabajo nuevo. Comenzó a registrarlo todo tratando de hacer un mapa del sitio, al fin y al cabo aquello sería suyo al menos hasta que terminase la guerra. Se topó con una dificultad, el cajón de abajo no abría, tiró de él, aunque había algo por dentro que le impedía abrirlo. Tuvo que quitar los de arriba y entonces se dio cuenta de que estaba clavado con puntillas. Aquello no hizo más que aumentar su curiosidad, como si le clavaran con una aguja para darse prisa comenzó a buscar algo con qué ayudarse. No obstante, tuvo que detenerse. Un señor entró en el despacho y comenzó a importunarla con preguntas acerca de la marcha de la guerra. Después una mujer quiso saber si había carta para ella, otra se interesó por un supuesto paquete que debería haber llegado y de ese modo el chorro de gente no se detuvo. En Faustaugen esto no hubiese ocurrido, en Faustaugen todos estaban, a estas horas de la mañana, ocupados. O al menos escondidos en sus casas, inactivos para no dar más tormento a su cuerpo. Tuvo que esperar varias horas, concretamente hasta que llegó exhausta del reparto. En unos momentos de relax en los que se permitió el lujo de cerrar la puerta por dentro y comenzó, con la ayuda de un martillo desclavador que había obtenido prestado gracias a su despliegue de encantos ante un carpintero adolescente, con torpeza comenzó a soltar las puntillas y el cajón terminó por liberarse mostrando su interior, como si confesara su terrible secreto. Allí dentro había cientos de cartas escritas por Paul Król. Todas juntas olían fatal, como si debajo hubiese un ratoncillo muerto. No le costó trabajo deducir que alguien las había mandado ocultar a su destinatario: Otta Lenz. Aquella sencilla regla de tres le llevaba a Fremont. Entonces pudo saborearlo, siempre había deseado tener alguna oportunidad con el joven maestro y por fin podía conquistarlo. Tenía que leer todas las letras de Paul solo de aquel modo podría calibrar el tamaño del chantaje con el que ataría a Fremont. Si mordía su anzuelo podría hacerlo suyo para siempre y vivir una vida confortable. Imaginaba palacios como los que había visto en los periódicos, coches, joyas, vestidos. Seduciría a Fremont hasta cegarlo. Ute tenía en sus manos una llave: la de su futuro, todo dependía de cómo utilizarla. Si lo hacía bien podía cumplir su sueño de hacerse con un buen partido, demostrarle a su padre que era autosuficiente y que tenía recursos suficientes para conseguir lo que quisiera. No era un secreto que Fremont provenía de una familia de industriales y que podía convertir a cualquier cenicienta en una princesa, tal y como había leído en la colección de cuentos de hadas de los hermanos Grimm. La muchacha entendió que no podía coaccionar con dureza al maestro, tenía que ser sutil, manejar la situación como si fuese un canasto de huevos por una carretera llena de baches. "Si un hombre no desea tu cuerpo jamás te amará", había oído decir a Unna la Exuberante. Tenía que ofrecerse, pero poco a poco, como aliada, confidente, una amiga. Para al final ofrecerle su sexo.

La oportunidad la estuvo buscando y la encontró una tarde, había dejado una carta sin repartir y con la escusa de entregarla se presentó ante la puerta de la casita que tenía el maestro alquilada junto al Trommelbach. Tuvo que ir por lo menos dos veces ya que Fremont no se encontraba. Pero casi anocheciendo lo encontró, sorprendido, la miró casi espantado. La joven estaba muy guapa, tenía los senos en la cara y el pelo recogido con una cola que le colgaba por delante de su hombro derecho. Además su tez estaba muy colorada casi como si la hubiesen abofeteado.

—Buenas tardes, perdone que le moleste. Tenía carta para usted, de Bremen. Perdone que no se la haya dejado esta mañana en la escuela, es que, no sé cómo, se me ha extraviado.

–Buenas tardes, no tenía usted que molestarse. Mañana la hubiese leído igual.

Fremont tomó el sobre: Günter Schumacher. Asintió.

–Una cosa más.

–Dígame, señorita.

–Tengo unas cartas, de la guerra.

–¿Qué?

–De Paul Król. Alguien no se molestó en romperlas.

–No entiendo de qué me está usted hablando.

Ute lo miró divertida. Se metió la mano entre los pechos, sacó un sobre y se lo extendió a Fremont. Al maestro casi le tiembla el pulso, cuando iba a tomarla, Ute se la llevó a su espalda, avanzó un paso y ofreció sus labios. Fremont la tomó sin pensar.

–No te preocupes, conmigo tus secretos están a salvo.

El maestro observó por si alguien les había visto. Pudo ver un pajarillo revolotear entre las hojas de un fresno, un perro en los huesos trotando camino del pueblo e incluso el esbozo de una ardilla entre la hierba. No había nadie, menos mal. La miró de nuevo y negó con la cabeza. Olía a agua de Colonia. Aquella chica era un serio problema, se lo temía, pronto la tendría pegada como un parásito. A saber cuáles serían sus propósitos. Aquel beso era como ver el primer gorgojo en un granero, una plaga en ciernes.

Ya deberían estar en Países Bajos, según sus planes solo serían unas semanas hasta alcanzar su frontera, sin embargo, no podían caminar. No en esas condiciones. Resultaba imposible avanzar sin quedar expuesto. Además estaban las lluvias. Encontraron una granja abandonada entre Charleroi y Namur, la guerra espantó a sus dueños y en un principio la casa se quedó tal y como la dejaron, como si estuviese maldita y sus propietarios se hubieran evaporizado víctimas de algún encantamiento. En algún momento de la contienda un obús acertó en el techo volándolo en parte, la humedad se había colado en la mayoría de las habitaciones y en algunos sitios se podían ver alguna que otra hierba oportunista. La bodega fue expoliada con ferocidad. En el comedor aún estaba montada la mesa, en un plato, como un estigma, quedaba la mancha roja dejada por la comida antes de desaparecer. También se dejaron una muñeca que Christian recuperó para Louise. La encontró con un velo de polvo, después de sacudirla comenzó a mostrar su extraña belleza de ojos tristes y labios en breve sonrisa, un rostro melancólico que solo la porcelana podía darle. Aquel hogar solo les servía de dormitorio porque por el día solían refugiarse en un bosquecillo.

Desde que Carlo los sacó a plena luz del día de Lille, en medio de un grupo de jornaleros, habían caminado por veredas rurales. Siempre localizaban a alguien en la lejanía, aunque lo peor era escuchar un zumbido en el aire. Temían a los aviones, ya fuesen alemanes o aliados siempre terminaban escondiendo. Una vez pasaron cerca de una carretera, allí se podía ver restos de una lejana batalla: una camioneta quemada, cacerolas de campaña abolladas, restos de lona, viejos cascos pickelhaube y hasta medio fusil. Todavía se podían ver los cráteres a medio rellenar, eran las cicatrices del principio una contienda sangrienta, cuando aún creían que estarían en casa antes de navidad. Ya nadie recordaba cómo comenzó esto, pensar en agosto de mil novecientos catorce era casi como remontarse a la infancia. Parte de la inocencia se derramó en los campos, agujereada por las balas, los cascotes de metralla, los balines de los shrapnels y la miseria. Louise lo miraba todo y quería comprender aquello que había sucedido allí, vino a recordar los truenos de la batalla de Loos y sentía escalofríos. Oyeron el sonido de un motor y tuvieron que ocultarse detrás de unos matorrales. Demasiado tarde, les habían visto. Dos tipos pararon el coche cerca de ellos y les ordenaron salir. Eran policías militares; uno parecía veterano, el otro no era más que un niño.

–¡Eh, vosotros! ¿Por qué os escondéis? –preguntó el más joven.

Louise tomó la iniciativa y comenzó a hablarles en una mezcla de francés y flamenco, algo que ninguno de los gendarmes era capaz de comprender.

–¡Eh, para niña, habla más despacio!

Pero Louise, no lo hacía, enredaba todo lo que podía su lengua. Entonces Christian lo entendió y comenzó a explicarse en lo poco que sabía de flamenco. Gerhard sintió tanta vergüenza que su rostro pasó del blanco al rojo.

–Esto no tiene sentido –dijo el mayor–, estos son campesinos, están asustados. Vamos Hermann.

–¿No vamos a pedirles la documentación?

–¿Para qué? Seguro que no tienen. Son pueblerinos, déjales marchar.

Aquel encuentro no tuvo nada de especial, salvo que se asustaron. Salir de la espesura de los cultivos, arroyos o bosques tenía su riesgo. Si los capturaban en el mejor de los casos podían hacerlos trabajar para el Imperio Alemán, en el peor podrían fusilarlos. Louise se quedaría sola, doblemente huérfana.

Se encontraron con que no avanzaban, sin embargo, había que comer. Al principio no podían moverse por el miedo, ahora por el hambre. Aquello no había sido un rescate, sino un cautiverio. La niña no se quejaba, sonreía flojamente. Gerhard hizo una incursión y trajo remolachas y tomates. La comida les provocó dolores de barriga y algo de diarrea. Se dieron cuenta de que no podían ir mucho más allá. De pronto, detrás de un cañaveral se les apareció la casa. Destartalada y todo tenía su encanto. A su alrededor crecían salvajes zanahorias, alubias, cebollas, alguna patata y hasta espinacas. Dentro no faltaban útiles para cocinar. Y hasta tenían dos habitaciones en las que podían instalarse, una en la planta baja para ellos y otra arriba para la niña. A Louise le dolió mucho quedarse sola, pero no le quedó otra que acostumbrarse. Curiosamente la muñeca que le consiguió Christian le sirvió de ayuda. Cada noche lloraba, no había dejado de hacerlo desde que la separaron de Virginia. Vivió el momento más duro cuando tuvo que dormir sola en el bosque, lo único bueno de aquel tiempo fue conocer a Gerhard.

Su hermana le ayudó a escapar y le previno de los soldados alemanes, cuando se dio a conocer lo hizo porque no podía aguantar más el hambre, tuvo suerte encontró a la persona adecuada.

Aquel sitio resultaba acogedor, en cierta manera podría parecer un hogar. Habían tenido que espantar a alguna araña, perseguir ratones, limpiar las cagadas que dejaban las golondrinas, incluso molestaron a una lechuza que se hospedaba entre lo que quedaba del desván. Gerhard siempre estaba alerta, en cambio Christian parecía tan despreocupado que a veces voceaba cuando reía con la niña. Louise disfrutaba con el muchacho, le estaba enseñando a dibujar y le había cogido especial cariño. Tanto que Gerhard parecía molesto, como celoso, ya que había pasado a un segundo plano. Todos los días decía que había que marcharse, aunque se engañaba. Tenían agua potable que extraía del pozo artesiano, y aunque poco a poco iban acabando con el huerto, de tarde en tarde se aventuraba y asaltaba algún cultivo. Siempre tenía la picardía que recolectar del centro, no de las veras, entre la multitud y de los más pequeños. Si por ejemplo traía tomates, se cuidaba mucho de traerse los más grandes y maduros. También había aprendido a cazar conejos colocando lazos en las veredas, por suerte, el dueño de la casa en su precipitación había dejado olvidadas las trampas.

Un día vio asomar un camión y tuvo tiempo de llevárselos a todos detrás del cañaveral. Gerhard estaba muy molesto, cargaba con el peso de la vigilancia, hasta el punto que dormía muy poco, como si estuviese en el frente. Siempre estaba pendiente de cualquier rumor y, por eso, consiguió sacarlos de la casa. Los soldados estuvieron allí toda la noche y medio día. Uno de ellos salió a explorar, sabía muy bien que por aquel lugar había gente y sus pasos por allí no habían pasado desapercibido. Gerhard pudo verlo a través de la espesura que le proporcionaban las zarzas: era un policía militar. Si le daba por mirar en el arroyo y registrar el cañaveral estaban perdidos. Pero no lo hizo.

Entonces el muchacho lo vio, bajaron un perro. Por suerte, el viento estaba a su favor, y el animal no pareció percatarse de su presencia. Cuando se marcharon, regresaron a la casa. Nada más entrar vieron una cagada que habían dejado en el salón. Era como decir que sabían que había alguien allí. Un desprecio, o una advertencia. Gerhard dijo que tenían que recoger todo lo que fuese útil y seguir su camino. Aunque tanto Louise con

Christian estaban en desacuerdo.

Días después los recelos de Gerhard se convirtieron en certeza. Los habían localizado, porque en tiempos de escasez cualquier hurto es un expolio y porque poco a poco los vecinos se fijaban cada vez más en ellos. Además estaba lo de las huellas, las lluvias embarraban el campo y resultaba imposible no dejar un rastro. Urgía mudarse. Por eso, lo propuso una noche mientras apuraban una sopa sosa.

–Si mañana no nos vamos en una semana estaremos atrapados.

Louise y Christian se miraron, para ellos resultaba una sorpresa desagradable. No es que estuviesen muy cómodos, la casa ofrecía lo mínimo, aunque se habían adaptado y se sentían seguros. Para Gerhard era muy distinto, había recaído en él todas las responsabilidades, no solo alimentarlos, también estar alerta. Apenas dormía y muchas noches paseaba por los alrededores. Echaba de menos el tabaco, tanto que por momentos se sentía desesperado y se fumaba cualquier hierba aromática. Aún llevaba peor la dejadez de su amigo, parecía haber perdido la cordura. Casi siempre estaba dibujando y entreteniendo a la niña. La pequeña estaba mudando las muelas, siempre regalaba sonrisas a Christian y Gerhard sentía que se había quedado atrás. No, no eran celos, se repetía. Christian tenía que buscar comida, debía estar más atento, ser responsable. Así se lo dijo, en la cena. Su tono era severo, tanto que los demás se sintieron intimidados.

–De modo que esta noche nos vamos.

–No estoy de acuerdo –dijo Christian.

–A ver ¿por qué?

–Esta casa es tan peligrosa como otra cualquiera. De hecho si nos largamos estaremos expuestos.

–No te enteras, ¿verdad? Has visto la mierda, alguien ha estado aquí y no nos hemos dado ni cuenta.

–Está lloviendo, quieres que Louise se moje y pille una pulmonía.

–Es preferible que pille un resfriado a que nos atrapen.

–Das por hecho que vendrán a por nosotros, das por hecho muchas cosas, como si no tuviesen otra cosa que hacer que buscar a dos desertores.

–¡Escucha Christian, te lo voy a explicar una última vez! Aquí no estamos ya a salvo, todas las noches salgo a por comida y aún así es insuficiente, los vecinos han de estar hartos de nosotros. Si sigo robando así lo verán como… como si le diésemos a escoger entre el pan de sus hijos o nosotros.

–Pues habrá que robar más lejos.

–Para ti es muy fácil decirlo, soy yo el que sale por las noches y el que vigila. La semana pasada cuando llegué te quedaste dormido. Esto es como vivir en las trincheras, tienes que estar alerta.

–Se trata de eso, ¿no? Se trata de echarme en cara algo.

–¡Qué, en cara! ¿Acaso es mentira?

–¡Ya lo veo!

–¡Callad! –gritó Louise.

La niña estaba temblando, había visto como la conversación había ido a peor sobre todo en las expresiones faciales. Era capaz de interpretar mejor los rostros que los idiomas. Agachó la cabeza y les cogió las manos. Gerhard era capaz de sentir el corazón de la pequeña, a través de sus dedos. Se avergonzó un poco, aunque sin llegar a arrepentirse. Christian asintió. Alguien tenía que dar su brazo a torcer, creía que se equivocarían, pero al final él se sintió como un agregado, un parásito. Su voz no contaba, al menos eso pensó. Miró en la pared que tenía en frente y vio una fotografía: un matrimonio con cinco hijos. También a ellos les dolió abandonar el domicilio. Le entraron ganas de reír. También ellos fueron una familia y aquella casa destartalada y semiderruida fue su hogar. Fuesen donde fuesen siempre se tendrían unos a los otros, un sentimiento de pertenencia que nada ni nadie les podía arrebatar. Lo comprendieron, cogieron todo lo que les pareció imprescindible y tomaron el camino de Países Bajos. Cargados de chismes y de esperanzas, sin mirar atrás porque a cada paso adelante significaba un triunfo a la barbarie, un triunfo de la esperanza, un triunfo de la Vida.

Paul Król
Verdún marzo de 1916

No sé a quién le escribo, no me contestas y eso es lo único de lo que puedo estar seguro. He intentado contactar contigo mediante telegrama, por carta y es imposible. Es absurdo del todo, así que supongo que escribo para desahogarme. Silencio, es lo que tengo y es lo que busco en este momento. No quiero que me hable nadie y tampoco quiero oír nada en las guardias. Las noches son eternas y miro a la tierra de nadie esperando que nada se mueva. Supongo que tú dormirás, como supongo que sigues viva. Sueño con que me eches de menos, que me esperes porque es esta esperanza la que me mantiene vivo. Estoy maldito, maldito por algo o alguien que no quiere que sepa del pueblo o de mi gente. Aislado, aunque supongo que esto ya se sabe. Solo sé que no merezco esto. Si he de morir no quiero hacerlo sufriendo, quisiera saber algo de mi pueblo. Todos piensan que su tierra está tal y como la dejaron, y tal vez tengan razón en parte. Serán las mismas montañas, las mismas casas, los mismos caminos y hasta los mismos árboles. Pero no la gente, yo ya no soy el que era. Tú dormirás, ya sé que lo he dicho. Te imagino durmiendo, no sé porqué. Siento que así sí serás la misma, que de ese modo nada ni nadie podrá perturbarte. Duermes mientras yo hago las guardias y así velo tu sueño. El sueño de vosotros es oscuro como el descanso de los muertos. Para mí es un misterio, tal vez yo esté en ellos. Tal vez yo solo sea un compañero de tus sueños y alguien distante en la realidad. Cada vez que pienso en ti antes de una batalla sé que puedo sobrevivir. De buenas me entregaría a la muerte si no fuese por eso mismo, porque tengo la promesa de volver a verte cuando esto acabe. Sé que pasearemos por el camino del Feuerbach hablando, tú te reirás de mis ocurrencias y te haré malabares. Puedo verlo, como si fuese un tercer personaje, como alguien que observa una fotografía. A menudo tengo esta visión y sé que sucederá. Lo sé. Después quedaremos en silencio para buscarnos enseguida. "Juntos superaremos el dolor", me dirás. Ese silencio, mi aliado a veces, es el que me preocupa, el silencio que no me trae más que incertidumbre. Y casi lo prefiero, prefiero la incertidumbre a la certeza del dolor... o quizá no. Ya no sé qué prefiero. Solo sé que te quiero a ti y que quiero volver a casa. Vuelvo a mi silencio, ese que me relaja en las guardias y en los ratos de sueño, ese que me atormenta cada vez que pienso en ti y que me aplasta el pecho como si la trinchera quisiera tragarme. Aguarda aún tengo que verte una vez más. Regresaré después de la tempestad.

Paul.

Fremont leyó por última vez la carta antes de quemarla. Se sintió un miserable, un ser digno de todo desprecio. Con un pellizco en el alma pensó que cada paso que tuviese dar en la vida implicaba dolor y que éxito propio implicaba derrota ajena, tenía que aceptar este hecho. Por mucho que su conciencia le perturbara debía escoger siempre aquel camino que le condujese a su propósito sin importar a quién derribara, ya fuese a Paul, a su cuñado o a su hermana. De otro modo, podía naufragar y verse solo para siempre. Abandonado, perdido, como siempre estuvo, como siempre se sintió.

Miró a Ute que se retorcía perezosa, desnuda en su cama. No podía equivocarse ahora que había conseguido convencer a Otta y a su padre, no obstante, ¿cómo resistirse a los encantos de la joven? Sería como pasar hambriento por un melocotonero y no coger una fruta. Por otro lado Ute no le pedía nada. Suerte que no estaban en Faustaugen, aún así tenía que ser mucho más discreto.

La besó y le acarició un pecho antes de marcharse. Ute lo recibió excitada e insinuante, el pezón se erizó, humedeció sus labios y se abrió de piernas una vez más. El joven la miró y tras negar con la cabeza se dijo a sí mismo que era tarde. Tenía que abandonar la pensión y marchar a Faustaugen para dar clases. Ute hizo un gesto que quería decir: Oh, qué pena. El maestro no quiso verla más, se dio media vuelta y se despidió.

El pasillo del hotel estaba iluminado con viejos candiles de aceite, aceite usado que daba un espeso olor a fritanga. Antes del año catorce estuvo hospedándose unos días mientras arreglaba un alquiler en Faustaugen, había bombillas eléctricas y las sábanas olían a jabón y no se veía una mota de polvo. La misma dueña, Frau Skrzipek, había perdido la poca belleza que le quedaba. Frau Skrzipek vivía amargada desde que enviudó, tenía cinco personas a las que dar de comer todos los días, las manos llenas de lobanillos y el delantal manchado. Tan solo le quedaba limpio su honor de viuda enlutada. Cada jornada era una maratón para llenar la tripa, a pesar de ello no sonreía a los escasos clientes, más bien los miraba con desconfianza, aunque con Fremont hacía una excepción. Fremont tenía clase, se veía a lo lejos que tenía dinero. Los demás lo miraban con desconfianza y lo despreciaban porque a buen seguro se estaba beneficiando de la guerra. Para Frau Skrzipek representaba la oportunidad de cobrar unas monedas más que a los habituales que solían pasar por allí y alquilar la habitación por horas. Ute no le gustaba lo más mínimo, no bostante, la trataba con toda corrección y simpatía.

«¿De qué la conozco?».

La consideraba una buscona, una de tantas. Quizá más guapa que la mayoría, aunque no dejaba de ser una "putita". Para Frau Skrzipek ninguna señorita decente frecuentaba su hotel. Por eso, la despidió con una falsa sonrisa. Ute ni la miró.

Fremont condujo su coche hasta Faustaugen, tenía mucho en lo que pensar y se encontraba fatigado. A penas pudo dar la clase y a veces los alumnos no podían seguirle. Su pensamiento se había vuelto espeso y le dolían los ojos. Por la tarde fue a Lana Ravine, en donde Otta lo recibió con un frío beso y la dolorosa indiferencia de siempre.

Todo estaba preparado para que la familia Lenz, por fin, se fuese a Bremen. Fremont ordenó a Günter Schumacher que iniciase los preparativos para instalarlos en la Piqueta de Elsa, una finca que tenía entre Bremen y Bremerhaven, cercana al río Weser. Su padre se había recuperado de su ictus, solo le quedaba la boca un poco torcida y, debido a su convalecencia, se había desligado del negocio. En cambio había desarrollado un sentido del humor desconocido hasta entonces. Parecía que no se acordase de su primogénito, todo lo contrario que su esposa, y se veía ilusionado con el embarazo de su hija. Por lo demás, la empresa seguía su marcha, no había manera de parar la producción, la guerra se encargaba de la demanda. Por todo ello, Frankz Kast parecía contento con recibir aquella familia para agrandar la suya. A pesar de Gerda, la cual los consideraba porqueros, simples campesinos que vendrían a parasitar su fortuna.

Fremont mandaba, todos lo habían asumido. Aún no se había instalado en Bremen, y, sin embargo, no se movía un cuadro sin su permiso. De vez en cuando se presentaba para inspeccionar que todo estuviese de su agrado y firmaba cuantos documentos le presentaba Günter. En general, pedía poco y se abstenía de decir lo que pensaba, porque en realidad deseaba la muerte de su cuñado y que su hermana sufriese un aborto. De ese modo la podría casar con algún patán bien situado. Por lo demás todo iba según lo planeado. Hubo una vez que vio algo que no le gustó: Ulrich. Jamás había visto a Otta tan perturbada como aquella tarde en el cementerio. Parecía que las tumbas se estuviesen removiendo. Ulrich, ¿qué hacía allí? ¿Qué hacían allí? Ulrich y Otta, era un peligro en ciernes. Otta no era la misma, sabía muy bien que desde hacía un tiempo ya no se daba como antes. Lo cual le volvía loco, tenía que reconquistarla, quitar de en medio cualquier distracción y Ulrich podía ser la peor de todas. Su novia quedaría a buen recaudo en el lejano Bremen, como un diamante en una caja fuerte. Pero bastaba con un permiso antes de tiempo, otra oportunidad para que entre ellos pudiese haber cualquier posibilidad de algo. Se sabía enfermo de celos y, sin embargo, ello le servía para reafirmarse en su idea. Vistas así las cosas tenía que hacer mover a su próxima pieza en el tablero. Era el momento de reclutar a Theodor, el policía militar era un tipo duro, sin escrúpulos, egoísta y simplón, carente de cultura, un bruto que sabía cómo manejarse. Se vieron aquella misma tarde en el viaducto de entrada a Faustaugen, el Trommelbach llevaba más agua que en la primavera gracias a las lluvias de finales de verano. Hicieron algún comentario al respecto. Pronto comenzaron a hablar de negocios.

—Hoy, usted y la señorita Ute... —dijo Theodor con una sonrisilla socarrona y a cuento de nada.

—Tú lo ves todo.

—Todo, todo. Nada escapa a mi vista.

—Habrás visto algo que valga... algo.

—Puede, señor Kast.

—Sepa que no tengo dinero.

—No diga eso, señor Kast, usted es un hombre de buena familia.

—Tengo otras cosas.

—Mi hijo, el mayor, si hacen eso que dicen, pronto se lo llevarán al frente. Y créame señor Kast, ese no tiene las carnes hechas, se parece a su madre. Si fuese el otro, ya creo, ya. Pero ese me ha salido asustón. Si usted pudiese... ya sabe... yo sería sus ojos para lo que quisiera.

—El caso es que no necesito ojos, esos ya los tengo. Aunque necesito un puño, un puño joven y dispuesto.

—Cuente con eso, pero claro..., el chaval...

—Lamentablemente no puedo ayudarte con eso. No voy a prometer algo que se me escapa. Aunque sí puedo echarte una mano en otras cosas, puedo por ejemplo, cuando acabe la guerra, darte un empleo en el complejo Kast. De jefe de seguridad.

–Empleo ya tengo, ¿y latas de comida de esas que ha ido repartiendo por ahí?

–Tú lo has dicho, iba repartiendo. No me quedan, el acceso a la comida ya no me está permitido, el gobierno lo controla todo. Pero, quiero que te pienses muy bien lo del puesto de trabajo, tendrías casa dentro del complejo, aquello es como una ciudad, el tren incluso la atraviesa.

Theodor imaginó una locomotora destruyendo las casas y no pudo evitar poner un rostro grave.

–Deberías reconsiderarlo, teniendo en cuenta lo que te gusta el sexo femenino.

–Como a cualquier nacido bajo el sol, señor Kast.

–Tendrías uniforme y porra, jefe de seguridad, tendrías que ver el complejo, está lleno de mujeres, mujeres viudas, mujeres despechadas, mujeres jóvenes que quieren tener una aventura con un hombre de verdad. Un hombre con mando.

–¿No me engaña señor Kast?

–¿Engañarte? No te ofrezco lo que no tengo, voy con la verdad por delante. Te miro a los ojos. El puesto es tuyo en cuanto acabe la guerra. Se acabó el vigilar cerros y denunciar a cazadores y leñadores. Cualquiera mataría por una oportunidad así.

–Puede ser –dijo algo receloso, pero por dentro se relamía como si ya hubiese probado un bocado–, y qué quiere exactamente de mí. ¿Qué le pegue a alguien?

–No sé, de momento lo único que quiero es que mantengas los ojos abiertos y vigiles a cualquiera que se acerque a Lana Ravine.

–Eso ya se hace. Pero, no será que teme usted a alguien.

–Será.

–¿A quién, señor Kast?

–A Ulrich Król.

Theodor sonrió, parecía hacerle gracia.

–¿Qué, viene buscándola acaso?

–Puede ser.

–¿Y qué hay que hacerle?

–Lo mismo que si fuese a buscar a tu señora Theodor, lo mismo. ¿Qué le harías?

–Sacarle las tripas.

–No te pido tanto, solamente agóbiale, que no le sea muy agradable estar por aquí.

–Pero hace tiempo que no viene, además lo mismo se muere por ahí.

–Lo mismo no quiere morirse, lo hieren y se tira medio año dando vueltas por aquí.

–Pero usted se lleva a la Otta a su pueblo.

–Sí, pero aún no me la he llevado.

–¿Y solo eso quiere el señorito?

–Solo eso. De momento. Aunque llegado el día lo mismo te pido que utilices la bayoneta.

–Trato hecho –le dijo extendiendo la mano–, tiene mi palabra.

–Y la mía Theodor, y la mía.

Cuando el maestro le ofreció la mano, sintió repugnancia. Su tacto sudoroso le auguraba un mal pacto. Pero aquello era la guerra, una vez que cae la primera víctima nunca se sabe cómo ni cuándo acabará, ni a qué armas hay que recurrir.

–Un momento –dijo Fremont–, tal vez puedas hacer algo por mí. Resulta que durante un tiempo un vecino de aquí y yo comenzamos a "trabajar" juntos. Le pagué lo que me pidió, aunque resulta que quiere más. Lamentablemente, nuestro acuerdo expiró y él sigue reclamándome. Quiero que le adviertas, que hagas lo que tengas que hacer, y que no vuelva a molestarme.

–Su nombre.

–Gilbert Bartram.

–Eso está hecho, señor. Verá como yo le arreglo ese problema. Pero no se olvide de lo mío.

–Como bien has dicho: Eso está hecho.

Theodor se veía rodeado de amantes, erguido paseando por una calle llena de mujeres jóvenes mirándole con lujuria. La visión le hizo tener una erección, por un momento se sintió como un gallo en su corral. Mientras que Fremont lo veía como un cerdo en su charco de lodos.

Habían sido retirados del frente dándoles descanso atrás dejaban un infierno de sangre y barro. Hicieron lo que buenamente pudieron, sin embargo, fue poco ya que habían sido obligados a replegarse y ceder terreno. El coronel Dietrich von Kittel no ocultaba su decepción con sus hombres y, por tanto, su manera de tratarlos era brusca y despectiva. Jan Ehrlich aprovechó para hacer un curso acelerado de sargento, la muerte de Ralph Rohmer le había abierto la puerta del ascenso. Había recibido noticias desde Faustaugen por las cuales sus padres habían enfermado de tuberculosis y entristeció por unos días. Desde entonces Jan pareció cambiar, se volvió mucho más sereno y generoso. Cuando los muchachos atraparon a dos franceses, se mostró amable incluso les dio tabaco. Incluso les protegió de la crueldad de Heiner Schnitzler el cual les acariciaba la cara con la punta de su bayoneta. A quien había perdido definitivamente era a Alexander Weiss. Alexander siempre cayado le miraba, era imposible imaginar que pensaban aquellos ojos azules. Sabía que el primogénito de la familia Weiss tenía arrestos para matarlo y, por eso, le temía. Por otro lado a él no podía hacerle daño, era su amigo y pese a todo seguía confiando en su determinación.

–Si todos fuésemos como Alexander esta guerra se hubiese acabado hace años –solía decir en voz alta.

Para los mandos Jan era un necio que sabía lo que tenía que hacer. Soñaba el sargento con seguir ascendiendo, aunque ellos sabían que jamás sería oficial. Nunca podría subir porque no tenía estudios, porque era un pobre diablo sin dinero y apestaba a pueblo. Jan se esforzaba en parecer otra cosa, solía leer libros, le encantaba la mitología nórdica y se apoderaba de aquellas leyendas que le resultaban creíbles. Una vez llegó a decir que existía la serpiente Jörmungander, o algo bien parecido que devoraba a las tripulaciones de los barcos e incluso los hundía. Un reptil marino enorme que podía constreñir un barco de guerra, incluso un moderno dreadnought británico, hasta dejarlo hecho un harapo de hierro.

–El ejército tendría que haber invertido más en buscar a este monstruo marino y haberlo domesticado que en vez de construir submarinos.

Muchos se callaban y se guardaban de reírse, al menos en su presencia. Les costaba asimilar que su sargento pareciese tan inocente o tan infaltil a veces. Solamente Heiner Schnitzler y su paisano Toni Lerer creían en las cosas que Jan les contaba. Se quedaban con la boca abierta escuchándole mostrando uno sus mellas, el otro su caries. Jacob Adesman solía observarlos divertido, siempre estaba provocando a Heiner y al contrario. Jacob era hijo de Ephraim Adesman, un judío que se dedicaba a llevar mercaderías de un sitio para otro, compraba y vendía. Jacob, sin embargo, no tenía el talento del padre quien siempre se mostraba servicial. El muchacho era demasiado orgulloso para tratar con clientes. Su lengua iba por delante del cerebro, decía Ephraim. Pero Jacob no era tan simple, era inteligente, astuto y hasta tenía cierta cultura. Aquel sentimiento era el que le impedía doblegarse ante nadie por muy buen amigo de su padre que fuese. Le gustaba leer periódicos, gracias a ello y a lo que hablaba con los judíos mayores supo del caso Dreyfus y la aversión que ciertos poderes franceses tenían a su gente. También sabía que los rusos les trataban mal, a veces se habían lanzado las masas para lincharlos culpándolos de cualquier desgracia. Y que el Zar tenía en su pueblo el chivo expiatorio perfecto cada vez que tenía una crisis política. Por todo ello, la Gran Guerra era algo sagrado para Jacob. Alemania debía ganar la contienda por el bien del pueblo judío.

–Estarás contento Jacob –le dijo Heiner–, han sacrificado a todos los cerdos, ya no tenéis nada de que temer. Nadie lo pondrá en el rancho.

–Estoy contento Heiner, pero te equivocas en tu pueblo aún quedan muchos cerdos. Algunos les faltan dientes, no sé cómo puedes comer carne.

El resto del pelotón le reía la gracia. Era normal que Jacob saliese airoso de cuantas zancadillas le pusiese Heiner. A pesar de estos piques eran buenos amigos, cosa que agradaba a Jan, que se había propuesto hacer de la camarería y el buen ánimo la mejor arma de su tropa.

Desde que combatieron en las cercanías de Passchendaele el ánimo del capitán Andreas Vorgrimler se encontraba minado. El barro rojo lleno de despojos humanos, la humedad, los canadienses en oleadas, el muchacho que se suicidó a escasos tres metros, las moscas, las ratas rozando su cuerpo en las noches. Además tuvo que soportar la indiferencia de su amigo el coronel Dietrich von Kittel, una amistad de años que se descomponía. Solía luchar contra su apatía hablando con Roth. El muchacho le escuchaba todo el tiempo, pero no tenía palabras para consolarlo. Quizá porque el oficial le hablaba del sentido de la vida en un sitio en el que vivir había perdido todo aliciente.

–Sabes Roth, decía Schopenhauer que solo hay tres resortes fundamentales en las acciones humanas: la perversidad, la conmiseración y el egoísmo. En esto se resume la guerra, y la guerra es lo que mejor se nos da. De hecho es lo único que hemos estado haciendo continuamente a lo largo y ancho de este mundo desde que somos civilizados o desde que vivimos en sociedad. Vi la perversidad en el empeño del hombre por destruir al hombre, encontré la conmiseración en usted y su empeño por salvarme de mi miedo y también contemplé el egoísmo en el coronel Dietrich von Kittel; solo pensaba en su gloria.

–Mi capitán debería dejar de pensar en aquellos días. No estamos en Passchendaele.

–No puedo mi fiel Roth.

–Sé que se siente traicionado por el coronel y que eran grandes amigos...

Roth se frenó, no era quien para opinar y no lo iba a hacer. Muchas veces tenía que parar su lengua por no poner en peligro a su cerebro. No sería la primera vez que caería prisionero de sus palabras. Andreas pareció comprenderlo y le ofreció una copa de licor. Alguien llamó a la puerta y el joven tras apurar de un trago se apresuró a abrir. El coronel venía con su ordenanza. Nada más entrar apuntó con la mirada a Roth, para dirigirse al capitán. Andreas pensó que debería ser muy grave cuando era él quien venía hacia ellos.

–¡Atención! –gritó el ordenanza.

Todos dieron un taconazo y saludaron llevándose la mano a la frente, el coronel les devolvió el respeto.

–Descansen. ¡Capitán! –dijo en tono grave.

–Herr coronel.

–Necesito hombres, de los buenos. Escogidos. Lo mejor de lo mejor. Los perderemos, pero son las órdenes. Van a ser entrenados por el método de Oskar von Hutier, o sea, nuevas tácticas de infiltración. Según los informes de inteligencia los rusos están a punto de derrumbarse. Pronto recibiremos hombres del Frente Oriental. Necesitaremos romper el Frente Occidental antes de que los americanos lleguen. Según el almirante Holtzendorff jamás pondrán un pie en el continente – dijo como para él mismo–, la guerra submarina total que ha planeado pretende asfixiar a los británicos. De modo que quiero para mañana una lista de al menos veinte hombres, un sargento y dos cabos. Me temo que es todo lo que puedo ofrecer, los mejores están muertos gracias a la "valentía" de sus compañeros.

Capitán y soldado captaron la ironía de las tranquilas, aunque severas palabras de Dietrich.

–No crea que me olvido de sus amigos –dijo a Roth–. Los buscaré y no cejaré hasta verlos frente a un consejo de guerra. Y no crea que no los encontraré, sé que los han visto cerca de Charleroi. Todos los policías militares de aquí a Países Bajos están tras su pista, interrogan a granjeros, remueven los campos.

–A estas horas, herr coronel pueden estar muy lejos – intervino Andreas.

–No son capaces de avanzar tanto. Casi les tengo, necesitan comida y abrigo. Llevan a una niña... –el coronel notó la sorpresa cn la cara de sus interlocutores–. Les ataparé –miró a Roth una vez más–. Pero, crea usted lo que crea, no es algo personal. Hago lo que debo.

Roth evitaba mirarlo a los ojos, se cuadro y asintió. Trató de parecer lo más inexpresivo posible, pero al coronel le pareció que traslucía una mueca de incredulidad.

–"Dormía y soñé que la vida era belleza; desperté y advertí que es deber".

–Así es –afirmó el capitán.

–¿No conoce usted a Immanuel Kant? –preguntó a Roth.

–No es de mi pueblo.

–¿Eso es todo lo que sabe decir?

El muchacho afirmó con la cabeza. Dietrich le miró de arriba abajo, con las manos cogidas en la espalda se dio un paseo en torno al soldado, como si orbitara. Roth sentía que se le tensaban los músculos y que la barriga se le deshacía. Parecía que fuesen a hacer una incursión en la trinchera enemiga.

–Me pregunto hasta que punto sabía usted que sus amigos iban a desertar.

Roth tragó saliva y una gota de sudor frío como la escarcha le asomó por la frente.

–Ni siquiera se defiende.

–Herr coronel, ¿no ve usted que el muchacho...

–¡Cállese! Esto no es con usted. Siento que mi compañía se desmorona, el ateísmo, la falta de fe y la cobardía han infectado a mis soldados y los han convertido en una plaga de ratas asustadizas. Cuando el hombre cree en Dios no tiene miedo, cuando el hombre tiene fe alcanza la victoria. Pero para eso hacen falta valientes, valientes que ahora me quitan como a un perro al que le arrancan los colmillos. Le miro y veo a un hombre acabado, le miro y veo a mi compañía aniquilada, una guerra perdida.

–Cinco hombres –dijo Roth.

–¿Qué?

–Durante la batalla última, maté a cinco hombres, de eso estoy seguro. No me temblaba el pulso cada vez que disparé. Les abatí, los vi caer, al menos a cinco enemigos. A mí no me hicieron nada, supongo que si hubiese nacido donde ellos serían amigos. Seguro que algunos tendrán esposa e hijos, novias, madres. A mí me dio igual, eran ellos o yo. Aquello no tenía nada que ver con Dios, ellos o yo. Si Dios les dio la vida yo se las arrebaté. No me arrepiento. Era mi deber, supongo que con esto contesto a su pregunta inicial.

El muchacho miraba a los ojos el coronel, se olía el desafío y el oficial terminó bajando la cabeza. Allí no había nada más que hacer.

–Herr coronel, volviendo a lo que usted ha ordenado, creo que el alferez Heller Rümpler está capacitado para ser uno de los elegidos.

–Está capacitado para ser capitán, de hecho quiero proponerlo para teniente, aunque no pienso prescindir de un hombre así. Poco a poco se ha ido templando en la batalla, como una buena espada. Más les vale aprender. Muy buenas noches.

El coronel y su ordenanza se marcharon. Andreas corroboró de una vez que Dietrich ya no era su amigo, lejos había quedado la familiaridad de sus conversaciones y aún más sus años de estudiantes en la Universidad Ludwig Maximilian de Múnich. Dietrich siempre había sido inflexible, era un idealista. Creía que solo sociedad germana había conseguido encarnar los valores del cristianismo. Su voluntad se volvió rígida y unidireccional, no sabía ni quería corregir errores. Su pilar fundamental era la Fe. Andreas por el contrario era más flexible, creía en Dios, desde luego, pero pensaba en el Hombre, en sus posibilidades y la voluntad de ser y querer seguir siendo. Quizá por eso, había elegido a Roth y no se equivocaba, el joven tenía una fuerza especial que le emergía cada vez que se veía en peligro. Sobre todo cuando se tenía que echar sobre sus hombros el peso de una parte de la sección. Los hombres creían en su instinto, en su voluntad para sobrevivir. Aquella, creía el capitán, era la voluntad de poder.

–¿De verdad mataste a cinco enemigos?

Roth, que aún tenía el rostro severo, se encogió de hombros y sonrió.

–Ni en toda la guerra.

–No te creo...

El capitán le devolvió la sonrisa, llegaba el invierno y el frío, las grandes ofensivas se detendrían hasta primavera cuando la savia fresca y la sangre caliente volvieran a correr. Aquel muchacho no merecía estar aquí. Su juventud no tenía porqué derramarse en un campo de batalla. Ni siquiera tenía porque haber conocido la parte más cruel del ser humano. Quizá si se hubiese criado en una ciudad rodeado de libros, o cn otro país lejos de la guerra hubiese sido un gran hombre. De esos que no necesitan mentir al hablar, ni pegar tiros con la lengua.

Aquella casa de campo era tan grande que hubieran cabido diez Lana Ravine en su interior. Los Kast consideraron que sus consuegros, los Lenz, no tenían que realizar tarea alguna, solo habitar aquel caserón. Las tareas de mantenimiento las hacía un viejo al que todos llamaban Topo. Topo los miraba con desconfianza, a veces descarado escupía al verlos pasar. Solo Galiana Lenz se lo tenía en cuenta, una vez incluso llegó a advertirle que se lo diría a su yerno. Sin embargo, Topo no se dejaba intimidar, ya vivía allí antes de que Frankz Kast comprase la mansión. En un pequeño cobertizo al que no le faltaba un detalle. Para acceder a la propiedad había que cruzar una cancela de hierro, pasar un camino de medio kilómetro y encontrarte con un pequeño jardín. La Piqueta de Elsa era una finca de doscientas hectáreas, una casa grotesca llena de habitaciones para invitados y con un salón demasiado frío como para calentarlo con una sola chimenea. Detrás tenía unas cuadras en donde podían albergar hasta treinta caballos. Entre ellos estaba Orión, el semental, que era el orgullo de Frankz, y al que solo Frankz Eduard, o el canciller de turno, podían montar. Orión había desmejorado mucho con los años y solo tenía una yegua para montar. El resto estaba en la guerra: bajo el culo de algún mando, los más afortunados; o reventados de tirar y cargar, los más desgraciados. La Piqueta de Elsa estaba muy desmejorada en general: le faltaba algo de pintura, varias ventanas se habían descolgado con la humedad y una plaga de carcoma había destrozado puertas más rápido de lo que Topo podía recomponerlas. Ya no se hacían cacerías del zorro, intentando emular a los británicos, ni salones de vals, ni orgías de negocios. La hacienda había servido para atraer inversores, para cambiar opiniones, para hacer amigos, para conseguir una fortuna, para levantar un imperio. En eso Frankz había sido el mejor, si Günter Schumacher le decía a Frankz que hacía falta capital, este organizaba un evento adaptado a los asistentes. Del último hacía casi tres años y no tenía previsto ninguno más. Por ello, era el lugar adecuado para alojar a sus consuegros. Lejos de la sociedad de Bremen y en un sitio en dónde no se sintieran como paletos. Gerda y Doris habían recibido muy bien a los Lenz, les habían preparado personalmente sus dependencias y les habían guiado por la casa. Doris incluso había intentado tomar confianza con Otta, trataba de descubrir los encantos de aquella mujer provinciana, el talento por el cual su hermano había sucumbido. No sería por belleza, pues aunque la encontraba guapa, seguro que en Bremen tendría pretendientes mucho más hermosas. Tampoco sería por inteligencia ya que sabía leer, aunque no conocía la literatura. Quizá ese porte, ese aire solemne, que le hacía parecer una aristócrata. Otta era como una junker venida a menos, con un orgullo tan callado como presente. Cosa que a Doris le hacía gracia, sentía una fuerza oculta en Otta y podía intuir que Fremont era un instrumento en sus manos. Fremont el sarcástico, el que parecía mirar al mundo por encima del hombro. Y, sin embargo, se había enamorado de una bastarda. Muy mal debía estar Frankz para permitir esta unión. Doris de todos modos no iba a ser quien se opusiese. Prefería esperar, intentaría ser amable, ofrecer su ayuda a la familia Lenz. Si alguna vez se desataba un fuego, no sería ella quién provocase la primera chispa. Demasiado tenía Doris con criar al pequeño Till, mientras su marido se jugaba la vida en el frente todos los días.

Otta en realidad no quería estar allí, había consentido solo por su hermana. Bremen estaba muy lejos de Faustaugen y ella pertenecía a su aldea. Las riquezas de la familia Kast le ofrecían un aliciente similar al de masticar un manjar sin sabor. Se impuso otro motivo: tratar de olvidar su otra vida. Los años felices tenían que quedar tan enterrados como María. Silenciarlos, con paladas de tiempo y una gruesa lapida de lejanía. Debía aprender a amar a Fremont de una vez, casarse y tener hijos. Con suerte podía hacer una vida nueva y criar a sus hijos en la sociedad burguesa, con un poco de fortuna su existencia dejaría de ser insípida.

Galiana Lenz sí había calculado las posibilidades del nuevo hogar del que se sentía dueña. Aquello era fastuoso, como en un sueño. Su hija Erika mejoraba día a día. Si algo creía Galiana era en Dios, pensaba que el Creador era una fuerza capaz de nivelar los vaivenes del mundo y que esta vez les había ofrecido a los Lenz un regalo justo; lástima que no estuviese María aquí para disfrutarlo. La Piqueta de Elsa no olía a estiércol y la nieve no amenazaba con entrar en casa junto con los restos de barro. Aquí la suciedad solo podía venir de un sitio, de Faustaugen y el pueblo quedaba a un siglo de allí. Por supuesto, quería justicia para su hija muerta y todos los días rezaba para que apareciese el asesino. Tenía pocas esperanzas al respecto, por lo que pensaba que lo mejor sería alejarse de su aldea buscando su sitio en aquella sociedad. Galiana siempre soñó con una vida así, ¿qué muchacha no lo ha hecho? En su opinión Otta era una desagradecida y o despabilaba o Dios la pondría en su sitio. Solo esperaba que cuando sucediese no fuera demasiado tarde. Porque para Galiana el Señor da o quita; premia o castiga. Solo hay que saber estar agradecida y merecerlo.

Fremont le había pedido por enésima vez matrimonio, siempre le había puesto alguna objeción, la muerte de María, la enfermedad de Erika, la guerra. Pero esta vez Otta no tenía ninguna excusa. Sin duda casarse sería lo más sensato y decente que podía hacer. Pronto el joven maestro dejaría el pueblo para dedicarse a sus negocios y formaría una familia con hijos. Sin embargo, sabía muy bien que había algo dentro de ella que se resistía. Era como un gusano que la corroía, que se alojaba en los rincones más oscuros de su cerebro y agujereaba su determinación. Sus futuros suegros la recibieron de buen grado, quizá Gerda Kast la miraba con el rabillo del ojo, porque había imaginado que su hijo se merecía algo más. Aún así, se esforzó por parecer simpática.

El más agradable de todos era Günter Schumacher, el director general. Solamente lo vio dos veces y su cordialidad tenía algo de extraño, como si con cada frase omitiera otra. Otta sentía que tenía un mensaje oculto y se cuidaba mucho de mostrar su simpatía delante de Fremont. De hecho una tarde apareció por la propiedad con la excusa de presentarle a su esposa. Tomaron el té, la señora Schumacher se veía una mujer sencilla y cansada. Tenía una enfermedad en la sangre y se veía frágil. Günter la sacaba a pasear porque decía que el encierro empeoraba la salud. No obstante, se podía ver que la pobre estaba debilitada y que estaba mejor en su casa. En cierta manera era como Erika, por eso, congeniaron nada más mirarse.

–Eso es lo que busco –dijo Günter a los Lenz–, las penas compartidas son más llevaderas. En fin, solo ellas saben lo que están soportando. Está muy buena esta pasta señora Lenz.

–Gracias, señor Günter.

–Estoy seguro de que en el pueblo saben hacer cosas muy buenas. Me encanta la comida de la Alemania interior. Allí está la esencia de lo que somos, de lo que somos como pueblo, gente sencilla, trabajadora. Labradores, ganaderos, albañiles, artesanos de todo tipo, zapateros –Günter vio como Otta y su familia cambiaba la expresión de sus miradas–. Oí que durante el invierno algunos campesinos se dedican a fabricar relojes de cuco y a venderlos en las ferias por el verano. Aquí en la ciudad todo es distinto. La gente, por ejemplo, ya no sabe lo que quiere. Beben y beben hasta meterse en líos, un tipo en una taberna comienza a instigar a los trabajadores contra los patronos y al otro día nadie quiere trabajar. Las mujeres, quieren votar. Y no digo que no tengan derecho, pero ¿para qué? En fin, esta es otra vida, otros problemas y al doblar la esquina no sabes si en frente de ti tienes a un amigo o un anarquista que te va a disparar hasta matarte. Aunque no se preocupen, mis queridos amigos, aquí están a salvo. La Piqueta de Elsa está lejos del mundanal ruido, estarán como en casa.

–Ese señor, ¿cómo se llama? ¿Topo?

–Topo, en realidad su nombre es Carsten. Es un poco desagradable, lo comprendo. Venía con la finca, estaba aquí cuando el señor Kast compró la propiedad, es así. Cada vez que vienen invitados tenemos que quitarlo de en medio. Pero no se preocupen por su humor, en el fondo es una buena persona. De todos modos si su presencia les causa temor no tienen más que decírmelo y me ocuparé de que se vaya.

–No creo que sea necesario –intervino Vincent Lenz.

A Galiana se le estaba empezando a atragantar la visita, pensó que la Piqueta de Elsa era la casa de todos y que tendría que conformarse con aquel inconveniente, al fin y al cabo eran los recién llegados y en casa ajena. Un pequeño precio que tendrían que pagar. Otta ya no oía a Günter, que hubiera mencionado a los zapateros no era casualidad. ¿Qué sabía de ella? ¿Qué intenciones tenía? Debía averiguarlo. Abandonó la reunión, dijo que le dolía la cabeza. Lo último que hizo fue lanzarle una mirada a Günter, invitándole a seguirla. Lo hizo apenas tres minutos después y con la escusa de ir al servicio, se vieron en la entrada. Günter siguió el rastro de dulce perfume que iba dejando la muchacha. Se sintió excitado y creyó saber la obsesión de Fremont. Le hubiese hecho el amor allí mismo si se lo hubiese pedido. Por suerte, aquello no iba a suceder.

–¿Qué quiere usted de mí, señor Schumacher?

–¿Yo? Absolutamente nada. Tengo curiosidad, pero no es algo que me quite el sueño. Supongo que se van a casar…

–¿Qué sabe usted de los zapateros?

–Que son pobres, y por lo visto las señoritas los prefieren ricos.

–¿Está insinuando?

–No me importa, señorita Lenz, me da igual lo que haga con su vida. Quiere casarse con Fremont, lo entiendo. Si yo fuese mujer también lo haría, es un buen partido. Aunque si lo hace, si quiere casarse con él, no le haga sufrir, sea fiel. No mire a los lados o él se encargará de destruir todo lo que le rodea. Una reina no solo son lujos y joyas, una reina tiene que saber estar. Simplemente se le pide eso.

–Sigo sin saber qué me quiere decir.

–Sé que aún quiere al muchacho de su pueblo. Quizá nunca haya querido a Fremont, y sé que Fremont hará lo que tenga que hacer para conseguir su propósito.

–¿Fremont?

–Fremont, el maestro cojo, el tonto que se pavonea en coche con un sombrero de paja. Parece inofensivo, pues no lo es.

–No le creo, no deberíamos estar hablando. Esta conversación no tiene sentido.

–Está bien, una última cosa. ¿Qué fue del joven Król? No de este de ahora, sino del otro.

–¿Paul? Murió en el frente. ¿Pero qué sabe de mi vida?

–Lo suficiente. ¿Paul baja en combate? Vaya, que baja tan oportuna.

–¿Qué está insinuando?

–Nada, nada y por supuesto, esta conversación no ha tenido lugar. Por mi bien y por el suyo. Sobre todo por el suyo. Una reina nunca ha de opinar nada sobre los negocios de su rey.

–Yo no soy una reina.

–De eso no me cabe duda, pero ¿lo será? Buenas tardes señorita Lenz –justo antes de desaparecer camino del salón se volvió–. Y no me mire así, soy cualquier cosa menos su enemigo. Algún día lo entenderá.

Otta supo entonces que tenía que ser muy cauta, casarse con Fremont comportaba una serie de compromisos que jamás había imaginado. No podía tener fallos incluidos sus cartas a Faustaugen, aquellas que mandaba a Unna, la exuberante y que en realidad iban destinadas a Ulrich. Sin embargo, ¿qué pájaro renuncia a la libertad? Estaba claro que para conseguir el apellido Kast tendría que dejar de ser una golondrina para convertirse en un canario.

La señora Weiss volvió a colocarse frente a la casa del señor Mockford. Se puso los brazos en jarras y bufó. Estaba a punto de armar otro escándalo cuando John salió a recibirla. Al contrario que otras veces el antes tendero parecía no tenerle miedo, incluso se mostraba sonriente. Esther con su vestido lleno de lamparones, desafiante dio un paso adelante.

−¿Se puede saber por qué no abres la tienda?

−Señora Weiss, buenos días, no tengo nada para vender. Ya no hay nada.

−¡Mentira! Todo el mundo lo ve, te ve ir y venir. Con una cántara de leche, con verduras. Tienes patatas, que lo sé. ¿De dónde las sacas? ¿A ver? Todo el mundo lo sabe y una, muerta de hambre. Con mis hijos entregados por la patria. ¡Justicia!

La hermana de John la observaba desde la ventana, intentando taparse un poco.

−¿Qué mira la escurrida de tu hermana? ¿Qué mira?

−Está usted armando un escándalo señora Weiss, yo no tengo tienda, tendrá usted que conformarse con el racionamiento.

−¡Una mierda! Eso es el racionamiento, tú te has estado enriqueciendo durante años con mi dinero, cobrándome de más por las compras.

−Eso, como todas las cosas que usted dice están fuera de lugar.

−¿Qué pasa, no te gusta el dinero de aluminio que nos da el Káiser? ¿Prefieres el cobre? ¡Ja! ¡Miserable!

Al escándalo se iban sumando vecinos, quienes estaban ociosos, salvo aquellos que habían aprendido a hacer muebles aprovechando la inactividad del invierno. El primero que llegó fue el solterón Helmuth Degener, Helmuth se rascaba su calva. Asentía con la cabeza no se sabía muy bien por qué. Seguidamente llegó el padre Josef acompañado de Lukas. John sentía que aquello ya lo había vivido antes y que la última vez acabó mal, por suerte Alexander no se encontraba de permiso.

−Tiene razón, estas monedas no valen una mierda −añadió Helmuth−, todo el día trabajando para nada. Estoy hambriento, no hago más que hacer carbón y, ¡me amenazan con multarme! ¡Que si el landgrave esto, que si el landgrave lo otro, mentiras! ¡El otro día me dio un bofetón un guarda! Voy a tener que cambiar de trabajo. Voy a guardar nieve, ya no quedan carboneros blancos.

–La campana, vienen a por la campana –clamó el párroco.

Todos lo miraron sorprendidos. No tenían ni idea de lo que estaba diciendo.

–He intentado, el alcalde y yo, hemos intentado prorrogar la retirada de la campana todo el tiempo posible. Aunque ha sido imposible. Ya se han agotado los plazos y las alegaciones. La van a dejar hasta navidades, pero al día siguiente se la llevarán. Tienen que fundirla, el hierro que sirve para llamar a los hombres servirá para matarlos. El sonido que los hace hermanos los hará enemigos. ¿Es esa Tú voluntad? –se dijo en voz baja.

Lucas movió su campanita y sonrió, Helmuth se rascó la cabeza, John agachó la mirada, Esther eructó.

–¡Pues yo tengo hambre!

–Usted lo que no tiene es remedio –le dijo el padre Josef.

–¡Maldito cura! –dijo Esther y se marchó desairada– ¡Ya vendrá mi hijo! –amenazó desde la lejanía.

«Que venga, esta vez no pienso estarme quieto», pensó John.

Esther se cruzó por el camino con Jan Ehrlich al cual ni miró, pese a que el día anterior le estuvo haciendo miles de preguntas sobre su hijo. Jan tenía permiso por dos semanas, un shrapnel le había alcanzado en la pierna, el balín había entrado y salido le había rozado la tibia y le produjo mucho dolor. Sus padres se consumían en fiebres y aún así se le veía feliz, tanto que lo primero que hizo ese día fue entrar en el vacío local de Friedrich el Tuerto. Lo primero que notó era que Friedrich había envejecido mucho. Tenía una mesa con una partida de ajedrez sin terminar. Recordaba que Friedrich solía invitar a los muchachos que le trajesen noticias del frente, aunque ya no era así. Ni siquiera dejaba asomar la sonrisa de hombre duro. Unna estaba enferma, su cuerpo se había puesto amarillo y lleno de bubas, por ello, no asomaba por el bar. Se estaba muriendo y gran parte de culpa la tuvo la mala vida de su juventud que le obligó a entregarse a la grappa. Las pocas reservas de grappa se las daba a los escasos clientes que aparecieran. Por eso, antes de que pudiese pedir nada el Tuerto le llenó el vaso a Jan. Ambos se dieron la mano, el viejo notó que el joven estaba exultante como si en vez de venir de una guerra viniese de una fiesta.

–¿Cómo va eso por allá abajo? –preguntó casi obligatoriamente.

–En este año se acaba la guerra.

–¿Seguro? Muchacho.

–Puede usted brindar por ello.

–Si brindar brindo, no dejo de brindar, pero no por ello se acaba.

–Corren rumores de que el Frente Oriental se ha desmoronado. Del todo. Allí solo queda firmar la rendición, además los rusos se han quedado con una guerra civil. Por fin vamos todos a por los franceses y a por los ingleses.

–Ingleses, canadienses, escoceses, neozelandeses, australianos, galeses, irlandeses, incluso aunque quieran la independencia de Gran Bretaña, indios, ¡portugueses!, ¿qué se les habrá perdido por aquí?, argelinos, marroquíes, japoneses, rumanos, italianos, traidores italianos, griegos… El maldito mundo contra nosotros.

–Pero Friedrich, nosotros también tenemos aliados.

–Turcos a los que les están quitando el imperio, búlgaros a los que hay que tutelar, igual que a los austrohúngaros a los que hay que ayudar a ganar batallas como las de Caporetto.

–Pero ha sido una batalla decisiva.

–No lo creo, muchacho. Los periódicos nos llenan la cabeza con victorias y aquí seguimos, años después. No hay día en el que no piense cómo podemos ganar. No hay día en el que no recuerde mi ímpetu en la juventud y no hay día en el que no me sienta engañado. Ni siquiera sé si fui tan valiente en la lucha, lo único de verdad es que perdí un ojo.

–Le veo muy pesimista. Ha cambiado mucho…

–¿Sabes cómo perdí este ojo? –Friedrich no esperó la respuesta– Te lo diré: Pólvora negra. Me lo hice yo mismo, le conté al pueblo que fue un franchute, mentira. Me asusté y cargué después de un disparo, aún debía de haber algo de carbón encendido en el cañón, fue un fuego rápido, ni siquiera recuerdo haber visto la llamarada, ni siquiera sé si la hubo, solo el dolor. Eso si lo recuerdo bien. La guerra es una mentira muy grande, tú puedes creer que vas ganando, pero no será así. De todo se va apoderando, lo pudre todo con su aliento de vieja.

–Estás peor de lo que pensaba. Te estás haciendo viejo Friedrich.

–Viejo o no tengo razón. Algún día verás que la guerra no te ha traído nada bueno. Te quitó a tu hermano.

–No fue la guerra, fue Paul que prefirió llevarse en la camilla a otro en vez de Dittmar.

–¡Te engañas muchacho! Espero que todas esas mentiras no acaben contigo.

Jan terminó la copa y se marchó. Se veía enfadado, no podía caer en el pesimismo. Las cosas en Rusia habían cambiado con la llegada de los bolcheviques al poder guiados por Lenin, el cual había ganado la partida a Aleksandr Kérenski al ganarse al pueblo con sus promesas de paz. Por ello, el Gobierno provisional era un órgano cada vez más debilitado y la mayoría de las tropas de Petrogrado eran leales al Soviet de la ciudad. Lenin instó al Comité Militar Revolucionario de Petrogrado para que tomase el poder por la fuerza y transferir el poder durante el II Congreso de los Sóviets. La chispa que encendió la revuelta fue la negativa de una guarnición para incorporarse al frente. Los militares fueran tomando los edificios controlados por el Gobierno provisional sin apenas resistencia. Lenin lo había conseguido.

Rusia iba a capitular eso lo comprendía hasta un paleto como Jan. Y la consecuencia sería que los camaradas del Frente Oriental llegarían para apoyarles. Quizá los estadounidenses poblaran el Frente Occidental, pero eso no sería obstáculo para el ejército alemán unido, sentenció en su fuero interno.

Los Ehrlich tenían grandes problemas, las hermanas no trabajaban y sus padres tenían tuberculosis. Sabían que morirían, su salud mental comenzó a decaer desde la muerte de Dittmar. De hecho la casa ya nunca fue la misma, Dana y Bárbara parecían un par de bobas un solo ser en dos cuerpos que deambulaban por la casa y el pueblo, contentándose con el racionamiento. Jan no podía vivir entre estas paredes casi prefería las de la trinchera. Para hacerla más habitable tenía que gobernar con determinación. Buscar trabajo para Dana y Bárbara y medicamentos para los viejos. Se sentó en el salón y miró la ventana. Todo el mundo le evitaba, no estaba cómodo y nadie le mostraba estar orgulloso por su defensa del Imperio. Sintió que no se merecían una de sus lágrimas. Su verdadera familia no estaba en aquel hogar, sino en el frente, esperándole. Daría su vida por sus camaradas sin dudarlo, combatiría hasta el último cartucho junto a ellos. Porque sus amigos no se rendían, distaba un mundo entre Faustaugen y la guerra. Recordaba sus motivaciones cuando comenzó todo, solo quería pasar por la contienda y tener alguna historia que contar, no esperaba tanto horror, suerte que tenía su cerebro pensando en sus mitologías y sus deseos de ascender. Tenía que encontrar enemigos a los que poner rostro por eso, siempre buscaba competidores en su misma trinchera. Estaba claro que a estas alturas ya no luchaba por su país sino por él mismo, se levantó y miró por la calle desde el cristal, oyó a su madre toser. Su patria se desmoronaba y Jan se alzaba orgulloso como un castillo antiguo, altanero, hasta el presente la guerra lo había utilizado ahora él usaría la guerra para prosperar aunque su familia se extinguiera, aunque no tuviese un pueblo al que poder regresar. Además en este momento tenía a alguien importante en su vida, su corazón se encontraba habitado por una enfermera belga. Tal vez su destino quedaba lejos de estas tierras, quizá en Bélgica.

El señor Mockford al fin se recuperó de su depresión. Una mañana salió de su cama, en parte quizá por la determinación de su hermana la cual todos los días le hablaba e insistía en asearlo. En una semana encontró el valor para poder salir a la calle e ir a por el racionamiento. E incluso, haciendo un esfuerzo, más allá: a sus tierras. Durante años su finca permaneció olvidada, llena de arbustos y hierbajos. Nunca quiso darlas en arrendamiento y la naturaleza vino a ocuparla. Ahora había llegado el momento de trabajar. Buscó los aperos en el sótano de su casa, desde su padre nadie había vuelto a labrarlas. La azada y el arado, aún cubiertos por telas de arpillera, acumulaban polvo y óxido. Como no tenía animales de tiro tendría que cavar a mano. Se encontraba viejo pero capaz. Se echó la azada al hombro y marchó por la larga calle de Faustaugen como un soldado que desfila.

Aquellos terrenos estaban en un pequeño valle, al lado del Feuerbach. Su padre tupió las lindes para hacerlo parecer un campo británico. El sitio tenía difícil acceso, había que pasar por un desfiladero por el que entraba justo un carro, pero el viejo Mockford encontró las tierras baratas y se hizo con ellas comprándoselas al mismo duque cuya fortuna ya se batía en retirada. Aún quedaba una carcomida cerca de entrada y otra de salida, además una pasarela de madera permitía cruzar de un lado a otro del arroyo, por suerte estaba hecha con traviesas del ferrocarril y aún estaban enteras. También había una pequeña cueva en donde su padre solía guardar los aperos y las semillas. Llegar hasta allí era todo un viaje, en el espacio y en el tiempo, pues aunque estaba apenas a media hora, el hecho de visitar la zona y pasar por el camino le traía a la mente cientos de historias de su niñez que rememoraba haciendo aquel recorrido. Se sorprendió llorando y se preguntó qué había hecho con su vida. En qué momento se equivocó y no encontró mujer para construir una familia. Quizá el negocio lo había absorbido tanto que terminó siendo un esclavo de la tienda. Y de su hermana, ya que la desdichada era tímida hasta el punto que sufría agorafobia. A punto estuvo de regresar, si no lo hizo fue porque esperaba secar su cara y sus pestañas para que nadie supiese que había llorado.

La tierra estaba pesada, era como un yunque por el que había pasado el martillazo de miles de pezuñas. Además aún se encontraba mojada con las aguas del deshielo. No tardó en darse cuenta de que ya no tenía la fuerza ni la resistencia de antes. Cavaba y maldecía, solía tener conversaciones con él mismo. Se refrescaba la pelona cabeza y el cuello en el riachuelo y con lentitud volvía a la carga. A la media hora ya tenía ampollas en las manos. Y, sin embargo, todo dependía de la cosecha.

—Paciencia —se repetía—. Paso a paso se llega lejos. A Roma, por lo menos.

Durante todo aquel rato, sentía algo raro. Era una intuición, como si alguien le estuviese mirando. A veces levantaba la cabeza y se dedicaba a mirar durante un rato y no veía a nadie. Se dio un paseo por la finca, desde el punto más elevado hasta el más bajo. Miró desde la lejanía su trabajo y le parecía tan poca cosa que casi se echa a llorar de nuevo. En su lugar soltó varias carcajadas nerviosas.

—Me volveré loco del todo. Acabaré en el Abeto Ahorcado, seguro.

Caminaba de regreso al tajo cuando le vino un olor desagradable. Miró por el suelo y se dirigió hacia una mancha de arbustos, allí encontró cagadas humanas. Eran pequeñas casi como las de un perrillo. Pero no había duda, alguien habitaba aquel sitio. Su instinto le llevó a mirar la cueva, apenas tapada por unos tablones carcomidos. Supo que desde allí alguien podía estar mirándole. Se encaminó hasta la entrada y cogió una piedra, temblaba de miedo. En realidad, no tenía porqué abrir aquella "puerta", qué más daba que alguien viviese dentro. Estaba a punto de dar media vuelta, cuando oyó un chasquido. No estada dentro, sino a su espalda. Le pasó por la mente que quizá el sonido era del viejo roble cuyas ramas solían quejarse cada vez que el viento las mecía.

—No me haga nada, señor Mockford —le dijo una vocecilla.

Cuando se giró John Mockford, se encontró a un tipo barbudo y escuálido. Había algo en su semblante que le resultaba familiar, aunque al instante no supo reconocerlo.

—Soy Paul, Paul el zapatero, Paul Król. No me haga daño, no me delate.

—¡Paul! —dijo John aliviado— Pe… pero si tú, si tú estabas muerto.

El muchacho negó con la cabeza.

—¿Le parezco muerto? —largo silencio—. Necesito ayuda, señor Mockford.

—Pero, muchacho, ¿dónde has estado?

Paul no tenía ni ganas ni fuerzas para contestarle, se sentía tan débil que lo único que hizo fue pasar junto al señor Mockford y entrar en la cueva. John le siguió, lo primero que le llegó fue el olor agrio y a descomposición. Vio varias raspas de pescado, e incluso el cráneo de lo que parecía un gato y una olla en el suelo. La cueva era poco profunda, apenas unos cinco metros, al fondo Paul había situado su jergón con sacos de arpillera y algo de paja. Aquello era pura pobreza, supo que si no acudía a ayudar al joven posiblemente moriría pronto.

–¿Qué puedo hacer por ti muchacho?

Pero Paul no tenía respuestas, se dejó caer en el camastro y tosió.

–Tengo hambre.

–Todos tenemos hambre. El pueblo ha caído en la miseria. Ya no tengo nada, ya no existe la tienda, ni los víveres de mi almacén. No sé qué puedo hacer por ti.

Paul cerró los ojos, tenía sueño. Mucho sueño. Y a John se le pasó por la cabeza denunciarlo a las autoridades pero si lo hacía, posiblemente lo mandarían fusilar por desertor. Le observó, recordaba a aquel chaval que junto con Gilbert Bartram solían robarle caramelos y hacerle cualquier trastada. Más de un día quiso darle una paliza a ambos, siempre los odió y, sin embargo, ahora solo sentía pena. Podía llamar a su padre, sí, se dijo, el viejo Frankz se llevaría una alegría cuando le entregase a su hijo. Probablemente no sabía que estaba vivo.

–Paul, muchacho, ¿quieres que avise a tus padres?

–No –dijo débil–, solo necesito comer. Si me recupero te ayudaré a cultivar la tierra.

–Pero, si aviso a tu padre…

–Complicarás las cosas, mi padre es un pazguato arrastrará a la milicia hasta aquí.

–No sé cómo ayudarte. Muchacho yo…

John, se llevaba las manos a la boca, salió de la cueva. El aire puro del exterior le mareó, quizá era la acumulación de sensaciones. No podía marcharse de allí y dejar al joven consumirse. Porque estaba claro que se estaba dejando morir. Se marchó al pueblo y regresó al rato con un poco de queso con pan. Se lo dio y Paul se lo comió con pereza, había oído que era malo que una persona expuesta a la inanición se diese una comilona, tampoco John tenía mucho que ofrecer. Estuvo yendo y viniendo todos los días, trayéndole algo para comer y beber. Poco a poco, el joven fue recuperando el apetito, aunque no el ánimo. Dentro de Paul había un infierno, estaba desmoralizado del todo. Que John le hablase era como tener a una mosca alrededor de la cara. No era para esto para lo que había regresado al pueblo.

—Mira Paul, muchacho. Yo no puedo hacer mucho por ti, en casa somos dos y apenas nos podemos mantener. Mírame, he perdido al menos veinte kilos. Y no voy a poder traerte más comida. Creo que si se lo dijese a tu padre.

—¡No! —aquella expresión era su primera explosión de energía en mucho tiempo.

Recordó el día en el que llegó de Bremen, el día en el que fue a su casa y su padre le dio una bofetada, le dijo que al desertar había abandonado a su hermano, que era un cobarde, una deshonra. Su madre se colocó entre ellos, trataba de abrazarle, de hacer callar a su marido, de contener su decepción y la ira de su esposo. Se marchó, la vio llorar, desconsolada y a Frankz lagrimeando por el miedo y la vergüenza. No había nadie en la calle, en realidad nadie debía verlo, sin embargo, quería encontrar al menos a Lukas, o a Erika, o a María, o entrar en la taberna del Tuerto para beber un rato. Pero no había nadie allí, las calles estaban vacías como en las noches de invierno. Se sintió extraño, muy extraño.

Se marchó al cementerio, ¿dónde si no van los muertos? Allí tocó su nombre en la piedra, era su nombre el que le pusieron sus padres y por ese nombre le reconocía el mundo, era un caído, un caído por la patria y el káiser. El maestro Luhmann diría que las cosas que no son nombradas no existen, ¿existen las personas que han perdido el nombre? Entonces llegó Otta, se quedaron sin aire, se observaron tras unos segundos de duda lo confundió con su hermano. Realmente estaba muerto, él allí plantado no era más que un montón de recuerdos. Toda la energía con la que despegó desde el tejado de Luxemburgo se había extinguido. Y en esos instantes llegó Fremont, con su traje impoluto y su sombrero de paja. En sus labios la guerra no era más que un término lejano, teórico. De hecho su familia se enriquecía con el conflicto. Supo entonces que era un desheredado, habían usurpado su mundo, su vida. Todo aquello por lo que luchaba en tierras extrañas le había sido robado por la espalda. A una palabra de Fremont Otta se marchó. Si le hubiese dicho quién era quizá se habría girado, quizá nunca se hubiese ido. Pero no tuvo fuerzas, la amaba tanto que no se veía con derecho a perturbarla. Con el maestro tendría un futuro y por más que lo odiase comprendía que era lo mejor para todos. Al menos así lo vio ese día, el día en el que su padre lo había echado de casa y su novia de su corazón. Su mundo se había extinguido para siempre.

–No avises a mis padres. Tienes dinero, sé que tienes dinero.

–Bueno, algo. Pe... pero lo necesito para...

–Compra una cabra, que duerma aquí en la cueva conmigo. Tendremos leche.

–Tú, no podrías protegerte ni a ti mismo.

Paul que había cerrado los ojos los abrió súbitamente, se echó las manos al bolsillo y le mostró la Luger.

–Yo no, aunque esta sabe cómo.

John lo observó detenidamente, tenía razón, una cabra tenía hierba de sobra en sus tres hectáreas de terreno, Paul, si se recuperaba podía cultivar la tierra mejor que él. Ambos podían ayudarse mutuamente. Si las autoridades no lo encontraban. Si eso ocurría tendrían graves problemas, la sola idea lo aterraba.

–Pero ¿y si te ven?

–Nadie me verá, eso sé hacerlo bien. Tengo mucho miedo. Pero tengo que recuperarme y después, después ya veremos. Tengo que dejar de llorar –Paul hablaba como si allí no hubiese nadie–. Después quizá le enseñe los dientes al mundo.

–Sé, comprendo, quiero decir que desde luego sé cómo te sientes – dijo mirándole a la cara –. Pero, pero mira esto, no puede seguir como una pocilga y habría que... hombre, sé que aquí vivirá una cabra, pero... por tu bien.

–He vivido al lado de los compañeros muertos, una cabra no huele tan mal, de hecho estoy seguro de que huelo peor que una cabra.

–Pero, ante todo, hay que ser muy cautos. Yo tampoco soy muy valiente, suspiré aliviado cuando me libré de ir a la milicia.

–Seré cauto. Si alguien me ve... sabré actuar. Además diré que no sabías nada.

Ambos se dieron un apretón de manos, quizá no muy firme.

Había un poco de desconfianza y también desesperación en el gesto, como si se aferrasen a lo que fuese para no caer por un precipicio.

Bélgica, enero de 1918

El invierno estaba siendo más duro de lo esperado, apenas habían avanzado y de nuevo tuvieron que refugiarse en unas ruinas. Esta vez fue en un molino de viento al que el fuego había devorado parte de la estructura. Estaban entre Wavre y Hasselt, tan cerca de Países Bajos que apenas quedaba a menos de cien kilómetros. Como siempre, moverse en la clandestinidad no era nada fácil, la prioridad era ser invisible y evitar los núcleos poblados. Además sospechaban que alguien andaba tras su pista. Al principio era Gerhard quien tenía la corazonada, después se sumó Christian cuando vio a lo lejos como varios gendarmes peinaban un bosquecillo. También había policías belgas colaborando con ellos. La promesa del Káiser de garantizar la neutralidad de Bélgica después de la guerra calmaba los recelos de los políticos locales.

El molino no era acogedor, el viento frío se colaba por todos lados y los dejaba casi congelados. No tenía puerta y de la ventana solo le quedaba el marco, por las noches se oían murciélagos entrar y salir. El techo que quedaba en pie amenazaba con derrumbarse sobre ellos. Quizá por eso, escogieron aquel lugar y no otro; era una locura quedarse en un sitio a punto de venirse abajo, nadie podía sospechar que alguien se hospedaba allí. Aunque aún hubiera sido peor continuar con la niña febril y Christian con los zapatos agujereados. Gerhard ya no se desesperaba, intentaba tomárselo todo con calma. Al fin y al cabo Países Bajos no se iría de allí, incluso puede que cuando llegasen la guerra hubiese terminado con lo cual no habrían hecho nada. Como siempre tenía que encargarse de buscar comida, agua y leña. Además hizo un refugio dentro del molino, por si algún día la techumbre se rendía. Había días en los que no tenían nada para comer y eso no ayudaba a que la niña se recuperara. Pero Gerhard no se rendía, salía de madrugada y regresaba con las claras del día. Parecía infatigable, aunque no lo era, sentía en el pecho algo parecido a un pitido, un cansancio que no presagiaba nada bueno. Un día trajo carne sin decir de qué animal se trataba, cada vez le costaba más alejarse. Además tenía un miedo que le hacía no querer mirar a los ojos de sus amigos. Cierta noche, estaba tan cansado que no se levantó. Christian le quitó los zapatos, estrechos, y fue a buscar algo. El muchacho se dio cuenta de la dificultad que entrañaba encontrar algo decente.

Caminó tanto que sintió que se había perdido. Con las claras del día encontró un pueblecito campesino y entró, estaba mal vestido y olía. Pero nadie le dijo nada, por no haber no había ni policías. Los lugareños se agolpaban en un café y lo miraban desde la ventana. Allí se plantó en la puerta y extendió la mano. Ni él mismo se creyó lo que estaba haciendo: mendigaba. Un anciano salió y le invitó a entrar, le pidió al camarero que le preparase un café. Christian lo tomó, se quemó la lengua, aunque no por ello dejo de sorber. Se sorprendió al notar una lágrima. Notaba que todos sabían que era un desertor, sin embargo, al tiempo podía notar que se compadecían. Extendió la mano y pidió al camarero que le dejase un lápiz y un papel. El camarero extrañado le dejó una hoja del cuaderno en donde anotaba las cuentas de los clientes. Entonces comenzó a hacerle un retrato al hombre que le había invitado, era su pago. Cuando lo mostró, todos rieron. El Arte terminó abriendo el corazón de los más desconfiados. De aquel pueblecito vino a salir varias horas y dibujos después, con un trozo de pan y una vianda, además de queso y tocino. Se marchó con una sonrisa y haciendo planes de futuro, creía que los lugareños le ayudarían en su huida. Cuando se lo contase a Louise y a Gerhard no se lo querrían creer. Christian era tan optimista que a veces parecía ingenuo. Construía su felicidad con el tesoro que llevaba, por primera vez desde que desertaron se sentía orgulloso de su aportación.

Cuando llegó al molino lo primero que recibió fue un abrazo de Louise y una mirada desaprobatoria de Gerhard, descalzo, enfermo y enfadado. Sus párpados apenas se sostenían sobre sus ojos. Pero Christian traía trofeos, la comida fue recibida con mucha alegría tanto que Louise daba saltos de impaciencia. Gerhard hizo un esfuerzo y se zampó un trozo de pan con tocino apenas sin morderlo, aunque al momento comenzó a hacer preguntas.

–¿De dónde has recogido esto?

–Me lo dieron unos amigos, le hice un dibujo y me dieron comida, incluso me dejaron una palangana y algo de jabón. Además, creo que me van a regalar unos zapatos nuevos.

–¿Amigos? Se te ha secado el cerebro. ¡No tenemos amigos! Esta comida es nuestra última cena. Nos buscarán.

–Pero es imposible.

–¿Qué has hecho? ¿Tienes idea de lo que cuesta pasar desapercibido? ¿Sabes lo que va a pasar ahora? –no le dejó contestar– Esto que tenemos aquí, esta comida, la tendremos que pagar, "tus amigos" se lo dirán a alguien.

–No, son buenas personas. Lo sé.

–Esto no tiene nada que ver con que sean buenas personas. Alguien se lo dirá a alguien, y ese alguien a otro que será el que vendrá para detenernos y tal vez mañana ese alguien reciba una palmada en la espalda. Nadie nos debe ver, ¡Dios! ¿Por qué crees que nos ocultamos en un molino derruido?

Louise miraba a ambos, por primera vez comprendió a Gerhard. Lo observaba en silencio, derrotado por el resfriado o lo que quiera que tuviese. Lo había dado todo por ellos, no podía ni tenía que ser agradable. Tan solo eficaz y hasta ahora lo había sido.

–Tenemos que largarnos –dijo Louise con su raro acento flamenco-balón.

–Lo siento –dijo Christian–, debería ser más cauto.

Gerhard no dijo nada, marcharse, con él enfermo y Christian sin zapatos era casi imposible, casi como querer cruzar un río helado con un flotador. Por otro lado, sentarse y esperar sería igual que bucear bajo el hielo. Todo había sido una locura, si se hubiesen quedado en el frente quizá estarían muertos, pero no tendrían este saco de problemas.

–Pasaremos la noche aquí, saldremos unas horas antes de amanecer, sí de madrugada. Tú tendrás que prepararte algo para que tus zapatos aguanten, rompe trapos, átate cuerdas, haz lo necesario para seguir caminando. Habrá que cargar con los cacharros de nuevo. Las mantas, todo. Esta vez no pararemos hasta llegar a Países Bajos.

La noche fue larga para todos, esperaban que alguien llegase. Una sombra siniestra que apareciese por la puerta. Gerhard cada vez que conseguía dormir soñaba con que los detenían una y otra vez. Siempre terminaba fusilado contra una pared y con los ojos vendados. ¿Por qué los ojos vendados? Tal vez para no mirar a sus camaradas. No se debía mirar a los ojos del que matas, era una ley no escrita. Solo los locos o los desquiciados lo hacen. Y volvió a soñar con miradas, miradas que mataban, debía tener fiebre. Vio a su padre pegándole con una vara de sauce, maldita vara de sauce, lo vivía como si pasara de verdad, de nuevo. Su madre lo veía y no hacía nada por detenerle, como siempre, esa sonrisa en ciernes como si le gustase verlo sufrir.

Por fin llegó la hora y con al fin se ahuyentaron las pesadillas. Lo peor era que se habían quedado dormidos. Era una mañana tan blanca que dolía la cabeza de mirar afuera. Cogieron los bultos y los llevaron a la espalda, se colocaban una manta por encima y caminaban como patos en un lodazal. Aquella extraña procesión no buscaba ocultarse, se daban a la suerte. Era contrario a todo lo que habían hecho hasta ahora. Gerhard si hubiese sido Gerhard no habría hecho una locura así. Pero Gerhard estaba enfermo y cansado, tanto que lo único que quería era llegar a donde fuese. Morir no podía ser tan grave. Volver a la guerra no podía ser tan grave. Arrojarse al suelo y dejar el tiempo pasar no podía ser tan grave. Louise le tomó la mano.

–Vamos Gerhard, encontraremos un lugar seguro, llegaremos pronto.

–Cúbrete la boca o volverás a estar enferma, no hables.

A lo lejos vieron una carretera, por suerte nadie pasó por allí, excepto un carro perezoso tirado por un triste buey y conducido por un campesino que no tenía ganas de mirar a los lados. Por la cabeza de Christian pasaba en convertir en estofado al animal, para él solo tendría para pasar el invierno y seguramente parte de la primavera, con los huesos se podía hacer cientos de sopas. Aunque aquel buey nunca caería en su estómago. Pensó entonces que tendría que hacer una lista con las cosas que no había hecho para poder comenzar a realizarlas una vez llegase a Países Bajos. Al contrario que Gerhard soñaba con regresar algún día a Faustaugen quizá con algo de dinero el suficiente como para que Ute se fijase en él. Gerhard sabía muy bien que jamás podría volver, con suerte podría ver a su madre en la frontera. Ni Ute estaba hecha para un tipo pobretón, ya que también le atraía la hija del alcalde. Su vida en adelante pertenecía al extranjero, su alma sería pasto de la melancolía y de los recuerdos. Aquel era el peaje por dejar atrás la guerra o al menos una parte de ella.

Paseaban por una estrecha vereda que se intuía tras la delgada capa de nieve. Rodeados de terrenos para cultivar con alguna que otra suave elevación y pequeños arroyos. Aquí y allá pequeñas formaciones boscosas: bosquecillos de hayedos, una decena de robles, algunos pinos dispersos. Una urraca revoloteaba cerca como si esperase que se les cayese algo al suelo. Avanzaban sin ocultarse mientras, sin que lo sospechasen, alguien los había localizado. Desde la lejanía un observador los veía desde sus primaticos. Dos hombres y una niña, coincidían con sus descripciones, pensaba que debía ser su día de suerte. El tipo se fue acercando con cautela, poco a poco, no tenía prisa. Se parapetó tras un roble seco y cogió su fusil.

Gerhard en ese instante lo intuyó, se sintió observado y

como una alimaña olisqueó el viento. Si no hubiese estado enfermo habrían tenido más cautela. Supo entonces que había sido demasiado descuidado y maldijo su despiste.

–Seguid vosotros, mirad aquel árbol lejano, id hacia allí, si veis a alguien os detenéis.

–¿Qué pasa? –preguntó Christian.

–Seguid, seguid, voy a ver una cosa.

Ni la niña ni el muchacho lo creyeron, continuaron aunque miraban a su alrededor desconfiados. Caminaban despacio, de pronto el cansancio y la fatiga pasaron a segundo plano. Estaban tan tensos que parece que estuviesen en manos de un barbero dentista. Se oyó un disparo, y Christian sintió como si una avispa le hubiese picado en la pierna, pronto el dolor se volvía insoportable, tuvo que sentarse en el suelo. Louise lo miró aterrorizada. El pantalón estaba empapado de sangre y ni siquiera le salía un grito, miró a su alrededor buscando a Gerhard, pero no lo encontraba, como tampoco hallaba al tirador. Christian no emitía sonido alguno ni tampoco hacía gestos de dolor, ni siquiera se movía. Louise acudió en su ayuda, sin saber qué hacer le tocaba la cara, le daba asco palpar la sangre, sabía que no podía dejar a su amigo solo. Entonces el joven reaccionó.

–Al suelo, tiéndete –le dijo indicándole con la mano.

Sonó otro disparo que no acertó a dar en el blanco. La herida estaba en el cuádriceps, sangraba y era dolorosa, aunque el muchacho intuyó que no tenía porque ser mortal. El enemigo acechaba y Gerhard debía estar ocupándose del problema. O tal vez no, quizá había caído. Louise sentía el contacto frío con la tierra, aunque tenía tanto miedo que se le podía congelar el rostro y no se levantaría. Christian se arrastró e intentó hacer un parapeto con el equipaje ya que creía saber desde donde le estaban disparando. Se oyó otra detonación y oyeron el silbido de la bala. La chiquilla lloraba, la mano de Christian se posó en su cabeza y la acarició. El joven necesitaba ver, más allá de las hierbas, de los arboles de la lejanía, de la blancura infinita. El enemigo era oscuro como la intención de un traidor, tenía que mostrarse. ¿Y Gerhard? ¿Dónde estaba? ¿Qué había sido de él? Gerhard era un patoso no podía llegar muy lejos, además estaba enfermo y no tenía armas. No encontraría al tirador ni aunque este le tocase en el hombro. Sin quererlo recordó las peleas que había tenido con su amigo y se preguntó por un segundo si no era él quien estaba detrás de aquel ataque. Era absurdo, Gerhard nunca les haría eso, además no tenía fusil. El miedo le hacía pensar disparates. Apretó a Louise contra su cuerpo para protegerla. De repente solo había silencio, como si el tiempo se hubiese acabado. Ni una brizna de viento se estrechaba contra sus oídos. El mundo mudo era mucho más inquietante, lleno de posibilidades y todas funestas. Era en aquellos instantes cuando se acordaban de sus seres queridos y de lo que hubiese sido de ellos si no se hubiesen movido del sitio. La vida que les había tocado vivir era aciaga. Desde que salieron de Faustaugen no habían conocido sino penurias y miseria, aquel era el colofón iba a morir en una tierra lejana y extraña. Temblaba de miedo y sentía a la pequeña llorar en su regazo, el instinto de protección le daba fuerzas. El soldado experimentado que habitaba dentro de su cuerpo trataba de salir, arrastrarse y localizar de una vez al francotirador. En cierto modo se hallaba dentro de un embudo, en tierra de nadie, rodeado de alambradas, caballos de Frisia, granadas por estallar y sangre, mucha sangre. Demasiada sangre.

Louise no sentía la cara cuando se oyó un rumor a su lado. Vio a Gerhard reptando hacia ellos.

—Es uno, nos disparaba desde el bosquecillo aquel, me he acercado un poco. Me ha intuido y se ha marchado. Puede que vaya en busca de ayuda, quizá crea que vamos desarmados.

Christian sonrió aliviado.

—¿Qué hacemos?

—¿Puedes arrastrarte?

—No lo sé.

—Ahí debajo hay un arroyo, el cañaveral que lo cubre nos permitirá escondernos. Hay que dejar los cacharros aquí, no podemos cargar con todo, ahora solo nos queda correr.

—Pero si él está muy mal, necesita un médico —dijo Louise asustada.

Gerhard no respondió, cogió a su amigo y le ayudó a incorporarse. Louise al levantarse sintió que tenía las extremidades entumecidas, aún así también quiso ayudar al muchacho. Su corazón le bombeaba tan fuerte que lo sentía en las mejillas que le dolían en cada oleada de sangre caliente. Miraba atrás buscando el peligro.

—No te preocupes, Louise, se ha marchado.

Gerhard lo había visto largarse en su caballo, desde la lejanía se dio cuenta de que era un policía belga. Iría en busca de refuerzos, que los atrapasen era solo cuestión de tiempo. El reloj que hasta ahora avanzaba lento comenzaba la cuenta atrás.

Las tropas del Frente Oriental venían llegando poco a poco. Rusia había abandonado la guerra definitivamente, las condiciones de la rendición se negociaban en Brest-Litovsk, donde destacaba presencia de León Trotski como comisario de Asuntos Exteriores el cual no estaba conforme con las condiciones impuestas por Alemania ya que Rusia tenía que renunciar a Polonia , Finlandia, Livonia, Estonia, Ucrania, Polonia, Curlandia, Lituania y Besarabia. De hecho apoyaba la retirada de la guerra sin firmar ningún tratado. Aún había otros como el radical Nikolái Bujarin, portavoz de los comunistas de izquierdas, que abogaba por continuar en la contienda con una guerra de guerrillas. No obstante, fue la decisión de Lenin la que ganó ya que nadie como él comprendía que el recién creado Ejército Rojo no tenía fuerza para oponerse al Imperio Alemán. La estrategia alemana de enviar a Lenin en un tren blindado a su país había dado sus frutos. Su partido, el partido bolchevique se había hecho con el poder, nacía la Unión Soviética. Se acabó el reprimir las huelgas a disparos y sablazos. El pueblo ruso esperaba mucho del nuevo gobierno y conseguir la paz era una demanda desesperada. Mientras tanto los estadounidenses comenzaban a llegar y en Oriente Próximo las promesas que los aliados hicieron a árabes y judíos para que se unieran daban sus frutos y gracias a esto los británicos vencieron en Gaza a los turcos permitiendo que entrasen en Jerusalén. Sin embargo, los aliados no respetarían las promesas hechas a los árabes por el oficial británico Thomas Edward Lawrence, Lawrence de arabia, que había pactado con los árabes, a cambio de su ayuda, otorgar un territorio que sería un estado panárabe en el area de la Gran Siria. En lugar de respetar los acuerdos Francia y Gran Bretaña se repartirían sus esferas de influencia con el acuerdo Sykes-Picot.

La estación apestaba a soldado sin asear, la locomotora negra y brillante llegó con su penacho de humo. Aún sin detenerse del todo la maquinaria algunos mandos comenzaron a bajarse para ir ordenando el tránsito. Los muchachos llegaban llenos de hollín, sonrientes al fin después del largo viaje.

Algo le decía al capitán Götz Müller que aquel sería el último año de la guerra. Nunca había tenido tanto trabajo como ahora; debía de hacer sitio para los soldados que llegaban y todo lo necesario para aprovisionarlos de comida y munición. No había día en el que no le llamasen la atención porque algo no quedaba como los mandos habían ordenado. Una de esas órdenes era buscar alojamiento a una compañía recién formada, una de esas entrenadas para el asalto. El capitán que la comandaba se llamaba Horst Mann. Horst era un hombre de esos que no miraban a los ojos, caminaba hacia adelante como si supiera donde iba y parecía que todo le importase tanto como el humo de la estación. Un tipo que exhibía una cicatriz en la ceja que le hacía mantener un ojo casi cerrado. Gracias a este detalle Götz lo reconoció. Sus hombres eran tipos duros, tipos que venían de una criba en la cual habían visto y vivido de todo, acostumbrados a infiltrarse en terreno enemigo para devastar la moral de los rusos. No eran como esos veteranos ruidosos que miran a los reclutas por encima del hombro. Eran silenciosos, reían y hablaban entre ellos sin llamar la atención como si siguieran todavía en la trinchera.

−¿Por dónde?

−Por aquí capitán por aquí, los camiones llevan al menos dos horas esperando.

−No es mi culpa capitán, no lo es.

−Tampoco la mía, capitán.

Müller sintió ganas de quejarse, de decirle que a veces venían cañones que necesitaban volver a calibrarse. Cuando los ponían en funcionamiento conseguían cañonear a sus mismos hombres, además había que volver a subir a los trenes el material defectuoso. Pérdida de hombres, de tiempo, de recursos. Todo parecía llegar a lo loco como si las circunstancias no pudiesen ser sino caóticas. Además siempre estaban los mercachifles, los tipos que iban detrás de los recién llegados vendiendo tabaco, licores, revistas o cualquier tontería. Entreteniendo a la tropa y distrayendo a soldados y mandos. Todo ello retrasaba su tarea y estaba muy cansado.

−Es importante que hagamos el traslado lo más rápido posible, tengo trabajo para dos semanas y lo he de realizar en dos días.

Horst lo fusiló con la mirada, estaría bueno que le echase a él la culpa. Götz estaba acostumbrado y no le prestó atención.

−¡Venga! −ordenó Horst a sus soldados.

Un teniente, Eike Schnitzler, apremió a sus hombres. Los cuales andaban preguntando por el rancho. Aunque la mayoría ya formaba para acomodarse en los camiones. Entre ellos sobresalía su sargento, Rudolf Goldschmidt.

−Os llaman la compañía Peste −dijo un conductor al cabo

Rosenstock.

–Somos la peste negra, matamos como si fuésemos una enfermedad.

–¿Y esos fusiles?

–Son más pequeños, sirven para luchar en la trinchera.

Rudolf entró con sus hombres en un camión, le dolía la pierna derecha quizá de estar sentado. A su lado se situó Arne Kleinman, el futbolista; Gottlieb Reber, el Malaspulgas; Dieter Lustig y a por último, apretando a los demás Ulrich Król.

–¿Dónde vamos? –preguntó el sargento.

–A La Fère –nadie había oído hablar jamás de aquel lugar–. Los oficiales residirán en las pocas casas de vecinos que quedan en pie, los demás os vais a cochineras. Siendo como sois la compañía Peste no os viene tan mal.

–¿Bombardean mucho por aquí? –quiso saber el sargento.

–A veces, desde el aire sobre todo. Por suerte, nuestros pilotos aún dominan el aire, cuando ven aparecer al Barón Rojo huyen despavoridos.

–¿Lo has visto alguna vez?

–Sí, al menos dos. Pero más al norte. Iba con su Jasta 11, el Circo Volador. Son un grupo increíble. De hecho una vez tuvimos que trasladar sus aviones en tren, aunque yo no estaba; me hirieron en una pierna –el conductor levantaba el volumen no tanto por el sonido del motor como por la emoción y el orgullo.

Cuando llegaron por fin sintieron la sensación de descanso, algunos incluso se tiraron al suelo. No había ningún nativo en el pueblo, habían sido evacuados el año anterior. Las casas a medio destruir daban esa sensación de tristeza que acompaña a la ruina. Ulrich Król miró una polilla que los sobrevolaba, le pareció extraño ver un insecto revoloteando pese al frío. El capitán Müller también la vio y sin mirar al joven hizo un comentario.

–Se comen las vigas de madera, el verano pasado se derrumbó un techo y murió un muchacho.

–Aquí te mata cualquier cosa, ni los insectos nos quieren.

Entonces Götz le miró y casi se queda sin aliento, estaba viendo un fantasma.

–Pero, ¡que cojones! ¡Tú estabas muerto!

–¿Perdone, mi capitán?

–¿Cómo te llamabas, cómo?

–Ulrich Król.

–Król, Król, ese es el apellido. Pero, era Paul. Estoy seguro.

–Mi hermano gemelo, mi capitán. Murió en Verdún.

Götz le miró sin hablarle, Ulrich supo en aquel instante que el capitán tenía detalles de la muerte de Paul que él desconocía.

–¿Cómo murió, herr capitán?

–No... no lo sé muchacho. No lo sé. ¡Bueno! Tengo trabajo que hacer. ¡Capitán!

–Herr capitán –dijo Ulrich agarrándole del brazo–, hábleme de mi hermano.

«Otro que no me respeta, esto va conmigo».

–Algún día. Y ahora por favor suélteme, soy oficial, aunque no lo parezca.

–Perdóneme, herr capitán.

–Nos volveremos a ver y le diré lo que sé, espero que para entonces la Muerte no nos haya puesto en su lista.

Ulrich lo vio marcharse y sintió que la muerte de Paul estaba rodeada de secretos, matices que la hacían extraña. Siempre supo que había cosas que no le quedaban claras, como queriendo evadirse quitaba hierro al asunto había visto a muchos hombres desaparecer sin más como si se evaporasen. Paul podía haber sido fulminado por el fuego de artillería... o no. En todo caso el rostro del capitán de intendencia parecía bastante explícito; había detalles oscuros en la desaparición de Paul. Le resultó curioso cómo lo había confundido, hacía mucho tiempo que nadie se equivocaba. Siempre fue idéntico a su hermano y, sin embargo, tan diferente. Paul siempre fue el simpático mientras que él serio. Uno se llevó el amor el otro la admiración. Ulrich podía buscar novia y encontrarla porque cualquier muchacha podía enamorarse de un hombre capaz. De Paul solo se podía enamorar la mejor. Aquella mujer que señalase con el dedo sería suya, porque las muchachas lo deseaban por ese lado oscuro, descarado, infame. Si Virginia hubiese conocido a Paul habría caído atrapada en su red. Si quería enamorar a Otta y tener alguien con quién soñar debía convertirse en su gemelo. Algo tan difícil como tratar de escribir con la mano izquierda. Aunque pese al tiempo y a la distancia todavía amaba a Virginia a pesar de que nunca más tenía previsto verla.

Soplaba el frío viento del norte y una pareja de pajarracos revoloteaba a ras del suelo. El brigada Philip Kümmert, imitando el humor de los oficiales, protestó por el estado de su jergón y el de sus subordinados.

–Algunos tienen sangre, otros están muy sucios y todos llenos de piojos.

El sargento Rudolf se fumó un cigarrillo, observó lo que quedaba de pueblo y observó un punto en el cielo, de pronto se dio cuenta de que no estaba solo, era una escuadrilla de aviones. Se oyeron voces de alarma, Rudolf esperó hasta estar seguro, de pronto la distancia aclaró sus dudas eran cazas biplanos SPAD franceses. Con rapidez se ocultó dentro de la casa que les daba cobijo, sonaron las ametralladoras antiaéreas y las ráfagas de los SPAD lograban atravesar la techumbre y herir a varios. Comprendieron que a este lado de Alemania se libraba una guerra muy distinta. Intuyó que por muy bueno que fuese el entrenamiento no estaban preparados para el Frente Occidental. De pronto consideró que tal vez fuesen prueba de algún experimento, una táctica nueva que quizá saliese bien o no. Las prisas por llegar a Paris antes que los norteamericanos podían costarle caras. Rudolf por primera vez sintió que podían perder la guerra, entristeció de pronto. Pasado un rato volvió al exterior y encendió de nuevo el cigarro, a lo lejos todavía se oían las conversaciones de los cuervos, los graznidos de los oficiales.

Jan estaba tan enamorado que hubiese dejado su querida Alemania para vivir en Bélgica. ¿Quién se lo hubiese dicho? Siempre se sintió más patriota que el Káiser, aunque es que la muchacha en cuestión era tan culta y refinada, saltaba a la vista que no se había criado en un pueblo. La conoció en el hospital de sangre aunque en realidad no era enfermera sino veterinaria. Por ello, tenía muchos conocimientos de medicina y, además, sabía hablar con los soldados. Ya que la mayoría de los que no estaban moribundos solicitaban más su compañía que un buen analgésico. Tenía palabras amables, escuetas, certeras. Solían los muchachos embelesarse con sus cuidadoras y algunos no tenían modales, aunque la mayoría solían tratarlas con respeto. Lo que le llamó la atención de Jan fue el enterarse por casualidad que era de Faustaugen. Virginia no quiso revelarle cómo conocía su pueblo, un lugar pequeño y remoto, ni siquiera una mota de polvo sobre el mapa de Alemania.

Virginia había comenzado la guerra con un brazalete rojo, fue obligada a trabajar como veterinaria. Su rebeldía la hizo acabar en el Frente Oriental y después gracias a sus gestiones y sobre todo a su cambio de actitud fue llevaba a Bélgica en un principio y a Francia después. Si fue reticente a viajar a sur nadie lo sabe ya que no puso ni mala cara. Había aprendido a vivir conteniendo sus emociones. Había oído tantas veces que el hambre que mataba a sus compatriotas lo provocaban los británicos que hoy por hoy no sabía pensar quién era el bueno o el malo.

Entonces llegó Jan, un muchacho con una herida de shrapnel en la pierna. Nada que le impidiese seguir luchando, aunque necesitaba un periodo de recuperación y algo de morfina para el dolor. Jan se enamoró de ella nada más verla. Lo primero que hizo medio en broma fue pedirle matrimonio.

–Cuando termine la guerra me lo vuelves a repetir – le respondió con un fuerte acento flamenco.

Desde entonces Jan le decía: "Mi francesita", incapaz de diferenciar un acento de otro. Y, sin embargo, solía hacerse el culto cuando hablaba a la enfermera citando algún cuento de Hoffman o de Grimm. Cuando comenzó a apoyar el pie solicitaba la ayuda de Virginia, entonces hablaba con la joven de su pueblo sus proyectos y sueños. Y aunque en principio quería seguir en el ejército para seguir ascendiendo, a ella le decía que quería vivir en Bélgica.

–Es un país precioso el tuyo.

–¿De verdad? –preguntaba Virginia incrédula.

–Ya lo creo, el clima por ejemplo, es más templado. Estoy seguro de que cuando acabe la guerra todo será distinto.

–No sé yo.

–Ya lo verás, no quedará resentimiento. Es más, creo que cuando ganemos, los belgas serán nuestros aliados para siempre. E incluso alguna región será alemana con lo cual no tendrías problemas para obtener la ciudadanía.

Caminaban por un pasillo que en aquel momento estaba desierto, cosa rara porque una vez tras otra siempre se podían ver médicos y enfermeras entrando y saliendo como conejos al atardecer en la puerta de sus madrigueras. Pero en aquel momento no había nadie, momento en el que Jan aprovechó para robarle un beso. La joven superada la sorpresa inicial, sonrió con los ojos y agachó la cabeza. A partir de aquel momento comenzó a existir un "nosotros" y el joven tejía aquella historia con promesas. Después llegó el permiso para terminar de recuperarse, en donde pensó mucho. Semanas más tarde se presentó en el hospital con su mejor traje. Se tenía que marchar al frente en los próximos días. Se presagiaba una gran ofensiva y él iría en cabeza ya que pertenecía a los grupos de asalto.

–Me voy para regresar, esto va a acabar de una vez por todas y por fin podremos casarnos, si tú quieres.

–Pídemelo cuando acabe la guerra. No quiero, no quiero ilusionarme.

No tenían mucho tiempo, quizá una hora. Jan traía un coche que pudo conseguir gracias a su amistad con un alférez de intendencia. Ambos se las habían apañado para decir que estaba averiado. El muchacho quiso dar un paseo con ella y Virginia accedió. Jan estaba tan excitado que podía encender el motor con la emoción. Estaba con una mujer, preciosa y joven, no como las resabiadas del burdel.

–¿Dónde quieres que te lleve?

–A Bélgica.

–Ja, ja, ja. Daremos un paseo por el campo, traigo algo de vino y: ¡una tortilla! Sí, he conseguido huevos.

–Pero me vas a acercar a Bélgica.

–¿Qué, cómo?

–Tienes que retirarme de aquí. ¿Lo comprendes?

–Pero, eres enfermera.

–Sí, y estoy harta de ver alemanes moribundos, con media cara, quemados con los gases echando los pulmones por la boca, gritando, suplicando. Muchachos que me preguntan si morirán mientras les falta el aire, y que ya están condenados. No puedo soportarlo, ¿lo comprendes?

–Sí, sí, lo, lo comprendo. Pero si hago eso puedo enfrentarme a un consejo de guerra.

–Estoy aquí de forma voluntaria, ahora pertenezco a la Cruz Roja. Algunas de mis compañeras se inyectan morfina para continuar con su tarea. No somos inmunes al dolor. Dime, ¿con quién quieres casarte? Con una mujer amargada y con pesadillas que necesita morfina para dormir. O con una persona normal, dímelo tú, porque siento que no puedo más. Llevo mucho tiempo lejos de casa, todos tenéis permisos, aunque yo no. Solo días sueltos en los que no sé dónde ir.

–¡Está bien! Lo haré. Este será mi regalo de bodas.

Virginia sonrió a medias y Jan se arrepintió de haber cedido.

–Ciertamente, no sé si podré llevarte a Bélgica.

–Pues aléjame de aquí, yo me las apañaré.

Jan Ehrlich no se podía creer lo que iba a hacer, aquello podía ser traición. De todos modos ya le podía caer una buena por llevarse un coche necesario para el transporte de tropas. Si lo veían los policías militares podrían encarcelarle. Aún así quizá sería preferible a morir en vanguardia. Ahora al menos tenía una promesa de futuro, Virginia hubiese sido la mujer de los sueños de cualquier soldado y sería para él, suya para siempre. ¿Cómo negarse? Si se lo pedía desertaba, pensó. Menos mal que en la cabeza de Virginia no cabía ese pensamiento. La muchacha ansiaba la libertad, había aprendido a tener paciencia a saber negociar y ahora se le había presentado una oportunidad como nunca. Jan Ehrlich era un bruto manipulable, en cierta manera le tenía lástima, como a todos, le resultaba incluso atractivo, pero no sería su hombre. Si alguna vez se casaba no sería con un tipo así. Casi sentía remordimientos. Miraba el paisaje a medida que se alejaba del frente, aquella era una tierra infeliz, pobre, ocupada. Bélgica también estaba invadida, aunque al menos llegaría a casa. Ya nunca vería a su padre, no obstante, al menos podría cuidar de su hermana y su abuela. Suponiendo que las encontrase. Había algo en su interior que le decía que la pequeña estaba viva y que la anciana estaba pasando calamidades. Pero lo que más le urgía, lo que más le acuciaba era retornar a su vida anterior. Dormir en su cama, vestir su ropa, lavarse en su palangana.

Volver a la sencillez y guardar en alguna caja cerrada todo lo vivido. Intentar no soñar cada noche con los soldados amputados, con los rostros desfigurados, con el olor a sangre y alcohol. Gante representaba la paz dentro de la misma guerra y si debía morir que fuese en libertad y en su casa.

–¿Y hasta dónde llegamos? –preguntó al fin Jan preocupado por el combustible.

–Aquí mismo, no te alejes mucho, no quiero que te metas en líos por mi culpa.

–Por ti mataría al Káiser.

Virginia sintió mucha pena. No era capaz de sostenerle la mirada, sin apenas darse cuenta Jan le robó un beso y al que no era capaz de corresponderle. Sintió enrojecerse el rostro, tenía que decírselo.

–Quiero saber dónde estarás para buscarte cuando acabe la guerra.

–En Gante... pero hay algo que debo decirte. Yo te aprecio mucho, como amigo. Un buen amigo. No noto nada más. ¿Comprendes?

Jan palideció, no era algo que esperase oír.

–Yo creía que... nosotros...

–Lo siento, lo siento de veras Jan. No es algo que esté en mis propósitos. O te amo o no, y ahora mismo soy incapaz de darte algo más.

–Puede que estés un poco confundida, que pienses que como voy al frente pues... eso... que no quieres hacerte ilusiones. La guerra, la maldita guerra. Yo creo que si tú...

–No, Jan. Puedo darle tiempo al tiempo, aunque en realidad quiero a otra persona.

–¿Estás casada?

–No, no es eso.

–Pero quiero a alguien de tu pueblo. Algún día espero volver a encontrarlo –«y espero que me perdone»–. De hecho si me acerqué a ti fue porque pensé que los de tu pueblo sois de fiar, no sé cómo decirlo, me da confianza saber que eres de allí. Es como un regalo del destino.

–Comprendo. Me has... utilizado –dijo con pena.

Jan se sintió desolado, como un tonto. ¿Qué podía hacer? Si le contaba esto a alguien quedaría en ridículo. Había estado tan cerca de comerse la manzana que ahora el sinsabor le devoraba el aliento, se desabrochó un botón para que le entrase fresco. Tuvo la tentación de bajarla del coche a patadas.

–Perdóname, no ha sido mi intención hacerte daño. No

quiero que te desanimes.

—¿Te enamorarías alguna vez de alguien como yo? —preguntó Jan como buscando una luz.

—Posiblemente, pero no en este momento.

—¿Y quién es el afortunado, mi paisano digo?

—Ulrich, se llama Ulrich.

—Ulrich murió —dijo temeroso, había algo que le olía mal, pero que muy mal—, murió hace varios años, al principio de la guerra junto con la mayoría de los que estaban haciendo el servicio a la patria, en el pueblo de Nèry, siempre lo recordaremos. Yo estaba haciendo instrucción y juré vengarles.

—Imposible, Ulrich estaba vivo, herido la última vez que lo vi.

Hubo un terremoto en el interior del muchacho, un nerviosismo parecido al que se experimenta al salir de una trinchera.

—¿Te refieres a Ulrich Renn?

—No, me refiero a Ulrich Król. Menos mal, me había asustado cuando dijiste que había muerto.

Jan cerró el puño y se lo mordió. Evitó mirarla, se salió del camino y detuvo el coche. Una lágrima se le derramó y soltó algo parecido a un bufido. No se lo podía creer, era como un castigo de los dioses, quizá esto ya estaba escrito en rúnico en alguna piedra, o quizá en los hilos tejidos por las Nornas en su telar en donde se entretejen los destinos. No podía ser casualidad, por fin lo comprendió: odiaba a los Król mucho más que al enemigo. Su nombre se le atragantaba y le daba un mal regusto como un poso de bilis. Entonces levantó la cabeza y le clavó los ojos.

—¡Te he traído hasta aquí! ¡Ahora me vas a pagar!

—Jan —dijo Virginia asustada.

—Me cobraré con tu cuerpo ya que no puedo tener tu alma. Te voy a enseñar lo que es un verdadero hombre de Faustaugen y después me comeré tu corazón.

La abadesa miraba a Gerhard con sus ojos de águila. La hermana Anne Lubse era una mujer de carácter, se había criado en Brujas. Su madre murió en el parto. Siempre supo que su vida giraría en torno a Dios porque de pequeña tuvo un sueño en el que la virgen María le había llamado a casarse con su hijo. A su padre, un cristalero conservador y asiduo a la Iglesia de Nuestra Señora, le pareció maravilloso y, por ello, su educación se produjo en escuelas de monjas en donde le enseñaron a rezar, leer, escribir y bordar. Pero Anne no se contentaba con ser una más. Sin duda era la más ferviente devota y cuando algunas de sus compañeras se hacían preguntas sobre el mundo, ella las reprimía. Fuera de su recogimiento todo era pecado, la tentación en sí era una muestra de debilidad y una prueba de que el demonio habita en todos los seres humanos. En realidad, y sin sospecharlo buscaba en la religión lo que la vida le había negado con la ausencia materna. Con el tiempo le llegó, del modo más insospechado, una foto: un capitán de húsares. El hombre era apuesto, de bigote pequeño y moreno. Anne la tomó y la cubrió con su biblia. Aquel sería su secreto, su debilidad, la tentación, el diablo. Su diablo. Nadie lo supo nunca, debido a su temperamento agrio ni lo podrían sospechar. A la edad de dieciocho años llegó a Herkenrode, donde tomó sus votos y comenzó a destacar por su capacidad para el trabajo. Siempre estaba silenciosa y procuraba ayudar a cualquiera. Allí dentro de los muros su humor se le relajó, ya no había cuidado por el Mundo. De no ser por el molino, aquel contacto con el exterior podía turbarla por lo que procuraba no estar presente en la entrega para no ver la cara de los hombres. A los cuarenta y cinco años fue elegida abadesa. De eso hacía más de diez años, aún conservaba la foto del soldado.

Mucho menos apuesto era aquel que tenía en frente. Flaco, barbudo y desarrapado que no hacía más que mirar a la puerta. Además vestía de paisano por lo que estaba desposeído de su porte marcial. Tan poca cosa que parecía mentira que viniese del poderoso Ejército Alemán.

—Asilo —suplicó Gerhard.

—Asilo, señora abadesa —corrigió de manera implacable Anne.

—Asilo, por favor, señora abadesa.

—Por lo visto se ha creído usted que esto es una posada.

–No señora abadesa, es un convento. No sé cómo se llama, pero sé que es un convento –dijo Gerhard mirando hacia afuera esperando quizá que alguien entrase.

–Abadía de Herkenrode.

–Muy bien, solicito asilo a la señora abadesa de la abadía de Herkenrode.

–Tres asilados –dijo mirando al herido y a la niña.

–Sí, señora. Señora abadesa. ¿Es necesario que me arrodille?

–Deje usted la genuflexión para Nuestro Señor. ¿Y si vienen los suyos a buscarle?

Gerhard se encogió de hombros.

–Probablemente me fusilen, aunque no quiero que se lleven a la niña. Prefiero que quede a su custodia.

Esto agradó a la monja, que no pudo reprimir un amago de sonrisa.

–De todos modos, la irrupción de dos hombres dentro de la abadía no es...

–Lo comprendo señora abadesa. Mi amigo está mal herido, lleva dos días con un disparo en la pierna, la niña tiene hambre y frío y está enferma: no deja de toser. Si soy un problema me iré ahora mismo, pero ocúpese de ellos. ¡Apiádese de ellos!

–¡Piedad! Desde luego, así lo haré. Trabajo para Dios. Nuestra vida es sencilla, una vida de recogimiento. No queremos verle deambulando, no queremos curiosos. Tampoco necesitamos de su ayuda. Se alojará en el molino, a su amigo le trataremos en una habitación individual, en una de las celdas. De momento estará en la enfermería. No intente visitarlo, no quiero verle deambular. Solo nos faltaría un hombre dándose a ver. ¿Lo promete?

–Lo prometo.

–Tengo su palabra. Este contrato no es solo conmigo sino también con Dios, ¿lo comprende?

–Sí, señora abadesa.

La abadesa miró al cielo, un gesto que el muchacho interpretó como una petición de ayuda, sin embargo, Anne no necesitaba auxilio. En la entrada también estaba una monja joven, gordita y con cara de circunstancia no paraba de mirar a los recién llegados.

–¡Clara! Busca ayuda y llevaros al enfermo y a la niña llévala al refectorio, que la hermana Charlotte le de algo para desayunar, algo caliente, necesita descanso y calor. Dile que preparen algo también para el soldado –Anne miró a Christian, negó con la cabeza–, el otro no puede comer.

–Está muy débil.

Hasta allí acudió una monja con algo de bigote. Miró a los recién llegados y sin decir una palabra se acercó a Christian, le examinó y se marchó.

–Es la hermana Jacoba, sabe lo que tiene que hacer.

A esas horas la abadía era un hervidero de rumores. Las apenas veintiuna monjas que vivían en su interior comentaban en voz baja la llegada de aquellos extraños que al parecer solicitaban asilo a la antigua usanza. Miraban en dirección a la salida esperando la entrada, era como si dejasen a un bebé en la puerta. Estaban seguras de que la abadesa no abandonaría a nadie que solicitase su ayuda.

Jacoba llegó con otra monja y con una parihuela, subieron con cuidado a Christian y se lo llevaron. Louise, hizo el amago de acompañarlas, pero a una señal de Anne la pequeña se detuvo.

–Tú, come. Estás flaca y débil.

La hermana Clara llegó casi sin aliento e hizo una señal a Louise, justo antes de marcharse Anne le dio instrucciones en voz baja. Clara asintió y se llevó a la niña.

–Ahora, joven, me va a contar qué pintan dos desertores alemanes y una niña. Normalmente no querría saber nada, aunque que llevéis a una niña me intriga. ¡Y es mi obligación saber en qué condiciones llegan mis… huéspedes!

Gerhard se lo contó todo, desde el mismo día en el que cavaba letrinas y apareció Louise, hasta las últimas horas, escondidos tras cualquier matojo bajo la ventisca. Habían sido afortunados de que no les encontrasen, sin embargo, en la lejanía les habían visto llegar a la abadía. Su suerte estaba echada.

Anne sintió en aquella rebeldía algo de admiración. Gerhard le pareció un hombre noble que trataba de vivir en paz y que pese a haber huido de la guerra demostraba mucha valentía. La responsabilidad del cuidado de Louise quedaba en sus manos, era el mismo Dios quien se la encomendaba.

–Venga, le llevaré al refectorio. Necesita comer algo, no nos sobra la comida porque los tiempos que corren… qué le voy a contar.

Apenas llegaron al comedor cuando una monja con unas lentes enormes les informó de que había tres hombres reclamando a los fugitivos.

–Usted no se preocupe, coma algo de sopa y luego que le acondicionen una cama en el molino, descanse como Dios manda y no gaste cuidado.

Notó el joven un cambio en su talante, Anne se había puesto de su parte. La abadesa fue en busca de la puerta de entrada.

Aquella mujer era un vendaval que iba a barrer a los recién llegados. Allí no había más autoridad que la suya que equivalía a decir que era el mismísimo Dios quien gobernaba. Caminaba como un fantasma su hábito no se movía con sus pasos, al llegar se encontró a un gendarme belga con dos policías militares uno de ellos con la boca abierta mostraba varios dientes de oro. Los examinó bien antes de comenzar a hablar.

–¿Y bien? –dijo con acritud.

–Muy buenos días señora abadesa, soy Pierre de la gendarmería, venimos persiguiendo a varios desertores que se han ocultado en su abadía.

–Un gendarme colaborando. Ya veo ¿Y qué quieren que haga? ¿Qué se los entregue sin más? Si quieren registrarnos por debajo de los hábitos como suelen hacer estos extranjeros...

–Son peligrosos asesinos que han secuestrado a una niña en Lille.

–Puede ser, si es así yo misma se los entregaré, pero de no ser exactamente así...

–¿Acaso cuestiona la autoridad del Imperio? –dijo el policía militar de los dientes de oro.

–No, no la cuestiono, fuera de estos muros. Pero aquí la autoridad es de nuestro señor Jesucristo. Veo que lleva una cruz en el pecho.

–Por méritos de guerra, señora.

–Señora abadesa, dirá. Si no cree en Dios debería usted despojarse de ella.

–¡Sí creo en Dios!

–¡Entonces respete la casa en la que se halla! De momento, hasta que averigüe la verdad, los fugitivos quedan a mi cuidado. Si se demuestra que secuestraron a la pequeña se los entregaré. Si no, solo se podrán ir cuando ellos consideren oportuno. Pronto llegará la primavera y necesitaré que hagan ciertas reparaciones. Dos hombres no nos vienen tan mal.

–¡Esto es una equivocación, abadesa, ruego que lo reconsidere! –dijo Pierre.

–¿Qué? ¡Equivocación! No se atreva a cuestionar mi autoridad. Si el "Imperio" quiere que entre y se los lleve, sin embargo, les advierto que esta es la morada de Dios. No hay "Imperio" contra la fe del Señor.

–Podemos entrar, ¿quién nos lo va a impedir? –dijo el tercer policía.

—¡Adelante! Nadie se lo impedirá, puede entrar y llevárselos, aquí nadie va a mostrar hostilidad, solo somos monjas, humildes monjas, algunas de nosotras con problemas de salud – dijo mirando a la hermana con las gafas opulentas–. Pero... si entráis por la fuerza, la fuerza se os será dada. Todo poder terrenal es pasadero, solo el poder de Él permanece sobre los hombres. ¡Y no hay, rey, emperador o Káiser que no se arrodille ante Dios! ¡Queréis entrar sin permiso, hacedlo! Nadie os lo impedirá. ¡Adelante!

—Señora abadesa, tal vez, tal vez no nos haya comprendido. Son fugitivos y por deferencia hacia su orden no hemos entrado, verá tiene que entender que el mundo se rige por unas leyes y normas...

—¡Yo no cuestiono las normas de los hombres! Solo las que se rompen dentro de estos muros.

—¡Y dale con los muros! ¡Entremos de una vez y cojamos a los desertores! Llevo tiempo detrás de ellos y estoy cansado – dijo el más joven.

—¡Vamos! –ordenó el de los dientes de oro–. Por esta vez se sale con la suya, pero volveremos y si escapan serán acusadas de ayudar a fugitivos. Y supongo que sabe a lo que se enfrenta, estamos en tiempos de guerra. No lo olvide.

—Si han de salir será para entregarse. Tienen mi palabra y yo nunca miento.

El policía de los dientes de oro, Bastian, hubiese ido a por los fugitivos, no obstante, la orden venía de un coronel el cual era muy escrupuloso con la religión, no era católico aún así lo conocía lo suficiente como para saber que respetaría la palabra de la abadesa. Si hubiese ocurrido en los primeros días de la ocupación no habría dudado. La situación había cambiado tenían orden de no ser demasiado beligerantes con los belgas. No quería tomar una decisión a la ligera, sería mejor confirmarlo.

—Rainer, ¡nos vamos!

—Pero herr sargento, no puede hacer eso.

—Sí que puedo, no seas idiota. Voy a intentar contactar con el coronel.

—Pero hace frío, yo creo que mejor entramos, de todos modos el recinto está abierto... ¿Y si se nos escapan?

—Nadie se va a ir a ningún sitio.

—¡Mierda! ¡Herr sargento! A que entro y les pego un tiro.

—¡Tú no vas a hacer nada Rainer, maldita sea. Te debes a las

412

órdenes, órdenes son órdenes. Eres un soldado y tienes que obedecer!

Dicho esto se subieron a unas bicicletas y se despidieron con un saludo militar que parecía una amenaza. Rainer de vez en cuando miraba hacia atrás.

Cuando desaparecieron Anne fue en busca de la niña. Tenía que averiguar todo lo posible sobre la pequeña. De hecho ya había dado instrucciones a la hermana Clara para que mediante la conversación pudiese sacarle toda la información. Aquellos "asilados" solo podían traerle problemas y la abadía hacía cosecha con los infortunios. El molino en donde había ordenado que se hospedase Gerhard se caía a pedazos. El tejado que ahora dejaba colarse la nieve y el frío, en la primavera era un coladero por donde entraban pájaros y palomas. Había puertas que se descolgaban y otras que costaba un verdadero esfuerzo abrirlas, vigas atacadas por las termitas y desconchones. El huerto no daba para cubrir necesidades y sin el molino en funcionamiento aquello iba a la ruina. Eran malos tiempos, sin duda. El diezmo permitió crear aquella abadía y ahora que ya no existía el conjunto era demasiado grande para que fuese autosuficiente. Las limosnas habían bajado tanto como subido el número de pobres que solicitaban algo de comida caliente. Los inviernos cada vez más largos, las primaveras más cortas y las hermanas más viejas. Anne muchas veces había tenido que coger los aperos de labranza y ocuparse ella misma de hacer batalla a las malas hierbas. Si aquellos jóvenes se quedasen por allí tal vez podrían hacer mucho bien por la abadía. Fue un pensar aquello y desechar la idea por absurda. Una cosa es fanfarronear delante de los soldados y otra considerar la opción como seria.

Louise pudo asearse en un barreño de zinc, por fin algo de agua caliente. La hermana Clara fue quien se encargó de todo, le quitó la ropa y la mandó hervir para matar a los piojos. La desnudó y le frotó todo el cuerpo para despegarle hasta el mismo resfriado. Louise se moría de vergüenza, de vez en cuando preguntaba por sus amigos y Clara la tranquilizaba. Después la peinaba con un peine fino para quitarle las liendres. Para entonces la niña estaba vestida como una monja novicia.

–¿Echas de menos a tus padres? –le preguntó sor Clara.

–Mi padre ha muerto y mi madre estaba en Reino Unido cuando comenzó la guerra, no sé cómo estará.

–¿Y tienes alguien que te espere? –preguntó la monja mientras se afanaba en quitarle un enredo.

—Mi hermana, está viva, lo sé. Aunque no puedo decir dónde, y mi abuela, que vive en Gante. Tenía una confitería cerca de la catedral.

—San Bavón.

—Sí, hermana, san Bavón.

—¿Y qué hacía tu abuela?

—Gaufres, con miel estaban deliciosos. Budín de pan. Por navidad el cougnou con su niño Jesús en el centro –tosió.

—También nosotros hacemos Budín. A la novicia Hallie le encanta, qué pena que escasee el azúcar.

—Pero sobre todo lo que mejor le salían eran los mattentaarts.

—Rico hojaldre.

—Y el sabor a almendras, parece mentira que alguna vez me lo pudiese comer. Ahora no estoy segura de que alguna vez pueda comer algo que haya hecho mi abuela.

—Sí, la verás de nuevo, con la ayuda de Dios. ¿Y qué me dices de tus amigos?

—Son muy buenos. Me sacaron de aquella casa de Lille. Gerhard es un poco cascarrabias y Christian es como un niño, además…

—¿Qué?

—Nada –dijo Louise enrojeciendo–. Hemos pasado mucho miedo, si nos atrapan los fusilarán y a mí me devolverán a Lille.

—No creo que la abadesa lo permita. ¿A dónde ibais?

—A Países Bajos, allí no hay guerra. Pero…

—Aunque tú prefieres ir a Gante, con tu abuela.

—Sí.

La monja miró a los ojos a la niña.

—No tienes por qué ir a Países Bajos, esta guerra no es contigo.

—Mis amigos me necesitan.

—No te necesitan, intentan salvarte. Ahora estás a salvo, nadie te sacará de aquí si no quieres y cuando acabe la guerra contactaremos con tu abuela o con tu madre. Lo creas o no, eres un lastre para tus amigos.

—Puede que tenga usted razón, hermana.

—Debes reflexionar, mucho. Reconozco la valía de tus amigos, pero no son tu familia. Aquí estarás a salvo, al menos hasta que termine la guerra. Podemos intentar contactar con tu abuela y que venga a recogerte. Creo que será lo mejor, piénsalo bien.

—Así lo haré, hermana.

Mientras tanto la abadesa reunió al resto de las hermanas en la capilla. Les informó de la situación y les pidió paciencia. Había una hermana que tal y como iba recibiendo la noticia retorcía el gesto. Dorothea era la más pequeña y cabezona de todo el convento, antes de la guerra era regordeta, con la escasez fue menguando hasta quedarse en lo que era: un cuerpecillo menudo rematado por una cara alargada y ancha. Si Anne se hizo monja por vocación, Dorothea lo fue porque no le quedaba otro remedio. Desde pequeña la despreciaron por ser demasiado fea, demasiado quisquillosa, demasiado gorda, demasiado odiosa. Su madre solía decir que en un convento la pondrían en su sitio y a ella se le sumó el resto del mundo, haciendo mella en su voluntad de ser algo diferente. Dorothea aborrecía a los hombres, todos eran unos engreídos además de superficiales. El mundo en general no colmaba las expectativas de la joven que veía en la mística la respuesta a su confusión. Dios la podía recibir con los brazos abiertos mientras que las gentes le daban la espalda. ¿Por qué no? Monja podía ser la salida, el enclaustramiento podía ser el peaje para obtener el respeto que no se ganaba en la calle. Pronto descubrió que dentro de la orden era una como otra y a veces algo más. Astuta y mordaz era infalible descubriendo las faltas de las demás. Disfrutaba haciendo enrojecer a las novicias, poniendo en evidencia a las veteranas. En su momento fue candidata a ser abadesa, fue descartada por insufrible. Ahora se le presentaba una oportunidad única para menospreciar la gestión de Anne Lubse.

—O sea, que la abadía ha entrado en guerra con el Imperio Alemán.

—Por favor, hermana Dorothea.

—Espero que no registren la abadía para llevárselos. Sería un sacrilegio y nosotros contribuiríamos a ello.

—No exagere, hermana Dorothea.

—Imagine que todo el que acuda a nuestra puerta pidiendo ayuda obtiene lo que pide. Necesitaríamos un milagro a diario o… a cada hora.

—Hermana Dorothea, tres personas han acudido en busca de asilo, ¿qué hubiese hecho usted? ¿No es nuestro deber acaso?

—Para serle sincera no lo sé, pero seguro que hubiese sido más reflexiva, hubiese pensado en la seguridad de las hermanas antes de satisfacer el capricho de los demás. No solo somos nosotras, ¿a cuántas bocas hemos quitado el hambre? Hay mucha gente que depende de esta abadía.

—Y así seguirá siendo. Yo soy la responsable de la seguridad, llegado el momento si el Imperio reclama responsabilidades, seré yo y solo yo quien rinda cuentas.

Las monjas se mostraban preocupadas, si bien no lo expresaban con palabras sus miradas delataban el miedo. Dorothea tan solo expresaba los temores de muchas y por tanto, se veía reforzada tanto en sus argumentos como en su responsabilidad.

—O no, no está en su mano. ¿O acaso cree que un ejército como el alemán que invadió el país sin pestañear tendrá miramientos a la hora de poner patas arriba una abadía? Una pobre abadía.

—No sería la primera vez. Nos encomendaremos a Dios, es lo que hacemos, es nuestra obligación, hermana Dorothea, somos samaritanas, no abandonaremos a nadie en el camino. No crea que no he pensado en las consecuencias, que nadie dude, solo pensé en lo que Jesús esperaba de mí, de modo que no podía defraudarle. ¿No lo cree hermana Dorothea?

Dorothea se quedó con la respuesta en los labios, la hermana Jacoba llegó e hizo una señal a la abadesa la cual tuvo que abandonar precipitadamente la reunión para ir a una improvisada enfermería. Jacoba rezumaba inquietud y Anne no pudo reprimir la pregunta.

—¿Está mal?

—¿Mal? No, peor.

—Pues en ese caso avisaremos al doctor Eustatius…

—Creo que lo mejor será que llamemos al párroco.

Gutenweizen, marzo de 1918

Fremont fumaba en la cama mientras Ute le acariciaba el pecho. Fremont había convencido a Otta para que se casaran a principios de verano y la joven había accedido. El maestro no había visto atisbo de alegría en sus ojos, no había amor en su expresión, ni pasión en sus besos. Era como beber agua, tan necesaria como insípida. En cambio Ute era fuego, sabía moverse, llevar las riendas en la cama, además de comérselo con cada gesto. Ute debería habitar el cuerpo de Otta, se decía. Sin embargo, la muchacha que tenía en la cama no lo amaba, más bien lo utilizaba. Se sabía joven y e inexperta, a veces torpe en sus comentarios, pero tenía un plan que debía llevarla hasta Bremen. Ute era como una droga que se iba instalando en las venas de Fremont que le llevaba a pensar en su tacto incluso cuando daba clases.

–Un hombre necesita sexo. Sexo te proporcionaré.

Puede haber sexo sin amor, aunque es difícil que exista el amor sin sexo, pensaba Fremont. Aquella apreciación le llevaba a la indiferencia de Otta, y el corazón se oprimía entre el armazón de las costillas, estaba enamorado de Otta, era ella o nadie, de hecho muchas veces durante el acto cerraba los ojos y pensaba que estaba con ella y no con otra. Sentía el cuerpo de Ute, como se dejaba llevar e incluso tomando la iniciativa y soñaba a Otta en su lugar, dándose en cuerpo y alma. Ute lo sabía, no era tonta.

–Tengo una carta –le dijo mientras revolvía el escaso pelo rubio de su pecho.

–¿Qué?

–Que tengo una carta.

–Me dijiste que me las habías dado todas –dijo algo alterado e incorporándose.

–Lo cierto es que hubo una que no te di. Ni siquiera supe que no era como las demás hasta que llegó el marido de la cartera a por ella. Lo eché de la oficina como pude y comencé a buscarla. La tuve en mis manos antes de hablarte por primera vez… ya sabes.

–¿No te entiendo? ¿No sé de qué hablas? ¿Qué ponía la carta?

–No era para ti.

–Ninguna era para mí.

–Quiero decir que esta no la escribió Paul Król –dijo Ute

417

cada vez más divertida.

–¿Quién la escribió?

–¿No lo sospechas?

–¿Cómo lo voy a sospechar? Dime de una vez quién escribió la carta.

–Günter Bartram.

–¡Günter Bartram! –exclamó temeroso– ¿Y qué dice?

–Informa que María tenía un pacto contigo.

–Sigue.

–Günter quemaba el almacén de los Król y le echaba la culpa a los Lenz. María mataba a los patos y culpaba a los Król. No sé si por ese orden, a cambio tú le tenías que evitar que fuese al frente.

–Eso es mentira.

–Yo lo sé.

–Mentira, mentira, mentira.

–Lo sé, cariño, lo sé.

«Cariño». Esa palabra en los labios de la chica era nueva, no estaba pronunciada al azar.

–No, no lo sabes. Cuando saben que una persona tiene... dinero, e influencias quieren todo de uno, quieren incluso lo que no puedo ofrecerles. Se hacen todo tipo de expectativas, se crean sueños entorno a uno, y yo no puedo, no puedo, no tengo los mecanismos ni las fuerzas para impedir lo inevitable.

–Lo comprendo, no tienes que explicarme nada. Pero piensa qué hubiese sucedido si esa carta llega a las manos de Otta.

–Hubiese dado pie a todo tipo de especulaciones.

–Pero no ha sido así, ni será nunca. Separé aquella carta de las demás porque temía que el cartero me las robase.

–¡Dámela!

–No puedo.

–¿Cómo?

–La quemé, ¿qué creías? No podía permitir que llegase a las manos equivocadas. El secreto queda a buen recaudo. Será nuestro secreto, no tienes nada que temer.

–¿Entonces por qué me has dicho que la tenías?

–Quería ver la cara de tonto que se te queda.

Fremont la miró, sabía que le estaba mintiendo. Veía un rostro sonriente, dulce, sonrojado después de haber hecho el amor, hermosa. Ute era más inteligente de lo que aparentaba. Lo abrazaba y estrechaba sus senos desnudos contra él, situando su vagina cerca del pene. Fremont sentía que estaba atrapado, sentía su corazón, tranquilo y confiado.

–¿Por qué haces esto?

–Porque quiero que confíes en mí, que te abras a mí –le decía mientras acariciaba su miembro– como yo me abro a ti. ¿A qué temes?

–Temo a todo. Ponte en mi lugar.

Se besaron. El maestro la tomó como nunca, quizá porque quería decirle que le pertenecía. En todo caso, en aquel momento se sintió débil.

Alguien tocó en la puerta, Fremont la miró intrigado y Ute hizo lo mismo. Ella se refugió entre las sábanas y el joven a medio vestir abrió la puerta, era Theodor Krakauer. El guarda se rio. Sabía muy bien quién estaba allí con él.

–¿Qué haces aquí?

–Encontrarle. Señor Kast, tengo algo que puede interesarle en Lana Ravine –dijo mientras intentaba ver con descaro a Ute desnuda.

Fremont se puso una camisa y sin terminar de desabrocharle salió de la habitación y cerró la puerta detrás de él.

–Hay alguien en los alrededores de Lana Ravine.

–¿Quién?

–Un desertor creo.

–¿Un desertor?

–¿Quién?

–Ni idea. Pero puedo atraparlo.

–¿Y a qué esperas? ¿A qué te lo ordene? Es tu trabajo.

–Si no se lo digo y no lo sabe usted no tendrá a quién agradecérselo. ¿Follando con la moza, eh? Tiene buenas carnes, ya lo creo, señor Kast.

Fremont se le ocurrió algo nuevo, lo tomó del codo y tiró de él hacia la escalera y en el segundo rellano le mandó un trabajo especial.

–Sabes a quién tengo en la cama.

–A la hija del alcalde, ¿por quién me toma, señorito? La Ute, Dios mío qué tetas...

–Vale, vale. Baja la voz y escucha, quiero que deje de hablar –Theodor se extrañó–, ¿lo has comprendido?

–¿Para siempre?

–Exacto.

–¿Para cuándo?

–Cuando puedas. Mejor, será matar dos pájaros de un tiro. La dejaré en Lana Ravine, de ese modo tienes a ese desertor como criminal y a ella como víctima.

–Qué listo es usted señor Kast. Aunque no crea que esto le

va salir gratis.

–¡Venga! Tú encárgate de lo que te he dicho y mantén los ojos abiertos. Ella irá a Lana Ravine, eso es seguro. Ah, y quita los cadáveres de en medio, no quiero verme salpicado.

–No se preocupe.

Con esas palabras lo despidió, subió las escaleras, entró en la habitación y se encontró con que la joven ya se había vestido. Sonreía, con la mirada señaló a la ventana dándole a entender que se hacía tarde, para los dos. Su cara le decía que algo no iba bien, aunque lo quisiera disimular, al menos así le pareció a Fremont. La muchacha se recomponía delante de un polvoriento espejo.

–¿Quién era? –preguntó al fin.

–Theodor Krakauer, el policía militar.

–¿No debería estar vigilando a prisioneros de guerra? ¿Qué quería?

–Informarme de que hay alguien en los alrededores de Lana Ravine. Soy el más allegado a los Lenz y quería que lo supiera.

–¿Quién es?

–Ni idea, o un prófugo o un desertor.

–De todos modos es su trabajo.

–Lo estaba haciendo, quería saber si hay alguien de la familia en la casa. Le he dicho que no.

La joven lo abrazó, se notaba algo de alivio en su respiración. Fremont lo había logrado: la semilla de la curiosidad crecería pronto y Theodor no era persona a la que le temblara el pulso. Habría violencia, una pena, una verdadera pena. Pensó mientras le daba un beso tan húmedo como falso.

–Theodor me desagrada, me da miedo. No deberías tener trato con alguien así.

–No tengo tratos con él.

Ute lo miró a los ojos. Entre los dos habían tejido una tela de mentiras en la que estaban atrapados, su relación dependía de mantener cada hebra firme, que no se soltase o ambos caerían al vacío o bien quedarían tan atrapados que jamás podrían despegarse.

Ute pedaleaba hacia Lana Ravine, una tarde tras otra iba a curiosear, se quedaba algo alejada de la casa y miraba oculta tras los manzanos que hacían pasillo al camino. Podía ver el banco de piedra y más allá la entrada la cual resultaba extraña verla tan desierta. En su infancia solía venir a jugar con las Lenz y a veces incluso tenía que recogerla su madre y reprenderle por lo dilatada de su visita. El tiempo pasaba volando entre carreras, escondites y libertad. Por ello, le resultaba inquietante ver Lana Ravine sin actividad. Lo más singular de todo era que nadie había querido alquilar la propiedad, decían que estaba maldita, aunque lejos de las supersticiones se ocultaba la realidad y es que la gente temía que la enfermedad de Erika fuese de algún modo contagiosa.

Desde que Fremont le dejó caer que había alguien en los alrededores de la casa su curiosidad había aumentado a la par que su atrevimiento. No tenía temor alguno, de hecho allí se sentía aliviada, ¿aliviada de qué? No sabría decirlo, quizá se sintiera propietaria de aquella tranquila soledad. Si algo había en Lana Ravine era paz. Una vez oyó de la boca de Unna que allá donde el hombre no esté siempre habrá paz. Y allí solo había fantasmas, recuerdos y el viento paseando entre las ramas de los manzanos. ¿Cuántas veces había jugado bajo sus sombras con Otta y María? Aquel había sido un lugar idílico en donde encontraba la libertad que no tenía en su casa. Su madre siempre le ordenó cuidar las formas, comportarse como una mujercita, coser, bordar, leer pasajes de la biblia. En cambio en Lana Ravine podía corretear por los establos, revolcarse por la paja, ordeñar vacas, capturar ranas en el arroyo, tirar piedras a los gansos, acariciar cachorros e incluso coger alguna pulga. Allí fue la primera vez que descubrió el amor, fue por una caricia y un ligero beso mientras nadie los veía, fue Jürgen Gloeckner, el bueno de Jürgen, el pobre Jürgen. Aún se estremecía cuando recordaba la suavidad con que el chaval la atrajo tomándola por su cadera. Nadie los descubrió, fue un acto fugaz interrumpido por Otta; jugaban al escondite. Si el chaval no hubiese muerto quizá hoy fuese su marido o quizá sería otro cadáver perdido en Francia o en Flandes.

Por un momento se sintió observada, no sabía muy bien desde dónde ni por quién. Sintió un escalofrío, miró una y otra vez a su alrededor. Fantasmas, se había dicho hacía un momento. Oyó un crujido como si alguien hubiese pisado un caracol. Miró a su espalda y se encontró con Theodor Krakauer, sintió miedo ya que de aquel hombre no podía esperar nada bueno. Siempre la miraba con lascivia, para las muchachas del pueblo Theodor no era más que un tipo asqueroso digno de odio, como una rata o un ácaro.

–Me ha asustado usted.

Theodor masticaba algo y le sonrió.

–¿Qué hace aquí, señorita Holstein? –preguntó la joven buscando su bicicleta o un sitio donde escapar.

El policía forzó la sonrisa de nuevo, mostraba sus dientes amarillos y manchados.

–He venido aquí por un beso. Un beso tuyo.

–Me está asustando –dijo Ute.

–Al maestrito bien que se los das, ¿cuánto te paga? ¿No te paga nada? ¡Ay, que tonta eres! Un beso tuyo bien vale unos marcos. Este es un día grande –decía mientras avanzaba hacia ella–, hoy probarás un hombre de verdad.

Theodor se acercó tanto que su aliento le daba en la cara. Ute intentó abofetearle, pero los reflejos de Theodor eran tan buenos que pudo esquivarla, sacó su bayoneta y la puso sobre el costado.

–Tú eliges, con dolor o sin dolor.

La tomó a la fuerza por el brazo y la llevó hacia el interior de la casa. La empujaba un poco y la joven rendida avanzaba.

–Nunca me he tirado a una mujer antes de matarla.

–¡Por favor! ¡Por favor, por favor! ¡No me mate, no he hecho nada!

–Tienes suerte porque lo vas a disfrutar, no todo el mundo puede tener una muerte tan dulce.

–¿Pero por qué?

–Porque para mí es algo nuevo. ¡Uh! Casi puedo olerlo, miedo y placer.

–Mi padre puede darte dinero, yo haré lo que quieras.

–De eso estoy seguro. Qué gustazo me voy a dar, muchacha, a ti te gustará, puedes disfrutar como nunca. Yo te voy a hacer gozar más que el cojo, eso te lo juro.

La abofeteó, y la muchacha cayó al suelo. Ute lo miró a los ojos y vio su excitación. No pudo aguantar su mirada, era el Mal el rostro del demonio del que el padre Josef tanto hablaba y prevenía. Un cúmulo de visiones pasó por su cabeza, su padre, su madre, Fremont, Otta, Lukas, Erika, María, Christian Müller enamorado. Jürgen.

La agarró del pelo y la levantó, Ute gritó y comenzó a llorar.

–Theodor, lárgate –oyó de repente.

Theodor se giró con rapidez, detrás de él había aparecido un tipo delgado y con una barba larga que le apuntaba con una luger. El guarda dejó de amenazar a Ute con la bayoneta y señaló con ella, amenazante, al recién llegado. También hizo el amago de coger su fusil que llevaba en su espalda, sin embargo, a un gesto del recién llegado desistió. El policía militar levantó las manos sin soltar la cuchilla. No supo decir cómo lo reconoció, estaba demasiado cambiado. Ahora sí que tenía un tesoro para el señor Kast casi se podía relamer de gusto.

–Podemos compartirla, estoy seguro de que llevas mucho sin probar carne fresca. Mírate, estás necesitado. Tranquilo, no te delataré –dijo parapetándose un poco tras la muchacha y sacándole un pecho–. Mira son enormes, no te gustaría comer un poco de fruta. Son como los de Otta.

Paul dejó entrever media sonrisa, un gesto de satisfacción. Se acercó y disparó, la bala le pasó por debajo de la clavícula derecha. Theodor parecía incrédulo, dejó caer una especie de gruñido y maldijo en voz baja. Ute se zafó, seguía sin dar crédito a todo lo que estaba viendo. ¿Qué pasaría ahora? ¿Sería la siguiente?

–Theodor, ¿por qué ibas a matarla?

–¡A ti qué te importa, mamarracho!

No tenía fuerzas para sostener la bayoneta y la dejó caer.

–Si me lo dices no te mato.

–¡Muérete tú!

Król con una patada alejó la bayoneta del alcance del policía, la tomó y la colocó en el pecho de Theodor.

–No lo creo, morirás tú por asesino –dijo y sonó otro disparo esta vez en el estómago.

–¡Un momento! ¡Me lo mandaron! No me mates, no tengo la culpa, soy un hombre desesperado. Como todos, como tú. ¡Oh, joder! ¡Mierda! ¡Duele! ¿En qué estás pensando?

–¿Quién? ¿Quién te ordenó matarla, contesta?

–Fremont –dijo de manera automática–, el maestrito me mandó acabar con ella, por lo visto se ha hartado de jugar.

Ute estaba conmocionada demasiadas emociones en muy pocos minutos. Estaba claro que Theodor ya no sería un peligro y que el barbudo era Paul, pero ¿qué pasaría ahora con ella? Sintió la tentación de salir corriendo, si no lo hizo fue porque el miedo la tenía paralizada.

–Ahora ya lo sabes –le dijo el barbudo de Paul a Ute.

—¿Qué?

Theodor aprovechó el segundo en el que Paul hablaba con Ute para abalanzarse. La desesperación le hizo calcular mal los reflejos del muchacho, y la bayoneta se hundió en su pecho. En joven clavó la cuchilla hasta el puño, ya estaba hecho.

—¡No me mates, tengo amigos que te pueden ayudar! Sé cosas, sé cosas que te interesan —dijo el guarda con esfuerzo y llevándose una mano a la empuñadura.

—Demasiado tarde. Te mueres.

El grandullón se sentó de culo, bufó. Se balanceó un poco y miró a Paul. Este se colocó a su lado y lo miró. Ute lo notó exultante, había tanto placer en su expresión que parecía disfrutar con la muerte de Theodor. Theodor caía definitivamente hacia atrás, sus músculos se relajaron y soltó la bayoneta.

—Por favor, no me mates —suplicó Ute.

—¿Eso crees? Acabo de salvarte la vida, hazme un favor, lárgate y no digas que me has visto. Olvida que has estado aquí y recuerda quién te quiere muerta, tú sabrás por qué.

—¡Gracias! —acertó a decir la joven antes de desaparecer por la puerta.

Ute fue en busca de su bicicleta, caminaba lenta pero nerviosa. No acertó ni siquiera a pedalear. Conmocionada aún, era como caerse a un pozo ciego y no tener a quién pedir auxilio. Fremont la quería muerta. Comenzó a pedalear con tanta torpeza que casi se cae. Lloraba. Llegó a Faustaugen sin darse apenas cuenta de donde estaba. Bajó de la bicicleta y comenzó a vomitar, una mujer mayor acudió a socorrerla. Ni siquiera la vio, por lo que no pudo agradecérselo. Sufrió un desfallecimiento. Cuando despertó estaba en la cama, su padre la miraba. Balthasar se decía que era igualita que su madre, no podía evitar su sino. El sexo la perdía. No era inmune a lo que se comentaba, su misma hermana vino un día desde Sättigenreifen para decírselo, se veía con Fremont Kast en un sucio hotelito de Gutenweizen. Sintió ganas de abofetearla y también a su hija. Sin embargo, con el tiempo, tanteó las posibilidades: Fremont era un hombre acaudalado. Un potentado por el que bien valía correr el riesgo de ser vilipendiada. Ahora pertenecía a los Lenz, aunque si su hija fuese espabilada podía arrebatárselo. No obstante, ahora creía que su hija estaba embarazada y ese era su temor. ¿Qué haría si la despreciaba? Sería una tragedia, otra infamia más en su familia. Su apellido estaba tan manchado que dudaba seguir en el cargo.

No obstante, la joven tenía un plan: salir de Faustaugen. Y su estrategia no incluía la pobreza, lo había meditado muy bien, buscar un propósito y no detenerse hasta conseguirlo. Como un camión sin frenos bajando una pendiente, arrollándolo todo. Allí tendida había calculado sus posibilidades, había puesto en una balanza su temor y sus expectativas. Su ambición se había llevado todo el peso.

–Padre, Paul Król ha matado a Theodor el guarda.

San Quintín, finales de marzo principios de abril de 1918, Kaiserschlacht, operación Michael

Los pipiolos miraban con envidia a las tropas de asalto, sturmtruppen, y ellos se sintieron justo lo que eran: niños con armas. El malhumorado capitán Horst Mann los miraba casi con desprecio; a esto habían llegado. Sabía que aquellos adolescentes, viejos y algún que otro tullido no podrían aguantar ni una envestida aliada. Para colmo estaban tan mal alimentados que a algunos el uniforme y la tarea les quedaban enormes. Llevaban días caminando, eran tantos y tan bien organizados que parecía que esta iba a ser una batalla decisiva. Muchos confiaban en asestar el golpe definitivo a los aliados. Según el plan del alto mando había que avanzar, no tenían objetivos concretos solo hacia adelante con determinación y fuerza. Pero Horst viendo a los recién llegados dudaba. Para completar su compañía llegaron soldados formados y listos para la guerra de infiltración. Le resultó curioso que hubiese un grupo de soldados de Grünensteinen entre las tropas de infiltración, recordó que el soldado Ulrich Król era de aquella región. Creyó que todos los hombres de aquel apartado lugar podían ser igual de resueltos, los demandó y para añadirlos al pelotón del sargento mayor Rudolf Goldschmidt. El cual creyó que había sido una gran idea porque Ulrich parecía sentirse solo y abatido, tenía una morriña enorme que le llevaba a pasarse días enteros en silencio. El joven era uno de sus favoritos y le protegía como si fuese un hermano menor.

Entre los recién llegados había un sargento, Jan Ehrlich, que quedó bajo el mando del sargento mayor Rudolf Goldschmidt hasta que tuviese la suficiente experiencia como para poder dirigir a sus hombres. También se incorporaron Alexander Weiss, Jacob Adesman, Heiner Schnitzler, Toni Lerer y un reservista al que llamaban Gangrena que venía de una compañía aniquilada y cuyo verdadero nombre era Rüdiger Augenthaler. Notó Rudolf que solo Alexander y Jacob hablaban con Ulrich, y que Jan intentaba caer bien a todos e incluso hacía esfuerzos para hacer las paces con Król el cual le despreciaba visiblemente e incluso le ignoraba. Ulrich le había comentado a Arne Kleinman que Jan era el más cobarde de todos sus paisanos, que le temía porque podía llevar al pelotón al desastre.

—Solo un idiota le ha podido dar el rango de sargento.

—¿Cómo sabes que es un cobarde? Algo habrá hecho el muchacho para haberse ganado el puesto, ¿no?

—A saber. Recuerdo que mi hermano le hizo huir con una serpiente.

—¡Hombre! Con una serpiente huyo hasta yo –dijo Arne.

—Temía a mi hermano, a sus bromas, a las reprimendas del maestro Luhmann, los perros que ladraban, las noches de tormenta, a los borrachos. Siempre intentaba aparentar lo que no era, como ahora, haciéndose el simpático. No tardará en querer ser el centro de atención. Eso lo verás con tus ojos.

A Arne le traía sin cuidado Jan Ehrlich y sus problemas. Su principal preocupación era terminar esta guerra sin que sus piernas sufriesen algún percance. Tenía la esperanza de volver a jugar al futbol, hacía unas semanas una bala perdida le perforó el muslo derecho. El proyectil entró y salió, una herida limpia pero dolorosa. Sobre todo a nivel psicológico. Cuando llegase el momento no haría caso del tal Jan, estaría pegado a la espalda de uno de los suyos, tal vez del cabo Rosenstock o de Malaspulgas o de Gottlieb Reber que era su modelo de soldado. De su amigo Ulrich pensaba que era muy hábil con el fusil disparando desde lejos, aunque estaba por ver que lo fuese desde cerca. Las batallas que estaban por librar serían cuerpo a cuerpo, en los que un cuchillo o una granada de palo podían ser más determinantes que un gewehr 98.

El sargento Goldschmidt los convocó a todos, tenía una noticia terrible que darles. Su cara lo cantaba, sus gestos lo pregonaban.

—Señores, Egbert Fuchs acaba de morir en un hospital de Posen. Su herida en el hombro parecía leve, pero se le infectó. Le debemos mucho. Recemos por él.

Aquello fue una quemadura en el ánimo, sin duda era un mal augurio para la gran ofensiva que se estaba gestando.

Intendencia seguía con su tarea interminable, el capitán Götz Müller parecía más tranquilo que en los días anteriores. Apostado en el ventanuco de un blockhaus se veía optimista, el final de la guerra podía estar a la vuelta de la esquina. Por primera vez Alemania solo tendría un frente de guerra, y no cabía duda, tenían el mejor ejército del mundo. El azar le había llevado a encontrarse de nuevo con Ulrich Król, tenía la necesidad moral de contarle lo acontecido con su hermano y cómo mantenía "vivo" a Geert Zweig, aunque que no sabía por dónde comenzar. No obstante, tenía claro que lo mejor sería quitarse el peso de encima cuanto antes.

–Soldado Król.

–Herr capitán.

–Quisiera hablar con usted.

–Le esperaba, herr capitán.

Götz intentó no parecer sorprendido.

–Su hermano fue asesinado.

¿Por qué no le extrañaba? Tenía la certeza de que a Paul solo pudo pasarle algo fuera de lo normal, cosas del frente que se pierden entre secretos oficiales y verdades a medias. Ulrich miró al exterior un pajarillo se paró delante de ellos meneó cabeza y cola y se largó para posarse metros más allá.

–A alguien de por ahí arriba le molestaba y se lo cargaron. Parece ser que era un alborotador. Ya ve, aquí han enviado a muchos políticos, castigados por difundir la revolución rusa en las fábricas y ahora la predican en el frente, como si eso fuese mejor. Lo cierto es que en aquellos días parece que se lo tomaron muy mal. Le hirieron en Verdún y le mandaron a Luxemburgo, ya es extraño que con sus heridas, creo que más que nada psicológicas, se lo llevasen allí precisamente. Y allí se lo cargaron. El asesino fue un alférez bajo las órdenes de un general.

–¿Qué general?

–Lo ignoro, no quise saberlo. Mi consejo es que lo dejes estar, espera a que termine la guerra y ya veremos lo que puedes hacer.

–Si mi hermano fue asesinado pienso llevar a los responsables ante la justicia.

–¿Justicia?

–Si no hay justicia me la tomaré yo mismo –dijo con frialdad–. Mi hermano podía ser cualquier cosa, pero no era político. Alguien le tendió una trampa y creo que sé quien pudo ser.

–¿Quién? Si se puede saber.

–Un maestro.

–¿Un maestro? Lo dudo.

–Ese maestro es hijo de un industrial, ¿conoce la Kast Gesellschaft?

–Quién no. ¿Su hermano se interpuso en su camino? ¿Eran enemigos?

–Algo así. Por lo mismo puedo estar yo en el disparadero.

–Tiene sentido. El nombre del asesino de su hermano era Manfred Zumpt, el alférez. ¿Le suena?

–De nada.

–Hace unos meses hice unas averiguaciones. Manfred está desaparecido y, no se lo va a creer, estaba a las órdenes de un general: Gerolf von Rosenstock. De Bremen.

–Bremen, allí es donde está la sede de la compañía. Una con un gallo...

–Desde luego, recuerdo el logo, viene en las cajas de munición. Sí, se comunica por ferrocarril con el puerto de Bremerhaven. Todo tiene sentido... fábricas, dinero, poder... Creo que más tarde o más temprano tendrás una cita con el destino. Aunque ahora tenemos otra.

–Enemigos en la trinchera de enfrente y en la nuestra. Se hará difícil salir de esta. Pobres de mis padres. Pueden verse sin hijos.

–Hablando de padres –dijo el capitán como si lo hubiesen despertado de un sueño–. Conocía a un paisano suyo Geert...

–Zweig, el hijo de Bertha Zweig. Está en intendencia, poco más sé de él Herr capitán.

–Pues... verá... no sé cómo decírselo. Él y yo teníamos un pacto, un pacto entre caballeros. ¿No sé si me entiende? Extraoficial. Yo no le comunicaría a su madre su muerte y él me daría el tiro de gracia si me alcanzaban en el vientre.

–Y él ha muerto.

–Exacto.

–¿Y cómo se las ha apañado para mantenerlo con vida, me refiero ante la burocracia? ¿Y los permisos?

–Eso ha costado más de un reproche por parte de mis subordinados. He mantenido la compañía con uno de menos. Y lo peor es que cada semana he enviado una carta a su madre. No me hallo sin escribirla. El caso es que...

–Le pesa mucho.

–Demasiado. Es lo que tiene la mentira.

–El maestro Luhmann decía que muchas mentiras no hacen siquiera una verdad. Que una verdad pronunciada muchas veces es una obsesión, una mentira repetida es la verdad para un necio.

–En todo caso, esta mentira me consume. Y no sé a quién pedir auxilio.

A Ulrich le dio cosa mirar para otro lado.

–Gerolf Rosenstock, dijo usted que se llama el general.

–Exacto.

–Ya se me ocurrirá algo para que Geert siga vivo o muerto. Bertha está muy vieja, tal vez se muera esperando un simple permiso de su hijo. Bertha me vio nacer, es una mujer muy buena. Solo ha conocido el sufrimiento.

–Suele ocurrir que las buenas personas llevan una vida desdichada. Espero que ganemos esta guerra, por los camaradas caídos.

–Por los camaradas caídos, herr capitán.

–Esta noche será el comienzo del final.

–Desde luego, herr capitán.

Se despidieron con cortesía. Ulrich sintió que estaba en deuda con el oficial, si sobrevivía a esta ofensiva tal vez le pagaría con una solución a su pacto. Se acordó de Geert, de aquella vez que se cayó del tejado y se partió la pierna o cuando sacó el carro del arroyo. Geert siempre fue el más inocente de todos los niños y el más fuerte. Era mayor que él y jugaba con chavales más jóvenes. Lloraba cuando se tuvo que ir a trabajar de estibador. Pobre Geert. En cierto modo le tenía envidia, ya no sufriría más.

El sargento Goldschmidt no podía pegar ojo, sabía que estaban en el día clave. En donde comenzaba el principio del final de esta guerra. Llevaban tanto tiempo en el frente que se le había olvidado cómo se vivía en tiempos de paz. De hecho no tenía ni idea de lo que podía hacer en la vida civil cuando todo acabase, lo único que tenía claro es que no se quedaría en el ejército. Miraba a los chavales que acababan de traer como si fuesen un rebaño de corderos. Les veía reír nerviosos, preguntar a los veteranos por cualquier tontería como éstos se mofaban de su inexperiencia y sus caras llenas de espinillas y pelusas. Sus miradas temblorosas por debajo del casco, los ojillos temblorosos.

Otra novedad en el frente eran las nuevas tácticas de artillería, recurrieron a un nuevo gas: el gas mostaza, los proyectiles estaban marcados con una cruz amarilla y tenían la propiedad de atravesar la ropa y producir quemaduras. Se utilizaba en combinación con el fosgeno. Hacía que los hombres se quitaran las máscaras instintivamente para que el fosgeno acabase con ellos. Sería en Flesquières donde se bombardearía con este método. Lo mejor lo reservaban para Paris, el Pariser Kanonen, el cañón de Paris con el que cañoneaban la capital desde más de cien kilómetros. Un cañón cuyo tubo medía diecisiete metros y para el cual tuvieron que hacer una plataforma circular sobre rodamientos y tenían que transportarla en tren ya que el conjunto pesaba setecientas cincuenta toneladas e incluso todo el conjunto temblaba detrás de cada disparo, que a su vez devoraba el cañón por dentro por lo cual cada proyectil tenía que ser más ancho que el anterior. Y es que cada lanzamiento alcanzaba una altitud de cuarenta y dos kilómetros de altura para lograr una mayor distancia. Un logro de la ingeniería o un engendro diseñado por la compañía Krupp, una máquina fabricada con el propósito de machacar la moral de los parisinos, para el que además en febrero los aviones Gotha habían castigado a la ciudad intentando mostrar que podían llegar a la capital cualquier día. ¿Esperaba con ello el alto mando una estampida? ¿Un éxodo masivo? ¿O simplemente crear terror?

–Los aliados deben estar hambrientos y desmoralizados – decían los oficiales.

Ulrich se puso su coraza, en el casco, stirnpanzer, y en el pecho, grabenpanzer. Parecían armadillos, para otros, cochinillas. Aunque sentían todo el peso de la seguridad, probablemente aquellos trozos de metal no fuesen muy buenos para la lucha cuerpo a cuerpo, pero serían muy eficaces para evitar las balas, sobre todo las lejanas. Aquellas protecciones las solían llevar los centinelas, sin embargo, aquel día, por capricho del capitán, las llevarían ellos como cabeza de ofensiva.

–No tardaremos en quitárnoslas, es muy incómodo para avanzar –dijo Gottlieb– parezco una cochinilla.

–Nos servirá hasta llegar a la trinchera.

–Si no sirven para moverse, parezco un caballero medieval de esos que salen en los libros. ¡El primer pipiolo que se ría de mí perderá los dientes con el puñetazo que pienso pegarle! –dijo en voz alta.

Sobre las cinco de la madrugada la artillería alemana comenzó a buscar las trincheras enemigas. El estruendo era como un trueno que no se acababa. Algunos amortiguaban el castigo tapándose los oídos. En general, se notaba cierto optimismo porque desde hacía tiempo no se veía al ejército alemán tan fuerte. El sargento mayor Goldschmidt bebió un poco de sidra de una botella, necesitaba un poco de ayuda para lanzarse a por el enemigo. A su lado se asomó el comandante Steffen Benzing estaba entonando el himno nacional, parecía que lo murmurase. Rudolf le imitó y cuando vinieron a darse cuenta la trinchera entera cantaba el Deutschlandlied. Aquello era una inyección de moral añadida, parecían que hubiese vuelto el espíritu de los primeros días en los que solo había victorias.

Llegó el momento en el que el comandante miró su reloj e hizo la señal al capitán, tomaron la escalera y subieron sin prisa;

un manto de hierro ardiendo les cubría. Como aún no había cesado el fuego, pillarían a muchos guarecidos. Delante de Ulrich caminaba Rüdiger Augenthaler con paso firme, sonriente. Rüdiger solía decir que era malo hacer prisioneros porque suponían bocas de más. Si por él fuese los mataría a todos. Sus argumentos terminaban cuando alguien le decía qué debían hacer si él caía en manos del enemigo.

–¡Pues que me maten!

Rüdiger toqueteaba las granadas, a las que daba más importancia que a su fusil, de hecho quería robarles a los británicos esas que había visto con forma de piña. Pensaba que se podía hacer con una fuerte provisión e ir reventando toda la trinchera. Ulrich en aquellos momentos en los que avanzaba por la tierra de nadie veía el rostro de Otta y sin querer también el de Virginia. Estaba muy resentido con ella por haberle utilizado, haberse reído de sus intenciones. Otta sería distinta, comprendía su situación y los esfuerzos que tenía que hacer por mantener con vida a su única hermana. Le perdonaba que estuviese en Bremen porque la joven era otra víctima como él, allí estaba su campo de batalla. Ambos eran prisioneros de los tiempos. Quizá Virginia también lo fue, pero no por ello, tenía derecho a hacerle daño. Se mordió los dientes de rabia.

De pronto se oyó por primera vez una ametralladora y en dos segundos una granada de palo la hizo callar. Entonces comenzaron las carreras. Se acabó el bombardeo, penetraron por la trinchera enemiga como la sangre por la tela del uniforme. El joven Król no podía hacer uso de su mejor arma: la puntería, por lo que tenía que estar atento y avanzar, adelante siempre. Toparon con el primer foco de resistencia que resolvieron a base de granadas. El segundo era un grupo que iba saliendo de un abrigo y fueron abatidos a tiros para al final acabar con los que se guarecían con otra bomba. Pronto Gottlieb se desprendió de sus protecciones, varios muchachos le imitaron. Un grupo se estaba quedando rezagado ya que habían dado con los pertrechos. Se quedaron alucinados cuando vieron que los británicos tenían de todo: latas de corned beef, galletas, queso, tocino, té y tabaco. Ulrich fue uno de los que no pudo contenerse, tenía que caminar y para ello debía comer. Los soldados se daban a la rapiña e incluso discutían por el botín. El capitán Horst Mann, con la boca llena de galletas gritaba órdenes desesperadas a las tropas. Una columna se les echó encima, parecía que les hubiesen encontrado porque no tuvieron tiempo de arrojarles las granadas Mills. Entonces comenzó una batalla medieval en donde una pala era más importante que la bayoneta. El teniente Eike Schnitzler con su pistola daba cuenta de los británicos, no se dio cuenta de que le caía uno por la derecha con un cuchillo que le clavó por debajo de las costillas. El sargento Rudolf Goldschmidt le golpeó en la cabeza con la culata de su fusil, esto hizo que le saltase el casco, pero el joven británico seguía defendiéndose, lanzó un ataque al que Rudoph apenas pudo hacer frente y por muy rápido que retrocedía no se pudo librar de un largo arañazo en el pecho. Fue Alexander Weiss el que con su poderosa envergadura le golpeó con la pala en el brazo, se oyó como crujían los huesos. Y el muchacho gritó de dolor, una explosión en la trinchera de comunicación ahogó su grito y su petición de clemencia. Miró a su alrededor, todos sus compañeros habían caído en el ataque alemán, sus ojos desesperados lo último que vieron fue a Weiss y a su cara llena de ira. Ulrich cogió al teniente y trató de incorporarlo, ya no gritaba ni hacía gestos de dolor. Ni siquiera veía a nadie, el cabo Rosenstock hizo un gesto negativo y Ulrich dejó a su oficial languidecer. Parecía sonreír, aunque el rostro en su conjunto delatase cansancio. Los muchachos seguían avanzando, se oían disparos de ametralladoras. Tenían que tomar la trinchera de comunicación, sin embargo, había un pelotón parapetado, habían improvisado una pequeña trinchera con sacos terreros y habían colocado una ametralladora Lewis.

–Necesitamos morteros, ¿dónde están los morteros? –dijo desesperado el comandante.

–¡Thomas! Corre y que vengan los morteros –mandó el capitán Horst Mann a su ordenanza.

–Sí, herr capitán.

El ordenanza se perdió por la trinchera, mientras el comandante desplegó un mapa.

–Vamos a ver –tarareaba–, estamos en Bacon Street y tenemos que ir a Roastbeef Avenue, estos están enquistados en este punto y nosotros estaremos por aquí –dijo señalando un punto que él solo llegaba a comprender–. ¡Capitán! Busque un punto en donde la trinchera se quiebre, no será difícil. Quiero que los alcancemos desde arriba antes de que ellos lo hagan. No quiero más sorpresas.

–Rosenstock y los tuyos, Augenthaler, Lustig y Król, Ehrlich y los tuyos, todos conmigo. Vamos a quitarle a esta gente las ganas de seguir resistiendo.

Los "gruppe" fueron colocados en los salientes y tenían que reptar hasta llegar a los atrincherados. No tardó en oírse las primeras ametralladoras situadas en lo alto y que defendían la posición. El capitán al dividir a los pelotones hizo que el los del nido no supiesen a qué atenerse. Aún así no podían avanzar. Lustig había sido herido en la mano y por poco no lo cuenta. Król se ocultó bajo un trozo de lona, se deslizó como una serpiente por debajo de la tela hasta asomar su fusil con una lentitud pasmosa, si los de la ametralladora se apercibían de su presencia era hombre muerto. Ulrich apuntó a la aspillera, aquel hueco que echaba chispas y disparó a la oscuridad, de pronto la ametralladora cesó. Un soldado alemán corrió hacia el nido y soltó una granada de palo al interior justo cuando la ametralladora comenzó de nuevo su canto mortal. La explosión la calló para siempre. Los gruppe pudieron avanzar sin obstáculos y pillaron a los atrincherados por sorpresa desde arriba.

–¡A la mierda! ¡A la mierda! –gritaba Gangrena Augenthaler mientras abatía y remataba a los británicos.

El pelotón comandado por Steffen Benzing tenía el camino libre. Corrían por las trincheras como un arroyo de lava, el terror se apoderaba del enemigo que se retiraba. Llegaron a Roastbeef Avenue, la segunda línea sin apenas resistencia, un cabo se rindió y le ordenaron caminar con las manos levantadas hacia la retaguardia donde los de intendencia se harían cargo de él. Pronto llegaron a un punto donde no podían avanzar ya que un blockhaus dominaba la posición y presumiblemente allí se habían refugiado muchos de los que habían abandonado Roastbeef Avenue.

–¡Vaya, vaya! Parece que hasta aquí hemos llegado –dijo el comandante mientras abría una lata de comida –si estuviesen aquí los morteros por lo menos podríamos hostigarlos. Ya que no podemos hacer nada comamos algo.

Apenas pasó un cuarto de hora y se presentó el ordenanza del coronel con la orden de avanzar. Era un crimen detener la ofensiva, cada minuto detenido suponía un tiempo extra para que el enemigo se recompusiese. El coronel se llevó las manos a la cara, tarareo algo que a algunos le pareció una marcha fúnebre. Señaló a dedo a dos soldados Toni Lerer y a un reservista de Dusseldorf.

–¡Vosotros! ¡Corred y soltad vuestras granadas!

Toni tragó saliva, le mandaba a morir. Aquello era como mandar una liebre contra un camión.

–No, no lo hagáis, no me hagáis caso, es una orden estúpida – dijo Steffen pensándoselo mejor.

Instalaron un periscopio para poder observar de manera segura el enclave. En aquel instante llegaron dos morteros, habían tenido problemas para venir hasta allí porque las ruedas se atascaban en la tierra removida por la artillería.

–¡Zumbadle al blockhaus!

–Será para nada –dijo uno de los operadores mirando por el periscopio– parece de hormigón.

–Al menos los mantendrá distraídos.

Los morteros comenzaron a hostigar la fortaleza. No se veían resultados positivos, el comandante negaba una y otra vez. El capitán se ofreció a colarse hasta la puerta y soltar granadas antes de que los morteros se calentasen demasiado. Algunos asaban el tocino fresco con un poco de alcohol. La llama casi etérea bailaba alrededor de la grasa y había quien no esperaba a verlo cocido del todo.

–Herr comandante, se me ocurre que podíamos asustarlos – dijo Ulrich.

Todos se quedaron mirándole, y Król reaccionó.

–Podemos decirle que o se entregan o los cocemos con los lanzallamas. Es como una partida de póker, o se lo creen o no.

–¡Coño! ¿De dónde habéis sacado a este fiera? Si, lo hacemos corremos el riesgo de acercarnos y que nos fusilen, aunque si los engañamos la posición es nuestra sin disparar.

–Así es herr comandante –dijo el capitán que no salía de su contento.

–¡Vamos pues!

–No tiene porque ser usted el que negocie, puedo ser yo como capitán.

–¡Qué cojones! Soy el oficial de mayor rango. Usted soldado, quítese la camiseta blanca que necesitamos una bandera para acercarnos, se viene conmigo. O se gana una Cruz de Hierro o muere con su idea.

–¡Yo también quiero ir, herr coronel! –dijo Jan Ehrlich.

–Sí, y de paso toda la compañía.

–¿Puedo ir o no, herr coronel?

–La inteligencia no es su fuerte, y soy comandante no coronel. Mire mis galones y quítese ya las protecciones es el único que las lleva. ¿Cómo diablos ha peleado?

El capitán enrojeció de vergüenza ajena, y algunos como el sargento Goldschmidt sonrió. Los morteros cesaron y una camiseta a modo de bandera blanca asomó de la trinchera. Solo se oían las detonaciones en la lejanía. La figura de Ulrich Król iba emergiendo y tras él Steffen Benzing sin titubeos avanzaba. Si sentía miedo no lo demostraba. Se quitó el casco y lo soltó detrás de él en la trinchera. Caminaron hacia el Blockhaus y en un momento dado cuando calcularon que estaban en la mitad de la distancia se detuvieron. El comandante tomó el reloj de su bolsillo y miró la hora. La entrada del blockhaus se abrió y un capitán con un cabo llegaron a su encuentro. Steffen sabía hablar francés y lo primero que hizo fue dar los buenos días a los británicos.

–Buenos días tenga usted –respondió también en francés el capitán.

–Soy el oficial que asedia vuestra posición –se llevó la mano al bolsillo y sacó un paquete de tabaco, sus interlocutores le miraban desconfiados– ¿un cigarro, por favor? – dijo ofreciendo. Repartió y sacó una cerilla con la cual prendió fuego a los cigarros y se quedó observando la cerilla sin apagarla mirando cómo se consumía–. ¿Os han dicho cuál es vuestra situación?

–No podemos dar información al respecto, ¿para qué nos ha convocado? Espero que no sea para invitarnos con el tabaco expoliado a nuestros caídos –dijo el capitán británico con orgullo.

–No, solo para conminaros a rendiros incondicionalmente, depongan las armas y respetaré todas las vidas de sus hombres. Nadie sufrirá daño alguno.

–Dada vuestra reputación no podemos confiar en vosotros.

–Os coméis a los cadáveres –intervino el cabo británico.

El comandante sujetaba la cerilla hasta que se apagó en sus dedos aguantando un poco el dolor y exagerando. Trataba de comprender lo que le habían dicho.

–Quema una cerilla, uf, una pequeña e insignificante cerilla. Y duele. Se imaginan señores lo que ha de doler cocerse.

El capitán y el cabo se miraron, ahora eran ellos los que no entendían nada.

–Tengo varios lanzallamas preparados para quemar el blockhaus, pueden repeler alguno, pero bastaría con que una llama se colara por un ventanuco y aquello se convertirá en un horno en cuestión de segundos. Os abrasaréis, vuestra munición estallará. Será lo más parecido al infierno que se haya visto. Yo, créanme, soy cristiano y me aterraría mucho tener que hacer algo así. Aunque si no me queda más remedio… además, no vendrán refuerzos. Lo saben. Nadie os va a socorrer, la línea del frente se ha roto para siempre. Vuestro ejército no da abasto y nuestra artillería avanza hasta aquí para darnos apoyo, es un callejón sin salida. Ahora señores, tienen un cuarto de hora para deliberar. Que tengan un buen día y una larga vida. Ahora que lo pienso, cabo, asados estaréis más apetitosos.

Steffen Benzing, le dio una honda calada al cigarro, tarareo una canciocilla alegre y miró a Ulrich.

–Muchacho, te has ganado una Cruz de Hierro. Estos están asustados como conejos.

En el filo del plazo cuando el comandante ya estaba embriagado de pesimismo, de la entrada comenzaron a desfilar soldados con las manos en alto. Las armas las iban soltando a la salida misma. Algunos quisieron ir corriendo a recibirlos, hostiles ya que un par de soldados habían caído gracias a los disparos del blockhaus. El comandante con un gesto los contuvo. Tenían que ir a su encuentro sin prisas.

–No quiero bravuconerías. Al primero que vea hacerse el gallo le meto una bayoneta en el culo.

Los británicos asustados iban avanzando en fila como si fuesen al matadero. Algunos todavía se mostraban altivos, tenían la vista en el cielo o incluso miraban a los ojos de sus captores. Esto enfureció a Heiner Schnitzler que consideraba aquello como una ofensa y, abusando, daba una bofetada a alguno, una colleja o un escupitajo. Y como vio que el comandante no estaba presente continuó con su vesania, a alguno incluso le expoliaba el tabaco, chocolate o cualquier cosa que llevase, incluso cartas. Reía de manera compulsiva, casi rozando el éxtasis. Entonces llegó un tipo bajito y malcarado que no se dejó amedrentar se oían voces, gente pidiendo calma otros maldiciendo. El barullo llegaba hasta el interior del blockhaus y algunos temieron que volviesen a sonar las ametralladoras. Jan Ehrlich corrió hasta la pelea, lo que vio le dejo atónito porque Heiner estaba enganchado a puñetazos con un británico. El sargento se colocó en medio y abofeteó a su subordinado.

–No la cagues más, idiota. Bastante tengo ya con el zapaterito que me está jodiendo el día, ahora también tú.

Con el blockhaus controlado y los prisioneros marchando hacia la retaguardia decidieron dejar dos soldados a cargo de las armas: rifles, granadas, ametralladoras y abundante munición hasta que viniesen las tropas regulares o los de intendencia para hacerse cargo del botín, a lo que no renunciaban eran a las raciones. Los alimentos valían más que el oro. Arne Kleinman, el futbolista incluso quería mandar algo para su familia. El muchacho no los veía desde hacía un año. Sus cartas le hablaban de la toma de Riga, de la amplitud del Frente Oriental, del traslado hacia occidente, de los preparativos para la ofensiva definitiva. Y su gente solo podían hablar de hambre. Arne estaba rebuscando en una caja y cogiendo latas de carne para guardarlas en su mochila cuando vio que un camarada le gritaba a un chaval británico. Arne se acercó y se dio cuenta de que el muchacho apenas se podía mover tenía la rodilla derecha reventada. Llorando y negándose parecía que hubiese renunciado a todo propósito de hacer la guerra. Tenía una insignia en el pecho. Al verla Arne dedujo que era de algún equipo deportivo. El corazón le dio un vuelco, aquel muchacho podía ser un futbolista como él.

–¡Hey, tranquilo! Déjalo.

–Se están marchando todos y solo queda este por largarse, sus amigos lo abandonaron cuando llegué, se cagaron cuando les apunté. ¡Mira!, yo me voy ahora es cosa tuya. Yo no me quedo atrás –dijo el camarada.

Arne se situó frente al británico, le tendió la mano y se ofreció a llevarlo hasta la salida al menos.

–¿Futbol? Yo también –le dijo Arne haciendo gestos afirmativos y sonriéndole.

–Nothingan Forest is my team.

En un segundo un nubarrón cubrió sus rostros, comprendieron que aquel joven jamás jugaría como antes. Seguro que quedaría cojo para siempre. La libertad de correr con un balón, buscar el pase al compañero, el forcejeo, aquella sana competencia, el gol, tu equipo, la afición. Todo aquello se había acabado. El mismo Arne siempre temió por su pierna y ahora se veía a sí mismo en aquel joven enemigo. Arne salió y buscó a prisioneros.

–¡Eh! –silbó– vosotros, venid a por vuestro camarada.

Dos británicos se volvieron y ayudaron al futbolista.

–Mucha suerte en la vida.

Entonces se oyó un estruendo, era la artillería británica que les lanzaba un fuego de pantalla para que no pudiesen avanzar. Pero ellos eran los sturmtruppen, no cederían un milímetro, siempre hacia adelante. No había tropa en este mundo que se les igualase. Arne corría de refugio en refugio, quería llegar a ver a los suyos antes que sentirse extraviado. Habían llegado a la última línea y ya no quedaban trincheras. Allí en campo abierto, guareciéndose tras unas rocas que ofrecían el terreno se encontró con el sargento Goldschmidt, a Reber el Malaspulgas y tendido en el suelo sangrando por la cabeza a Ulrich Król. Una granada le había alcanzado.

–Para este se ha acabado la guerra –dijo Reber.

Rudolf negaba con la mirada, tenía la expresión del que ha perdido toda su fortuna.

La cabra le costó una fortuna: cerca de cien marcos. Pero valió la pena, con la leche y lo que podían comprar Paul se fue recuperando. Además compartían hasta el pan del racionamiento. Su hermana no comía mucho y cuando supo lo de Paul aún menos. Era capaz de mantener su ayuno durante días con tal de que el muchacho se recobrase. El joven por su parte comenzó a cumplir con lo prometido. Trabajaba por la noche, con la luz de la luna y si alguna vez lo hacía de día mantenía los ojos bien abiertos. John se dio cuenta que por muy caras que estuviesen las cosas merecía la pena invertir en el proyecto. El problema era que el dinero cada vez valía menos y los billetes en sí no quitaban el hambre. Por ello, no tuvo ninguna objeción en comprarle la vaca a Vincent Lenz, el cual se marchaba a Bremen con toda su familia. Se lo dijo a Paul, el cual no digirió muy bien la noticia. Hacía mucho que no veía a su exnovia, y era imposible no pensar en ella sin sentir mucho dolor. Para siempre quedaba impresa en su memoria la vez en que la vio en el cementerio cuando recorría con los dedos su propio nombre. Aquello fue un error por su parte y ahora lo sabía, tenía que haberle dicho quién era en realidad, de este modo no se mortificaría todos los días. Debía verla una vez más a Otta, no podía dejar que se marchara y que ni siquiera supiese que él estaba vivo. Merecía la pena intentarlo, recorrer los campos de noche y poder hablarle, porque siempre quedaba la posibilidad de encontrarla. Por eso, lo fue haciendo poco a poco, cada vez que salía de las tierras del señor Mockford observaba a las gentes moverse, fue así como en un par de incursiones se dio cuenta de que había problemas y era el mismísimo John, sin sospecharlo, el que los trajo.

A nadie le pasaba inadvertida la cantidad de coles, nabos, espinacas y zanahorias que comenzaba a recolectar. Una lechera con la que iba y venía, con la que podía darse el lujo de vender el sobrante e incluso tratar de fabricar quesos. Pronto supo que tenía que conseguir forrajes para el invierno, ya no bastaba con tener tierras, también hacía falta un almacén. Theodor Krakauer lo observaba y le seguía. Al principio Paul, atento, se extrañó cuando lo vio husmear por las tierras del tendero. Suerte que el joven lo había visto antes. Theodor hacía ostentación de su uniforme, era un policía militar que se aprovechaba de su cargo. Todos solían darle una pequeña mordida ya que nadie quería problemas; siempre había algo que ocultar a las requisas. Paul sabía que ya no tenía refugio seguro, por lo que pensó en ir a Lana Ravine, en el bosquecillo había una casa con su abrevadero, le serviría para ocultarse mientras encontraba el momento de acercarse a Otta. Según había podido saber de John, la joven se ocupaba de las tareas agrícolas. Paul sabía que algún día pagaría caro su atrevimiento, pero ya no podía dejar de salir. La observaba desde la lejanía y se sentía reconfortado. Un día cuando regresó de Lana Ravine notó que le habían robado varias verduras, había que fijarse muy bien porque el ladrón tuvo especial cuidado de no llevarse más que lo preciso, aunque era su huerto y sabía cuando faltaba algo. John le sermoneó, estaba temeroso, muchas veces le preguntaban cual era su secreto. Incómodo contestaba que trabajo, solo trabajo. Y tenía razón, porque ante la ausencia de Paul él tenía que meter el cuello. Quién quiera que hubiese entrado en sus tierras había tenido la paciencia para hacerlo en el momento en el que ni John ni Paul estaban. Paul, decidió esperarle, se alejaba de la propiedad, la miraba en la lejanía como un pintor que observa su obra en busca de un detalle. Pero el detalle no aparecía. Ya no era capaz de alejarse no solo porque podían robarle la vaca o la cabra, o las dos cosas, si no porque podía presentarse la policía militar o la milicia. Dormía poco, no porque no necesitara descansar sino porque se sentía vigilado. Incluso sus labores en el huerto estaban descuidadas. De aquel modo, llegado el otoño, un día se presentó el señor Mockford diciendo que los Lenz se habían marchado a Bremen. John quiso acabar de una vez por todas con las excursiones de su socio, por si aún tenía la tentación. Aunque lo que consiguió fue lo contrario. Paul se iba a Lana Ravine y cada vez se atrevía más, entraba en la casa, se dejaba caer en la cama de ella y allí se desahogaba llorando. Al tiempo se daba ánimos, quizá su vida no estaba en Faustaugen, quizá no en Alemania. Tal vez en Dinamarca, o en Polonia, o en Países Bajos. Pero seguro que no en Lana Ravine. Entre otras cosas porque el campo, pasadas las lluvias otoñales, se cubría de nieve y recuerdos.

Sus excursiones eran atrevidas, sabía cómo hacer desaparecer sus huellas en la nieve, aunque una mancha oscura moviéndose entre el blanco llamaba la atención, como una mosca en una sopa. Ya no había invierno que lo detuviese, sabía muy bien que con sus idas y venidas dejaba expuestos a los animales, aún así le daba igual. Caminar, quería caminar. Ir a la casa de la que fuese su novia y descansar en su cama. Acariciar su almohada como si fuese ella misma. Soñar despierto. Pensó que tenía que marcharse, quizá ir a buscarla a Bremen, aún tenía la documentación falsa que le dio Günter Schumacher. Definitivamente no tenía sitio en Faustaugen, debía marcharse. Porque en aquel pueblo solo quedaban recuerdos y fantasmas. Pensando se quedó dormido. Pese a que había gente que entraba a expoliar enseres, pese a que era una temeridad.

Oyó un sonido, leve y tenue, al principio creyó que era uno de esos ruidos que las casas hacen aprovechando el silencio, después pensó en el fantasma de María. Sería absurdo, pero los vellos se le pusieron de punta. Con lentitud y mucha precaución se asomó por la ventana, vio a Ute Holstein y detrás de ella, empujándola, Theodor Krakauer. El instinto le hizo llevarse la mano a la pistola. Oía retazos de sus frases, una conversación que no era tal.

–Nunca me he tirado a una mujer antes de matarla.

–¡Por favor! ¡Por favor, por favor! ¡No me mate, no he hecho nada!

Paul bajaba las escaleras poco a poco, el corazón estaba acelerado, como los motores de los camiones cargados de munición pesada. Era como estar en la trinchera antes de una ofensiva. Bajaba, bajaba, paso a paso.

–De eso estoy seguro. Qué gustazo me voy a dar, muchacha, a ti te gustará, puedes disfrutar como nunca. Yo te voy a hacer gozar más que el cojo, eso te lo juro.

Se oyó una bofetada y a la joven gritar. Estaban en el salón, habían entrado por la puerta de atrás, ni siquiera se habían percatado de que estaba abierta. Ni por un momento sospecharon que podía haber alguien más en la casa. Paul apareció por detrás y le apuntó.

–Theodor, lárgate.

Theodor se giró rápidamente, llevaba en una mano la bayoneta e hizo ademán de coger su fusil, pero era tarde. El policía levantó las manos, seguía sin soltar el largo cuchillo y Paul se sintió intimidado.

–Podemos compartirla, estoy seguro de que llevas mucho sin probar carne fresca. Mírate, estás necesitado. Tranquilo, no te delataré –dijo parapetándose un poco tras la muchacha y sacándole un pecho–. Mira son enormes, no te gustaría comer un poco de fruta. Son como los de Otta.

Paul no oyó más, todo sucedía muy rápido. La bayoneta, disparo, el cuerpo de Theodor cayendo hacia atrás y sobre todo las ganas de saber quién y por qué. Le dijo a Ute que se marchara. El muchacho miró el cadáver de Theodor por última vez, había matado antes, aunque esta vez era especial. Estaba contento, tanto que se hubiese quedado un rato más admirando su obra. Salió de la casa sin prisa, le hubiese gustado tener un cigarro para poder fumárselo. Miró al exterior y vio los manzanos, los cerezos con sus flores en ciernes, la quietud del campo y aspiró el silencio. Un silencio que precede a los predadores, olisqueó la brisa y le pareció aspirar el aroma de la trinchera; sangre. Allí afuera entre la vegetación, en medio de los yerbajos y las ramas de los arbustos habían unos ojos observándole, unos ojos furtivos, curiosos y prófugos quizá. Paul mostró su pistola en señal de amenaza y se alejó. Tomó el camino de los manzanos y pasó junto al banco de piedra. Cuando llegó al cruce sintió la tentación de entrar en el pueblo, beber en la fuente de las Tres Cabezas y, por qué no, echar un trago en la taberna del Tuerto. Sus piernas le llevaban en paralelo al Feuerbach. Caminó entre las piedras, saltando a un lado y otro del cauce para despistar a cualquier perro que lo rastrease. Después tomó un pequeño sendero hacia el norte para dar un rodeo y espantó a un pájaro que se ocultaba detrás de un endrino. ¡Dios, qué susto! El pájaro levantaba el vuelo y de pronto sobrevolaba Faustaugen. Revoloteó sobre la calle principal y siguió ascendiendo como queriendo renegar de la tierra poblada por humanos. Hombres que en ese día no tenían dónde ir a echar un trago aunque pudieran ya que la taberna del Tuerto estaba cerrada. Había muerto Unna, de un ligero suspiro y entre dolores espantosos había dejado este mundo. Friedrich Schmidt la besó en los labios por última vez y con una sábana le tapó el rostro. Se acabó, los años que había compartido con ella habían sido únicos, un regalo de la vida, un instante en la inmensidad del tiempo. Ya solo quedaba dolor, silencio, olvido, la nada. Se asomó por la ventana para ver el exterior y vio una alondra, volaba cada vez más alto y lejos. Como si llevase el alma de Unna, porque qué era la muerte sino un alzar el vuelo, hacia el horizonte, hacia el infinito.

El capitán Andreas Vorgrimler, recién integrado al Sexto Ejército, se secaba el sudor de las manos en el pantalón. Estaba muy asustado. Les habían dicho que los portugueses estaban muy bajos de moral; hacía mucho que no tenían permisos ni relevos y sentían que aquella no era su guerra, además estaban mal instruidos. No obstante, Andreas desconfiaba de los informes de inteligencia y no creía que el ataque fuese tan sencillo. Nunca lo es, pensaba. Llevaba varios días con dolor de cabeza, parecía que tuviese un coro de voces amenazando con hacerle estallar el cráneo. A veces silbaba un poco para silenciarse por dentro como si al ruido no le quedase más remedio que salir hacia afuera como un geiser que alivia el interior de la tierra.

–Las tropas de asalto irán primero, irán primero, irán primero. No hay que temer, mal equipados, mal entrenados, bajos de moral. No tienen permisos… –se decía en voz baja.

Había desarrollado varias manías una de ellas era un tic facial que le hacía guiñar un ojo, otra la de rascarse de manera compulsiva en la pierna. La relación con el coronel estaba restringida al ámbito profesional. Con sus soldados apenas tenía conversación aunque según le había dicho Roth, le apreciaban. Con la marcha de los hombres más conflictivos la compañía se había llenado de jóvenes y viejos, e incluso algún tullido. Se fueron los más competentes y vinieron los inexpertos. Jamás hubiese sospechado que echaría de menos a algún indeseable. Quedaban muy pocos de los que comenzaron esta guerra. Ferdinand Bartram había ascendido a cabo y se encargaba de entrenar a los chavales. Aparentaba más edad y su simpatía les daba la tranquilidad que buscaban, chascaba la lengua cada vez que iba a comenzar a reír lo cual les hacía mucha gracia. Ferdinand se estaba quedando calvo, cosa normal entre los Bartram aunque no a tan temprana edad, tan solo veintidós años. A su primo Gilbert Bartram después de alegar una y otra vez, no pudo evitar que lo reincorporaran a filas; hacían falta hombres. Ahora era encargado de comunicaciones reparaba cables de teléfono, la artillería enemiga de vez en cuando cortaba las líneas y tenían que apañárselas para encontrar un extremo y hacer el empalme. Gilbert había pedido a Dios miles de veces tener la oportunidad de demostrar su valentía, con el tiempo sus peticiones se volvieron más tímidas. La necesidad de justificarse ante a su pueblo se iba difuminando al mismo tiempo que aparecían nuevas inscripciones en la piedra del cementerio. Sin duda Paul Król le salvó la vida y a cambio él se comportó como un miserable con su amigo. Durante mucho tiempo había negado lo evidente, actuó como miserable y, por ello, recibía el castigo adecuado. Había oído que se preparaba una inminente ofensiva y estaba aterrado. Por ello, sus súplicas habían cambiado, necesitaba expiar el daño que le había infligido a Paul. Tenía que contarle a Otta Lenz la verdad. Ya no vivía el bruto de Theodor el cual había llegado a amenazarle, por lo que podía hablar en libertad, además necesitaba ser valiente. Si moría con ese secreto moriría sucio. Y caer allí era tan fácil que no se lo podía quitar de la cabeza. La tropa recelaba y le hacía el vacío, de algún modo todos sabían que se había dedicado a difamar a Paul y aunque la inmensa mayoría de los soldados no conocían a Król sabían muy bien que jamás se menosprecia a un camarada y menos aún si te ha salvado la vida. Desde que había llegado notó que todo había cambiado, la sensación de que podían acabar con un golpe con el enemigo ya solo pertenecía a los mandos. Tampoco es que se abandonaran, más aún seguían pendencieros dispuestos a dar al enemigo su merecido. Siempre con la idea fija de regresar de una vez y dejar aquel infierno. Cómo había cambiado todo en casi cuatro años. Había visto pueblos hechos añicos como si los hubiesen elevado hasta el cielo para dejarlos caer. La miseria campaba a sus anchas, la sarna, la disentería, los rostros chupados, la suciedad en los uniformes... y el olor, la continua pestilencia a muerto.

Habían bombardeado aquella posición el día anterior, ahora lo lamentarían. En realidad parecería una venganza. Pero el ataque que tenían preparado para esa noche estaba planificado mucho tiempo atrás y encuadrada en la operación Georgette. La trinchera de enfrente era como un muro y allí estaban sus ladrillos más frágiles. Un golpe y por allí penetraría el ejército alemán en tropel, como en un reloj de arena cuando pasa de arriba abajo. Esas eran las intenciones del alto mando, aunque por supuesto para los oficiales de abajo nada estaba tan claro y para los recién llegados como Gabriel Krakauer, hijo de Theodor, cualquier movimiento era una moneda al aire. El muchacho ya había hecho amistades en la tropa: Hasso Jentsch, un muchacho de Sättigenreifen al que conoció en la instrucción; Thorsten Leuenberger, de Gutenweizen con el que ya había cruzado algunas palabras antes de la guerra ya que ambos trabajaron para un terrateniente como jornaleros; y Roth Neisser, el veterano al que admiraba por su templanza.

–Dicen que tú eres el que hace que los hombres avancen –le dijo una vez, en los primeros días.

–También dicen que me acuesto con el capitán.

–¿Y es verdad?

–Tú no estás bien de la cabeza. Te podías haber ahorrado el venir a la guerra, como Lukas.

–Pregunto si es verdad que tú haces que los hombres no se echen atrás.

–Te han mentido. No seas tan crédulo. Avanza detrás de nosotros y mantente pegado al suelo. Todo saldrá bien.

El muchacho estaba aterrado porque aún no había disparado a un semejante. Roth no era inmune al temor, pero como la mayoría de los veteranos había aprendido a controlar sus emociones. Habló con Marcus Breuer quien ya era cabo de sanitarios y tenía asignado un perro para recuperar heridos. Hablaron sobre el pueblo, sobretodo de las mujeres casaderas, sentían que sería un llegar a su tierra y casarse. Roth siempre había estado enamorado de Veronika Fellner, que era mayor que él y se casó con Otto Fellner, caído en la batalla del Marne. Desde entonces Veronika estaba desmejorada, había dejado que la sal de sus lágrimas le secase la flor de su juventud. También había que añadirle el hecho de no comer bien y trabajar la tierra hasta la extenuación. Tenía que vivir con sus hermanos de un pequeño huerto y del racionamiento. Marcus siempre había querido a Ute, aunque resultase invisible a sus ojos. Por ello, sus preferencias iban desde las hermanas Ehrlich a Clara Kleiber o a Olivia Krumm, prima de Otta. No lo tenía claro, pese a saber que no era muy atractivo esperaba encontrar pareja, más que nada porque ya no había tanto entre lo que escoger. Eso sí lo tenía claro: que fuese virgen. Roth no pensaba en eso quizá porque Veronika ya no lo era. Hacía unos meses le regaló un panecillo que pudo comprar en Gutenweizen. Veronika lo miró con hambre y después de darle dos vueltas se lo devolvió con un portazo.

–Como ya he dicho, lo más seguro es que no quiera quedar viuda de nuevo. Cuando acabe la guerra vuelve a intentarlo, ya verás cómo ha cambiado –le había dicho el capitán Andreas Vorgrimler cuando se lo contó.

Marcus le daba trozos de salchicha al perro y el animal movía el rabo. Roth pensaba en el botín de guerra, si podía le traería algún regalo a "Ratón". Como muchos sabían que esta noche una oleada de alemanes hambrientos inundaría la trinchera portuguesa como una bandada de buitres que encuentran un cadáver. Había corrido el rumor por la operación Michael que el enemigo tenía víveres en abundancia. De hecho la operación Michael acabó en Albert cuando las tropas se dieron de bruces con las bodegas y los pertrechos de aquella población justo cuando a Ludendorff se le ocurrió atrapar el nudo ferroviario de Amiens. El estómago mandó más que Ludendorff, Hindenburg y el mismísimo Káiser.

Llegó el coronel von Kittel seguido de varios oficiales y miró indignado al cabo por dar de comer al perro. Roth y Marcus se cuadraron e hicieron el saludo.

–¿Esto qué es? –el coronel no devolvió la cortesía.

–Herr coronel, no comprendo –dijo Marcus.

–Es que acaso nos sobra la comida para alimentar a los perros.

–Es de mi ración, herr coronel.

–Sea, ya que veo que tiene de sobra mañana pedirá la mitad. ¡Comida a los perros! ¡Como si no hubiesen ratas!

Roth le miró con el rabillo del ojo. El coronel sonrió casi sin fuerzas aquel golpe a su amigo iba dirigido a él e incluso a su capitán. El oficial se marchó con su séquito el cual ni los miró, salvo un sargento que les espetó a abrocharse hasta el último botón.

El coronel estaba revisando su plan de ataque, aquella noche se rompería el frente enemigo y sería por su sector. Estaba seguro, había rezado mucho por una victoria así y al fin el cielo se la había concedido. Tenía que arengar a sus oficiales hacerles partícipes de su optimismo. El haberse encontrado con Roth era como una nube en un día despejado, aquel muchacho simbolizaba para él el desanimo, la incultura, el ateísmo e incluso los ideales revolucionarios, tanto o más que los soldados políticos que inundaban la trinchera e infestaban con su pensamiento a los demás. O bien conseguían ganar de una vez o la corrupción terminaría por pudrir el país.

El capitán Andreas Vorgrimler no se encontraba con la plana mayor porque tenía que hacer recuento de la munición y cuidar que cada ametralladora estaba en pleno funcionamiento. Cosa que más tarde sería inspeccionada por el coronel, en su cuaderno iba anotando cada incidencia previa al ataque, por él que no fuese. En realidad Andreas no estaba en la reunión porque Dietrich no quería verlo. La relación entre ellos se había ido a pique en la medida en la que emergía la que tenía con su ordenanza. A los oídos del coronel habían llegado los rumores que decían que era preferible tener a tu lado un soldado valeroso a un coronel temerario y aquello selló de manera irreparable su enemistad. Y el dichoso dolor de cabeza seguía expandiéndose por todas las oquedades de su cráneo.

«Las tropas de asalto irán primero, irán primero, irán primero. No hay que temer, mal equipados, mal entrenados, bajos de moral. No tienen permisos...»

La noche caía, una lechuza cantaba en la tierra de nadie. Hacia las cuatro de la madrugada se levantó una tormenta de hierro y fuego. Andreas se asomó por encima de la trinchera, su ordenanza le imitó y con él muchos se atrevieron a ver qué sucedía más allá. Lo único que llegaban a atisbar era la tierra removerse y quizá distinguir algún grito. Había un rumor que salía de las tripas del mundo que les hacía temblar de miedo y emoción. No se podían engañar, los portugueses seguirían vivos. Aferrados a sus armas a la espera de verlos llegar. Ocultos como topos esperarían el momento.

–Los que queden vivos se rendirán –dijo alguien.

La mayoría sabía que nunca es tan fácil. Cada vez que se iban a comer al enemigo resultaba que se quedaban en la misma posición, todo permanecía inmutable. Excepto los camaradas caídos, ellos jamás regresarían.

La artillería barría el campo de atrás hacia adelante para que nadie escapase, a veces alguien creía haber oído lamentos en la lejanía. Aquella destrucción maravillosa alegraba a los hombres que en otro día quizá hubiesen sentido lástima y ahora solo querían la aniquilación del enemigo no por la destrucción en sí, sino por la liberación. Ya no quedaba nada de lo que les había llevado a alistarse como voluntarios aquel día en Gutenweizen. Lejanísimo día aquel. Roth asomado al filo de la trinchera veía los fuegos como el que asiste a una feria, tenía la boca seca y ansiaba la señal de ataque. Al final de aquella jornada estaría exhausto, herido o muerto. Lo que tuviese que suceder que ocurriese de una vez por todas. Gabriel se colocó a su lado. Le temblaba la mano derecha y hacía verdaderos esfuerzos porque no lo viese nadie. El pobre se había enterado de la muerte de su padre llegando al frente y no le habían dejado permiso ni para asistir a su entierro. Recibió decenas de condolencias, mientras, notaba cierto alivio. Se acababan las palizas para siempre, el olor a vino barato y las voces a media noche cuando forzaba a su madre y tal vez la dejaba preñada. De sus doce hermanos solo quedaban ocho, uno de ellos, según Theodor no era legítimo simplemente porque era moreno. La única niña que quedaba viva era igual que el guarda: su misma cara, sus mismas condiciones. Gabriel siempre pensó que la vida sin su padre sería mejor y lo cavilaba mientras veía el suelo temblar y el olor a pólvora contaminaba el aire. Era una pena estar allí sin poder disfrutar la libertad que siempre deseó; sin su padre. Aunque a estas horas echaba de menos la protección de aquellas manos duras, todas las somantas de palos recibidas estos años le parecían una nadería comparada con lo que se venía encima. Además, visto así su progenitor siempre consiguió alimentos para todos. Quizá en lo más hondo de su ser lo echaba en falta. A su lado ahora tendría menos miedo, seguro.

Roth por su parte miraba a su capitán, adivinaba todo su temor el cual no era tan distinto del suyo, aunque dudaba de su determinación. Andreas Vorgrimler veía la destrucción a lo lejos, los sonidos no eran más que un rumor, en su interior el miedo libraba su propia lucha.

–Oh, Señor, no me abandones, no me dejes morir en dolor, ten piedad de mí en estas horas tan aciagas –dijo en voz baja, casi en trance.

–Perdón, herr capitán.

–Nada mi buen Roth, que hay que esperar. ¿Esperar? Estamos, mi buen Roth, ante la fatalidad. Nos creemos los vencedores, les cañoneamos y ni siquiera sabemos cómo están. Posiblemente nos esperan agazapados en sus madrigueras. Entonces la fortuna cambiaría de manos, solo tendrían que matarnos como si fuésemos una bandada de patos. ¿Qué somos sino un juguete en manos del destino?

–Perdone, herr capitán, yo de esto no entiendo mucho. Cuando usted se pone a hablar así no le entiendo muy bien. No sé si esto es el Destino, a mí me parece una locura, con todos mis respetos –dijo en voz alta.

–Esto obedece a un propósito superior, un propósito al que se encamina la Humanidad, algo que no podemos entender porque somos meros instrumentos.

–Mire usted, yo no sé de esto, no sé de esto ni de nada... – entonces oyó que alguien les decía algo–. ¿Qué? ¿A mí? Herr capitán creo que es a usted.

–¡No todavía no! –un sargento impaciente preguntaba si avanzaban ya.

–Pues eso, herr capitán, que no sé nada. Si somos instrumentos o no, lo único que pienso es en comer, he oído que ellos tienen más comida que nosotros y francamente lo único que pienso es en llenar el buche.

–Desde luego, muchacho, desde luego.

–Correré hasta el refugio, ¡ja! Refugio, que me da la trinchera enemiga, al abrigo de las ametralladoras y machacaré al enemigo para saquearlo. Ya no me importa esta guerra, solo, como ya le he dicho antes, solo me interesa comer. Dicen que ellos tienen comida en abundancia. ¿Usted qué cree?

–Tengo hambre, aunque no apetito. Mi buen Roth. El miedo me invade como nosotros vamos a hacerlo con la trinchera enemiga. Me corroe, me apabulla, tiemblo. Me gustaría abrazar a mis hijas y a mi esposa una vez más y que el abrazo durase una eternidad. Cuando pienso en todo lo que no he hecho o lo que no he dicho me dan ganas de llorar, mi buen Roth. ¿Cuántos libros me quedan por leer, cuántos paseos por el campo, cuántas conversaciones? Me queda tanto por vivir y en este momento solo pienso en que voy a morir. Voy a morir. Voy a avanzar hasta mi muerte que me espera con los brazos abiertos quizá para darme el abrazo más grande y fuerte de toda mi existencia. Siento deseos de salir corriendo en dirección contraria, pero no puedo, no puedo porque también siento miedo de eso, siento, siento que saldré ardiendo con un lanzallamas y que mi cuerpo entero solo será un bloque de hielo al sol, ¿es normal sentir tanto miedo?

–¡Bobadas, herr capitán! Mire a sus hombres, todos le esperamos. Sabemos que usted no es como el resto de los oficiales. Le tenemos un respeto especial, piense como nosotros: en llenar el buche. En el momento, solo en lo bueno que ofrece correr hasta la muerte. Yo solo pienso en las latas de carne, el café, el pan, el queso, la mermelada, pienso en morir comiendo. Con una mano dispararé y con la otra me llevaré un embutido a la boca. Para decirle la verdad lo único que me da miedo es herr coronel. No aguanto su mirada.

–¿Herr coronel? No lo reconozco, tal y como avanza la guerra crece su frustración. Pero no te preocupes, no creo que llegue a hacernos daño alguno. Está enfadado con todo, algún día volverá a ser el que fue. Un día hablábamos sobre la llegada del Superhombre, él decía que el tal Superhombre solo podía ser una persona culta y yo que el talento puede encontrarse en cualquier sitio, de hecho te veo a ti como el Superhombre. Os llevé ante él para enseñarle que erais la demostración de que yo tenía la razón. En lugar de aceptarlo se volvió hostil, se lo tomó mal. Fue una tontería, lo sé, solo una tontería por mi parte. Y ahora tus amigos están huidos por mi culpa, o muertos. Herr coronel os llama la Canalla, el Populacho. Dice que si se pierde esta guerra será por vuestra falta de fe. Aunque es mentira, el único que ya no tiene fe soy yo.

Los grupos de asalto comenzaban a avanzar. Las ametralladoras se oían picotear a lo lejos, mientras los ecos de la artillería comenzaban a desaparecer. El capitán estuvo expectante, se le notaba el nerviosismo, incluso sudaba. Todos estaban igual, ni Roth se mantenía quieto. Era cierto que pensaba en el saqueo, pero también se le pasaba por su cabeza que podía ser una bala lo primero que entrase en sus tripas. De pronto, en un momento que le pareció eterno comenzaron a adentrarse en la tierra de nadie, iban a prisa aunque sin carreras. Se oía el rumor de la guerra, sin embargo, parecía que no fuese con ellos. Vieron el primer cadáver de un portugués al que el bombardeo le había destrozado medio cuerpo. Continuaron avanzando, la idea era hacer un movimiento envolvente. El trabajo estaba casi hecho, había muchos rendidos, soldados lusos cansados de hacer la guerra en tierra lejana por motivos extraños, ajenos a aquella contienda que no tenían ni por qué comprender. Pensó el capitán que haberse llevado a aquellos hombres sencillos y pacíficos al campo de batalla era un crimen. Parecía que todo iba a ir bien, los muchachos se hacían con los primeros pertrechos y comían cualquier cosa desde galletas a carne enlatada o pan, entonces sonó una explosión cercana y después otra que derribó a varios. Un portugués que se había entregado salió corriendo y alguien lo abatió de un tiro en la espalda. De pronto se oyó una ametralladora Vickers y todos se echaron cuerpo a tierra, a su espalda el capitán gritaba de dolor una bala le había penetrado el hombro.

—¡Mierda, mierda! ¡Me voy a morir!

—No herr capitán, quédese ahí, solo le han dado en el hombro no tiene por qué pasarle nada.

—¡Siento abandonarle!

—No se preocupe, este balazo es casi una medalla. Quizá le manden a casa una temporada. ¡Qué suerte!

—Escucha, no seas temerario. ¡Dios, cómo duele!

—¡Sanitario!

Dos camilleros se acercaron a su posición y se lo llevaron, cada vez gritaba más. Roth, huérfano de capitán buscó a algún mando, ya no sonaba la vickers, la habían reventado a costa de tres bajas. De pronto se vio rodeado de una veintena de soldados inexpertos, uno de ellos un sargento. Todos le miraban, estaba claro que buscaban su experiencia y el muchacho solo entendía de avanzar a través de la niebla y del fango, hacia el bosque que tenían más adelante una arboleda llena de cadáveres, trozos de hombres colgados de las ramas, como macabras señales de advertencia.

Aquella no era una cena cualquiera, sino el evento en el que definitivamente las dos familias quedarían unidas. Vincent Lenz olisqueaba el solomillo de ternera y consideraba que los que obtenía de los ciervos estaban más buenos y más frescos. Si le hubiesen dejado un arma y un poco de espacio habría llenado la despensa. Aún así, no podía despreciar aquella carne prohibitiva en la inmensa mayoría de los hogares alemanes. Galiana se cuadraba en su silla intentando aparentar normalidad, de vez en cuando se le escapaba una mirada al surtido de cubiertos que tenía delante y se preguntaba cuál podía ser el correcto en cada momento. Su estrategia pasaba por imitar a Doris por ser la más cercana de los Kast, sonreír con exageración y dar una y otra vez la razón a sus anfitriones en las triviales conversaciones que se desarrollaban. Otta, compungida, aún se preguntaba si estaba haciendo algo de lo que iba a arrepentirse el resto de su vida. A la altura de los postres Fremont y Otta anunciaron por fin la fecha de la boda, nada menos que para finales de julio. Para el gusto de los Kast hubiera sido preferible esperar a que la guerra terminase, para el de los Lenz era acuciante ya que se veían en la situación de justificar su estancia en la Piqueta de Elsa y el coste de los cuidados médicos de Erika. También habían asistido a la cena los Schumacher ya que para Frankz Günter eran de la familia. Fremont había insistido en una ceremonia modesta, acorde con los tiempos. Aún así el dispendio podía ser considerable ya que el patriarca había insistido en invitar a varios notables a los que no podía recibir sin ofrecerles un "aperitivo". El ambiente se encontraba contaminado ya que minutos antes Günter había informado a Otta de que habían detenido a un desertor en un caserón que pertenecía a Lana Ravine. Aquello había trastornado a la joven la cual miraba a Erika y Erika sonreía con levedad. «Por ella, he de hacerlo por ella», se decía. Gerda miraba a sus consuegros con un deje de asco. Su nuera daba la talla, era una muchacha guapa que se mantenía erguida, con el tiempo sería tan digna como cualquier mujer de la alta sociedad. Aunque siempre tendría el estigma de ser una campesina. Sin contar su educación, aunque eso lo podía mitigar con no abrir la boca. Deseaba hacer alguna pregunta simple, pero al ver cómo comía Vincent Lenz desistió de su idea. Por lo que decidió interpelar a Günter, le preguntó de nuevo por su esposa y sus hijas.

–Muy bien, gracias, en Suiza. Hemos alquilado una casa al lado de un balneario. Le vendrá muy bien para su salud. Gracias a mi salvoconducto diplomático puedo salir del país.

–A mí también me vendría muy bien marcharme de Bremen, últimamente hay un ambiente muy frío en la calle. ¿Nos prestaría su salvoconducto?

–Cuando quieras, querida Gerda, os consigo uno. Aquí, la gente nos culpa de su pobreza. Dicen que nos enriquecemos con la guerra. Me temo que dentro de poco Alemania se volverá desapacible.

–¿Es verdad que habló usted con ese revolucionario... Lenin? –preguntó Doris.

–Estuve con la legación que acordó los términos en los que sería conducido a su país.

–Dicen que iba en un tren sellado, ¿no es exagerado?

–¿Exagerado? En absoluto, ese hombre es muy peligroso. Es la mejor bomba que se ha fabricado. Obstinado y de fuertes convicciones el hombre adecuado para rendir la guerra en Rusia. Pero... me temo que su discurso sirve de modelo a los líderes sindicalistas locales. Muchos dicen que si allí ha prosperado la revolución aquí también es posible. Algo funesto. Ahora mismo Rusia se sume en una guerra civil entre Rojos, partidarios de la revolución; y Blancos, partidarios del Zar. Pese a que el Zar Nicolás II ya ha sido ejecutado. El movimiento Blanco está compuesto por liberales, religiosos y todo el que está en contra de los Bolcheviques.

–¿Quién crees que ganará? –preguntó Frankz.

–Es muy difícil prever el resultado. Los Blancos están siendo apoyados por los aliados. Aunque los Rojos creo que están mejor situados y tienen a León Trotski, estuvo el mes pasado en Brest-Litovsk negociando la rendición de Rusia. Un tipo inteligente y con personalidad, según he podido saber. Si Trotski logra organizar un ejército el resultado puede ser determinante.

–¿Por qué? –preguntó Fremont.

–Porque cuenta con el favor del pueblo. Un pueblo oprimido por las clases dirigentes, apaleado durante siglos y que ahora ve la luz al final del túnel. La esperanza en el nuevo orden les espolea. Es la prueba de que cualquier país del mundo necesita clase media, la clase media representa la estabilidad. Mírenme a mí, miren como tengo que lucir para no ser molestado.

Günter vestía con unos pantalones sencillos, con una pequeña mancha en la rodilla y una chaqueta raída por las mangas. Su camisa era de algodón, blanca, de un blanco amarillento. A nadie pasó inadvertido que no venía con el atuendo adecuado, además se movía por la ciudad caminando o en transporte público. Había renunciado al lujo. Como cada gesto del director general nada quedaba al azar. En la calle el ambiente se volvía hostil para aquel que pareciese sacar dinero con la guerra, había demasiados pobres y bandas de niños huérfanos que intentaban robar para comer, con sus caras sucias y sus ojos llenos de legañas, los mocos, el pelo tieso y sucio por el que caminaban hordas de piojos. Günter les temía, la policía intentaba mantenerlos a raya, aunque eran como las hienas siempre dispuestas a hincarle el diente a cualquiera que portase algo que le pudiese dar para pasar el día. Por ello, Günter simulaba ser uno más, de hecho hasta en el complejo Kast Gesellschaft su figura había pasado de ser el director de orquesta a un instrumento. Él mandaba sí, aunque al tiempo era un mandado. Cada negociación que tuviese con el comité de los trabajadores la llevaba de tal manera que su persona quedaba bajo la sombra de un poder oculto y superior. Si sus demandas no eran atendidas no sería por su culpa. La familia Kast eran los malos de esta historia. Ellos eran los grandes beneficiados, ellos se enriquecían con la guerra. Para proteger a su familia la había trasladado al país más seguro de Europa, le había comprado una casa y en caso de que le sucediera algo tenían acceso a varias cuentas de banco, una con marcos, otra con libras esterlinas y otra con dólares. Además de una fortuna en acciones de empresas importantes como Socony, una de las herederas de la Standard Oil, la eléctrica AEG, la chocolatera Suchard y las automovilísticas Hispano–Suiza o la francesa Renault, entre otras. Había aprendido como nadie a desfalcar, de hecho la Kast Gesellschaft funcionaba apenas y gracias a los bonos de guerra cuando debería no solo ser solvente sino ser de las más grandes empresas de Alemania. Ya no quedaba dinero para dispendios, ni recursos, si siquiera para organizar cacerías. No obstante, Günter siempre tenía un plan, un plan para reflotar la compañía. Acortarla, venderla por piezas y sobre todo, sacar a subasta las patentes, no todas ellas eran de armamento, también tenía fármacos e incluso algún excéntrico invento.

Günter sabía que Alemania perdería la guerra. Desde la entrada de Estados Unidos comprendió como nadie que no podían ganar de ningún modo. Temía al país americano por su poderío industrial ya que lo había visitado en dos ocasiones por negocios. Si los aliados ganaban la contienda el dinero podía depreciarse debido a las posibles compensaciones. Por lo que era necesario comprar moneda extranjera y obtener bienes, principalmente en la industria productora de alimentos. Previsiblemente el sector que más demanda podría tener en el futuro. El problema era quién sería el benefactor de todas estas medidas. ¿Fremont? Fremont era arrogante, egocéntrico y además le había amenazado. Su ojito derecho sería Doris, Doris era como otra hija para él. Por eso, había situado a su marido en artillería, era el sitio más seguro de la guerra, lejos de la primera línea. Le había tomado especial cariño al pequeño Till, podía sentir con cierto dolor las miradas que le dedicaba Fremont. Había comprendido muy bien por qué la historia estaba llena de intrigas, conspiraciones y príncipes asesinados por sus familiares. Se hacía necesario bajar de una vez a Fremont del trono.

–Dicen que el fugitivo es un joven de un pueblo vecino.

–Así es –dijo Fremont–, creían que se trataba de un lugareño.

–Un desertor, como mínimo la cadena perpetua. Puede que lo ejecuten, depende del tribunal militar.

–Si sobrevive, lo ejecutarán. Ha asesinado a un policía militar, es un tipo peligroso.

–¿Si sobrevive? –preguntó Otta roja como una manzana.

–Está enfermo, raquítico. Ha pasado mucha hambre. Sospecho que para que haya sobrevivido alguien ha tenido que ayudarle.

–Yo, le ayudé –reconoció Otta.

Todos se quedaron mudos, Vincent quiso hablar, pero no supo qué decir. Doris sonrió, la escena le parecía cómica, tanto o más que las muecas que le hacía el pequeño Till. Fremont dedicó una mirada con pólvora a Günter, supo que había sacado la conversación con malas intenciones.

–Le di cobijo y algo de comida, era mi deber de buena cristiana.

–Querida, tu deber era denunciar… –dijo Fremont.

–Mi deber era ayudarle, estaba débil.

–¡Qué horror! Hija cómo has podido, imagina que te hubiese hecho daño –intervino Galiana Lenz buscando la complicidad de sus consuegros en especial de Gerda.

–Me apiadé de él, y no vi motivo para denunciarlo. De hecho sentí pena.

–¿Pena? –dijo Fremont con notable enfado– Mientras el país lucha por todos los medios para ganar esta guerra ese individuo abandona dándole la espalda a… a todos. Lamentablemente las mujeres no sabéis nada de asuntos de estado, del deber, del esfuerzo de guerra, de...

–Muchos hombres tampoco –dijo Günter–. Todos los días, todos, tengo que sofocar una huelga. Hablo con los líderes sindicales, apelo a su sentido patriótico, pero he de reconocer que cada día me cuesta más. En fin, parece que el país entero prefiere el caos. ¡Quieren un sistema económico como en Rusia! ¡Un sistema económico implica otro político!

–Solo nos faltaría eso –dijo Frankz con su boca torcida.

–Es imposible, lamentablemente no saben lo que dicen. Aquí la gente tiene propiedades, nadie entregaría lo que tanto esfuerzo les ha costado conseguir. Solo faltaría eso, regalarlo todo al populacho. Con respecto al desertor pienso que lo mejor es lo que ha sucedido. Que lo hayan detenido y...

–Lo siento, se me ha cortado el apetito –dijo Otta y abandonó el salón.

–¡Niña! –dijo su padre.

–Discúlpenla, es solo una chiquilla –dijo Galiana avergonzada.

Para Frankz sus consuegros no eran más que idiotas y su nuera demasiado callada como para saber si era inteligente o medio boba. En todo caso solo podía confiar en el criterio de su hijo. Aunque lo que le importaba ahora era su nieto Till, sin duda él sería el depositario de todo su imperio. Sería una mala noticia para Fremont, pero él se lo había buscado. Doris era más digna de su confianza. Günter, por su parte lo vio muy claro, era el momento de atizar.

–Yo hubiese hecho lo mismo –dijo Günter.

–¿Qué?

–Hubiese ayudado a ese muchacho.

–¿De qué hablas? –preguntó Fremont.

–De lo que hay que hacer en cualquier momento, en cualquiera. Ese era el momento de ayudar. Si a nosotros –dijo nosotros como el que decía nuestra familia– no nos hubiesen ayudado ahora estaríamos intentando sobrevivir.

–Eso queda fuera de toda lógica, ayudar a un fugitivo nos puede convertir en cómplices.

–La lógica no le ayudará a salvar la compañía cuando quiera mantenerla a salvo. También existen otras variables dignas de tener en cuenta, como el factor humano. Tener en cuenta la necesidad de los trabajadores e incluso sus sensibilidades. En fin, son cosas que no se pueden hablar en la mesa, aunque necesitará saber mucho de lo que cree que ya sabe.

Frankz asintió. Günter esperó el contraataque de Fremont, sin embargo, este no se produjo. Por lo que el administrador decidió seguir atacando.

–Me da lástima de aquel que haya denunciado.

–Fui yo, no denuncié a un fugitivo, sino a un asesino.

–¿Seguro?

–¿Qué sabes? Dime Günter, ¿qué sabes de todo esto?

–Lo que yo le he dicho que investigue –dijo al fin Frankz.

–¿Me seguís? –preguntó indignado Fremont.

–Te protegemos –matizó Frankz–. Gracias a tu metedura de pata Faustaugen ya no es segura para ti. Te has convertido en un vulgar soplón. Espero que presentes tu dimisión y te vengas a Bremen, a aprender.

–Está bien, padre. Así lo haré. De hecho ya había solicitado mi baja. Pero quiero que nunca más se me trate como a un niño. Ya soy mayorcito.

En una de las habitaciones de invitados Otta lloraba. Pensaba que no podía ser más injusta la vida. Vivía amargada, no le gustaba aquel sitio, tal vez en otro momento con otra gente. Aunque no en este día. De repente alguien tocó; creyó que sería Fremont.

–Pase –dijo Otta.

La figura que se recortaba en la oscuridad no era Fremont, sino su hermana. Traía al niño el cual se encontraba quisquilloso y pataleaba. Doris se sentó en la cama se sacó un pecho y el pequeño Till comenzó a mamar. Otta se recompuso, había encendido la luz y se colocó justo al lado de su futura cuñada. Till se apaciguó, miraba a su madre y chupaba con tranquilidad.

–Doy gracias a Dios porque a mi hijo no le falta el alimento.

–Y por que esté sano.

–Hay niños que crecen famélicos y las enfermedades se apegan a ellos como las semillas a un mantel en el suelo.

–Desde luego –dijo Otta pensando que Doris no se había colado en su cuarto para agradecerle nada a Dios.

–Yo también pienso que hiciste lo que debías, ayudaste a un necesitado–. Hubo un silencio que no supieron interpretar–. ¿Sabes por qué las mujeres tenemos dos pechos? –preguntó Doris.

–No.

–Dicen que un pecho es para alimentar al hijo y el otro para regocijo del padre. Dime, ¿regocijaste al soldadito?

–¡No! –exclamó indignada.

–A mí me daría igual, aunque te lo haya preguntado. Aún así sé que no quieres a mi hermano.

Otta no dijo nada. Doris interpretó aquello como un sí.

–Deberías marcharte, aunque no lo harás porque mi hermano es un buen partido. No te culpo. Quieres a otro, en realidad no sabes ni lo que quieres, pero seguro que no a Fremont, quizá un día le amaste o quizá algún día le ames, aunque no ahora. Lo veo. Y yo me alegro –dijo Doris dejando de mirar al bebe para mirar a Otta–. Yo también quise a mi hermano. Lo prefería a Frankz Eduard, parecía tal frágil con su piernecita más corta, desde luego era más sensible y quizá tímido. Solíamos escondernos en el altillo y leer cuento bajo la luz de un quinqué. Cuando había tormenta se venía a mi cama y se tapaba los oídos. A mí me daba más miedo que a él, sin embargo, era su hermana mayor y tenía que cuidarle. Lo abrazaba y le decía que mi abrazo le protegía de los rayos. Ahora ha cambiado, no es el mismo, no le reconozco. De hecho le tengo miedo.

–¿Miedo? No te entiendo.

–Deberías. Imagina que es un titiritero, manipula a las marionetas y las hace moverse. Eso es lo que cree que es. Mira a su sobrino, mi bebe no encaja. Es un personaje ajeno a su función. Tú no sabes de lo que estoy hablando. Pero pronto lo comprenderás. Fremont ha manipulado todo a tu alrededor.

–¿Cómo? Explícate.

–Mira dónde estás, crees que es casualidad. Yo te lo diré, nada es casual. No has recibido cartas de tu novio, Paul, ¿verdad? Tu hermana María, ¿cómo murió? ¿Y Erika, por qué está enferma? ¿Por qué está mejor precisamente cuando está aquí?

–Tratas de decirme... ¿eso qué intentas decirme?

–Es la verdad. Ahora viene la segunda parte de la historia. Lo quiere todo, siempre se ha considerado más inteligente que nosotros. Cree que tiene derecho a quedarse con toda la fortuna. Odia a mi marido y a mi hijo. Aún no le ha mirado a la cara, ¿crees que una madre no se da cuenta de esas cosas? Hará cualquier cosa, cualquiera, por tener aquello que se propone. Eso siempre se le ha dado bien. Aunque esta vez no pienso permitírselo.

–No puedo creerte. Fremont no es así...

–Pues ve haciéndolo Otta Lenz. Créeme.

–Quieres que me vaya, ¿es eso lo que quieres?

–No, quisiera que te quedaras y que lo hicieses infeliz. Porque tú y solo tú eres su punto débil. Me encantaría que te quedases, pero te irás. Por otro lado quieres que tu hermana siga aquí para que siga su tratamiento. Ya lo has pensado.

–No he pensado nada. Sé que te propones.

–No me crees, ¿verdad? Pues ahora lo harás. Han detenido a un desertor en tu pueblo. Ute, sí Ute, la que se acuesta con él cuando tú no quieres, se lo dijo a mi hermano y mi hermano lo denunció. Según las palabras de Ute el desertor, el asesino era Paul Król.

–Paul, Paul murió…

–No, no murió, no al menos en Verdún. Estuvo aquí, en Bremen. Trató de esclarecer quién le quería muerto, porque trataron de asesinarlo. Y se marchó a tu pueblo. No sabemos nada más, aunque estamos seguros de que está vivo.

–¿Estamos?

–Günter y yo. Se mantiene vivo que no es poco, para los tiempos que corren. Fremont creía que atraparía a Paul, pero el desertor no era él, era un inocente.

–Me escribió alguna que otra carta y decía cosas que no parecían salir de él.

–Quizá no fuese él, todo forma parte de la farsa. Abre los ojos, traerte aquí es su plan. Paul está ahí fuera, vivo.

–No, no, Paul murió.

Doris cogió al pequeño Till y lo cambió de pecho.

–No puedo hacer nada para cambiar tu pensamiento, tendrás que verlo tú por ti misma. De todos modos tienes un plan de huida.

–¿Un plan de huida?

–Otta, querida, siempre lo tuviste. Tienes un plan para marcharte, la tristeza de tu cara me lo dice. Yo puedo hacer que se haga realidad.

Otta lo tenía, no obstante era muy pronto para mostrarlo, no se fiaba de Doris. Los ricos tenían una vida muy compleja. Un conjunto de intereses que importaban más que el cariño. Le daba asco estar allí debería marcharse solo por encontrar un poco de tranquilidad. Pero no podía entrar en ningún juego tenía que velar por su hermana. Además, por algún motivo que no lograba comprender, de repente, no quería perder a Fremont. Aunque sentía que por otro lado Doris le decía la verdad, no había mentira cuando miraba al pequeño y del mismo modo apenas cambiaba la expresión cuando le hablaba.

–Está bien, tengo un aplazamiento. Lo he pensado –dijo Otta.

–¿Un aplazamiento?

–No sé hasta qué punto podéis influir en el ejército. Quiero decir, si tenéis mucha influencia o si sois capaces... de mover... ya sabes.

–La tenemos.

–He oído... he oído que se están llevando a cualquiera que pueda disparar. En mi pueblo se han llevado a un muchacho llamado Gilbert, estuvo al principio de la guerra y perdió un pie, aunque igualmente se lo han llevado. No sé, si tal vez se llevasen a Fremont, no al frente, pero sí al ejército...

–Tareas administrativas.

–Eso, eso mismo. Algo que no corriese peligro su vida, aunque me permitiese un respiro, al menos hasta que termine la guerra.

–Se suspendería la boda –dijo Doris divertida al tiempo que golpeaba con suavidad a Till para que soltase el aire de su estómago– Hay un problema, Fremont aún está inscrito en Faustaugen, lo hizo cuando se marcho. Ahora mismo no conocemos a ningún doctor que esté lo suficientemente untado como para declararlo "útil".

–Yo lo tengo –dijo Otta pensando en el doctor Bachmann.

Till dio un suave eructo, la madre lo incorporó, se miraron y se sonrieron. Sin duda no había un momento de paz semejante al de una madre dándole el pecho a su hijo. Como tampoco hay nada más sincero que una sonrisa desdentada.

La muerte de Christian Müller dejó tan conmocionados a Gerhard y a Louise que tardaron mucho en reponerse. Se sorprendían llorando a cualquier hora, los primeros días apenas comían y la pequeña no se restablecía de su perenne resfriado. Incluso la hermana Dorothea sintió la compasión suficiente como para involucrarse en la protección de sus "refugiados". A Gerhard lo avisaron poco antes de que se muriese, apenas llevaba un día en la abadía. Se había podido asear con una palangana y un poco de jabón. Las monjas le facilitaron una ropa que conservaban de un viejo jardinero muerto veinte años antes y que por casualidad conservaban en un arcón. Todo le pareció muy precipitado, fue Anne quien le comunicó que su amigo se marchaba sin remedio, la bala que tenía en el glúteo le había gangrenado la pierna y la infección se había colado en la sangre. Demasiado tarde para amputar, además, la herida estaba muy alta. Habían perdido mucho tiempo en llegar a la abadía. Gerhard no asumía lo que estaba escuchando y trataba de negociar la vida de su amigo. ¿Y si le cambiaban la sangre? Había oído que había no se qué tratamiento novedoso que le cambiaban sangre de otro, la suya mismo, y podía seguir viviendo. Anne, a punto de llorar, negaba todas las posibilidades. Ella misma había hablado con el doctor Eustatius y solo un verdadero milagro podía salvarlo y sucede que no suelen ocurrir cuando deben. El muchacho tenía sus horas contadas a pesar de que un coro de monjas rezaba en la capilla por él. Cuando Gerhard visitó a Christian este estaba febril, no por eso, le faltaba la lucidez suficiente como para saber que se marchaba.

–Gerhard, amigo mío, mi cuaderno se acaba.

–No... no te preocupes, hay más, cuando lleguemos a Países Bajos compraremos uno –dijo Gerhard con la boca seca.

–Ya sabes que yo no llegaré a Países Bajos. Tengo que confesarte que aquellas viandas no me las regalaron, las robé. Si no las hubiese robado quizá ahora...

–Nunca se sabe, si nos hubiésemos quedado en el viejo molino tal vez estaríamos muertos –pensó que no debería haber dicho esa palabra.

–No te hice caso. No te escuchaba...

–Déjalo ya...

–¡No me quiero morir! –dijo llorando.

Su amigo no supo qué decirle, cómo consolarle. Christian se marchaba para siempre, demasiado injusto. Pero no podía consolarlo, solo la agarró de la mano y se le cayó una lágrima. Aquella era su aventura y Christian lo estaba pagando caro. Nadie le dijo que viniese, pero tampoco se lo impidió. Tenían que haber hecho el esfuerzo antes, caminar sin detenerse, cubrir la distancia en el menor tiempo posible. Pensase lo que pensase ya era tarde. El tiempo siempre jugó en su contra, desde que se alistaron como voluntarios el reloj no dejó de correr, su vida se iba reduciendo como la mecha de un petardo. No lo sabían, aunque su suerte no estaba en sus manos, ni aunque intentasen escapar. Aquello que comenzó como un carnaval se había convertido en un eterno funeral en el que la cara del muerto cambiaba con demasiada frecuencia. Si te quedas sin seres queridos, sin sueños, sin esperanza solo te queda el silencio. Y eso es lo único que le podía ofrecer a su amigo en su última hora. De su cara amarillenta emergía una desesperación que le salía por los ojos, esos ojos de moribundo que se había acostumbrado a ver.

Detrás de él apareció Louise, las monjas no habían querido que aquello sucediese. Pero nada más saberlo la pequeña suplicó y suplicó, lo hizo tanto y con tanta vehemencia que al final la abadesa tuvo que consentirlo. Louise apreciaba mucho Christian al que quería como al hermano mayor que nunca tendría, admiraba su sentido del humor, sus dibujos, su manera de abstraerse de la realidad y obviar los problemas. Para Christian lo único real era lo que podía dibujar y en la última página estaba ella.

La pequeña lo abrazó y lloró. La fiebre de Christian arreciaba tanto que ya no la veía. En menos de una hora se sumió en un sueño profundo y al poco abandonó su cuerpo. Gerhard no tenía consuelo, se aferró a su mano y no quiso soltarlo. Tardó un pequeño momento en abandonarse en un último estertor. Una minúscula partícula de tiempo en la que Louise dejó de ser niña para ser otra persona.

Habían pasado más de dos meses. Las nieves se habían retirado descubriendo el oscuro tejado de Herkenrode. Las malas hierbas comenzaron a crecer más rápido que las hortalizas, como todos los años. Gerhard de vez en cuando ayudaba en el huerto, también había intentado arreglar la techumbre ya que en realidad lo único que podía salvarlo era ser útil.

En la puerta de la abadía de tarde en tarde aparecían Bastian

Breitner el sargento de la policía militar y el malhumorado Rainer, había días en los que estaban desesperados y amenazaban con sacar a Gerhard a tiros. Allá por abril solo se presentaron dos veces. Las monjas calmaban su mal humor con comida.

—Estoy harto de encurtidos y de sopa, ¿para cuándo algo de carne? —protestó Rainer.

Aquello era un capricho personal del coronel Dietrich von Kittel. El cual tenía fuerza suficiente entre la jerarquía como para no tener que reportarle a nadie por aquel dispendio. Para el oficial aquello no era cualquier cosa, su Deber y su Honor estaban en juego, al menos para él mismo. Sentía que si no lo hacía estaba faltando a sus principios. No podía dejar de perseguir a aquellos que habían abusado de su confianza solo por conocerlos, lamentaba la muerte de Christian, no obstante, no había sido él quien la había provocado sino el muchacho al desertar. Si permitía aquella acción en un mes no habría nadie para defender el Imperio. No podía asaltar un convento porque no estaba en la razón de un hombre honrado entrar en un lugar sagrado cometiendo semejante atropello, aunque el fuese luterano y ellas católicas. Pero sí podía exigir continuamente la entrega del soldado y la niña, ya que ella estaba bajo la custodia del Káiser. Por lo tanto, el coronel seguiría apretando y Gerhard dándose plazos.

Anne no tenía prisa por entregar al soldado ni a la niña, había dado su palabra y así sería. La hermana Dorothea, reticente al principio, ahora abogaba por mantener allí a los invitados hasta el final de la guerra. La abadesa sabía que si hacía esto podía acabar con la paciencia del coronel y lo único que podía hacer era aplazar el asunto al día siguiente al igual que una reparación que no corre prisa pero que algún día habrá que afrontar para que no se agrave. Clara todos los días instruía a Louise a la que ya veía como a una novicia. Quizá porque la chiquilla parecía seria y atenta. Tenía el talento suficiente como para unirse a la congregación, siempre que su familia lo permitiese. Aunque la joven lo único que quería era marcharse de aquel lugar, terminar de una vez el propósito que les llevó hasta allí. Todo lo contrario que Gerhard al cual la muerte de su amigo le había persuadido de nuevas aventuras. A veces se le veía taciturno, mirando el cuaderno y acordándose de las veces que habían discutido por querer reflejar en sus dibujos el dolor. ¿A quién le podía interesar ver escenas de muerte y desesperación? En cambio ahora lo comprendía, aquello era lo que quedaba de Christian, sus ojos estaban retratados en el papel. Mientras el muchacho se fundía con la tierra y se perdía. Jamás Gerhard podría dejar un legado como el que había dejado su amigo. Ahora que no lo tenía no podía dejar de darle la razón. Lloraba, tanto que no paraban de visitarle alguna hermana para reconfortarle.

–Él está en un sitio mejor. Murió en paz.

Aunque lo único que era cierto es que se encontraba solo, a veces ni siquiera podía mirar a los ojos a Louise. Sentía vergüenza por no haber podido defenderlos. Reconstruía lo que había hecho y lo que no. Lo que no podía sospechar era que la joven esperaba un gesto para marcharse de allí, no por desafección hacia las monjas a las que tenía en estima, sino porque sentía que si no se largaban estaban faltando a Christian y su muerte no habría servido para nada. Así se lo dijo cuando tuvo ocasión.

–Pero aquí estamos a salvo –le respondió Gerhard.

–Tenemos que marcharnos.

–La abadesa piensa entregarnos, ha dado su palabra, ¿lo comprendes? No llegaremos a Países Bajos, tendremos que entregarnos.

–¡Louise, piensa un poco: nos han capturado! ¿O es que no lo ves? El tiempo que hemos pasado aquí no ha sido sino una...

–Paréntesis –dijo la niña decepcionada.

–... una tregua. Hemos perdido. Lo siento. Siento haber fallado.

–Y yo siento que te creas derrotado.

Entonces Louise lo vio claro, había sido demasiado sumisa. No habían entrado en Herkenrode para ser atrapados sino para multiplicar sus posibilidades. Tenía que revelarse contra la abadesa o Gerhard podía morir fusilado. Aquel sitio no era una cárcel, si huían de noche podían dejar varios kilómetros atrás a la policía. Sabía que la palabra de la abadesa había servido para mantenerlos a salvo, incluso para dar un final y un entierro decente a Christian, pero no podían estar retenidos solo por respetar a Anne. Por ello, la chiquilla buscó por toda la abadía a Anne Lubse, a quién encontró en el huerto. Nada más verla llegar sabía muy bien que traería algún problema, nunca había visto a Louise tan resuelta.

–Señora abadesa tengo algo que exigirle.

–¿Exigirme? ¡Vaya!

–¡Que no nos entregue!

–Eso ya está hecho, un día u otro sucederá. Y la verdad es

que el tiempo se agota, tengo un telegrama de un tal coronel Kittel o Kimmel, que os quiere de inmediato. Y yo tengo que estar a la altura de mi palabra, yo nunca miento. Créeme jovencita, lo siento en el alma.

–Usted no mentirá, pero si atrapan a Gerhard lo fusilarán.

–Tiene derecho a un juicio militar.

–Y lo fusilarán.

–El coronel me ha prometido que no será así, tendrá su juicio e irá a la cárcel.

–¡Mentira! ¡Miente! ¡Todos…todos mienten, usted también miente! ¡Se miente a sí misma!

–¡Jovencita! –gritó la abadesa impaciente– Es usted muy joven para acusarme a mí de mentir. Muy joven para comprender cómo se gobierna el mundo y lo que implica la responsabilidad. He arriesgado mucho al daros cobijo.

–Seré joven, pero he perdido a mi padre, no sé dónde está mi madre, ni mi hermana. Viví en una casa en la que no me querían, no podían aceptarme porque era una intrusa que comía de su pan. He visto morir a Christian y ahora tengo que ver cómo se llevan a Gerhard.

–¡No puedo romper mi palabra! Eso sería igual que mentir, yo nunca miento. La mentira es un pecado. Soy la abadesa y tengo que estar por encima de los sentimientos. Deberías estar agradecida… os he dado alojamiento.

Louise arrugó la boca, se le pudo ver por un momento un atisbo de cólera en toda su expresión.

–Está bien, mande al fusilamiento a un buen hombre. Su palabra quedará limpia…

«Pero no mi conciencia». Pensó Anne con amargura, intentando que no se filtrase una brizna de debilidad.

–Vete, niña, mal agradecida. No es decente ver a una señorita andar por el mundo con hombres.

–¿Decente? No sé si será decente. Hago lo que debo aunque sea difícil, aunque duela. Porque a veces lo correcto es el camino difícil. Si deja que atrapen a Gerhard, harás lo más fácil, desapareceremos y fin de la historia. No tiene porque averiguar qué le ocurrirá, no será su problema. Fin de la historia. Él se pudrirá en una cárcel en el mejor de los casos. Y nosotros le quedaremos agradecidos… pero… no será… no… será lo que Él espera de usted.

La chiquilla había pasado como un huracán arrancando de cuajo la seguridad sobre la que se movía la abadesa. Miró a las ortigas, crecían hasta en las sopas. Hostigaban a las patatas y a los nabos. A veces la hermana Dorothea, olvidando la regla de pobreza, se quejaba por aquellos platos colmados de agua verdosa y salada. Sopa de ortigas, se repetía en su cabeza Anne. Malas en el huerto y en el plato, se haga lo que se haga con ellas está mal.

Dejó la soleta, miró a su alrededor, observó a algunas de sus hermanas con su cabeza agachada labrando la tierra oscura y agradecida.

«Lo han oído todo, Dios sabe qué pensarán».

Se fue en busca de Gerhard, el muchacho estaba en el molino, como siempre intentando hacer algo de provecho. Esta vez pretendía apañar un cabo de soleta, para ello tallaba con un cuchillo un palo. Al verla llegar se levantó y se quitó la gorra, había algo militar en el gesto.

–Gerhard Oppenheim.

–Señora abadesa.

–Su llegada ha sido un trauma para la comunidad. Las hermanas murmuran e incluso se revelan de vez en cuando. He tenido que sacrificar la seguridad de la abadía, la paz de estos muros.

–Y yo se lo agradezco, he estado mirando el carro, creo que puedo arreglarlo.

–Lo arreglará, pero aún así no es usted imprescindible. No es una mujer, ni puedo integrarlo. Es usted un prófugo, un desertor – hubo un espeso silencio – . Yo no tengo la culpa, ni nadie de esta abadía. Mi responsabilidad con usted ha acabado, ahora es usted el que tiene que entregarse. Lo sabe.

–Sé que es abusar, pero no podríamos esperar unos días más.

–Ponga usted la fecha, una fecha definitiva. Ha de entregarse para que las aguas vuelvan a su cauce.

–Lo comprendo –dijo el muchacho cabizbajo– y le quedo agradecido.

« A dicho agradecido, seguro que se han puesto de acuerdo. Están conspirando».

A Gerhard no le quedó otra que ponerse un límite, era como firmar su sentencia. Pero era lo justo, así lo había concertado. Un acuerdo es un acuerdo, pensaba. Se le pasaba por la cabeza huir en la noche. Louise se las apañaría sola, al fin y al cabo no era su vida la que peligraba. Huiría esta misma noche, según lo había planeado. Lo tenía tan bien pensado que jamás lo llegaría a hacer. El mismo miedo que hacía que lo estudiase todo con meticulosidad hacía que resultase imposible intentar nada. Cada noche cuando cerraba la puerta del molino por dentro se aseguraba que nadie podría abrirla, la atrancaba a conciencia y buscaba una salida alternativa por si venían a por él. A veces soñaba que llegaban varios y derribaban la puerta como si fuese de cartón y entonces lo acorralaban como a una gallina y comenzaba una persecución que le llevaba por todos los escenarios de su vida. Allá que recorría Faustaugen entero y de pronto se veía en tierra de nadie o en una trinchera, todo sucedía ante la mirada atónita de sus compañeros, los vivos y los muertos. Una y otra vez se repetía esta pesadilla o similares. No podía evitar ser un cobarde y un patoso. Nadie puede poner remedio a lo inevitable, puede en todo caso atenuarlo, quizá darle una capa de barniz o camuflar los defectos. Al final siempre afloran y, por ello, tenía un gran problema, era incapaz de llevar a cabo aquel plan en el que se necesitaba un valiente como Roth Neisser, Ulrich Król, Alexander Weiss o Ferdinand Bartram.

Anne Lubse miró a la congregación era la hora del almuerzo y a nadie le entraba la sopa. Dorothea carraspeaba y miraba un crucifijo. Jacoba no paraba de llorar. La abadesa agachó la cabeza, pensó que lo más fácil era dar una nueva tregua a Gerhard y meditar. Para discernir entre el bien y el mal tenía que hacer lo más difícil, o sea, entregarlos. Una decisión dolorosa, por lo que no podía dejarse influir por el estado de ánimo de sus hermanas. Sin duda, cada una su manera le había cogido cariño a la niña e incluso había notado el rastro de la tentación en los ojos de las más jóvenes. Hallie sin ir más lejos se comía al joven con los ojos. No se podía permitir el lujo de tener un día más a Gerhard en la abadía. Y, sin embargo, entregarlos equivalía a mandar al muchacho al paredón. De algún modo sería cómplice de un asesinato. Todas lo sabían, lo rumiaban y alguna vez lo utilizarían para echárselo en cara. No podía flaquear, haría lo que tenía que hacer, como Cristo en el Huerto de los Olivos dudaba. Antes de terminar tomó una decisión. Por lo que se levantó y su voz firme retumbó por el refectorio.

—Mañana mismo Gerhard y Louise se irán de aquí. Que nadie lo dude.

Gerhard se afeitó con una navaja un poco oxidada, aunque tan afilada como la dejó el viejo que vino a morir a la abadía con sus pertenencias. Tuvo que quitarse los pelos de la cara en seco ya que el jabón lo habían tomado las mojas tiempo atrás.

También se rapó la cabeza, sintiendo el fresco invadir su cráneo con una sensación de frescura desconocida. Cuando se presentó ante la abadesa hizo una exagerada reverencia estaba muy contento, tomó la mano de Louise y miró al todas las monjas, estaban todas en la capilla. Alguna lloraba y Anne, lívida, hacía esfuerzos porque no se notasen sus sentimientos.

–He rezado por vosotros –dijo la abadesa–, todas hemos pedido a Dios.

–Yo también por vosotras –dijo Gerhard mintiendo.

Louise lloraba, con un impulso se soltó de la mano y abrazó a Anne, la cual la recibió como si fuese de su sangre. Después repitió el gesto con todas las monjas, explayándose con Clara. Gerhard tomó la mano de la abadesa y se la besó. El muchacho trataba de contenerse, aquí quedaba para siempre su amigo Cristian. Su paso por la abadía había sido como unas vacaciones y aquellas mujeres que lo miraban de reojo y que vivían en silencio le ayudó a encontrar la ansiada paz. Era capaz de entender esto ahora que se marchaba. Porque siempre se añora lo que se pierde igual que suele doler la extremidad amputada.

–Muchas gracias por todo.

–Gracias a Dios, marchad conforme a lo hablado. He hecho por vosotros todo lo que he podido, solo el Señor sabe que es así.

El muchacho y la niña se largaron con rapidez, Gerhard aconsejó a la niña que no mirase atrás. Estaban agradecidos.

El camino que lleva a la abadía de Herkenrode está custodiado por árboles, la primavera los había despertado y se mecían conforme a la brisa que soplaba. Al fondo el sargento de policía militar Bastian Breitner chascaba los dientes de oro. A su lado el soldado malhumorado, como casi siempre, pateaba una piedra.

–Este se va a llevar una paliza cuando le ponga las manos encima, no sabe lo que le queda.

–Tenemos órdenes del coronel de no tocarle un pelo.

–Me da igual herr sargento, lo pienso machacar –dijo crujiéndose los nudillos.

–Allí vienen –dijo el sargento.

Dos siluetas emergían en la lejanía, según lo pactado tenían que recoger a Gerhard y a la niña lejos de la abadía para evitar que la congregación tuviese que ver aquella escena que resultaría muy dura. Cuando iban llegando los dos militares dieron un respingo.

–¿Pero esto qué es? –dijo Bastian.

Delante de ellos tenían a Anne Lubse con una barba postiza hecha de los recortes de Gerhard, vestida como un hombre y junto a ella la figura cabezona y pequeña de Dorothea.

–¡Nos han tomado el pelo! ¡Joder, éstas no sirven ni para violarlas! –protestó el soldado.

–Ahórrese su vocabulario jovencito, Dios le oye.

–¿Puede explicarme esto señora abadesa?

–Por supuesto, no podía permitir que se fusilase a un inocente.

–Teníamos su palabra.

–Y la he roto, me hago responsable de ello. Prefiero luchar contra el Imperio Alemán que contra mi conciencia. Una última petición, aquí tengo un cuaderno del soldado Christian Müller, confío en que se lo hagan llegar a su familia.

–Así se hará –dijo el sargento tomando el cuaderno–, una última cosa. Acaban de ayudar a dos fugitivos.

–Deben de estar ya en Países Bajos –dijo Dorothea sonriendo–, hace días que se fueron. No quepo de gozo.

–Lo que quiere decir mi sargento es que esto no se va a quedar así.

–No, de ningún modo. Odio el papeleo y las explicaciones. Hay que acabar con este asunto de una vez.

El sargento cargó una bala en recamara de su fusil. He hizo un gesto a Rainer para que lo imitase, esta vez no parecía iracundo sino más bien aliviado. Las monjas se agarraron de las manos, aquello fue un milagro: Gerhard y Louise las habían reconciliado para siempre.

Todo se había detenido, los avances del capitán Horst Mann habían sido recompensados con una cruz Blauer Max y unos días alejado de la primera línea. Sin embargo, la ofensiva hacia Amiens había fracasado. Habían avanzado tanto que se quedaron lejos de sus líneas de abastecimiento y comunicaciones, además los soldados se habían dado al saqueo, por otra parte el enemigo tenía equipamiento nuevo llegado de Estados Unidos. Era imposible lograr una victoria sin tener objetivos desde un primer momento. Todo había sido inútil, las largas marchas, nuevas tácticas de las tropas de infiltración, las carreras, los caídos... A partir de ahí, y con el coste en bajas, el pesimismo fue arraigando. La compañía había sido esquilmada, ya ni siquiera se hacían llamar la "Compañía Peste" ahora eran simplemente un grupo que se había añadido a otro para completarlo. Hombres irreemplazables habían quedado en el camino. Ya no quedaban sino resabiados, tipos que se lamentaban de la oportunidad perdida. Sentían que aquella guerra estaba perdida, o lo que era peor de todo era que la contienda se extendiese indefinidamente, o sea, como estaban: derrotados sin consciencia de ello. Había algunos amagos de insubordinación. Los comunistas, castigados a servir en el ejército, aprovechaban para difundir su mensaje pacifista y revolucionario. Su causa era acabar con la guerra que solo beneficiaba a los poderosos y masacraba a los más desfavorecidos. Y Alemania quedaba empobrecida y sometida a la dictadura de Ludendorff. Casi cuatro años de guerra y bloqueo habían dejado exhausto al país. Sus aliados no habían estado a la altura del esfuerzo y se desboronaban.

El sargento de primera Rudolf había oído que marcharían hacia Roye. Querían creer que la ofensiva no se había detenido del todo. El horizonte se dibujaba gris, por el fracaso de los anteriores intentos, porque el enemigo estaba mejor equipado y tenía comida, por el refuerzo estadounidense y por la muerte del Barón Rojo. El Imperio Alemán nunca había tenido el dominio de los mares, había perdido la ventaja en el aire y en tierra comenzaba a derrumbarse. Todos pensaron que con la ayuda de las tropas del Frente Oriental se podía hacer frente a los aliados. Pero se equivocaron. Los franceses acudieron desde el sur a aquella línea y estacionaron el frente. Por más que les quisieran hacer creer ya no había salida, ni con los refuerzos del Frente

Oriental habían logrado la ansiada victoria. Rudolph se encontró con Ulrich Król, por fortuna la lesión en la cabeza no había sido tan grave como se creyó al principio, aún tenía la cabeza vendada y solía tener dolores, no obstante, podía continuar. Sus camaradas le abrazaron. No había alegría mayor que ver a un amigo vivo. Sobrevivir era un lujo en aquellos tiempos. El mismo comandante había caído durante la marcha. Se desplomó muerto sin que nadie pudiese decir qué había sucedido, no tenía un rasguño. Momentos antes tarareaba La cabalgata de las valquirias de Richard Wagner. Hay quién dijo que murió de felicidad, extraña felicidad, quizá porque en aquel momento llegó a creer que todo estaba saliendo bien y ganaban la guerra.

El capitán Götz Müller, de intendencia, les recibió en su caseta. Era un hombre cordial y trabajador al que habían aprendido a apreciar y siempre tenía un poco de licor para sus amigos. Pese al cansancio todas las noches terminaban jugando a los naipes. Gözt prefería jugar al póker, decía que era el juego perfecto de estrategia en la que no cabía más que intuición e inteligencia.

–Los naipes los reparte el azar, los lances del juego son cosa de ser listo. Siempre gana el más inteligente.

–Eso lo dice usted porque siempre es el que gana –dijo el sargento mayor Goldschmidt.

Aquellas partidas suponían un antídoto para el desánimo, a pesar de un viejo al que todos llamaban Rojo, que al ser obligado a ingresar en el ejército por motivos políticos se le soltaba la lengua despotricando contra el generalato y el Káiser. El capitán le dejaba hablar porque mientras estaban jugando todos eran iguales, además tenía toda la razón.

–Una guerra capitalista, una guerra hecha para que los grandes sean más grandes y en la que el pueblo lleva todo el peso. Es así. Todos lo sabéis, ¿alguien ha visto a un pobre pasar de sargento? No quieren el sufragio universal, ni que el pueblo tenga representación, los conservadores no dejarán que modifiquemos las leyes que los mantienen ahí arriba. Para esto es esta guerra, esta guerra es una estafa...

–¡Cállate de una vez que me pones nervioso! –le dijo Rudolf– Siempre con lo mismo.

–¡No por repetido es menos verdad!

–¡Full! –dijo el capitán.

–No voy –dijo Rudolf.

–Ni yo –dijo Ulrich.

–¡A la mierda! Doblo la apuesta, cinco galletas y esta lata, sardinas creo –dijo Rojo.

–¡Rojo eres un charlatán de mierda, cualquier día esa lengua te va a costar un disgusto!

–Mira dónde estoy, para qué más disgusto, herr capitán. ¿va o no va?

–Nada. No voy.

–Una pena porque era un farol. Una mentira como todo. Ve capitán, siempre triunfa el engaño.

–Si no me doliese la cabeza hubiese ganado –dijo Król.

–Y si yo fuese más joven habríamos ganado la guerra, la guerra de clases. ¿Os despisto con la palabrería?

–¿Jugamos otra partida? –propuso el capitán.

–No tengo nada, me has pelado.

–Ni yo, me perdí el saqueo.

–Bueno, tenéis algo. Os vendo la responsabilidad –dijo el capitán.

Todos enmudecieron, no tenían ni idea de a lo que se estaba refiriendo.

–¿Qué responsabilidad? –preguntó Ulrich.

–Le hice una promesa a Geert Zweig. Y me pesa, si queréis nos la jugamos. Tendréis que decirle a su madre que está muerto. Ese es vuestro dinero y me juego este salchichón.

–Con todos mis respetos, Herr capitán, está usted mal de la cabeza.

–¡Joder! ¿Jugamos o no? –preguntó el viejo.

De pronto apagaron todas las luces, se oyó el zumbido de una escuadra de aviones y después las detonaciones cada vez más cercanas. Los soldados intentaban contener la respiración acaso alertasen al enemigo con el más insignificante ruido. Las explosiones se acercaban a su posición como un monstruo que les estuviese buscando por entre los agujeros. Sentían como temblaba el suelo como se columpiaba la bombilla apagada sobre sus cabezas. De pronto Rojo encendió una cerilla y el capitán se la apagó.

–Es que no soporto la oscuridad.

–Pues vete a fuera a ver si soportas la luz de las detonaciones.

–¡A callar! –susurró alguien a sus espaldas.

Aún hubo un tiempo eterno de apenas unos minutos hasta que la tormenta se alejó. Muchas veces, durante el día, miraban los combates entre los Ases del aire, aquellos duelos a muerte en los que los alemanes con sus triplanos solían llevar las de ganar, sobre todo los del circo volador, el famoso Jasta 11. Y aunque el Barón Rojo había muerto su leyenda continuaba viva, los suyos tomaban el relevo con orgullo. Wilhelm Reinhard asumía el mando para seguir con el dominio de los aires. Pese a que cada vez se veían más aviones enemigos.

Algunos salieron para ver la destrucción, pese a lo aparatoso del bombardeo apenas habían hecho daño: un soldado aturdido y otro con el brazo descolgado, además de un caballo muerto, lo cual suponía comida. De hecho algunos soldados de intendencia se hacían cargo del cadáver del animal para ponerlo a cargo de los cocineros.

–¡Sigamos! ¡Król, reparte! –ordenó el capitán tras dar unas ligeras instrucciones a un sargento y anotar algo en su cuaderno.

–Hemos perdido la superioridad en el cielo –dijo Rojo al tiempo que recibía las cartas.

–¡Cállate de una vez Rojo! El Circo Volador todavía manda en los cielos. Aunque haya caído Manfred von Richthofen.

–Solo digo la verdad, y no solo eso. Porque mientras todos estamos aquí en este agujero jugando a los naipes muchas mujeres están pasando hambre. Y los potentados se aprovechan.

–Algunas seguro que están calentando la cama de los que se han quedado allí – dijo alguien.

–¡Seguro! Yo mismo lo he visto. Señoras que pasan hambre, si se acerca un tipo con pinta de no pasarlo mal y le da algo que comer y ya está. Yo les digo que no se extrañe nadie si cuando regreséis os encontréis a la señora preñada.

–¡Ya vale Rojo! O jugamos o te vas a la mierda –dijo el capitán.

–Yo solo digo lo que nadie quiere oír, herr capitán, yo ya soy un viejo, pero sé lo que digo. A este lado de la trinchera y al otro somos proletarios los que trabajamos, esa es la verdad. Nos ponen a matarnos para que ellos tengan buenas casas, buenos coches, buenos mujeres…

–O te callas o te doy una patada en la boca –dijo esta vez el sargento–, ¡A jugar! ¿A qué vamos mi capitán?

–Tengo dinero y latas, vosotros no tenéis nada. Pero si perdéis tendréis que haceros cargo de la responsabilidad que yo tengo. Ese es mi trato.

–Ni hablar –dijo Ulrich–, conozco a Bertha, ¡Dios! ¡Me ayudó a nacer! No podría decirle que su hijo murió. No puedo, lo siento, yo o no juego o no…

–¡Has visto tus cartas! Tarde para marcharse muchacho.

–Venga, si tanto te pesa lo haré yo –se ofreció Rudolf el cual conocía esa historia.

Todos se quedaron mirándolo, había que estar loco para echarse una responsabilidad de ese tamaño. Rudolf de todos modos miró sus cartas, iba a perder, las tenía malas y el capitán leía todos sus gestos. Lo que en realidad le llevaba a dar ese paso era la compasión que le despertaba aquella mujer a la que no conocía y que esperaba a su hijo pese a que ni siquiera había tenido un permiso en años. Aquella mujer debía ser muy inocente o estar engañándose para no sospechar que su hijo estaba muerto. Sin quererlo y con el paso de los días Rudolf se había ido haciendo a la idea hasta el punto de que se sentía preparado, si no moría antes. Ulrich se rió de dolor, no se veía contándoselo a Bertha, la pobre moriría del disgusto. No sería la única, algunas madres entraban en un periodo de tristeza y acababan falleciendo aunque estuviesen vivas. Algo parecido le sucedió a la madre de Gerhard, se quedó como loca cuando murió su hija, perdió el apetito y la razón, nunca fue la misma. Bertha era más sensible, además había perdido hacía poco a su hermana Unna, eran muy distintas, aunque se querían mucho. Decían que la comadrona estaba pálida y delgada. Que ya nadie le podía ayudar, vivía del racionamiento y de las verduras menudas y asilvestradas que sobrevivían en su huerto. Las cartas que recibía de su hijo eran como una droga que la alejaba del dolor de no verlo. Eso era todo lo que sabía el joven Król de Bertha, ya que no la había visto desde que comenzó la guerra. Ulrich miró a Rojo que había escupido algo.

−¡Bueno, que no haya apuesta no nos impide seguir jugando! ¡No tenemos nada mejor que hacer camaradas! Una buena partida de póker es de las cosas más decentes que podemos hacer en estos momentos. ¿No lo cree herr capitán?

−Sí, juguemos. Pero intenta mantener esa boca podrida bien cerrada. Me está doliendo la cabeza.

−¡A sus órdenes!

Todos sonrieron, a Ulrich le dolía de verdad. No había dejado de hacerlo desde que Marcus Tausch le arrojó la granada en el Frente Oriental. También cada vez que se acordaba de sus padres, de su hermano Paul, de Otta y sobre todo de Virginia.

Los pensamientos de Fremont saltaban de un escenario a otro como si cruzasen un torrente de piedra en piedra. Había tenido suerte después de todo, al menos no estaba en primera línea. Para ser teniente de inteligencia no tenía mucho trabajo, salvo descifrar lo que querían decir las marcas de las fotografías aéreas. Allá un polvorín, allá una línea de abastecimiento, comunicaciones, un aeródromo... no había manera de estar seguro de nada salvo cuando sus apreciaciones coincidían con las de un compañero. Había dos cosas a las que no se acostumbraba, la primera era tener que estar supeditado a individuos intelectualmente menos capacitados, la segunda a no aceptar que había sido derrotado por sus enemigos. Günter Schumacher le había apuñalado por la espalda, era normal que esto sucediese así porque le había permitido quedarse con el cargo. Por ello, había desfalcado las cuentas de la empresa. Günter era más inteligente que él y se lo había demostrado, amenazarle para después dejarle al mando de la compañía había sido una necedad. Ahora tenía que expiar su pecado renunciando a una boda inmediata con Otta y dejando el negocio a la deriva. Por otra parte, ahora que lo veía todo desde la lejanía era capaz de comprender que Otta no le amaba y con toda probabilidad nunca lo haría. La joven siempre había sido como una trucha que luchaba en sus manos por escapar. Había hecho todo lo imaginable por conquistarla y tal vez alguna vez fue suya, desde luego ahora no. Su tacto era frío como el de un muerto, su mirada perdida como la de un loco, sus besos como los de Judas. Recordaba la última vez que la poseyó, fue en la Piqueta de Elsa, sus padres habían ido a misa y ella tenía que cuidar a su hermana. Se la llevó a una de las habitaciones, la recorrió a besos, la alagó y le dedicó todo tipo de caricias. Aunque no pudo sentirla, se dejaba llevar lenta y espesa como un chorro de aceite. En cierto momento parecía fingir como lo haría una prostituta, solo para que acabase pronto. Le dispensaba cierto asco y Fremont lo notaba al verla asearse con rapidez. Y, sin embargo, pese a todo, la amaba más que a nada en este mundo, aquel amor era como el que tenían los asiduos a los fumaderos de opio, te podías consumir en su dulzura. Porque besar a Otta era lo más parecido a alcanzar el cielo. Por todo ello tenía que aprender a olvidarla, quizá llegar a odiarle. Le haría mucho bien. Le interesaba conocer a una muchacha de alguna familia potentada. Hacer lo que hacen los de su posición, unir fortunas, sumar y sumar. Eso sería lo más inteligente. Conocer a una joven no muy fea a la que nunca llegase a querer y llenarla de hijos. Por otro lado tener a una amante incondicional a la que ofrecer una casa y una pensión. Así lo había hecho su propio padre e incluso su hermano apuntaba maneras antes de que estallase la guerra. De hecho la mayoría de los señores de clase alta llevaban una vida parecida. Aquí y allá aparecía el bastardo de el barón tal, la bastarda del industrial cual. E incluso una vez vio a un hermanastro cara a cara, ¿qué habrá sido de él? Para aquellos propósitos le servía Ute, la pobre Ute. Estaba tan enamorada de él que no podía sospechar que había intentado matarla, eso creía Fremont. Sí, sacaría a Ute de Faustaugen y jamás iría al pueblo. Desterraría a Otta para siempre, la olvidaría, sería como un tachón en su conducta. Un desliz de juventud. De esa manera le daría una satisfacción a su moribundo padre el cual lidiaba con un nuevo ictus. Esta vez era definitivo, pese a la gravedad de la situación su comandante no le había autorizado un permiso. Estaba claro que ahora más que nunca su trabajo era imprescindible. Aunque no sabía muy bien por qué en todo ello veía la mano de Günter y, tal vez, su hermana. Tenía que andar muy despierto o la tarta de la herencia se repartiría de modo desigual y desfavorable. Si no se andaba con ojo podía acabar con una mísera pensión abandonado a su suerte. El pequeño Till era su enemigo, nadie tenía la culpa de que las cosas fuesen así. Mientras estuviese Günter administrando la fortuna de su padre todos podían ser hostiles. Günter, Günter, siempre Günter. ¿Por qué lo había dejado en su cargo? ¿Por qué se había fiado de él? Aunque por otra parte, también había cometido la torpeza de enviarlo al frente y dejarle con vida, un cargo que le abría muchas posibilidades en una Alemania tomada por los militares. Tenía más suerte que la mayoría de sus compatriotas no a todos les asignaban un sitio tan alejado de las batallas.

El cargo que ocupaba en el ejército le brindaba opciones nuevas y desconocidas, las cuales podían haber pasado desapercibidas para Günter. Tenía relaciones con militares de alto rango y podía conseguir nuevos contratos. Una vez incluso llegó a estrechar la mano de Ludendorff, un tipo frío y altivo, le pareció. Lo cierto es que el "dictador" de Alemania dormía poco y mal, utilizaba la represión y la censura para que la simiente de la revolución no arraigara en las ciudades alemanas. Sin duda vivía un periodo de caos en el que todo se podía venir abajo y en el que no podía perder la oportunidad para ascender. Si en otro tiempo su mentalidad fue más bien progresista ahora se mostraba abiertamente militarista. No porque comulgara con los militares, a los cuales consideraba gente de poco entendimiento, sino porque representaba la imagen de la Kast Gesellschaft y sentía que parte de su futuro pasaba por dejar buena imagen entre los castrenses. Debido a esto se mostraba como una persona humilde frente a los superiores, un hombre joven que afirma las decisiones y que siempre sabe más de lo que dice. Atento y afable, pronto obtuvo las simpatías de la plana mayor y su reputación llegó hasta el mismísimo Káiser, aunque Guillermo solo fuese un títere en manos de Ludendorff. Y es que era muy fácil ascender y ser bien considerado cuando tu familia tenía uno de los grupos industriales más grandes del país.

Fremont, no obstante, se sentía como un animal herido, un animal que tenía que defender su territorio, un animal peligroso. Reconsiderando su situación llegó a la conclusión de que lo mejor que había podido hacer fue cancelar la boda. ¿Qué futuro le esperaba con Otta? Tenía que ser más pragmático y sobre todo no dejar nada al azar, la joven había sido su punto débil. A partir de este momento sus movimientos estarían a la altura de su responsabilidad.

Debajo de aquellas fotografías aéreas tenía una carta que había sobrevolado la voluntad de sus dueños y gracias a Ute ahora estaba en sus manos. El corazón de Otta pertenecía a Ulrich, aquello no podía quedar así, si no podía ser de él no sería de nadie. A veces no sabía si era un animal o un monstruo.

Se habían fugado de una granja de Gutenweizen dos soldados rumanos. La alarma había sonado por todo el Pequeño Ducado. Los buscaban por establos, graneros, casas de campo e incluso en las poblaciones. A veces alguien los había visto en aquel pueblo, al mismo tiempo, una mujer juraba habérselos encontrado en la carretera hacia los Colmillos, se hablaba de que los monjes del convento de Sättigenreifen les habían dado cobijo. Lo único cierto es que cundía el pánico y se organizaban búsquedas. Hacía unos días que habían dado una batida con perros por las tierras del señor Mockford. Habían encontrado el rastro de Paul el cual tuvo que hacer un milagro para ocultarse. Por ello, habían planeado más rastreos. El caso es que Paul los había visto, se ocultaban más allá del bosque de sauces en un lugar conocido como el Pozo Humeante. Los rumanos llegaron a su huerto de noche y robaron algo, se abstuvieron de entrar en la cueva, acaso con la oscuridad de la noche no se dieron cuenta de que estaba allí. Después continuaron su camino hacia el sur. Paul los oyó, estuvo siguiéndolos durante varios kilómetros hasta que los dio por perdidos. Sin embargo, debieron de toparse con la milicia y regresaron por la zona. Faustaugen y sus bosques eran un sitio muy atractivo para fugados que quieran desaparecer. Paul era capaz de intuirlos de algún modo y al contrario, los rumanos sabían que Paul estaba ahí. Si se lo propusieran podían encontrarlo.

El señor Mockford había hablado muchas veces sobre la posibilidad de que encontrasen a Paul. De ningún modo podía delatarlo, se sobreentendía, pero siempre quedaba la tortura. ¿Y si al policía de turno se le ocurría pegarle? ¿Y si a Paul le ofrecían ventajas procesales por delatar a quien le había ayudado? ¿Y si...? El caso es que John estaba preocupado. Varias veces intentó sin éxito hablar con Helmuth Degener para ver si este sabía algo, no obstante, el viejo Helmuth, el dueño del campo, callaba. El caso era que no sabía cómo interpretar este silencio y eso le asustaba. A diario le trasladaba sus preocupaciones a Paul y el joven terminó por decirle que los tenía localizados.

−¿Pero cómo?

−Le digo que sé dónde están.

−¿Qué están? Y me lo dices así de tranquilo. Tienes que hacer algo.

–¿Y qué quiere que haga? –hubo un silencio eterno en el que se miraban–. No, no, me niego, está loco quiere que los mate.

–Si aparecen muertos tendremos un problema menos.

–No me han hecho nada.

–Pero tienes que pensar, si no se van, si siguen por aquí te detendrán. Esto es como la guerra o tu vida o la de ellos.

–Señor Mockford, está usted equivocado conmigo, eso es un asesinato y por ahí no paso.

–Escucha, escucha, no podemos ser tan radicales. Intentemos razonar, ¿puedes comprender que esto se puede poner muy, pero que muy feo? Si no los atrapan y si siguen por los alrededores de Faustaugen llegará el día en que buscando una cosa darán con otra, te atraparán, ha faltado poco, y cuando lo hagan todos estaremos complicados.

–No diré nada, asumo el riesgo.

–¡Bobadas! Te atraparán y después a mí.

–¿Pues por qué no va y los mata usted?

–No soy capaz.

–¿Y por qué cree que yo sí? Acaso soy un asesino.

Ambos callaron.

–Está bien olvídalo. Desde luego no eres ningún asesino, no creo que lo seas, ni que lo hayas sido nunca. En todo caso solo un superviviente. Cuando mataste a Theodor solo lo hiciste por… instinto, dejaste a la hija del alcalde viva y te delató. Nadie la creyó o nadie quiso buscarte. Tuviste suerte, la suerte a veces va y veces viene. No siempre se tiene suerte y salir de todas es imposible. La fortuna no cae del cielo, no lo creo yo. Hay que buscarla.

–¡Cállese! Es usted un cobarde, un viejo cobarde que vive con otra vieja tan cobarde que no quiere salir de casa. Su miedo es el que habla por usted, no voy a matar a dos hombres solo porque quiera sentirse más seguro.

–¡Está bien, Paul del demonio! Tú y tus problemas y yo y los míos.

–Así es.

–Que así sea.

El señor Mockford se marchó enojado, sabía que quizá se había extralimitado al pedir que asesinase a dos huidos. No tenía derecho a enfadarse si el muchacho le decía alguna barbaridad. Y, sin embargo, seguía pensando que era lo más cabal por diabólico que pudiese parecer. Además por mucho que pretendiesen negar cualquier vínculo entre uno y otro estaban unidos por la suerte. Cualquier eventualidad era bidireccional y les afectaba a ambos. Paul por su parte comprendía que había estado expuesto una vez y que si la milicia peinaba el bosque acabaría encontrándole. Aunque matar era una barbaridad, quizá si los intimidara con su pistola se marcharían. O tal vez no, tal vez le tenderían una trampa para quedarse con el arma. De algún modo tenía que hacer algo aunque sin llegar a ser tan contundente como pretendía John. Para colmo de males aquella noche soñó con que era abordado por rumanos y por la milicia. Allí estaba su padre y hasta Helmuth señalándole con el dedo. Helmuth tenía colmillos como un jabalí y le envestía, en su ensoñación hasta la milicia tenía dientes de sierra. Se despertó rascándose, los mosquitos sí que lo estaban devorando.

Salió con la luna, tratar de encontrar a los fugitivos en la noche era como empollar huevos vacíos. De todos modos no podía hacer nada de provecho. Tardó más de una hora en llegar al pozo Humeante y después se emboscó, no tenía un plan definido. La idea era esperar y aguardar por si venían. Pero no había ni un solo movimiento, la madrugada trajo algo de viento acompañado de frío. Olía a menta y a Paul se le antojó una de esas tisanas que Unna solía poner a los que llegaban constipados.

–Invita la casa –solía decir.

Sintió nostalgia, Unna había fallecido. Todo había cambiado tanto en cuatro años que parecía que hubiese transcurrido un siglo. Recordaba el día que se fueron los reservistas en la primera oleada, Hackett Biermann, Kasch Kleiber, los hermanos Meyer y Penrod Gloeckner, Ritter Amsel, su primo Stein Król, Zelig Weiss y Barend Uñas Negras. El viejo Holtzmann tocaba el acordeón; su sobrino Adelino Kauffmann, el trombón y Egmont Krumm, el violín. Juntos hacían sonar un esbozo de la Oda a la Alegría de Beethoven. Marchaban entre la muchedumbre como si caminasen hacia el cielo.

–Hasta la última bala, hasta el último aliento –dijo el padre Josef en su sermón.

Y así debió ser. Murieron como héroes, así se supone, que es lo mismo que serlo. El caso es que murieron y con el tiempo nadie se acordaría de aquel último desfile lleno de flores y besos, aquel paseo que haría a muchos alistarse sin pensar. Desde luego, de haber sabido la mitad de lo que llevaba sufrido se hubiese marchado aquel verano de 1914 a Noruega, a Suecia y tal vez a Finlandia, aunque esta última parecía que también había tenido su dosis de guerra, guerra civil. El mundo casi entero parecía manchado de muerte y calamidades.

Oyó como crujían ramitas, era el sonido inconfundible del que avanza con precaución. Entonces a su memoria llegaron recuerdos, como los restos de un naufragio a una playa lejana, de su estancia en las trincheras. El momento previo al asalto, tenso como la piel de un tambor, el estómago en la garganta y los ojos ansiosos. Paul le dio un extra a sus sentidos, lo volvió a oír, justo a su derecha. Esta vez parecía que el caminante había perdido la cautela. La mañana dibujaba su silueta, era un soldado del landsturm, su rostro le resultaba familiar. Avanzaba tan sigiloso que hasta los pájaros continuaban trinando. Quiso el muchacho esperar, por si no estaba solo, aunque el reservista le descubrió. Entonces todo fue rápido, Paul se irguió y le apuntó con la pistola justo cuando el recién llegado trataba de hacer lo mismo con su fusil.

–¡No dispares! –gritó.

–¿Quién está contigo? –preguntó Paul.

–Nadie –dijo sin pensar–, un momento, ¿tú eres Ulrich? No tú eres Paul. Paul Król. Vengo solo, hago una patrulla de reconocimiento, no temas.

Paul lo miró, era el cartero. Estaba casi calvo y le faltaban dientes, el tiempo, el hambre y sus estragos.

–¿Qué haces aquí?

–Busco por mi cuenta a dos rumanos fugados.

–¿Por qué?

–Espero un ascenso. Mira Paul, esto no va contigo, así que deja de apuntarme. No diré que te he visto.

–Yo decido si dejo de apuntarte. No tengo ninguna garantía de que no me vas a delatar.

–Tienes mi palabra. No seas tan iluso, sabemos que estás por aquí desde hace tiempo.

–Tu palabra es poca cosa.

–Vamos, no seas así, que somos conocidos. Confía en mí, no saco nada con delatarte.

–Sí, sí sacas, sacas un ascenso.

–No, no, no mira no quiero ese ascenso, prefiero conseguirlo con gente a la que no conozco. Estoy seguro de que tu hermano me dejaría marchar.

Nada más decirlo se arrepintió.

–¡Cállate!

–Mira, si me dejas marchar te contaré algo que te interesa –el cartero vio curiosidad en los ojos de Paul–, seguro que me lo agradeces.

—¿Qué me vas a contar?

—Tengo tu palabra.

—Depende.

—¿De qué?

—De lo que me vas a contar.

—Es sobre Otta y tú. Seguro que... te interesa escucharme.

—Dime.

—¿Tengo tu palabra de que me dejarás marchar?

—La tienes.

—Dilo.

—Tienes mi palabra de que te puedes marchar si me resulta interesante.

—Ya lo creo, te interesará mucho. El maestrito me tenía dicho que confiscara todas tus cartas, fuesen a quién fuesen dirigidas, especialmente a Otta. Por otra parte, tu amigo Gilbert, Gilbert Bartram, imitaba tu letra y escribía majaderías a Otta. Entre todos simulamos que... intentábamos que desaparecieses. Yo no quería, pero me sobornaba con latas de comida. Estaba hambriento. ¿Qué podía hacer? Aunque eso no fue lo peor, lo peor fue que había que vigilar la correspondencia que llegaba a Otta. Y una vez llegó una carta que cuando la leímos tenía información... comprometedora —levantó la voz cuando lo dijo—. Era del chico que estaba enamorado de la niña esa... no recuerdo ahora su nombre, la niña que asesinaron.

—María.

—María Lenz, eso es.

Paul le hizo un gesto para que siguiera.

—Pues bien, en esa carta habla de que compraba al joven para fomentar la enemistad entre vuestras familias, a cambio de que no fuese a la guerra. Le prometió a la joven que su noviete no iba al frente, no pudo cumplirlo y ella se lo recriminó. Nosotros, mi esposa y yo, leíamos las cartas sospechosas con mucho cuidado, despegábamos los sobres con vapor y las volvíamos a unir. Así es como nos dimos cuenta, el maestrito fue quien mató a la muchacha.

—¿Dónde está la carta?

—La tiene esa puta —dijo con rencor.

—¿Qué puta?

—La hija del alcalde Holstein.

—¿Ute?

—¡Exacto! Esa puta. ¿Qué?

—¿Qué?

—Es buena la información, ¿no te parece? Podemos aliarnos

y...

–¿Aliarnos?

–Sí, sí, claro, solo si quieres, buscamos a dos rumanos fugados. Tú me ayudas hoy yo te ayudo mañana.

Paul miró al frente, más allá del pozo Humeante se movía una ramita. Intuyó que había alguien oculto. Olisqueó el aire, le olió a menta, esta vez se vino a acordar de aquella vez que estaba resfriado y su abuelo se lo quería curar a base de infusiones de hierbajos. Uno de los pocos recuerdos que le quedaba de su abuelo Król. Un hombre menudo y nervioso que era capaz de "robarte un carro cargado sin que te dieses cuenta y vendértelo después", ese era su lema. Aunque no era ladrón, sino un zapatero que hacía las veces de carpintero. En todo caso un tipo resuelto.

Miró al cartero y escupió.

–¿Me dejarás irme? Has dado tu palabra.

–Ssshh, calla, allí más allá del pozo hay alguien y gracias a ti me ha visto. Se ocultan.

–¿Dónde? Yo no veo a nadie.

–Pero están ahí. ¿Sabes cuál es la diferencia entre mi hermano y yo?

–No, ¿cuál?

Paul no le contestó, en lugar de eso le disparó en el corazón. Los pájaros se callaron y echaron a volar.

–Ahora puedes marcharte dónde quieras. Ya cumplí mi promesa.

–¿Por qué...?

–Por el daño que me has hecho, además tu muerte ahuyentará a los rumanos. Dos en uno. Espero que ese maldito señor Mockford esté contento y si no lo está... que le den.

Paul retrocedió, miró en dirección donde creía que estaban ocultos los prófugos. Nada se movía. Comenzó a andar despacio, para después lanzarse a la carrera. Entonces y solo entonces reflexionó sobre lo que había hecho. Si hubiese dejado con vida al cartero le habría traicionado, de eso estaba seguro. No se sintió culpable, ni aliviado pese a querer acabar con todos los que le habían causado daño. Todo el tiempo que de prófugo le había servido para agravar su desprecio hacia la especie humana, apenas lograba fiarse ya del señor Mockford. No obstante, el antiguo tendero era su tabla de salvación. Tendría que pasar varios días en su casa porque se organizarían batidas, levantarían hasta las piedras. Nadie podría sospechar que se encontraría en el pueblo a salvo. La hermana de John sería su rehén. Ya podía ver la cara del viejo cuando se enterase de lo que había hecho, se lo pensaría muy bien antes de pedirle una temeridad. Porque Paul se había vuelto impredecible, desconfiado y peligroso.

Amanecía, tenía el sol a la espalda y proyectaba una cansada sombra sobre los arbustos que se la repartían formando un mosaico. En medio de aquel espeso bosque horizonte menguaba.

El decimo octavo ejército de Oskar von Hutier estaba perdiendo efectividad a la vez que se mermaban sus tropas de asalto. Habían logrado destruir tres divisiones francesas, sin embargo, los refuerzos estadounidenses habían inyectado sangre nueva al enemigo. Ulrich era un milagro puesto en pie, de vez en cuando necesitaba algo de morfina para calmar los dolores de cabeza. No era difícil de conseguir ya que tenía amigos entre los camilleros a los que era fácil seducir con algún trueque. Como cualquiera de la tropa estaba cansado de tanta batalla, su cara delataba la delgadez de su cuerpo. Si estaba vivo se lo debía a dos cosas, por una parte a la promesa de volver y otra a la camaradería. La camaradería era un vínculo que iba más allá de la amistad, eran como las avispas, todos defendían a la comunidad. El grupo por encima del individuo. Incluso Jan Ehrlich lo comprendía a veces. Jan se había acostumbrado a estar por debajo de Król, pese a su rango superior no era capaz de infundir el respeto de su paisano. Algunos de sus hombres seguían el ejemplo del grupo y solían faltarle al respeto. El resultado era una perpetua insatisfacción que le amargaba tanto como retroceder. En los grupos de asalto comprendió que no podía seguir ascendiendo. Su sueño se descomponía como el anhelo de ganar la guerra.

Rudolf Goldschmidt era uno de los que había comprendido que nunca alcanzarían Paris. Lo más decente era pactar la paz, la paz sin rendición. En esa opinión había coincidido con el capitán de intendencia Götz Müller. Una maquinaria como el ejército alemán no podía claudicar. Si bien las últimas ofensivas habían acabado en nada y lo único que habían conseguido es alargar la línea del frente, abandonar la seguridad de la Línea Sigfrido para no llegar a nada y perder parte de los mejores hombres. La diferencia entre Rudolf y Götz es que el primero sospechaba que era imposible llegar a más, mientras que el capitán creía que aún conservaban capacidad ofensiva.

El resto de los hombres preferían no hablar, a excepción de Rojo el cual se aventuraba a hacer discursos que a veces resultaban cansinos por repetidos y que enfadaban a la oficialidad. Por ello, Jan Ehrlich le tomó desafección, solía despreciar los discursos del viejo en voz alta. De ese modo se congraciaba con los superiores. A veces quería pringar a Ulrich, al que situaba en la acera opuesta, haciéndole preguntas comprometidas al respecto. La mayoría de las veces Król prefería despreciarlo y hacer como que no lo oía, otras veces le respondía con provocaciones. Siempre dependía del estado de ánimo. Si no fuese por que las tropas de asalto se habían mermado tanto la tropa el capitán Horst Mann habría pedido la expulsión de Jan de su unidad ya que había discutido hasta con su ordenanza. El capitán Mann necesitaba un poco de paz para organizar de nuevo a sus pelotones, sin embargo, el enemigo se recomponía con más rapidez de la esperada y lanzaba hacia ellos tanques y aviones como si les sobraran. Si no fuese por sus ametralladoras ya habrían tenido que claudicar. A diario se producían escaramuzas que les desgastaban, mientras que los aliados sacaban músculo. La artillería enemiga les "saludaba" casi a diario. Aquella mañana aún no habían lanzado ningún proyectil había una calma mentirosa.

Ulrich se sentía mareado, una de las secuelas de la última ofensiva de primavera. Arne Kleinman lo miraba de reojo, una vez incluso lo tuvo que atender y sentarlo. Arne el Futbolista se convirtió en el mejor amigo de Król. Sentía frío, a pesar de estar en junio. Se acordaba de las cantinas del principio de la guerra atestada de camaradas, cerveza y comida.

–Joder, me comería una morcilla aunque fuese de sangre de burro.

–Y yo –le dijo Ulrich–, o una patata asada con carne.

–En estofado, ya lo creo. Deliciosa carne de ternera.

–O un pollo en salsa de cebolla y ajos.

–A mí el ajo se me repite mucho, pero qué más da.

Alexander Weiss apareció junto a la posición que defendían los dos amigos, un saliente cubierto por el resto de una pared que les servía para reservarse. Alexander volvía a sangrar por la boca. Tenía un flemón inmenso, se lo había remojado con aguardiente y se había calmado un poco el dolor. Alexander se había distanciado del grupo de Jan y se había acercado a lo que quedaba de la compañía Peste.

–¿Cómo andan los franchutes?

–Tranquilos, demasiado tranquilos. Esto no puede ser bueno –dijo Arne.

Alexander se asomó por una oquedad y observó la tierra de nadie.

–Tienes la cara hinchada –le dijo Ulrich.

–Deberías ir a la enfermería.

–¿Para qué? Esto se cura con un dentista. Me dan miedo los dentistas, más que los franchutes.

–Vamos hombre, ve a la enfermería.

–¿Para qué, Arne? Me dirán lo de siempre: Tómate esta píldora, mientras esté inflamado no podremos sacártela. No me hagas hablar, coño, que me duele más.

–¡Ve a la enfermería! –ordenó Jan que aparecía por el puesto.

–¡Otro!

–Es una orden Alexander, tú, Arne, acompáñale.

–¿Qué es eso de una orden?

–Soy tu sargento.

–¿A quién se le ocurrió darle los galones de sargento? –preguntó Ulrich a sus compañeros.

Jan lo ignoró.

–¡Vamos!

Arne y Alexander obedecieron de mala manera. Jan y Ulrich se quedaron a solas, Ehrlich se relamía, hacía tiempo que esperaba una ocasión así.

–¿Qué se sabe de tu hermano?

–Se sabe que murió.

–Hay quien dice que está vivo.

–Hay quien dice que el alfabeto rúnico es mágico, ¡ah! Perdona, no recordaba que tú eras uno de ellos.

–Cada vez te pareces más al gracioso de tu hermano.

–Hay quien dice que somos igualitos.

–Si sigues así llegarás a ser tan capullo como él.

–¿A qué has venido?

–A nada, soy sargento y doy un paseo por los puestos avanzados. Intento evitar sorpresas. No me gustan las sorpresas, ni los graciosos. Tu hermano era un capullo que me hacía la puñeta a su modo, tú también me la haces, a tu modo. Deberías andarte con cuidado o te parecerás a tu hermano hasta en las circunstancias.

–Estás loco, la guerra te está sentando mal.

–Quién fue a hablar. Evita dejarme en ridículo si no quieres tener problemas de verdad.

–Vete a la mierda. Esta es mi compañía, evítame o te lanzo a la tierra de nadie, me traen sin cuidado tus galones.

Jan apretó los dientes, se sintió impotente. Sin duda si fuese Paul se hubiese abalanzado, aunque Ulrich tenía más destreza y en más de una ocasión se lo había demostrado durante su niñez.

–Por cierto, conociste a una tal… Virginia.

Ulrich dejó de mirar la tierra de nadie para concentrarse en Jan. Aquello era un ataque directo. Un avión de observación les sobrevoló, debían ocultarse, pero Ulrich solo tenía ojos para Jan que sonreía al ver que podía hacerle daño.

–Virginia Vanhoof, pequeña, menuda y con unos senos no muy grandes y puntiagudos. Una delicia olerla, ese olor a colonia en su cuello. Era colonia barata, desde luego, pero al contacto con su piel se volvía oro fundido. Tierna como un bollo recién salido del horno. ¿La conociste? Preciosa, fui su novio. ¿No te contó? Ya te cuento yo, sus muslos blancos. Nada que ver con las de las fulanas que te reciben y se quedan como si no hubieses estado allí. Virginia Vanhoof, me habló de ti. Justo antes de tomarla.

A Ulrich le latía el corazón muy rápido, estaba harto de Jan y no se podía dominar.

–Me pidió… me rogó que no la violase. ¿Pero quién podía resistirse? Ella y yo allí juntos en el coche. Un soldado tiene necesidades. La violé allí dentro y después fuera, la violé mientras le cortaba el cuello e incluso después de muerta.

–¡Miserable! –dijo Ulrich mientras se lanzó hacia él.
Jan que lo esperaba sacó su pala e hizo amago de darle, Ulrich pudo esquivarlo en el último momento. Ehrlich disfrutaba, tenía la ventaja de la pala con la cual ya tenía experiencia, además le complacía el odio de Ulrich, por primera vez se veía en superioridad. No muy lejos de allí, el soldado Jacob Adesman les observaba incrédulo, hubiese querido acercarse, no obstante, había visto el avión, sabía muy bien qué sucedería dentro de unos segundos. Ulrich al principio se mostró cauto, aunque poco a poco la ira le iba cegando. Jan lanzó un nuevo ataque, esta vez a las piernas, acertó. Ulrich se llevó las manos a la rodilla izquierda, lanzó un grito inevitable. Se libró de un nuevo lance gracias a que su instinto le hizo coger el fusil, no obstante la pala se lo arrancó de las manos. Entonces se oyó un silbido, Jan retrocedió, salió corriendo. A Ulrich solo le dio tiempo a levantarse. Un proyectil hizo saltar el parapeto por los aires, una nube de polvo se alzó donde segundos antes estaba peleando. La artillería enemiga lanzó al mismo sitio al menos tres disparos más. Jan tuvo tiempo de llegar hasta donde estaba Jacob, aunque tenía una esquirla clavada en el omoplato. Una nube de polvo ocultaba la escena, Ehrlich gritando de dolor observaba la cortina y esperó a que se aclarara como un espectador que aguarda el estreno de su función favorita.

Las monjas sabían que la abadía no podía sobrevivir ni hacer su obra de caridad si no fuese por el contrabando. Gerhard se sintió el hombre más inútil del mundo cuando lo supo, ya que durante su estancia en Herkenrode no había sospechado nada. El mercado negro pasó por delante de su cara de bobo. La cercana frontera favorecía este tipo de comercio que conseguía salvar vidas. Los contrabandistas le miraban de soslayo, desconfiaban de todo lo que oliese a alemán, ¿quién les aseguraba que no era una trampa para caer sobre ellos? Pero si alguien les desconcertó del todo fue la regordeta novicia Hallie.

Hallie fue la última incorporación de la abadía de Herkenrode. Si alguien la hubiese conocido jamás habría creído que terminaría vistiendo los hábitos. Hallie era rebelde, había simpatizado con las sufragistas, aquel acercamiento al movimiento le había granjeado muchas discusiones, en especial con su padre. Después había leído a Marx y a Engels, quería dedicarse a la política. Aquella fue la gota que colmó el vaso. Su padre, un sastre burgués con cierto prestigio, se empeñó en buscarle un buen marido y quitarle de una vez las ideas disolventes de la cabeza. Hallie que iba para atea decidió que era preferible entrar en un convento antes de someterse a ningún hombre. Puso toda su energía para salirse con la suya y lo logró. No tardó en darse cuenta de que había huido de su padre para caer en la cárcel. Así lo veía ella, la religión y el modo de vida opresivo que llevaba le dieron a entender que se había equivocado. Aunque no podía reconocerlo, su orgullo se lo impedía. Así que aguantaba mientras hacía uso de su ingenio para trazar el modo de huir. Por primera vez en su vida las circunstancias le superaban, de modo que hizo lo único que podía hacer: dejarse llevar. Hallie podía creer en Dios e incluso comportarse bien y al tiempo esperar sin prisa el día en que quizá terminase la guerra y largarse. Siempre se las apañaba para terminar metiendo la pata y para no pasar del noviciado. Con la llegada de Gerhard su valentía se vio alimentada. Había estado observando al joven y durante cientos de conversaciones con la pequeña Louise se dio cuenta de que eran de fiar. Aquel era el tren que había aguardado durante tanto tiempo.

Como todas las monjas conocía el plan de la madre Anne para sacarlos de la abadía. Desde el comienzo de la guerra la abadesa había permitido que los contrabandistas almacenaran comida proveniente de los Países Bajos en las dependencias. Los alimentos salvaban vidas y los traficantes eran generosos. Anne aprovechó la confianza para hacerle una petición especial: que se llevasen a sus huéspedes.

Apenas llevaban dos kilómetros de marcha cuando se dieron cuenta de que alguien les seguía. La columna estaba compuesta por cuatro hombres, cinco mulas, Gerhard y Louise. Unos de los contrabandistas era un cuarentón rubio como la paja, sus ojos eran vivos como los de una comadreja y tenía un desgastado sombrero negro de carabinero del ejército belga. Fue él el que dio la alarma, un pequeño gesto que pasó inadvertidos a todos menos a Gerhard, el cual aún desconfiaba y tenía el instinto del superviviente. Los traficantes miraban la dirección del sonido, muy leve aún. Dos de ellos se adelantaron, otro sacó un viejo fusil que había pasado inadvertido a Gerhard Oppenheim. El cuarto espetó de manera silenciosa al alemán y a la niña para que ocultaran las bestias. No hizo falta, pronto se dieron cuenta de que era una monja. Le dieron el alto como si fueran la autoridad intercambiaron palabras y sin más fue admitida en el grupo. Saludó de manera cortés a Gerhard y a la niña, y la partida continuó su viaje.

Hallie, harta del silencio impuesto en la abadía, siempre que podía intercambiaba unas palabras con Gerhard y no dejaba de hacerlo con Louise. El muchacho la miraba desconcertado, la conocía aunque no de conversar. Hallie podía ser impredecible y atraer la desgracia con su cháchara. La joven era ancha de espaldas y si lo permitiesen los tiempos también de carnes. De nariz gruesa, tanto que le tapaba la poca belleza que le otorgaba la juventud. Con Louise le fue diferente, Louise era una niña de genio abierto y tener una compañera de viaje le venía muy a la mano. De vez en cuando los contrabandistas las mandaban a callar. Por suerte el viaje solo duró dos días. De hecho durante gran parte de la segunda jornada llevaban largo rato en los Países Bajos. A las afueras de un pueblo llamado Waalre, cerca de Eindhoven. Hubiesen tardado menos, pero su camino no podía ser recto. Allí llegaron a una posada y saludaron a un policía. Intercambiaron palabras y alguna carcajada.

–Dice que podéis ir a un campo de refugiados de Amersfoort, Gaaterland, Groningen, Harderwijk, Oldenbroek o Soesterberg –dijo uno de los hombres a Gerhard–. Yo, no iría allí, son campos con casas de madera y la gente se hacina dentro. Además, no creo que coman muy bien, nadie come bien aquí tampoco. La guerra se siente por todos los países.

–¿Y a dónde vamos?

–No lo sé, ah, Hallie se va con vosotros.

–¿Hallie?

–Sí, ahora es tu problema amigo, nosotros hemos hecho algo por vosotros ahora vosotros por ella. Así funciona el mundo. Otro consejo, permanece con la boca cerrada. No gustan mucho los alemanes. Antes sí, antes los que no gustaban eran los británicos, por las guerras en Sudáfrica contra los nuestros. Pero ahora sois vosotros también los que los arrastráis a la miseria. Elude a la policía y nunca hables de nosotros. Intenta no moverte como un alemán y buena suerte.

«¿Cómo diablos se mueve un alemán?». Gerhard se sorprendió de que un belga le diese buenos consejos, quizá porque el tiempo que duró el viaje estuvo temiendo que los entregaran. Por lo que ahora, en cuanto desaparecieran los contrabandistas se vería huérfano. Observó a la chiquilla y a Hallie, todos se miraban con cara de "yo no he sido", nadie sabía qué tenían que hacer. El muchacho solo sabía marchar hacia el norte, por caminos y veredas. Ahora que por fin habían llegado a su destino no sabía muy bien qué debía hacer, de modo que siguieron andando sin rumbo. A mediodía un lugareño les indicó la dirección hacia Eindhoven. En una ciudad podían ocultarse entre la población con más facilidad, además con toda seguridad habría algún comedor social. Habían compartido el último trozo de pan y pronto sufrirían hambre.

Lo primero que notaron al llegar era que faltaba la tensión de la guerra. El velo invisible que cubría a todas las poblaciones de Alemania, Francia y Bélgica no tenía cabida en los Países Bajos. Gerhard que siempre hablaba de los tiempos de paz como si nunca fuesen a volver sintió alivio y se encontró desorientado. Hallie trataba de integrarse y no paraba de hablar. Mendigaba amistad y compasión.

–Si vemos a un policía, no os quedéis asustadas mirándolo. Les damos el "buenos días" y ya está –dijo Gerhard al llegar a Eindhoven.

Ambas asintieron, no habían hecho todo este camino para ser repatriadas. Preguntaron a una señora en donde podían encontrar la Cruz Roja y en poco más de una hora llegaron a una cola. El bloqueo aliado había encarecido los alimentos hasta el punto de que había mucha gente pasando apuros. La Gran Guerra era un cocido en ebullición que hacía tiempo se había salido de la olla salpicando al mundo entero.

El comedor estaba abarrotado, tuvieron que esperar un poco y mereció la pena. En el interior había varias mesas alargadas, unas viejas, otras tendrían menos de un año. Olía algo a apio y puerro hervido, era un aroma que calentaba las mejillas y se filtraba por los poros hasta hacer sudar la frente. Una mujer con los pómulos hundidos servía en cuencos la ración a los necesitados, haciendo un esfuerzo intentaba sonreír al llenar cada tazón como si no bastase con la comida para que las personas quedasen contentas. La sopa estaba buena, quizá algo salada y el pan mucho mejor que el que comieron en Bélgica. A Louise le recordaba al de la panadería de su abuela. A Hallie el que comían antes de la guerra en el convento, quizá lo mejor de sus monótonas comidas. Había llegado a odiar las coles por repetidas, ahora se las comería de buena gana en honor a la nostalgia y al apetito insaciable. Gerhard temblaba de miedo, era algo inesperado que le había entrado al verse rodeado por extraños. Sentía temor por lo desconocido, para el muchacho el porvenir era un precipicio por el que tenía que trepar sin resuello. Hallie por el contrario sonreía, sus mejillas regordetas brillaban como trozos de manzanas. Parecía que nada le podía dar miedo. Si algo había aprendido de su estancia en Herkenrode era que Dios siempre provee, o al menos en eso confiaba. Louise se había acostumbrado a encomendarse a Gerhard y a ser más observadora. Gerhard era su única familia, su mejor amigo, nunca dudaría de su compromiso. Desde que murió Christian no tenía más norte, no recordaba los motivos por los que se encomendó a él precisamente, quizá fue la necesidad del momento: la soledad y el hambre. Porque siempre sintió miedo de los hombres de uniforme. Su hermana Virginia le inculcó ese temor para protegerla y, sin embargo, con Gerhard todo falló. Había sido un acierto, acabase donde acabase esta aventura el muchacho siempre intentaría protegerla para que fuese la mejor opción, aunque a veces se pusiese áspero y se le agriara el carácter.

Sin saber por qué Gerhard comenzó a llorar, era como un desahogo, un paso previo a quedarse tranquilo. Se cubrió la cara con las manos para no dejarse ver. Pensaba en las opciones que tenía, resolver el futuro inmediato. Tenía que encontrar un trabajo y un techo, sabía cortar el pelo, aunque le aterraba la idea de tener que sacar muelas. Podía hacer labores agrícolas o cualquier trabajo de peón. Tendría que moverse rápido, el movimiento era vida. Miró a Hallie, también habría que buscarle una ocupación.

De pronto su instinto de supervivencia le avisó de algo inusual. Sucedió en la mesa de en frente, un muchacho tosió varias veces y todos a su alrededor se apartaron. Vino a recordar algo sobre unas fiebres sobre las que hablaban los contrabandistas. Sus pensamientos se vieron interrumpidos con la llegada de alguien que no pasó desapercibido, era alto y de mediana edad. Todos le mostraban su respeto como si hubiese entrado un oficial en el barracón. Hallie lo vio y sonrió, la joven era como un buitre que desde la lejanía divisa la carne que ha de saciarle.

El coronel Dietrich von Kittel echaba fuego por los ojos, delante de él un policía militar con varios dientes de oro le mantenía rígida la mirada. Hasta ese día no había tenido la ocasión de tener un cara a cara con el sargento Bastian Breitner. Su actuación en Herkenrode había sido lamentable, ruin, cruel. De algún modo Dietrich se sentía responsable, dos monjas muertas por que sí, sin un juicio. Aquello había sido un asesinato y tenía que hacer justicia. Pero Bastian sabía que en aquellos tiempos la Justicia no vestía sus mejores galas. Además, según su modo de entender las cosas había actuado de acuerdo a las circunstancias. Bastian le miraba de arriba abajo, ahora mismo no era un coronel sino un insecto despreciable. Como si no fuese él quién los metió en aquel embrollo, querer desembarazarse de aquel asunto echándoles la culpa era el ejercicio de hipocresía más grande que había presenciado.

–Herr coronel, hice lo que tuve que hacer. No sé a qué viene esto.

–¿En qué momento mandé asesinar a una monja? Dígalo.

–Las monjas me dieron su palabra y la rompieron, yo quería haber entrado, si tuve esa deferencia fue porque usted me lo pidió. De haberlo hecho todo como yo propuse ahora no tendríamos esta conversación. ¿Convendrá usted, herr coronel, que tuve que salvaguardar el honor del ejército?

–Usted, solo tenía que hacer lo que yo le decía, nada más.

–Me permito recordarle que soy policía militar, me debo a mis superiores. Tengo trabajo que realizar, perdí mucho tiempo en este asunto. Si usted quiere llevar esto a un tribunal militar tal vez debamos hablar también de esto.

–¡No, no es lo que quiero! Solo quiero que reconozca su error, que asuma que asesinar a dos monjas fue un crimen.

–No lo veo así, herr coronel, estamos en guerra. Somos soldados y nuestro trabajo es matar. Si estuviésemos en tiempos de paz yo iría a un tribunal civil y estaría en la cárcel, en el mejor de los casos me caería la cadena perpetua. Pero no es así, estamos en guerra, llevamos cuatro años de guerra, maldita guerra. Solo somos carne que mata a otra carne y de paso, también morimos… de un modo u otro. Usted decidió tomarse un asunto de deserción como algo personal, allá usted, estas han sido las consecuencias de sus actos. No de los míos. Sí, las asesiné, lo hice sin rencor, sin remordimiento, hice lo que creía que tenía que hacer. Usted, usted que no disparó un tiro, que quizá no haya disparado un tiro en esta guerra es responsable de esas muertes. Por su obstinación. Aunque, la verdad, herr coronel, no veo por qué lo toma tan a pecho. ¿Por qué eran religiosas? A diario manda expediciones, asaltos o absurdas vigilancias que llevan a sus hombres a la muerte. ¿Es que ellos son menos personas? No le comprendo.

—Sí sigue hablándome así…

—¿Qué me va a hacer? ¿Arrestarme? No me haga perder el tiempo, herr coronel. ¡Ah! Casi se me olvida, la abadesa me dio este cuaderno de dibujo, era del muchacho que murió, dibujaba bien. Mándeselo a su familia. Y ahora, si no tiene nada más –le dijo sacando de su mochila el cuaderno y dejándolo sobre el mapa que tenía extendido en la mesa.

—¡Márchese! Esto no se quedará así, hablaré con sus superiores.

—¿Mis superiores? Cada vez que usted los importuna les dan ardentía. No me haga reír, ¿por qué cree que le hablo con esta seguridad? Sabe muy bien que esto podría acabar en un consejo de guerra, usted y yo. No, no lo hará. Demasiado tiene ya.

—¡Lárguese de aquí! ¡No quiero verlo en mi vida!

—El deseo es mutuo. Con su permiso, ¡herr coronel!

Sus últimas palabras sonaron a insulto. Ofendido como estaba Dietrich tiró al suelo todo lo que había en la mesa, el mapa, el cuaderno de dibujo, varios despachos e incluso una carta en donde se informaba de la heroica resistencia del soldado Roth Neisser y de cómo fue capaz de salvar a un pelotón que se encontraba asediado por los refuerzos británicos. Esto era el colmo a veintiún días de locura en los que de nuevo no habían conseguido lo que se proponían y en el que habían perdido hombres con experiencia, soldados irreemplazables.

De aquellas jornadas había aprendido Roth que nunca hay que desesperar. Perdido su oficial de referencia lo único que podían hacer era avanzar y encomendarse a la Fortuna. No encontraron a nadie digno de guiarles y los superiores lo sabían. Se podían internar en territorio enemigo con facilidad, los focos de resistencia eran pocos aunque a veces daban sobresaltos. Caminaban por terreno desconocido saqueando los pertrechos portugueses. No querían correr, solo tomar terreno y asegurarlo. Después de varios kilómetros y cuando ya no esperaban nada oyeron el rumor de los disparos acercándose, como un tren de muerte que avanzaba por su misma vía. Eran los refuerzos británicos. Hasta ellos llegaban soldados de los cuerpos de asalto, abatidos, grupos hechos gurruños de papel. Eran las primeras malas noticias que les llegaban de primera línea. A la altura del octavo día de ofensiva Roth se encontró con el teniente Rosenzweig, recién ascendido a capitán, al cual ya le habían reportado acerca de su talento para dirigir. El objetivo principal, capturar Ypres y cortar las líneas de suministro británicas del canal de la Mancha, se resistía. El alto mando necesitaba resultados y mandó a varios pelotones a tomar un bosquecillo, era una locura porque el enclave estaba bien defendido por escoceses. Los primeros en tomar contacto habían sido diezmados, jóvenes, inexpertos y asustados, se refugiaban en cualquier resquicio que les ofrecía la tierra. Rosenzweig sabía que tenía muchos hombres desperdigados por el bosque. Había deserciones en masa, muchos se entregaban para sobrevivir. Después de varias llamadas decidió proponer el ascenso de Roth nada menos que a sargento.

–Aquí cuando te ascienden rápido, te mueres de la misma manera –le había dicho en una ocasión el capitán Andreas Vorgrimler.

Y no le faltaba razón, el hecho de promoverle de aquel modo, saltándose protocolos, era para mandarlo a una misión en la que se conseguía el objetivo o la muerte. Roth lo comprendió todo, sabía a lo que iba, tampoco podía negarse. Internarse en una zona ardiendo para tomarla, ni hablar. Iría allí para sacar a todos los que pudiese. Si era bueno avanzando aún sería mejor retrocediendo. Aceptó la misión, qué remedio, y un apretón de manos del capitán. Los hombres que tenían que acompañarle eran todos novatos, entre ellos estaba el joven Gabriel Krakauer. Los trajo a todos vivos, solo a dos heridos. Roth había conseguido algo que no tenían los mandos, admiración. La diferencia entre él y los oficiales era muy simple: siempre intentaba proteger a sus camaradas. Aquel planteamiento se le escapaba al coronel Dietrich von Kittel, el cual anteponía el objetivo a la seguridad, justo en el extremo opuesto al muchacho. Sus soldados le odiaban, delante de él se cuadraban se abrochaban hasta el último botón de la guerrera, aparecían impolutos y resueltos, pero a sus espaldas le despellejaban. Y eso se reflejaba en sus pupilas, además, su ordenanza se lo soplaba todo.

Tenía una Cruz de Hierro de segunda clase para el sargento Roth Neisser, sin embargo, no se la iba a dar. No había cumplido con su misión, solo había salvado a unos pelagatos que se escondían como ratones entre el suelo. Tipos como Roth

Neisser hundían la moral hasta hacerla subterránea. No le podía dar la cruz a un tipo que podía despreciar todo en lo que un buen hombre tiene en su credo: la patria, Dios, el honor... no, eso no sucedería, no mientras fuese coronel del ejército alemán. A Roth el tener la cruz no le ilusionaba demasiado, aunque puede que cuando fuese a su pueblo y se la mostrarse a todos podía ser agradable. La guerra se podía ganar o perder, aunque ser un héroe, obtener un reconocimiento se agradecía. Algo de lo que poder presumir y quizá, tal vez, ¿por qué no? Impresionar a Veronika.

El coronel en medio de tanto sinsabor vino a acordarse de su amigo el capitán Andreas Vorgrimler, su herida no había sido mortal, no movía el brazo izquierdo por lo que había sido llevado a las posiciones de retaguardia para trabajar en los ferrocarriles. Albergaba hacia él un resentimiento y un sabor a culpa. Desde que se conocieron en la universidad solían porfiar sobre cualquier cosa, pero eran discusiones enriquecedoras de las que ambos ganaban, sobre todo porque estaban dispuestos a escucharse. Sus galones se habían interpuesto en medio de su amistad y la había hecho añicos. Andreas le giró la cabeza cuando fue a visitarlo al hospital de sangre. No quería hablarle. ¿Su amistad se había deteriorado tanto? ¿Por qué nadie hacía las cosas tal y cómo requería? ¿Acaso no actuaba por el bien común? El mundo se volvía loco y él se enrocaba. Cuando una persona cae a un abismo arrastra a todo el que puede, quizá no tanto para salvarse como para tener un compañero de viaje. Dietrich se sintió cansado, un cansancio que le venía en forma de un dolor de cabeza que ni las pastillas podían aliviarle. Suplicaba a Dios para que le diese lucidez, que no le dejase tomar decisiones equivocadas y mano firme para cumplir con su cometido. Necesitaría la ayuda del cielo porque en la tierra acababa de recibir una comunicación de inteligencia para que reforzara su sector y para que, al tiempo, estuviese preparado para un repliegue; los aliados preparaban una ofensiva sin precedentes.

Ferdinand Bartram llevaba varios días raro, masticaba hojas de forma compulsiva, se le podía ver oliendo el aire, al final chascaba la lengua y decía algo para sí. Aunque lo más llamativo era verlo tan arropado, era verano y parecía morirse de frío. Gabriel Krakauer le seguía como un perro, a él o a Roth. Si llevaban tanto tiempo vivos no era por casualidad.

–Hemos atacado y han aguantado, han aguantado nuestra ofensiva, ¡ahora! Ahora que estamos los de aquí y los de allí.

Nos aseguraron que todo esto acabaría cuando llegasen los de Rusia —dijo Fernidand sin que se le cayese un palillo de la boca.

—¿Y eso es malo? —preguntó Gabriel.

Ferdinand sonrió y lo miró desde lo alto. El chaval carecía de la fuerza emocional de su padre así como su talla.

—Vamos a morir todos. Cuanto antes lo asumas mejor.

—No le digas eso al muchacho que lo vas a asustar —dijo uno que pasaba por allí.

—Tiene razón, no debería decir estas cosas y menos en voz alta.

La trinchera estaba tan tranquila que parecía que estuviesen de excursión. Al contrario que los años anteriores en los que todo el mundo tenía que estar activo, allí nadie hacía nada. Se tendían buscando la sombra y dejaban correr el tiempo,, no había ni energía ni comida para más. Se notaba que al Alto Mando se le habían agotado las ideas. La guerra estaba perdida, había que escoger entre rendirse a este o a aquel lado de la trinchera. También se veía la derrota en el aire; de vez en cuando los aviones enemigos se dejaban caer como un halcón entre una nube de palomas.

El sueño se había acabado para Galiana Lenz, de repente les habían echado de la Piqueta de Elsa. Un trabajador de la fábrica llegó con un telegrama de parte de Fremont, informándoles de la ruptura del compromiso y que por favor abandonasen la propiedad. Sin más explicaciones, ni siquiera con un billete de vuelta. ¿Cómo esperaban que se marchasen así? Ni hablar, no se moverían de allí hasta recibir una explicación y el billete de vuelta. También podía ser que todo se arreglase en aquel intervalo de tiempo. Sabía muy bien que desde la maldita cena nada había ocurrido como deseaba. El doctor Bachmann había declarado a Fremont apto para incorporarse a filas y el joven partió a la guerra sin que nadie le despidiese en el andén. Su hija no había movido un dedo por ir a consolarle, porque sin duda, y debería ya que a estas alturas ir a la guerra era lo peor que te podía ocurrir en la vida. Otta nunca se lo había puesto fácil, siempre haciéndose la dura y huyendo de la riqueza. Ute le sacaría todo el partido al joven maestro, no la culpaba, al fin y al cabo había hecho lo que tenía que hacer, demostrando mucha más sensatez que su hija al agarrar un buen partido y no soltarlo. Faustaugen se comería viva a la familia Lenz, se reirían sin piedad destriparían la reputación de Otta incluso la suya si les venía en gana. Qué más daba. La virginidad estaba sobrevalorada, un lujo al alcance para las muchachas ricas que lo único que tenía que hacer era esperar. Las pobres no podían tener tanto miramiento ya que la muerte corría por Alemania en forma de hambre, disentería o de gripe. Esa gripe nueva que atacaba a la gente en edad de trabajar. La miseria tenía una guadaña y segaba la vida de los alemanes quienes descontentos echaban la culpa al Káiser, a Ludendorff, a Hindenburg, a los británicos, a los franceses, a los rusos, a los americanos, a todos, a la guerra, a la guerra.

Pasaban los días y obtuvieron el dinero para marcharse aunque no la ansiada explicación. Otta no la esperaba, ni la quería, si alguna vez sintió amor por Fremont este se había extinguido. Contemplaba a su hermana resplandeciente, el pelo le había vuelto a crecer, había desaparecido el decaimiento, podía salir y ver la luz del día. Ya no tenían motivo para estar en la Piqueta de Elsa y verle la cara al malcarado de Topo. Su padre se veía desencantado, no por él sino por sus hijas. Pensaba que en el campo estaban a salvo de la gripe. Además, no quería volver al pueblo que le arrebató a su María. En Faustaugen no tenían nada, salvo su casa.

Llegaron a mediados de mes, el coche les dejó en la mitad del pueblo y tuvieron que cruzar el resto a pie, a pesar de no haber nadie en la calle sintieron la vergüenza de la derrota. Era como un desfile humillante, al menos para Galiana. Otta y Vincent querían verlo de otro modo; Erika se fue enferma y venía restablecida.

Tan solo María Krumm y Olivia fueron a visitarles, fue muy emotivo encontrar el calor de la familia al menos, ya que por un momento se sintieron desnudos ante lo que consideraban ya sería un rumor en el pueblo. Galiana sobre todo podía notar la corrosión de las habladurías, podía intuirlas detrás de las puertas, entre los árboles agitados por los vientos, palabras salidas de las bocas sucias, alegría por el fracaso ajeno. Y todo se lo debía a Otta, la hija que tanto daño le había hecho en esta vida. Desde que la concibió solo había tenido disgustos aunque ninguno comparable a este. María le besaba las manos y también a Erika, a veces dedicaba una mirada compasiva a Otta. Olivia la imitaba con torpeza.

Lana Ravine tenía el aspecto de una cabeza despeinada. Las puertas de la casa estaban entreabiertas. Parecían que llegasen a un sitio extraño, un lugar que ya les era ajeno como un perro al que hubiesen criado y que ahora huye asustado. El interior parecía haber sido sacudido por un tornado. En el tiempo que habían estado fuera habían matado a Theodor Krakauer allí. Galiana parecía ver el fantasma del guarda paseando por el pasillo. Todo en su cara y sus gestos daban a entender que sentía asco por Lana Ravine. El resto de su familia tan solo mostraba cansancio, tendrían que habilitar la casa y buscar comida. Había mucho trabajo por hacer y Galiana no hacía más que quejarse, se dejó caer en una polvorienta silla y se echó a llorar. Vincent hizo un amago de consolarla, pero Otta lo cortó. La joven salió a la vaqueriza y encontró una sucia escoba, una de las pocas cosas que no habían querido rapiñar, y regresó a la casa para comenzar a barrer. Al verla su madre ya no pudo aguantar más.

–¡Estarás contenta! ¡Esto es lo que nos espera! ¡Pobreza! No has mirado por el futuro de tu hermana, ni el de nadie. Envejeceremos partiéndonos la espalda trabajando como esclavos. ¡Como esclavos! ¡Barre, barre, mal agradecida!

–Deja a la niña, quizá no tenga culpa.

–¿Y qué sabes tú? Tú, que ni siquiera eres su padre. No te

importa un pedo lo que le pase, así que cierra la boca.

Otta siguió barriendo, tenía ganas de llorar, aunque se las contenía. Recogió del suelo el viejo barómetro con el que Vincent predecía la llegada del mal tiempo. Ya no quedaba mercurio en su interior era como si aquel metal se hubiese ido evaporando. Tenía hecho un pequeño agujero, nunca se percataron de que no funcionaba debido a esto. Sin embargo, un metal no se volatiliza.

Galiana seguía escupiendo palabras por su boca, perseguía a unos y a otros por la casa. Vincent se marchó hacia las cuadras. Erika lloraba en su habitación y Otta seguía adecentando la casa. Tenía que volver a ser un hogar, lo que nunca tuvieron en Bremen con todas sus comodidades. Intentar que pareciese como cuando María estaba viva y Pelusa, la perra, bostezaba al lado de la puerta, como cuando los gansos aleteaban detrás de la bicicleta del cartero o como cuando era Paul el que los espantaba. Solo Paul tenía aquellas ocurrencias: ponerle un cencerro a un ganso para verlo correr asustado, untar chocolate en los pomos de las puertas para que pareciese otra cosa o cortar una patata de tal modo que fuese queso y colarlo en el bar del Tuerto. Eran otros tiempos, aunque Paul estuviese vivo jamás nada sería lo mismo. María descansaba en la tierra, su asesino seguía impune, Ulrich estaba perdido en los campos de batalla de Francia. Intentando ganar una guerra que ya no suponía nada para nadie. Y, pese a todo, cada año los manzanos tenían frutos. Había que sobreponerse a la ira, a la depresión.

–¡Estás aquí! ¿Qué haces, huirme? ¿Te crees mejor que yo? Es eso, te crees mejor que yo. Mi error fue dejarme preñar, el tuyo es ser una bastarda. ¿O es que te crees una princesa? Con mucha suerte serás la esposa de un campesino, de un ganadero, un fracasado que llegará cada noche apestando a oveja, cabra, vaca o a vino. Un marido que con suerte no te abofeteará cada vez que le dé la gana. ¡Ja! Has renunciado al cielo por una ciénaga.

–¡Déjala ya! –gritó Erika.

–¡Y tú a callar! No eres más que una cría.

–Sabes, puedes casarte con un tullido con una pensión. Eso será lo mejor, así podrás pegarle.

–Mi padre nunca te puso una mano encima –dijo al fin Otta.

–¡Ja! ¡Esto sí que tiene gracia! Tu padre, ¿qué sabrás tú de tu padre?

–Mi padre es Vincent Lenz.

–¿Eso crees?

–Tu padre no es Vincent Lenz.

–¡Sí, sí que lo es!

–No, no lo es, tu padre...

–Mi padre es Vincent Lenz un hombre pobre pero honrado, a su lado nunca me faltó la comida, ni la salud, ni la educación.

–Pues la honra se te marchó por el Trommelbach abajo.

–Es madre lo que me falta, no eres mi madre.

–¡Ja! Eso sí que no puedes cambiarlo. Que soy tu madre es tan cierto como el hambre que te queda por pasar.

Otta soltó la escoba y dejó las ganas de hacer para marcharse al bosquecillo. Rompió a llorar, caminaba a prisa dejando atrás las carcajadas furiosas de Galiana. Erika, llorando, se sentó en el umbral y dejó caer la cabeza sobre la jamba, se encontraba muy cansada. Iba a cerrar los ojos para soñar que estaba dentro de una pesadilla cuando vio un paquete hecho con una hoja de periódico, el hallazgo le hizo incorporarse e ir hacia el bulto, al desenvolverlo encontró verduras: zanahorias, patatas, nabos y una col. Miró alrededor preguntándose dónde podría estar la persona que le había mandado aquel regalo.

Mientras, Otta caminaba por entre la vegetación, pese a haber pasado por allí centenares de veces todo le parecía nuevo. Quería ir hacia la casita para comprobar que ya no había nadie allí, soñaba que todo había sido una equivocación y que el soldadito al que ayudó aún seguía vivo. De pronto oyó el crujir de la vegetación a su espalda, se giró y vio a Król a su espalda.

–Otta.

Le faltó muy poco para caer desmayada. En realidad no sabía quién estaba frente a ella, si Ulrich o Paul, en todo caso se estremeció como nunca lo había hecho. Tenía un aire distinto, costaba reconocerlo entre el bigote anguloso y esos ojos de cristal. Sintió tanto miedo que cayó de rodillas, entonces él la recogió y la abrazó. Era un abrazo como si la joven se fuese a romper, no había rencor. Quería decirle que ya estaba ahí y que no tenía nada de lo que temer. Sin apenas reponerse le estaba besando. Ella, sin dejar de corresponderle, lagrimeaba de alegría. Sintió algo distinto a todos estos años, lo había reconocido a través de sus besos, era sin duda Paul, Paul con la piel de Ulrich, porque Paul estaba muerto, ¿o no? En todo caso convenía no decir nada para no despertarse, dejarse llevar no fuese a romper el hechizo. La besó en el cuello al tiempo que ella le desabrochaba la camisa. Otta comenzó a acariciar su cuerpo endurecido, frotándose como si fuese un elemento en el que se pudiese disolver. Por un segundo pensó en que aquello era un sueño, un sueño en el que se sumergía en donde el tiempo no existía, pero que sin más remedio solo podía ser producto de su fantasía. Debido a esto, aumentaba su deseo. Lo quería sentir dentro para retenerlo allí por siempre, para que no escapase. Su placer emanaba del hecho en sí de haber recuperado algo que tenía para siempre perdido. Otta lo miró y creyó verlo sollozar. No dio tiempo a más, pegados como estaban en aquel suelo tan desnudo como ellos, oyeron unas voces. Despertaron del ensueño y se vistieron tan rápido cómo podían. No había momento para más, Paul, como si fuese un gato montés se perdió en la espesura. Sin prometerle nada, sin tan siquiera despedirse.

Entre la breña apareció Erika que miró como se recomponía su hermana y como las ramas aún despedían a alguien.

—Es Ulrich, está en el pueblo. Dicen que muy grave, lo han traído porque se muere.

Todos sabían que alguien habitaba las tierras del señor Mockford; desde el asesinato del cartero la cueva no era un lugar seguro. También era cierto que Faustaugen no le veía como a un enemigo, ni como a un desertor, solo a un superviviente. Porque ya nada se percibía con los mismos ojos y desertar era una buena idea. Paul trabajaba la tierra y sus frutos se perdían en las manos de Mockford, su existencia no distaba demasiado de la de un prisionero de guerra. Había oído que algunos de ellos, como los rusos o los rumanos hacían trabajos de jornaleros. Jamás en su vida había trabajado tanto y si no fuese porque tenía que permanecer oculto hasta se sentiría contento consigo mismo. A veces llegaban los inspectores a requisar, por suerte sabían de su venida con antelación y podían esconder la comida y al prófugo. No obstante, se llevaban parte del fruto de su esfuerzo. Tenía especial cuidado en no ser descubierto aún así intuía que podían tenerle localizado. Por ello, había renunciado a la comodidad de su cueva para pernoctar cada noche en una ubicación distinta, sin duda el problema llegaría con el frío. Para entonces la guerra podía haber terminado. En todo caso, tiempo tendría de buscar una solución. Porque a veces se le antojaba que el conflicto podía durar toda la vida al igual que el ciego que sabe que jamás recuperará la vista.

John lo entendía de otro modo: la gente ya no quería la guerra desde hacía tiempo y ahora más que nunca el conflicto era un problema diario, como si tuviesen una nube de abejas picoteándolos en todo momento, al menos en el estómago. Los agricultores estaban hartos de las requisas, los obreros de tener que trabajar con hambre, las madres asustadas cada vez que veían un cartero, un policía militar o un cura, los muchachos inventaban una excusa para engañar a los médicos del reclutamiento. La misma milicia se relajaba en sus funciones. Si algo sabía el viejo tendero era que aquella situación no podía durar ya mucho porque no había ganas de soportarla. Los charlatanes como Helmuth Degener calentaban el ambiente, maldecían al canciller al Káiser o al Estado Mayor de Hindenburg y Ludendorff, quienes eran los responsables de que no pudiese disponer del bosque a su antojo. A veces veía a gente extraña paseando por el pueblo, en los sitios públicos como en misa o en la taberna del Tuerto. Eran sobre todo mujeres, mujeres que venían de paso, mujeres que eran los oídos del aparato de estado que había instaurado una dictadura en el país. Aquel día John traía noticias nuevas, no sería un paseo más a sus tierras para llevarse una caja de comida. Se veía en la obligación de comunicarle a Paul que los Lenz habían regresado de Bremen. Se hablaba de derrota, de cómo venían apaleados de Bremen. El "maestrito" los había echado como ratas, sin piedad. John los había visto llegar y sintió pena, aquella procesión era lo más parecido a una comitiva fúnebre. Las maletas los arrastraban a ellos. Desde ese mismo instante el señor Mockford sintió que tenía que hacer algo, Galiana había sido cliente durante muchos años y Vincent era un hombre noble. Su instinto le llevaba a Paul, tenía que comunicárselo. Sin embargo, Paul era suyo, su criatura, una especie de esclavo o rehén de su propia deserción. Ambos vivían encadenados a su anonimato, y aunque pese a que Ute Holstein había pregonado que el joven Król estaba vivo y muchos así lo creyesen, John intentaba guardar las apariencias. Suerte que Faustaugen creía en el silencio, desde el Trommebach al Feuerbach todos podían odiarse, aunque de cara al exterior eran como hermanos. Así habían vencido al invierno, a las sequías y a la guerra. Por aquel motivo el pueblo había aprendido a odiar a Ute y a Fremont. Nunca nadie podía delatar nada a la autoridad, una ley que habían aprendido tras siglos de sometimiento a las arbitrariedades de los duques de Grünensteinen. Salvo que el delito fuese en contra de tus propios intereses.

–Nunca se puede dar parte a las autoridades, es algo que entendemos. ¿Cosechas?... –llegó a decir Friedrich el Tuerto a Fremont.

–¿Cómo dices?

–Definitivamente usted no es de aquí –dijo el tabernero abandonando la partida de ajedrez y dando por perdida la amistad con un hombre que era capaz de traicionar a un igual.

No, nadie daría parte, aunque tampoco se podía ser tan tonto como para pavonearse por el pueblo cuando constas en los archivos militares como caído en Verdún. ¿Qué hacer? Toda su vida John había actuado con cautela en las conversaciones con sus clientes y en la taberna, pero ahora su conciencia le dictaba cometer una imprudencia. Por ello, cuando vio a Paul lo primero que le dijo fue que Otta Lenz había regresado a Faustaugen.

Paul lo miró por unos segundos y después al suelo. Suspiró, no la veía desde aquel día en el cementerio cuando lo confundió con su hermano. Otta ya no le pertenecía, ¿o sí? Durante días y sus noches había pensado en ella, la había odiado tanto como a la misma guerra, a la que se alistó porque nadie quiere casarse con un cobarde. Ahora ya no quedaban valientes, el entusiasmo de antaño se había podrido con las listas de caídos, el hambre perenne y la creciente miseria. Todo ello se iba traduciendo en un desencanto que despertaba el odio a las élites. El joven Król no era ningún cobarde que hubiese desertado, lo único que había hecho era dejar atrás la muerte que le tenían preparada, un hecho que jamás podría probar. Solo la casualidad lo había salvado. Y todo por Otta. Por una mujer así merecía la pena matar a un adversario, así lo había visto Fremont, quizá él no porque nunca había estado tan enfermo de amor. Hasta ahora.

Paul llegó a Lana Ravine y oyó como la casa hervía de nuevo. Una casa solo necesita una familia, el polvo y las arañas se repliegan ante la llegada de la gente. Król dejó un paquete con verdura frente a la puerta. Pudo escuchar rumores y pensó que era la odiosa de Galiana. Se rió, intuía que nada le había salido como tenía proyectado. Entonces el corazón le dio un vuelco y casi llora de alegría ya que si había ido mal era porque Otta así lo había querido. Para no ser visto se ocultó entre los arbustos que sitiaban Lana Ravine. Al rato vio aparecer a Otta por la puerta de atrás y marchar hacia el bosque. En ese instante dejó de ser él mismo. La siguió a cierta distancia, iba hacia la casita. Pensó que iba a buscar a otra persona y sintió celos. Pero ya nada lo podría detener, cuando estuvo seguro de que nadie podía verlos se presentó ante ella y la llamó.

Otta se giró, por un momento pareció perder el aliento. Cayó de rodillas y Paul acudió a su encuentro la abrazó con ternura como si atrapase un pajarillo. Había un romance entre la hebra de viento y la brizna de pelo que se mecía por su rostro. Estaba tan hermosa como siempre. La encaró y la besó. Por primera vez en muchos años sintió la vida fluir desde la boca de Otta. El muchacho ya no sabía dominarse, no tenía prisa, aunque sentía el irrefrenable deseo de poseerla allí mismo. No existieron ni los reproches, ni los celos, ni el llanto, ni los años, tan solo el olor de su cuello que le enloquecía, el calor de su cuerpo joven. Los botones de su camisa saltaban al paso de los dedos de Otta, su tacto en su pecho, cálido, cartografiando su fisonomía. Fisonomía esculpida por los trabajos y las carencias, endurecido por la soledad y el miedo. Beso a beso iban avanzando, era un deseo que tenía que ver con la necesidad. Un bálsamo a tanto dolor y a tanto abatimiento. De pronto ya no se veían abandonados, se encontraban comprendidos. Paul pensó en aquella remota tarde cuando ambos eran otros y perdieron la virginidad en la casita del bosque. Aquel día su deseo tenía que ver con la juventud, con el instinto y el amor. Hoy todo era tan distinto, como querer unirse de una vez para no separarse nunca, como si no existiera más mundo desde las fronteras de su piel. Los ríos de sus venas corrían en torrente, se podía sentir el corazón de su amante intentando salir del pecho. No había prisa, pero sí aquella sensación de que de un momento a otro todo se podía acabar y que los años se podían echar sobre ellos como un lobo sobre una presa herida. La sensación de que tenían que aprovechar hasta el último beso, el último roce, el último suspiro. Asomarse a los ojos de Otta y verse a sí mismo feliz. De pronto una voz, después otra, la certeza del final del sueño se había consumado.

Erika avanzaba por el bosque a la búsqueda de su hermana, la llamaba con miedo. Los amantes trataron de vestirse lo más rápido posible, Paul, sin duda, acostumbrado a huir y a no ser visto ni siquiera la besó para despedirse, corrió entre los arbustos en zigzag hasta desaparecer como una comadreja entre las malvas.

Como siempre solía hacer buscó la seguridad de su terreno, marchó por entre los setos, a veces se detenía y se ocultaba. Quizá se tenía que agazapar en un arroyo o una linde, esperar a que alguien pasara. Detenerse para observar la lejanía, para al final llegar al resguardo de las tierras del señor Mockford. Pero aquella tarde le esperaba una sorpresa: había alguien en la cueva. Paul cogió la Luger y apuntó.

–No, dispares. Soy tu padre.

El viejo Frankz apareció del fondo de la cueva con las manos arriba, como si su hijo le fuese a disparar de un momento a otro.

–Te las apañas muy bien, creo. Casi todos en el pueblo lo sabemos, sabemos que ayudas a John y que él por sí solo no podría mantenerse. John también ayuda a mucha gente, incluso a la odiosa señora Weiss. Y le da su parte a la requisa. Jamás lo hubiese esperado de ti, tan… trabajador. Mientras todo esté en su sitio nadie te delatará.

Entre los dos se hizo el silencio. Frankz no era de esas personas que piden perdón, ni siquiera de los que reconocen que se han equivocado.

–Si es así, ¿qué quieres de mí, padre? –la palabra padre sonó despectiva tanto que Frankz bajó la mirada.

–Sé que no tengo derecho a pedirte nada, pero tu hermano ha

llegado al pueblo. Está muy mal, tiene... tiene... –Frankz se derrumbó y Paul no pudo hacer otra cosa que acercarse a él y ponerle una mano en el hombro–, tiene el cráneo roto. Trae una venda, apenas ha podido hacer el viaje hasta aquí, el doctor Bachmann ha dicho que tenía que haberse quedado en un hospital de campaña, el viaje ha podido matarlo. Aunque eso no es lo peor, ha sido llegar y detrás venía el cartero con un telegrama, se le ordena regresar al frente o... vendrá la policía a llevárselo aunque sea a rastras. Esto viene de arriba...

–El maestrito.

–El maestrito, así parece ser.

«La maldición de Otta».

–Y quieres que yo vaya en su lugar.

–No te lo pediría sino estuviese seguro de que si se marcha se muere.

Paul sintió ganas de llorar, apenas había llegado del paraíso y se tenía que marchar al infierno. El parecido físico con su hermano que tantas veces le sirvió para salvarse ahora le condenaba.

–No iré, no se lo llevarán. Esto es estúpido, usted mismo lo ha dicho padre: Todos saben que estoy aquí. ¿Lo dejarán en paz si yo marcho por él?

–Nadie lo sabrá, dale algo de tiempo. La guerra se acaba...

–Pero si está tan mal, puede morirse, y yo en el frente. ¿Eso es lo que quiere?

–No, yo lo único que quería era teneros de nuevo en la zapatería y que todo fuese como antes. Siento haberte dicho todo lo que te dije, lo siento todo –Frankz derrotado se sentó en el suelo lloraba–, ojalá me pudiese haber alistado por vosotros. Tienes razón, tienes toda la razón. He sido yo el que os he condenado. Pacté con el maestro y me engañó. Que tonto fui, Dios mío que tonto fui.

Paul lo miró incrédulo, ¿de qué hablaba? No hacía falta que lo explicase, solo tenía que unir una serie de puntos en su mente para averiguar que todo estaba lleno de trampas. Aquella era para su hermano que seguramente habría intentado sustituirle en el corazón de Otta. Si alguien se acercaba a la muchacha moría, no había otra ley. Él mismo debería estar muerto, si estaba vivo era porque Fremont así lo creía. Un día u otro los tentáculos alargados del maestro le encontrarían. Aunque estuviese muerto, le resultó gracioso el pensar lo mal que le sienta la vida a un fallecido como él. Casi se ríe. No podía seguir siempre oculto, de hecho esconderse por poco le cuesta el pellejo. Más pronto que tarde tendría que rehabilitarse, intentar llevar una vida normal. Ahora tenía esa oportunidad, volver al sistema, con otro nombre pero volver. Estar en el mundo de los vivos le ayudaría a poder acercarse a Fremont y asesinarlo. La idea de verlo sangrar hasta dejarlo seco le agradaba. Pensó en cómo murieron el alférez Manfred Zumpt y Theodor Krakauer, ambos eran hombres que merecían su final. No se trataba de huir sino de enfrentarse al destino, tenía un don para aplicar Justicia, y de paso, quizá, salvar a su hermano. Pero, miró de nuevo a su padre estaba viejo y no costaba mucho apiadarse de él, no obstante, cuando regresó de la guerra lo echó de casa. Paul nunca desaprovechaba una ocasión para vengarse o hacer daño, al igual que Frankz. Ulrich siempre había sido su ojito derecho, Ulrich, y según sospechaba también estuvo cortejando a Otta. No había razón para abandonar Faustaugen, quizá sí para cambiar de localización, la casita del bosque, tal vez. Estar cerca de ella, ahora que lo tenía todo. ¿Por qué cambiarlo por la guerra, por una muerte casi segura?

–Debería darte… algo, sabías que estaba aquí y solo has venido para pedirme que me muera al igual que tu otro hijo… Ese es tu propósito, que muramos todos. Vete por dónde has venido… padre.

Dicho esto Paul se internó en la oscuridad de su cueva buscando un poco de paz, el sosiego necesario para no pensar en nada, el tiempo necesario para tomar la decisión equivocada.

Helmuth Degener estaba echado sobre el periódico masticando con los labios las palabras e intentando digerir las frases. A veces negaba con la cabeza, se rascaba el pecho, la espalda, el pecho otra vez, se ajustaba la gorra. Friedrich el Tuerto lo miraba casi con pena. Aún sentía la pérdida de Unna y todo le parecía lastimoso, la visita de Helmuth le parecía de lo más insustancial; todos sus problemas le resultaban volátiles. Helmuth solía creerse todo lo que le dijeran, leía las noticias y sumaba victorias sin que le saliese la cuenta. No obstante, estaba enfadado con las autoridades, exactamente con el mismísimo Káiser que le había prohibido talar árboles para su carbón.

–Ahora son todos del landgrave, como si yo fuese tonto.

Se había quedado sin ocupación por eso, había llenado el monte de cepos y sabía cualquier cosa que pasara dentro y fuera del pueblo. Su corto entender le llevaba a sacar conclusiones disparatadas o no. Así María Bär había tenido un niño sordomudo debido a las malas noticias que venían del frente. Que el párroco ya no defendía la causa de la guerra porque estaba enfado con el Káiser por el asunto de la campana. Que los Lenz no habían encontrado trabajo en Bremen porque su hija, que era muy guapa, no sabía trabajar. Que a la hija del alcalde le había salido una ocupación en Bremen y había dejado el correo. Que a Ulrich Król lo habían mandado a morir a su casa. Que las tierras de Mockford las trabajaba un soldadito desertor y que le había venido muy bien a John porque el tendero solo sabía de comprar y vender. A su entender la llegada del joven huido era debido a las plegarias de su hermana, la amargada de su hermana, siempre encerrada en casa sin salir. La misma que tantas veces le rechazó justo cuando le daba esperanzas. Por suerte, Faustaugen no era el pueblo que más hambre pasara pese a las requisas. Los arroyos aún guardan truchas, había caza en los bosques y el campo servía tanto para sembrar como para esconder. Aunque lo que más sabía ocultar el pueblo era un secreto. Lo atesoraba con tal tesón que muy pocos debían saber la verdad.

–Oye Friedrich, ¿quién crees tú que mató a la hija de los Lenz? Todavía me acuerdo de aquella cara, de hecho... te digo que la he visto por el bosque, hasta que no se haga justicia la seguiré viendo.

Friedrich tomó aire, miró a una mosca que revoloteaba y al final se sentó junto a Helmuth. Estaba casi seguro de saber quién lo había hecho. Lo había pensado muchas veces, muchas, tantas que había estado por decírselo a las autoridades. Aunque también era cierto que no podía ser así y cometer un grave error, aunque lo cierto sin duda era que nunca se le hubiese ocurrido acusar a nadie, sería preferible matarlo con sus propias manos.

–Creo que debió ser un error. Un grave error, algo que no salió bien. María murió por error.

–¿Por qué?

–Dijo el doctor Bachmann que la joven murió asfixiada, que no sufrió abusos ni nada parecido. No había motivo aparente. Salvo que fuese un accidente.

–Qué listo eres, ¿pero quién fue?

–Eso no lo sé. No lo sé con certeza.

–Hay quién piensa que fue Theodor. Ese hijo de puta era como las moscas molestaba solo con estar. Que Dios me perdone por insultar a un difunto.

–No, no fue él. No creo que fuese él, aunque estaba nervioso porque intuía que la gente lo miraba. No, no fue él. Dicen que la chiquilla estuvo muy seria, llevaba muchos días seria… triste.

–Su novio se fue al frente. ¿Tú te acuerdas de su padre? Venía conmigo y contigo de guardar nieve de los Colmillos. ¿Te acuerdas?

–No me acuerdo, porque yo nunca fui un carbonero blanco. En cuanto a lo otro, es un motivo. Lo que me preocupa, lo que realmente me hace pensar es en lo especial de la situación, todos estaban trabajando y nadie vio a la chiquilla cruzar el pueblo sola, ni siquiera sus compañeros. Nadie vio nada fuera de lo normal. Incluso algún chiquillo dijo que se subió en el coche con el maestrito cosa que Fremont negó.

–Nadie vio nada, yo por ejemplo estaba trabajando como un condenado, cortando leña y más leña, cuando se podía. Tuve que ser yo el que me encontrase el cadáver, ya es mala suerte, y créeme que la veo. Camina pálida como un fantasma, así con los ojos oscuros, no hace ruido al caminar, allá en la lejanía… ¡Dios es que es un fantasma!

–¿Sabes por qué nadie vio nada fuera de lo normal?

–¿Por qué?

–Porque no pasó nada fuera de lo normal, dicen los chiquillos que discutió con el maestro y desde luego se montó en el coche con el maestro, estoy seguro, como todos los días.

Alguien la vería, pero la escena por repetida podía ser olvidada, lo mismo aquel día que otro. No se le puede preguntar a nadie por algo que no ha visto, y si es inusual y grave como un asesinato, reniega. La gente se asusta, reniega del todo. Yo mismo no vi nada, soy tajante, no lo vi. No vi nada, había visto muchas veces pasar al maestro con la niña camino de Lana Ravine, aunque ese día no lo vi, como tampoco la vi cruzar el pueblo sola. Quizá porque nunca lo hizo, ¿me vas siguiendo?

Helmuth trataba de coser la teoría a su entendimiento, afirmaba con la cabeza y perdía la mirada, se rascaba la calva y quizá alguna chinche. En un momento dado creyó haber encontrado algo, pero negó con el gesto.

−¿Entonces qué quieres decir?

−Nada, déjalo.

−No, hombre, no me dejes así. ¿Quién fue?

−No sé quién fue, solo sé quién mentía. El "maestrito" debió mentir, cuando terminaron las clases se quedaron a solas, Dios sabe por qué, seguidamente se marcharon, como cualquier día y después apareció muerta. Aún así Fremont aseguró que se fue enfadada y que cruzó el pueblo ella sola, que cuando fue a su encuentro no la vio en el camino, dando a entender que ya estaba en manos del asesino. Es como una banda que toca, solo escuchamos el instrumento que hace algo diferente, al resto solo lo oímos. Aquel día lo único que hacíamos era oír.

−¡El maestro la mató! ¡Qué hijo de puta!

−Yo no he dicho eso, no porque me dé miedo sino porque no estoy seguro, ¿comprendes viejo loco?

−¡Vale, vale! Pero, ¿por qué lo haría?

−Es algo a lo que le he dado vueltas, vueltas y más vueltas. Como un perro al palo al que se haya amarrado. Y lo único que se me ocurre es que la chiquilla tenía algún acuerdo con el maestro.

−¿Un acuerdo, qué acuerdo?

−Fremont era muy fanfarrón, presumía de su posición, le gustaba demostrar a todos lo influyente que era. Creo que hizo algún tipo de promesa a la chiquilla. Como por ejemplo librar a su novio de ir a la guerra. Pero Fremont no pudo cumplir, eso hubiera propiciado el enfado. De lo demás no sé. Días antes de ser reclutado Günter estuvo aquí, decía que no estaba preocupado por ir a la guerra. Creo que no pensaba ir.

−Entonces fue el maestrito. Hijo de puta, cuando un hombre tiene un acuerdo tiene que respetarlo. Como el que yo tenía con Imre Bartram, pero el hijo de puta me denunció igualmente, así se le sequen los ojos.

–¡Otra vez! La culpa la tengo yo por contarte nada, pudo ser él o no. En realidad pude ser yo o tú. ¡Qué sabemos nosotros! Anda bebe y calla.

–Sabes, para ti todo esto puede estar muy bien. Te acuestas y tan contento, aunque yo me voy al monte y sigo viéndola. Cuando menos lo espero aparece caminando entre los árboles y tan pronto está allí como que está a tu lado. Esa niña me pide justicia y que no se olvide de ella, tiene el pelo enmarañado y de la boca le sale tierra…

–¡Calla, maldito viejo! Eres de mal agüero como un cuervo. Deja a los muertos tranquilos y bebe.

–Los muertos no están tranquilos mientras los vivos no lo estén. Esa niña pide justicia porque su familia aún la recuerda. No lo olvides Tuerto, de esto sé más que tú.

Friedrich Schmidt comenzó a reflexionar, siempre lo había sospechado y, sin embargo, no había mermado su amistad con Fremont, no al menos por ese motivo. Durante mucho tiempo había sido indulgente con el maestro. Desde luego si Fremont asesinó a María lo disimulaba muy bien, tal vez, solo si tal vez fue un accidente y él mismo no se consideraba culpable su conciencia no se resentiría, ni su comportamiento. Entonces, ¿por qué lo había perdonado? ¿A qué se debía la indulgencia que le había dispensado? Quizá porque Fremont era el mejor partido para Otta. La amaba con locura, la idolatraba, y en estos tiempos un tipo como él no se podía despreciar. A veces un padre tiene que escoger qué conviene a una hija, complicado ya que sucede que hay días en que la fortuna y la felicidad no coinciden en el mismo sitio.

Los aliados lanzaban una ofensiva grotesca contra el ejército alemán. Se intuía que esta vez venían de veras. Penetraban en sus líneas y avanzaban destruyendo vidas y la poca moral que les quedaba. El coronel von Kittel desesperado, trataba de mantenerse en la primera línea dando órdenes para aplacar los movimientos del enemigo. Su presencia en el escenario de guerra era un peligro para todos. No ya por que fuese un mal estratega, que lo era, sino por su falta de entendimiento; no asimilaba la superioridad del contrario. Grupos de soldados tenían que hacer de escudo para salvar la vida del oficial. El recién ascendido a capitán Alfons Leonhardt casi lloraba de desesperación, sus órdenes más inmediatas hubieran sido retroceder, de hecho así se lo había ordenado unos minutos antes al alférez Heller Rümpler recibiendo así la reprimenda del coronel. Lo que estaba claro era que mantenerse en la trinchera era un suicidio porque estaba invadida. Solo cuando los disparos sobrevolaron la cabeza de Dietrich von Kittel se dio cuenta que empecinarse en mantener la posición era imposible. Ordenó una retirada ordenada que se convirtió en un sálvese quien pueda. Los soldados corrían por la trinchera de enlace desbandados. Dietrich entonces perdió el valor, sintió como se le entumecía la voluntad y no podía moverse. La mano derecha al igual que la quijada le temblaron como si fuesen presa de un seísmo interno. Por lo demás era incapaz de reaccionar, oía la mecánica de los tanques Mark IV con sus ametralladoras acercándose, traían unas vigas con las que podían sortear las hondonadas e incluso la trinchera, en esencia eran máquinas de barrer, detrás venía la infantería rematando cualquier cosa que se moviese. En una ofensiva así no se hacían prisioneros. De pronto sintió como una mano tiraba de él y solo en ese instante reaccionó, era el cabo Ingmar Rosenbaum y aunque el coronel no se dio ni cuenta lo siguió. A su lado la tierra salía salpicada por las explosiones del fuego de mortero. Por haberse quedado en la posición habían cometido una terrible imprudencia y había llevado a parte de su compañía a la aniquilación. Tropezó y se vio en el suelo, tenía barro en la cara, barro de sangre. Ingmar había desaparecido. Dietrich encontró un refugio y se dejó caer dentro, con la cara y el uniforme ensangrentado parecía un muerto. Sintió al enemigo como desfilaba a tiros por delante de la oquedad allí se quedó inmóvil porque era lo más práctico y también por el pánico extremo. Quedaba detrás de la línea enemiga, en el mejor de los casos sería un cautivo.

La noche llegó y aún se oía el retumbar de los cañones. El ejército alemán se había replegado e incluso pensaba en regresar a la posición Sigfrido de donde nunca debió salir. Esto significaba que se habían perdido miles de vidas por nada. El capitán Alfons Leonhardt hacía inventario de lo que quedaba de su compañía. Estaba tan nervioso que no atinaba a vislumbrar la situación de la tropa sobre un mapa. Una y otra vez mandaba hacer señales o intentaba comunicarse con la retaguardia sin obtener resultado alguno. Por su parte el capitán Rosenzweig lo tenía más claro, sus problemas pasaban por recuperar a una decena de hombres que habían quedado en un saliente, casi rodeados por enemigos. Rosenzweig estaba herido en el hombro y en la pierna, aún así no había mermado su energía.

–¡A ver! Necesito cuatro voluntarios. Tenemos que ir a por Heller Rümpler y unos cuantos de los nuestros que están atrapados.

–Eso es poco menos que un suicidio. No sabemos si... – intervino Alfons Leonhardt–. No permitiré que se envíe a nadie de los míos a un suicidio.

–¡No hablo de los tuyos o los míos! ¡Hay que rescatar a los nuestros y después podremos seguir retrocediendo si lo deseas! ¡A ver, voluntarios!

Se oyó el repiqueteo de una ametralladora en la lejanía y varias bengalas iluminaron la noche. Los soldados se miraban asustados.

–Voy –dijo un hamburgués al que todos llamaban Guadaña.

–Yo también –dijo el cabo Ingmar Rosenbaum.

–Y yo –dijo Roth Neisser, preguntándose al instante por qué lo había hecho.

–Cuente conmigo –dijo Brieg el silesio.

A Rosenzweig no le hacía falta más, tomó varias granadas y las repartió. Una pistola de hacer señales y le dio a Guadaña una ametralladora ligera.

–O lo hacemos en silencio o armando ruido, adelante.

Saltaron desde lo que quedaba de la segunda línea poco menos que un parapeto de tierra pisoteada y caminaron por un paraje tan desolado como imprevisible, si alguien los localizaba en la oscuridad estaban muertos. Por suerte, el capitán lo tenía muy claro, se orientaba muy bien y sabía el sitio exacto donde estaban sus hombres, gracias a un soldado de comunicaciones había podido establecer contacto con ellos en condiciones muy precarias, sin embargo, le había quedado claro las palabras: el Prado Ardiente. Llegaron al sitio arrastrándose como reptiles, con las ropas hechas andrajos y manchadas de barro, polvo y sangre, en medio de una feria de ratas que iban de aquí allá con despojos humanos.

En el Prado Ardiente, o lo que quedaba de aquel tramo de trinchera, les esperaba Heller Rümpler conteniéndose con una mano un trozo de tripa que le sobresalía. Solo quedaban tres hombres, todos heridos, uno de ellos había perdido mucha sangre, el otro la pierna derecha hasta la rodilla. Sacarlos de allí iba a resultar casi una quimera. Pero el capitán era un hombre resuelto. Y buscó algo para hacer parihuelas, tenían que aferrarse a la esperanza de que si alguien los descubría tal vez el sentido del honor soldadesco les salvaría la vida. Ellos no dispararían a un soldado llevando a un herido, lo mismo que no lo harían mientras llenaban cantimploras. Normas no escritas que todos los contendientes solían respetar.

–Un momento –dijo Heller al cual le costaba hablar–, el coronel, está a cincuenta metros de aquí, en un refugio, creo que está vivo.

–¡Que le den al coronel! –dijo Roth.

–Hay que ir a ver si está, irás tú Neisser ya que te veo de buen ánimo –ordenó el capitán.

–¡Mierda! ¿Por qué yo?

–Porque es una orden, y porque estamos aquí para hacer lo que debemos. No me hagas hablar más o nos oirán. ¡Nosotros, vamos!

Roth caminó en la dirección que le había indicado Heller, estaba tan asustado que apenas podía dar un paso tras otro. Se agazapaba y seguía el zigzag de la trinchera, de vez en cuando, al más mínimo ruido, se ocultaba. De pronto oyó un disparo que abrió la noche, después vinieron bengalas y por último las ametralladoras y las explosiones. Habían cazado al grupo, se oían gritos y cómo el frente alemán intentaba hacer un fuego de cobertura. Sin duda les habían descubierto en plena huida y algo le decía que jamás los volvería a ver. Ahora no tenía más remedio que quitarse de en medio porque estaba demasiado visible y de un momento a otro quedaría tan expuesto como sus camaradas. Reptó al menos diez metros y oyó como el enemigo avanzaba, se cubrió con un cadáver. Tres sombras pasaron por su lado y desaparecieron. Vio una oquedad en la pared e intentó ocultarse, entonces oyó su nombre.

–Roth, no vengas o nos descubrirán.

–¿Coronel?

«Tenía la esperanza de que estuviese muerto».

–Soy yo, váyase de aquí.

Roth no aguantó más, de repente los galones no importaban, toda su rabia se concentró en aquel viejo gruñón. Se zafó del cadáver y fue hacia el oficial, lo cogió de las solapas y le amenazó.

–¡Miserable! He venido a rescatarlo. Es usted una vergüenza para el ejército alemán. Tanto Honor, tanta Valentía y es usted una rata.

–Tengo derecho a tener miedo.

–Todos los jefazos sois unos mierdas y unos miserables, ordenáis ir a la muerte a muchachos, a padres de familias, pero en cuanto veis el peligro os meáis encima.

Hicieron el ruido justo para que los localizaran y los tres que pasaron junto a ellos se dieron media vuelta, por suerte Roth los había oído y fue un aparecer y se encontraron con una granada de palo en los pies. La detonación sirvió para liquidar al trío, pero también para alertar a los demás. Acababan de dar su ubicación exacta.

–¡Vamos! Ahora tenemos que correr o nos van a aniquilar.

Comenzaron a darles caza con fuego de mortero, corrían aunque Roth se dejó al oficial detrás ya que entre que era mayor y con un tobillo torcido era incapaz de seguir el paso. Lo peor del caso era que también se dieron de bruces con el fuego amigo, las balas pasaban a su lado buscándolos. Arrastrándose llegaron hasta un cráter donde podían aplastarse como perdices en el nido. El coronel comenzó a rezar y el muchacho le escupió. Sin duda lo odiaba más que a nadie en el mundo, si hubiese sabido que había arriesgado tanto para acabar con él en un agujero profundo jamás habría salido voluntario, aunque también era cierto que de haber sabido la mitad de aquella locura no se habría presentado de voluntario de ningún modo.

–Deje de rezar, maldita sea, o nos encontrarán.

–Estúpido, soy yo quién da las órdenes. Además, no sea necio, hay suficiente ruido como para que nadie nos oiga.

Roth estalló. Tenía tanto miedo que lo último en lo que pensaba era en el arresto.

–Qué sabrá usted, ¿está seguro de que no tenemos a media compañía enemiga a diez metros? El mando, me da pena. ¡El mando! Mírese, ahora no es más que un esperpento de oficial, apestoso por cierto.

–Cuando esto acabe le voy a degradar, le mandaré a un

consejo de guerra, le voy a… –una explosión cercana de artillería le obligó a callar.

–Tengo la esperanza de verle morir.

–La gente como tú es la que nos está llevando a la derrota, la falta de fe mina la moral de la tropa… sois como gusanos. Habrás engañado a muchos, aunque a mí no me la das.

–No pienso discutir con usted. Todos sabemos de su falta de conocimiento. ¡Dios con nosotros! –se mofó.

–Es usted un ateo, lo sé desde que le vi. No tiene valentía, ni arrojo, no cree en la vida eterna y en la capacidad de sacrificio…

–Usted sí, metido en un refugio lleno de tierra y sangre, hecho un gurruño y temblando. Ya veo lo que es la valentía para usted, es verdad no tengo mucho de esa "valentía". Persigue a mis amigos porque se largaron de esta masacre…

–Desertaron, abandonaron a sus camaradas. Merecen ser castigados.

–No lo creo, si lo llego a saber me marcho con ellos. Son más inteligentes que todos nosotros. Jamás debí alistarme como voluntario, creí que defendía a mi país, pero lo único que hago es malvivir en las trincheras. ¡Cállese maldita sea! Desde que estoy aquí solo noto el desprecio de la oficialidad, os llenáis el pecho de medallas y cruces y mandáis a los muchachos a morir como si fuesen abejas. Mueren por nada, ayer vi caer a un chaval que quería montar un taller de bicicletas, antes vi morir a un tornero, a un mensajero, a un estibador del puerto, a un muchacho que estudiaba medicina, total ¿para qué? ¿Es eso lo que quiere su Dios? ¿Qué destruyamos su creación por el mero hecho de extender las fronteras, de poner una bandera sobre otra? Un trapo sobre otro, ¿y si ganamos la guerra? ¿Qué pasará? Volverán los muertos, el talento que se pudre en los campos de Francia o en Flandes. Y las madres que se mueren esperándolos en su país, nuestro país. Y los padres, engañados, muertos en vida, engañados por el Káiser por el primer imbécil señor de la guerra que los conduce al sacrificio por su santa voluntad. Por más poder. Ese señor de la guerra tan engañado él, seguro que creerá que podrá extender ese poder más allá de la muerte, en el otro mundo. ¡Ja!

–Eres un hombre carente de toda fe. Me das pena, muchacho.

–¿Y qué es la fe? Todos los seres vivos huyen de la muerte, intentan vivir un día más, nosotros que somos inteligentes y podemos vivir un día más nos inventamos una promesa de vida,

vida eterna. ¿Para qué quiero yo vivir eternamente? Ahora dígame, coronel, ¿sigue Dios con nosotros? Esta es su voluntad, que nos matemos los unos a los otros. ¿Qué padre quiere ver a sus hijos matarse? Dígamelo pedazo de estúpido. Dígamelo.

El coronel se quedó en silencio, la artillería recrudeció el fuego hasta el punto que ni aunque hubiesen querido hablar habrían podido. En medio de la destrucción y los pellotes de tierra y polvo, lograron serenarse. Dietrich von Kittel comenzó a pensar en Schopenhauer en la razón que tenía al decir que el Hombre era un eterno deseo insatisfecho. Debería estar en casa, leyendo algún libro. Con el té y el tictac del reloj. Aquello era vivir. Dar clases de filosofía, explicar la grandeza del Pensamiento, la luz que hay en el Saber. Cambiar todo su mundo por este caos no era la decisión más razonable. Buscaba un mundo mejor, siempre había juzgado a las cosas de acuerdo con su finalidad. La guerra era necesaria si se hacía por un bien mayor: salvar a la Humanidad. Hacer un mundo más germánico, pues qué duda cabía que había sido su país el que había contribuido más que ninguno a la prosperidad del mundo. Sin embargo, allí, hundido en el oscuro embudo, lo comenzó a ver claro. Su país tan solo era uno más, había necesitado de los demás para obtener su conocimiento, y otros se habían beneficiado sin duda de los avances de la cultura germánica. En cierto modo todos estaban en deuda con todos. ¿Qué padre quiere ver a sus hijos matarse? Roth, el chaval paleto, inculto sin duda, pueblerino hasta la médula, lo tenía claro. Su pensar era como un atajo hacia la idea clara.

–¿Saldremos de aquí? –preguntó el coronel al filo de la mañana cuando todo parecía en calma.

Roth se asomó al filo del agujero y miró más allá, hacia donde se suponían debían estar los suyos, si no se habían desorientado o si todo seguía como se suponía. Hizo una mueca de disgusto, si salían en aquel instante serían víctimas de algún tirador experto.

–Herr Coronel, vamos a salir y vamos a tirar granadas a nuestra espalda. Eso levantará polvo y si tenemos suerte nos servirá de cortina, al primer disparo que oiga el cuerpo a tierra, si los oímos cerca intentaremos llegar hasta el próximo embudo. No se quede rezagado.

–¿Y eso servirá?

–Sin duda.

Dijo Roth con una mueca que quería decir cualquier cosa. El coronel Dietrich von Kittel sintió un orgullo ajeno, un aprecio hacia aquel muchacho que nunca hubiese imaginado. Ese mismo sentimiento que le hacía avergonzarse de sí mismo. Una mezcolanza de emociones que unido al terror del momento le conducía a la confusión, al borde de un acantilado y con el fin del mundo a la espalda.

Aquel día lo había cambiado todo, el ictus que atenazaba a Frankz Kast acabó aplastándolo. Había cenado cordero, le encantaba guisado con patatas. Llegar a la cocina y robar un poco de la cazuela. Ya para entonces ir hasta la cocina era toda una aventura, se tenía que sujetar a la pared al bastón y no quería que nadie le ayudase. Desde junio su humor se había agriado tanto que no parecía el mismo. Tenía accesos de ira sin motivo alguno, cada vez que lo visitaba su amigo Günter se ponía de los nervios. Daba la impresión de que era un derrotado, de que nada le había salido como había planeado. La llegada de la guerra lo había enriquecido y lo había arruinado. Y aquella podredumbre se la tenía que dejar a uno de sus dos hijos.

—No te preocupes, un complejo como ese no deja a nadie en la indigencia. Si Fremont es inteligente sabrá sacarle tajada, liquidar deudas y llevarse un buen pellizco. Si es impulsivo…

—¿Y la niña?

—Doris, está salvada. Con lo que le toca rescatará el apellido Schipper. Se lo merece. Doris se lo merece.

—Escucha Günter —decía Frankz con torpeza ya que las palabras se le caían de la boca torcida—, no abandones a Fremont, sé que ha sido un cretino, pero sigue siendo mi hijo.

—Así lo haré.

—Promételo.

—¿Es necesario?

—Sí, sé que te ha desafiado y que tú también le has plantado cara a tu modo. Mírale ahora, este plan es tuyo.

—Frankz, amigo mío, le doy a cada cual lo que merece. Tu hijo Fremont merece un escarmiento, ha crecido con resentimiento, acomplejado con su cojera. En fin, ya sabes, no es alguien sano. Ni siquiera ha reparado en que el Káiser es manco ¿y qué más da? ¿Qué más da? Pues él odia al mundo por tener su cojera. Es así.

—Lo sé. Lo sé…

Lo peor del caso era que Frankz había fracasado como padre. Su obra más importante la había descuidado del todo y ahora, tan cerca del final ni siquiera podía hablar con su hijo. Y aunque así fuese no podía arreglar lo que estaba roto. Días después de aquella conversación Frankz se fue a la cama harto de cenar, el camino al dormitorio fue la cuesta arriba más grande que jamás tuvo que subir. Era agosto y tenía frío, un frío que le brotaba desde dentro, lo supo entonces: sería su última noche. Y no tenía ni fuerzas para despedirse de su mujer. De pronto el dormitorio era un inmenso calabozo. Se echó sobre un lado y una lágrima se escurrió hasta la almohada. Pensó que Till era un niño precioso, tenía un aire familiar que le recordaba a su hermano pequeño el cual murió por unas fiebres tifoideas. Till sería un buen hombre, tenía la mejor madre. Till sería muy buen copropietario, de eso no tenía duda. Lo mejor de morirse es saber que todo puede continuar, que sin duda todo seguirá en funcionamiento.

Y allí estaba Fremont, el día en que todo tenía que cambiar. Recién nombrado capitán de inteligencia solo tuvo que solicitar un permiso especial para ir al entierro de su padre y en menos de un cuarto de hora recibió la autorización y pésame de sus superiores. Heredaba el imperio Kast, a partir de ahora podía salir del ejército cuando quisiera. No obstante, había tomado el gusto a trabajar en retaguardia. Mover hilos desde allí no le costaba esfuerzo, de aquel modo supo de Ulrich Król y, por eso, pudo mandarlo al frente con celeridad. La guerra se estaba perdiendo eso era un hecho del que no se hablaba y que todo el mundo sabía. El Imperio Otomano después de perder Jerusalén hacía la guerra hacia el este en busca de petróleo de Bakú. Lo que hacía peligrar el tratado de Brest– Litovsk que Alemania tenía con Rusia. Por otra parte el Imperio Austrohungaro se tambaleaba amenazando con caerse y deshacerse en un mosaico de nuevos países. El Zar y su familia habían sido asesinados por el régimen soviético. La guerra habría nuevos escenarios, una nueva Europa emergería y él tendría que estar preparado. Tenía que tener claro hacia dónde orientaría la empresa en tiempos de paz. Por otra parte estaba lo que tendría que hacer con su vida, buscar una buena esposa y gestionar a Ute. La joven le pedía más, era normal. Sabía que había desplazado a Otta gracias a sus dotes en la cama y sobre todo a su fidelidad. A veces Fremont se arrepentía de haber intentado asesinarla, por suerte salió mal. Porque Ute siempre estaba ahí, y también por Theodor, a la larga aquel tipo le hubiera supuesto un incordio. En adelante tendría que estar muy atento para no cometer errores de ese tipo.

Se hacía tarde, tendría que ir a casa de sus padres para el banquete funerario. En los hogares de los pobres este rito ya no se hacía, aunque en la mansión Kast era casi obligatorio. Tomó un tranvía, la gente se le quedaba mirando casi con ira. Notaba decenas de ojos posándose en su rostro, llevaba el uniforme de capitán demasiado impoluto. Todos podían entender que trabajaba en la retaguardia. Quizá fuese por eso, o por su bigotillo recortado. O por su cara hinchada por no carecer. Fremont casi sin quererlo había sacado un pañuelo y se lo llevó a su nariz, olía los cuerpos en el tranvía. Era un olor a pobre, a hartazgo. Alguien tosía allá al fondo, volvía a toser, en un momento dado el joven Kast se bajó. No era su parada, pero qué más daba. Tendría que haber tomado un taxi. Allí se sentía como si fuese la Piedra de Escupir, Spuckstein, de la plaza de Domshof, en frente de la catedral.

Le dolía la cabeza y en vez de ir a su casa decidió pasear al lado del río, supuso que cuanto más retrasase su llegada más le echarían de menos. Al fin y al cabo él sería el nuevo *paterfamilias*, y tendría que ser recibido como tal. Cruzó el puente del Káiser Guillermo y se dirigió a Osterorstrasse en donde había colocado a Ute. No podía reprimirse, lo primero que quería era hacerle el amor. Le informaría de su nueva situación y le diría lo que esperaba de ella.

Como todos en aquella ciudad Ute ya sabía que Frankz Kast había muerto, una noticia así volaba. Desde que había llegado todos los días se comunicaba con Fremont mediante telegramas. Pero Fremont apenas aparecía, por ello, se sentía sola, como abandonada, había mal vendido todo su mundo por un sueño: ser la señora Kast; y ahora sospechaba que tendría que conformarse con la segundona. La tristeza que sentía se volvía insoportable. Las horas transcurrían con lentitud desesperante. A veces solía pasear por la ciudad por matar el tiempo. Un día se cruzó en su vida un policía llamado Marcus Niemand el cual se quedó mirándola descarado mientras hacía cola para el pan. Ute ocultó la cara de aquel joven, quizá el más guapo que había visto en mucho tiempo. Marcus enseguida le pidió una cita, la acosaba de una manera que le daba miedo. Otra mañana cuando paseaba por el barrio Schnoor admirando las casas de tejados puntiagudos fue atacada por un desarrapado, Marcus apareció de manera casual para ayudarla. Aquella vez no pudo negarse y le aceptó un café. El policía le confesó que la seguía porque estaba enamorado hasta la locura. A Ute mantenerle la mirada le costaba un mundo, tenía que alejarse de aquel hombre. Durante los apenas quince minutos que duró aquel café le dijo al menos diez veces que estaba comprometida intentando alejar la tentación. Pero Marcus era el oleaje contra el acantilado y un día u otro Ute acabaría por desmoronarse. Así fue como cayó rendida. Desde entonces Utc no podía vivir sin su joven musculoso, eran citas esporádicas, solo para hablar, sentía debilidad y por su compañía estaba dispuesta incluso a renunciar a Fremont. Solo cuando no aparecía Marcus se lamentaba y, por escasos instantes, encontraba lucidez para renegar de aquel amor loco. Su propósito en la vida era subir de categoría, los Holstein habían bajado hasta el penúltimo peldaño de la escala social cuando su madre le fue infiel a su padre. Desde entonces lo único que le mantenía algo más elevada era el cargo de alcalde de Balthasar, gracias a que pertenecía al Partido de Centro y sabía adaptarse a los sectores más conservadores.

Aquella sombría mañana, y aunque esperaba a Fremont, se llevó una desilusión al verle. Descubrió que ya no lo amaba. Aún así se echó en sus brazos y lo besó, le dio algo parecido a un pésame. El joven Kast cerró la puerta de la calle, la condujo para adentro, la subió sobre una mesa y la poseyó casi con rabia. Ambos encontraron desconocidos. Había algo que no iba bien y Fremont lo único que hizo fue ponerse los pantalones y dejarla descontenta sobre la mesa.

—Tenemos que hablar —le dijo.

—Dime, cariño.

—Mi padre ha muerto, así que ahora soy yo quien manda. Nosotros…

—¿Nosotros?

—Nosotros, nosotros no nos podemos casar.

—Pero… ¿por qué?

—Antes de que digas nada, sé que lo iba a hacer con Otta Lenz, aquello fue un gran error. Ella está en Faustaugen y es pasado. Tú eres distinta.

—Pero, pero ¿por qué cariño? Yo te amo, yo seré una buena esposa, seré todo para ti…

—Para todos serías una pueblerina, quieras o no. Lo que ahora necesito es una esposa de buena familia. Una esposa rica, para unir mi fortuna con la suya. Nunca lo he tenido tan claro como ahora.

—¿Y yo? —preguntó Ute a punto de romper a llorar.

—Tú, serás mi verdadero amor.

—¿Tu concubina?

—Mi amante.

—No quiero ser eso.

—Lo respeto, lamentablemente es todo lo que te puedo ofrecer. Lo quieras o no soy un personaje público, un señor respetable. Si quiero que mis clientes me vean como alguien serio tendré que buscar alguien a quien unir mi fortuna y mi apellido. Llenarla de hijos y con suerte sacar uno lo suficientemente inteligente como para poder llevar los negocios familiares.

–¿Pero qué te crees? Las familias, las familias se extinguen. Los grandes apellidos también se pierden.

–Es mi papel en esta historia, que no se pierda conmigo. Nunca he sido tan…, tan…, tan consciente como ahora, es mi responsabilidad. Tienes que comprenderlo, tendremos hijos, te espera una vida plena…

–Llena de bastardos como Otta Lenz. Ahora lo veo claro.

–Nuestros hijos irán a los mejores colegios, tendrán puestos de responsabilidad en empresas, en el ejército y si son mujeres serán bien casadas. No se quedarán relegados o perdidos como Otta, serán hombres respetables, sin apellidos, pero todo el mundo sabrá que por sus venas corre la sangre Kast. Quizá sean hombres de negocios… o mujeres… ¿por qué no? No, no te engañes no dejaré solos a mis hijos, a la sangre de mi sangre.

–Dame tiempo, tiempo para pensarlo.

–Por supuesto. Ahora he de irme. Tengo un padre que enterrar y un imperio que elevar. ¡Ah! Otra cosa, para que veas que te aprecio y tengo confianza en ti, Ulrich Król está gravemente herido, según me han dicho no sale de esta. Logré que lo trasladaran a tu pueblo.

–¿Para que muera en su casa?

–Para mandarlo al frente un día después.

–No entiendo.

–No estoy seguro de que mi plan haya resultado, aunque si es así tengo a un Król moribundo y al otro sustituyéndole en el frente de batalla. Paul ha salido de su escondite para meterse en la boca del lobo. Siempre creí en ti, por eso, ahora un hermano regresa a morir y otro va derecho a la muerte. Un problema menos, ahora… – silencio largo – ahora voy a por el pez grande.

Ute afirmó con la cabeza, ya no estaba segura de nada. Si le quedaba alguna esperanza Fremont la había hecho añicos, pese a ello no sentía desasosiego sino más bien paz; si tenía remordimientos por su infidelidad ahora quedaban extinguidos. Todas sus sospechas quedaban confirmadas, seguiría interpretando su papel de buena "amante" porque ansiaba tener una vida holgada. En adelante tendría que extremar la precaución, aunque un día u otro su secreto sería descubierto, porque una pantomima no dura toda una vida. Volvió a asentir con la cabeza, respondió al beso fugaz de Fremont de un modo automático. Carraspeó, sentía mucho calor en la cara. Tosió, despidió al joven, cerró la puerta, pensó: Paul. Se llevó la mano a la boca.

«Es un monstruo y yo no soy menos».
Una lágrima resbaló mejilla abajo, una lágrima rápida como una estrella fugaz, amarga como la decepción, pesada como el remordimiento.

La derrota de Alemania era cuestión de tiempo, el país estaba colapsado. Los aliados tenían los recursos humanos y logísticos de los que los Imperios Centrales carecían. Fremont derrotado en lo económico cada vez que podía se ausentaba en sus responsabilidades para tomar las riendas del negocio. Su padre le había dejado un barco a la deriva, las cuentas del pasivo superaban las del activo. Los empleados hambrientos reclamaban pan casi a diario, algunas alas de las factorías se habían tenido que cerrar. El carisma de Günter Schumacher no daba para más. Por ello, le había llegado la hora, ya no le servía para nada. Además tenía que hacerlo a lo grande, Günter había sido el tejedor de su desgracia, si su hermana tenía dinero, patentes y posesiones era porque así el director general lo había dispuesto. Y también que su sobrino era copropietario, de hecho era una trampa. Unir su suerte con Till suponía poner un grillete que les unía. Toda una canallada hecha para fastidiar; tendría que luchar para sacar a flote la empresa, para cuando el pequeño fuese mayor encontraría el trabajo hecho.

Aquella mañana nubosa de agosto había citado al administrador en su despacho. Fremont tenía que cerrar varias cosas antes de marcharse por la tarde a su puesto en inteligencia. La llegada de Schumacher le iba a suponer una satisfacción entre tanta amargura. Aquel día tenía previsto hacerse con el poder, el poder de verdad. Günter representaba el pasado y un tumor para la empresa. Si quería sanear el negocio tendría que despedir a mucha gente, comenzando con el que consideraba el verdadero enemigo.

Günter llegó puntual, había algo en aquella precisión que a Fremont le resultaba molesto. Era como subrayar lo efectivo que era, ni antes ni después, en su momento. Sin embargo, para ser eficiente había dejado desangrarse a la Kast Gesellschaft.

–Buenos días.

–Buenos días, mi buen Günter.

El administrador estrechó la mano de Fremont, era un saludo que no trascendía de lo cordial, de hecho el: "Mi buen Günter", le sonaba sospechoso. Había tenido una corazonada desde que se había levantado. La presencia de sus propios hombres en las cercanías del despacho no le dejaba más tranquilo.

–Le he hecho llamar para hablarle de la nueva dirección de la empresa –Günter había notado que ya no le tuteaba.

—Yo también quería hablarle de eso, tengo una edad considerable, en fin, va siendo hora de retirarme.

—No, le retiro yo. Por favor, no me quite el placer de hacerlo, mi buen Günter, su tiempo ha concluido.

—Como quiera.

—Y como debo. Me duele mucho tener que hacerlo así, no por usted, le quito su puesto de director general debido a su penosa gestión y al desfalco que ha producido.

Günter, procuró no mostrar ninguna sorpresa, de hecho esperaba este momento desde hacía mucho tiempo.

—Lamentablemente no se va a poder proporcionar ninguna compensación, salvo una buena cárcel. No se podrá quejar.

—¿Qué?

—Se le dio muy bien encontrar al detective que contraté, el noruego, acusarle de espionaje y dejarlo fusilar. Muy cruel, ¿verdad?

—Usted ha hecho cosas peores.

—¿Sí? Bueno, no tanto como usted, yo no he traicionado a mi país. Usted cruza la frontera de Suiza como el que pasea por la calle...

—De hecho mis gestiones sirvieron para llegar al mismísimo Lenin y la rendición de Rusia. El gobierno está al tanto.

—También de su paquete de acciones en Renault. Una empresa que construye motores para el enemigo... creo que ha ido demasiado lejos. Ha robado en mi empresa —remarcó lo de "mi empresa"— y ha incrementado su patrimonio, a eso se le llama desfalco.

—¿Qué tiene, otro detective?

—Mejor: un abogado. La misma guerra, distintas armas.

—Tendrá que ser muy bueno.

—¿Por?

—Tengo influencias, como ya sabes, tengo amigos, sé cosas...

—El conocimiento va en tu contra, no interesan las personas que saben.

—Sé cosas útiles. Los tiempos cambian, las personas no, aún soy útil. Dicen que Ludendorff piensa en retirarse y dejar espacio a los políticos.

—¡Bah! Serás igualmente condenado por espionaje, eres un doble espía y lo demostraré. Has intentado hundirme, ahora probarás de tu propia medicina. Has desfalcado una empresa esencial para el esfuerzo de guerra, y lo demostraré. Lamentablemente nadie se acerca a una persona cuando está cayendo porque no quiere caer con él. Esa es una realidad que reconoces –por primera vez Fremont veía miedo en los ojos de Günter–, estás acabado, si no he dado este paso antes fue por mi padre y porque esperaba la apertura del testamento. Ahora es tiempo de cambiar de aires, la guerra está terminando y hace falta mirar a otro lado. Pronto volverán las exportaciones y tenemos un puerto ahí al lado. El futuro se construye desde ahora.

–Me alegro por la Kast Gesellschaft, esta empresa es obra de mi intelecto. En cuanto a ti, solo puedo sentir pena. Si estás vivo es por tu padre, por tu madre, por tu hermana. He tenido la debilidad de dejarte respirar. Ahora tu vida está acabada. ¿Crees que el hecho de que esté en la cárcel me impedirá matarte? El cuchillo estará afilado y dormirá en tu misma cama. En fin, supongo que nos hemos dicho todo lo que nos teníamos que decir. Ahora mis hombres me detendrán y me entregarán a la autoridad.

–Así es. Usted lo ha dicho, hasta siempre Günter.

Günter no respondió, le faltaba poco para llorar no por ir a la cárcel sino por abandonar lo que tanto esfuerzo le había costado construir. Dejaba gran parte de su vida en aquel complejo. Por suerte, había guardado la parte más jugosa para su familia. Abandonó el despacho y todo sucedió como había predicho. Sus hombres cabizbajos se permitieron el lujo de no esposarlo, aunque lo custodiaron hacia la salida en donde dos policías más inclementes le redujeron como a un criminal y lo metieron en un coche. Fremont se había salido con la suya, al menos en una cosa: le habían humillado. Por lo demás se sentía a salvo, todo lo a salvo que puede sentirse un sesentón que lo ha vivido todo y le aterra la vejez. Ya había cumplido todos sus sueños, jamás volvería a hacer un prodigio igual como el conseguido al crear la Kast Gesellschaft. Aquel complejo empresarial era su obra, un gigante que apenas necesitaba un leve soplido para derrumbarse y se lo daría, si no fuese por Till y porque aquella ciudad era como otra hija. Le encantaría dar ese empujón para que Fremont se viese bajo la miseria más absoluta, verle mendigando o en la cárcel acosado por deudas impagables. Sin embargo, no lo haría, deseaba con toda su alma hacer daño a Fremont, pero no de ese modo. Frankz ya no se imponía entre ellos, la veda quedaba abierta.

Los policías se sorprendieron al ver los cargos de los que se le acusaba y lo tranquilo y sonriente que parecía. Como un condenado a muerte que canta alegre ante la horca.

Ulrich ya no estaba para regresar al frente, el haber llegado vivo a Faustaugen había sido un milagro, un maldito milagro. Eso oyó Otta de la gente que se agolpaba en la puerta, la joven no sabía qué hacer si llamar entrar al hogar de los Król o ser una mera espectadora. Al final su cobardía le mantuvo quieta, aislada observando la escena.

El doctor Bachmann inyectó morfina a Ulrich para que se fuese sin dolor. Con respecto a Paul nadie pudo hacer nada por impedir su marcha apenas un par de horas después, ni las súplicas de su madre que se arrastraba de rodillas ante los policías militares ni la muchedumbre que insultaba a los gendarmes. Paul se marchó con la mirada perdida y Otta no podía hacer nada, estaba paralizada, sin haber cruzado una palabra de despedida. Tan solo una mirada que no quiso decir nada y que lo contaba todo. Iba abatido, roto. Otra vez.

Martha Król nada más ver a la joven fue a por ella. La insultó y quiso tirarle de los pelos como si tuviese la culpa. Otta se sentía impotente, si Paul había tenido que regresar al frente era debido a los celos de Fremont. Y Martha la veía como a la causante de todo el daño. Nada de lo que hubiese dicho habría cambiado la forma de pensar de nadie en aquel maldito pueblo. Otta estaba fuera de lugar, su madre la odiaba y la madre del hombre que amaba la hubiese matado de tener oportunidad. Ya nada tenía sentido. Además estaba el hambre y aquella peste en forma de gripe que se llevaba a la gente. Su única esperanza era Paul. Y Paul se había marchado entre una nube de polvo y humo. Por primera vez la muerte se le presentó como una liberación.

Otta se refugió en el bosquecillo, buscó todo lo que el tiempo le había robado. Pensó en que hacía unas horas había estado con Paul, su deseo le acercaba a los ojos la sombra de su presencia. Y la espesura se llenó de espejismos. Paul se había marchado, parecía que aquel encuentro fugaz hubiese sido soñado. Entonces se sumió en una tristeza constante. Lana Ravine se llenó de silencio, su vida se volvía sorda y muda. Los sinsabores que atravesaban el país se volvían mayúsculos en la patria de su hogar. Le habían desgranado la juventud a base de dolor. No había salida, tenía que suicidarse para acabar con su congoja. La sensación de ahogo se volvió insostenible. No obstante, le faltaba valor para dar el paso.

La liberación llegó un día mientras batallaba a las malas hierbas. Oyó un rumor. Su mano buscó la seguridad del cuchillo que solía llevar. Ante él apareció Friedrich el Tuerto, su padre venía hablando con él y ambos se detuvieron junto a la valla.

–Aquí está, como siempre, trabajando –dijo orgulloso Vincent.

–Es incansable. Por eso, la prefiero. Otta.

–Señor Schmidt.

–Por favor, Otta, llámame Friedrich.

–Siento mucho lo de Unna. Sé que no es el momento y que debería haber ido antes a verle, pero no he visto el instante.

–No importa, gracias… Otta, verás venía a hablar contigo y con tu padre. Bueno, esto… no sé como proponértelo. La cosa es que verás… estoy viudo y tú, estás soltera, además yo no tengo herederos, mis sobrinos están alejados y otros ni los conozco.

–Perdone… ¿Me está usted proponiendo matrimonio?

–¡Oh, no, no, no! –rió– Perdone, me he explicado mal, lo que necesito es alguien que me asista en el negocio, el huerto, no tengo dinero con qué pagar solo puedo darte todo lo que tengo… a mi muerte. Mi casa, mi negocio, mis tierras, incluso la bodega, puedo pagar en especie, con vinos y, por supuesto la manutención. Seguro que una mujer lista como tú convierte la sidra en comida. No tengo dinero, es decir, todos mis ahorros ya no valen nada. Es lo único que puedo ofrecerte. Parece poco, pero aún hay gente que va a tomar una sidra, ya sabes lo que se dice: Todos los años hay sidra nueva y alguien tiene que bebérsela.

–Perdone que no le responda ahora… me lo pensaré –aunque todo estaba decidido; cualquier cosa con tal de estar lejos de su madre.

El viejo Vincent dio su aprobación y Otta, días después, regresó a la taberna del Tuerto, en donde encontró mucho olor a ausencia; Unna fue el corazón de aquel lugar. A Otta se le agrandó el horizonte y sus pesares encontraban allí un poco de calma. No podía rendirse sin ver de nuevo a Paul. Algún día terminaría la guerra y Fremont los dejaría en paz. En más de una ocasión el Tuerto la encontró llorando, y pensó que lo mejor que podía hacer era ofrecerle su silencio y su mirada cansada. A veces las palabras no pueden ofrecer todo el consuelo y es mejor no decir nada.

Todos los días llegaba Helmuth Degener para hojear el periódico, mirar sus fotos con sus ojos analfabetos y sacar sus conclusiones. Lo poco que consumía lo pagaba con cacería o con carbón. Helmuth solía hablar de fantasmas, de que el bosque se estaba llenando de almas que le hablaban.

–Así es niña. Hoy sin ir más lejos he visto la de Dittmar Ehrlich.

–Sí, ¿y qué te ha dicho? –preguntó incrédulo Friedrich.

Helmuth no contestó, se le tensaron los músculos de la cara.

–Yo sí le creo –dijo Otta.

–A que sí, niña. Los bosques tienen su voz propia y almacenan recuerdos. Yo lo sé muy bien porque cada vez me hablan más. Me dicen que... me cuentan cosas, cosas tristes. Cuando miro a los Colmillos veo fuego por encima de las crestas de las montañas. ¿Te he dicho que cuando se fueron los primeros hombres a la guerra yo soñé con el Trommelbach y el Feuerbach, los vi llenos de sangre, empapaban sus orillas. Y los peces hervían...? Aquellos cuervos en el campanario... –dijo en voz baja.

–¡Calla! ¡Loco! ¿No ves que asustas a la muchacha? Pareces un cura hablando del apocalipsis.

–¡Mira! Este de aquí es el maestrito –dijo Helmuth al descubrir en una fotografía del periódico a Fremont.

Otta leyó el titular: Fremont Kast el nuevo dueño de la Kast Gesellschaft. Vestía de uniforme, capitán nada menos. Su entrada en el ejército en vez de debilitarle le había reforzado. Ahora conocía los entresijos del Imperio mejor que nunca, aparecía flanqueado de matones con el uniforme del landsturm. Estaba claro que se movía con escoltas, la muchacha al verlo en aquella fotografía supo al instante muy bien que tenía que matarlo. Fremont se había convertido en un tipo resuelto al que nada podía interponérsele en su camino, cualquier obstáculo sería subsanado a su paso. Su sonrisa a medias emanaba la seguridad de un plenipotenciario. No le quedaba más salida que suicidarse, asesinarlo o intentar volver a sus brazos.

El Tuerto, leyó en su expresión y vino a confirmar lo que pensaba.

–A los enemigos poderosos hay que atacarles sin piedad, presionarlos hasta que muestren debilidades. O simplemente rendirse a sus pies, sin condiciones y con devoción, que siempre es lo más fácil.

La muchacha pensó que a Fremont sería difícil engañarlo. Desde que le conoció no había hecho más que ascender, a cada zancadilla él se había levantado una y otra vez, cada vez más fuerte. La vida de Paul corría peligro. Tendría que regresar a

Bremen para salvarle. Volver aunque fuese para vivir como una esclava el resto de sus días. Buscó por la casa un pequeño espejo y se miró. Se adecentó el pelo y sonrió. Por unos segundos se sintió fuerte.

Friedrich Schmidt la miró orgulloso y apenado, supo que no podía retenerla, se marcharía lejos de su débil protección. Otta recordó que Unna le había enseñado ciertos trucos. La seducción, el engaño, cómo engatusar a un hombre. La conquista. Otta, a pesar de su mirada triste, estaba preparada, nadie como ella para ofrecer el pecado en la belleza, la poesía en la mentira.

La mendicidad no daba para comer y, por ello, tuvo que aceptar un trabajo perturbador. El sepulturero anterior había muerto con la gripe española y había dejado un puesto vacante ya que nadie quería contagiarse de la "Fiebre de Flandes" como le llamaban los alemanes, le habían dicho que se combatía bebiendo alcohol, aunque eso no le valió a Berg, el cual murió casi con la botella en la mano. Gerhard sobre todo cavaba agujeros, pero también tenía que preparar al finado. Se colocaba unos guantes de cuero y como podía manipulaba el cadáver. Muchas veces se ponía un trapo delante de la nariz y la boca porque así se lo había dicho un médico, de ese modo se ahorraba tener que oler los humores de la muerte que tanto le recordaban tiempos pasados. Lo bueno de aquel modo de ganarse el pan era que no tenía que hablar aunque la gente sabía muy bien que era un desertor. Si bien las autoridades podían entregarle por haber entrado al país de manera ilegal, su presencia no resultaba molesta.

Louise y Hallie casi vivían de Gerhard, a veces Hallie, si tenía suerte, lavaba ropa para la esposa de un industrial de las bicicletas. Louise enseñaba a leer a niños y a cambio a veces recibía algo de pan, tocino y mermelada. Era un premio más que un sueldo por lo que resultaba insuficiente para comer. Además, cuando los padres supieron que vivía con el nuevo sepulturero se quedó sin clientes. Los tres vivían en una casa abandonada por la que el aire templado de la calle se volvía frío de madrugada y se colaba por los huecos. Costaba trabajo taparle la boca a la casa; Gerhard se mataba buscando puntillas y madera. La Cruz Roja les auxilió con mantas y a veces con algo de caldo caliente. El otoño se asomaba a Eindhoven y tenían que hacer de aquella casa un hogar. Fue en el comedor y gracias a Hallie que conocieron a un pastor de la Iglesia Reformada Neerlandesa que les ayudó en todo, poco a poco les encontró el techo y más tarde hasta el trabajo, hablaba de ellos sobre todo a las autoridades para que fuesen integrados. Admiraba a aquellos jóvenes por aventureros, a veces se acercaba a Gerhard para preguntarle cómo era la vida en el frente. El muchacho le contaba lo preciso porque siempre se le atragantaban las frases en neerlandés y porque no quería hablar mucho de la guerra.

—Aquello quedó atrás, reverendo, nunca más volveré allí.

Eso es lo importante.

–Desde luego, desde luego. Yo me imagino, aquello como si fuese el infierno, el verdadero infierno en la tierra.

–No lo sabe usted bien reverendo. Allí no está Dios aunque hay muchos religiosos para darnos fe. Supongo que también los habrá en el bando contrario. Dios, con todos mis respetos, se hará un lío.

–Dios mira, pero no actúa, aunque al final juzga. Y su juicio es el definitivo. Sabe al instante qué es lo correcto, por eso, a diferencia de los hombres cuyo juicio es turbio, siempre encuentra el camino recto.

–Así será reverendo.

–Así es. No lo dudes muchacho.

Gerhard palada a palada le arrancaba a la tierra sus entrañas, le recordaba los trabajos de mantenimiento que hacía en las trincheras. Las lombrices comerían carne, se decía. La tierra húmeda a veces se caía queriendo regresar a su cobijo. Las imágenes de Flandes le iban y le venían, apenas se percataba de la presencia del padre Luitger Zondervan. El cual no daba la conversación por terminada. De vez en cuando el religioso miraba de soslayo la botella de ginebra que Gerhard tapaba con torpeza con su raída chaqueta.

–Veo que os queda para bebidas espirituosas.

–¡Ah! Esto –dijo señalando el licor–, sí, me lo dijo el señor Keulen, él es el que me la consigue, es muy barata. Es por eso, de la fiebre de Flandes. Ya no es solo por mí, no quiero contagiar a Louise y Hallie.

–Desde luego, desde luego. De eso quería hablarle.

El muchacho dejó de escarbar y miró a Luitger curioso.

–Verá joven, creo que, convendrá usted conmigo que no es normal la "relación" que tenéis los tres.

–¿Relación? No comprendo.

–A eso mismo me refiero. No es una relación normal, es decir, levanta muchas "suspicacias".

«¿Qué le importará a este?».

–Pero, no sé a qué viene… no sé.

–Desde luego, desde luego, comprendo su preocupación, es decir, que no sepa a qué me estoy refiriendo. Lo cierto es que un hombre y dos mujeres, es decir, una mujer y una jovencita, de pie a ciertas "suspicacias". Somos una comunidad muy reservada y en lo tocante a la moral de las personas también tenemos normas. Usted es católico, lo ha de comprender.

–Yo soy cristiano, sí señor. Le hago caso en todo lo que me

diga. Estamos muy agradecidos, porque sin usted estaríamos en la calle, mendigando o muertos.

–No tiene nada que agradecerme –dijo orgulloso Luitger–, yo solo soy un siervo de Dios, hago lo que Él me pide, lo hago con deleite porque es mi vocación. Por desgracia hay veces en las que tengo que mirar por el bien común y alertar de ciertas "relajaciones", en ese momento me convierto en la espada. Este es uno de esos momentos. Su modo de vida, fortuito por otra parte, no es lícito. Si dejamos que esas jóvenes vivan de ese modo tan "libertino" la gente comenzará a hablar. ¿No lo cree usted? Y claro, es como una vía de agua en un barco. Toda la comunidad, mi comunidad, sabe que estáis bajo mi protección. Bajo mi paraguas. Si permitimos que haya una vía de agua el barco se inundará de manera inevitable. Yo os puedo proteger, os puedo proteger hasta de vuestra ignorancia.

Gerhard se tapó un agujero de la nariz y escupió con el otro.

–¿Y qué se supone que tenemos que hacer reverendo?

–Muy bien, creo que Louise debería ser adoptada por una familia como Dios manda. En cuanto a Hallie debería ir a una casa, interna, para el servicio doméstico. Convendrá usted conmigo que es lo más sensato.

Al muchacho le pilló a contra pie y no supo qué decir.

–Si usted siente algo por Hallie, sé que ha sido religiosa, aunque si usted siente algo por ella podrá ir a visitarla.

–¿Por Hallie? No.

–Y la niña, la niña pronto será mujer. ¿En verdad cree usted que es sensato que viva en el mismo techo de un hombre que no es parentesco? No, claro que no. No lo puedo permitir. Mi cometido como pastor de esta comunidad es velar por mis ovejas y guiarlas por la senda recta. ¿Me comprende? Me comprende, está claro. Louise iría a una familia educada, con recursos para salir adelante. Ella es institutriz de piano, Louise aprendería a tocar el piano. ¿Lo imagina? Y él es un hombre cabal que trabaja en la fábrica de bombillas Philips, es un trabajo bien remunerado, además tiene mucho futuro ya que ahora fabrican también una máquina que puede ver los huesos. Creo, sinceramente, que es lo más correcto. Y usted seguirá en su puesto de trabajo, la casa puede seguir habitándola. Ya veríamos qué se le puede hacer para escriturarla a su nombre. El dueño murió sin herederos. Y desde luego, usted podrá visitarla. Pero la niña no puede seguir viviendo con usted.

Gerhard se detuvo para escucharle, recordó el lejano día en el que conoció a Louise. También cavaba, letrinas. Las lombrices comían mierda. La vida continúa. Louise crecía, la mujer que vivía en su interior pronto se despojaría de la niña. Se había prometido dejarla con su familia tan inocente como la encontró. Porque estaba seguro de que Louise tenía familia, siempre le había dicho que echaba de menos Gante.

–Padre, ¿qué se sabe de la guerra?

–¿De la guerra? Pues que Alemania la está perdiendo. El fin está cerca.

El muchacho sonrió, tenía la sensación de haberse quitado un abrigo pesado que le daba mucho calor. Alemania ¿perder? Qué más le daba, hacía tiempo que no se consideraba alemán, ni de ningún sitio.

–¿Para cuándo sería eso de irse a vivir con su nueva familia?

–Lo más pronto posible, ya he hablado con los padres adoptivos y están encantados. Todo está "atado". Urge que arreglemos esta situación lo antes posible.

–Pero, padre tengo que decírselo a ella, sé que aún tiene familia en Gante y su madre posiblemente viva.

–Lo… comprendo. No obstante, para vivir aquí ha de ser con las normas que establece la buena convivencia. Tienes que pensar que no puedes regresar a tu país y que en Bélgica no serás bienvenido. Este es tu nuevo hogar.

–Y estoy agradecido. Aunque no sé si puedo, no sé si debo.

–Desde luego, desde luego. Pienso que lo primero es lo primero, la chiquilla habría de irse a su nuevo hogar y después averiguaríamos si su madre está viva y las disposiciones legales que podamos hacer al respecto.

–¿Disposiciones legales?

–Por supuesto, ¿qué clase de madre abandona a su hija para irse a otro país durante una invasión? Muchacho, conozco a su familia adoptiva y son gente decente, creo que me asiste la razón cuando propongo su adopción. Louise ha de criarse conforme a las buenas costumbres. Al abrigo de las Sagradas Escrituras, nada ha de faltarle. Piense en su responsabilidad. Piense, piense y medite.

Gerhard no respondió, le apetecía darle con la pala en la cabeza al clérigo, no obstante, mostró una sonrisa a empujones. Se sentía a gusto con su nueva vida, en aquella ciudad con sus dos canales, la ginebra barata, el buen tabaco y la perspectiva de trabajar en la fábrica de bombillas. En unos años podría vivir como un ciudadano más, casi como un nativo. Se casaría y tendría hijos. Para ello solo tenía que entregar a Louise a una nueva familia. Hundió la pala en la tierra, era como una cuchara en un pastel de queso. Olía a barro. El mundo es el mismo donde quiera que fuese. ¡Cuántos recuerdos!

–Reverendo. Ahora estoy seguro, he visto el infierno. Cuando me alisté voluntario creía que iba a un desfile, pensábamos que en navidad estaríamos de vuelta con una victoria entre las manos. Después descubrimos el horror, los mutilados, las noches, las guardias, la muerte, el olor, las moscas, las lombrices. En medio del infierno Louise me encontró. Fue ella, ¿se lo cree? Ella me eligió, y yo que creía que era un problema. Ahora sé que ella me salvó de la guerra. Me prometí llevarla a casa y eso es lo que haré. Tengo que entregársela a sus familiares.

–Desde luego, desde luego le comprendo...

Gerhard no le dejó terminar.

–Voy a regresar a Bélgica, si ella quiere.

–¡Eso es una locura!

–¡Si ella quiere! Volveremos. Tengo que hacerlo.

–Sigo diciendo que es una locura, aquí puede vivir como Dios manda...

–¡Dios la puso en mi...! ¿cómo se dice? Dios la puso en mi camino, me dio una misión, llevarla a casa. Tiene que comprenderlo. A los demás camaradas le llegaban cartas de sus familiares, a mí no, nunca, ni en el caso de que mis padres supiesen escribir. No tengo a nadie más en el mundo. Tiene que comprenderlo.

El padre Zondervan apretó los labios. No, no lo comprendía. Sin pretenderlo, su obstinación era la catapulta que los estaba echando de Eindhoven. De hecho, si no hubiese insistido Gerhard podía haber estado mucho tiempo sin plantearse la marcha. El sacerdote dio un paso atrás y se disponía a largarse descontento. Gerhard de un salto salió del agujero y se colocó delante.

–Reverendo, usted quería saber cosas de la guerra, ¿verdad? La guerra, la guerra no es como creíamos. No es una aventura en la que disparas y el enemigo huye. Es otra cosa. Había una vez un soldado, no recuerdo su nombre, solo sé que le decían Peleas, pues bien, Peleas solo tenía un diente, un colmillo. Decía que había perdido todos sus dientes luchando, aunque sabíamos que había sido una enfermedad. Era un fanfarrón, un tipejo de esos que hacen trampas con las cartas. A mí no me caía bien, de hecho cuando le veía aparecer procuraba largarme. Puede que le tuviese algo de miedo. Después de saltar de la trinchera hacia los franceses, desapareció. Fue una de esas envestidas inútiles, de esas que ordena el alto mando para tener al enemigo alerta y en las que mueren hombres, amigos a los que has visto crecer a tu lado. Las moscas llueven sobre los cadáveres, las ratas les agujerean las entrañas y la lluvia termina por blanquear los huesos. Fue una noche en la que me mandaron reparar el alambre de espino junto con unos zapadores… ¿cómo se dice? Había una luz, luz en el aire, una luz que disparan para iluminar la tierra de nadie.

–Bengala.

–Eso. La luz me hizo agacharme, como si fuese un roedor cobarde. Y entonces vi un cráneo, un cráneo con un solo colmillo. Allí estaba el Peleas, o lo que quedaba de él. Sin una sepultura, ni un recordatorio, ni unas palabras de adiós. Nadie sabe cómo murió, si estuvo sufriendo o si fue una muerte rápida. Nadie sabe qué dijo antes de morir… supe en aquel instante que todo aquello por lo que había llegado al frente ya no existía. Sentí una pena inmensa por el Peleas, y hasta vergüenza por no haber intentado ser su amigo. Reverendo, ¿me comprende? Somos lo que somos, como, como las lombrices, somos así aunque no seamos muy agradables de ver. Nos aferramos a la vida aunque lo más fácil sea morir. Ahora lo más fácil sería quedarme en Eindhoven, me aterra regresar y que me detengan… pero y si me quedo aquí y la fiebre me mata… Louise se quedaría aquí sin derecho a elegir… Tiene que… que comprenderlo.

–Nadie puede elegir, es Dios el que lo hace por nosotros.

–Así será. Así será, reverendo.

–Así es. Ve pues, si tan convencido estás. ¡Pero!, te prevengo. En el sur está la muerte, no solo para ti, también puede estar para ella. Sigo pensando que es una insensatez. La muerte, la muerte, para todos, tú ya la conoces.

Gerhard se detuvo un momento, había una lombriz intentando enterrarse, el muchacho la miró y se rascó la frente. Parecía que nada de lo que pudiese decir iba a reconfortar al reverendo.

Suspiró y continuó con su tarea. El padre Zondervan lo observó unos minutos antes de despedirse. Comenzó a considerar al muchacho como a un paleto testarudo, por unos segundos incluso le tuvo algo de inquina. Para después apiadarse y relajar su actitud. Sin duda, no podía retroceder ni un ápice en sus propuestas ya que si les brindaba su ayuda tenía que ser con sus condiciones, por otro lado no podía permitir que en su comunidad se colase una actitud inapropiada. Máxime en estos tiempos en los que los designios divinos eran tan oscuros y confusos, no permitiría ninguna relajación; cuanto mayor es la prueba a la que nos somete el Señor más contundente ha de ser la respuesta. Y, sin embargo, no podía hacer nada por evitar que Gerhard cometiese la locura de regresar a Bélgica. ¿Temeridad, locura, valentía? Gerhard solo obedecía al Deber, se veía en la obligación de cumplir lo que él mismo se había prometido y sin duda alguna temía volver, aunque hay sinrazón en la razón humana, la misma que lleva a los exploradores a conquistar el Polo Sur, o subir una escarpada montaña, o navegar por un mar infinito. Hay algo en la condición humana mucho más fuerte que el instinto de supervivencia, algo que desafía a toda lógica y que sin duda Gerhard estaba experimentando. El reverendo se giró para observarle en la lejanía, sintió una mezcla de admiración, envidia y orgullo, sentimientos que Gerhard era capaz de sacar de la conciencia del padre Zondervan a paladas.

El Sexto Ejército se había visto obligado a replegarse hacia el norte como una presa que se encarama a un árbol huyendo de un león hambriento, no había duda estaban en Bélgica, jamás volverían a pisar Francia. El coronel von Kittel había cambiado mucho, su semblante de águila imperial se fue relajando poco a poco. Su energía se apagaba como el ímpetu del Imperio Alemán. Un día incluso lo vieron alimentando al perro de Marcus Breuer. A menudo preguntaba a la tropa cómo estaban o se interesaba por la familia de cualquier soldado. Era un tema recurrente, habían pasado de tener un enemigo en la trinchera a un viejo caminante, pese a que la guerra se recrudecía y los aliados un día sí otro también clavaban las uñas y se llevaban un trozo de moral. A quien no dirigía la palabra Dietrich era a Roth. No era porque tuviera nada que reprocharle, sino por vergüenza. No era capaz de mirarlo a los ojos y por supuesto, ni siquiera podía darle su Cruz de Hierro. Se lo merecía por partida doble ya que le salvó de una muerte segura, siendo aquel fatídico día el único superviviente. Su llegada a la trinchera fue poco menos que un milagro, vivos y sin un rasguño.

Poco a poco, y a base de muertos, todo había cambiado, nadie hablaba de ganar la guerra, en todo caso buscar una paz negociada. El hecho de ver al coronel tan sereno acentuaba la sensación. Además las nuevas trincheras, hechas a la prisa, a veces unos simples parapetos con sacos terreros o piedras puestas con precariedad, no daban seguridad alguna.

Thorsten Leuenberger lloraba, había recibido una carta desde Gutenweizen hablándole de la muerte de su hermano menor. Había un pequeño hospital al cual llegaba la gente a morir con la gripe nueva. Allí fallecían y allí los enterraban, en una fosa común, cal y una losa de granito que se abría y cerraba varias veces en semana. Aquel mismo día también había llegado la hora de una chica de Faustaugen llamada Bárbara Ehrlich.

A sus espaldas el país se descomponía, había huelgas y escasez. La guerra que libraban en tierra extraña no servía para nada si la ruina amenazaba con destruir Alemania. Nadie quería ya al Káiser, su figura se había ido destiñendo hasta quedar borrosa, casi como una mancha. Muchos se preguntaban qué habían venido a buscar, qué habrían conseguido si ganaban la guerra. Había un rumor por la trinchera que hablaba de la lucha obrera, de la hermandad de todos los proletarios del mundo. No faltaba quién citaba a Marx y a su Materialismo Histórico, demostrando que aquel embrollo era cosa de capitalistas que solo querían ampliar su poder. ¿Hacía falta una revolución para acabar con la situación? En realidad no, ya que el mismísimo Ludendorff había dimitido dejando el poder a los políticos. De repente, Alemania se convertía en una democracia parlamentaria aunque solo fuese para rendirse y exculpar a los militares. Aquellas conversaciones se silenciaban ante la llegada de un oficial, como los pájaros cuando ven asomar la sombra de un halcón.

El coronel no estaba para rumores, paseaba por la trinchera cada vez menos y solo solía hacerlo para mantener conversaciones con sus hombres en los pocos momentos de tranquilidad que les ofrecían los enemigos. Un día recibió un parte que informaba de una incursión, una operación de castigo que hiciera ver que seguían estando allí, o que al menos mostrara cierta capacidad de ataque ante tanto retroceso. Tenían que internarse en el territorio ganado por los aliados y hacer una cuña, resistir todo el tiempo posible. El plan no contaba con el humor de Dietrich von Kittel, ahora que conocía las historias personales de muchos de sus subordinados le costaba mandarlos a una muerte segura. La guerra daba sus últimos estertores y quería llevarse una última cosecha. Dietrich salió de su cubil, una casita picada con balines de shrapnels. Y se dirigió hacia el capitán Alfons Leonhardt y se lo comentó, el oficial no pudo reprimir un cierto desasosiego.

–No se preocupe, no pienso acatar esa orden. No al menos yo. Dijo Goethe que: Sólo es digno de libertad quien sabe conquistarla cada día. Esa será mi conquista, prefiero enfrentarme a un consejo de guerra antes que a mi conciencia.

El capitán no dijo nada, asintió y en la afirmación venía el agradecimiento. El cambio de actitud del coronel fue tomada con alegría por la tropa, de repente el oficial comenzó a una metamorfosis que lo transformaba en uno más, aceptado como un igual y dejando de representar un peligro. Justo cuando había más de uno dispuesto a liquidarlo. No estaban para heroicidades lo único que ansiaban es que la tortura acabase de una vez, el hecho de tomar una cota o resistir hasta el último cartucho ya no conducía a nada. La superioridad del enemigo les agobiaba. Por todo ello el nuevo humor del coronel se recibió como un respiro, corta pero agradecida satisfacción.

Un día después llegó una amonestación y al siguiente el arresto. Justo cuando le comunicaron que Gerhard Oppenheim había sido capturado. Miles de sentimientos entrecruzados se le pasaban por la cabeza, cogió el cuaderno de Christian Müller. Lo examinó con ojos nuevos, tenía la sensación de ser un ciego que había recuperado la vista. Christian había muerto y, sin embargo, estaba vivo en sus dibujos, lo veía claro el muchacho se manifestaba a través de los trazos dejados en un papel. El coronel lloró, de repente no se sintió digno de scr el propietario de las ilustraciones. De repente lo vio claro: tenía que salvar a Gerhard. Solo tuvo tiempo de hacer unas gestiones para que el prófugo fuese entregado al Sexto Ejército, al que pertenecía. Para entonces ya había sido juzgado por la Comandancia Local. Dietrich no pudo hacer más ya que lo habían degradado. Por un lado se sentía como un estandarte desteñido que ondea al viento más libre que nunca, por otro prisionero de sus decisiones pasadas al igual que un mulo que tira de un carro pesado en medio de una cuesta a la que no se le ve el final.

Los camaradas recibieron a Ulrich Król como si fuese el mismísimo Káiser con condecoraciones para todos. Nadie creyó que pudiese sobrevivir, tenía la cabeza vendada y no hablaba. Obedecía como el primero y escuchaba todas las conversaciones, aunque por lo demás no parecía el mismo. Jan Ehrlich lo miraba receloso, le temía. Temía su mirada indiferente, ¿recordaba algo? ¿Qué había dentro de aquella cabeza rota? Sin duda tenía que terminar lo que había empezado, ya que cualquier día volvería a recordar. El humor de Jan empeoró cuando supo que su hermana Bárbara había fallecido, además del agobio por el continuo repliegue y la caída de la Posición Sigfrido. En adelante cualquier cosa podía suceder, como soldado experimentado Jan no estaba preparado para la nueva situación. La moral de sus compañeros era deprimente, subterránea, los chavales que llegaban desde el país venían contaminados de desgana y miedo, por nada del mundo se arriesgaban. Algo de esta enfermedad traía Ulrich, el nuevo Ulrich.

Ulrich era una persona estimada por sus camaradas, nada más llegar lo notó. Paul no era muy buen Ulrich. Aunque si hubiese querido representar el papel de su hermano le habrían cazado al instante. Jugaba la baza de la lesión cerebral, para el resto del mundo no recordaría nada, ni podía hablar. Lo primero que notaron fue su falta de puntería. Ulrich no acertaba una desde lejos. Cosa que se podía explicar porque sus ojos habrían quedado dañados. Paul notó diferente a la tropa y a la misma guerra en sí; mucho tiempo desde Verdún. Era como si todo hubiese involucionado, desde la vestimenta a los rostros. El cansancio de más de cuatro años de contienda, la peor que había conocido la humanidad, unido al ímpetu y a las noticias: las victorias Italianas, la retirada de Bulgaria, el cansancio del Imperio austrohungaro que amenazaba con resquebrajarse como un cristal. Habían perdido eso lo habían asumido, lo que no quedaba tan claro era hasta cuando los tendrían expuestos al fuego enemigo. Si alargaban la tragedia el honor del ejército se vería apaleado y de nada servía el sacrificio de miles de hombres. De modo que ¿a qué esperaban?

Rudolf era el que mejor conocía a Ulrich, pensó que este que venía era diferente. Dio por muerto al anterior de manera metafórica, al tiempo que saludaba al nuevo. El joven Król, además de mudo, era desconfiado y muy poco apto para la lucha. De hecho, podía compararse a los jóvenes que arrancaban a sus madres para ponerles un casco grotesco, un traje ancho y un fusil enorme con el propósito de que fuesen buenos soldados. Verse con un compañero tan inútil le dolía, ya que su unidad, su maltrecha unidad, siempre contó con su destreza. No obstante, era su hermano de armas y le arroparía como siempre. Arne Kleinman, el futbolista lo acompañaba como si fuese su muleta. También Dieter Lustig el cuál no dejaba de preguntarle si se acordaba de esto y de aquello. De ese modo Paul podía hacerse un mapa de lo que había sido su hermano durante estos últimos años. Lo peor era cuando querían verle las heridas, para que no sucediese tenía que estar siempre vendado como si llevase un turbante. Nunca llevaba el casco y sus vendajes podían ofrecer un blanco perfecto al enemigo. Por uno u otro quiebro de la suerte nunca le dispararon, o tal vez, porque jamás le ofreció su cabeza a los francotiradores. Las reglas eran fáciles, retroceder y no exponerse. Tendrían que matarlo a cañonazos.

Jacob Adesman no solo socorrió a Jan aquel día, también rescató a Ulrich. La herida del primero era casi superficial. Las de Ulrich eran mortales, lo sabía muy bien. La cabeza del joven Król ya era un edificio en ruinas y la explosión debió derrumbar lo que quedaba. No era un médico, pero estaba al tanto de lo que había visto, un trozo de cráneo se había hundido y creyó ver materia blancuzca. Verlo allí plantado, después de hacer un viaje de ida y vuelta era como ver a un fantasma. Por ello, le hablaba como quien habla a una aparición. Tenía la obligación de comentarle lo de su pelea con Jan, fue testigo de que iban a muerte. Aunque hasta ahora no se había atrevido, es más, por momentos meditó que sería mejor olvidar lo que vio. Su padre le dijo que lo mejor que podía hacer un judío era pasar desapercibido.

–Hijo mío, los gentiles tienen problemas entre ellos, si nos metemos, todo será por culpa de los judíos. Así son las cosas, ya deberías saberlo.

Jacob no era como los demás judíos, se había criado en un pueblo y entre gentiles. Era un igual, además no practicaba la religión. Ni siquiera compartía las ganas de trabajar de su padre y soñaba con largarse a cualquier capital para poder gastar dinero en los cabarets. Jacob, por otro lado, era amigo de Jan, si le decía algo a amnésico Ulrich sería como una traición. Aunque más bien parecía lo contrario. Jan exhalaba odio, ya no respetaba ni a los prisioneros, si antes era compasivo y les ofrecía tabaco ahora los degollaba sin pestañear. La última vez, estuvo diez días arrestado ya que el capitán Horst Mann se enteró.

—¡Quitad este cadáver de mi vista, enterradlo, si los franchutes lo ven no aceptarán ni un prisionero más! Ojo por ojo. ¡Maldito paleto, si por mi fuese te mandaba a desfilar ahí adelante, ahí adelante!

Paul se encontraba desconcertado, sabía muy bien que había errado al regresar. Cuando por fin parecía tenerlo todo con la vuelta de Otta. Siempre había una circunstancia superior que le empujaba a alejarse de lo que más quería. Debería haber sido más egoísta, de todos modos Ulrich no había salido de esta. Cuando lo supo dudó, aunque al final accedió y fue con su padre a verlo. Años después los hermanos se encontraron. Se intuía el final, pero no había tiempo a más, unos "perros encadenados" venían a por él. La tregua que la vida le daba para despedirse de sus padres le iba salir cara a Paul. Su madre, en su cegado cariño, creía que se salvaría. Paul también lloraba porque el mismo día que había tenido el cielo entre sus brazos el infierno le reclamaba. Se le pasó por la cabeza matar a los policías militares nada más salir del pueblo. Dar tiempo al tiempo, hasta que Ulrich… sucumbiera. Si los ejecutaba en el camino le buscarían, esta vez irían a por él. Ya no había fugitivos rumanos a los que culpar. Paul tenía que aceptar que no era un asesino, necesitaba odio para poder apretar el gatillo y despachar a alguien. No había que ser muy inteligente para deducir que había una voluntad superior detrás de esta crueldad. Fremont debía morir, mientras el maestro siguiese actuando desde su trono su vida se encontraba en peligro. Fremont reunía todos los requisitos para ser tiroteado, si salía de esta tendría que planteárselo. No les dejaría ser felices, sus celos eran enfermizos y su situación de poder le blindaba como un tanque que se abre camino entre un pelotón de adolescentes. Pensaba en ello todos los días, más que en Otta. A veces tenía verdaderos ataques de celos, imaginaba a Fremont con Otta y se envenenaba. Sabía muy bien que sería inevitable encontrarse con Fremont.

El sargento Goldschmidt lo miraba, el nuevo Król siempre estaba en un silencio venenoso. Su rostro era tan imperturbable que parecía una máscara. Apenas sonreía o estaba triste. Rudolf intentaba reconocer a Ulrich, tratar de vislumbrar a su antiguo amigo detrás de sus ojos de depredador. Día tras día, su corazón le soplaba que aquel tipo silencioso no era su amigo. Y ya no se trataba de que las explosiones le hubiesen hecho cambiar, sino que no era la misma persona. Se lo confirmó Jan, cuando le dijo que Ulrich tenía un gemelo. Para entonces toda la tropa sospechaba de Paul y Paul tenía un guión de quién era quién en la vida de su hermano, de ese modo supo que Rudolf era de fiar.

–¿Quién eres? –se atrevió a preguntarle un día el sargento en medio de un fuego de ametralladoras– Daré mi vida por ti si vienes con la verdad.

Paul le miró, estaban solos, escondidos detrás de un árbol derrumbado aguantando lo que se les viniese sin ni siquiera apoyo. El muchacho pensaba en rendirse, el sargento en replegarse, si se entregaban los matarían. El comprender esta circunstancia era la diferencia entre ambos por la experiencia en combate.

–Herr sargento, si me hace esa pregunta es que sabe muy bien quién soy.

Gerhard había dejado a Hallie en Eindhoven, la muchacha había encontrado un buen trabajo gracias al padre Luitger Zondervan. Al dejarla el muchacho se había librado de un peso, jamás tuvo ningún aprecio por Hallie y sus cambios de humor. Hallie lloró porque a su manera estaba enamorada de Gerhard y tenía un vínculo de amistad muy fuerte con Louise. El reverendo les dijo que allí siempre tendrían su hogar, casi se emociona con la despedida. Gerhard nunca dudó de las sanas intenciones del clérigo, aunque en su interior una voz le decía que nunca volvería a los Países Bajos. Alemania había perdido la guerra solo faltaba certificar los hechos con un acuerdo de paz. Sus aliados se habían caído, el Imperio Austrohúngaro se desgranaba en varios estados y Turquía se veía reducida a Asia Menor. Bulgaria también había solicitado el armisticio incapaz de parar el avance aliado.

Sin embargo, la guerra seguía viva; desde la lejanía aún se oía el rumor de las tripas de la batalla. Aún tenían ganas los cañones de seguir disparando, los aviones de zumbar por el cielo. No porque se acabase el conflicto la gente estaba más tranquila. Las bombas estallaban en las inmediaciones de Gante sin respetar ni a civiles ni a militares. La autoridad de la ciudad se veía desbordada y en medio del caos la policía militar intentaba poner orden.

Cuando cruzaron la frontera fueron interceptados por policías belgas, no tardaron mucho tiempo en darse cuenta de que sus pasaportes eran falsos. No obstante, hicieron la vista gorda y les dejaron pasar. Quizá por pura desgana, tal vez porque estaban hartos de todo y no quería complicarse la vida con un alfeñique y una niña. Llegar a Gante iba a resultar más difícil ya que el frente había llegado hasta los barrios periféricos de ciudad y los alemanes se esforzaban por no perder la ciudad. El empuje de los aliados gracias a la aviación, a los tanques y los refuerzos americanos, se había vuelto insoportable. La gente que por miedo al rumor del fuego abandonaba la ciudad servía como camuflaje a Gerhard y Louise. Aunque nadar a contracorriente tampoco era la mejor manera de ocultarse y en un momento dado un policía militar los detuvo. Aquella vez fue definitiva.

–Estos documentos son falsos, ¿quiénes sois?

Gerhard no supo qué responderle, le temblaba la barba y

tragó la poca saliva que le quedaba. Sin duda, lo venía presintiendo desde que abandonó Eindhoven. Louise se lo había dicho, que no hacía falta, que por ella se iba a vivir con unos padres adoptivos, cualquier cosa por no poner en peligro la vida de su amigo. Pero el soldado Oppenheim, el pazguato y malhumorado y sobre todo testarudo Gerhard Oppenheim, leyó en los ojos de Louise que no era lo que deseaba. Su corazón estaba en Gante, junto a lo que quedaba de su familia y a la espera de su madre. Con el olor a obrador y a dulce. Aquel era su mundo, el que no podía cambiar ni por el paraíso. ¿Para qué esperar a un nuevo día cuando la enfermedad los sitiaba? ¿Qué posibilidades tenía de sobrevivir enterrando muertos de una epidemia? Por ello, tenía un puñetazo entre el corazón y el estómago que le llevaba a cometer la locura, una caída en picado, un descenso a través de un torbellino de estima y dolor. Dolor que experimentaría en el momento que le separaron de Louise y ver como la chiquilla lloraba. Gerhard le volvió la espalda por considerar que sería lo más sensato. Staba en Gante, en casa. Misión cumplida. Sin embargo, él, tenía un nudo en la garganta, estaba tan asustado y tenso como antes de saltar de la trinchera. Iba a morir, estaba casi seguro, por otra parte siempre queda la brizna de esperanza, el pensamiento irracional que se aferra al imposible: que la guerra acabe mañana mismo, que el consejo de guerra lo perdone y lo restituya a un pelotón disciplinario... ese soplo era el aliento que le permitía no caerse como un zeppelín con una brecha.

La noticia de la detención de Gerhard llegó a un cabo y el cabo se lo dijo a su teniente, el teniente oyó una historia de un tipo que huyó con una niña a Paises Bajos. También conocía al policía que protagonizó su frustrada, se decía que incluso llegó a ajusticiar a dos monjas. El sargento de la gendarmería, era de su misma ciudad: un hombre frío, impasible, que nunca había desobedecido una orden aunque le pesase. Un tipo tan resentido que había solicitado aquel destino a la espera de la escasa probabilidad de que apareciesen. Así se lo dijo mientras fumaban delante del Muelle de las Hierbas y compartían un poco de licor. El sargento Bastian Breitner recibió la noticia con la satisfacción de un cazador hambriento cuando atrapa a su presa. Siempre lo había intuido, "porque las palomas siempre regresan al palomar", y si ocurría allí debía estar, justo en el sitio. Todo porque en su expediente impoluto había una sombra, un tachón que solo él mismo se recriminaba. De vez en cuando alguien le restregaba el "asunto Herkenrode" para mofarse de su seriedad. En realidad, se sentía dolido, traicionado. Había leído cien veces el expediente de Louise Vanhoof y Gerhard Oppenheim. Solo había encontrado un punto débil, un sitio al cual podían acudir: Gante. Bastian Breitner, mascó con sus dientes de oro una cebolla cruda. Miró a lo lejos y el corazón le bailó en la jaula de su pecho. Había llegado el día que ansiaba y sin que la guerra hubiese acabado. Desde luego había que estar muy loco o muy desesperado para volver a meter la cabeza en las fauces del león. Justo ahora que había abandonado cualquier ilusión, más que nada por el inminente final de la contienda y la previsible derrota alemana. Sin embargo, la Comandancia Local se había hecho cargo del prisionero y por el momento quedaba lejos de sus fauces. Aunque haría todo lo posible porque se hiciese justicia. Consideraba a Gerhard como a un cobarde, responsable de haber abandonado a sus camaradas ante el enemigo. No le guardaba nada en lo personal, en lo profesional era responsable de su mayor fracaso. Por ello, redactó un informe para que llegase al consejero de guerra, en el borrador incluía todo lo que un militar de carrera podía deplorar de un soldado. Aunque lo que de verdad ansiaba era dar una severa lección al coronel Dietrich von Kittel. Para ello tenía un plan que debía ejecutar a la perfección.

Se acercaba noviembre y se intuía que con un soplo aliado Gante podía caer, por ello, urgía hacer las cosas con celeridad. Los procesos de los últimos días habían sido benevolentes ya que los inculpados habían reconocido sus faltas y urgían hombres para defender la posición. A Gerhard le dieron un uniforme gastado con al menos tres agujeros de disparos y lo encerraron en un calabozo local junto con un tipo que no hablaba y que olía a cerdo. Días después se enteró de que estaba allí por asesinar a su brigada.

El tribunal se reunió de mañana, un general hacía de juez, un capitán de fiscal y como abogado un coronel. Había dos secretarios, uno tomaba notas a mano y otro a máquina. A Gerhard lo trasladaron del calabozo a una especie de salón de actos. Hacía frío y temblaba como un recién nacido, allí olía a papel quemado y la escasa luz hacía que la estancia pareciese una estampa en blanco y negro. Los militares hablaban entre ellos cuando el muchacho llegó escoltado por dos soldados.

–Digo que es una traición y que deberían fusilar a todos –dijo el general.

–Desde luego, excelencia –dijo el capitán.

–Si tuviésemos que fusilar a todos los traidores que hay en

Alemania nos quedaríamos sin munición en el frente –opinó el coronel.

–Tienes razón, últimamente crecen como las malas hierbas, a esos comunistas los mandaba yo a la primera línea.

–Así es, excelencia, es lo que merecen.

El consejo de guerra fijó la atención en el recién llegado, clavando sus ojos como una manada de perros exaltados sobre Gerhard, el cual se sentía más minúsculo y miserable que nunca.

–Soldado raso Gerhard Oppenheim, acusado de deserción y secuestro, además de engaño –dijo el secretario que escribía a máquina.

–Soldado Gerhard Oppenheim –dijo el general situándose un monóculo y carraspeando, su papada caía como el moco de un pavo–, ¿cómo se considera usted?

–Culpable –dijo el coronel en su función de abogado.

–Este caso está claro, un soldado que abandona su puesto y se marcha a otro país. Esto es también traición, como lo de la marinería –volvió a carraspear–.

–Parece que estamos rodeados de traidores –dijo el capitán fijando su mirada de inquisidor en el soldado que aún temblaba–, este caso está muy claro.

–¿Tiene usted algo que alegar? –preguntó el general por cumplir con el protocolo.

–Nada –dijo el coronel–, mi representado no tiene nada que añadir, acepta de buen grado lo que el tribunal tenga a bien decidir, aunque sabe que todo está muy claro.

–Veo aquí que se alistó usted como voluntario –dijo el general observando de pasada la ficha– ¿qué le pasó por la cabeza? –preguntó como para él.

–Nada. Simple cobardía –dijo el abogado–, es un cobarde. Una vergüenza para el país, quizá hasta hacemos mal en juzgarlo, debería ser Dios el que lo juzgase por cobarde…

–En ese caso no debería ser Dios, herr coronel –dijo el fiscal.

–¿Cómo es eso?

–Muy sencillo, si es cómo es no sería del todo culpa suya, también es la voluntad de Dios la que lo hace ser como es.

–Tonterías, herr capitán. ¿Y el libre albedrío?

–El libre albedrío queda anulado cuando el miedo te hace prisionero. Quizá él no tenga culpa de ser un cobarde.

–¡Tonterías! –intervino el general– Si él no tiene la culpa tampoco la tienen los marineros de Kiel que se han negado a zarpar para romper el bloqueo. Y por esa misma regla de tres, tampoco los agitadores pues Dios los hace que sean como son. De ese modo todos podemos escabullirnos de nuestras responsabilidades.

–¡Yo no soy...! –dijo al fin Gerhard.

«De todos modos me van a mandar fusilar».

–¡Silencio! –ordenó el general.

–No haga usted caso, excelencia, es un demente –dijo el abogado.

–En tal caso, tampoco debería ser juzgado. Si es un demente no...

–¡Tonterías! Está claro que es un insolente –dijo el general.

–No, excelencia, no soy un cobarde, ni un insolente. Solo que...

–¡A callar! –ordenó el coronel.

–Según consta en este informe... –carraspeó el general– secuestró a una niña y la llevó a los Países Bajos y después... ¡regresó!

–Creo que es un degenerado, está claro este caso –dijo el fiscal– tanto si es culpa o no de él, sus acciones recaen sobre su persona. El propietario de su alma es Dios –concluyó.

–Y yo creo que hemos perdido bastante tiempo. El enemigo monta ofensivas por todo el frente y yo, nosotros, perdiendo en tiempo con un fracasado. El mundo se derrumba y a un cretino de pueblo le da por secuestrar niñas. Señores concluimos el sumario, y hechas las deliberaciones pertinentes, creo, y sé que estarán de acuerdo en que el acusado es culpable de deserción, secuestro e insubordinación. De modo que, secretario, tome nota: En nombre de su Majestad el Kaiser, y de acuerdo a las ordenanzas pertinentes, el desertor Gerhard Oppenheim, convicto y confeso de secuestro e insubordinación, es condenado a pena de muerte. Contra esta sentencia, que adquiere validez con la publicación, no podrá apelar el acusado. La acusación será regulada por una orden de la Comandancia Local, a la que está entregado el acusado. Gante, treinta de noviembre de 1918. Muchacho, que Dios te perdone.

Gerhard se mareó al oír la sentencia, no era nada que no se esperase, aunque el hecho de oírla de boca del general le pareció aún más terrible. Como si ya le hubiesen dado el primer disparo. Lívido como un cadáver se incorporó con la ayuda de los soldados. Caminó por el pasillo sin ver a nadie y cuando vino a darse cuenta estaba en el mismo calabozo aunque esta vez solo. Estuvo toda la tarde recogido sobre su estómago. No vinieron por él hasta el anochecer, lo montaron en un camión y lo sacaron de la ciudad. Lo condujeron esposado por la última línea del frente. Allá por donde iba despertaba simpatías, salvo si el que lo miraba era un oficial de alta graduación. En un momento dado pasado el trauma inicial se dio cuenta de que no estaba en manos de la autoridad local. El Sexto Ejército se había hecho cargo de su custodia y, por lo tanto, su suerte.

El sargento Bastian Breitner había sido el que ordenó que lo sacaran del camión y había hecho que lo condujeran hasta una cuadra. Allí había otros desgraciados, algunos solo habían robado comida, un par de ellos se habían negado a atacar, otro había apuñalado a un camarada por una discusión. Gerhard pensaba en Louise, en lo que podía haberle ocurrido. Estaba preocupado, lo único que quería era salvarla, si no había podido hacerlo no era por su culpa, pero de la misma manera había fracasado. Gerhard, en cuclillas, con el dedo índice cavaba en el suelo, un suelo hecho de estiércol de vaca. Muchas veces había llenado un carro con excrementos para derramarlos por el huerto. Las boñigas se transformaban en ricas patatas, coles, nabos... ¿en qué se transformaría él la próxima primavera? El mundo no se iba a detener, seguiría en su continuo devenir. El tiempo era el peor de todos los ladrones, le había robado su juventud, su edad adulta y hasta vejez. Le había arrancado de su lado todo lo que quería y ahora le traía la muerte.

Bastian Breitner entró en la cuadra, adecuó la vista aquella apestosa oscuridad y lo encontró. A su espalda alguien tosía.

–¿Soldado Oppenheim?

–Herr sargento –le respondió Gerhard medio aturdido.

–Quiero que sepas que estás vivo porque el coronel von Kittel te ha "reclamado", mandó aplazar la ejecución hasta hablar contigo, solicitó una apelación. Por suerte lo acaban de degradar.

–Creí, creí, que no se podía apelar.

–Y no se podía... pero ese maldito capullo está solicitando un aplazamiento. Aún tiene amigos ahí arriba. De todos modos, en Gante la Comandancia Local te hubiese fusilado.

–¿Entonces qué hago aquí? Si no se podía apelar y estaba en manos de la Comandancia Local, mi estado no es lo normal.

–No, por lo "normal". Pero ya nada es normal. Te reíste de mí, y de mí no se ríe nadie. Si algo quiero es que se cumpla la ley, que se haga justicia. Aún así tienes suerte, te odio menos que a ese coronel estúpido con aires de junker. Te ha sacado de la ciudad y te ha puesto en manos del Sexto Ejército. Algo que me ha venido muy bien, todo ha sido una estrategia para ganar tiempo, un papel mal impreso y medio departamento de policía militar anda buscándote. No mereces todas las molestias que me tomo por ti.

–Pero… ¿por qué?

–Por tu culpa tuve que matar a dos monjas.

–¿Qué?

–Así fue. Tuve que hacerlo, me engañaron, ayudaron a huir a un fugitivo. Ellas no tuvieron juicio. De todos modos ya no quedan monjas en Herkenrode, cuando llegó la fiebre de Flandes, maldita gripe, la abadía se llenó de enfermos y parece ser que no estaban preparadas. Murieron casi todas, apenas quedaron una o dos, muy viejas como para quedarse solas. Quiero que sepas que conseguiré que no te fusilen, las órdenes del loco de von Kittel ya no tienen efecto. Lo han degradado y no puede posar tus zarpas sobre ti. Él no puede ayudarte ni condenarte. No le verás la cara. Yo sí, no deseo tu muerte… eso es todo. ¡Ni se te ocurra preguntarme!

Gerhard se dejó caer en el suelo. Un sargento contra toda la maquinaria del ejército era una esperanza demasiado pequeña. Durante todo el tiempo desde que le comunicaron su sentencia de muerte se había hecho a la idea del proceso, al principio quizá pensó en una fuga imposible, ahora comprendía que nada ni nadie podía salvarle. Oía toser a un soldado joven, a un tal Kautsky. Tenía la gripe mortal, lo sabía, si no moría de un disparo tal vez el muchacho contagiaría a todos. No había esperanza; estaba asediado por la muerte.

Hubo un par de traslados, el último al cajón de un camión en donde podía mirar el exterior gracias a los agujeros que había dejado un avión enemigo, hacía mucho frío y presentía algo funesto. De repente tuvo mucha hambre, el olor a grasa y gasolina le mareaba. A medio día un policía entró al camión y le dio una lona para cubrirse. Estuvo hablando de que todo se había ido a la mierda, que el Káiser había abdicado y que era Hindenburg el que se había hecho cargo del ejército, aunque el poder parece que ha recaído en el socialdemócrata… Ebert, Friedrich Ebert.

–Esto se acaba, para bien o para mal. Dime, ¿qué puedo hacer por ti antes de…? Ya sabes.

–¿Me van a…?

–Sí. Lo han intentado aplazar, porque la guerra se acaba, pero… no se ha podido hacer nada. Incluso ese amigo tuyo Breitner, intentó sobornar a unos funcionarios, pagó con sus dientes de oro, ¿te imaginas? Alegaba que si la orden era del

Káiser y el Káiser ya no gobernaba, pues eso, que no tenía validez. El general del consejo de guerra dijo que si se estaban pitorreando de él... cosas de los mandamases. Incluso un coronel degradado intentó hacer algo por ti.

–Bueno, yo, a mí no me molesta, quiero decir que si tengo que morir, pues, pues nada, qué se le va a hacer. ¿Quién soy yo? Verás, es como los pasteles que hacía mi madre, esos pasteles de hojaldre y cacao. Tenían tan buena pinta que daba pena comérselos. Tragárselos suponía acabar con ellos, pero qué demonios. Había que comérselos. Y la vida seguía, la vida seguía para todos. Sin unos pasteles. La vida siguió sin mi hermana y después sin mi padre, estoy seguro de que seguirá sin mi madre y sin mí. Mi casa, seguirá plantada en la misma calle, la ventana a medio abrir en verano, y el olmo que amenaza con meterse en casa. La fuente de las Tres Cabezas con sus caños de siempre, la avenida de los Tilos con sus hojas batiendo las palmas con el viento, o incluso el Abeto Ahorcado atravesando temporales, a la eterna espera de que un paisano quiera colgarse como un trozo de tela en el alambre de espino. Todo seguirá tan igual que no habrá motivo para echarnos de menos. La vida es como esos tranvías que discurren tan lentos que la gente se puede apear sin que se detengan. Qué más da. La gente me recordará no cómo yo era, sino como se imagina que yo fui. Con el tiempo no quedará nada de mí, ni de ti, amigo. Christian, amigo tendrías que haberlo conocido, corría como nadie y dibujaba mucho mejor. Qué más da, qué más da. Solo quisiera saber que Louise está a salvo con los suyos, si lo supiera, si fuese capaz de... si alguien me mandase una señal para que pudiese saber si está bien. Moriría tan a gusto.

–¿Quién es Louise?

–Qué más da quién sea. Qué más da. Espero que nos recuerde, a Christian, Christian Müller el dibujante, y por supuesto a Gerhard Oppenheim, el gruñón. ¿Sabes?, amigo, si pudiese vivir de nuevo el día en que deserté lo hubiese vuelto a hacer. Sí, lo hubiese repetido. Mereció la pena.

–Lo que tú digas. Solo te digo que mañana será el último día, siento que tengas que pasarlo aquí. Te repito que si hay algo que pueda hacer por ti. Mi nombre es Daniel Behrens. Grita fuerte. Que Dios se apiade de tu alma. Vendrá un sacerdote castrense por si quieres confesar, ¿eres católico o protestante?

–Católico supongo.

–Mala suerte, creo que el que hay por aquí es protestante.

–Qué más da. Tampoco creo en Dios.

Al día siguiente había neblina, lo sacaron del camión y lo condujeron hasta la primera línea. Por un momento se vio como un borrego en la fiesta de la esquila. Las caras de los camaradas reflejaban incredulidad, expectación y hasta curiosidad. Sintió la lengua rasposa y el perenne temblor que le recorría la espina dorsal hasta la barbilla. Sentía la necesidad de suplicar, aunque no le salían las palabras. Los ojos le lagrimeaban cuando llegó ante el capitán, el cual le miró de arriba abajo. De no haber tenido que compadecer en su ejecución se habría dado cuenta de que la tropa estaba nerviosa. Varios comenzaron a pedir clemencia para el muchacho. Pero el oficial hacía como que no escuchaba a nadie. No muy lejos estaba el sargento Breitner, observando la escena y mirando su reloj de pulsera expoliado a un americano caído y que por una suerte de trueques ahora él lucía. Un cabo de comunicaciones le acercó una línea telefónica al oficial y este aguardó el momento. Era una espera eterna, fría, cruel. El capitán recibió una llamada hizo un gesto afirmativo y miró al reo.

–¿Un último deseo?

–¿Qué?

–Hijo, te vamos a soltar en tierra de nadie, ¿un último deseo?

Gerhard tenía su última voluntad: ser libre. Era algo absurdo, pedir una última voluntad cuando no te la van a conceder. Ser libre, marcharse a donde quiera que fuese con tal de no ser ese lugar a esa hora. Lo más desconcertante es que iba a morir por ese mismo deseo; ser libre. Con una mano se aclaró las lágrimas y miró a la cara al oficial.

–Un cigarro, por favor.

El capitán se llevó la mano a su pitillera, pero se adelantó un soldado y se ofreció a darle un purito. Le pareció más digno para llevarse a la muerte. «Gerhard no fumes», recordó al tomarlo. El muchacho le dio una calada y miró el pequeño fuego casi con devoción.

–Es hora de que marches. ¡Ve con Dios!

«Lo mismo que me dijo el cura». Las miradas de los camaradas le señalaban la escalera. Fue con lentitud y comenzó a subir. Se dio cuenta de que ni las mismas trincheras eran las de antes, aquello parecía una zanja improvisada en la que todo estaba preparado para una evacuación. Era raro y estaba confuso. De pronto delante tenía la tierra de nadie, un vasto terreno picoteado por una bandada de gigantescos pájaros funestos. Caminó sin dejar de fumar, había niebla que volaba bajo como si los fantasmas de los muertos le diesen la bienvenida. Su mano tocó el alambre de espino que habían colocado días atrás, lo supo porque no estaba oxidado. No tenía prisa, el horizonte borroso cada vez se veía más cercano. Dejó atrás unas ruinas que apestaban a muerto. Pensó en medio de aquel páramo que por fin era libre, el ejército alemán había prescindido de sus servicios. Vomitó. Olía a tierra recién removida y en su paladar la lengua se debatía entre el humo del tabaco y el regusto amargo. Se oyó un disparo, Gerhard había visto la chispa en la lejanía, había sido el enemigo. Siguió fumando, asustado pero con una tranquilidad impropia de él. Estaba en paz con el mundo. Se escuchó un segundo disparo, desde la trinchera enemiga, estaba seguro.

El Imperio Otomano había pedido el armisticio, el Imperio Austrohúngaro también se desgranó, el Káiser tuvo que abdicar, los aliados y hasta la cúpula militar le dieron la espalda. Mientras, en Alemania, las movilizaciones obreras amenazaban con crear una segunda revolución bolchevique. El frente se desboronaba y la marina, la última esperanza que le quedaba para romper el bloqueo, también se sublevó. En estas condiciones a Hindenburg no le quedó otra alternativa que dejar que el parlamento pidiera el armisticio, a cualquier precio. El comandante en jefe de los ejércitos aliados, Ferdinand Foch, oculto en un vagón de tren en el bosque de Compiègne, cerca de Rethondes, les haría pagar cara la paz.

Después de tantos años de contienda que les dijeran que habían perdido la guerra no les quitaba el sueño. Aunque no todos se lo tomaban igual, los había que, al menos de cara a los demás, reclamaban una nueva oportunidad un contraataque final que los llevase a Paris. Otros hablaban de una traición, una *"puñalada por la espalda"*, llevada a cabo por los bolcheviques que habían contaminado la sociedad e incluso hasta la marina. La realidad era que los marinos no querían ser sacrificados en un intento suicida por romper el cerco. Algunos comprendían que los trabajadores de las fábricas, en su mayoría mujeres, no podían trabajar con el estómago vacío. Alemania se convirtió en un clamor, no podía con tanto sufrimiento. Un país lleno de viudas, huérfanos, madres que lloraban a sus hijos muertos o mutilados, una hambruna que no tenía fin y para colmo una epidemia de gripe mortal. Ya no era cuestión de rendirse porque te hubiesen ganado, era necesario detener esta lucha para evitar una guerra civil.

Roth se encontraba entre los que celebraban el final de la contienda, estaba tan cansado que no recordaba qué motivos le trajo hasta aquí. Había muchos como él, mudos del todo, no se expresaban oían a los comunistas predicar la llegada de un nuevo tiempo y los militaristas, sobre todo la oficialidad, lo veían con pesimismo e indignación. El sargento sabía reconocer quienes estaban en un bando o en otro. En el fondo, por muy reticentes que fuesen, todos tenían un poso de alivio. Aunque la Gran Guerra, el peor conflicto de la historia, la guerra que había de acabar con todas las guerras iba a ser distinta a todas hasta en el final. El alto el fuego estaba previsto a las once, del día once del mes once. Hasta minutos antes hubo fuego y hostilidades. Algunos generales no habían saciado su sed de méritos, en especial los americanos, y seguían lanzando a sus hombres ante el muro alemán. El penúltimo día Alexander Weiss fue desfigurado por una pieza de artillería. Roth aún no lo sabía ya que estaba más al norte, en los días siguientes la noticia se extendería entre sus paisanos como un triste punto final. No sería el único infortunio, ya que supieron que en algún punto del maldito frente estaba Gerhard Oppenheim confinado, otros decían que lo iban a lanzar a las trincheras enemigas para que los franceses lo ejecutaran. El doce de noviembre el sargento Roth Neisser supo con exactitud lo que le había ocurrido. Ni siquiera pudo ir a recuperar el cadáver porque la compañía entera era un desorden y no tenía tiempo de ausentarse. Los días siguientes fueron igual ya que se dispuso un repliegue ordenado de todo el frente.

Y allí estaban, caminando hacia el este, eran un ejército formidable quizá el más imponente que había conocido la humanidad. Roth tenía los dedos de los pies llenos de ampollas de andar. Marchaban hacia su punto de recogida, llegaron a una estación y los metieron en vagones atestados de chinches, poco le molestaba el hollín de la locomotora o el traqueteo continuo de la máquina que recordaba en algo al rumor lejano de las ametralladoras. En un momento del trayecto se oyó un murmullo, era el himno de Alemania, habían entrado en su país. Se cantaba no solo con orgullo también con alegría. La alegría del que vuelve a casa en paz. La vida, el largo y ancho de una vida que les esperaba. Pararon en una estación, la primera de su país. Cualquiera diría que venían de perder, reían nerviosos con cualquier cosa incluso se les veía felices orinando en las afueras del andén. Nadie los censuraba. Un sueñecito, unas horas más y se acabó.

No se acabaría nunca, pensaba Roth, el cual traía consigo miles de demonios que a veces se manifestaban en forma de visiones o se colaban en sus sueños. De pronto se encontraba en el Somme guerreando junto a su primo, el cual seguía de pie, con su disparo en la cabeza y matando enemigos o en Loos con la nube de gas avanzando o retrocediendo a su antojo. El resto de su vida se quedaría empeñada con sus años en el frente, le embargaría una tristeza de las que no necesita lágrimas y se nutre de ratos de congoja.

Ferdinand Bartram se sentó a su lado, traía una botella de

vino quizá la última que había robado a los belgas.

—¿Ahora qué? ¿Irás con tu tío a hacer pan?

—No lo sé Ferdinand ¿Y tú?

—Ni idea, pero no pienso volver al ganado. Ni al campo, me gustaría trabajar en una fábrica, aunque tenga que mudarme a otro sitio —sonrió—. Tengo que buscar una novia, ya va tocando.

—No creo que tengas problemas. Quedan pocos solteros.

—Me gustaba Bárbara...

—Una lástima, era muy joven. A mí siempre me gustó Veronika, pero se casó...

—Es muy guapa y joven... es viuda, eso sí, pero también nosotros somos viudos.

Roth se quedó cayado, no entendió muy bien lo que le había dicho su amigo. Ahora ya no remataba sus frases con sonrisas como hacía antes, de modo que no podía saber si lo decía bromeando o en serio. El caso es que tenía razón, una vez que llegase al pueblo tenía que aprender a vivir de nuevo, como si no hubiese sucedido nada, tocaba buscarse una novia y casarse. Tener hijos e intentar ser feliz.

—Por cierto, dicen que su hermano está amargado. Habrá que tener cuidado con ese imbécil.

—¿Quién?

—Jan —dijo Ferdinand—. No le voy a permitir ni la menor impertinencia. Dicen que ha denunciado a Paul Król por hacerse pasar por su hermano, increíble ¿verdad? Por cierto, una pena lo de Alexander. ¿Qué tiempos tan extraños?

—Ya te digo.

Hicieron otra parada, esta vez en Colonia. Les sorprendió el entusiasmo de la gente que les recibió como a héroes en la misma estación. Entonces sintieron una alegría indescriptible, por fin héroes, los salvadores de Alemania. ¿Y no era así? Nadie había entrado en el país, los aliados ocuparían zonas a este lado del Rin, aunque de forma pacífica. Berlín estaba a salvo, se había enfrentado al resto del mundo y habían estado a punto de conquistarlo. Entonces, desde la lejana perspectiva, sus hazañas les parecían formidables. Recordaban como ante el peligro se mantenían impasibles, rechazaban al enemigo, se batían a su lado por defender a un camarada. Habían sacado de la miseria y el drama de la guerra lo que hacía sublime al hombre: la capacidad de sacrificio y la hermandad de la camaradería. La lucha entendida como voluntad para seguir siendo. Aguantar, morder y resistir. Tanto esfuerzo tenía un coste, un pago que duraría lo que durase el resto de su paso por el mundo.

Roth se echó un cigarro junto a varios compañeros, reía un chiste que contaba un muchacho de Hesse cuando vio que los camaradas se apiñaban en torno a una figura: el capitán Andreas Vorgrimler. Andreas trabajaba en la estación, mantenía su rango y su cometido era controlar la llegada de los trenes desde dónde venían y a dónde iban. También llevaba el cambio de agujas y hasta el estado y conservación de las vías. Apenas movía su brazo izquierdo y se las tenía que apañar para hacer cualquier apunte. Por lo demás, parecía hasta más joven. La retirada del frente le había sentado muy bien, la paz le sentaría mejor. Cambió unas palabras con un coronel e hizo unas anotaciones. Guardó su lápiz en un bolsillo y sujetó el cuaderno con el sobaco. Después de las formalidades de rigor sus ojos comenzaron a buscar a su antiguo ordenanza. Roth había estado a la espera. En el reencuentro se estrecharon la mano de manera efusiva. Tenían unos minutos para caminar antes de que partiera el tren hacia el Pequeño Ducado de Grünensteinen. Se fijaron en unos niños que vendían panecillos oscuros con algo parecido al foie–gras.

–Me alegro mucho de verte Roth.

–Yo también, herr capitán.

–Temí por ti y por los muchachos.

–Yo también por usted, herr capitán. Se le ha echado de menos.

–Gracias. Llevo unos minutos buscándolo, me dijeron que pasarían por aquí algunos del Sexto Ejército, sabía que vendría y llevo todo la mañana intranquilo. ¿Cómo fueron estos meses?

–A Roth se le borró la sonrisa del rostro.

–Fueron muy duros, estaban mejor equipados, comían bien, vestían bien. Y las máquinas avanzando sin dar tiempo a resuello. Aunque no sé que fue peor, si el retroceso o los pequeños avances…

–La guerra, hijo, la guerra. Espero que de ahora en adelante las naciones se lo piensen antes de acudir a las armas. Esperemos que por fin podamos disfrutar de la paz.

–Pues no sé yo si eso será así. Para empezar tenemos enfrentamientos en las calles de las ciudades.

–¡Bah! Será pasajero, es normal. El descontento… con la llegada del ejército todo se calmará.

–Siento no estar de acuerdo, herr capitán.

–No seas pesimista, mi buen Roth. Nadie escarmienta si no es con experiencia. Creo que mientras vivan los que hayan sufrido esta guerra no habrá otra, casi que te lo puedo asegurar. ¿Quién tiene ganas de guerra civil?

–Sigo sin estar de acuerdo.

–Como ya he dicho antes, no hay mejor antídoto que la experiencia.

–Le voy a contar algo, herr capitán. Recuerdo que mi tío tenía un pequeño huerto, sembraba patatas y a nada que se distraía las malas hierbas invadían las patatas. Eran gramas de esas que las arrancas y hasta que no se secan las raíces no puedes darlas por muertas, o esas otras que no sé cómo se llaman y que por lo visto tienen la raíz profunda y vuelven a crecer a nada que te das la vuelta. Mi tío las maldecía, no podía echar un rato todos los días ya que siempre estaba con sus vacas. Las hierbas volvían a invadir las patatas, parecía que tuviesen patas.

–¿Y bien? –preguntó el capitán desconcertado.

–Es competencia, la vida es pura competencia. Se compite por la luz del sol, por el agua y por el territorio. La diferencia entre el hombre y las plantas está en los medios. Somos inteligentes y tenemos más medios.

–Muy bien dicho, mi buen Roth, somos inteligentes. Aprendemos de nuestros errores.

–A veces solo somos inteligentes para incidir más en ellos.

–Espero que no tengas razón.

–Yo también.

–De todos modos ahora toca disfrutar de la vida, mi buen Roth espero que me escribas, que me cuentes cómo te va, toma aquí está mi dirección. Espero estar desmovilizado pronto. No he quedado muy bien con el brazo, pero seguro que me encuentran una ocupación mientras recupero la movilidad.

–Desde luego.

–¿Y los muchachos?

–Corrieron desigual suerte, los que sobreviven están felices. O al menos lo aparentan, no parece que vengamos de rendirnos. Nunca imaginé que esto fuese así, no es lo que tenía en mente.

–¿Por qué?

–No sabría decirle, herr capitán, no sabría decirle. Es un sabor agridulce, no sé regresar, es como si el tren fuese a descarrilar, como si la paz me fuese a asesinar. Después de tanto tiempo de lucha no se vivir con normalidad. Mi familia paterna vivió de una herrería, mi padre del ganado, mi madre en la tahona de mi abuelo. Y yo no sé qué voy a hacer con mi vida. Siento que le debo una explicación a todo el mundo.

–Relájate, te lo has ganado. Nos lo hemos ganado.

Ambos miraron a los niños deambular por el andén con sus bocadillos, con sus rostros sucios y el pelo tieso. Vestidos con ropa descolorida. Si aparecía alguien interesado se apiñaban en torno al cliente como moscas.

–Todos buscamos algo, un sentido a nuestras vidas –dijo el capitán–, cuando, quizá, la vida no tenga por qué tener un sentido. Simplemente hay que dejarse llevar fluir por su devenir continuo. Tenemos la gracia de que nada es igual, ni los tiempos ni siquiera el agua de un mismo río, tal vez, todos los días tenemos una experiencia nueva esperándonos tan solo hay que buscarla. Piensa, piensa que... lo peor ya ha pasado, que el resto de tu vida es un océano... No dejes que el recuerdo llene de nieblas ese mar.

–Tiene razón, herr capitán –dijo sin convicción Roth.

–Está bien, me tratas como a un superior, me maltratas, yo solo veo un amigo y tú a un capitán.

–Lo siento...

–Hazme un favor no me hagas caso nunca más. Soy Andreas Vorgrimler, a secas. No tengo ninguna autoridad sobre ti, te están desmovilizando. Te hablo de amigo a amigo.

–Y yo... Andreas. Pero le debo un respeto, se lo ha ganado. Lo que quiero decirle es que temo al regreso, aún retengo en mi memoria muchas cosas y siempre el eterno instante, cuando íbamos a salir de la trinchera. El salto por el acantilado... hacia la locura. Aún tengo miedo. Pese a que no lo pareciese, siempre estuve asustado.

–Hay que pensar que la muerte tan solo es un tránsito un cambio de estado.

–O no, morir es desaparecer. Ya no habrá conversaciones, ni cigarros a medias, la muerte tal vez no sea un punto y seguido sino un punto y final. He visto a la gente desaparecer con una granada. Como si nunca hubiese existido. No tenemos memoria de aquellos que unieron nuestro país, ¿quién la tendrá de nosotros que acabamos de perder? Morir significa para siempre, hasta el olvido será nuestro sepulturero.

Estuvieron unos segundos en silencio hasta que Andreas lo rompió.

–Bueno ¿y ahora qué?

–¿Ahora? No sé. No lo puedo decir con seguridad. Ya no tenemos ganado y la herrería no daba para comer. Tal vez trabaje la tierra o supongo que trabajaré en la panadería. No lo sé.

–Bueno al menos eres joven y estás entero, no eres un tullido como yo. Te buscarás una buena esposa y vivirás tranquilo el resto de tus días. A salvo de esos rancios generales y sus suicidas órdenes... los del orgullo, el honor, el patriotismo... la marcialidad. Un perro siempre aúlla con lo que le queda de lobo. A partir de ahora serás libre de estoy seguro.

El tren silbó, ambos miraron el reloj de la estación. Era la hora. Se volvieron a dar la mano, jamás se volverían a encontrar. Lo sabían muy bien, era una de esas amistades que la distancia se encargaría de disipar. Los muchachos entraron en el tren el cual se los tragaba como un pez que quiere poner a salvo a sus alevines. Poco a poco, echó a andar dejando escapar su humo negro lleno de hollín. La lejanía empequeñecía el convoy hasta casi perderse. El capitán avanzó hasta donde estaba un coro de niños bebiendo de una botella que habían rapiñado a los soldados, miró a los lados ningún militar le observaba, en una maniobra casi imperceptible con su mano torpe les quitó el licor y ante la indignación de los chiquillos, previo brindis hacia el minúsculo tren, le dio un trago hondo.

Jan Ehrlich había denunciado a Paul, no podía engañarlo ya que le odiaba aún más que a Ulrich. Lo que no podía comprender es por qué nadie se alarmaba, Paul se burlaba de la tropa. Algunos lo aceptaban casi con complicidad, como el sargento Goldschmidt. Por eso, no le había quedado más remedio que denunciar a Król.

–¿Está seguro? –le preguntó el capitán de la policía militar.

–Sí, herr capitán. Aunque no parezca real, estoy seguro de que debajo del turbante no hay heridas. No tenemos nada que perder al comprobarlo.

El capitán no tuvo más remedio que hacer su trabajo. Una hora después dos gendarmes detenían a Paul mientras los camaradas no paraban de increparlos. La maquinaria legal movía sus engranajes y el muchacho, mudo, oía una y otra vez los cargos contra él. Król tenía que demostrar que era el primero y no el segundo, cosa que en principio tenía difícil. El joven no decía nada, en un calabozo pasaba el día tendido sin abrir la boca a veces ni para comer. Toda una compañía era capaz de asegurar que era Ulrich, comenzó un sargento uno que tenía todas las condecoraciones que un guerrero podía merecer. De hecho en una vista previa el sargento Rudolf Goldschmidt e incluso el capitán Götz Müller, entre otros, aseguraron que era quien decía ser. En contra, la ausencia de cicatrices demostraba que no podía ser Ulrich. También tuvo que escuchar el nombre del denunciante y quedarle pitando en el oído y en la sien. Estaba decidido, si salía de esta lo primero que haría sería matarlo. Había casi toda una compañía a punto de reventar por lo más mínimo digería mal el asunto Król. Les habían extirpado a un camarada del grupo y se apreciaba que podía extenderse un motín. Los mandos tenían que sopesar muy bien qué iban a hacer con Paul, por lo que pensaron que lo mejor sería dejarlo pasar. El caso estaba casi archivado cuando todo se convulsionó y lo trasladaron. Una mañana de mediados de octubre se lo llevaron a Alemania. Como no abría la boca ni para quejarse no tenía ni idea de qué estaba pasando con su suerte. Una vez llegó a su destino se dio cuenta de que la mano que movía los hilos de su destino era el mismo que le guiaba hasta Bremen. De nuevo en Bremen, en concreto en la prisión de Oslebshausen. Un edificio en dónde se encontraban los elementos más disolventes del ejército alemán, además de delincuentes comunes. Se sintió como un insecto debajo de un zapato. Aquello no podía acabar bien. La piel de su hermano era un disfraz muy pesado y silencioso. Lo peor era aguantar el martilleo de las horas sin saber nada, la incertidumbre era corrosiva. Y entre todo aquel océano de horas encrespadas aparecía Otta. Su imagen era inmutable como una fotografía gravada en su memoria, sintió celos al saberla lejana atrapada por el mundo y también porque sabía que su belleza era el desencadenante de su desgracia. Fremont codiciaba su tacto y eliminaría toda competencia, sin duda era un enfermo o un sádico.

La obsesión de Fremont tenía mucho de paranoico. Para él representaban la parte de la vida que no se podía controlar y el hecho de que una y otra vez sus planes fracasaran resultaba frustrante. Podía obrar milagros como reflotar su empresa después del expolio al que la había sometido el director general Günter Schumacher. Pero no era capaz de someter a dos jóvenes enamorados. De algún modo se sentía observado, como si todos a su alrededor se riesen por su incapacidad para acabar con este asunto. A solas improvisaba un discurso triunfante, una amenaza para todo aquel que se cruzase en su camino para que todos tuvieran conciencia de su puño de hierro. En especial su abogado, el cual cuestionaba sus acciones, de hecho el señor Hurb solo aprobaba las decisiones que tuviesen que ver con los negocios. Nunca quiso ser su confidente en las cuestiones personales, ya que las consideraba irracionales y estúpidas. Al menos consiguió que dejase en "paz" a Schumacher, su asesinato aunque fuese en una celda solo podía dar mala imagen a la Kast Gesellschaft y espantar a los inversores. El exadministrador quedó empobrecido, en la cárcel y sin posibilidad de comunicarse con su familia, moriría en soledad. Fremont nunca tenía bastante, quería resolverlo todo con un asesinato. Por eso, había planeado hasta el más mínimo detalle, la muerte del último de los Król iba a ser inminente. Debía morir por capricho. Al señor Hurb hubo que explicárselo dos veces para que lo asimilara. Desde un principio asesoraba al fiscal militar que llevaba el caso del soldado Król, tuvo que pedir el expediente médico del soldado para dar parte de las cicatrices, la única diferencia entre dos gemelos muy, muy parecidos. Pero todos en su compañía se empeñaron en jurar una y otra vez que su camarada era Ulrich. Incluso el capitán Horst Mann y otro capitán de intendencia, un tal Götz Müller. Por lo que el consejero de guerra no quiso complicarse la vida y se negó a mandarlo fusilar. Fremont renegaba una y otra vez, aquel tipo era como el agua que siempre se le escapaba entre los dedos. No obstante, el hecho de pensar que Otta no tendría nunca una vida tranquila le reconfortaba. Su propósito era asesinar a Paul de manera legal o ilegal. A cualquier hombre que se acercase a Otta, de hecho algún día la vería retorcerse, suplicando o tal vez se suicidaría ahorcándose en el abeto. Fremont era puro odio cuando pensaba en la muchacha, aún notaba su ausencia, sabía muy bien que nunca se enamoraría con la misma pasión. Ute no era más que un sucedáneo, jamás podría darle nada parecido. Tendría hijos con su esposa y llegaría a quererlos pero su vida no estaría completa, vacía igual que un zepelín sin su helio, algo tan invisible como necesario.

Lo había hecho traer a Bremen para hacerlo ejecutar en la cárcel y después ver su cadáver. Otta nunca tendría una vida feliz, Fremont destruiría una vez y otra a todo lo que amase en este mundo.

Paul tenía los ojos abiertos, se olía que tenía enemigos en la espalda. No había hecho amistades en aquella cárcel atestada de presos políticos y marineros amotinados porque se negaban a la "marcha de la muerte"; hacerse a la mar para salvar el honor de Alemania. La tropa sabedora de la suerte que corrían ante la flota aliada se amotinó y fue encarcelada a la espera de juicio.

−¡Y dicen que hay oficiales que lloran porque nos rendimos! ¡No te jode! ¡Más llorarán nuestras madres!

−¡O mis hijos!

−Y ellos, ¿por qué no van?

Decían lamentándose. Paul que oía a menudo blasfemar contra todo el Estado Mayor comprendía que su destino no era distinto al de ellos ya que estaban asustados por la incertidumbre sobre sus destinos. Los primeros días nadie intentó hablar con él, parecían confundirle con un asesino o un ladrón, pese a entrar con el uniforme de soldado. Un buen día un cuarentón se sentó a su lado y se presentó, le contó una historia que pretendía ser su biografía y los motivos confusos por los que se encontraba entre rejas. «Nadie relata su desgracia por su voluntad», pensó Paul. Estaba seguro de que le mentía y que no podía fiarse. Era un verdugo, ya no habría más juicios. La sentencia estaba dictada. En el patio reconoció a uno de los hombres de Schumacher, no se olvida la cara de quién te ha dado una paliza. No sabía cuantos más podía haber si quería salir vivo de esta tenía que procurarse algún tipo de arma. Pero la desesperación aleja las herramientas y no supo qué utilizar.

Procuraba no dejarse la espalda vendida y no verse acorralado. Sintió que su vida se le escurría, había escapado de la guerra, de la milicia, del hambre y ahora estaba acorralado en una ratonera. Jamás volvería a ver a su madre, a su padre y por supuesto, a Otta. Otta representaba la vida, más allá de ella se extendía la nada. Una noche se despertó sobresaltado, sus compañeros de celda se levantaban exaltados de sus catres. Algo sucedía afuera, todos pugnaban por un trozo de ventana. Paul pudo ver luces, voces y más gritos.

−¿Qué pasa?

−Hay coches en la puerta.

Paul pensó que venían a por él. Tembló como un ratón empapado. La cárcel se llenaba de gritos y "¡hurras!". ¿Habían ganado la guerra? Entonces alguien abrió la puerta y el muchacho creyó morir de miedo.

−¡Camaradas, sois libres! −gritó el recién llegado.

Todos los presos salían en tropel, era como una columna de hormigas dispuesta a devorar la libertad. Paul se sumó, miró atrás por si alguien le miraba. Pero no vio a sus ejecutores. Era una manada que nadie dirigía y, sin embargo, parecía saber dónde iba.

−¡Viva la Revolución! −gritaban a su espalda.

El joven Król no se había preocupado por saber qué ocurría durante su estancia en la penitenciaría de Oslebshausen. Los marineros que iban a ser enjuiciados estaban siendo liberados por sus compañeros, venían de Kiel a soltarlos en nombre de la nueva Alemania. A ellos se les sumaban trabajadores hartos de hacer horas sin resuello y pasar hambre y calamidades. Dentro del grupo Paul tenía que pasar inadvertido, tratar de tararear las canciones, seguir a la turba y mostrarse como uno más, ya que aún se sentía en peligro. La columna cada vez era más gruesa, alguien le alargó una chaqueta militar y lo agradeció, porque el uniforme de presidiario era permeable al frío de noviembre.

Todos se encaminaron a la plaza Brill. Había gente armada con martillos, bayonetas o cualquier artilugio hiriente. Paul tuvo nostalgia de su luger, aún así se sintió libre, seguro, nadie le haría daño allí. Ahora podía desaparecer, desvanecerse y por fin acabar de un golpe con todos sus demonios.

El aspirante a nuevo alcalde, Mario Schilp, y un abatido Balthasar Holstein recibieron a los soldados con los honores de héroes. Nadie faltaba, se dejaron los trabajos, se abandonó el colegio y las niñas hicieron rosas con papel. Al frente de todos venía Roth, con sus galones de sargento, y Ferdinand, detrás de ellos Marcus Breuer, Gabriel Krakauer, Matthias Biermann y cinco chicos más. Lukas salió a recibirlos y encabezó la comitiva con un casco que le regaló Roth. La banda de música tocaba el himno de Alemania, el viejo Holtzmann con su acordeón; Jürgen Debest, el trombón y Egmont Krumm, el violín. El sobrino de Holtzmann, Adelino Kauffmann, murió en el Somme en la ofensiva de primavera. Y a nadie se le pasaba por alto que a Jürgen no le bastaba con la buena voluntad para igualar a Adelino.

Había lágrimas, de alegría, de dolor, de decepción por los que aún no se habían desmovilizado, por las penurias, por todo lo perdido. Para los que regresaban aquello suponía un reencuentro. Como si hubiesen despertado de un sueño lejano, ya que sabían que no era el mismo pueblo que dejaron al partir. Se había abierto un abismo en cuatro años. Los camaradas muertos tiraban de los vivos como si quisieran llevárselos, los habían acompañado a ellos hasta su hogar, como si no les bastase con la paz de la propia muerte y viniesen buscando la del lugar al que pertenecieron y a los que quisieron.

Roth lo sabía, abrazaba a su madre, pero parte de él no estaba allí. No era él, ya nunca sería él. Entre el gentío vio a Otta, esperaba a alguien ¿Paul o Ulrich? La veía lagrimear como a tantos. Había renunciado a una vida de comodidades quizá por alguien que nunca vendría. La señora Weiss también esperaba al último de sus hijos, el cual se debatía entre la vida o la muerte, si sobrevivía solo tendría medio rostro. Los hermanos de Gerhard también alargaban los cuellos como si por un milagro apareciera. Roth saludó al alcalde, primero a la autoridad, después a Mario Schilp. El tío de Roth, Erich Krakauer, acudió a abrazarlo, mientras su tía lloraba por Hahn. Al matrimonio solo le quedaba el consuelo de que su hijo había fallecido sin dolor. El señor Mockford le dio un apretón de manos, al igual que Friedrich el Tuerto. El judío Ephraim Adesman preguntaba con los ojos por su hijo, el cual se encontraba con lo que quedaban de las tropas de asalto y tardarían aún unos días en llegar.

En el otro extremo el padre Josef anunciaba una misa por los caídos. El párroco había envejecido como nadie desde que le quitaran la campana. Aquel gesto supuso para él su divorcio con el Káiser, al cual Dios había dado justo castigo y arrojado del trono.

Sin tanto alboroto y de una manera mucho más discreta llegaría un día después Floy la Inmensa de su servicio como enfermera. Durante dos años había visto de todo, a veces incluso se había sentido intimidada pues había quién le había faltado al respeto con el piropo subido de tono, o aquel muchacho que murió acariciándole los muslos. Había sido la novia soñada de cientos de hombres, la mujer ideal, el canon de belleza y sobre todo cordón umbilical que unía a los heridos al mundo de los vivos. Sin ella se habría borrado la esperanza de aquellos desgraciados que ya no creían en nada. También amó a un doctor, lo amó hasta volverse loca y de no ser por su adicción a la morfina hubiese tenido un bebé. El médico también la amaba, porque representaba un trago de agua fresca, para él Floy era su calmante, la amaba, pero a su manera. Porque tenía familia e incluso un hijo en el Frente Oriental. Floy con una pequeña maleta y miles de recuerdos, amargada y con el desengaño visible en sus gestos aunque al fin en casa. Para ella no habría flores de papel, ni recibimientos multitudinarios. Solo silencio, noches de pesadilla y el vacío en su vientre.

Friedrich el Tuerto invitaba a todos los soldados a un trago en su bar. Allí llegaron en silencio: no hablaban, no decían nada. Se miraban taciturnos y leían el periódico. También solía ojearlo Otta, la cual se convertía en el blanco de todas las miradas. El bar comenzaba a llenarse tarde tras tarde, la vida continuaba con su rutina. Y Paul no regresaba. La muchacha perdía su alegría esperando. Un día llegó su padre con el barómetro estropeado, el cacharro predecía la llegada de las lluvias. Tenía que arreglarlo y fue a preguntar. Friedrich no sabía ni cómo meterle mano. Le dijo que la maestra nueva podría darle una solución, sino tendría que comprarse uno nuevo. Otta observó el instrumento y comenzó a pensar.

—Con su permiso señor Friedrich, ¿puedo ir yo a preguntar?

—Desde luego…

—Gracias, señor Friedrich.

Otta tenía un pálpito, había algo que no le cuadraba. Sabía que alguien había manipulado el barómetro. La maestra se encontraba dando clase. Era una joven de un pueblo del Ruhr, delgada y con mucho culo. De fuerte carácter sabía mantener a los niños quietos y callados. Otta la interrumpió lo que no le hizo gracia. La maestra la observó como si fuese una cucaracha y la despidió de malas maneras.

–Si quiere que le diga algo del barómetro venga cuando acabe las clases. Ahora estoy en mi trabajo.

Otta llegó horas más tarde con la misma determinación. Los niños salían espantados y la maestra con el rostro menos rígido se dignó a atenderla. Miró el barómetro, se percató de que tenía un agujero en la cubeta de mercurio. Inservible, lo mejor era tirarlo. Le dijo que aquel instrumento no era un juguete y que lo mejor era desprenderse de él a menos que lo quisiera para decorar un salón. Que era bastante antiguo o al menos lo parecía. Las explicaciones no reconfortaban a la muchacha que agradecida se marchó con el cacharro estropeado y se lo regaló a Friedrich el cual lo puso sobre la chimenea.

Roth miró curioso el barómetro, le pareció algo relacionado con la guerra. Desde que llegó del frente comenzó a trabajar en la panadería, le costaba adaptarse a aquella harina rebelde que no levantaba como lo hacía la de antes. Su tío le explicó ciertos trucos con la masa madre y los tiempos de espera, resultaba que nada era lo que parecía. Y podían estar agradecidos; en las ciudades era peor. En las ciudades todo era peor. Roth se había fijado en la maestra, no era muy guapa pero tampoco él estaba para adornar un escaparate. Otra que le gustó fue Clara Kleiber, antes Clara Töpfer, al igual que Veronika prefirió a otro. La viudez de ambas abría una puerta a la esperanza, aunque el verdadero problema era que Roth no podía hablarles sin tartamudear. Tenía que buscar una buena muchacha, no es que le corriera prisa, era por la sensación de vacío que lo devoraba. A veces se encontraba rodeado de gente y se sentía solo. Por eso, estaba en la taberna del Tuerto junto con varios vecinos y amigos y, sin embargo, tenía la sensación de extrañeza.

–¿Irás a la misa de Navidad? –le preguntó el padre Josef.

Aturdido respondió a trompicones.

–Pues no sé, creo que tendré que trabajar.

El sacerdote chascó la lengua, se volvió y pensó algo, se giró de nuevo.

–Hace tiempo que no vas a la iglesia, lo sé hijo, sé que ha sido duro. Pero piensa que Dios nunca te abandonó. De hecho estás aquí vivo.

–Por supuesto, padre. Por supuesto, cuente conmigo iré –le

dijo con tal de no hablar.

El párroco supo en ese instante que no iría. De hecho en el oficio de Nochebuena lo buscó entre los fieles. Allí estaba casi todo el pueblo y notó su ausencia. Roth llegó hasta la puerta de la iglesia, fue incapaz de entrar. En su lugar dio una vuelta por el cementerio buscando la paz de los fallecidos. De los ventanucos se escapaba el sonido de O Tannenbaum, y vino a acordarse de la navidad de 1914 cuando confraternizaron con el enemigo, allá en los lejanos campos de Ypres. Pero los cánticos no conmovían a los muertos, que solo pedían, si acaso, memoria para seguir viviendo, al igual que él pedía silencio para olvidar. Nevaba calladamente. Miró el monolito en dónde se inscribía el nombre de los caídos y las lápidas de muchos que se habían ido muriendo en estos años. La removida tumba del abuelo Król y la de la última joven que se había llevado la gripe: Bárbara Ehrlich. De todos quedaría el recuerdo, la percepción que de ellos tenía el mundo, una vaga idea de lo que ellos fueron, mientras que ese mismo mundo se iba diluyendo en el tiempo hasta quedar devorado también por el olvido como las hojas de un árbol se descomponen en el suelo. De sus hazañas y sus desgracias no quedaría nada. Entonces supo que no estaba solo, la nieve crujía con suavidad a su paso. Era Dana Ehrlich, se situó a su lado, ambos estaban frente a la tumba de Bárbara. Nadie quería la compañía de Dana no fuera que la enfermedad estuviera en su cuerpo como en el de su hermana. La joven había perdido casi todo, el único que le quedaba era Jan. Se miraron por un instante, no se dijeron nada.

Mientras, en el interior los ojos del párroco, en su censo, no encontraban tampoco a Otta, sin duda la joven más pecaminosa del pueblo. Solo los enfermos necesitan médico. Otta no dejaba de leer, todos los días veía el periódico y también libros que le prestaba la maestra. Aquella misma mañana había recibido una carta desde Bremen. Estuvo hablando con Friedrich el cual era más padre que jefe. Sus consejos siempre pasaban por una reflexión profunda como si jugase una partida de ajedrez contra el destino. Cada vez se movía más lento y el ojo sano soportaba la fatiga de toda una vida trabajando como dos. El saco de piedras en el que se había convertido su cuerpo le anunciaba el enclaustramiento para el cual había preparado a la muchacha a la consideraba un seguro. Lo que no supo predecir era que iba a contagiarse con sus problemas. Y la carta desde Bremen anunciaba un cambio inesperado.

–Sabes que tengo que irme –le dijo.

Friedrich asintió, por mucho que le pesara había estado preparándose para este momento. Sintió ganas de llorar y, sin embargo, esbozó una sonrisa. Iba directa a las fauces del lobo, ¿mordisco o lametazo? El Tuerto apesadumbrado miró hacia otro lado para que no le viesen llorar, sintió la certeza de que jamás volvería a ver a su hija.

El fuego de la revolución que tanto había asediado al complejo Kast Gesellschatf ahora amenazaba con arrebatárselo todo. Fremont había comprendido que una revuelta solo podía ser sofocada con represión. La llegada del ejército fue como un cubo de agua que apagaba los incendios que iban dejando los líderes sindicalistas, a veces dándoles caza en medio de la calle. Había que echarlos del complejo, a ellos y a sus familias. No había sitio para la piedad. No, ahora no, ahora que había reconducido su vida y la de su empresa. Allí ya no se fabricaba armamento sino útiles del hogar que era lo único que podía permitirse la población. No renunciaba a seguir investigando en armamento y es que la guerra seguiría allá donde hubiese hombres, tal vez había terminado en Europa, pero seguiría en África, Asia o América. La paz ofrecía el final del bloqueo y el comienzo de las exportaciones. Para ello debían de acabar con la inestabilidad a cualquier precio. Fremont al igual que todos los oligarcas pensaban que los Espartaquistas liderados por Rosa Luxemburg y Karl Liebknecht eran los instigadorcs de la Puñalada por la Espalda, se hacía indispensable su muerte. Por eso, Fremont comenzó a organizar a paramilitares en Bremen. Los grupos de matones se hacían llamar Freikorps y proliferaban por toda Alemania. La capacidad de liderazgo de Fremont era incuestionable y hasta tenía el beneplácito del gobierno socialdemócrata ya que ayudaba a las autoridades a mantener el orden, por lo que los Freikorps aceptaron su autoridad de buen grado pese al carácter izquierdista de la cancillería. Desde un primer instante supo que la vuelta de los muchachos del frente era irremediable y necesaria. La revuelta de los marineros de Kiel fue el comienzo de la descomposición de un país, a juicio de Fremont. La protesta amenazaba con volverse una revolución bolchevique porque a los marineros se les unieron los trabajadores de los astilleros. Cada vez que la clase alta miraba hacia el este y veía la guerra civil rusa sentía escalofríos. No podían permitir que Alemania se disolviese como había hecho Rusia. La infección que habían llevado a aquel país ahora amenazaba con extenderse. Por ello, tenían que extirpar cualquier elemento contagiado. Con las mismas armas con las que habían disparado en la Gran Guerra.

Estas eran sus preocupaciones inmediatas, de las que dependía el futuro de sus negocios y su posición social. De hecho para consolidar su clase estaba concertando un matrimonio con una muchacha regordeta de apellido compuesto. También tenía otros asuntos en la cabeza, pues como pudo corroborar su abogado el señor Hurb: "Para Fremont lo espiritual tiene el mismo valor que lo material, no sabe qué es personal y qué pertenece a los negocios". Lo cual solo servía para darle dolores de cabeza, debido a esta "eventualidad" tenía que estar al tanto del devenir de la empresa y de joderle la vida a un tal Ulrich Król o Paul Król. Qué fácil hubiese sido concentrarse en su futura esposa y conservar a Ute para darse una alegría de vez en cuando. Su vida no estaría completa hasta que Otta muriese. Para hombres como Fremont, resueltos y sin término medio, no había otra solución. Quizá él mismo tendría que ocuparse del asunto y que pareciese un accidente.

Una vez más Król se le desmarcaba. Llegó a pensar que estaba protegido por un halo divino, ante esta tesitura no le quedaba otra que claudicar. Además qué otra cosa podía hacer. El tipo había desaparecido como si fuese un fantasma, ante tres matones, ante tres hombres resueltos que tenían que haberlo ejecutado sin vacilar. De nada valieron las disculpas, Król había huido. ¡Pero qué demonios! ¡Una revolución justo cuando podía acabar con él de una vez! Eran demasiadas casualidades, o el manto de Dios. Solo podía ser eso, que un ser superior lo estuviese protegiendo.

–Perdone señor Kast, pero creo que se equivoca, Dios no tiene nada que ver en esto –se atrevió a decirle el abogado.

–Por Dios Erhard, no te pido tu opinión. Si no estás de acuerdo al menos deberías mantener la boca cerrada. Quizá Paul no sea mi objetivo.

–Lo siento, siento ser tan terrenal. Mi visión del mundo es un tanto "escéptica" no creo en la casualidad, sino en los errores, en la mala planificación.

–Lamentablemente un fracaso así solo se puede explicar con la intervención de Dios.

–O con sus hombres, por ejemplo.

–¿Mis hombres? ¿Qué les ocurre a mis hombres?

–No son tan resueltos como podrían parecer. De haberlo sido no tendríamos esta conversación. Al fin y al cabo eran de la confianza de su antiguo administrador. El cual, por cierto, también se fugó de Oslebshausen. Envió usted a sus hombres a hacer un trabajo prácticamente en su cara, torpeza, hemos cometido otro error. Le han dejado vivo adrede. Si me hubiese dejado este asunto desde un principio le habría servido la cabeza de Paul en una bandeja. Esos matones deberían haber sido los primeros en abandonar el complejo.

—Ahora es cuando usted me va a decir que conoce al tipo perfecto.

—¡Por supuesto! Soy abogado, si me pides un asesino te doy una docena. Conocía al menos a cinco tipos en esa prisión que hubiesen matado a su madre por unas monedas.

—¡Exageras! —dijo Fremont sin convicción— Lo que sucedió tenía que ocurrir, porque estamos poniendo la vista en el objetivo equivocado.

—Señor Kast, es hora de que se centre en el negocio. Deje correr el mundo, hay que intentar no ya que su compañía se venga abajo sino toda Bremen, o Alemania entera. Tenemos la ayuda del ejército y del nuevo canciller, pero nadie puede asegurar que una revolución bolchevique no triunfe aquí. La imagen de algo así me llega a quitar el sueño.

«Y a mí que Otta pueda acabar en los brazos de otro».

—Lo que le suceda al país entero no está en mis manos. Lo único que me queda es buscar algo que me reconforte. Hago todo lo que usted me dice, tal y como me lo indica. Ahora necesito mis propias satisfacciones. Lamentablemente usted parece hecho de hielo y no comprende que el honor de un caballero ha de ser restituido.

—Lo comprendo, por supuesto.

—Pues si lo comprende quiero que busque a un hombre de esos que me ha hablado. Uno solo y que lo mande asesinar a Otta. Si no ha de ser mía no será de nadie. Hace tiempo que debí tomar esta decisión.

«¡Al fin!».

—Muy bien, si ese es su deseo. Veremos lo que puedo hacer.

—¿Ahora ya no lo encuentra?

—Están fugados. Recuérdelo. Por lo pronto debería usted, si me permite aconsejarle, hacer algo para limpiar su imagen. Muchos en esta ciudad creen que se ha estado lucrando con la guerra.

Fremont recapacitó, con toda esta pataleta se estaba pareciendo a su difunto hermano, no podía dejarse llevar por la cólera, tenía que dominarse. ¿Qué más daba si Otta podía ser feliz? ¿Acaso no tenía ya suficientes problemas? No estaba mostrando su mejor cara, de hecho nunca antes había dejado que los impulsos le dominasen. Era hora de untar a los sindicalistas más transigentes y de acabar con los de línea dura.

Además, el abogado tenía razón. Necesitaba limpiar su reputación, dar una imagen de normalidad, reconvertir las fábricas y hacer la transición de una producción de guerra a una para tiempos de paz.

Llegó Navidad y tenía que ponerse a bien con Dios. Donó algún dinero para los huérfanos de la guerra y fue a misa. Rezó por los caídos y tomó una copa con varios oficiales en el casino. También se acercaría a casa de Ute para saborearla y de paso hacerle compañía. Soñar que no fuese ella. Ute era la mejor actriz del mundo, en la cama solía estar en silencio y dar algún que otro gemido con timidez como imaginaba que lo hubiese hecho Otta. Trataba de imitarla hasta en el gesto de quitarse el pelo de la cara. Porque la joven lo había comprendido, sabía que podría disfrutar de aquella vida mientras aparentase ser otra persona. Tampoco es que le afectase mucho ya que su corazón pertenecía a Marcus Niemand su joven policía al que había sucumbido como un débil dique cede ante una fuerte riada. Marcus no le pedía nada a cambio de amarla, ni siquiera fidelidad aunque de tarde en tarde los celos emergían. Desde que supo con certeza que jamás sería la esposa de Fremont se dejó mecer por los halagos del joven policía, había algo en él que le recordaba su amor de infancia Jürgen Gloeckner. Tal vez ese toque de inocencia, o el rojo de sus mejillas, o aquella manera de acercarla. Por todo eso fue por lo que cometió la locura de acostarse con él, en la misma cama que lo había hecho con el señor Kast. Y aunque era consciente de que algún día su relación con Fremont dinamitaría la que tenía con Marcus o al revés, no quería dejar a ninguno. Sin duda, un problema que aplazaba. Lo imprescindible ahora era no morirse de hambre, continuar por ella y por su futuro hijo, aunque no estuviese segura de quién fuera el padre. Tiempos convulsos, un mundo en ruinas y un bebé que podía nacer entre sábanas de seda o acabar en el río.

Gante era otra ciudad, la libertad y la comida había llegado a la población. Aún no tenían su Cordero Místico solicitado a la Gemäldegalerie de Berlín y estaban a la espera de su regreso que sería exigido en el futuro Tratado de Versalles. Gante era una ciudad fustigada que lamía sus heridas y se recuperaba con lentitud y sin respiro. Al lado de la catedral de san Babón había una panadería que notaba como ninguna la llegada de la paz. Desde los puertos llegaba harina de calidad con la cual se podía elaborar pan e incluso repostería. La señora Vanhoof, Ilse Vanhoof, envejecía sin derrochar fortaleza, había perdido mucho en la vida: sus dos hijos y su marido. Ahora tenía nietos a los que proteger de toda carencia e incluso hasta de la enfermedad. Entendiendo que la muerte acechaba a los cuerpos debilitados y se nutría de miseria. Por tanto, según su razonamiento, todo provenía de la guerra y el hambre. La gripe era una consecuencia del conflicto como la plaga de viudas y de huérfanos. La señora Vanhoof se mataba a trabajar cada noche para reponer su economía, el mundo podría recomponerse poco a poco, aunque ella no tenía tanto tiempo.

Virginia la ayudaba, los tiempos de universidad terminaron para siempre. En el mundo que emergía las mujeres tenían mucho que decir. Por eso, ahora solo importaba salvar el futuro de Louise. Al principio las hermanas no hablaban de lo que habían vivido, preferían el silencio y la abuela no les agobiaba con las preguntas porque intuía mucho dolor. Y no era por curiosidad, porque se moría por saber. Louise comenzó a dejar caer retazos de su historia por detalles. Un día salió corriendo detrás de un desconocido al que confundió con un tal Gerhard. Estuvo toda la tarde triste. En otra ocasión dibujó un molino casi derruido y estuvo llorando un largo rato. La abuela buscó hasta un sacerdote, porque quería ayuda espiritual, hacía falta más dosis de fe, encender velas a los santos, más oraciones. Solo con la ayuda de Dios podían recuperar el ánimo de la chiquilla. En el caso de Virginia todo fue distinto, una noche en el trabajo comenzó a hablar, omitiendo ciertos detalles, de su vida en el ejército alemán. Describía con rabia el dolor de los caballos como se retorcían mutilados por las bombas y el desprecio de los militares por el sufrimiento de los animales llegaba a darle más importancia que al dolor humano. Narró cómo se las apañó para dejar de ayudar a los caballos para hacerlo a personas, su tránsito del Frente Oriental al Occidental y al final Ulrich Król. No dijo nada de Jan, sería su secreto para siempre, porque las cosas que no merecen ser recordadas tampoco deben mencionarse. "Cada casa tiene sus moscas", como le dijo una vez Ulrich. Además de ese modo nunca llegaría a preocupar a su abuela que bastante tenía con pelearse con la masa, los proveedores y atender clientes sin dinero.

Una mañana de finales de enero llegó un hombre de unos cincuenta años, de cuerpo delgado, de manos grandes y dientes largos. Sus ropas colgaban de él y aún así tenía un aire de dignidad en las formas, una lentitud y corrección al hablar impropia de sus vestimentas, como una mansión en ruinas. Nada más abrir la boca se le vio la carencia de un colmillo, pero lo peor era su acento alemán.

–Señora, buenos días he visto que esta es la panadería Vanhoof.

–Buenos días, así es, ¿en qué puedo ayudarle? –dijo la abuela casi con desagrado.

–Mi nombre es Dietrich, Dietrich von Kittel, soy… fui coronel del Sexto Ejército…

–De Alemania.

–Sí, señora. También fui responsable de la seguridad de su nieta. Louise. ¿Por qué su nieta es Louise? ¿Es usted la dueña de este establecimiento? ¿Me equivoco?

El despacho ocupaba apenas un espacio de diez metros, estaba compuesto por un mueble atestado de pan y en las paredes lucían varios cuadros de santos y uno del Cordero Místico, el dibujo de un niño con un bocadillo así como una familia sentada a la mesa frente a una hogaza humeante. También había, como salida de contexto, una foto de Roland Garros, un aviador extranjero al que había que agradecer la liberación. Una mujer entró y captó la atención de la dueña quién dejó a Dietrich esperando para atenderla. Olía a leña y a la dulzura de la harina, además hacía un calor agradable. Sensaciones que echaba en falta. El coronel estaba muy desmejorado, el opulento anillo con la cruz ya no lucía en su mano. Nadie habría sospechado su pasado como oficial del Imperio Aleman. Tuvo un ataque de tos y se fue a la puerta, estaba muy mal visto ver toser cerca de alguien. Estuvo allí un rato, la gente no paraba de entrar y salir. Al final de la mañana la señora Vanhoof salió para recibirle.

–Pase, no sería buena cristiana si le dejase ahí con el frío.

Dietrich entró de nuevo en el despacho, el calor que venía

desde el obrador invadía la estancia y en seguida se sintió mejor. Sacó de una mochila un porta monedas y compró una barra a la señora Vanhoof.

—Sé que es difícil de hablar con un alemán en los tiempos que corren. Debéis odiarlos mucho. Tampoco ha sido fácil para mí llegar aquí. Yo también soy buen cristiano, o algo por el estilo. Lo intento, siempre lo he intentado. Lo único que he pretendido es hacer las cosas como se han de hacer.

—Perdone, entre su acento y lo que me dice no entiendo nada. ¿Quién es usted?

El coronel comenzó a pellizcar el pan y a comérselo. Lo hacía con lentitud, tal y como hablaba. No pensó que podía cometer una falta de educación, tenía mucha hambre.

—Su nieta, ¿sabe algo de ella? ¿Está a salvo?

—Sí, no se preocupe por mi nieta, gracias a Dios está sana y salva.

—Gracias a Dios y a Gerhard Oppenheim. Por cierto, este es el mejor pan que como en años. Dios bendiga la harina blanca.

—¿Gerhard? ¿Quién es Gerhard?

—¿No sabe nada señora? No, no lo sabe. Gerhard fue un soldado, uno de tantos, que... he tenido que reconstruir esta historia ¿sabe? Su nieta tenía un talento especial para escapar de la vigilancia, hacía lo que quería. Su hijo, cuando tomamos a su hijo también aparecieron sus nietas...

En aquel instante entró una mujer desde la tahona y se colocó detrás de la abuela. Tenía un cierto parecido a Louise. Aunque no podía ser su hermana.

—Ingrid, este señor sabe cosas de Louise.

—Vaya, por fin podremos saber algo.

—Señor Dietrich, le presento a mi nuera Ingrid.

—¿Quién es usted?

—Fui el responsable de la seguridad de su hija.

—Pues muchas gracias, mi hija está viva gracias a usted.

—Eso no es del todo cierto. Lo está, pero yo no hice nada significativo por ella. Aunque cuando lo hice creía que hacía lo mejor. Nunca me preocupé mucho de una niña, al fin y al cabo qué es una niña en medio de una guerra. Aunque para Gerhard y a Christian, todo fue distinto. Louise los conmovió, las matanzas que tanto nos deshumanizaban a ellos no les hicieron efecto. Gerhard y Christian desertaron para sacar a Louise de Lille, yo tuve que mandar edictos por todas las ciudades y pueblos, los mandé perseguir. Mi propósito era dar con ellos y fusilarlos por lo que consideraba una falta de respeto hacia la patria, el Káiser, Dios y sobre todo hacia mí. Estuve cegado, buscándolos para dar escarmiento. Mientras ellos vivían en una casa en ruinas, en un molino viejo…

El rostro de Ilse e Ingrid cambiaron al mencionar el molino. Dietrich tomó su mochila y sacó un cuaderno gastado por las puntas e incluso parecía tener permiso manchas de sangre. Su mano temblorosa se lo ofreció a Ingrid, quien tras dudar un segundo y buscando permiso en la mirada de su suegra, alargó los dedos y lo recibió. Ambas comenzaron a mirar las láminas, había paisajes lejanos, lugares, soldados refugiándose, muertos, un bosque astillado, un camino… y Louise. Ingrid comenzó a temblar cuando la vio, quien quiera que hubiese dibujado aquel cuaderno era un artista. Sintió tristeza, pues en ese instante intuyó que el dibujante estaba muerto. Ilse se sumó, al ver a su nieta dibujada se llevó la mano a la boca no sin antes pronunciar un: "Mi niña". Ambas mujeres comenzaron a llorar y a apoyarse la una a la otra. Dietrich tosía.

–No se preocupen, es solo un resfriado persistente, no es la gripe.

El cuaderno tenía vida propia y contaba su historia, la casa abandonada, el viejo molino, los campos expoliados. E incluso un autorretrato.

–Ese muchacho era Christian Müller, e intentado buscar a su familia en Faustaugen, su pueblo natal. Pero se habían marchado a Berlín, encontrar a unos Müller en Berlín en estos tiempos es imposible, del todo imposible. Entonces pensé que deberían ser ustedes los propietarios del cuaderno.

–¿Nosotras? –preguntó Ingrid.

–No exactamente, para Louise. Además con ello busco mi redención. Como le dije antes… hice todo lo posible por atrapar a Gerhard, a Christian y a Louise.

–Tendrá usted que contarnos toda la historia, ¿quiere quedarse a almorzar? –preguntó Ingrid y sin esperar a la respuesta atendió a una cliente que entró en ese momento.

Dietrich no estaba para despreciar una comida caliente. Además, tenía que mirar a los ojos de Louise, tenía que verla después de tantos años, desde que la mandó a Lille. El excoronel vestía una chaqueta raída y unos pantalones con manchas. Vestía como un vagabundo, no obstante, al entregar el cuaderno pareció el hombre más digno de la Tierra. Además se había ganado la confianza de la familia como por arte de magia. Ilse se encargó de prepararle un baño y sacó unas ropas de su difunto marido, de las que le costaba desprenderse.

A la hora del almuerzo Virginia se levantó, trabajaba de noche y aprovechaba las primeras horas del día para dormir. La muchacha se sorprendió al ver al desconocido, no lo conocía, pero intuyó que era alemán. Su respiración se volvió brusca. Ingrid se apresuró a presentárselo, le dio detalles para tranquilizarla y le comunicó que se quedaba a almorzar. Virginia torció el rostro. Su abuela para apaciguarla le entregó el cuaderno y aquello fue como añadir sal a un plato. De una ojeada quedó hipnotizada, de tal modo que llegó a concluir que si aquel hombre se había tomado tantas molestias para entregar los dibujos no podía ser mala persona, por muy alemán que fuese.

El comedor era austero, presidido por la fotografía de familia, el bigotudo patriarca, Ingrid y dos jóvenes. Otro cuadro con flores y un crucifijo. La cocina estaba en la parte contigua y desde allí el olor a estofado de patatas inundaba el territorio que no pertenecía a la panadería. La casa tenía dos plantas y se conocía que los dormitorios estaban en la de arriba. Desde el comedor se podía oír a quien llegase a comprar. Antes de la guerra en aquella casa se hacía repostería y tenían unas mesitas en la puerta. Incluso un servicio de café y té. Quizá algún día todo volvería a ser como antes.

Louise llegó del colegio, se encontró a su familia sentada en el comedor y con un plato lleno de embutidos y algo de queso, como si celebrasen algo grande. La chiquilla al verlo se paralizó entera. Ella sí le había reconocido pese a que hacía años que no le veía, desde la batalla de Loos, aunque estuvo oyendo hablar de él y llegó a temerle tanto como los niños de Faustaugen al Arrepentido. Louise nada más vencer su estupor se acercó a él y en un alemán torpe le preguntó:

—¿Y Gerhard?

—Gerhard..., Gerhard murió. Lo siento, lo siento mucho.

Louise lloró ante la mirada de su abuela, su madre y su hermana. Las cuales estaban aturdidas y curiosas. Ingrid la recogió entre sus brazos. Sabían que Louise reprimía sus recuerdos y que no quería hablar de estos años porque había sufrido mucho, aunque ahora estaban descubriendo que no quería hablar quizá porque no deseaba saber cosas inevitables.

—¿Quién fue Gerhard? —preguntó al fin Virginia.

Dietrich comenzó a contar la historia de Gerhard, un muchacho delgado y más bien pequeño. Uno de tantos en medio de una tropa de pueblerinos y de cómo su persona se asoció a la de Louise en contra de cualquier protocolo militar. Narró sus episodios de ira por la deserción de Gerhard y Christian, a los que consideró traidores, pues se habían burlado de su confianza. Se describió a sí mismo como un ser despreciable, un hombre que había evolucionado de un gusano y el gusano formaba parte de su ser.

–Les mandé perseguir, quería el retorno de la niña y que los fusilaran. Fue algo personal, algo vergonzoso para la institución que yo representaba. Jamás traté de comprenderlos, porque para mí representaban a la canalla, el ateísmo, la falta de fe… la ausencia de disciplina y de los valores más fundamentales. Quise darles escarmiento y conseguí la muerte de dos monjas –miró a Louise y se detuvo, la chiquilla lo miró aterrada–, no pude atraparlos porque parecía que una voluntad divina me los quitaba de en medio. A cada paso que di, ellos iban por delante. Nunca me paré a pensar que lo único que buscaban era salvar a la niña. Christian murió en Herkenrode, era un artista, sentía como nadie la "voluntad de poder", un alma libre y creativa, capaz de convertir un molino destartalado en una obra de arte, unos ojos tristes en una mirada sublime, darle forma al miedo, ponerle imagen a los deseos –Virginia abrió el cuaderno y se lo dio a su hermana.

–Es quién dibujó esto, creo.

Louise se llevó la mano a la boca y comenzó a llorar. Christian vivía en aquellas hojas, podía verlo a través del tiempo dibujando y riendo. Siempre le pareció muy guapo, estuvo enamoriscada de él, un amor del todo inocente, platónico al fin y al cabo. Christian jamás le hubiese puesto una mano encima, era un muchacho alegre que gastaba bromas y hacía dibujos. Una persona que se expresaba mejor dándole forma a las líneas que con las palabras. A veces esbozaba su tierra natal y parecía sumergirse en los paraísos perdidos, llevarse con él a Louise y darle un paseo por el lejano Faustaugen.

–Gerhard era el cerebro, el muchacho que se propuso salvarla. Recuerdo que me parecía un ignorante, un cobarde que nos llevaría al fracaso. Creí que era como toda la compañía, decadentes y sucios. Jamás se me ocurrió pensar que el incompetente era yo. Creí que si no ganábamos era por su falta de fe, de compromiso, por su ignorancia de lo que es el Honor, la Lealtad… estaba enfermo, ebrio de militarismo. Siempre creí en lo que hacía, quería que la cultura de mi pueblo se desparramara por Europa, la supremacía de nuestra cultura no podía traer sino parabienes a las gentes. Estaba orgulloso de mi causa, sentí un orgullo espantoso que me hacía cegarme, los demás no estaban a mi altura… hasta que la misma guerra me puso en mi sitio. Me alejó de mis hombres y me sentí desnudo, con pendón, desprotegido y sin patria. Hasta me sentí despreciado por el Creador, aquello fue una lección, una lección bíblica se podría decir. Una bofetada a todos, todos mis principios. Y allí estaban mis hombres, dando su vida por sus camaradas, demostrando que eran los mejores compañeros que se podía tener. Incluso me salvaron la vida, me rescataron. Es decir, me rescató. Fue un muchacho, ateo, sin personalidad, carente de educación militar… de altos valores. Un muchacho que pertenecía a mi compañía y que, sin embargo, era mi enemigo, pero allí estaba, dispuesto a salvarme y a darme una lección de cómo comportarse en el frente. Entonces, solo entonces, comencé a examinar mi actitud como la de un desconocido… me vi tal y como debería haberlo hecho… hacía tiempo. Me sentí miserable, supe que mis hombres deberían de tenerme tanta estima como a un francés o un inglés. Decidí cambiar y a valorar a mis hombres tanto como ellos se merecían, a salvarles la vida en la medida de mis posibilidades… me negué a que hicieran cargas inútiles y me arrestaron. Entonces supe lo de la detección de Gerhard, y su condena a muerte, hice todo lo imposible por salvarlo. Aunque tal y como sucediese tiempo antes, parecía que una voluntad superior me lo quitase de las manos. Soborné a gente y hablé con generales, pero mi figura había caído en desgracia. Me humillé a un policía militar, supliqué y supliqué para que aplazase su fusilamiento… a Gerhard lo lanzaron a tierra de nadie el último día de la guerra, había un acuerdo no escrito para que unos y otros fusilásemos a nuestros condenados, siempre era mejor que fusilar a un camarada. Tan solo había que dejarlo a merced del enemigo. Se oyeron dos disparos… días después pude recomponer la historia completa. Gerhard pidió un cigarro y se perdió entre la niebla, dicen que iba decidido y en paz. Con la tranquilidad del que tiene su conciencia limpia, era el "superhombre". Sin miedo, sin prejuicios. Por unos minutos debió ser el humano más puro del mundo, quizá asustado, quizá tembloroso, pero firme. Había salvado a su amiga y a él mismo de la crueldad de las trincheras, del horror, de la guerra. Era sin duda alguien iletrado, aunque comprendió como nadie una verdad que el hombre ignora constantemente, que la guerra nos envilece, ya sea por territorio, política o… siempre creí que Dios estaba con nosotros. Estoy seguro de que no hay nada que justifique tal desacuerdo entre semejantes, había que ser muy inteligente para burlar al Imperio Alemán y a la Guerra y muy, muy valiente para regresar solo por dejar a Louise en su casa, sana y salva, como se prometió desde un principio. Había que ser muy fiel a los valores de la vida. Y lo fue. Desde entonces vivo atormentado, trato de redimirme siendo fiel a su memoria y entregando este cuaderno a quien creo que se lo merece. Aunque creo que nada en este mundo me consolará.

Louise negaba con la cabeza, no aceptaba que hubiese muerto su amigo. Tal vez si hubieran esperado un poco más allí en los Países Bajos hoy estaría vivo. Recordó que hubo un momento en el que Gerhard se desesperó y quiso largarse pese a que podían ver pasar la vida sin grandes sobresaltos, nunca entendió esa decisión aunque fue un alivio, volver a casa fue siempre su anhelo. La joven comenzó a musitar, en voz baja y, poco a poco, el volumen fue subiendo. Hablaba de sus experiencias en Lille, de cómo no era bienvenida en aquella casa y que pese a todo no le trataban mal, aunque, eso sí, el último bocado de comida era el suyo. Los meses por los campos de Flandes, en la abadía de Herkenrode y también hablaba de Hallie y sus desacuerdos con Gerhard, siempre pensó que hacían buena pareja. Los recordaba con alegría, tenía la sensación contrapuesta de sentirlos cerca y a la vez muy lejanos en el tiempo. Pensaba en el pasado como algo triste y a la vez alegre, el haber conocido a todas aquellas personas y situaciones le había enriquecido, se sentía mucho más mayor y fortalecida. Aunque el hecho de saber que Gerhard había sido fusilado le resultaba inabordable. Era un temor oscuro, una operación a corazón abierto a la que siempre supo que tenía que enfrentarse. Cuando tomó el cuaderno no pudo más, lloró como cuando estaba perdida en el bosquecillo, como cuando se separó por primera vez de su hermana, o como cuando la dejaron en la casa de Lille. Las imágenes que Christian había dejado estaban vivas. Incluso el retrato que le hizo cuando se recogía a sí misma a causa del frío que asediaba el molino. Se descubrió a sí misma, la niña que fue o tal vez la niña que se mostraba ante los ojos del muchacho.

Su familia la arropó y Dietrich prosiguió con su discurso.

–Lo siento, lo siento mucho. Pensé que hacía lo que debía y ahora el remordimiento me ahoga. No hay nada que pueda hacer en este mundo para restituir el daño, salvo traerte esto que es tuyo.

«Tal vez así salve lo que queda de mí», pensó con

pesimismo Dietrich. De pronto el excoronel sintió vergüenza de estar compartiendo mesa con una familia a la que había procurado tanto dolor. Tampoco tenía porqué pedir perdón por todo el Imperio Alemán, en realidad no sabría muy bien qué hacía allí si no fuese por el cuaderno. Nada de lo que dijese dejaría mejor a la familia. A decir verdad, parecía que había echado sal a la herida. Su paso por aquel hogar solo había dejado tristeza. Él mismo era una sombra triste y su presencia oscurecía a todo el que estaba a su lado. Tenía que buscar algún argumento que les reconfortara, pensó en decirles que ambos muchachos estarían en un sitio mejor, que Dios los tendría en su seno. Pero no le pareció acertado. Después del almuerzo se iría para siempre, en aquel hogar era un alemán del que recelaban. De pronto supo que todo su discurso era una súplica, una petición de perdón a Christian y a Gerhard. Para que desde el "otro mundo" pudieran perdonarle.

–Gerhard era el "superhombre", se enfrentó a todos, incluso al miedo. Buscó el salvar a una niña antes que así mismo. Conocí a aquellos muchachos que no perdían el sentido de la Tierra. No actuaban pensando que había Alguien que les observara, tenían fe en ellos mismos, en sus camaradas y daban la vida los unos por los otros. Algo invisible a mis ojos. Cuando terminó la guerra entrevisté a algunos hombres que estuvieron en el fusilamiento de Gerhard. Dicen que pidió un cigarro y se lanzó a la tierra de nadie, se internó en la niebla. Que no tenía miedo, creo que es porque el miedo es lo contrario a la vida y él ante todo fue vida. Y tú, niña, no tendrás miedo. Porque se lo debes a Gerhard y a Christian, a tu padre y a todos los que conociste y se quedaron en el camino, por causa de esta guerra inútil que, después de tantos años, nadie ganó. Perpetrada, como siempre, por hombres cobardes que piden a los demás lo que no pueden dar ellos mismos. Hombres que creen que han alcanzado la verdad suprema y, sin embargo, quedan muy lejos de la razón.

El estofado estaba a punto, fue Virginia quien se levantó. Apartó la olla del fuego. Hervía por dentro. Gruesas pompas de aire se levantaban en la superficie del guiso como ampollas en la piel. El miedo la había paralizado en Gante, había pensado miles de veces en Ulrich y el miedo le impedía ir al pueblo que aparecía dibujado en el cuaderno. Faustaugen, allí vivía su amor, su imaginación había comenzado a darle movimiento a las imágenes y su corazón se mecía como las ramas del bosque de los sauces y con una fuerza que haría mover las aspas de un viejo molino. Virginia iría a Faustaugen aunque allí viviese Jan. Tal vez porque el amor no conoce miedo.

Por su parte, Ilse Vanhoof madre de dos hijos, uno tiroteado en el asedio de Amberes y el otro pisoteado por caballos en una sucia cuadra, ya había perdonado a Dietrich quizá porque su corazón estaba en paz, o porque como madre y abuela jamás habría firmado una declaración de guerra, o tal vez porque su voluntad valiente y generosa estaba construida con la condición indispensable de darlo todo por los suyos sin pedir nada a cambio.

En aquel instante apareció un niño rubio, estaba recién levantado e intentaba desplegar sus ojillos mirando al extraño con desconfianza.

–Mamá –dijo mirando al desconocido con temor.

Jan Ehrlich era el nuevo policía de Faustaugen, amable con todos incluso con Helmuth Degener a quien defendía del nuevo guarda forestal para que le dejase hacer carbón. Jan traía una Cruz de Hierro y el orgullo de haber pertenecido a los grupos de asalto. Una vez llegó a Alemania estuvo sirviendo para que la revolución comunista no triunfase. Fue desmovilizado a principios de año. Era un hombre del pueblo y para el pueblo, se sentía admirado. Siempre que podía se miraba en su espejo y se acicalaba, se encontraba atractivo. Mantenía correspondencia con un capitán de los freikorps ya que ambos estudiaban el alfabeto rúnico, pensaban que habían perdido la guerra porque no habían contado con la sabiduría antigua, la misma causa que hizo desmoronarse al Imperio Romano, según su interpretación. Quizá si hubiesen buscado un arma definitiva como el Santo Grial el resultado de la contienda se habría decantado para Alemania. Es por ello que se sentía un hombre culto e interesante, en una Alemania donde había escasez de hombres. Las jóvenes del pueblo se lo comían con la mirada y se rumoreaba que hacía visitas a la viudita Clara Kleiber. Su figura sirvió de ejemplo en el sermón del padre Josef, sus padres, allí dónde estuviesen, podían estar orgullosos. También había adoptado las formas, lentas y solemnes, de un coronel que tuvo, un tal von Kittel. Los vecinos lo veían y no eran capaces de reconocerlo, pues hasta su acento había cambiado.

A mediados de mes apareció un tipo forastero en el pueblo, estuvo preguntando por los Król y por Otta. Jan lo estuvo interrogando sin conseguir saber quién era ni lo que quería. Dos días después apareció en el camino de las Monjas. Con un tiro de fusil. Jan estuvo a cargo de la investigación y no logró saber la identidad del tipo ni del sicario. Lo más curioso era que a nadie en el pueblo le perturbó este hecho. La gente lo asumía como un algo ajeno, un escándalo que no iba con ellos, en todo caso solo con los Król y los Lenz. El policía atribuyó esta indiferencia a la sensación de seguridad que proporcionaba. Así se lo hizo saber el mismísimo Imre Bartram. Lo cierto es que a nadie le importaba lo más mínimo la muerte de un desconocido, no a estas alturas.

Había un vecino que no estaba encantado con Jan: Vincent Król: para quien Jan era el tipo más mezquino del mundo, había denunciado a su hijo y si hoy estaba desaparecido tenía que agradecérselo. Lo peor es que todo el pueblo parecía inmune a su misma desafección. Vincent no se atrevía a pegarle un tiro por no dejar a su esposa sola. Martha perdió casi todo el pelo cuando vio morir a Ulrich consumido por la fiebre y el agujero en la cabeza por el cual se le derramaba la vida y la cordura de toda la familia. Vincent ahora solo quería ver a su Paul libre, tal y como cualquiera de sus paisanos. No comprendía por qué Dios le procuraba tanto dolor. Las noticias que habían llegado desde Bremen eran confusas, los presos habían sido liberados y su hijo que había sido trasladado a Oslebshausen debía estar libre. Una carta sin firma que le llegó en diciembre así lo atestiguaba: "Estoy vivo", decía. Tan solo eso. Aquel era el clavo ardiendo al que agarrarse. ¿Pero si estaba vivo por qué no volvía a su casa? Su corazón le decía que tal vez jamás volvería a verle. Echaban de menos su rebeldía que ahora les parecía una bendición comparada con el sinsabor de la larga ausencia. A veces sentía verdadera amargura cuando pensaba que sus vecinos no reprochaban su actuación a Jan. Hace años le habrían hecho el vacío, nadie se habría atrevido a darle palmaditas en la espalda ya que había una norma en Faustaugen, no se podía denunciar a alguien del pueblo. Una costumbre muy arraigada en el Pequeño Ducado de Grünensteinen y llevada al extremo durante la ocupación napoleónica con el linchamiento de un vecino sospechoso de colaborar con el francés. Siempre hubo un poder paralelo a la autoridad, unas leyes no escritas por las cuales había que respetar a los demás y "no mover lindes". Jan había quebrantado todas las normas, de una manera tan escandalosa que debería ser un marginado. En lugar de eso le habían dado el puesto de policía. Vincent tenía un cuchillo largo con el que se juraba una y otra vez atravesarlo. Hundírselo en su negro corazón y acabar con esa sonrisa grotesca. Y que Dios se apiadase de él. Todos los días se lo recordaba, se lo decía a su imagen del espejo mientras se aseaba. A veces, se sorprendía hablando solo en su taller. Sin embargo, sabía muy bien que no era capaz. Paul su hijo había demostrado ser mucho más valiente de lo que nunca imaginó. Paul, al que despreció por haber desertado. Nunca estaría a la altura de sus hijos.

Mientras, Martha se iba desdibujando, casi calva, con grandes ojeras y silenciosa. Se aferraba a la carta, había reconocido la caligrafía de su hijo. Sabía que estaba vivo y esa pequeña luz, lejana como un barco en el horizonte, le mantenía viva. Cada día le costaba más comer, dormir, asearse. La espera y la incertidumbre era el torbellino en el que estaba atrapada. Una mañana salió a por pan, era una mañana helada y preciosa. Faustaugen pálida de frío se conmovía al ver a Lukas haciendo malabares con dos bolas. La gente se arremolinaba en torno al chiquillo el cual lograba atrapar y soltar con éxito las pelotas hechas con trapos. Lukas siempre sintió simpatía por Paul, porque le mostraba trucos y se divertía al verlo. Había veces que le hacía magia con una moneda y Lukas abría sus ojillos y su boca. Paul salía recompensado con la inocencia del chaval y su sonrisa clara. Martha miró a Lukas y Lukas al verla dejó sus malabares, dejó su juego para acudir a abrazarla. Martha lo sintió fuerte, miró más allá de la nieve y de las casas, al filo del Trommelbach una figura se recortaba, oscura, casi borrosa y, sin embargo, tan nítida para su desgastada vista. Paul, su Paul estaba allí, lejos de la gente, cerca de su corazón.

La amalgama de Belgas y franceses bajo el mando del Rey Alberto de Bélgica había dado buenos resultados, siempre gracias a la providencial ayuda de la aviación que destruía las comunicaciones entre la retaguardia y la primera línea alemanas. De todos modos el frente se había estabilizado a la espera de una solución final. Había rendición incondicional del enemigo. El sargento Edouard Kindlmüller llevaba toda la guerra aguantando bromas, algunas pesadas sobre su origen alemán. No obstante, era todo un intérprete; podía hablar francés, alemán, inglés y neerlandés. Esa circunstancia le valió para ascender y ganarse un respeto. Su apellido le sirvió para reivindicar su condición de francés, más francés que el presidente, además republicano y demócrata convencido. Su padre, un buen hombre aunque alemán, se había casado con una guapa francesa de Carcasona, había prosperado en el cultivo de viñas y comercialización de vinos. Era un miembro destacado de la cámara de comercio y, para vender su producto, todos los años viajaba con los gastos pagados. Edouard siguiendo la estela paterna aprendió el negocio, y también a disfrutar los caldos, además, se aficionó a frecuentar casas de citas. Por esta afición y ciertos escándalos, Edouard perdió pronto el cargo que heredó de su padre. Entonces se dedicó a la viticultura, ¿qué otra cosa le quedaba? Se casó y tuvo hijos. Cuando comenzó la guerra estaba de fiesta, y de fiesta seguía cuando un telegrama le comunicaba que su progenitor había muerto defendiendo la línea del Marne. Alemán contra alemanes. Según siempre le había dicho no luchaba contra su gente, sino contra su Káiser, el cual representaba todo lo contrario al ideal republicano que había acogido con tan buen grado. Edouard fue reclutado a principios de 1915 y formó parte de un regimiento de reserva. Sus días de juerguista se acabaron para siempre. Cierta noche fue con sus camaradas a "aliviarse un poco", descubrió una nueva manera de prostitución, la prostitución desesperada. Siempre había tenido para él que las mujeres reían sus gracias por dinero, por dinero le acariciaban y por dinero gemían. Sin embargo, aquella adolescente de nalgas irritadas tendida en aquel camastro por el que había desfilado una compañía le inspiró compasión. De aquella tortura salía el sustento de media docena de hermanos. Desde entonces Edouard se dedicó a leer la biblia y a beber el vino que podía. Desde los motines del ejército contra las ofensivas ordenadas por Nivelle la ración del líquido había subido y a veces solía agarrarse borracheras de escándalo brindando por sus camaradas caídos. Beber y olvidar se había convertido en un mismo verbo.

La mañana del once de noviembre de 1918 estaba expectante. Por primera vez en mucho tiempo todo estaba en calma. Nadie había disparado y no se esperaban sorpresas. Su cerebro tenía que acostumbrarse a la paz, pensar en el regreso a casa le mareaba. Tantos años de guerra habían hecho transformar su forma de ser. Cada vez que pensaba en su pasado le parecía todo muy remoto, durante los permisos se daba cuenta de que allá en el sur nada era como lo recordaba. En cierta manera le daba pánico el regreso, quizá todo se reducía a eso: estaba secuestrado por el miedo. No obstante, se alegraba de que todo terminase. Por eso, se asustó cuando oyó un disparo. Corrió hacia donde creyó oírlo, se oyó una segunda detonación y, seguido, una discusión.

−¿Estás tonto o qué?

−Pero capitán, se acerca un boche, le estoy disuadiendo.

−¡Sargento Girard! Si vuelve a ordenar a alguien disparar le meto el fusil por el culo. ¡Chantrel! Suelte el fusil.

−Pero capitán si no lo he matado ha sido porque no he querido.

−¡De eso se trata! Hoy es el día en el que los boches se rinden, ¿es que acaso queréis que esto se alargue mucho más? − el capitán movió la cabeza como diciendo que no podía creérselo.

Edouard Kindlmüller se relamía de alegría al ver que Girard era ridiculizado.

−¡Mirad, sigue avanzando! −gritó un soldado.

−Me ordenaron que no se podía confraternizar, estaba, está prohibido − dijo el capitán.

−Pues este viene directo aquí. ¿Algo querrá?

−Seguro que nos lo mandan para que lo fusilemos.

−Es un condenado, seguro.

−Ya lo creo.

−O un loco, que viene a comprobar si es verdad eso de la paz.

−¡Edouard! Dile que no se siga acercando.

−Sí, mi capitán.

El sargento se acercó a una aspillera y gritó:

−¡Eh, tú, boche asqueroso, vuélvete por dónde has venido! − dijo en alemán.

Pero el soldado no le hacía caso, más aún fue en busca de quien le boceaba. El sargento miró a sus camaradas y el capitán no supo qué decir.

–¿No me has oído? Boche del demonio.

–¡No puedo! –dijo el caminante.

–Capitán –dijo el soldado Chantrel–, déjeme un tiro limpio.

–¡Vete a tomar por culo, Chantrel!

El alemán se acercó hasta unos diez metros y allí se detuvo, le dio una calada al cigarro y miró intrigado a sus enemigos. Los franceses no paraban de mirarse los unos a los otros. No tenían ni idea de lo que tenían que hacer.

–Kindlmüller, tú eres medio boche, dile algo al tonto este – ordenó el capitán.

Edouard titubeó, asomó un poco la cabeza con recelo porque temía a los francotiradores. Por suerte aún había niebla.

–¿De dónde eres?

–Del Pequeño Ducado de Grünensteinen.

–¿Y dónde queda eso?

–En Alemania.

–¡Vaya!

–¿Cuál es tu nombre, muchacho?

–Gerhard Oppenheim.

–¿Y qué haces aquí?

–Me han condenado a muerte por deserción –dijo Gerhard tembloroso.

–Dice –dijo Edouard a su capitán– que es un condenado a muerte por deserción.

–Serán hijos de puta, y quieren que nosotros le demos el tiro de gracia. Precisamente hoy. ¡Ni hablar! Dile que nosotros no vamos a disparar, sería continuar la guerra. Violaríamos no sé cuantos acuerdo. Digo yo.

–¡Eh, oye Gerhard Oppenheim del Pequeño Ducado de Grünensteinen! ¡Nosotros no te vamos a disparar! Así que te puedes largar.

–Pero… –Gerhard miró a su espalda–, no puedo volver atrás.

–¡Es que estás loco! Si te quedas aquí te…

No obstante, Gerhard siguió caminando hasta llegar a la misma trinchera, había más de una docena de fusiles apuntándolo, por lo que el muchacho levantó los brazos. Pasados unos segundos y viendo que nadie hacía nada tomó la escalera y bajó. No sabía muy bien lo que tenía que hacer y se dejó caer de culo hacia un saco terrero que le sirvió de asiento. Parecía exhausto, confundido y que los bigotudos soldados franceses que tenía enfrente le importaban bien poco. Edouard lo miró extrañado, como muchos creían que los alemanes tenían poco respeto a los franceses y que eran valerosos hasta el arrojo, pero aquello rozaba el insulto.

—¡Muchacho, en pie!

Gerhard obedeció, no entendía el francés aún así podía intuir la lluvia de insultos que solo cesó cuando la Marsellesa comenzó a cantarse por toda la trinchera. Había vítores para los vencedores, para la república, para Alsacia y Lorena, peticiones de venganza, maldiciones e incluso alguna que otra "exigencia" de marchar hasta Berlín. Gerhard miraba todas aquellas expresiones de felicidad como si fuese un recién despertado que no entiende muy bien lo que pasa. En realidad no tenía ni idea, creyó que sería el día nacional de Francia, o alguna fecha señalada. ¿Navidad? Era muy pronto para ser navidad, mucho menos año nuevo.

—¿Qué ocurre aquí? —preguntó a Edouard.

El sargento lo miró pasmado.

—¿Qué pasa? ¿No te has enterado?

Gerhard negó con la cabeza y se encogió de hombros.

—Se acabó la guerra, hemos ganado.

—¿Habéis ganado?

—Sí, hemos ganado.

—Vale. ¿Entonces hoy ya no hay guerra? ¿Ya se acabó, del todo?

—Así es. ¡Hemos ganado, viva Francia, viva la República, viva la Libertad! Ahora tu país tendrá que pagar, y devolvernos Alsacia y Lorena. ¿Qué me dices?

Gerhard no le dijo nada, lanzó media sonrisa forzada que en realidad lo único que dejaba ver era desgana.

—Vosotros los boches estaréis un buen rato pensando en lo que habéis hecho. Os creíais el ombligo del mundo, invadiendo países, explotando a su población, sois bárbaros que masacráis a la gente.

—Así será —Gerhard estaba muy cansado, acababan de no-fusilarlo—. Oye, ¿qué me pasará ahora?

—Pues, no lo sé. No tengo ni idea, porque si la guerra terminó no puedes ser prisionero de guerra, llegaste a la trinchera después de la hora señalada, de hecho estás vivo por eso mismo. No tengo ni idea…

—¡Eh, Edouard! ¿Te has buscado un novio boche? —le dijo un soldado.

—¡Vete a tomar por culo, Jeunet! No le hagas caso,

muchacho, ¿cómo decías que te llamabas? –como si Gerhard hubiese entendido las palabras de Jeunet.

–Gerhard Oppeheim.

–Muy bien Gerhard, te voy a llevar, con el permiso del capitán, a la retaguardia. Espero que te aseen antes de llevarte a un calabozo, o dónde quiera que metan a... alemanes condenados como tú y que te den algo de comer, tienes pinta de no comer nada decente desde hace mucho tiempo. Apuesto a que tienes algo que contar, algo que inspire... pena o compasión. Te vendrá muy bien, Gerhard de... Alemania. Aquí la gente odia a los tuyos, han sido más de cuatro años de guerra. A mi padre lo mataron los tuyos, él era un buen francés y un buen alemán. Sí, alemán, quizá más alemán que tú. Porque hablaba mejor que tú, créeme he oído a muchos alemanes y ninguno pronuncia la "r" como tú. Mi padre era un buen hombre que odiaba al Káiser y a todos esos aristócratas: von Nosequé, von Nosecuántos. Yo siempre tuve curiosidad por el país de mi padre, por el apellido que llevo y siempre odié ese complejo de superioridad, ese deseo de que las cosas han de perdurar por siempre por la Gracia Divina. Aquí somos diferentes, ya lo creo. ¿Y tú qué piensas?

–¿Yo? –Gerhard volvió a encogerse de hombros–. No sé. No pienso nada, me siento más libre aquí entre enemigos que al otro lado entre camaradas. Prefiero quedarme por aquí, haced cualquier cosa menos devolverme. Puedo trabajar, seguro que hará falta mano de obra... para tapar trincheras. Seguro.

–¡Hey, hey, para, para! Yo no soy nadie. Le preguntaremos al capitán, a ver dónde te llevamos. Pareces un buen chico, todos lo parecéis.

El capitán disfrutaba de una botella de vino y un poco de pan con chacina. Reía y cantaba con sus hombres por lo que la irrupción de Edouard con el alemán no le sentó muy bien. En realidad pensaba que ya se había largado. Pensar en que tenía algo que hacer, rellenar un parte, le daba pereza. Aquel era un día de celebración.

–Mi capitán, traigo al boche, ¿qué hacemos con él?

–Lávalo –dijo un soldado.

–Buena idea, lávalo, Kindlmüller. Y dale algo para comer y beber –dijo el capitán.

–¡Y cámbiale la ropa que me enfada ver ese uniforme! –gritó otro soldado.

–¡Vete a tomar por culo, Archimbaud!

–Buena idea, que le den ropa de paisano –dijo el capitán.

—Pero capitán hablo en serio, hay que hacer algo con él. No sé si se le da el tratamiento de prisionero de guerra, ha aparecido después de las once cuando ya no había guerra. Tampoco puede regresar, ¿qué hacemos con él?

—¿Tú eres abogado, Kindlmüller?

—No, capitán.

—¿Fiscal?

—No.

—¿Juez?

—Entonces no me molestes más. Este boche es un problema sin solución, no sabemos qué podemos hacer con él. Así que lo que es por mí, si es un desertor... ojalá hubiesen desertado todos. Probablemente le hagan un juicio rápido y lo pongan a tapar trincheras y recoger alambre, o tal vez no.

—¿Pero qué hago?

—No puedes pegarle un tiro, porque no se puede matar a nadie. Así que se lave con agua fría y jabón, que coma algo y que se apegue a ti como si fuese una garrapata hasta que... pasen los días. Ya sabes si hay un problema y no sabes qué puedes hacer para arreglarlo...

—... déjalo hasta que él solito se solucione.

Gerhard los miraba a todos sin entender nada, los veía beber y celebrar. Un francés le echó la mano por el hombro y lo obligó a cantar la Marsellesa, lo hizo como pudo y hasta le salió una sonrisa para deleite de la tropa. La guerra había terminado. Más allá de las nieblas, la tierra de nadie y las improvisadas trincheras estaría Louise. Seguro que con los suyos y dentro de poco con su madre. La vida seguía y a él parecía que le daba otra oportunidad. Sentía algo de tristeza porque dejaba atrás mucho, a su madre medio loca y a varios hermanos que saldrían adelante. Porque el mundo no para de girar, el reloj no se detiene, el tiempo con su tiranía le ofrecía la perspectiva de mirar atrás para dirigirse hacia adelante.

—Me vas a contar de dónde demonios has salido —dijo al fin Kindlmüller.

—Mejor camarada, te voy a contar mi historia, se la voy a contar a todo el mundo. Para que sepáis que mientras el mundo se hacía añicos hubo una niña que se empeñó en salvar a un par de soldados de las trincheras y lo consiguió.

Al terminar la guerra habían encontrado tanta libertad que se sentían prisioneros. Roth encontraba el bálsamo para mitigar su congoja en la compañía de Dana Ehrlich. Ambos paseaban todas las tardes recorriendo el pueblo desde el Trommelbach al Feuerbach, eran novios. Su relación estaba llena de silencios, ambos disfrutaban de la compañía mutua pasear sin siquiera agarrarse de la mano. A veces si nadie les observaba, tal vez, se daban un fugitivo beso. Poco a poco, la joven fue cogiendo confianza y se agarraba del brazo buscando aún mayor proximidad. Sentía el calor de Roth como algo limpio y puro, además con él encontraba una seguridad que no había conocido en su vida. Porque Dana necesitaba sentirse protegida, la inseguridad la asediaba. Desde que perdió a Bárbara no había hablado mucho, si bien antes sus conversaciones eran apenas audibles. Su hermana fue su mejor complemento, tenía personalidad y alegría. La llegada de Roth fue como un soplo de aire fresco en medio de una cortina de humo, ya que desde que comenzó la guerra había perdido a toda su familia excepto a Jan.

Había dos personas a las que Dana tenía miedo, la primera era a Helmuth Degener que le hablaba del fantasma de Bárbara deambulando por el bosque; la segunda era a su hermano. Jan era el sustento de su casa, quien traía el dinero y ponía las normas. También a quien tenía que pedir permiso Roth para casarse. Cosa que lo tendría difícil si no lograba convencerle, porque para Jan nadie estaba a la altura de Dana. Nadie en aquel pueblo, ya que en realidad la reservaba para algún empresario o un hacendado. Jan no había podido ascender en el ejército y tendría que hacerlo en la vida civil a cualquier precio. Dana era guapa y algo delgada, aunque quién no estaba flaca en aquellos tiempos. Siempre le había faltado un poco de busto, rubia de ojos marrón claro, con una verruga pequeña en la mejilla que le aportaba un pequeño ángulo a la cara. Los brazos cruzados sobre el pecho como si tuviese frío. Su mayor virtud era abrir la boca, y si era para sonreír podía conseguir un momento sublime. Por desgracia, lo sublime es también escaso. A causa de aquellos continuos paseos con Roth Jan se mostraba enfadado y con el paso de los días iracundo. Cada vez hacía más frío en la casa y a Dana se le caía el techo. La muchacha esperaba a su novio en la puerta, a veces pasaba horas mientras se despertaba y es que Roth trabajaba cada noche en la panadería de sus tíos y la duración de su sueño era casi impredecible; unos días dormía menos que otros. La madre de Roth la invitaba a pasar, aunque la joven declinaba su ofrecimiento avergonzada.

Jan la veía y se sentía deshonrado. Era el primogénito, el único varón que quedaba de los Ehrlich su apellido se perpetuaría gracias a él, por eso, tenía que ser quien velase por el buen nombre de su familia. Cuando la vio esperando en la puerta de los Neisser la agarró del brazo y tiró de ella. La pobre hizo un poco de resistencia y lo único que consiguió fue impacientar más a su hermano. Se la llevó a su casa como el que tira de una bestia tozuda. Aquel era el colmo de la humillación, se sentía destrozado. Nada más entrar le soltó una bofetada y la condujo a la cocina.

–Hazme algo para comer. ¿Quieres hombre?, pues aprende a ser mujer. Eres tan tonta que no sabes lo que te conviene. Yo te daré a ti macho. ¡Venga prepara algo!

Dana lo tuvo fácil, no había donde escoger puso a hervir unas patatas y nabos. No había más. Encendió la lumbre, echó un poco de agua a una olla y una hebra de sal. Esperó hasta verla hervir. Su corazón era un volcán. Se propuso que su hermano no la viese llorar, aguantó como pudo. Suspiró tan fuerte que espantó el vapor. Entonces sintió la mano de Jan en su cintura, la cabeza de él se apoyó en el pelo de su cogote como buscando refugio. La muchacha se volvió de hierro.

–Deberías… deberías ponerte más en mi lugar, solo… solo busco tu felicidad… eres demasiado joven para saber lo que te conviene. Roth es un idiota que dice bobadas, yo le conozco, junto con su primo hablaban tonterías. Son gente simple. Él no puede ofrecerte una vida como te mereces. Eres la única familia que me queda y es normal que busque lo mejor para ti.

Pasó una semana sin que la muchacha pudiese abandonar la casa. De vez en cuando, medio convencida, miraba sin ser vista y veía a Roth esperándola al otro lado de la calle. El mundo murmuraba poniendo a Jan en aprietos. Por lo que el policía fue acumulando una ira que tenía que echar de algún modo como una olla salpica la sopa hirviendo.

A Roth los días sin Dana se le encerraban uno dentro del otro, pensaba en la mar encrespada de su silencio, en su sonrisa tímida y pálida, en sus ojos oscuros y tiernos, en su expresión de desamparo. Lo peor eran las noches en las que no había harina suficiente para trabajar, noches montando la guardia en su ventana observando las luces del pueblo y del cielo. La buscaba entre la niebla o en las sombras. El alba, con su cristal goteante, le mostraba el desierto en el que se había convertido su pueblo; ya no existía nadie sino Dana. Hasta que comprendió que debía resolver esta situación enfrentándose a Jan. Lo encontró delante de la taberna del Tuerto y justo cuando se disponía a hablarle el policía le soltó un puñetazo.

–¡Desgraciado! ¿Qué te crees, que mi hermana se casaría con un idiota como tú? Ni muerta. Deja de acosarla o te meteré en la cárcel y si me tientas… ya sabes lo que te meteré.

El coche con el logotipo de la Kast Gesellschaft en el radiador paró en la Osterorstrasse donde vivía Ute. Del aparatoso auto se bajó un conductor de uniforme y abrió la puerta a una dama. Otta Lenz agradeció al mozo el gesto, salió y se dirigió a la puerta del domicilio de Ute. A nadie había pasado desapercibido, para las mujeres que transitaban era toda una provocación, para los hombres una alegría agridulce. Otta vestía un traje corto, sin duda hecho para las grandes ocasiones, rematado con un gran sombrero y una sonrisa orgullosa. Muchas dedujeron que solo aquel vestido valía un mes de comida. Otta llamó a la puerta, tocó con insistencia y Ute abrió a la tercera vez. Sin esperar a ser invitada se coló, lo miraba todo e incluso llegó a tocar un reloj colgado de la pared del salón. Olía a tocino asado, sin duda a la hija del alcalde no le faltaba el sustento, pensó Otta. Ute indignada la seguía muda de rabia. Ambas fueron amigas, ahora eran rivales, enemigas.

–Así que esta es la casa. ¡Vaya! Esperaba más. Aunque no sé porqué me sorprendo…

–¿Qué haces aquí?

–Humillarte –dijo Otta sin pestañear.

–Pero, ¿qué?

–Para ser una segundona eres bastante patética. No sirves ni para ser la tercera, además –le dijo echando un vistazo despectivo a su vientre–, ¿te dejas preñar?

«¿Cómo lo ha sabido?».

Ute estaba morada de cólera, temblaba de los pies a la cabeza. De tener más valor buscaría un cuchillo para clavárselo en el corazón. En aquellos instantes apenas tenía fuerzas para asimilar la agresión. Sin quererlo se llevó las manos al vientre como queriendo protegerlo.

—Ute querida, tu suerte se acabó. Fremont es mío… y cuando no es mío es porque está con su prometida. Pero piensa en mí, lo sabes. En mis manos es como una muñeca, tú eres… una más. Me das lástima, porque Fremont suele deshacerse de todo lo que le molesta o le estorba. Eso ya lo sabes. ¡No me mires así! No tengo nada contra ti. O tú o yo. Y prefiero ser yo la que no pase hambre, mis bastardos serán sus hijos. El tuyo… es posible que ni siquiera nazca.

—¡Mentira! ¡Todo es mentira!

—¿Mentira? Vamos Ute, mírate. Esto es todo lo que ha dado por ti. Mírame, mira por la ventana y verás el coche que me ha traído. Él siempre me amó, incluso se encargó de despachar a los Król. Todo lo que ha hecho ha sido por mí… qué ciega he estado.

—¡Mató a tu hermana! ¡La asesinó!

—¡Mientes! ¡No tienes nada para demostrarlo!

—¡Sí! ¡Lo tengo!

—Pues eso no te salvará.

—¿Es que no entiendes lo que te digo? Fue el asesino de tu hermana, la utilizaba para enemistaros de los Król a cambio de que su novio no fuese a la guerra. Mataron a los gansos, prendieron fuego a la casa que tenían alquilada los Król, hicieron cosas para enemistar a las familias y alejarte. Sin embargo, Fremont no pudo cumplir su parte del trato al no poder evitarlo ella te lo iba a contar todo y por eso la mató. Dice que fue un accidente, nunca sabremos la verdad, pero María murió estrangulada.

—¡Calla! ¡Si eso fuese verdad ya sabes lo que te espera, a ti y a tu hijo!

—¡No quiero escucharte, eres una mentirosa! ¡Estás loca! ¡Mató a tu hermana, mató a tu hermana! ¡Tengo la carta que lo prueba!

—Ve a la policía, a lo mejor tienes suerte.

Otta se giró con rapidez y suficiencia, dejando un último desprecio. Se largó con pasos largos mientras que Ute la seguía observando hirviendo de ira. No quería verlo, aunque no podía dejar de ir detrás y entonces pudo comprobarlo: un chofer le abría la puerta de un coche de la compañía. Ute se llevó una mano a la boca y comenzó a llorar desconsolada, su vida de ensueño se había arruinado. No se merecía tanto desprecio. Si se largaba con suerte podía llegar a Faustaugen en donde su padre podía perdonarla y, aún allí, nunca se sentiría segura. Fremont podía ser su amante y también su verdugo. Lloró toda la tarde y parte de la noche. Se sintió tan acabada que quiso quitarse la vida, por suerte aún le quedaba Marcus… y la carta.

El abogado Erhard Hurb llegó ante una modesta casita de campo. Estaba citado por Günter para una reunión secreta, el antiguo director general tenía un fondo en dólares que podía liberar y aportar la liquidez necesaria a la empresa. Su condición fue que viniese solo y que no dijese nada a Fremont. Consciente de lo que se jugaba decidió acceder, sabía que a cambio pediría que retirasen los cargos e incluso dejarlo salir del país. ¿Qué tenía que perder? Günter era una leyenda, por lo que el abogado se vistió con sus mejores galas. Estaba nervioso, tanto que no cabía en el asiento y le parecía que nunca iba a llegar. Tenía en su maletín la solución a todos los males de la compañía. El exadministrador no podría rechazar una oferta como la que traía, la había diseñado él mismo. Se bajó del coche y pisó la nieve embarrada. Hizo un gesto de incomodidad al ver sus zapatos sucios y tras agradecerle al chofer que le hubiese abierto la puerta se encaminó hacia la entrada. Justo cuando iba a llamar abrieron. Erhard se encontró con Günter Schumacher. Estaba envejecido, utilizaba un bastón y tenía amplias bolsas debajo de los ojos. Sin duda, el paso por la cárcel le había pasado factura.

—Pase, pase —le estaba esperando.

—Perdone mi tardanza, suelo ser puntual…

—No importa, no importa.

—Erhard Hurb —dijo el abogado ofreciéndole la mano.

—Günter Schumacher —correspondió el exadministrador—, pase, pase.

—Nos conocimos hace unos años en la casa de Matthias Schröter. ¿No me recuerda?

—Para serle sincero… mi memoria no es la de antes.

—Desde luego, disculpe.

—No, no, discúlpeme a mí.

Llegaron a un salón pequeño al lado de una cocina. La casa estaba fría al parecer no funcionaba la estufa. Günter se protegía con gruesos abrigos y con una manta. El abogado carraspeo, se sentó en una silla que se quejó al recibir su peso. La mesa no tenía ni un mal mantel, era madera desnuda y rallada.

—¿Quiere un té?

—No, déjelo señor Schumacher.

—Insisto, es buenísimo.

–Está bien. Gracias.

–Bueno, siempre me gustó ir al grano. Negociemos –dijo mientras le servía una taza.

–¡Oh!, por supuesto –Hurb lo tenía fácil, calculó que desde que Schumacher salió de la cárcel no había podido salir del país, recibiría puntual correspondencia con su familia en Suiza, pero no podría utilizar el pasaporte, debido a esto se encontraba solo y empobrecido–, como sabe el señor Kast está harto de esta lucha sin sentido. Desea encontrar una fórmula que acabe con esta situación. Yo siempre he creído que la mejor justicia es un buen pacto. Y eso es lo que le ofrezco, aún no he hablado de esta reunión con mi cliente, pero creo estar en disposición de cerrar un buen acuerdo, por supuesto. Sé muy bien que usted es un hombre honorable y desea una pronta salida a este asunto…

–¿En definitiva?

–En definitiva le propongo acabar con el litigio. El señor Kast retira los cargos a cambio de que usted convenza a la señora Doris de que lo más sensato es unir el patrimonio, ceder la parte de su hijo a cambio de una suma. Con el efectivo del fondo que usted posee y los avales necesarios se salvaría la Kast Gesellschaft, que en definitiva es el trabajo de toda una vida tanto de usted como del malogrado Frankz. De ese modo usted volvería a tener sus cédulas y sería libre de ir a donde quisiese. Me permito aconsejarle que acepte. He cerrado muchos acuerdos y este es bastante bueno. Sabemos que la señora Doris se deja asesorar por usted y que tiene la llave de la salvación de la compañía. Unas palabras a cambio de la salvación.

–No sé si sabe que todo esto estaría al mismísimo filo de la ley, es decir señor Hurb que el pequeño Till es copropietario y cualquier decisión de peso habría de ser tomada en su mayoría de edad, ni siquiera sus progenitores podrían ceder sus derechos. Además, tal parece que el pacto lo pago yo. Yo pago a Doris y se lo cedo a su cliente.

–Sí, a cambio de la libertad. Por lo demás no tema es puro papeleo, nada que no pueda ser resuelto con regalos.

–Chapuzas. El estado siempre podrá ir contra mi persona porque como saben ahora muy bien tengo participaciones en una empresa que ha trabajado para el enemigo. Por no decir que Till se podría revelar el día de mañana. No sé… no sé…

Günter le dio un sorbo al té sin quitar ojo a su interlocutor. Erhard volvió a carraspear, se quedó esperando unos minutos en los que le dio tiempo a dar dos tragos al té.

–¿Y bien? –preguntó al fin.

–Parece un buen trato. Dinero a cambio de la libertad. Pero yo tengo uno mejor señor Hurb, de ahora en adelante usted trabajará para mí. Yo seré su jefe, bueno, para ser exactos la señora Doris será su jefa. Aunque el señor Fremont ni lo sospechará. Usted dirigirá la Kast Gesellschaft hasta la quiebra, firmará todos los documentos para su disolución y venta para pagar a proveedores. Ya nada puede evitarlo, una lástima, en fin, ya me entiende.

–Pero eso es imposible. ¿Y el fondo? Señor Schu…

–Nada, nada. Hace tiempo que esperaba este momento.

–¿Lo esperaba?

–Sabía que este día tendría que suceder, sin que usted lo sepa forma parte de un plan. Mi gente me ha dicho cómo es usted y creo que accederá de buena gana.

–¿Cómo…? –«Aún tiene hombres fieles a él».

–Exacto, eso mismo que usted piensa. Yo provoqué esta situación y yo la enmendaré. Fremont es inestable, incapaz de reconducir a la empresa, impulsivo, irreflexivo y egocéntrico. Tiene todos los dones para ser un completo patán, antes no era así… en fin, qué le voy a contar. Después de observarle hemos decidido que usted es un magnifico profesional y que merece la dirección de la compañía… hasta su quiebra y refundación, es decir de las cenizas de la Kast Gesellschaft renacerá otra compañía más modesta y solvente. Usted será una pieza importante en este nuevo comienzo, compréndalo yo soy viejo. Aunque tenemos que deshacernos de Fremont.

–Ni hablar, soy un hombre de honor, un caballero que jamás traicionaría a…

El abogado se sintió perdido. Jamás habría sospechado que estaba en medio de una conjura y que fuese el peón del enemigo. Debía ser el salvador no el verdugo de la compañía.

–¡El honor! ¡Ja! No se moleste, perdone, perdone. Verá, esto no es como usted lo ha planeado. Lo siento, no podía preverlo. Necesitan liquidez y el Deutsche Bank no os lo va a proporcionar, tampoco lo harán otras entidades de crédito ya que me he ocupado personalmente de que eso no suceda les he mandado informes... Además los conozco, algunos banqueros son amigos míos y, aunque mi aspecto no es el deseable, a nadie le gusta poner el dinero en una bolsa rota. El dinero está muy caro y creo que con las reparaciones de guerra el problema no hará sino empeorar. Solo yo poseo dinero y está en Suiza, en dólares americanos.

–Creo que se confunde usted de hombre…

–No, no me confundo. A todos nos mueve el dinero. Yo, por ejemplo, levanté la empresa. Frankz era un buen inversor y el mejor relaciones públicas. Fue mi instinto el que creó el complejo, mi astucia. Si tomé dinero era porque legítimamente me pertenecía. Frankz siempre lo supo. Todo iba bien, no tenía porque recriminármelo. Su familia cada vez era más poderosa, pasaron de ser los nuevos ricos a ser los Kast. Ni se lo imagina ¿verdad? El mismísimo Káiser acudió a una cacería en la Piqueta de Elsa, aquello sí que fue grande. Todos en esta ciudad querían casar a sus hijos con los Kast. Nada le alegra más a un aristócrata que el dinero y a un burgués nada le da más satisfacción que añadir un buen apellido a su descendencia. Esto funciona así. Es todo una farsa, por eso, mi familia está en Suiza a salvo. Y pensar que en un momento dado soñé con casar a una de mis hijas con Fremont. El espectáculo se ha acabado, no hay más –sentenció.

–Pero Fremont, no permitirá que eso suceda.

–Muchacho, tienes que creerme, no podrá evitarlo. Alargará el sufrimiento de su empresa hasta el último día. Imagina llegar y encontrarte a una muchedumbre de obreros hambrientos, llegar como has llegado hoy con tu chofer, tu frac y tu sombrero de copa, o con un bombín. Incluso a mí me zarandearían el auto. Yo que he sido uno más. Vivía como los obreros e intentaba mirarlos a la cara. Fremont no es así. Ya no.

–Tal vez una ampliación de capital...

–No quiere aceptarlo. No lo permitirán, no puede suceder, nadie invertirá en una bolsa rota, ya te lo he dicho. Asimílelo.

–Fremont no dejará que esto suceda, lo conozco...

Pero Fremont no estaba preparado para algo así. Günter lo había planeado todo meticulosamente para que en el peor de los casos la mitad del capital fuese del pequeño Till. Tenía que ser muy precavido y sobre todo sopesar las ventajas y los inconvenientes. Sabía muy bien que su actual jefe era demasiado impulsivo, no reflexionaba y cometía errores. Sin embargo, Doris parecía más inteligente, ni siquiera se implicaba directamente. El abogado pensaba que era el momento de ser pragmático.

–La suerte de Fremont está echada. Su obstinación le llevará a una tumba prematura. No tiene por qué hundirse con este barco, la empresa será desmantelada, vendida, piense que con cada porción que se venda usted obtendrá una porción y no hablo de las instalaciones, también hay que contar con los activos, licencias para fabricación, patentes. Aunque la mayoría estén en manos de Doris algunas aún las conserva la compañía. Fremont ha dedicado dinero a dispendios para perseguir a sus enemigos un dinero que ni siquiera tenía, no tardará mucho en pagar su salario con acciones y esas acciones no valdrán nada de aquí a unos meses. Si está aquí es porque lo sabe.

–Este proyecto es el más ambicioso de cuantos he tenido a mi alcance –dijo Erhard abatido–, es el sueño de cualquier hombre con aspiraciones. He venido a su casa lleno de esperanzas y me voy desilusionado.

–Le comprendo. Y le animo a que no sea tan pesimista, Doris le contratará. Debe usted facilitar las cosas. Ahora quiero que compruebe que todo lo que le he dicho es verdad: Fremont es un cadáver y ni siquiera lo sabe –Günter se puso de pie y golpeó con la cucharilla la taza de café a las espaldas de Erhard se oyeron unos pasos y apareció un hombre con perilla y bien vestido–. Señor Hurb, le presento a Paul Król, acaba de llegar de Faustaugen para arreglar un asuntillo, algo así de un fulano que pretendía darle caza. ¿Lo envió usted?

Paul le tendió la mano y una sonrisa que al abogado le pareció terrorífica, aún más cuando vio que tenía una pistola encajada en la cintura.

–Un placer, señor abogado. Me alegro de ponerle cara a su nombre, porque nunca olvido un rostro.

Erhard Hurb lo veía cada vez más claro, o colaboraba o sería asesinado. Trabajar para Doris o para un cadáver. De nada serviría avisar a la policía, ni a Fremont… su futuro estaba cada vez más claro en medio de un presente muy turbio.

–¡Curioso! ¿Verdad, señor Hurb? No tengo carbón en mi casa y, sin embargo, puedo tener cédulas para que cualquier criminal se mueva libremente por el país. Porque este hombre que tiene delante ya sabe asesinar sin pestañear. No se equivoque señor Hurb, antes no fue así, Fremont creó este monstruo. Por cierto, ahora recuerdo… en la casa de Matthias Schröter, buen coñac ¿verdad? La conversación versaba sobre la Gran Alemania o la Pequeña Alemania, yo estaba a favor de la segunda, al igual que Bismark, la Gran Alemania es una quimera como el Imperio Austrohungaro. Una buena conversación, sobre imperios que caen, ¿acaso no caen todos?

El picapedrero Johann Böll venía, como no, de Sättigenreifen. Sus músculos eran al menos tan duros como el granito que solía picar. Su trabajo en Faustaugen consistía en grabar los nombres de los caídos en el monolito del cementerio. Le habían pagado bien para añadir uno nuevo: Ulrich Król. Debía ser un drama terrible el haber perdido a los únicos dos hijos en la guerra. A él también se le habían malogrado dos en el Somme y una hija con la gripe, aunque gracias a Dios aún le quedaban otros cinco y ahora tenía una nieta. Johann era un tipo sencillo, lo único que temía era al calor y los ardores. Bebedor habitual, de temperamento callado nada más le gustaba tanto como oír chismes en los bares, lo hacía bajando la mirada como un cerdo que oye a través de sus orejas. De ese modo se hacía su mapa de la realidad. En la taberna del Tuerto se empapó de los acontecimientos de Faustaugen. Estaba Helmuth Deneger un viejo conocido que a veces se quedaba durante largo rato mirándole trabajar como si quisiera aprender, estaba bastante mayor ya el hombre y tan bruto que solo le faltaba rebuznar. Decía en altas voces que los bosques estaban llenos de fantasmas que le hablaban e incluso que veía al Arrepentido pasear por los tejados de las casas a altas horas de la noche. También vio a un muchacho llamado Ferdinand que se lamentaba de no poder largarse y montar un taller de bicicletas, no podía marcharse sin más porque había una muchacha llamada Veronika Fellner que lo mantenía anclado al pueblo. Por su experiencia sabía que jamás iba a salir de allí. Un muchacho cojo mendigaba copas de licor a la vez que miraba asustado a todas direcciones. No hablaba con nadie y repasaba el periódico como si fuese a encontrar su fotografía o su necrológica. Johann recordaba al joven desde pequeño ya que una vez cuando vino a hacer un trabajo y resultó que se lo llevaba de polizón en su carro oculto debajo de unos sacos vacíos y a medio camino se tuvo que dar la vuelta para regresarlo. Gilbert, se llamaba el condenado siempre recordará ese día y las ganas de darle un pescozón. También entró un muchacho con un perro, sin duda era bastante querido en Faustaugen, solo había que ver las caras de los clientes. Marcus Breuer, Johann había conocido a su padre un buen hombre a veces lo vio pasar por su pueblo con sus ovejas. Una vez incluso les regaló una cántara de leche a sus hijos, qué tiempos aquellos. También oyó que un muchacho al que daban por muerto resultaba que estaba prisionero de los británicos y que ahora lo tenían limpiando el campo de batalla. Mientras que su hermano tenía medio rostro por lo que se lo ocultaba con una máscara. Su madre, que al parecer era una bruja, le despreciaba porque se negaba a que su hijo tuviese la cara echada abajo y su vida destrozada. También se habló y mucho del alcalde Holstein quizá el único hombre del pueblo que había rejuvenecido gracias a los amores con una viuda, María Bär. La cual era mucho más joven que él, pero tenía que mantener a sus dos críos uno de ellos sordomudo. Por lo demás, pudo oír que la semana pasada dos amigos de toda la vida habían discutido en la calle por sus ideas políticas y casi llegan a las manos. A esto había llegado el país. A un judío le habían pegado en Gutenweizen acusándole de ser un bolchevique. A otro le insultaron porque según decían eran ellos los dueños de la banca y no soltaban su dinero para reconstruir el país. En adelante se cuidaría de hablar de política.

Muchas cosas habían sucedido en aquel pueblo desde la última vez que vino. El picapedrero apenas podía ponerle cara a la mayoría de los nombres, aunque tantas historias le parecían interesantes. Sin duda alguna en cuanto se acostase con su mujer le iría relatando, después de añadirle algún matiz, una tras otra. Su esposa siempre se quedaba dormida oyendo sus chismes, le gustaban acaso porque su vida era demasiado insulsa o triste por los sinsabores que le habían ido dejando los años. Lejos de las habladurías solo quedaba el día a día, las agujas del reloj que giraban siempre en el mismo sitio. Ya apenas quedaba el sexo porque a veces el amor pasa por no tener que hacerlo. Así el hombre que daba vida a las piedras no sabía ya cómo conmover a la carne. Tan solo tenía las historias ajenas, las ganas de escucharlas para luego poder relatar. Esa era la sal de su día a día.

Porque el hablar es la sabia de la sociedad, no existe pueblo inmune al hechizo de la palabra. No obstante, la voz necesita ser transmitida. Al igual que la piedra pide el cincel para ser algo. Cuando ese pincel de hierro graba unas palabras el mineral pasa a estar vivo. Transmite información, habla, cuenta. Su voz es eterna, sobrevive a su creador. Algún día la gente tendría conciencia de su sociedad, de sus aciertos de sus errores simplemente porque sus vidas quedarían plasmadas en un papel. De ese modo cualquiera podrá saber que el gran país que esculpieron entre muchos con sus manos fue consumido por la obstinación de unos pocos. En ese instante el picapedrero se sintió orgulloso de su profesión; quizá pocas cosas dicen tanto como el martilleo de una campana, como el repicar de un cincel.

Virginia Vanhoof llegó cargada de ilusión y una destartalada maleta a Faustaugen. La visita del excoronel Dietrich von Kittel le abrió los ojos, debía despojarse del miedo y buscar lo que más amaba. Solo los valientes merecen botín.

Nada más poner un pie en el pueblo comparó la entrada del pueblo con la imagen de los dibujos de Christian que conservaba en su cerebro. La calle larga, los sauces, la iglesia en la mediación, la fuente al fondo... caminó con lentitud ya que temía resbalar en una placa de hielo. Aunque lo que más le inquietaba era sentirse observada, la calle estaba desierta, pero las cortinas de las ventanas se movían indiscretas y era como tener un enjambre de avispas en el cogote. Vio un bar, el cartel tenía la pintura desgastada y la cadena de la que pendía estaba mohosa. Una ráfaga de viento preñada de frío movió el letrero, la nieve posada en el lomo de madera se mantenía firme sin necesidad de ningún equilibrio. La joven dudó, no sabía si allí debía preguntar. De pronto un perrillo sin raza llegó hasta sus pies y la alagó, movía su rabo nervioso. Por primera vez desde que llegó se sintió cómoda, le acarició la cabeza y el perro de un salto dio una ligera carrera para volver a las manos de Virginia, la cual oyó un silbido y el animal vio al dueño. Era un sonriente Marcus Breuer.

–Ratón, no molestes más a la señorita.

–No me molesta, me encantan los animales, son mejores que las personas.

–Y usted que lo diga. Este en particular es un héroe, ha salvado a muchos soldados en las trincheras.

–¿Trabajaba para el ejército?

–Así es señorita, al terminar la guerra se lo pedí a mis superiores y me lo dejaron llevar sin problemas. ¡Bueno, un alférez se lo quiso quedar! Era un buen hombre, cuando vio que el animal solo quería venir conmigo se rindió y me lo dejó. Los mandos siempre tienen la última palabra. Yo esperaba que me sirviera para cuidar ganado, sería un buen perro pastor. Lo que sucede es que ya no tengo ovejas, ni sé cuando las podré tener. Perdone, la estoy aburriendo.

–No hay que nada perdonar –dijo la joven con un inconfundible acento flamenco–. ¿Conoce usted a Ulrich Król?

La expresión de Marcus se volvió seria como si hubiese sido ofendido, un gesto que Virginia comprendió al instante. Tantos sueños que traía se habían desvanecido como la nieve en primavera. El deshielo de sus ojos comenzó con un lento gotear para terminar en un torrente de lágrimas. El muchacho que la observaba no sabía qué hacer, apartaba la mirada, incluso quiso irse, aunque intuyó que dejarla allí plantada no era lo más cortés. Incluso ratón chichaba de tristeza. Virginia se cubrió la cara con las manos y sin quererlo buscó el abrazo de Marcus que aunque era un desconocido lo necesitaba. El joven la sintió temblar y por primera vez en su vida supo lo que era tener una mujer entre los brazos. Había algo dentro de él que le había llevado a repudiar la compañía de meretrices. Bastó esos segundos para rendirse a la desconocida.

–Perdone –dijo Virginia.

–No… no hay nada que perdonar –dijo Marcus repitiendo las palabras de ella–. ¿Ha hecho este viaje para… para nada?

–¿Está enterrado aquí o en algún cementerio de mi país o dónde?

–Aquí. Lo que le ocurrió a Ulrich es una historia algo confusa que todos sabemos en el pueblo.

Marcus se la explicó a grandes rasgos, Virginia había oído hablar de Paul y sentía hasta un poco de curiosidad. No paraba de lagrimear y sacó un pañuelo. De repente quiso ver la tumba de Ulrich, se lo pidió a Marcus y caminaron hacia el cementerio. El muchacho podía intuir la mirada de sus vecinos, a él le daban igual aunque sentía la incomodidad se su acompañante. Caminaron en silencio porque a Marcus se le había cortado las ganas de hablar. Ratón se quedó en la entrada del camposanto. Lo primero con lo que toparon era el monolito grabado. Abajo del todo aparecía el nombre de Ulrich Król ante el que volvió a llorar desconsolada. Se arrodilló y con los dedos acariciaba cada letra como si fuese piel. El granito era frío. Había venido a Alemania para llorar, jamás debía de haber hecho este viaje de dolor. Marcus la levantó, era demasiado llanto y temió por su salud.

–¿Dónde está enterrado?

–Más allá, con su abuelo. Pero no debería usted torturarse más.

–Tal vez sea la penitencia que he de pagar.

–No la conozco, aunque creo que lo que quiera usted pagar ya está lo suficientemente cobrado con la muerte de Ulrich. Ulrich era mi amigo y también su hermano. Yo he perdido a muchos, y he visto de todo.

–También yo. Perdí a mi padre… fui enfermera durante la guerra… y ahora he perdido al amor de mi vida.

–La guerra nos ha robado mucho, aún así hay que continuar. Es joven y tiene mucho que vivir.

De repente Ratón ladró en la puerta. Ambos miraron en aquella dirección y apareció Jan Ehrlich. Al verlo Virginia recibió una coz en el corazón. Jan no podía creerse lo que estaba viendo. Hubo unos segundos de silencio en los que ambos comprendieron que el encuentro no tenía nada de casual. Jan avanzó con paso lento y seguro hacia la muchacha, no cabía de regocijo. Comprendía a qué había venido y pensaba que después de muerto Ulrich quizá habría un sitio para él en su corazón. Estaba en su territorio y no la dejaría marchar así como así.

Jan estaba nervioso, el tipo que apareció muerto le asustó mucho ya que todo apuntaba a que Paul estaba en la zona. Siempre que Lukas comenzaba a hacer sus torpes malabares solía mirar en todas direcciones. Aunque lo peor de todo fueron las pintadas en las paredes, alguien había escrito la palabra serpiente, sin duda para asustarlo. Y lo había conseguido.

–¿Venías a verme Virginia?

La joven se quedó frente a Jan, sin embargo, cuando iba a besarla le retiró la cara. Virginia con los brazos cruzados intentaba no temblar. La mirada no daba margen a las dudas. En vez de seguir llorando o de mostrar temor rebuscó algo de valor en su interior.

–He venido a ver a Ulrich, sin embargo, también tengo algo para ti.

–Creía que me odiarías.

–A ti sí. Aunque a tu hijo no.

–¿Mi hijo? –preguntó consternado.

–Imagino que recuerdas nuestro último encuentro. ¡Maldito violador!

–Está bien, está bien, reconozco que no debí. Fue un error, la ira. Perdí los nervios, tienes que comprender que un soldado está expuesto a mucha tensión. No espero que me perdones ahora, pero al menos trata de comprender. Me partiste el corazón –dijo en voz baja–. Aunque si no fuese por aquello ahora no existiría tu hijo, nuestro hijo. Vamos a mi casa y hablaremos… sin público.

–¿Sin público?

–Sí, querrás que reconozca a la criatura. Es normal, no pienso casarme, pero aceptaré…

–¡Tú no decides nada! Además, no pienso ir a tu casa. Si me pones una mano encima, si me haces cualquier tipo de daño jamás lo verás.

–Está bien, de todos modos te informo de que la última

pensión del pueblo se cae a pedazos, hace mucho frío y el último coche hacia Gutenweizen ya salió. ¿Dónde vas a pasar la noche?

–En la casa de este hombre, Marcus.

Marcus miró extrañado a los dos. Se sintió invitado a su propio hogar.

–¡Ja! Marcus vive en una pocilga.

–Lo prefiero a dormir con un cerdo.

Cuando Esther Weiss recibió a su hijo Alexander, que venía convaleciente y con una máscara, se lo comió a besos. Sin verle el rostro sabía que era él, quién sino con unas manos enormes y una musculatura sin igual en todo el pueblo. Era su hijo "el forzudo", heredero de lo mejor de su familia. Siempre silencioso ahora mudo por fuerza. Tenía la cara destrozada y la comida tenía que desmoronarla con un tenedor. Una vez que la hacía papilla se la iba metiendo poco a poco, tragándosela con lo que le quedaba de lengua. Poco quedaba de su dentadura la cual había dejado de sangrar. Esther no lo podía ver, le daba la espalda. Allí estaba todo lo que le quedaba en el mundo, jamás le dejaría descendencia. Los Weiss morirían con él y él mismo con toda probabilidad se marcharía antes que su madre. Un día llegó una carta del ejército notificando que su hijo Gotthold estaba vivo, prisionero de guerra aún tenía que limpiar campos de batalla como compensación de guerra. Aquello fue el detonante para que la vieja comenzase a cambiar. Había llorado a sus hijos hasta la extenuación y el saber que Gotthold estaba vivo la animaba tanto que reía a solas. Al tiempo comenzaba a desarrollar una desafección hacia Alexander, pensaba que este no era su hijo, que su Alexander debió de morir en algún lance y este era un impostor que venía a suplantarlo para aprovecharse de su dolor. Un día tras otro el clima en su casa se volvía irrespirable, le daba asco del enmascarado que se destapaba para secar sus babas con un pañuelo, del tipo que se pasaba todo el santo día sentado mirando por la ventana y balanceándose en una mecedora. Por ello, comenzó a insultarlo, le llamaba monstruo. Sucedía que Alexander estaba sumido en su propio dolor y apenas la oía. Se pasaba las horas mirando a la calle, algunos niños le llamaban el fantasma Weiss o el Arrepentido, solo le faltaba correr por los tejados. Alexander recomponía la realidad de su pueblo mezclaba gentes y situaciones, a veces incluso se lo pasaba bien haciendo algún aspaviento a los chiquillos. Esther cuando notó que no le hacía caso rabió de ira, lo machacaba a insultos, llegó a echar espuma por la boca. Habló con el cura y con el alcalde para echarlo. Odiaba hasta la locura a aquel ser deforme que se había instalado en su casa. Gotthold era su única esperanza, seguro que cuando regresase de su cautiverio echaría al enmascarado. Porque Esther era así, acababa con los problemas de manera fulminante y despiadada. Siempre había sido un tren descarrilado que pasaba sobre todo y todos sin importarle lo más mínimo lo que nadie pudiera pensar o si acababa dolido. No aceptaba de ninguna manera que su hijo mayor hubiera regresado desfigurado, en esa consistía toda su verdad.

Alexander poco a poco iba aceptando que su madre había dejado de quererle. Se sintió el humano más abandonado del mundo, alejado como una estrella a la que hay que ver con anteojos. Ya nunca habría nada que le diese paz, ni siquiera podía aspirar a tener una vida normal, ni alejada del sufrimiento ya que sentía dolores en donde un día tuvo cara. En esos momentos lo vio claro, le quedaba el Abeto Ahorcado. Sintió las voces de los suicidas llamándole, era imposible aferrarse a la vida, una vida que solo le había mandado tormento. El día a día solo era un padecer insoportable, una lucha de antemano perdida. Por si fuera poco siempre estaban las pesadillas, cualquier noche era buena para regresar a las trincheras.

Un día vio a Roth, sintió que no podía abandonar aquel mundo sin disculparse. Salió de casa como un desesperado y le salió al paso. Le ofreció su mano de gigante en señal de amistad. El panadero al verla dudó un poco hasta aceptarla, era una mano dura y fría como la de un cadáver. Sus ojos a través de la careta no parecían los de un amigo que buscase la reconciliación sino los de un asesino que te estuviese tanteando. Roth comenzó a sentir con la cabeza, se zafó y retrocediendo un paso comenzó a hablarle.

–Aquella noche sentí un miedo como nunca, oí al enemigo hablar tan cerca que creí que no saldría de allí. Había tantos cadáveres que quise estar muerto. Pensé que la muerte me podía liberar de todo el sufrimiento. El miedo me amarró a aquel sitio y todos mis esfuerzos fueron pasar por un cadáver más. No sé qué ocurrió con tu hermano, tan solo dejé que los enemigos pasaran. Gracias a Dios está vivo. Aprendí aquella noche que mi cobardía tiene consecuencias y, por eso, traté de no serlo jamás. No ha sido fácil… simular que era un valiente cuando en realidad era un cobarde.

Alexander avanzó y dejó caer una mano en el hombro de su camarada. Asintió con tristeza.

–Lo siento Alexander, siento haber mentido. No podía mirarte a los ojos. Llegué a temerte y aún más a tus ojos...

Alexander aunque hubiese podido hablar no habría encontrado las palabras acertadas. Gotthold estaba vivo y eso es lo que importaba. Después de aquel encuentro Alexander volvió a su mecedora y su ventana. Su madre seguía insultándole y tirándose de los pelos. Y él ya no veía a nadie. El mundo comenzó a despoblarse ya no veía a las personas. Observaba a las cornejas escarbar entre la nieve, a los gorriones discutiendo en su idioma travieso, a la luz de la mañana y del atardecer pintando los tejados de las casas. Un buen día de tantas salió a caminar, por la calle espantó a los pájaros, a los niños e incluso al Padre Josef que lo confundió con una aparición. Deambuló por el campo solitario, no le decepcionó su torpeza; por aquellos lugares que antes había corrido ahora apenas podía caminar. Alexander se había elevado a otro nivel en el que las dificultades no contaban, los problemas no existían ya que nunca más habría un mañana. Ya lo había perdido todo, nada más podía quitarle el mundo. Por no sentir no sentía ni tristeza, más al contrario vivía en una paz que le reconfortaba y le descubría una naturaleza que jamás había podido disfrutar al menos con estos ojos. Sin proponérselo llegó hasta la cueva del señor Mockford, un buen lugar para desaparecer y para dejarse morir. John lo vio llegar y mantuvo las distancias. El tendero visitaba sus tierras como cada día por el ánimo de dar un paseo. Lo vio entrar en su cueva. Indignado el hombre lanzó un bufido apenas perceptible. No quería que le oyese aún le dolía en el orgullo los puñetazos que le dio para quitarle la comida. Pensó que Alexander iba a robarle y no se equivocó, salió de la covacha con una cuerda. En ese momento Mockford leyó la escena. Dio un paso y retrocedió, sintió miedo, casi tanto como cuando recibía la paliza. Alexander si le vio no quiso aparentarlo, lo cierto es que para Alexander el mundo se había desnudado de humanos y todos le parecían etéreos y su idioma incomprensible. John sabía donde se dirigía y no hizo nada, la muerte de Alexander era como una venganza. Una forma de justicia divina. Lo siguió en la lejanía hasta verlo frente al Abeto Ahorcado. John se mordió el puño, «Donde llena el hambre no cabe culpa» se dijo, sin embargo, no hizo nada por evitarlo. Alexander encaró el abeto centenario. Un árbol que muchos habían propuesto talar sin que nadie se atreviese a descarnarlo con un hacha. Los hombres veían algo diabólico en su sombra, algo que para Alexander no significaba nada. Un árbol como otro cualquiera, que tenía las ramas de tal modo que se dejaba trepar hasta llegar a la que no tenía nada debajo, apenas dos metros sobre el suelo. Ató la cuerda y puso el nudo sobre el cuello. Se dejó caer y mientras su cuerpo luchó por salir de la situación su mente se alejó hacia el lejano día en que corría delante de sus hermanos camino de la escuela. Los trillizos se esforzaban en vano para llegar primero, Alexander no solo era el mayor también era su guía, su voz contaba más que la de sus padres. Aquel día fue un buen día, una buena carrera, un buen momento de felicidad. Allí se quedó para siempre, meciéndose y anclado a la alegría de vivir que una vez sintiera.

El consejo de accionistas se reunió en el edificio administrativo de la Kast Gesellschaft. Fremont miraba a todos los allí presentes: Burke Schwarzkopf, Jonas Rosenthal, Merril Prittwitz, Aaron Bucheck, Varick Honecker... Al que no quería ver era a su abogado ya que sus ojos le inspiraban poca tranquilidad. Antes de la reunión había respondido a todas sus preguntas con monosílabos y estaba rojo como si lo hubiesen abofeteado. A su derecha en un sillón de cuero se sentaba el contable Carsten Groeztki intentando acomodarse las gafas con la nariz. A su izquierda el secretario Johannes Bohlen con su barba blanca y su bigote amarillento. El asunto debía estar arreglado, su hermana tenía que haber aportado los abales necesarios para que la compañía continuase su penoso tránsito, en realidad una operación encubierta con la que Günter habría liberado unos depósitos de dinero que retenía en Suiza. Esto debía apaciguar los ánimos de los inversores. La industria del país, que debía pasar de una economía de guerra a una de paz. Era hora de dar un nuevo aire a la compañía. La sombra de los "acuerdos" de Versalles planeaba sobre la reunión como una banda de cuervos funestos.

–Señor Kast, creo que está en el pensamiento de todos el saber qué va a pasar con nuestras acciones. Su padre, su difunto padre, dio garantías de que nunca perderíamos un marco... –dijo Honecker.

–Y repartieron dividendos –dijo Fremont.

–Y repartimos dividendos, pero no olvide que lo arriesgado ha de estar en consonancia con lo conseguido. Y no es ese el caso. Sabemos que aquí ha sucedido algo, algo grave.

–Ya lo saben Günter desplumó a la empresa.

–¡Bobabas! –protestó Jonas Rosenthal– ¡Es solo un cabeza de turco!

–¿Por qué no está en la cárcel? –preguntó alguien al fondo.

–Huyó. Lo cual quiere decir algo, ¿no lo cree señor Rosenthal?

Fremont se levantó y miró a todos con gravedad. Aquellos tipos les parecían unos hipócritas, la mayoría había estado en la Piqueta de Elsa divirtiéndose, bebiendo y fornicando. Ahora protestaban decisiones que tomaron con las tripas llenas y satisfechos de lo bueno de la vida.

–Señores, este es el cuarto consejo de accionistas. Consejo extraordinario. No he venido aquí a ser reprendido, sino a buscar soluciones porque es cierto, lo que tememos es cierto, lamentablemente os tengo que decir que la empresa va a la quiebra. ¡Necesitamos liquidez!

–¡Búscala! ¡Ese es tu maldito trabajo! –gritó Jonas Rosenthal.

«Maldito judío». Pensó Fremont.

–Tal vez si usted intercediera podríamos salvarla. Es usted banquero, los judíos tenéis dinero si lo movieseis…

–¡Bobadas! ¡Bobadas! La inflación, ese es el problema, ya no sé ni a cuanto cotiza el marco con respecto al dólar o a la libra esterlina. A este paso nos tendremos que refugiar en otra moneda.

–Si el "tratado" –puso especial énfasis en esta palabra– que están componiendo en Francia es tal y como dejan traslucir, el marco caerá en picado –dijo Burke Schwarzkopf.

–¿Y qué se dice? –preguntó Aaron Bucheck.

–Quieren que cedamos Posen y que, además, renunciemos a todo lo conseguido en el tratado de Brest-Litovsk, perderemos todas, todas las colonias, ni que hablar de Alsacia y Lorena…

–¡Qué barbaridad! –dijo alguien.

–Perderemos ciudades del Báltico, además del valle del Niemen. Gran Bretaña, además de nuestras colonias, exige nuestra flota ya que ha sido la única que ha plantado cara a su Royal Navy, por otra parte Francia desea venganza, no olvidemos que la guerra ha sido en su país… pretende arruinarnos con las compensaciones de guerra. Resumiendo: Clemenceau quiere humillar a Alemania, Lloyd George quiere nuestra flota y tan solo Wilson pretende que todo esto sea lo más liviano posible porque quiere crear la Sociedad de

Naciones. Aunque, insisto, lo peor serán las compensaciones de guerra.

–¿A cuánto ascienden?

–¿Qué hay de los Catorce Puntos de Wilson? Dicen que el presidente americano quiere fundar una sociedad de naciones para prevenir futuras guerras.

–Son propuestas razonables ahora que está vencida Alemania, pero no creo que se las tengan en cuenta al menos todas. Por ejemplo, la navegación en paz y en guerra por aguas fuera de la jurisdicción, ¿creen que Gran Bretaña teniendo la Royal Navy consentirá? –prosiguió Burke–. Aún es pronto para aventurar, aunque creo que el Imperio Británico reclamará nuestra flota. Personalmente prefiero hundirla a entregarla. Es cuestión de honor.

«Maldito socialdemócrata».

–¡Bobadas! Ese tratado que andan discutiendo no puede ser tan restrictivo – afirmó Jonas Rosenthal.

–Son demasiados países, demasiadas exigencias y nos hemos rendido. Tenemos un país a punto de descomponerse. Nuestro ejército se verá reducido a la más mínima expresión. Quieren quitarle los dientes a la bestia. Ya sé solo soy un analista, pero tengo mis fuentes. Tan solo Estados Unidos es el único país que se muestra clemente. Los demás países se preparan para alimentarse de nuestros despojos. También he oído que Japón quiere tener un imperio colonial. Y mientras tanto, aquí, las mujeres podrán votar. ¡Hurra por el sufragio femenino! –dijo irónico.

–¡Esto solo se podrá arreglar con otra guerra! –afirmó Fremont.

Todos los asistentes se quedaron atónitos. El joven Kast se había vuelto loco.

–Habría que sanear primero el país y después rearmarlo. La Kast Gesellschaft suministraría armas y… medicamentos.

–¡Bobadas!

–¡Se ha vuelto loco!

–¡Nos toma el pelo!

–¡Quiero mi dinero!

Fremont reía, los había reunido allí a propósito para convencerlos. Su proyecto era a la larga, lo había visto claro, como miembro de los freikorps sabía que una parte del país se lamentaba de la derrota. Habría demanda por lo que él tendría la oferta. Primero habría que adaptar la economía a los nuevos tiempos para después volver a reconvertirla. Estaba claro: armas y medicinas.

–Señores, tengo la solución. Quieren vender, allá ustedes. Vendan, ¿qué le pueden dar las acciones? Nuestra deuda no es tan grande puesto que las tasas fijas cada vez son más pequeñas. Tan solo necesitamos una pequeña inyección de avales. Como saben mi padre dividió el patrimonio, a mi hermana le dio activos suficientes y a mí esta compañía expoliada por su mejor amigo. Pero qué demonios, he convencido a mi hermana para que me avale. Su hijo es copropietario de la mayoría de las acciones, no dejará que esto se vaya a pique. Podemos reconvertir del todo la empresa. Tenemos potencial industrial, qué duda cabe, y buenos trabajadores. A los comités de trabajadores los controlo yo con mis hombres. Solo pido un margen de confianza, como saben el dinero cada vez vale menos y aquí tenemos, repito, tenemos un gran potencial industrial.

–¡Vende! –gritó Merril Prittwitz.

«Maldito bávaro independentista».

–Sería ponerme a vender ¿y qué?, nos iríamos a la cama con un puñado de papeles en el bolsillo. Si el paisaje es tan desolador como lo ve Burke el dinero cada vez valdrá más y los billetes menos, porque los aliados nos pedirán oro, oro, no marcos de papel.

–¿Qué es eso de los avales? –preguntó el judío Jonas.

–Por favor, señor Hurb, explíquele usted a estos señores el acuerdo que ha cerrado con mi hermana.

Erhard Hurb se puso pálido como la harina. Había mentido a Fremont haciéndole creer que iba a tener una reunión con Doris en vez de Günter, creyó que saldría triunfante y con la salvación de la compañía debajo del sobaco, se precipitó. Carraspeó porque le costaba hablar, había defendido muchas mentiras en su carrera, aunque esta era mayúscula y su credibilidad se vería afectada.

–La señora… la señora –dijo ronco–, la señora von… –no le salía– la hermana de aquí el señor Kast quiere ayudar a su hermano y como son hermanos se han de ayudar… lo que quiero decir es que lo apoyará con avales… para que la empresa continúe… porque la mitad es de su hijo… pero pienso que deberíamos explorar otras opciones…

–¿Y por qué no está ella o su marido aquí ahora? –preguntó Jonas Rosenthal que había interpretado a la perfección la inseguridad de Erhard.

Fremont no podía creer lo que estaba oyendo. Su abogado no

le había contado toda la verdad. ¿Qué le ocultaba?

–¿Podríamos solicitar una línea de crédito al gobierno? Si la tasa es fija ¿qué podemos perder? –propuso Hurb.

–¡Bobadas! Si la bolsa va a caer de un día para otro quiero vender, mal vender. Siempre es mejor que la ruina –dijo Rosenthal.

Hurb miraba de reojo a su jefe y al contable el cual también estaba pálido. Fremont se olisqueaba los dedos índice y corazón de la mano derecha, aún le recordaban al sexo de una joven. Se relamía porque volvía a ser un hombre enamorado, eso le llevaba a pensar en su prometida a la que no podía rehuir ahora más que nunca. La perrera que tenía en frente ya no tenía valor, allí seguían protestando sin buscar soluciones. Se sentía traicionado, ahora solo podía comprobar qué sucedía a sus espaldas. Por lo que Fremont miró a los inversores y determinó que no podía perder más el tiempo. Se levantó, con la mirada se llevó al abogado y al contable. Dejó a los asistentes con la boca abierta y al secretario sin saber qué notas tomar. El griterío se elevó cuando cerró la puerta y les dejó allí con el futuro de la compañía empeñado. Fremont lo tenía muy claro, en estas condiciones habría otra guerra, quién sabe cuándo, pero la habría. «Malditos todos». Entonces se encaró con el abogado y le dijo amenazante:

–Erhard, más vale que largues lo que sabes.

No había coche hacia Faustaugen y tuvo que preguntar cómo se llegaba a pie. Un viejo llamado Helmuth Degener que iba a Gutenweizen a vender carbón o más bien a cambiarlo por cualquier cosa, se ofreció a acompañarlo por el camino de las Monjas. El sargento Rudolf Goldschmidt oía las historias de Helmuth acerca de los fantasmas de los bosques y al verse rodeado de árboles se encontraba contrariado primero, asustado después. Hasta en un momento dado creyó ver el alma en pena de Geert a la espera de que le contase la verdad a su madre. Tenía la impresión de que iba a un lugar tan remoto que fácilmente los mapas se habrían olvidado de él. La cercanía de la noche, las historias de Helmuth y la arboleda que se comía el camino hacían de aquel paseo una experiencia estremecedora. Rudolf sintió un miedo distinto, irracional, al de las trincheras. Lo desconocido se movía entre las sombras, poblaba su mente de espectros que se movían en la lejanía, un puzle de leyendas con las que iba reconstruyendo la historia de Faustaugen.

–Antes se vivía bien. Mi padre era un carbonero blanco. ¿Sabe usted lo que es un carbonero blanco?

Rudolf lo negó con la cabeza.

–Los carboneros blancos se dedicaban a almacenar nieve en el suelo. La tapaban con ramas y cuando llegaba el verano la recuperaban para conservar el pescado. Porque como todo el mundo sabe el pescado o quiere sal o nieve. Porque si no se echa a perder y es una lástima que tanto animal muera para que solo sea provecho de las moscas o los gusanos. ¡Mierda! Dirá usted, que viene de la guerra, que así ha sido con los miles de muchachos. Los mandamases hijos de puta nos engañaron, se llevaron a lo mejor del país a la guerra para llenarse los bolsillos de dinero y ahora solo queda desesperación. ¿Usted no será un político o un policía?

–No.

–¡Ah! Ya sé quién es. Pero qué carajo, qué mierda. Me lo dijeron, ellas me lo dijeron. Me dijeron que venía un hombre sin madre. ¿Usted es el hombre sin madre?

Rudolf no dijo sí ni no. Lo miró atónito.

–No sea tímido que estamos entre buena gente. ¡Qué mierda! Sé quién es y a lo que viene, aunque no le voy a decir nada. No puedo decir nada y aunque usted me insista no le voy a decir nada.

–¿Nada de qué?

–De lo que le va a decir a Bertha la hija del italiano. ¡Ay! No quisiera estar en su pellejo... o sí. Todo esto forma parte de un plan, eso creo yo. Usted cree que hace algo por su cuenta, sin embargo, le sucede como a ese juego que tiene el Tuerto, ese que está hecho de piezas que representas a soldados y caballos y torres y no sé qué más. Pues eso mismo, usted cree que es dueño de sus acciones, pero es Dios el que nos mueve. Porque siempre anda jugando con el diablo. Solo que a veces sucede que parece que solo juegue el demonio y nos toca y nos confunde. ¡Ea! Ya estamos aquí. ¡Buena suerte! La casa de Bertha es aquella de allí, está justo en frente de la de Otto el de los pajaritos, una fachada que tiene clavo de colgar jaulas. Otto murió hace años y su casa ardió por lo que queda la fachada.

Se despidieron. Rudolf encontró un pueblo anochecido, no sabía por qué tenía la impresión de haber soñado con aquel lugar, como si en otra vida hubiese vivido allí. Caminó rompiendo la nieve, pensaba en dónde podía pasar la noche. Un hombre acostumbrado a la crudeza de las trincheras ahora tenía miedo de dormir en medio de la calle. Llegó a la casa de Otto y encaró la que debería ser la de Bertha. Maldijo el momento en el que se comprometió a dar la noticia. Ahora no encontraba motivo suficiente para cumplir con su palabra. Ni recordaba por qué lo había hecho. Se quedó, por unos segundos, allí plantado, segundos en los que sintió que todo el mundo lo miraba. No había nadie en la calle y solo alguna luz y las chimeneas decían que había gente en Faustaugen. Golpeó con los nudillos fríos en la puerta y en seguida una mujer le abrió. La mujer era grande, bien parecida y joven. Creyó que se había equivocado.

–Perdone, ¿es esta la casa de Bertha Zweig?

–Sí.

–Soy Rudolf Goldschmidt –dijo tendiéndole la mano.

–Floy Anna Amsel, encantada.

–Traigo noticias de Geert… ¿es su casa, verdad?

–Sí. ¡Por favor, pase, pase!

El hogar olía a polvo, a té, a humedad rancia y a persona mayor. Allí vivía una mujer sola, lo supo nada más entrar, igual que intuyó que la joven que acababa de abrirle no era su hija. Llegó al salón. La chimenea tenía una fogata muy pequeña por lo que la anciana estaba muy cerca de la lumbre y se cubría con una manta. Había poca luz y aún así Rudolf pudo ver que los ojos blanquecinos de la anciana. La cara de Bertha se caía en pedazos, los colgajos de pellejo se movían con su voz.

–¿Quién es?

Floy la Inmensa no respondió.

–Mi nombre es Rudolf Goldschmidt, fui camarada de su hijo. Vengo a decirle –no era capaz–, que su hijo no ha venido porque conoció a alguien –no se lo podía creer, estaba mintiendo– en Francia. A una muchacha, se quedó allí porque lo hicieron prisionero, pero va a ser liberado y no… no puede regresar. Piensa casarse allí y no puede venir. Quiere mandarle fotos… cuando pueda permitírselo. Piensa vivir allí.

–¿Me dice usted que mi hijo está sano y salvo?

–Sí, sí, o sea no, no exactamente, perdió tres dedos del pie y tiene una cicatriz en la cara pero… por lo demás…

–Comprendo. ¿Cómo dice que se llama?

–Rudolf Goldschmidt, señora.

–Rudolf Goldschmidt, ¿y para eso viene usted aquí? ¿A este pueblo digo?

–Sí señora, es lo mínimo que se puede hacer por un amigo.

–Comprendo. ¿Dígame, señor Rudolf Goldschmidt, cree usted que las cartas tienen alma?

Rudolf miró a Floy y la joven lo miró a ella.

–No lo sé.

–Se lo pregunto porque al principio las cartas que recibía de Geert tenían alma, no las escribía él porque no sabía escribir. Aunque las dictaba, era tan simplón mi niño. Yo parecía que lo estaba viendo. Pero en el año de Verdún pasó algo, sus cartas cambiaron. Y ya no encontré el alma de mi hijo en esas cartas. Pensé al principio que tanto horror lo habría cambiado. Pero luego… nadie engaña a una madre. Mi hijo murió, no sé cómo, ni quiero saberlo. Jamás se hubiese olvidado de mí. Ahora salga de esta casa, vuelva a tocar en la puerta y cuénteme cualquier otra cosa que sea verdad.

Rudolf avergonzado se marchó sin decir nada. Floy lo acompañaba con pesar hasta la puerta. Ya en la calle Rudolf miró a todos lados como buscando un sitio en donde refugiarse. Iba a largarse cuando la joven lo detuvo.

–¿Dónde va? ¿No lo ha oído? Ha dicho que vuelva a entrar.

–Yo… supuse que no era bienvenido –dijo Rudolf contrariado.

–Ha supuesto mal. Ella sabe que era amigo de su hijo, por tanto le respeta. Estoy segura de ello. Si fuese yo quedaría agradecida. ¡Venga, entre! Está haciendo frío.

Bertha se secaba las lágrimas cuando Rudolf regresó.

–¿Y ahora joven, quién es usted, de qué conocía a mi hijo?

–Mi nombre es el que le he dicho, fui sargento de un grupo de asalto. Conocí a su hijo brevemente, él trabajaba en intendencia. Me pareció un buen muchacho, corpulento e inocente. A decir verdad si viese una foto de él me costaría reconocerlo, ya que fue muy poco el tiempo que estuvimos hablando. Hizo un pacto con un amigo mío, el capitán Götz Müller, un buen hombre. El pacto contemplaba que le ocultase su muerte para que usted no se entristeciese. Yo me comprometí a contarle la verdad porque… – se detuvo – porque yo no tuve madre, porque siempre estuve solo y pensé que nadie se merecía que le ocultase la verdad. No he sido capaz de mirarle a la cara y contarle lo que ocurrió, lo siento señora. Espero no haberla herido. No era mi intención.

–No se preocupe. Ya nada me puede hacer más daño. Le agradezco que haya venido aquí. Tengo una cena y la puedo compartir, seguro que no tiene dónde dormir quédese aquí. Mañana Dios dirá.

–No quiero abusar de su hospitalidad…

–No se preocupe, soy yo quien se lo está ofreciendo. Seguro que ha hecho un largo camino con la única intención de hacer lo correcto. Se lo merece, no le conozco de nada aunque no me hace falta.

La cena no era más que una sopa bastante clara hecha a base de verduras y un hueso de vaca. Floy la sirvió, la muchacha era los ojos de Bertha. Estaba sin trabajo, al menos hasta que llegase la primavera y sin ningún interés atendía a la anciana. Rudolf se vio en la obligación de relatar su historia, quiso omitir todo lo relativo a la guerra cosa difícil ya que había descubierto que no podía describirse a sí mismo sin los años de contienda. Floy narró algo de lo vivido en los hospitales de sangre, se saltó los capítulos más escabrosos y solo remarcaba aquellos en los que los heridos que parecían incurables salían del trance y se aferraban a la vida. Había un tímido juego de miradas entre Rudolf y Floy, ambos ocultaban dos historias de amor aún más que otro tema. Sin ellas ni una ni otro tendrían entidad. De hecho ambos se hacían preguntas. Rudolf consideró que aquella mujer cuyos ojos tristes solo podían mirarse cuando no lo estuviesen viendo, podría haber sido una buena pareja. Floy se sentía intrigada por aquel hombre maduro y fuerte, hacía tiempo que no veía a alguien que en vez de querer fardar de sus experiencias como tirador ocultase lo vivido. Bertha aunque ciega asistía al temblor de las palabras, la conversación se ondulaba y se volvía demasiado tímida. Formalidades para guardar las distancias. De pronto se sintió extraña en su casa y eso la hacía feliz. Porque hacía tiempo que había aceptado la muerte de su hijo y se negaba a morir llorando. Quería a Floy desde hacía años como a una hija y de hecho siempre la quiso para su Geert. Aquella era una ocasión que no podía desaprovechar.

–Tengo unas tierras, ahí atrás, son pocas, aunque algo dan – dijo Bertha–. No sé si tiene a alguien esperando, solo hago caso a lo que me dijo Helmuth Degener, me dijo que había de venir un hijo, que se lo había dicho mi hermana Unna. Y para ti –dijo a Floy–, un marido.

Floy enrojeció y a Rudolf se le desencajó la cara. Bertha los podía ver desde el ángulo de su imaginación. Recordó algo más que le había dicho el loco de Helmuth, se quedó seria. ¿Tendría razón? En su regreso los soldados habían traído mucho odio de las trincheras. Había gente que estaba a punto de perder el juicio. La guerra había terminado, pero aún no habían encontrado la paz. Maldito loco.

El capitán Götz Müller se sacudió el uniforme de los freikorps. Se había sumado a los que pensaban que el ejército alemán había recibido una "puñalada por la espalda". El país se descomponía con las revoluciones marxistas que buscaban llevar el triunfo del comunismo como en Rusia y muchos se veían en la obligación de evitarlo. Tal era el caso de Götz, el cual comenzaba a sentir odio por aquellos que pensaban de otro modo. Pese a tener el apoyo del gobierno no creían en la república porque se sentían herederos de los valores militaristas prusianos. Para muchos la sociedad se estaba descomponiendo y aunque los socialdemócratas colaboraban creían que leyes como la del sufragio femenino eran demasiado progresistas. Además, pensaba que la democracia se mostraba débil con los sindicalistas y judíos, a los que culpaban de estar detrás de todos los motines. Götz siempre había intentado ayudar a los demás. Amable y campechano hasta el punto de que sus subordinados solían hablarle como a un igual. Cualquiera que lo hubiese conocido en el pasado jamás lo hubiese visto en esta situación porque los freikorps solían llevar un fuerte sentimiento de odio que jamás lo había sentido ni siquiera en las grandes ofensivas contra la Entente. La metamorfosis que estaba sufriendo se nutría de pequeños detalles basados en el día a día, sobre todo con los del final de la guerra, de la disconformidad con el destino del país. Sentía que Alemania tenía que estar más unida que nunca para afrontar la postguerra del mejor modo y, sin embargo, solo veía a gente aprovechando la debilidad de las instituciones para conseguir sus propósitos personales.

Había convocada una huelga en la ciudad, todas las industrias se paralizarían hasta que subiesen los salarios. Además querían otras mejoras en las condiciones, incluso una pausa en el horario de trabajo para ir a comprar víveres. La masa de gente se movía como una marea negra amenazando con arrasarlo todo. A lo lejos se veían carteles prometiendo justicia para Rosa Luxemburg y Karl Liebknecht, asesinados por el ejército y los freikorps. La gente estaba harta de trabajar para mendigar la comida. Las viudas tenían que sacar a sus hijos del colegio incapaces de mantenerlos, el sueldo no llegaba para vestir ni siquiera para pagar el alquiler de la casa. Ni el presidente Friedrich Ebert alcanzaba a ver la solución, es más, esta república o lo que quiera que fuese, en cuanto se abordase un proceso constituyente, no ofrecía seguridad a sus ciudadanos. Es por eso, que todos los poderes y clases sociales hacían una lucha constante y, a veces, con las armas para que en el futuro proceso de elaborar una constitución tuvieran cabida sus propuestas.

Arne Kleinman se veía metido en medio de la multitud. Trabajaba como tornero y soñaba con incorporarse en equipo de futbol local, ¿por qué no?, le costaba mucho correr como antes, pero también se veía con más capacidad de asociarse con los compañeros y salir con el balón jugado desde la defensa. También tenía mucha facilidad para sacar pases con éxito. De entrar en el grupo podía conseguir un dinerillo extra o al menos algo de comida, eso sí, arriesgándose a lesionarse. Estaba en la protesta sin entender muy bien los propósitos, sentía miedo, aunque tenía que estar en ese lugar para disfrutar de alguna posibilidad de jugar al futbol. Muchos cantaban la Internacional, otros más exaltados gritaban consignas a favor de la república socialista. Y otros preparaban piedras para lanzarlas contra los de enfrente. Levantando la cabeza Arne podía ver a los policías preparando las porras. Uno de ellos, un oficial, advertía por un megáfono que no se acercasen más y que se dispersasen. Una salva de silbidos lo silenció. Lo que sucedió a continuación fue tan caótico como rápido e inesperado para el muchacho, nadie sabría decir si antes comenzaron las piedras, los disparos o las porras, lo cierto es que la gente comenzó a correr. Arne vio a una vieja caer y la ayudó a levantarse, la mujer lloraba y maldecía, incluso a él le dijo algo desagradable. Sus compañeros del equipo habían desaparecido en medio de la turba.

Al otro lado los policías auxiliados por los freikorps golpeaban a los huelguistas. Había muchos resistiéndose intentando ayudar a los camaradas detenidos, a los maltratados, a los heridos. La masa de gente era un hormiguero pisoteado en donde nadie sabía muy bien dónde iba. Había disparos al aire y a la multitud. Götz sabedor de que todo se había vuelto en un o tú o yo, como en la guerra, no paraba de golpear a cualquier masa humana que encontrase a su paso. Para eso la alta burguesía le pagaba al fin y al cabo. Salido de un tumulto apareció un camarada suyo con el rostro ensangrentado, allá, hacia el callejón estaban apaleando a un freikorp, para abrirse paso y mitigar su miedo disparó con su pistola a la muchedumbre, no quiso darle a nadie en concreto solo quiso abrir camino.

Arne cayó al suelo, había sentido algo en la espalda. Unos camaradas lo cogieron por los brazos, sus pies se doblaron y se negaban a andar. Apenas sin fuerzas preguntó a los que le portaban qué le sucedía.

–¡Estás bien!

–¡Te pondrás bien! –le gritó otro.

–¿Y mis piernas?

–¡No te preocupes por tus piernas! –le dijo alguien.

El muchacho miró al caos, la gente corría aquí y allá como en un partido de fútbol. Aquel juego tumultuoso en la embriaguez de la muerte le pareció demencial y hasta divertido.

–¿No me han lastimado las piernas?

–¡No! –le dijo uno de los porteadores.

–Genial, podré seguir jugando al fútbol –dijo con una última sonrisa.

Sería un viernes como otro cualquiera de no ser por el enfado del día anterior. Fremont se sentía traicionado por el mundo. Aún tenía el mal regusto y, por eso, hoy no iría a visitar a su amor, ni siquiera a su regordeta prometida, en su lugar haría lo de todos los viernes: visitar a Ute. Era la única persona en el mundo que le daba todo sin pedirle nada a cambio. Cuando Alemania entera conspiraba en su contra allí obtenía la fidelidad que iba buscando, sin palabras, sin preguntas, sin agobios. A veces creía tener el síndrome de Casandra y ver lo que iba a acontecer sin que nadie le creyese. Sabía que tal y como iban a dejar las cosas tendría que venir otra guerra, sin un Günter Schumacher que le expoliase la Kast Gesellschaft y que, sin duda alguna sería la mayor empresa del país. Ahora solo le quedaba vender y con suerte quedarse con una pequeña parte. Quizá y con un poco de fortuna podría fundar una industria farmacéutica, su objetivo inmediato. Más tarde, cuando el país se recuperase, reabrir la fábrica de armas. Pero qué demonios, era viernes tarde, no era el momento de lamentarse sino de lamerse las heridas y continuar. Ute le daría la tranquilidad necesaria, el reposo del guerrero. Como siempre que iba solía hacerlo con discreción, por nada del mundo querría llamar la atención, ni siquiera iba vestido como un hombre de su posición. Cualquiera por la calle era capaz de insultarlo y decirle que se había enriquecido con la muerte de miles de soldados, dispararle a traición incluso. Tampoco quería que ofendiesen a Ute. Ute algún día debía dejar de ser su concubina, ahora debía aferrarse a la familia de su prometida y sobre todo a su patrimonio. Sabía que tenía que librarse de esta costumbre y aplazaba la despedida como un fumador que cree fumarse todos los días el último pitillo.

Llegó a la puerta y llamó tres veces, tal y como estaba hablado. Miró a su alrededor por si alguien lo hubiese reconocido. Ute abrió y le sonrió. Era una sonrisa vacía, ni siquiera le dio un beso al entrar. Por lo normal lo recibía con ardor juvenil. No había que ser demasiado listo para darse cuenta de que algo raro pasaba.

–¿Qué sucede? –le preguntó Fremont tras quitarse el sombrero.

–Estoy embarazada.

–¿Embarazada? ¿Estás segura?

- Sí, cariño. Tengo dos faltas.
- Conozco a un médico que hará algo...
- No quiero médicos, quiero tenerlo.
- No te precipites Ute, piensa bien cómo está el país. Tal vez es hora de dejarlo pasar, esperar...

–No voy a esperar.

–Bueno, pero yo tengo algo que decir...

–No Fremont, no tienes nada que decir.

Fremont estaba atónito, jamás Ute le había hablado de ese modo. Ni cuando ordenó a Theodor Krakauer matarla y se reencontraron. Aquí estaba ocurriendo algo sospechoso.

–No es hijo tuyo.

–¿Qué?

–No es hijo tuyo.

–¿Tú?

–¡Ahora te asustas! Sé con quién estás y no hablo de tu prometida. Estoy harta de humillaciones, hoy acabas de confirmar lo que ya me olía: no soy nadie para ti. Nunca lo he sido, pero tú hace tiempo que ya no me llenas. Tengo a otro...

–¡Fantástico! Pues aquí te quedas, que te mantenga "el otro".

–¡Alto! No tan rápido, ¿recuerdas la carta? Sí, aquella que te incriminaba en la muerte de María Lenz, pues se la acabo de dar a la policía. Te van a detener.

–¿De verdad? A mí, ¡ja! ¿Dónde crees que vives? Nadie tendrá en cuenta esa carta, no habrá juez que me meta en la cárcel. Y yo que creía que me eras fiel.

–Haber comprado un perro.

Se oyó cómo se abría la puerta de la calle, al notar que alguien entraba Fremont miró extrañado a Ute la cual sonreía complaciente. Dos hombres uniformados aparecieron y le apuntaron con pistolas. El joven Kast palideció al ver que uno de ellos era Paul Król, lo recordaba del escándalo del día de la esquila cuando hizo piruetas por el tejado.

—¿Tú?

Paul intentó disparar, el gatillo se convirtió en un yunque imposible de mover. Al verlo aterrorizado su voluntad de matarlo se iba disipando. No comprendía muy bien por qué no era capaz de asesinarlo, por menos había despachado al cartero. Fue un tiempo eterno, un minuto desesperante en el que Fremont pedía por favor que lo dejasen marcharse. Se arrinconó y orinó encima, volvió a suplicar, ofreció dinero, garantías... Fue Marcus Niemand el que abrió fuego directo al corazón. Fremont se fue escurriendo por la pared hasta caer al suelo exhausto, como una babosa que resbala. Había algo de incredulidad y cansancio en su rostro.

—Me... duele —dijo.

—Te estás muriendo... no pensé que sentiría... pena... —le dijo Paul desconcertado.

Fremont intentó decir algo, sus labios buscaban las palabras que enmudecían de desesperación y por falta de fuerzas. Intentaba llevarse aire y su respiración se volvió corta y rápida. Una mano intentaba tamponar la herida hasta que sin fuerzas se le descolgó. Paul intuyó un poso se alivio, en su último gesto como si estuviese cansado por el esfuerzo de soportar un mundo sobre sus hombros y el peso de la culpa.

Paul se quedó mirándolo allí estaba la causa de sus males dando sus últimos jadeos y, sin embargo, por algún misterio que no podía comprender le era imposible odiarlo. Mientras, Marcus intentaba hacerlo reaccionar. Paul se encontró desolado, por primera vez en mucho tiempo se sentía tan confundido que no sabía qué hacer ni dónde echar el siguiente paso. Otta, Günter, Ulrich, el Tuerto... un mundo entero pasó por su cabeza en segundos.

—¿Pero qué diablos te ocurre? Hay que dar parte de esto, vete de aquí. Diré que se resistió. ¡Vamos, lárgate! —gritó Marcus.

—¡Piensa imbécil! Esto es una trampa —dijo Paul de pronto.

—¿Qué? ¿Una trampa?

—Sí, eso he dicho. Si das parte de esto te acusarán de asesinato, de poco valdrá la carta o cualquier prueba. Necesitan un culpable y ahora mismo veo tres. Posiblemente no nos hagan ni juicio, si nos cogen nos acribillarán. Impedirán que hablemos.

—¿Entonces qué tenemos que hacer? —preguntó Ute.

–¡Largaros, cerrar la puerta y salir del país, marchaos lejos! Que para cuando den con el cadáver nadie os pueda atrapar.

–Pero Günter dijo que…

–Olvida lo que dijo Günter. Os mintió. Ahora lo sé. Nos engañó a todos, al menos a vosotros.

Marcus era el hombre de Günter, un policía que pagó para que vigilase a Ute. La casualidad quiso que el muchacho se enamorase de ella. Un inconveniente del que al final Günter Schumacher sacaría provecho, ya que no hay nada como los celos para acelerar la determinación de asesinar. Hoy no se podía fallar, Fremont Kast moriría. Ahora solo faltaba un culpable y tenía dos a la mano. Paul se sintió acorralado, su suerte estaba echada si le pillaban allí con un traje falso de policía. Pronto las autoridades le buscarían, de nuevo, esta vez por asesinato. Fue él el primero en salir, justo antes de abrir la puerta de la calle cuando oyó que le hablaban.

–¡Alto! No nos podemos ir así, aún queda otra persona –dijo Ute.

–Tranquila –dijo Paul mostrando su pistola–. De Otta me encargo yo.

Jan había perdido el sueño, de repente los problemas se multiplicaban como un sarpullido que se va extendiendo por el cuerpo. Para empezar estaba lo del muerto que apareció el mes pasado. Nadie sabía quién era, no había documentos ni nada que pudiese dar una pista de quién podía ser, tan solo un tiro de fusil en la cabeza, desde lejos. Un disparo efectuado sin que nadie lo hubiese oído. Días atrás había estado preguntando por Ulrich Król y por Otta Lenz a los vecinos. Estaba seguro de que Paul aún andaba por la zona, casi podía verlo. Lo peor eran los inspectores que vinieron desde la capital haciendo preguntas, lo hacían parecer un inepto e incluso un sospechoso. Tenía que encontrar a Paul si quería ascender de algún modo ya que si no lo hacía moriría en este pueblo de catetos como uno más. Su intuición le llevaba al Tuerto, del cual sabía que había estado en la oficina de correos y telégrafos de Gutenweizen y había mandado un telegrama a Bremen. Había una conspiración a sus espaldas y si no se andaba con cuidado podían asesinarlo. Por ello, no podía confiar en nadie.

A su hermana la mantenía castigada sin salir a la calle aun comprendiendo que no podría tenerla así por siempre. A veces pensaba que lo mejor era claudicar y reconocer su noviazgo con

Roth. Quizá no fuese tan mala idea, al fin y al cabo estar casada con un panadero podía ser la mejor garantía para tener el sustento seguro. Por otro lado ceder sería una muestra de debilidad en la cara de todo el pueblo, una traición a su imagen. Lo que de verdad le provocaba remordimientos era Virginia. La joven había pasado la noche en la casa de Marcus y los celos invadían su cerebro al igual que la grama inunda los sembrados. Daba vueltas en la cama pensando que tenía que ir a verla a pedirle explicaciones. ¡Tenía un hijo, era padre! Tenía derechos sobre el crío. Además, por qué no, el niño era su puente hacia Virginia. Creía que la joven debía aprender a quererle, se habían hecho daño y para él estaban en paz.

Virginia parecía una arañilla delicada que camina tambaleante sobre un hilo fino, Jan la tenía a tiro, aunque rebelde era débil y estaba lejos de casa. Lo que no podía prever el policía era que la joven había previsto un encuentro con Jan. Las arañas no conocen más suelo que su propia tela y se daba la circunstancia de que había tejido una buena red. Si algo había aprendido de la visita del coronel von Kittel es que la suerte es para los valientes. Su aventura comenzaba del peor modo, había cruzado Alemania para visitar una tumba y encontrarse con su violador. Ahora solo le quedaba marcharse con la mirada baja; una derrota necesaria. Marcus madrugó, había limpiado un poco su morada y le había prestado su cama. Él podía dormir sobre un lecho de paja, aunque no estaba bien que una señorita lo hiciera teniendo una cama donde hacerlo. La chimenea estuvo toda la noche encendida ya que había caído una ventisca. Para quitarse el regusto de tanto sinsabor ambos se contaban sus vidas. A Virginia le agradó mucho saber que Marcus había sido camillero, ambos se contaban anécdotas de enfermería intentando omitir las malas experiencias. Lo cual resultó muy reconfortante aunque la conversación terminó en silencio, quizá por el peso de lo que querían olvidar. Entonces Marcus comenzó a contarle cómo era la vida en Faustaugen antes de la guerra. Le hablaba de su rebaño, de la fiesta de la esquila, del tañer de las campanas de navidad a través de los campos blancos y, por último, de los hermanos Król. Virginia descubría a Ulrich a través de los ojos de su amigo, casi lo podía ver en su taller arreglando unos zapatos, o en la taberna del Tuerto bebiendo una cerveza. Ulrich fue un muchacho de tantos, alguien sencillo que tuvo una existencia tranquila. De aquel modo Virginia confirmaba algo que ya sabía: aquella gente que había invadido su país no era tan distinta de los Belgas. Son incomprensibles y desconcertantes los motivos que llevan a los pueblos a la guerra ya que nunca compensan el gasto. Una Gran Guerra con pequeños motivos y enormes pérdidas.

Marcus la miraba afligido, bebían un sucedáneo de café hecho con avena tostada y tenía preparadas dos rebanadas de pan para untarle algo de mermelada. Virginia sintió vergüenza e incomodidad; si un hombre te colma de atenciones es que espera algo de ti, pensó.

—Siento mucho las molestias que te estoy causando. No sé cómo te lo voy a pagar.

—Eres mi huésped.

—Perdona por haberme colado en tu casa. En realidad no debería, se supone que una señorita no debe dormir en la casa de un desconocido… ¡Dios mío me verás como a una perdida!

—No, no, además qué más da. Hoy te irás y que importa lo que pueda pensar de ti. Digo… la gente de aquí, quiero decir que qué más da. Me basta con saber que eras "amiga" de mi amigo. Motivo suficiente como para respetarte.

Respeto, la palabra sonaba lejana, extraña. Creyó después de lo ocurrido con Jan que jamás volvería a confiar en un hombre y allí se veía, en la casa de un desconocido. El miedo la había llevado a tomar esta decisión por ahora acertada, aunque no exenta de peligro. Había algo de inocencia en la mirada de Marcus, su amor por su perro e incluso su tono de voz suave le hacían bajar la guardia. Ahora tocaba pensar en largarse, decepcionada y dolida, a su hogar. Lloró un poco, no quería que su acompañante la descubriera por lo que miraba a la lumbre. Marcus lo notó y le dio su espacio. Dejó pasar a su perro, el animal le arrancó la primera sonrisa de la mañana. Había olvidado por qué quería ser veterinaria.

—Ratón, no seas pesado.

—Déjalo, es un héroe. Tengo que decirte algo, es un secreto que llevo dentro. Es sobre lo que le dije a Jan. No existe ningún niño, gracias a Dios. No tuve ningún hijo de él, en mi casa hay un pequeño, pero es mi hermanastro. Como he dicho no tuve ningún hijo de ese… condenado… —Marcus notaba que le costaba continuar.

—No tienes por qué decirme nada. No me debes nada…

—No, no, déjame decirte, quiero que esto se sepa. Jan y yo comenzamos una relación. Fue después de que Ulrich me dejase, pienso que creyó que yo estaba con un capitán o algo así, el caso es que Ulrich me dijo que jamás nos volveríamos a ver y… – lloraba – por desgracia tenía razón. Al tiempo comencé a intimar con Jan, me estaba engañando a mi misma y lo terminé utilizando para huir. Tuve la equivocación de decirle que a quién amaba era a Ulrich. Entonces enloqueció… y me… violó. No fue nada consentido, sino forzado.

–¡Desgraciado!

–Es por eso, que cree que tiene un hijo en Flandes. Pensarás que al decirle esto no hago más que remover el asunto. Yo quiero hacerle sufrir, quiero que piense que jamás verá a la sangre de su sangre. Quiero que le duela tanto como a mí. Jamás pensé que tendría valor para mirarlo a la cara. Pero he visto una guerra, qué más me puede asustar.

–¿Por qué me lo cuentas? –preguntó Marcus.

–Porque quiero que todos aquí sepan qué clase de vecino tienen. Un ruin violador.

–Comprendo. No piensas que si difundo la noticia… Jan puede hacerme daño, ¿olvidas que es policía? Mira Virginia, te respeto por ser quien eres, aunque no sé si puedo hacer eso. Soy el primero que quisiera que pagase por su crimen, pero no soy persona con gran valor. Soy más bien cobarde, si escogí irme con los sanitarios fue porque no quería disparar ni hacer daño a nadie. He recogido a gente con las tripas en la mano, sin ojos, con los pulmones saliéndoles por la boca a pedazos, y jamás he hecho daño a nadie… por lo menos es cuanto pude escoger. No soy capaz de posicionarme, lo siento.

–Está bien, veo que estoy abusando de tu hospitalidad.

–No, de mi hospitalidad no. Quizá de mi confianza. Mi vida siempre ha sido tranquila sin sobresaltos, estos años pasados son para olvidarlos. Prefiero pensar que nunca sucedieron.

–Pero sucedieron y conviene recordarlos, para que nunca más vuelva a ocurrir –dijo Virginia tajante.

–Y tú te irás, con tus ganas de venganza. Aquí me quedaré yo con un tarado con uniforme de policía. No me dejará vivir y no tengo nada en este mundo, por no tener no tengo ni un trabajo. Lo siento, no soy ningún valiente.

Ratón se movió con violencia y comenzó a ladrar a la puerta. Un rumor se oía en la calle e iba en aumento. Marcus se levantó y abrió, Virginia se situó a su espalda. Había un tumulto en la puerta de la iglesia y gente que iba y venía. El padre Josef se distinguía frente a todos manoteando. Marcus salió de su casa con Virginia y Ratón. La nieve estaba muy pisoteada. Se oía a la señora Weiss lamentarse. Allí tirado en un carro estaba el cadáver de Alexander Weiss, con una manta cubriéndole y aunque nadie lo podía ver todos sabían quién era. El caso estaba claro. Esther quería un entierro para su hijo mientras el cura se negaba.

–¡Mi hijo! ¡Ah, mi niño! ¿Qué será de mí, qué será de mí? ¿Por qué Dios no me dio hijas? ¡Ah, tú miserable, tú que decías que Dios estaba con nosotros ahora te niegas a darle una sepultura digna a mi hijo!

–No puedo, el suicidio es moralmente inaceptable, ha muerto en pecado es como si hubiese asesinado. Ha muerto en pecado. No puedo aceptarlo.

–¡Miserable! ¡Si mi hijo no entra con los justos tú tampoco! – decía lanzando babas y lágrimas.

El pueblo miraba y nadie decía nada. Con toda seguridad se enterraría en el cementerio, junto a los suyos aunque no recibiría ninguna ceremonia. Jan pensaba que tal vez no debería haberlo descolgado, si lo había hecho era porque el cadáver estaba expuesto a las alimañas y tal vez hoy no vendría el coche desde Gutenweizen; la nevada de la noche anterior había enterrado la carretera. El cuerpo de Alexander estaba congelado y la máscara se le había pegado a la cara. Cuando Jan le cortó la cuerda y fue a poner el cuerpo en un carro parecía que estaba siendo observado por Alexander, de tal modo que parecía seguir reprobándolo desde el más allá. Ahora que lo tenía en el carro ya no era problema suyo sino del alcalde, de los parientes o de la madre. Miró a Esther Weiss sobre la que tenía una pésima opinión y a Virginia la cual llegaba curiosa. Se le ocurrió una solución.

–¡Atención todo el pueblo! Sé lo que ha ocurrido, este hombre ha sido engañado y asesinado. Por lo que puede ser enterrado con todos las de Dios. ¡Esa mujer lo ha asesinado!

El párroco, como todos, miró a Virginia extrañado. Esther Weiss aún más aturdida fue la primera que señaló con el dedo.

–¡Lo ves miserable cura, ha sido asesinado por esa!

Friedrich el Tuerto y Ferdinand Bartram fueron de los pocos que no fueron a ver el cadáver de Alexander. El Tuerto porque lo intuía desde hacía tiempo y no quería alimentar de ningún modo su morbo. Ferdinand porque estaba perdiéndose entre laberintos de licor, el pobre no solo no había podido cumplir sus sueños de tener su fábrica o taller de bicicletas sino que además el paro le hacía refugiarse en el alcohol barato. De aquel modo podía encontrar el buen humor que siempre le acompañó. Solo a veces se lamentaba entre latigazo y latigazo, veía rostros en los reflejos del cristal de la botella, un eterno desfile de despojos humanos pasaban por sus ojos y a todos hablaba e incluso contaba algún chascarrillo. Decía que la bebida los resucitaba para él. Veronika Fellner solía acudir a recogerlo por la noche para que no se cayese al resbaladizo suelo de la calle, de ello podía dar fe las heridas que tenía en la frente. Nadie se explicaba qué esperaba Veronika de Ferdinand, el muchacho parecía haberse torcido para siempre. Solo el padre Josef intentó sacarle los fantasmas de la cabeza y también que la pareja se uniese en matrimonio. Hacía falta oficiar algún sacramento alegre, según creía la vida podía reconducirse gracias a la iglesia y del mismo modo que antes arengaba a favor de la guerra ahora lo hacía a favor de la república.

Friedrich en el ocaso de su vida lo veía todo desde el pesimismo. Se sentía culpable de lo ocurrido. Recordaba a muchos de los muchachos a los cuales Ferdinand mencionaba y pensaba con espinoso remordimiento que algo había tenido de responsabilidad en la carnicería. Cuántas veces les había contado sus peripecias en Sedán, épica inventada o de la que solo quedaban las cáscaras. Los jóvenes disfrutaban oyendo sus aventuras y bebiendo una buena cerveza. Cada uno soñaba con ser el próximo Friedrich con una buena cicatriz que demostrase su arrojo en la batalla. En realidad, lo que anhelaban era deslumbrar a las muchachas. Pensaban que el sexo femenino podía caer rendido ante la valentía masculina. Y en cierta medida tenían razón.

Galiana Lenz aprovechó que todo el mundo estaba entretenido con la escena de la puerta de la iglesia para ir a la taberna del Tuerto. Se presentó con todo su orgullo puesto en pie. Abrió la puerta casi de un empujón y se coló. Tras observar en un segundo que Ferdinand apenas la distinguía de las mesas se plantó frente al Friedrich y tras escupirle con la mirada se lanzó.

−¿Dónde está mi hija?

Friedrich la miró de arriba abajo antes de contestarle.

−Buena pregunta. No lo sé, solo sé una cosa: jamás la verás.

−¿Qué?

−Ya te lo he dicho. Por lo que sé se despidió de su hermana y de su… su padre.

−A mí no me vengas con esas. Eres un mentiroso, eres un embaucador y todo lo malo de este pueblo pasa y sale por tu bar.

−Tienes razón en todo.

–¡Mala persona! Dime dónde está mi hija.

–No lo sé. Te lo he dicho. En cuanto a lo de mala persona… quizá lo fui… pero tú me has superado.

–Bicho mal nacido. Eres el cáncer de la juventud, eres como el diablo.

–¡El diablo! –dijo Ferdinand tambaleante.

–Acéptalo, jamás verás a tu hija. Al igual que a María, lo que la vida te da la vida te lo quita. El tiempo te robó tu juventud, te robó a tus hijas y te quitará a tu marido. Aún te queda Erika, procura que no se envenene más con mercurio…

El semblante de Galiana se descompuso y la sangre que fluía por su corazón se volvió espesa.

–Yo… yo… ¡Mentira! ¡Qué, tan listo te crees!

–No conozco a ninguna mujer tan ambiciosa como tú, serías capaz de intoxicar a una hija con tal de sacar a toda la familia del pueblo. Siempre quisiste ser más que las demás, por eso, te dejaste embaucar siendo chiquilla por un hombre maduro, un hombre que destacaba entre los demás por sus heridas de guerra y por tener el local más concurrido del pueblo.

–¡Calla! ¡Viejo loco! ¡Cállate de una vez! –dijo mirando a Ferdinand, le preocupaba que estuviese oyendo.

–¿Qué más te da? ¿Qué más da que todos lo sepan? ¿Qué más da? Unna no podía tener hijos y siempre la soñó suya.

–¡Unna era una puta!

–Si vuelves a insultarla me olvidaré de que eres mujer y de que soy viejo. Unna era una mujer alegre. ¡No conozco a ladrón más cruel que el tiempo! Todo me lo quitó. Y a ti también.

–¿Sabía Otta que eras su padre?

–Sí, siempre lo supo aunque nunca lo oyó de mis labios, tal y como te prometí. ¡Jamás la volverás a ver! Doy fe. Y si te sirve de consuelo yo también tengo remordimientos; la dejé marchar a sabiendas de que no iba con un buen hombre, solo porque podía procurarle un buen futuro. ¡Cómo si el dinero lo fuese todo! ¡Espero que esta vez le salga mejor!

–Mi niña…

Galiana comenzó a llorar buscó una silla y se dejó caer. Abandonó su trinchera. Había perdido la guerra, todas sus guerras.

La Piqueta de Elsa se recogía con la noche. Doris von Schipper esposa de Andreas von Schipper había acostado a su madre aquejada de demencia senil. Todas las puertas se habían cerrado, Topo se encargaba. Topo dormía en una casita contigua, era el último en irse a la cama y el primero en despertarse. Aquella noche cuando iba a acostarse se encontró con un intruso que le golpeó y lo dejó maniatado. Doris estaba intranquila, según sabía aquella misma tarde iban a asesinar a su hermano con su complicidad. Doris no era una madre ejemplar. Su celo le hacía ser demasiado severa, no dejaba que su pequeño Till se asomara a la calle ni tuviera contacto con nadie, temía a la epidemia de gripe, al rigor del frío y sobre todo a la codicia de Fremont. Había convertido el entorno de Till en algo hermético. Nadie podía verlo excepto su padre, su abuela y una institutriz que vivía en la casa y rara vez iba a la ciudad aunque si lo hacía tenía que pasar una pequeña cuarentena. Esta obsesión la había llevado a ser tan reservada que apenas hablaba con nadie fuera del entorno familiar y, por supuesto, decidió no tener más hijos hasta que los tiempos lo "permitieran". Su marido, esclavo de sus caprichos, tampoco podía salir, influido por sus ideas y por el peligro que ofrecía la ciudad también llegó a pensar que en aquella casa de campo tenía todo lo que necesitaba. No se trataban con el personal que iba y venía sobre todo en tiempos de siembra y cosechas, si alguno tenía alguna petición era Topo el que lo despachaba. Tal y como estaban las circunstancias los días se alargaban y tan solo tenían la lectura para paliar los sinsabores del aislamiento. Solía leer una biblia de Gutenberg orgullo del patrimonio de su familia, allí descubría como Dios hacía justicia con los que rompían lo acordado. Hasta Dios se revelaba contra sus criaturas. Esto no disipaba, sino más bien acrecentaba, el humor insoportable de Doris. Desconfiaba de todo el mundo; si su propio hermano era capaz de desear la muerte de su marido o su hijo cualquiera ambicionaría su fortuna. Cuando Günter le informó de que Fremont aún anhelaba su patrimonio no quiso creerlo, aunque sospechaba que era verdad, de modo que al oírlo de los labios del abogado Hurb se quedó conmocionada. Su humor receloso le llevó a unirse a la conspiración. Tenía que salvar a su cachorro aunque fuese a costa de la vida de Fremont. Desde entonces lloraba todas las tardes, se consideraba buena cristiana y sabía que tendría que llevar el peso del asesinato durante todos los días de aquí a la muerte. Caín y Abel, su alma quedaría condenada. Su marido tenía que apoyarla, ofrecerle el valor necesario para cuando ocurriese lo inevitable. Al fin y al cabo era Fremont quien se lo estaba buscando. Para cuando Erhard Hurb vino a visitarla y confirmarle las palabras de Günter ella ya estaba tan metida en el asunto que hubiese sido casi una imprudencia dar un paso atrás, por lo que la entrevista con el alicaído abogado le sirvió para apuntalar su determinación. No daría un paso atrás. Lo que peor llevaba era la convivencia con Otta. Por eso, cuando oyó crujir el suelo pensó que era ella que venía hacia su dormitorio. A veces sentía celos y creía que se veía con su marido, pero que lo hiciese a aquellas horas... por suerte aquella noche no podía pegar ojo. Era el día señalado, estaba esperando que alguien le dijese que su hermano había sido asesinado. Se revolvió en la cama y hasta Andreas se incorporó, alguien había entrado en la habitación. Su figura se recortaba en la oscuridad.

–Siento llegar así, tan solo he venido a por Otta. La recojo y me voy –dijo Paul.

Andreas encendió la luz, se puso las gafas e intentó levantarse. Al verse en pijama y sobre todo notando que el recién llegado tenía una pistola, miró a Doris y se quedó como estaba.

–Es lo que hemos acordado –dijo Doris asustada.

–Lo sé, aunque tengo motivos para desconfiar de todo el mundo. Quiero garantías. Me llevo al papanatas de tu marido.

–¿Mi marido, a dónde? ¿Y mi hermano?

Paul sonrió con tristeza.

–¿Qué le ha sucedido a mi cuñado? ¿Está el trabajo hecho? ¿Cómo has llegado hasta aquí?

–Sí, tu hermano ha muerto.

–¿Por qué me queréis a mí ahora? –preguntó Andreas asustado.

–Voy a salir del país y no quiero llevarme una desilusión. Ahora quiero a la rehén.

–No es ninguna rehén –dijo Doris con vehemencia.

–Tampoco es una amiga, no ahora. Esta casa apesta a desconfianza.

–¿Qué le ha ocurrido a mi hermano?

–¿Qué quieres, detalles? Está muerto, con una bala en el pecho, muerto. Para siempre. ¿No es lo que querías?

–No, no lo quería. Nunca quise este final para él. Por lo que sé entre todos me pudisteis engañar. Ahora que te veo aquí pienso que así fue.

–Si te sirve de consuelo... necesitaba matar a tu hermano para poder vivir tranquilo... no fui capaz. Aún no sé por qué... por lo normal no debería de haber dudado, un disparo y ya está.

Total un hombre menos, el mundo ni se enteraría. La vida sigue… pero no fui capaz. Sentí miedo y aún sigo asustado. Por eso, estoy aquí. Quiero marcharme y vivir en paz el resto de mi vida. Junto a la mujer que quiero. Hemos sufrido mucho… ya está bien de tanto sufrir… ¡Y nadie te ha engañado, fue tu padre el que lo hizo todo mal, debió hacer caso a Günter y dividir las propiedades! Antes o después habríais estado en peligro. Tu hermano estaba desquiciado.

Paul casi lloraba, el matrimonio ya no temía por su vida. Aún estaban sobresaltados, aunque se iban calmando como un lago después de la tormenta. Doris perdiendo la vergüenza salió de la cama y se puso la bata de casa. Andreas la imitó.

–Tienes mi palabra de que te dejaré salir del país. Podéis iros tú y Otta. No haré nada por deteneros, además saldréis con el vehículo de la empresa, abandónalo al llegar a la frontera… ¿te parece poco?

–¿Y Günter Schumacher?

–¿Qué pasa con Günter Schumacher?

–¿Me perseguirá?

–No lo sé, no lo creo.

–Necesitáis culpables.

–Espero que con los otros dos…

–No, los otros dos también han huido yo les avisé, Ute intentó que me mataran… pero ahora está embarazada.

Doris no se atrevió a preguntar de quién.

–Veo que eres un angelito –ironizó Andreas.

–Un angelito con pistola. Que no se te olvide. Tengo más vidas que un gato, mucha gente me ha querido ver muerto y aquí estoy. Ahora me iré con Otta y vosotros seguiréis vuestro camino, si por alguna casualidad me llevo alguna sorpresa haré un baño de sangre. Y esta vez no dudaré.

–No te preocupes, todo sucederá tal y como te lo he prometido.

–Eso esperamos, por el bien de todos.

La habitación de Otta estaba al otro lado de la mansión. También sufría insomnio, todos estos años había aguantado lo indecible, se había arrastrado sin saber muy bien lo que quería hasta que vio de nuevo a Paul. Siempre amó al zapatero travieso, siempre. Aunque algunas veces hubiese sentido dudas cuando le creyó muerto o al leer las cartas que escribió Gilbert Bartram. Se arrepentía de muchas cosas, aunque no tenía ni idea de qué podía haber hecho porque los acontecimientos hubieran ocurrido de otro modo. A veces pensó que bien podía haber asesinado a Fremont años atrás cuando dormitaba a su lado. Jamás debió hacer caso de su madre. Se había pasado los años de la guerra a merced del oleaje, era la hora de revelarse. Ute había picado el anzuelo y, según lo previsto, Fremont debía haber muerto. El plan de Günter debía haber salido a la perfección, quizá peligro cuando Friedrich Schmidt les avisó de que había un tipo en el pueblo haciendo preguntas y Paul se empeñó en ir, sin duda para despedirse de su familia. Costó mucho convencerle para que no despachara a Jan, acaso hubiese sido demasiado peligroso. Otto descubrió a un Paul distinto, despiadado, resentido e incluso desconfiado. La joven no pudo reprimir una lágrima de remordimiento y mucho nerviosismo. Sentía en su interior que había algo que podía salir mal. Aún no tenía noticias de lo ocurrido y, por eso, miraba por la ventana hacia la oscuridad como si su amado tuviese que trepar por el muro hasta llegar a ella. No sospechaba que Paul estaba en la mansión destruyendo la poca paz que hasta ahora tenían. La puerta del dormitorio se agitó asustando a Otta la cual enseguida reconoció aquella silueta y salió a recibirlo con los brazos. «No debería estar aquí ». Paul se refugió en Otta, se besaron. Él tenía la boca seca y sus ojos no se cerraban. No había pasión, solo miedo.

–Vístete, nos vamos. Nos llevaremos al niño hasta salir del país.

–¿Qué? De ningún modo, no vamos a hacer eso.

–Sí lo haremos, será nuestro seguro de vida.

–¿Es que estás loco?, quieres que mande a la policía a por nosotros.

–Fremont está muerto dentro de poco buscarán a los asesinos y nos les dejaran hablar. No permitirán que digan nada, ¿es que no lo comprendes?

–Pero llevarnos al niño así...

–¿Y qué más podemos hacer? Nuestra suerte depende de nuestra astucia, estoy harto de huir, esta será la última vez y nada se nos puede escapar de las manos. Podíamos haber huido antes, no obstante, él nos hubiese dado caza allá donde hubiésemos intentado reconstruir nuestras vidas, ahora el peligro son éstos que buscarán a un culpable. Mientras tengamos al niño estaremos cubiertos. Al niño no le pasará nada. Te lo prometo. No soy un asesino de niños.

«Pero lo eres de hombres». Pensó Otta.

Alguien había estado dando martillazos por la noche, se había oído en todo el pueblo. Rudolf se despertó de madrugada, aún estaba cansado aunque el sueño le hubiese abandonado. Con las primeras luces del día salió al exterior y oyó como un hombre decía algo de un abeto. Parecía muy inquieto e iba contagiando su nerviosismo a cada vecino como una hormiga trasmitiría un ataque a la colonia. Alguien le dijo algo al policía al fondo de la calle y este, como si le hubiesen pisado el acelerador, comenzó a caminar con rápidas zancadas. Rudolf sabía que había visto al policía en algún sitio aún no era capaz de reconocerlo, sería cuestión de tiempo y sobre todo de distancia. Cauto como era decidió no mezclarse, regresó a casa de Bertha y preparó el café. Mientras desayunaban la anciana oía toda la agitación intentaba descifrar el drama oculto en la maraña de gritos y voces. Rudolf la miraba intrigado no sabía si debía acompañarla a donde el gentío o si por el contrario debiera estarse allí disfrutando de lo que le regalaban. No estaba acostumbrado a que le diesen nada y, por eso, se encontraba incómodo como si le estuviesen picando una docena de pulgas. Preguntó a Bertha si había algo que pudiese hacer.

–Hace falta algo de leña, aunque no te preocupes, no hay prisa.

–¿Dónde hay un hacha?

–Debería haber una en el establo. Creo que forzaron la puerta y no estoy segura de las herramientas que me quedan. Te vuelvo a repetir que no hay prisa.

–Está bien, de todos modos voy a… ir a por algo de leña.

–¿Quieres saber qué sucede verdad? No vayas, sea lo que sea solo son problemas. Nada bueno hay en el pueblo, lo sé. Los soldados han traído de la mano al demonio y no lo saben.

Rudolf se rio, también él venía del frente. Ahora quería salir fuera y fumarse un cigarro, podía haber ido a la parte de atrás de la casa, pero fue a la calle. También tenía curiosidad. Encendió su cigarro, el penúltimo, y observó cómo la gente se apiñaba en la puerta de la iglesia. Allí estaba Floy la cual no se había percatado de Rudolf. Su silueta se distinguía entre la gente, alta y proporcionada. Por un instante se preguntó qué podía pasar por su cabeza a cerca de lo que había propuesto Bertha. Por otra parte, él mismo aún no había decidido qué hacer con su vida. Se podía quedar allí o largarse a la aventura. No tenía ni casa ni residencia fija, su amigo el capitán Müller le había propuesto unirse a él en los freikorps, aunque había rehusado. Quizá algún día volvería a Berlín como en su juventud y visitaría los cabarets o a Hanover a construir casas. Era pronto para afirmarlo, aunque le atraía Floy, sus ojos grandes y sinceros, su boca de labios finos y perfilados, su pelo rubio casi blanco y liso. Y sobre todo sus gestos precisos y llenos de seguridad. No era una mujer apocada a la que hubiera que proteger, más bien se bastaba sola para caminar por la vida sin la ayuda de ningún hombre. Junto a ella podía encontrar la tranquilidad de una pareja equilibrada. Hacía tiempo que no se sentía así... desde Mihaela. Su natural pesimismo le dijo que tanta felicidad no podía caber en su cuerpo, por lo que se mintió a sí mismo y decidió que lo mejor sería quedarse en el pueblo para cuidar a Bertha, solo por ese motivo. La pobre mujer había digerido la muerte de su hijo y ahora temía quedarse sola, quizá por ello, hizo caso de las palabras del viejo Deneger. De ese modo muchas predicciones se convierten en realidad al estar en el mismo camino de los anhelos.

De pronto, la agitación se volvió mayúscula y caminó hacia la escena. Con cuidado se situó al lado de Floy y le dio los buenos días. Solo tenía ojos para ella por lo que lo demás le importaba poco, además había mucho gentío y no podía ver a los actores.

–¿Qué ocurre?

–No lo tengo claro, pero parece que Jan está echando la culpa a una forastera de la muerte de Alexander Weiss.

¿De qué le sonaba ese nombre?

–Se huele que es mentira, ¿cómo ha amanecido esta mañana Bertha?

–Oh, bien, bien.

–¡Digo que ella no ha hecho nada de eso! –se oyó gritar.

–¡Cállate o te detendré por colaborador! –gritó una voz familiar.

–Esa voz la conozco –dijo Rudolf mitad para Floy mitad para él.

El sargento Rudolf Goldschmidt se abrió paso entre la gente y cuando llegó a la escena se llevó una sorpresa. Allí estaba Virginia siendo agarrada por Jan Ehrlich, el inepto de Jan Ehrlich, el cual procedía a su detención. Un muchacho trataba de salir en su defensa. Rudolf miró la mano del cadáver que asomaba de entre el trapo que le habían echado por encima. También vio a la vieja llorando que se arrodillaba ante el cuerpo. Trataba de comprender lo que estaba viendo porque intuía que algo no marchaba bien.

Jan vio al recién llegado y se quedó mudo. Había recibido

una coz en su determinación y por primera vez dudaba. Rudolf lo miró como se mira a un niño que está haciendo una travesura. Notó que Jan le temía.

−¿Qué haces aquí, sargento? −preguntó Rudolf.

−¿Qué… qué haces aquí? Este no es tu pueblo. Lárgate de aquí y no te metas en donde no te llaman.

−¿Sargento Goldschmidt? −dijo Virginia casi asustada.

−Señorita Vanhoof. ¿Qué ocurre aquí? ¿Qué es esto?

−¡A ti qué te importa! ¡No eres de este pueblo! ¡Lárgate o te…!

−¡Mala suerte, he venido a quedarme! ¡Sargento Ehrlich! ¿Qué-ocurre-aquí?

−¡Está culpando a esta mujer de la muerte de Alexander! −respondió Marcus− ¡Es mentira, Alexander parece ser que se ha suicidado, además esta señorita ha pasado la noche en mi casa y no le he tocado un pelo. No como otros, que abusaron de ella −dijo el muchacho con algo de atrevimiento.

−¡A mi hijo hay que enterrarlo como a un cristiano! −exigía Esther Weiss.

−¡Sargento Ehrlich! ¿Es todo eso cierto?

−Esta mujer es una perdida, ¿qué clase de señorita pasaría la noche en casa de un desconocido? No fue abusar de ella, fue cobrarme lo prometido. ¿Pero quién te crees que eres? ¿El sargento Goldschmidt? Aquello acabó, aquí no eres nadie.

−Yo le respeto −dijo una voz entre el gentío era Jacob Adesman−. Es un buen hombre, siempre confié en él. Sus hombres le querían.

−¡Judío desagradecido! ¡No te metas en problemas y cierra esa boca! ¡Yo soy aquí la autoridad! ¡Aquí mando yo y detengo a los sospechosos y hago interrogatorios! ¡Veo a muchos encubridores, gentes que colaboráis con la autora!

−Y yo veo una injusticia, qué clase de personas somos si lo toleramos.

−¿No lo veis? Está claro, estos forasteros han venido y han asesinado a un buen vecino y ahora tratan de embaucaros…

−¡Mentiroso! −se oyó decir a Dana.

Dana que no era capaz de hablar por ella no pudo callarse por una desconocida que intuía inocente. Estaba harta de su hermano, tan hastiada que no sabía muy bien qué hacía sino que era lo correcto.

−¿Tú también?

−He tardado mucho tiempo… ya nunca más me vas a volver a gobernar.

–¡Vete a casa y que no te vea en la calle más! ¿Es que acaso no recuerdas lo que le sucedió a Bárbara? Lograrás pillar una gripe de esas.

–¿Bárbara? Recuerdo cosas de mi hermana, recuerdo verla llorar...

Jan palideció del todo, tomó a su hermana del brazo y se la llevó a su casa casi a rastras. El gentío murmuraba y nadie hizo nada por evitar que se la llevase. Dana era de su propiedad y podía castigarla si quería.

Los vecinos miraron asombrados a Rudolf el cual había causado muy buena impresión incluso al alcalde Holstein quien no había sido capaz de regalar una sílaba a la concurrencia. El padre Josef, de no haber estado Esther lamentándose, le hubiese estrechado la mano, incluso Lukas lo admiraba. Floy no se dejaba sorprender, se dio media vuelta. Aún trataba de cicatrizar las heridas de su corazón y era pronto para aceptar la profecía del loco de Helmuth Degener.

Virginia agradecida dio un abrazo a Rudolf todas sus estrategias habían fracasado acaso Jan era más ruin de lo que jamás soñó. Ni siquiera la mentira del niño había servido para adormilar su mezquindad. Marcus Breuer solo quería acompañar a Virginia para que tuviese un regreso lo menos accidentado. Sabía muy bien que Jan le cobraría algún día su arrebato de valor. Pero qué más daba, aún le quedaba su perro y su tranquilidad de conciencia.

En el hogar de los Ehrlich había tormenta. Jan nada más cerrar la puerta la abofeteó, la agarró por los pelos y estrelló su cara con la pared. Se quitó su cinturón y le golpeó varias veces. Estaba pagando con ella su derrota de la calle, tenía que cerciorarse de que jamás volviese a decir nada delante de la gente. Si el pueblo sabía que había abusado de sus hermanas estaría perdido para siempre.

–¡Te voy a echar abajo los dientes! ¡Ya nunca le gustarás a nadie! ¡Y menos a ese idiota de Roth! ¿Sabes lo que has conseguido? Ahora nunca darán una sepultura cristiana a Alexander, eso es lo que has conseguido. Aunque antes de echarte la cara abajo nos vamos a dar un poco de "consuelo".

La arrastró hasta la cama, Dana estaba tan abatida que ya no se resistía. Le quitó las bragas y le levantó la falda, la abofeteó para que fuese consciente, sin embargo, la joven no respondía. Jan se echó los pantalones abajo, estaba excitado y se saboreaba, nada le gustaba más que una mujer golpeada y con miedo. Iba a embestirla cuando sintió un ruido a su espalda, no se había percatado de que había alguien en la casa. El golpe fue tremendo, su cabeza sonó como una nuez que se quiebra. Aturdido miró a su lado y vio a Roth con un martillo, un martillo de herrero, un martillo que antaño forjaba hierros y hoy deformaba huesos. Como queriendo detenerlo con la voz abrió la boca, pero no le salió sonido. La pistola, su última oportunidad, estaba en el suelo junto al pantalón. De nuevo oyó el crujir de huesos, un pitido alargado dentro de sus oídos y una niebla en sus ojos. Al tercer golpe ya no sentía nada. Roth miró a Dana la cual parecía que no respiraba, por lo que siguió golpeando con fuerza en la cabeza, siempre en la cabeza. Como si quisiera forjar una nueva realidad.

La habitación de Till se encontraba iluminada, Doris lo sujetaba en su regazo y lo mecía, su instinto de madre le había hecho ir en su búsqueda. Al ver llegar a Paul se sobresaltó. Solo tenía sus brazos para protegerle frente a un hombre armado. Por nada del mundo soltaría a su hijo. Otta aún tiraba de la chaqueta de Paul para intentar detener la locura.

–Tenemos un trato –le dijo Doris.

Paul no le dijo nada, solo le apuntaba. El niño dormía. Otta negaba con la cabeza.

–Es nuestro seguro, no deseo hacerle daño.

Doris comenzó a llorar y a suplicar. Apareció en la escena su esposo el cual se alineó con Doris y se interpuso. Su figura aparecía patética aún en pijama y tembloroso. Estaba claro que no tenía el valor suficiente como para detener a Paul.

–Os conozco, conozco a la gente de vuestra calaña. Ahora juraréis y prometeréis hasta quedaros sin saliva ni lágrimas, aunque en cuanto salgamos por esa puerta nos echaréis los perros y no nos dejarán hablar. Yo podría desaparecer, pero somos dos. Demasiado fácil. No pienso dejar pasar esta oportunidad. Me dejé convencer por Günter porque me decía que tu hermano podía encontrarme allá donde fuese... no merezco morir... ni ella tampoco. Solo quiero un poco de paz.

–¡Por favor, por favor! ¡No te lo lleves, es todo lo que tengo! –repetía Doris.

–¡Paul! Vámonos de aquí... ¡Yo no quiero esto! –dijo Otta.

–Nos iremos con el niño...

–No, no lo entiendes. No me voy a ir de ese modo. No pienso torturar a nadie para salvarnos, te quiero más que a nada en el mundo, aunque quiero que comprendas que aunque has sufrido no tienes derecho a hacer sufrir a los demás. Sé que en el fondo no eres así, el muchacho del que me enamoré hacía reír a la gente y mira ahora... están llorando. No me iré así, lo siento.

Paul la miró, bajó el arma un poco y aunque el pecho se le hinchaba al respirar comenzó a tranquilizarse. Su rostro reflejaba descontento como si lo hubiesen despertado de un sueño pesado.

–De hecho no me iré contigo hasta que no sueltes el arma. Si hay un futuro para nosotros quiero que sea en paz, en verdadera paz. Si no es así... prefiero morir.

–¿Y qué hay de mí? ¡También debería decir algo! ¿No crees?

–No digas nada. Piensa, tan solo piensa. No hay razón para esto... piensa en lo que ha sufrido tu madre... no podemos hacer sufrir a una madre. Nunca, bajo ningún pretexto.

–¡Mierda! Tienes razón... sé que tienes razón, pero me guía la desesperación... lo siento, ha sido un día muy largo y lleno de... tempestades... –dijo con la mirada perdida.

De pronto apareció Topo que al parecer se había zafado de las ataduras. Tenía un viejo mosquetón que se cargaba con pólvora negra. Topo se olisqueaba la sangre seca de su nariz y los latidos del corazón le aporreaban en la cabeza. No oía nada, ni las súplicas de Otta, ni las órdenes de Doris y Andreas, tenía al enemigo de frente y no podía fallar. Otta gritó al verle las intenciones. El disparo despertó a Till.

Hogar de la familia Król, julio de 1918

Tal vez sería la última vez que Paul vería su imagen sin estar delante de un espejo. No existe nostalgia como la que deja cuatro años de guerra. Ya no recordaba el olor de su casa, ni los besos de su madre, acaso no fuera una misma cosa. El alma del joven pertenecía a aquel sitio como el oasis al desierto. El suelo crujía a sus pies como si el mundo temblara con cada paso. Sintió miedo, un miedo desconocido una desazón que le obligaba a mirar hacia afuera para buscar una salida. Martha se mordía el labio y lloraba, sabía muy bien que se podía equivocar. Al fin y al cabo qué razones tenía para pedirle nada a Paul, cuando regresó del frente apenas pudo reprimir a su esposo y le dejó marchar. Pero este era otro Paul repuesto de carnes y de mirada dura. Durante mucho tiempo había oído rumores que lo situaban por los campos, siempre fugitivo. No fue sino hacía apenas unos meses que supo que vivía en las tierras de John Mockford, a veces recibían por la puerta de atrás una pequeña ofrenda. Entonces su corazón se alegraba, se sentía perdonada. Se abstuvo de visitarle porque sabía del peligro que conllevaba. Paul sin duda alguna era el hijo que nadie pide a Dios y al que se termina queriendo más que a nada en el mundo. Siempre fue un potro que no se dejó domar. Frankz abatido del todo pensaba que de nuevo tenía que traicionar a Paul. Nada en este mundo podía redimirle de aquella vez que lo echó de casa cuando supo que había desertado. En realidad, fue una mala reacción porque lo creía muerto, le pareció una de sus burlas. Como si todo lo que hiciera en la vida fuesen travesuras y no supiese madurar. La guerra había hecho de Paul un hombre sin pizca de piedad. Un desconocido para el viejo Frankz. No obstante, Paul se reblandeció al entrar en su hogar como una oveja que va mansa al matadero. Martha lo besaba por la cara, el pelo, lo abrazaba como suyo que era. Como si aún fuese un bebé porque por mucho que hubiese cambiado seguía siendo su niño. Amaba a sus hijos tanto como odiaba a los hombres.

Subió la escalera hacia su dormitorio mientras su madre le perseguía, posó sus dedos en el pasamano y lo acarició mientras ascendía.

—No sabe que estás vivo. No nos atrevimos a decírselo, no nos atrevemos a decirle nada —le dijo Martha.

—Me daba vergüenza decirle que habías desertado y después reconocer que te eché. No podía decírselo.

Paul soltó un bufido irónico y con su mano hizo una señal para que no le siguieran. La estancia de arriba olía como siempre: una mezcla de la ceniza del invierno, alcanfor y madera. La luz de la tarde se colaba por un tragaluz poniendo en movimiento el polvo y los recuerdos. Su hogar, su alegre hogar le recibía con añoranza. Caminaba con lentitud temiendo lo que se encontraría en su habitación. Abrió la puerta y encontró su cama vacía y a su hermano en la otra. Tenía la cabeza vendada y dormitaba. Abrió los ojos y vio a Paul, esbozó una leve sonrisa. En su rostro no había sorpresa, solo cansancio y un fondo de alegría.

—Aquí estoy —Paul esperó por si Ulrich le decía algo, al fin comprobó que no podía hablar—, me he acordado de cuando huía de ti. Subía rápido las escaleras, ¿qué otra cosa podía hacer? Solo te superaba leyendo. Decía el maestro Luhmann que tenía talentos ocultos mientras que los tuyos se veían claros. Si íbamos a pescar siempre te traías la trucha más grande y eras capaz de coser unas botas en la mitad del tiempo que yo empleaba. ¿Recuerdas cuando hice dos zapatos preciosos, pero del mismo pie? Papá por poco me los parte en la cabeza. Ese viejo me quería modelar a golpes. ¡Bah! Supongo que me lo he merecido. A veces, durante las guardias, llegué a pensar que tengo merecido todo lo malo que me ha pasado. Aunque tú también fuiste travieso... eso lo sé yo. Recuerdas cuando descubrimos la bodega del viejo Otto el de los pajaritos, a decir verdad fuiste tú. Tú la descubriste, rica sidra, cuatro niños bebiendo sidra hasta caer al suelo. Gilbert, Jürgen, Volker, tú y yo, qué día tan glorioso, que noche más aciaga... estuvo bien. Como siempre me echaron las culpas, te llevaste lo tuyo aunque no fue ni la mitad que lo mío, ¡mierda! Hasta el maestro Luhmann me dio lo mío. Y Jürgen... pobre niño, una de las pocas alegrías que tuvo en la vida. A veces pienso que fue lo mejor... que se quedase allí en aquellos días... se hubiese ahorrado el tener que ir a la dichosa guerra, porque hubiese ido como nosotros: engañados. Jürgen. Pobre chaval. Al fin y al cabo morir es nada, morir no debe ser tan malo, es algo que nos va a pasar. ¿Crees que existe la otra vida? Yo a veces creo que no. ¿Para qué? Espero que no haya guerras en la "otra vida". Estaba buena la sidra – rió –, de todos modos para qué la quería el viejo rácano. ¿Acaso se la iba a dar a los pajaritos? Su casa ardió y padre perdió todos sus ahorros... padre está destinado a no tener nada, se quedará solo... ojalá. Pues eso, lo del asunto de la sidra, me lo callé. Total, nadie me iba a creer. Pero, ¿realmente sabes por qué no dije nada? Ni lo sospechas, ¡ja!, creí que ya eras de los míos que te habías convertido en un "malo", imaginaba que me acompañarías en mis aventuras y, quién sabe, tal vez yo hubiese rebajado el nivel. Podrías haber sido el compañero perfecto, habríamos engañado a todos. Algo glorioso, dos diablillos causando el terror... no pudo ser. Tuviste bastante. Yo no, a mí me quedaban muchas palizas. Aunque la más grande me la di yo solito cuando fui a alistarme. Y ahora estoy aquí y no sé ni lo que hago. Sé que me tengo que arrepentir, cualquier cosa que haga me arrepentiré. Ya nada tiene sentido, salvo sobrevivir. Hay que echar días atrás... vivir y poner los ojos en el mañana, ¡Bah! ¡Mierda! Estoy hablando como el jodido maestro Luhmann. No sé si me oirás, no sé qué pasará por tu cabeza, aunque tienes que hacer eso por mí. Tienes que sobrevivir, es lo único que te pido, lo único que te exijo. Recuerdo que estuviste a punto de desembuchar y contarles a los viejos que fuiste tú, ¡te tuve que pisar el pie!

¿Recuerdas? No, para ingresar el club de los "malos" tenías que tener el pico cerrado. Ahora me tengo que marchar, ya quisiera quedarme en esta habitación contigo, como antes... no quiero seguir hablando... porque, porque... en fin, ya sabes. No serviría de nada llorar por lo que no puedes evitar. El tiempo pasa y nosotros ya no somos los mismos.

Paul le dio un abrazo a Ulrich, y Ulrich dejó caer una lágrima, era imposible saber qué pasaba por su cabeza. Aunque se intuía mucha tristeza y la cercanía de la muerte. Paul lo dejó allí tendido mirando la tenue luz que penetraba la ventana. Paul bajó las escaleras y se sentó y se desnudó de cintura para arriba.

—Rapadme la cabeza y afeitadme. Pronto llegarán los perros encadenados.

—No tienes por qué hacerlo —dijo Martha.

—Un poco tarde para eso.

Martha lo abrazó y lloró. Paul era su pequeño, el inmaduro, tal vez lo único que le quedaba en el mundo. Le pareció injusto pedirle algo así, su corazón se encontraba destrozado y no sabía qué tenía que hacer. Frankz no tenía palabras, había sido injusto quizá debió pedir consejo al padre Josef. Ante una situación así no existen manuales ni soluciones certeras, ojalá pudiese ir en su lugar.

—Hijo mío, no tienes por qué hacerlo. Me he equivocado al pedirte algo así. No es tu suerte... no vayas. Jamás debí pedirte algo así, jamás debí echarte de la casa. ¡Perdóname!

Paul lloraba y se mantenía firme. Ulrich lo merecía, mientras hubiera una brizna de esperanza había que intentarlo.

—No regreses a la guerra, hijo —le suplicó su madre.

—De las pocas cosas que recuerdo del abuelo era cuando me decía que lloraba como una cebolla. Yo le miraba sin saber qué me decía y él decía que si no sabía de lo que estaba hablando era porque nunca había pelado una cebolla. Para saber qué es la guerra hay que estar allí... es algo que no se puede contar... y aún sería peor abandonar a Ulrich. Si lo hiciese no sería yo, prefiero morir porque siento que lo he perdido todo... —dijo pensando en Otta—, quisiera hacer por una vez en la vida justo lo que tengo que hacer, por mucho que me pese, por mucho miedo que me dé, no pienso estar toda mi vida ocultándome... ¡Comienza ya, madre!

Martha tomó unas tijeras y una navaja, sus lágrimas apenas le dejaban ver el pelo en su caída. Corte a corte iba descubriendo una cabeza desnuda y vino a recordar aquella vez en que la tuvo tomando de su pecho. Dos bebes que pedían leche y atenciones al mismo tiempo. Tan parecidos y tan diferentes. Paul lloraba más y Ulrich necesitaba compañía; no soportaba la soledad. Nunca se paró a pensar que había sido la madre más feliz del mundo, quizá porque no se añora hasta que no se pierde. Ahora, mientras rasuraba el cráneo de su hijo pensaba que quizá sería la última vez y mientras caía el pelo el suelo se inundaba de lágrimas. Frankz descompuesto miraba la escena huérfano de palabras. Y Paul sentía el volcán en su interior, no quería ir, aunque sabía que tenía que hacerlo. El deber está incluso por delante de la vida, tal es la razón de los hombres. Para un animal sería más sencillo, trataría de escapar, sin embargo, un ser humano es consciente de que un día tendrá que morir quizá por ello, es capaz de aceptar el final más digno, ya sea por principios o por el peso de la conciencia. Si se entregaba por su hermano al menos tendría la tranquilidad de caer con dignidad y por la mejor causa del mundo. No obstante, una parte de él luchaba por quedarse, pensaba que Ulrich libraba una batalla perdida que su destino estaba escrito y que iba a sacrificarse en balde. Tal vez, en el camino de regreso despachara a los policías militares con su pistola, pensaba. Y aún no había terminado de vislumbrarlo cuando sabía muy bien que no iba a ser capaz, que a pesar de todo lo vivido y todos sus pecados era incapaz de asesinar a dos hombres por la espalda. Además no serviría de nada, jamás lograría escapar de las garras del Imperio. Vivir en la clandestinidad no ofrece las mejores perspectivas de futuro. Por otro lado la guerra estaba cercana al final, ¿qué podía sucederle? Había escapado a Verdún y a cuantas pruebas le había sometido la vida, ¿por qué no una vez más? Ulrich lo merecía, sus padres también.

Los policías llegaron con puntualidad desesperante, justo cuando todos pedían un poco más de tiempo, unos minutos quizá. Frankz echó el poco valor que le quedaba y cogió una vieja escopeta de perdigones con la que intentó intimidar. A un gesto de Paul su padre, descompuesto y afectado, bajó el arma. Los muchachos asustados al principio dejaron a un lado sus recelos y llamaron a filas al soldado Ulrich Król. Su madre se arrodilló suplicando. Paul que en ese momento se sintió no ser él hizo un gesto torpe, se llevó la mano a la sien en un patético saludo y con ello dio a entender que estaba listo. Sus ojos se llenaron de escarcha. Todo Faustaugen estaba allí para despedirle, algunos insultaban al Káiser, otros aplaudían al soldado. El coche militar con una espesa humareda echó a andar y se marchó. Todo el pueblo, indignado y compungido, pudo ver como se marchaba la arrebatada juventud.

El Imperio Austrohúngaro se disolvió en varios países: Austria, Yugoeslavia, Hungría y Checoslovaquia. La Rusia zarista dio paso a la Unión Sovietica. Alemania perdió Alsacia y Lorena, el llamado "Corredor polaco" o voivodato de Pomerania y Dánzig que quedaba bajo la tutela de la Sociedad de Naciones. El país pasó de una monarquía a una república, un sistema que sería conocido como "la república de Weimar". Un periodo en el que habría mucha inestabilidad política y social. En gran parte debido a las grandes compensaciones de guerra impuestas por los aliados que hizo que los precios se dispararan. Durante la hiperinflación una barra de pan llegó a costar un millón de marcos del llamado papiermark, y no todos los días se podía comer. La especulación era tal que había que esperar el tipo de cambio para saber a cuanto había que cobrar los alimentos, más de una vez los tíos de Roth perdieron dinero porque entendían mal el telegrama.

El matrimonio Krakauer se consumía mirando la foto de su hijo, no había ganas de continuar ya que no tenían a quién legar el fruto de su trabajo; tan solo les quedaba envejecer. Por ello, propusieron a su sobrino Roth alquilarle la panadería justo cuando él pretendía comprar algo de ganado. Tuvo Roth que soportar la llegada del rentenmark y después la moneda que había de traerles la estabilidad por su valor fijo: el reichmark. Y era curioso que se llamase Reich cuando ya no tenían káiser; cuando los estadounidenses y franceses ocupaban la cuenca minera del Ruhr debido a la incapacidad del gobierno de la república de asumir los costes de la derrota; cuando hubo que hundir la flota antes que entregarla, todo un símbolo imperial que desaparecía bajo el agua; y, por último, cuando le habían arrancado a pedazos todas sus colonias. Alemania había dejado de ser un imperio. Había descontento y las posiciones políticas se repelían. Tan ásperas estaban que incluso hubo varios intentos de golpe de estado incluido el del Partido Nacional Socialista Obrero Alemán.

En aquellos años murió Ferdinand Bartram de cirrosis, llegó al pueblo Gotthold Weiss para largarse y dejar a su madre morirse a solas. También el regreso de África de Wernher Graf para quedarse y montar un comercio de ultramarinos. Una nueva generación de niños nacía y crecía a la sombra de la Gran Guerra.

Todas las mañanas al acabar su trabajo Roth, que había comprado una casa junto a la panadería, se colocaba en el porche y se sentaba en una mecedora para ver a los chiquillos ir a la escuela. A veces hasta echaba una cabezadita interrumpida por alguna mosca o por el saludo de los clientes. Siempre que se disponía a dormir se prometía que no iba a soñar una pesadilla de ese modo las espantaba, el método le funcionaba. Y ya no era soñar con las trincheras, en donde solía encontrar a muchos amigos tan vivos que podía hablar con ellos, lo que más le perturbaba. Lo peor sin duda era soñar con Jan, el día en que le mató o ver a Dana inconsciente y que no despertaba. A Jan lo tiró al arroyo por la noche y sin cuidado ninguno, dejó huellas, sangre, innumerables pistas por las que podía ser arrestado. Pero Faustaugen sabe guardar un secreto, incluso los parientes supieron callar quizá porque sentían que la principal víctima fue Dana. Muchos dieron por bueno que fue Paul Król en un viaje relámpago, incluso hubo quién dijo haberle visto. Además, Roth tenía rehenes: los estómagos de sus vecinos. Todos habían aceptado que el muchacho se haría cargo de la panadería. Muchos llevaban su comida al horno en donde se cocinaba mejor y no había que gastar leña. Roth supo como nadie ganarse a la gente sobre todo por su cariño hacia Dana.

Dana no se movía y Roth se la llevó a su casa, ni siquiera el padre Josef protestó. Dana estuvo siendo alimentada con suero que le colocó el doctor Bachmann durante meses. Al parecer su hermano le había golpeado en la cabeza y el daño parecía irreversible. Fue muy duro oír del doctor que era mejor dejarla partir porque su cuerpo se había consumido. Roth la tomaba de la mano y le hablaba como nunca había sido capaz porque el suyo había sido un amor silencioso. Intuía que no podía dejarla allí por siempre, todos lo sabían hasta el padre Josef que era el único abogado que le quedaba a la esperanza.

Una mañana como otra cualquiera llegó un correo a la casa de los Król, la carta venía de Finlandia, el matrimonio que ya no esperaba nada en la vida. Recibía una fotografía de dos niñas morenas e idénticas como gotas de agua. Martha se mordió el labio hasta herirse, había algo en aquellas caritas tan familiar que las reconoció como sangre de su sangre. En la carta hablaban de su llegada a Dinamarca y de cómo desde allí se marcharon a Noruega y Suecia para terminar en Finlandia. No dijeron nada de sus vicisitudes, sus problemas para encontrar trabajo con un brazo astillado por el hombro, ni de la gripe que asedió a Otta y que le ha dejado a un pulmón en ruinas de por vida. Si Paul hubiese tenido los dos brazos podía haber vivido de sus volteretas y los malabares. Nada mencionaron del disparo de Topo, lo impredecible que es la pólvora negra y el arte de esquivar a la Muerte de Paul. Doris se comportó con nobleza y lealtad, supo perdonarle, esperó a que se recuperase y se preocupó de que cruzasen la frontera de Dinamarca. Quizá porque de ese modo desterraba su remordimiento para siempre. Paul dejó de ser el muchacho impulsivo y comenzó a comportarse como Ulrich, quizá tenía días en los que solía beber y discutía con los árboles y si estaban colocados en hileras solía mandarlos formar para al final llorar. Por lo demás su personalidad se fue calmando como el mar después de una tormenta. La vida en Finlandia criando renos no era lo que habían soñado. En aquel país que había vivido una guerra civil por fin se vivía en paz y, por ello, les parecía un paraíso. Un paraíso de paso, pues consideraban que tenían que seguir moviéndose. Poco sabían de lo que les acontecería pues sin proponérselo al año siguiente vendrían Marleen y Lili. En realidad Otta siempre quiso que se llamasen Erika y María, aunque Paul que se había enfundado la personalidad de Ulrich por un momento fue Paul y las inscribió como Lili y Marleen por un poema que había oído y por superstición pues no quería la desgracia de las tías pasara a las sobrinas con el nombre. Y allí se encontraban rodeados de nieve, bosques y vecinos que les iban poco a poco abriendo su corazón. Aquel era un país joven y sus niñas retoños que crecían sin conocer otra patria. No hizo falta intuir que no se moverían más. Los abuelos Król miraban una y otra vez la foto de las niñas, eran verdades lejanas a las que solo podían dar movimiento en su imaginación. Se conformaban con verlas con sus medias sonrisas, sabiéndolas seguras en un país tranquilo alejadas de todo peligro.

También recibieron noticias los Lenz y Friedrich, al cual se le iluminó el ojo al ver la fotografía. Sintió una gran preocupación por aquello que omitían en sus letras y tuvo que conformarse con la alegría de ver la imagen de las niñas. La estampa en sí daba la tranquilidad necesaria para dejar de inquietarse, al menos de momento. Su cuerpo se volvía pesado y cada vez se sentía más solo aunque su local comenzara a recuperarse y se llenase de gente. Saber que Otta por fin conocía una existencia normal le reconfortaba y le daba la tranquilidad necesaria para afrontar el último tramo. Había desempolvado su gramófono, silenciado durante toda la guerra, y todas las tardes ponía música, aquella tarde mostró la fotografía de sus nietas e invitó a todos a un trago mientras oían a Clara Schumann, brindó por el futuro. Solo le faltaba Unna con su vaso de grappa.

La mano derecha de Marcus tocaba una carta de Virginia, mientras soñaba con ir a visitarla. A su manera se había enamorado de la joven. El muchacho miraba a la pequeña Bertha Goldschmidt que paseaba de la mano de Floy y se preguntaba si algún día él también formaría una familia. No tenía trabajo fijo aunque tampoco le faltaba. Había días que lo demandaban incluso en los pueblos vecinos. Incluso estuvo en la cantera un tiempo, aunque concluyó que no era lo suyo. Los años pasaban y él no lo tenía claro, quizá algún día se marchase, aunque tenía miedo. Miraba a lo lejos a Roth y le saludó. Ojalá sintiera la paz de su amigo. "Algún día", se decía continuamente. Mientras acariciaba las palabras de Virginia como queriendo evocarla y sabiendo en lo más profundo de su alma que ese "Algún día" significaba nunca.

Roth seguía meciéndose, no quería ir a dormir. Lukas venía detrás del padre Josef como siempre jugando con tres calcetines hechos bolas. Cada vez había perfeccionado más su técnica y habían llegado a verle incluso con cuatro. El párroco que seguía oficiando sus misas en latín y sus sermones en alemán de Hamburgo. Dejaba su semilla de culpabilidad por fomentar la guerra en cada discurso apelando al sentido de la unidad y a que los planes del Señor eran del todo incomprensibles para los humanos, así un domingo tras otro. Por lo que Roth vino a acordarse de aquella última frase que le dijo su primo. La razón suficiente para que todo esto existiera se encontraba velada por lo menos para él. El sentido de la vida que nunca supo encontrar. Roth sabía como nadie que habían sido esclavos de los tiempos que marcharon con una gran mentira aún más grande que la propia guerra pues creían que la felicidad de un país consistía en conseguir la supremacía con las armas una supremacía que bien podían haber conseguido con el trabajo y el esfuerzo. ¿Qué razón suficiente les había mandado al matadero? No había respuestas, lo único que había eran inscripciones en la piedra y muchos amigos desaparecidos para siempre, sus sueños, sus esperanzas, los amores que dejaron atrás, los besos que no se dieron, los hijos que nunca tendrían. ¿Qué derecho les daba a gobernar la vida de tantos jóvenes? Sacrificarlos en nombre de la Patria, la Bandera, del Honor y todo ello regado con un "Dios con nosotros". La religión bendiciendo la Guerra, la Muerte, el Horror. ¿Cuántas veces Roth echó en falta un Dios? Un Dios que no fuese indiferente, que le señalase con el dedo el camino. Pero jamás lo tuvo, acaso ni siquiera tuvo fe en sí mismo. Todo ello lo tenía claro Roth, al igual que muchos no quería que aquello se repitiese nunca más que era necesario contar su historia para que jamás se volviese a repetir y, sin embargo, había quien lo narraba de manera épica una derrota que nunca fue tal sino una traición que solo podía ser vengada con una purga. Acabar con los que dieron "la puñalada por la espalda", decían. El mundo parecía no tener remedio, y sentía que hubiese un desgobierno general. Así fue como un buen día un grupo de insensatos salieron de una cervecería de Munich con la intención de dar un golpe de estado algunos acabaron muertos y el cabecilla en la cárcel, aunque por poco tiempo. Como si cualquiera pudiese gobernar el destino de la nación solo por creer que la suya es la verdad absoluta. Y es que el hombre es el único animal con capacidad para utilizar la razón y sus actos están llenos de sinrazón hasta el punto de que la Guerra siempre ha estado presente desde que el humano construyó la civilización. Y tal vez lo estará.

Tras el fallecimiento de Ferninand un pariente le entregó una fotografía a cambio de un pan. La imagen se la tomaron en la tregua de navidad, en ella aparecía Christian Müller y Gerhard Oppenheim, el primero sonreía y el segundo miraba hacia el suelo; a los hermanos Król, ambos sonrientes y apuestos; Geert Zweig, destacando por su corpachón; Ferdinand Bartram, riendo y con una botella de aguardiente en la mano; Marcus Breuer y Hahn Krakauer, ambos pensativos como si estuviesen haciendo algún despropósito; a Volker Furtwängler, seguro y confiado; y también se vio a sí mismo. Joven y aún esperanzado con un rápido retorno a casa. De todos ellos solo le quedaba Marcus, pocas veces coincidían y cuando lo hacían hablaban de los tiempos pasados. Se quedaban mirando la imagen casi hipnotizados tratando de descifrar qué había sido de ellos, de todos, incluso de los caidos. A todos, todos les habían desangrado la juventud. Todos fueron peones en una partida de ajedrez en la que no importaba cuántos de ellos se sacrificaban por la victoria. Por eso, maldecían el día en el que se alistaron, aunque comprendían que no pudieron evitar su participación en la Gran Guerra, la que debía acabar con todas, la última decían. A veces se decían que jamás el mundo conocería una contienda igual, pero había muchos descontentos que querían "venganza". Al final siempre brindaban por los caídos. Por los amigos. Y miraban la fotografía y observaban sus sonrisas lejanas, inocentes, eternas. Y trataba en vano de localizarlos, sepultados bajo campos sembrados de trigo. Trigo mecido por el viento. Viento que deambula por las noches y abre la puerta de la panadería y agita el fuego. Susurrante.

Y en estos pensamientos gastaba Roth las mañanas, mirando al pueblo moverse, a los árboles vistiéndose o desvistiéndose. Disfrutando cada momento pues comprendía que solo el presente existe. Lukas elevaba sus bolas en el aire, era un lujo poder verle reír y disfrutar con tan poco. La felicidad la dan en bolsitas de té. Un niño pelirrojo se situó a su lado y llamó su atención con la mano. El pequeño Dittmar sabía que para su padre el sol salía por el oeste y se ocultaba en el este, lo que equivalía a decir que el sol moría en los Colmillos y renacía en el cerro del Herido. Por ello, tenía que aprovechar el poco tiempo que duraba el "hechizo" que lo mantenía despierto.

–Papá, Lukas –dijo señalando.

–Sí, Ditt es Lukas –le respondió Roth agarrándolo y subiéndolo con él a la mecedora.

Dana los observaba detrás de la ventana, silenciosa y sonriente, estaba embarazada de nuevo y aún no se lo había dicho a nadie, tiempo tendría de darle la noticia. No recordaba nada de su larga ausencia, ni de las vigilias de Roth, ni siquiera cuando por fin sus dedos comenzaron a moverse sin fuerzas sobre la mano de su amado. Fue casi un milagro, o quizá no, porque la Vida sigue fluyendo, así como un árbol sobrevive al invierno con la única intención de seguir vistiéndose, las personas nos recomponemos en la medida de lo posible, tal vez por las promesas del futuro o porque tiene que haber alguien que siga pensando en las cosas para nombrarlas y que existan o porque acaso la Vida solo necesite ser para querer seguir siendo, esa poderosa fuerza que nos obliga a querer vivir aunque todo, todo, todo esté en contra.

Agradecimientos

Solo me hubiese sido imposible escribir esta novela, por ello he pedido a unos amigos que me echasen una mano: gracias a Jorge Morato, primer lector; a su hermano Miguel Ángel y a Víctor Manuel García, por su ayuda con la portada; a Santi Jimenez, por su paciencia conmigo; a Reme Acosta; por sus datos sobre el mundo germano.

Se hace obligatorio hacer unas aclaraciones, como por ejemplo el del primer día de la Batalla del Somme, mientras en todo el frente las ametralladoras alemanas destrozaban las líneas británicas el reducto de Suabia recibía un severo castigo. He creído más acertado mencionar este hecho. En 1918 la abadía de Herkenrode se hayaba desocupada, ya no había ninguna congregación de monjas.

Composición habitual de un regimiento alemán del frente:

1 Regimiento = 3 batallones

1 Batallón incluye:

- Plana Mayor

- Tres Compañías de infantería (cada una de ellas reunía 252 hombres distribuidos en 3 secciones; cada sección tenía 84 hombres divididos en 4 pelotones de 18 hombres cada uno. Finalmente un pelotón se formaba con dos "gruppe" de 1 cabo y 8 soldados cada uno).

-1 Compañía de ametralladoras (dotada con 6-12 maquinas modelo MG-08, cuyo cuerpo pesaba 25 kg, y 63 kg en total incluyendo el soporte y el refrigerador).

- 1 Destacamento de morteros (los "minenwerfer", modelo ligero de 76 mm, alimentado con proyectiles de 4,60 kg y alcance de 1.050 metros).

- 1 Destacamento de transmisiones (dotado con 8 lámparas que usaban baterías eléctricas).

Fuente: http://1914primeraguerramundial.blogspot.com.es

Puerto Serrano junio de 2017.

Printed in Great Britain
by Amazon